Historiæ
Rizzoli

PAULLINA SIMONS

BELLAGRAND

Rizzoli

Pubblicato per

Rizzoli

da Mondadori Libri S.p.A.

ISBN 978-88-17-18954-5

Titolo originale dell'opera:
Bellagrand

Traduzione di Roberta Zuppet

Prima edizione Historiae Rizzoli: aprile 2024

Realizzazione editoriale: Studio editoriale Littera, Rescaldina (MI)

La citazione di Percy Bysshe Shelley a p. 13 è tratta da *Alla notte e altre poesie*,
Il Labirinto, Roma 2002.
Le citazioni di Nathaniel Hawthorne alle pp. 165 e 376 sono tratte da
La lettera scarlatta, Sansoni, Firenze 1965.
La citazione di Percy Bysshe Shelley a p. 194 è tratta da *Alastor*,
in Shelley, trad. di Antonio Calitri, F.J. Dassori, New York 1914.
La citazione di William Shakespeare a p. 207 è tratta da *Giulio Cesare*,
RCS MediaGroup, Milano 2012.
Le citazioni di Nathaniel Hawthorne alle pp. 255 e 473 sono tratte da
La casa dei sette abbaini, Mondadori, Milano 2001.
La citazione di Rafael Sabatini a p. 368 è tratta da *Scaramouche*, Donzelli, Roma 2009.
La citazione di Blaise Pascal a p. 435 è tratta da *Pensieri*,
edizione Acrobat a cura di Patrizio Sanasi.
La citazione di Oscar Wilde a p. 454 è tratta da *Il ritratto di Mr W.H.*,
Edizioni Studio Tesi, Roma 1992.
La citazione di William Shakespeare a p. 579 è tratta da *Macbeth*,
RCS MediaGroup, Milano 2012.

BELLAGRAND

A mia madre,
ingegnera,
maestra,
immigrata,
romantica,
sognatrice,
donatrice di vita,
che ha cercato il paradiso
in tutti i luoghi in cui ha vissuto.

Ma udite sono le voci
uditi sono i saggi,
i mondi e le epoche:
scegli bene; la tua scelta è
effimera, eppure infinita.

JOHANN VON GOETHE

Prologo

1936

Su un treno, una donna, un tempo bellissima, rabbrividisce in un vecchio cappotto. Lì accanto c'è un giovane, quasi all'apice del rigoglio, che però non rabbrividisce. Guarda dritto davanti a sé, freddo come la pietra, con un viso imperscrutabile. Come quello di lei. A parte il tremore della donna, nessuno dei due si muove. Lei vorrebbe parlare, ma non ha nulla da dire. Gli lancia un'occhiata. Nemmeno lui ha niente da dire.

Il viaggio è lungo. Ottocento chilometri attraverso le regioni più brulle. I fiumi scorrono a malapena, il ghiaccio che si scioglie rallenta la corrente e le acque sono pesanti. I campi appiattiti appaiono neri, con vecchie chiazze di neve che si aggrappano agli alberi grigi e spogli. Ogni cosa è cupa, arida, desolata, e sta volando via. *O mondo, o vita, o tempo! sui cui ultimi gradini salgo.*

Il giovane guarda fuori dal finestrino con decisione, con risolutezza. Un ragazzo, ma non un ragazzo. Ha i capelli neri e gli occhi color caffè. Vorrebbe soltanto discutere dell'indicibile. Il vagone è quasi vuoto. Hanno preso volutamente l'ultimo treno, quello che non prende nessuno, perché arriva a notte fonda. Non vogliono dare nell'occhio.

La donna prova a prendergli la mano. È fredda. Lui gliela dà, ma non gliela dà. Vorrebbe essere lasciato in pace. Vorrebbe urlare cose che sa di non poter urlare, dire cose che sa di non poter dire. Si trattiene solo per lei, per il rispetto che prova nei suoi confronti, ancora e nonostante tutto. Le cose che vorrebbe sussurrare, lei non è abbastanza forte per sentirle, e non le merita neppure. Come hai potuto portarmi qui, vorrebbe chiederle con la sua voce più terrorizzata. Sapendo che era in gioco la mia vita, come sei potuta venire qui con me? Ormai è troppo tardi per i rimpianti. Perché all'epoca non sapevi abbastanza?

Ascoltami, bisbiglia lei intensamente dopo che il treno si è fermato stridendo e i pochi passeggeri rimasti sono scesi. Non c'è niente da fare. Non puoi pensare a ciò che è stato.

A cos'altro dovrei pensare? Al futuro?

Voglio che non ti volti indietro. Dimentica da dove vieni. Dimentica ogni cosa, capito?

È il contrario di quello che mi hai detto per tutta la vita.

Il treno riparte.

La strada tra due metropoli è lunga. Hanno tutto il tempo per restare seduti a guardare la campagna in silenzio.

Lui vorrebbe sapere una cosa sola. Vorrebbe chiedere del luogo che non riesce a ricordare. Lei si rifiuta di rispondere alle domande, da qui il suo nuovo comandamento: smetti di voltarti indietro. Per tutta la vita, lui si è sentito ripetere soltanto: non dimenticare mai da dove vieni. D'un tratto lei vuole che dimentichi.

Le domanda del luogo che ha dimenticato. Perché lo aiuti a ricordare ciò che non ricorda.

Smetti di chiedermi cose insignificanti, dice la donna.

Ora il passato è insignificante? Perché non puoi rispondermi?

Perché ti ostini a voler sapere? Che importanza ha? Dio, ultimamente mi dai il tormento. Perché?

Perché non puoi rispondermi?

Lei si gira nella sua direzione. Prometti di ricordarti del denaro?

Mi hai appena detto di dimenticare ogni cosa. Perciò è quello che farò.

Ricordati solo del denaro. Fa' in modo di nasconderlo di nuovo. Tienilo al sicuro. Ma non dimenticare dov'è. Non custodirlo in casa, nell'eventualità che arrivino, ma nascondilo in un posto vicino, un posto sicuro, dove puoi recuperarlo facilmente. Hai un posto di questo tipo? Se no, devi trovarne uno.

Il denaro! Il denaro gli fa venire voglia di inveire ancora di più contro la donna. È la cosa che provoca il gelo nel suo cuore, il gelo verso di lei. È ciò che gli urla in faccia la brutale verità: sapevi cosa stavi facendo quando mi hai condotto qui. È per questo che hai messo da parte il denaro, che l'hai portato con te, che l'hai occultato, che l'hai tenuto nascosto per tutti questi anni. Perché lo sapevi. Non puoi negare di averlo saputo – la versione a cui vorrei credere di più –, di aver saputo come le cose sarebbero potute finire per noi. Per me. Ma continui a ricordarmi il denaro. Il che mi rammenta che questo tuo gesto – condurmi qui – era finalizzato alla mia distruzione.

Lui non parla.

Mi senti?

Sto cercando disperatamente di non farlo.

Promettimi che te ne ricorderai.

Credevo che mi avessi detto di dimenticare. Deciditi.

Non si tratta del denaro.

Vuoi che mi ricordi che non si tratta del denaro?

Smettila di scherzare.

Chi sta scherzando? Dopo quanto è successo oggi, come pensi che il tuo denaro possa aiutarmi?

Qui non molto, hai ragione. Ma altrove potrebbe comprarti un'altra vita. Potrebbe liberarti. Non è magia. Devi essere artefice della tua salvezza. Forza. Risolutezza. Coraggio. Saranno i tratti distintivi del tuo carattere? Non lo so. Lei scrolla le spalle strette sotto il tessuto sgualcito. Spero di sì.

Lui scrolla le sue, che invece sono larghe. Forse posso dissiparlo. Sperperarlo nell'alcol, magari? La fissa con occhi torvi. Comprarmi scarpe eleganti e soprabiti di lana rossa?

Dove li troverai qui? domanda lei.

Tutto è possibile con il denaro. L'hai appena detto.

Per favore, non scherzare. Non è il momento.

Bisbigliano sotto il ronzio incessante delle ruote, sotto il sibilo della locomotiva a vapore.

Parlami di quel posto, dice lui. Parlamene, o non ti prometto un bel niente.

Non ne so nulla.

Il posto caldo e bianco con le barche e le rane. La ruota del luna park dall'altra parte dell'acqua azzurra. Cosa mi sta tornando in mente?

Non lo so, dice lei, lasciandogli la mano e abbandonandosi contro lo schienale. Forse un incubo.

Lui scuote la testa.

Lei chiude gli occhi.

Promettimi che troverai un modo per tenere al sicuro il denaro, ripete in un sussurro. Un giorno tutto il resto verrà rivelato, compreso il palazzo di marmo con le tende bianche.

Non oggi?

Oggi nulla è chiaro, e non lo sarà ancora per molto tempo.

Sono seduti vicinissimi. Lui è accasciato, sprofondato nell'incavo del braccio di lei. Gira il viso nella sua direzione, voltando le spalle al finestrino ghiacciato. Sii sincera, pensi che staremo bene? La voce tremante è troppo flebile per il suo corpo. Oppure credi che potremmo essere in pericolo per quello che abbiamo fatto?

Lei incontra i suoi occhi, un attimo, un altro, un battito di ciglia, poi sorride. No, dice. Andrà tutto bene. Lo bacia sulla fronte, sui capelli, sul volto. Non preoccuparti. Filerà tutto liscio. Restano seduti con le teste premute l'una contro l'altra.

Ti voglio bene, dice lei. Sei la cosa che amo di più nella vita.

Ora, forse. Una volta amavi anche qualcun altro.

Sì, figlio mio, e lo amo ancora, dice lei, con la voce che sfuma, le erbe palustri fuori, le città grigie e color tortora che volano via. Klin, Kalašnikovo, Okulovka, Luc'k. Una volta, nel mio cuore c'era un'altra Calais. Una volta amavo più di una persona sola.

Sic transit gloria mundi, bisbiglia. Così passa la gloria del mondo.

Parte Prima

PANE E ROSE

1911-1918

Se insisti a chiedermi il motivo per il quale lo amavo,
non posso dirti altro che era perché lui era lui
e io sono io.

MICHEL DE MONTAIGNE

L'amore non è cieco;
tutt'altro.
L'amore è legato;
e più è legato,
e meno è cieco.

G.K. CHESTERTON

1

Il vino in pietre

1

Tutte le storie d'amore finiscono. Chi l'aveva detto? Gina l'aveva sentito una volta, anni prima. Ma non ci credeva. Che la sua non sarebbe mai finita, ecco cosa credeva.

Regolava il suo orologio interno in base a due cose. Una era l'orario dei treni per Boston, una città splendente su una collina, se mai ce n'era stata una. E l'altra erano le mestruazioni. Le segnava sul calendario da tre anni. Faceva il viaggio a Boston da dodici, e continuava a farlo, a tenerlo in gran conto, ad aspettarlo con impazienza. Posava sul finestrino le mani dalle dita lunghe, infilate in guanti di seta nera, per toccare le città che superava, e sognava altre città e culle, parchi e carrozzine, fiere annuali e ninnenanne.

Il riflesso sfocato nel vetro le mostrò i ricci castano ramato, raccolti frettolosamente perché era sempre in ritardo, sempre a corto di tempo. Le mostrò la pelle traslucida, le labbra piene, gli occhi simili a insondabili pozze marroni. La gonna di lana color ruggine e la camicetta grigio tortora non erano nuove, ma erano pulite e stirate e le calzavano a pennello, fatte su misura per la sua figura alta, snella e leggermente formosa. Per quanto fossero al verde, ogni volta che usciva si assicurava di essere vestita in modo da non sembrare un'immigrata nel caso in cui si fosse imbattuta nel suo illustre suocero, da non avere l'aspetto di una passeggera di terza classe se mai fosse incappata nell'ex fidanzata di suo marito – ancora furiosa per essere stata scaricata –, e da poter fare la riverenza come una signora se avesse incontrato il re d'Inghilterra in persona.

Dove avrebbe potuto portarla il treno, oltre che a Boston? Se fosse rimasta a bordo dopo la North Station, dove sarebbe potuta andare? Dove sarebbe *voluta* andare, con il cappellino di velluto e le scarpe di cuoio? Se il convoglio avesse potuto condurla ovunque, dove sarebbe stato? Passava i lunedì mattina a fantasticare sulle possibili destinazioni.

Ogni lunedì tranne quello.

Tutto era diverso quel giorno, e lo sarebbe stato da allora in poi. Tutto era cambiato.

Gina correva lungo Salem Street tra i venditori ambulanti dell'ora di pranzo, respirando con la bocca per evitare il puzzo penetrante del North End – pesce e melassa –, che quel giorno le procurava un impercettibile senso di nausea. Il treno aveva accumulato un certo ritardo, e sapeva che suo fratello si sarebbe arrabbiato: finché non fosse arrivata per badare alla bambina, non sarebbe potuto andare al lavoro.

Quando raggiunse il modesto appartamento all'estremo angolo settentrionale tra Charter e Snow Hill Street, lui, furibondo, stava camminando avanti e indietro nel minuscolo salotto come un leone in gabbia, tenendo in braccio Mary, che balbettava allegramente. Con ogni probabilità la piccola pensava che fosse uno spasso, il papà che la portava qua e là, su e giù, dondolandola come un'altalena.

«Mi dispiace.» Gina allungò le braccia verso Mary. Salvo l'aveva vestita, ma come avrebbe fatto un uomo. Non solo aveva abbinato male i colori, ma aveva anche optato per un paio di pantaloncini... a dicembre.

Lui non volle sentire ragioni. «Ti dispiace sempre.» Inclinò la bambina per farle fare l'aereo. Mary lanciò un gridolino entusiastico, poi scoppiò a piangere quando passò di mano. Per non sfigurare, Gina imitò il movimento tenendola per le caviglie. Mary ridacchiò, permettendole di proseguire la conversazione.

«Devo parlarti, Salvo.»

«Impossibile. Dovevi pensarci prima di arrivare con due ore di ritardo.»

«Non è colpa mia.»

«Non è mai colpa tua.»

«Il treno era in ritardo.»

«Dovevi partire prima.»

«Basta così.»

Non aggiunsero altro. Salvo uscì dopo aver dato un bacio ai piedini di Mary.

«Ci cambiamo, angioletto, che ne dici? Cosa è saltato in mente al tuo papà?» Gina le infilò degli indumenti pesanti e la avvolse per bene in una coperta, poi la portò fuori con la carrozzina per evitare che rimanesse rinchiusa tutto il pomeriggio a giocare «a batti batti le manine» e a fissare il Copp's Old Burying Ground. «Se non altro nel cimitero può guardare gli alberi» diceva Salvo. «In qualsiasi altro posto, la poverina potrebbe guardare solo un caseggiato.»

Alberi e tombe.

Si diressero lentamente verso Prince Park, con Mary che all'improvviso decise di voler spingere la carrozzina, prolungando così all'infinito un'escursione già lunghissima. Presero un panino da dividere a metà, assistettero alla fine della messa del tardo pomeriggio nella chiesa di San Leonardo e poi comprarono qualche regalo di Natale. I soldi scarseggiavano più che mai. Gina non sapeva come avrebbero fatto. Anche il prosciutto arrosto glassato costava troppo. Acquistò nuovi ferri da maglia per sua madre e una sciarpa per la cugina Angela, uno splendido articolo di seta rossa che aveva adocchiato nella vetrina di un sarto. Era fallata su un lato e presentava una lavorazione tutt'altro che perfetta, ma per il resto era di superba fattura. Un vero tesoro.

Rientrò con Mary dopo le sei, le diede un po' di formaggio su un pezzo di pane, impilò i mattoncini sul pavimento, aspettò. Di Salvo, neanche l'ombra. Era forse una vendetta per quella mattina? Non sarebbe stata la prima volta. Suo fratello rimaneva fuori pur sapendo che doveva assolutamente prendere il treno per tornare a casa. Sarebbe arrivata a Lawrence in ritardo, e poi Harry si sarebbe arrabbiato con lei.

Era forse quello il risultato che Salvo voleva ottenere?

Finalmente la madre di Mary varcò la soglia verso le sette. Quella sì che era un bell'elemento. Dio solo sapeva cosa combinasse, fuori a tutte le ore del giorno e della notte.

«Cosa c'è? Non si è ancora fatto vivo? Tipico di lui.» Phyllis strappò Mary dalle braccia di Gina.

«Sta lavorando.»

«Come no.»

«Mamma, ti abbiamo preso le cose di Natale!» La bambina strinse la gamba della madre.

La giovane donna grassoccia e trasandata si rivolse bruscamente a Gina. «Non dovevi disturbarti. È dura, quest'anno. Dov'è il suo cappotto? Devo andare.»

«Magari puoi parlare con Salvo quando torna...»

«Non ho intenzione di aspettarlo. Prima che si degni di fare la sua comparsa in questo appartamento, gelerà l'inferno. No, noi ce ne andiamo. Dai, Marybeth, dov'è il tuo cappotto?»

«Ciao, zia Ginny.» Mary abbracciò Gina. «Vieni domani?»

«Non domani, tesoro. Mercoledì.»

Phyllis allontanò la piccola da Gina e si precipitò fuori senza salutare. Lei le fissò con profondo dolore. Come doveva essere avere il diritto di strappare i propri figli dalle braccia degli altri? Indugiò ancora per qualche minuto, sperando che Salvo rientrasse, e quando non lo vide arrivare si mise il cappotto e uscì a cercarlo.

Odiava passare davanti al muro di mattoni che separava il cimitero dalla strada. Provava una stretta gelida al cuore sapendo che, sebbene non potesse vederle, le lapidi erano lì in agguato, dietro una barriera eretta di proposito, come se fossero così terribili da non dovervi posare sopra gli occhi.

Davanti a una taverna lungo Hanover Street trovò suo fratello che rabbrividiva con un gruppetto di ubriaconi, intenti a rovesciare la birra sul marciapiede e a soffiarsi sulle mani per riscaldarsi.

«Salvo.» Si avvicinò da dietro, picchiettandogli con il dito sulla schiena. Lo tirò via dagli altri, ma vide che non era in condizioni di parlare e nemmeno di ascoltare. Gina non conosceva la risposta all'eterna domanda: suo fratello beveva per poter dire di essere infelice? Oppure era soltanto un ubriacone insoddisfatto?

Gina non conosceva le risposte a molte eterne domande.

«Dov'è la bambina?»

Quello lo sapeva. «Con sua madre.»

Salvo sputò.

«Dovevi tornare entro le cinque, in modo che potessimo parlare.»

«Avevo da fare.»

Come no. Gina sentiva freddo. «Adesso devo scappare. Altrimenti perdo il treno. A mercoledì.»

«Vieni prima, per favore. Mi licenziano se non riesco a fare il turno del pranzo. Come sta Mimì?»

Gina fece spallucce. «Ha perso l'ennesimo posto da donna delle pulizie. Continua a far cadere le cose. Ma Salvo...» Lottò con se stessa. Non era il momento. Tuttavia le feste erano vicine. «Ti va di venire con Mary a passare il Natale da noi? Per favore.»

Lui scosse la testa. «Sai che non posso. Inoltre quella schifosa la porta con sé.»

«Non parlare così della madre di tua figlia.»

«Hai incontrato quell'orrenda creatura?»

«Fa lo stesso. Metti da parte l'orgoglio. Fallo per nostra madre. Porta Mary. Porta anche Phyllis. Un giorno l'anno, a Natale, seppelliamo l'ascia di guerra.»

«Sai bene dove vorrei seppellirla» ribatté suo fratello, abbastanza lucido.

«Oh, Salvo... Cosa vuoi fare, tenere il broncio per sempre?»

«Per sempre.»

«Ti prego. Mimì piange ogni notte. Vuole vedere la sua nipotina a Natale.»

«Starà con sua madre, te l'ho detto. Sua madre che, tra parentesi, si è trovata un altro scemo che le paga l'affitto.» Imprecò. «Invece di parlare con me, perché non dici al tuo concubino di far visita alla sua, di famiglia, per Natale? Digli di passare un po' di tempo con loro. Oppure di andare a cercarsi un cazzo di lavoro. Allora verrò.»

«Non è il mio concubino.»

«Vi siete sposati in chiesa?»

«Salvo.»

«Appunto.»

«Sai che non può farlo» disse Gina alla fine.

«Non può trovarsi un lavoro? Che bel Paese è questo» rise lui. «Ci si può vivere senza fare nessun cazzo di lavoro. Possono farlo anche gli immigrati? Per quante generazioni dobbiamo faticare prima di poter stare seduti intorno a un tavolo e fingere di essere intelligenti?»

«Piantala, lo sai che sta lavorando. Ce la sta mettendo tutta. Non è facile per lui. Insomma, non può far visita alla sua famiglia.»

«Non può, vero? Be', nemmeno io.»

«Non può fargli visita perché non lo vogliono. È questa la differenza. Non vogliono avere niente a che fare con lui. Suo padre l'ha detto molto chiaramente. Lo sai.»

Salvo sospirò, con uno scintillio negli occhi neri. «Non metterò mai piede nella casa dove risiede quell'uomo.»

«L'uomo che è il marito di tua sorella?»

«Comunque tu voglia chiamarlo.» Sbatté le palpebre, alzò le spalle e svicolò come sempre. «Di' a Mimì che sto pensando di cambiare mestiere. Guarda qui.» Le mostrò una pipa intarsiata con intagli elaborati. «C'è incisa la battaglia di Bunker Hill» disse incredulo. «Non è fantastico? Voglio diventare un intagliatore di pipe. Conosco un tizio. Sto tentando di farmi assumere come apprendista, ma c'è una regola idiota che stiamo cercando di aggirare. Devo fare un apprendistato di venticinque anni prima di poter diventare intagliatore. Riesci a crederci?»

Gina lo guardò con affetto. «Vuoi diventare un intagliatore di pipe? Ti rendi conto di quello che dici?»

Ridacchiarono, si abbracciarono. Costringendola a girarsi, Salvo indicò la strada. «Vai. Sbrigati. Altrimenti sospetterà che tu lo tradisca. Anche se forse poi ti mollerà e tu sarai finalmente libera come voleva nostro padre.» Le mise in mano alcune banconote. «Dai un bacio a Mimì da parte mia. Dille che questi sono per Natale. Mercoledì te ne darò altri. Sto cercando di farmi assumere alla Purity Distilling Company. Producono melassa qui nel North End. Se trovassi lavoro lì, sarei a posto per tutta la vita. Sindacato e tutto il resto. Dillo a Mimì, così smette di stare in pena. Ora vai.»

2

Sul treno del ritorno, Gina ripensò alle parole di Salvo. Non credeva che Harry avrebbe interpretato il suo ritardo come un segno di infedeltà. Non era il tipo.

Le sue mani, i suoi palmi, erano sul vetro freddo. Il treno era fermo nella galleria, in attesa di un segnale.

Facevano del loro meglio. Gina si lamentava mai? Come avrebbe potuto, quando aveva ricevuto ciò che il suo cuore desiderava di più? Avrebbe dovuto essere un'ingrata per lamentarsi, no?

Gli operai degli stabilimenti venivano licenziati di continuo, anche se le feste erano vicine. Lei era fortunata ad avere un lavoro. Talento e stile, aveva detto Angela in tono di approvazione. Ma di quanto stile aveva bisogno Gina per lavorare in sala rammendi? Era sempre vestita di bianco, aveva smesso di tingere la lana. Lavorava con altre signore intorno a un tavolo, con indosso una gonna, in una stanza piena di finestre.

Allora perché certe volte desiderava che il fuoco radesse al suolo gli edifici?

In un'occasione, nel 1886, era scoppiato un incendio. Perché avrebbe voluto che accadesse di nuovo?

Quante fortune. Cuciva abiti fatti a mano, partecipava alle parate cittadine, vestiva le suffragette, le aiutava a portare gli striscioni.

Lavorava a Mill Island, ma non faceva il falegname né l'operatore di macchine utensili. I suoi lunghi capelli ricci non si impigliavano in macchinari per l'industria pesante. Non era stata ricoverata per mesi in ospedale per un infortunio quasi mortale come la sua amica Pamela.

Non era più una bambina. Le leggi sul lavoro minorile non valevano più nel suo caso.

Come molte altre cose.

Per un certo periodo aveva lavorato al Duck Mill, ricavando stoffa da un cotone speciale chiamato tela olona, usato anche per fare le vele. Quella sera, sul treno, le tornò in mente. Fare una vela. Per una barca sull'oceano. Lasciarsi trasportare dal vento. In qualsiasi direzione. Sognava le vele mentre filava il cotone. Lavorava a ritmo serrato, come sempre, ma si abbandonava a languide fantasie di barche, acqua calda e raffiche che la sorprendevano con la vela issata. Perché no? Harry era un grande sognatore. Era una delle cose che amava di più in lui. Perché non avrebbe dovuto concedersi un sogno o due? Dove stava scritto che solo i giovani e gli (ex) ricchi potevano sognare?

Le cose non erano andate come aveva immaginato, previsto, sognato. Sul treno faceva freddo. Come a casa. Si strinse nel cappotto, espirando nella sciarpa di lana e raggomitolandosi.

Tanto per cominciare, il suo cuore italiano, molto legato alla famiglia, si era davvero illuso che dopo qualche mese Harry avrebbe ottenuto il perdono del padre e della sorella.

Avevano trascorso l'estate dopo il matrimonio a casa di sua madre, a Lawrence, mentre decidevano il da farsi. Gina aveva continuato a lavorare nei ristoranti di Salvo e, qualche sera la settimana, ad aiutare la San Vincenzo de Paoli con i rammendi delle donazioni. Si era ripromessa di tornare al Simmons College in autunno per finire gli studi. Aveva pianificato di trasferirsi a Cambridge quando Harry avesse ricominciato a insegnare a Harvard, e di fare la pendolare per assistere alle lezioni.

Solo la mattina in cui stava correndo a iscriversi al semestre autunnale lui aveva trovato il coraggio di mostrarle la lettera con cui il preside della facoltà di Economia gli dava il benservito.

Harry diceva di non avere tutte le risposte. Gina sperava che ne avesse almeno alcune. Suo marito leggeva moltissimo, su una sedia a dondolo nella veranda, con il naso sempre infilato in un grosso tomo universitario. Sicuramente poteva aver letto un breve passo che avrebbe risolto anche uno solo dei loro problemi. Ma non poteva salvare l'ultimo anno di sua moglie al Simmons.

«Cosa proponi di fare?» aveva chiesto. «Vivere separati? Io

vivo qui con tua madre, tuo fratello e tua cugina, mentre tu vivi nel campus vicino ad Archer?» Quest'ultimo era un corteggiatore di Gina.

Lei aveva suggerito di trasferirsi entrambi a Boston.

«Di cosa vivremmo? Del tuo salario da libraia?»

Era rimasta senza parole. Aveva inclinato la testa da una parte e dall'altra, guardando verso Summer Street e mordicchiandosi il labbro. «Potresti... trovare un lavoro.»

«Fare cosa?»

Gina avrebbe voluto indicare la macchina da cucire, i telai, la San Vincenzo, la chiesa di Santa Maria, i ristoranti di Salvo, le case dove Mimì faceva le pulizie, le cave, i depositi di legname, le tipografie, gli stabilimenti tessili. Avrebbe voluto ricordargli quanto avesse disprezzato l'indolente Dyson, un ragazzo che andava fiero di voler lavorare solo cinque ore al giorno. Avrebbe voluto dirgli che la Canney's, la fabbrica di cesti, cercava personale. Ma non aveva detto nessuna di quelle cose. Perché non si potevano dire al discendente di uno dei padri fondatori, un aristocratico. «Come faremo a tirare avanti?»

Harry aveva scrollato le spalle, facendole capire che non aveva un piano. «Troverò una soluzione. È una novità per me, un terreno inesplorato. Dammi tempo.»

Gina era lì davanti a lui con il suo cappotto buono, il cappello e le scarpe da passeggio. Stringeva tra le mani la borsetta verde, sul punto di andare alla stazione per prendere il treno delle 9.45 per Boston e iscriversi al semestre autunnale. Lentamente aveva posato la borsetta e sciolto i nastri del cappello.

Era stato sei anni prima.

«Volevo diventare ancora più politicamente attiva nel campus» gli aveva detto Gina quando ancora gli diceva le cose. «Volevo fondare un circolo per sostenere il suffragio femminile. Forse anche altri diritti. Lottare affinché un giorno le donne possano frequentare l'università di Harvard. Forse persino insegnare in quelle aule.»

«Donne che insegnano a Harvard?» Harry aveva riso. «Cosa vai cianciando? Questo non è un diritto, è un'assurdità.»

«Volevo laurearmi.»

«Anch'io volevo delle cose.»

«Sì. Sono sedute davanti a te, con indosso una gonna e una camicetta.»

«Esatto.» La conversazione verbale si era conclusa e ne era iniziata un'altra, meno verbale ma non meno intensa.

«Ho già lavorato nel ristorante di Salvo» aveva detto Gina, riprendendo l'argomento del lavoro dopo giorni, settimane, anni. «Tenevo la contabilità, mi occupavo delle assunzioni e dei licenziamenti, ricevevo i clienti. Lavavo i piatti. Preparavo la pizza. Facevo tutto.»

«Perciò ora vorresti che io accettassi un lavoro che non vuoi nemmeno tu?»

«Vuoi continuare a vivere con mia madre?»

«Sai che non è così» aveva risposto Harry a bassa voce, nella cameretta che condividevano, con il comodino, il cassettone e l'angusto letto di legno. «Sei troppo silenziosa a casa di tua madre. Come se avessi paura che ci senta.»

«*Ho* paura che ci senta.»

Dopo aver fatto il possibile perché Mimì non li sentisse, Gina era tornata alla carica. «Lo vogliamo entrambi, dobbiamo trovare una casa tutta nostra, tesoro.»

«Be', non possiamo farlo senza soldi.»

Lei aveva chinato la testa. «Non senza soldi. Senza lavoro. Non possiamo farlo senza lavoro.»

Lui l'aveva fissata con un'espressione vacua. «È quello che ho detto.»

«No. Hai detto...»

«Qual è la differenza?»

«Senza lavoro non ci sono soldi.»

«Oh, la tribolazione di faticare costantemente per la sussistenza!» aveva esclamato Harry. «Come si può avere un momento per trovare la propria strada nella vita se bisogna sempre racimolare un centesimo o due per il pasto successivo?»

«Gli immigrati non hanno il lusso di scegliere la propria strada nella vita. Sono troppo impegnati a lavorare.»

«Ma io non sono un immigrato.»

Gina non aveva voluto ricordargli che nemmeno lui aveva quel lusso.

Il viaggio in treno era troppo lungo.

Avrebbe preferito non avere freddo.

Avrebbe preferito non dover lavorare così tanto, così duramente, fino a un'ora così tarda che quando crollava sul letto era troppo stanca per i sogni, per gli incubi, per l'amore.

Anche se, per certi versi, essere stanca morta era preferibile ad avere il tempo di restare seduta a pensare mentre i treni erano fermi e le tribolazioni si moltiplicavano.

Per fortuna il convoglio cominciò a muoversi. Gina ci avrebbe riprovato quella sera. Tutto era cambiato. Lui doveva saperlo.

3

Gina arrivò a Lawrence alle nove passate e distolse lo sguardo mentre superava il locale che un tempo era stato il sogno di suo fratello, sempre preso d'assalto all'ora di pranzo perché serviva la pizza più buona della città. Tenne gli occhi puntati a terra e si affrettò a percorrere il chilometro e mezzo lungo Haverhill Street, oltre il Common, fino a Summer Street e infine alla semplice casetta vittoriana che Mimì aveva preso in affitto nel 1899.

Preparandosi a essere tempestata di domande sul motivo del ritardo, salì gli scalini della veranda e aprì la porta. Harry le dava le spalle, seduto al tavolo della cucina e chino su un mucchio di fogli e mappe insieme ad Angela, Joe e Arturo. Girando la testa nella sua direzione, sorrise distrattamente, con una vaga intimità negli occhi, e tornò a concentrarsi sui fogli. In effetti risuonarono parole accese, ma non erano per lei. I quattro stavano discutendo animatamente di un argomento controverso, ma quella non era una novità.

«Cos'è più importante?» chiese Arturo. «La libertà o l'uguaglianza?»

«Perché non possiamo averle entrambe?» domandò Harry.

«Perché dobbiamo scegliere? Io non voglio scegliere. E voglio che gli abitanti di Lawrence le abbiano entrambe. Voglio che siano liberi, che vivano in armonia, che siano altruisti e soddisfatti, e voglio che godano dell'uguaglianza economica e materiale. Non che abbiano l'una a discapito dell'altra. Prima a Lawrence, poi ovunque. Giusto, Gia?» Indossava una camicia di flanella fuori dai pantaloni e, siccome non si rasava da venerdì, aveva una barba di quattro giorni. I capelli color sabbia erano così lunghi che avrebbe quasi potuto legarli. Nessuno aveva capelli così, continuava a ripetergli Gina. È per questo che mi piacciono, replicava lui. Non c'è nessuno come me. I suoi limpidi occhi grigi erano incantevoli come sempre, la sua voce era forte, calma, buffa.

Si piegò per dargli un bacio sulla guancia. «Giusto, tesoro.»

Harry appoggiò leggermente la testa alla sua. «Sei tornata tardi. Hai mangiato?»

«Non ho fame. Salvo stava lavorando e Phyllis è venuta a prendere la bambina solo alle sette.»

«Hai parlato con Salvo, Gia?» chiese Angela. «Di Natale?»

Dopo aver posato la borsetta, Gina appese cappello e cappotto. Si tolse le scarpe e calzò le pantofole. Andò alla stufa di ghisa e accese il bollitore. Poi: «Gli ho parlato. Qualcuno vuole una tazza di camomilla?».

Ma erano concentrati sui codici del lavoro del Massachusetts. Nessuno rispose. Ne preparò una per Mimì e, dopo averla lasciata in infusione e zuccherata, superò la tavola rotonda a cui i cavalieri radicali stavano complottando e pianificando, e si diresse al piano di sopra, verso la camera di sua madre.

«Arturo dice che lui ci sarà a Natale.» Angela posò la mano sulla sua.

«Vengo anch'io» intervenne Joe. «Se sono invitato.»

«Certo» disse Harry. «Più siamo, e meglio è. Gina, sei d'accordo che Joe venga alla cena di Natale?»

«Se porta il tacchino, perché no?»

«Tua moglie sta scherzando?» domandò l'altro. «Dove lo rimedio un tacchino?»

«Sta scherzando» lo rassicurò Harry. «Si crede una specie di attrice comica.»

Mimì era sdraiata sul letto, ancora vestita. Ormai aveva i capelli sale e pepe ed era più in carne di quando era arrivata in America, ma non più taciturna.

«Era ora che venissi a trovare tua madre dopo essere stata via tutto il giorno. Come sta?»

«Perché non ti infili sotto le coperte, Mimì?» Gina posò la tazza sul comodino.

«Lo farò quando ne avrò voglia. Cos'ha detto?»

«Chi? Joe?»

«Non fare la finta tonta con me. Cosa vuoi che mi importi di cosa dice quello scemo? Cos'ha detto mio figlio?»

Gina sospirò.

Mimì si voltò dall'altra parte.

Rimasero così per qualche istante, mentre le voci chiassose al piano di sotto tramavano disordini e operazioni di piazza.

«Aiutami a prepararmi per andare a letto» disse Mimì. «Sono stanca.»

Gina le diede una mano ad alzarsi. «Sta' tranquilla. Il 1912 sarà migliore.»

«Sei sicura?»

«Sì.»

Mimì rise. «Non senti cosa sta succedendo nella tua cucina? Cosa stanno complottando? Ricordati le mie parole, sarà l'anno peggiore di tutti i tempi.»

«Cosa complottano sempre? Scioperi. Manifestazioni. Petizioni per salari più dignitosi. Sono solo chiacchiere, non preoccuparti.» Le strinse la mano. «Ne sono certa. Sarà un anno sereno, vedrai.»

«Sai cosa lo renderebbe un anno migliore? Che mio figlio e quel buono a nulla di tuo marito chiedessero scusa, si buttassero il passato alle spalle e si sedessero allo stesso tavolo.»

«Ci sto lavorando.» Gina le sganciò il vestito e le sottogonne e le tolse le calze. Le fece scivolare la camicia da notte sopra la testa e le portò una bacinella d'acqua. Poi, quando sua madre fu a letto, posò le banconote di Salvo sul comodino accanto alla camomilla.

«Crede di poter rimediare con i soldi?» chiese Mimì. «Digli che non voglio il suo denaro.»

«Ci abbiamo provato. Non ci ha rivolto la parola per un anno. Ha avuto una bambina e non ce l'ha detto.»

«Considerando che tuo fratello ama correre la cavallina, come fai a essere sicura che abbia solo quella?»

«Mimì!» Gina le rimboccò le coperte e le diede un bacio.

Prendendole la mano, l'altra la guardò, le toccò il viso pallido, le infilò le ciocche scure dietro le orecchie.

«Sto bene» sussurrò Gina. «Non preoccuparti. Sono solo stanca.»

«Sai quali altre novità ci sono? La tua amica Verity è di nuovo incinta.»

«Dio mio, no. Come fai a saperlo?»

«Gioco a bingo con sua madre ogni sabato. Me l'ha detto lei. Cos'è, il suo sesto figlio?»

«Il quinto. Smettila.» Gina si sfregò gli occhi. «Come ci riesce?»

«Evidentemente non hai insegnato a Verity i tuoi infallibili metodi contraccettivi. Qualcuno dovrebbe spiegarle che, per molti versi, gli esseri umani sono come le verdure: quel che conta è la qualità, non la quantità.»

Gina sorrise, chinandosi per darle un altro bacio. «Io ho imparato bene questa lezione. Nessuno può accusarmi di disastrosa procreazione eccessiva.»

«Figlia mia, nessuno può accusarti di procreazione, punto e basta.»

Tornando seria, Gina andò verso la porta.

«Di' a quei quattro di fare piano.» Mimì strinse il rosario. «Alcuni di noi devono alzarsi la mattina.»

4

Harry stava cercando di dormire, ma lei non voleva saperne.

«Non venirmi a raccontare la storia della stanchezza» sussurrò. «Non eri troppo stanco per le ciance rivoluzionarie.»

Lui le mise una mano sulla bocca. «Erano soltanto ciance. Sono esausto.» La baciò. «Parliamo domani. Purché non sia il tuo solito sermone di Natale.»

«Cioè...»

Lui la imitò: «"Harry, quando chiederai scusa alla tua famiglia?"».

«Bella domanda.»

«Sto dormendo. Non sento una parola di quello che dici. Sto sognando che resti in silenzio.»

Gina lo scrollò.

Lui gemette.

«Sst. Altrimenti Mimì penserà che stiamo combinando qualcosa.»

«Magari.» Harry le affondò le dita nella carne.

«Prima parliamo, poi penseremo ad altre cose.» Erano stretti sotto le coperte nel piccolo letto. Faceva freddo. Si premettero l'uno contro l'altra per riscaldarsi.

«Mi addormenterò prima.»

Ma qualcosa diceva a Gina che forse non sarebbe andata così.

«Perché non siete più gentili con Arturo?» mormorò Harry contro la curva del suo collo. «Angela è profondamente offesa dal fatto che tu e Mimì non siate più cordiali con lui.»

«Io sono cordiale.» Ma era vero che sua madre era intrattabile quando c'era di mezzo Arturo. Come se vedesse dei corvi neri sopra la sua testa.

«Cortesia americana. Non cordialità italiana.»

«Sto cercando di essere più americana e meno italiana in tutte le mie abitudini.»

Harry le percorse il corpo con le mani, infilandogliele sotto la camicia da notte, e trovò la sua bocca con la propria. «Ti supplico, non farlo. Qualsiasi cosa tranne questo. Sii italiana, ti scongiuro.»

«Italiana da tutti i punti di vista» mormorò Gina. «Non solo da quello che piace a te.»

«Accetterò il bambino con l'acqua sporca.» Le coperte scivolarono leggermente verso il basso quando Harry si aggrappò a lei, posandole le labbra sulle spalle nude e sfilandole la camicia da notte. Lei si staccò dalla sua bocca, era ipersensibile, e cosa dire al riguardo? Niente, in realtà, se non che...

«A proposito di bambini... ascolta... non mi dispiacerebbe averne uno.»

«Cosa?»

«Hai menzionato i bambini.»

«Non ho menzionato i bambini. Era una metafora.»

«Stavo pensando a un bambino vero.»

«Da quando?»

Gina non voleva confessare che contava i giorni del ciclo mestruale da molto tempo, cancellandoli dall'implacabile calendario del proprio grembo. «Da un po'.»

«Pensavo che fossimo d'accordo sul no. Avevamo detto entrambi no.»

«Eravamo d'accordo» confermò lei nel cuscino.

Harry, che si era sdraiato sulla sua schiena, scese. «Bene, allora.»

«"Bene, allora" niente. Ho cambiato idea. È la prerogativa dell'essere donna.»

Lui si alzò a sedere. La sua espressione e il suo linguaggio del corpo indicavano perplessità. Gina dovette reprimere una risata affettuosa. «Com'è possibile?» chiese Harry. «Una settimana sì e una no distribuisci opuscoli illeciti sulla libertà riproduttiva o roba del genere. Proprio questa mattina ho visto nella tua borsetta un articolo tratto da "Lucifer, the Light Bearer".»

«Okay...» disse Gina con voce strascicata. «Libertà riproduttiva significa anche avere un bambino, no?»

«Non secondo i tuoi opuscoli. Li hai letti?»

Lei non voleva ammettere di aver smesso. «Non so cosa dirti. Voglio un bambino.»

«Così, all'improvviso?»

«Siamo sposati da sei anni. Ti sembra una cosa improvvisa?»

«Di certo non mi sembra non improvvisa. Inoltre, avevi detto espressamente niente bambini. Ti ricordi di Chicago?»

«Sì, mi ricordo di Chicago. I brevi giorni della nostra piovosa e indimenticabile luna di miele.» L'unica che avevano avuto, avrebbe voluto aggiungere, ma si trattenne. «Avevo vent'anni! È logico che a vent'anni, quando ancora frequentavo l'università, non volessi un figlio.»

«Pensavo che denotasse un tratto generale del tuo carattere indipendente.»

«Denotava il fatto che avevo vent'anni e che ero al college.»

«E andare ad ascoltare Emma Goldman che sermoneggia ogni settimana? Non l'hai sentita dire che i bambini sono schiavitù?»

«Come se prestassi attenzione. Dice che anche Dio è schiavitù. E che il matrimonio è schiavitù. E che il lavoro è schiavitù. Dobbiamo scegliere accuratamente quali idee sposare.»

«Santo cielo, hai smesso di metterla su un piedistallo!» Harry finse di essere scioccato. «Davvero spaventoso. È questo il destino che toccherà anche a me?»

«No, ti amo ancora. Vuoi che ti dimostri fino a che punto?»

«Che mi venga un colpo se rifiuto l'offerta.»

Fece l'amore con lei dolcemente, senza preoccuparsi troppo di non fare rumore, e poi, al buio, la tirò a sé, le accarezzò il viso e il corpo e, confuso quanto prima, bisbigliò: «Semplicemente non capisco il tuo precipitoso ripensamento».

«Sì, è come cadere da una scogliera» sussurrò Gina, stanca, rilassata, sazia, appagata, ma ancora ansiosa di dire ciò che andava detto.

«Stai di nuovo facendo dello spirito? Non riesco a capirlo, con te.»

«Io? Mai.» Gina ascoltava distrattamente, passando le dita delicate sul braccio che la stringeva. «Ma, nella nostra situazione attuale, Mother Jones potrebbe avere ragione. *Tu* non puoi avere un bambino. Solo io. È la legge dei profeti. Non posso fare quel che faccio adesso e prendermi cura di un bambino.»

Mary Harris Jones, o Mother Jones, era una delle cofondatrici dell'IWW, l'Industrial Workers of the World, e un'instancabile sindacalista. Era anche detestata dalla maggior parte delle donne illustri dell'epoca per la sua veemente opposizione all'aborto e ai diritti delle donne. La ragione principale della delinquenza giovanile, diceva a tutti coloro che la stavano ad ascoltare, erano le madri che lavoravano fuori casa. Questo non la aiutava certo ad accattivarsi le simpatie generali.

«Suppongo che potrei occuparmene io» replicò Harry, con il

tono di chi avrebbe potuto dire: «Credo di poter provare a fare il gelato».

«Non voglio che te ne occupi tu. Voglio avere un bambino perché voglio fare la madre. Non voglio essere chiamata madre. Voglio *essere* madre. Voglio essere madre di un bambino. Voglio che quello sia il lavoro della mia vita.»

Con un lunghissimo sospiro, Harry la baciò sulle labbra, tra i seni gonfi e sulla testa, quindi chiuse gli occhi e inspirò a fondo. «Ci penseremo quando sarà il momento, d'accordo?»

Si sistemò per dormire. Gina rimase in silenzio, sdraiata tra le sue braccia, respirando appena e ascoltando il battito ritmico del suo cuore.

«Amore mio, credo che il momento sia arrivato» sussurrò alla fine.

Stringendola a sé, Harry scoppiò in una risatina. «Perché non diamo al nostro amplesso qualche settimana per fare effetto, zuccherino?»

Lei sollevò la testa dal suo petto, guardandolo nell'oscurità. «Il momento è arrivato, tesoro.»

Finalmente lui capì.

Tacque a lungo, dandole le spalle. Gina lo accarezzò. Harry non si sottrasse al suo tocco.

«Perché non me l'hai detto?»

«Te lo sto dicendo. Lo sto facendo in questo istante.»

Harry si mise la sovracamicia e si accasciò sul proprio lato del letto. «Che cosa faremo?»

«Andrà tutto bene. Non è quello che dici sempre? Andrà tutto bene.»

«Non sei preoccupata?»

«Tu sei preoccupato?» Gli fece scorrere le unghie lungo la schiena, picchiettando e grattando per pungolarlo. «Caro, non sei pronto per lasciare la casa di mia madre, non sei pronto per trovare lavoro, non sei pronto per avere un bambino. Prima di me non eri pronto per sposarti. Hai trentaquattro anni. È ora. È ora di prendere la vita per le corna. Certi treni passano una volta sola.»

«Pensavo che fossi felice di noi, di come stanno le cose.»

Gina non avrebbe voluto fare una pausa, ma non poté evitare una leggera esitazione. «Non sono infelice. Ma non mi dispiacerebbe non vivere con mia madre. Non mi dispiacerebbe avere un po' di privacy con te, solo tu, io e il nostro bambino. Non mi dispiacerebbe non dover fare due lavori, non dover stare lontana da te per così tante ore durante il giorno.»

«Uno dei due dovrebbe stare lontano in ogni caso, se io lavorassi.»

Gina annuì senza parlare, senza giudicare. «Ti amo. Ma vorrei che ora quella persona fossi tu.»

«Eravamo d'accordo.»

«Okay. Eravamo d'accordo.»

«E poi andavi ad ascoltare una femminista dopo l'altra che parlava di amore libero, di anticoncezionali, di donne che si comportano come uomini, e così via.»

«È vero.»

«Dunque?»

«Dunque, cosa? Mi sono stancata.»

«Non me l'avevi detto.»

«Tu ti sei stancato molto tempo fa, è da anni che non mi accompagni. È per questo che devo continuare a trascinare Angela con me alle riunioni. È per questo che ha conosciuto Arturo. Ed è per questo che mia madre mi incolpa della sua situazione attuale.»

«Quale situazione? L'amore?»

«Qualcosa del genere.»

«Il punto è che non abbiamo mai parlato di avere dei bambini. Abbiamo solo parlato di non averne.»

Gina sospirò. «Quando è stata l'ultima volta che abbiamo affrontato l'argomento?»

Harry tacque, segnalando che l'aveva dimenticato. Di solito si ricordava tutto.

«In ogni caso» riprese lei, «cosa vuoi che faccia al riguardo?»

«Nulla, naturalmente.»

«D'accordo.»

«Dove andremo a vivere? Siamo ancora da tua madre.»

«Non guadagno abbastanza, questo è vero. Non sono un uomo. Ma tu sì. E ne hai la possibilità.»

«L'hai fatto per costringermi a trovare un lavoro umile?»

«No. Voglio solo un bambino. Vorrei che tu avessi ancora i conti correnti di tuo padre a disposizione. So che le cose erano più facili per te quando potevi comprare quello che volevi e mandare le fatture al contabile. Non avrò nulla da obiettare se deciderai di metterti in contatto con lui.»

«Sai che non succederà mai. Non dopo quello che ha fatto, dopo quello che ha detto.»

«Puoi parlare alla tua famiglia del loro nipote. Esther...»

«Mai.»

«Tua sorella potrebbe essere felice di sentirti, no?»

«Non lo so. Non mi interessa.»

«I bambini appianano molte cose.»

«Non questa.»

«Secondo Mimì...»

«Non mi interessa. Bambino o non bambino, mio padre e mia sorella sono usciti dalla mia vita. Proprio come desideravano.»

Gina si lasciò cadere all'indietro. «Perché li allontani? La tua famiglia, mio fratello. Il tuo amico Ben. Eravate così affiatati. Perché non gli hai scritto? Non sai nemmeno se è ancora a Panama.»

«Se non so dov'è, come faccio a scrivergli?»

«Scommetto che tua sorella lo sa. Potresti chiederglielo.»

«Smettila.»

«Sua madre deve saperlo. Potresti contattarla. Andavi molto d'accordo con lei.»

«Sì, ma va troppo d'accordo con mio padre. Non ho intenzione di coinvolgerla, Gia. Inoltre non credo che Ben voglia avere mie notizie.»

«Non puoi essere in rotta con tutti.»

«Salvo mi odia così tanto da non mettere piede in casa di sua madre. Che colpa ne ho?»

Gina non rispose, mordicchiandosi il labbro e costringendosi a tacere. Perché doveva essere siciliana? I siciliani si lasciavano sempre sfuggire ogni maledetta stupida cosa che passava loro per la testa.

«Sai cosa dice Mimì?»

Harry si abbandonò sul letto a sua volta, posandole la mano sull'addome. Si girò verso di lei e si chinò a baciarla. «No. Dimmi cosa dice Mimì.»

«Dice che il bambino porta con sé il suo cibo.»

«Mmh.» Le baciò il ventre nudo, le accarezzò i fianchi, le solleticò i seni. «Sai chi porta con sé il suo cibo? Tu.»

5

Lei prepara il concentrato di pomodoro con le sue mani. Indossa qualcosa di estivo, di luccicante e vaporoso, e ha i capelli legati. Il vestito deve essere morbido e leggero perché sta per affrontare un pesante lavoro fisico. Potrebbe sudare. Lui si limita a stare seduto e a guardarla, con la bocca socchiusa e l'anima trafelata. L'ha guardata fare il concentrato moltissime volte. Non si stanca mai.

Lei ha fatto sobbollire i pomodori per tutta la mattina, lasciandoli condensare. Ha filtrato la polpa, eliminato i semi e le bucce. Li ha pelati.

Ora ha bisogno del suo aiuto, ed è per questo che lui è rimasto seduto al tavolo della cucina a fissarla.

Trascinano due tavole di compensato dalla veranda lungo le scale e fino al retro. Le tavole occupano quasi tutto il giardino invaso dalla vegetazione. Ma è lì che batte il sole. È fine estate e fa caldo, ed è l'unico modo per fare una quantità di concentrato sufficiente per tutto l'inverno. I pomodori che lei coltiva sono sempre splendidi. A casa di suo padre, lui non li ha mai mangiati come li mangia ora, crudi, cotti, bolliti, al vapore, fritti. Li gusta in tutti i modi. Sono il frutto dell'albero della vita siciliano.

Portano le due pentole di pomodori stufati sulle tavole. Lei vi distribuisce sopra la densa polpa a pezzi, inclinandole leggermente per far scolare il liquido rimasto. Ce n'è molto. Lasciano le tavole al sole.

Mimì fa le pulizie nelle case, Salvo spazza le strade. Harry e Gina fanno l'amore tutto il pomeriggio, mentre il sole si sposta di quarantacinque gradi nel cielo d'agosto. A malapena riescono a scendere le scale per riportare dentro le tavole. Ora lui vorrebbe soltanto fare un lungo pisolino, però è quasi ora di cena e lei lo costringe ad aiutarla. Ma adesso, dopo, lui non ne ha voglia.

Riducono il concentrato essiccato in grosse palline. Lui cerca di non fare battute sconce, ma invano. Non è particolarmente in vena di scherzare. Quello che vuole è fare un sonnellino e poi rifare l'amore con lei. Hanno le mani impiastrate di polpa appiccicosa, così dolce da essere nauseante, rossa e troppo matura. Se le puliscono come possono. Di tanto in tanto rifanno l'amore, con tutti i vestiti addosso per risparmiare tempo, anche se è molto tardi e gli altri – Angela, Mimì, Salvo, Rita – torneranno da un momento all'altro per la cena del sabato sera. Ansimanti e spettinati, con le mani che si sono appena scambiate amore, rivestono le palline con un velo d'olio d'oliva, le legano strette nella stamigna e le ripongono in capienti vasi di vetro. È un lavoro che richiede l'intero pomeriggio. Lei coltiva pomodori sufficienti per tutto l'inverno. Qualunque cosa cucinino, non devono mai preoccuparsi della salsa. Ne hanno sempre in abbondanza.

Harry associa i pomodori all'amore. Sente un palpito fisico nel suo nucleo virile, una fiamma ardente ogni volta che lei apre uno di quei vasi, ogni volta che lo imbocca, che gli chiede cosa vuole per cena. Ciò che gli viene in mente è la dolcezza acida e inebriante di quegli afosi pomeriggi estivi.

6

Se Harry esprimeva, tanto interiormente quanto esteriormente, una certa ambivalenza litigiosa sulla riprogrammazione del suo futuro, nessuno aveva dubbi su come la pensasse Mimì. Era come se tutti gli acciacchi avessero abbandonato le sue ossa. Dopo che Gina le ebbe dato la felice notizia, saltò giù dal letto, indossò i vestiti buoni e corse lungo le strade di Lawrence, portando candele in chiesa e cioccolatini alle amiche. «Finalmente avrà un bambino! Avrà un bambino!» Comprò dei fiori, andò al mercato, preparò un banchetto e diede una festa a cui invitò forse mezza città. «Non mi avete dato la possibilità di festeggiare il vostro finto matrimonio. Almeno posso gioire del suo frutto.»

Harry si appoggiò alla spalla di Gina. «Perché la tua cara madre si ostina a definirlo finto? Vuole forse vedere i documenti del giudice?»

Lei gli diede un bacio sul naso. «Credo che preferirebbe vedere quelli del sacerdote.»

Lui le circondò la vita ancora snella e la condusse sulla veranda. «Dunque pensa che siamo sposati illecitamente.» Rise. «Questo significa che sei una mantenuta?» La baciò. «Perché lo trovo così allettante?»

Fedele alle sue radici di brava moglie e vera donna, Gina ricambiò il bacio appassionato e tenne a freno l'altra parte siciliana di sé, evitando di dire ciò che si vergognava di pensare quando suo marito era tutto gentile e galante, cioè: di tutte le cose che sono, e sono molte cose, una di quelle che non sono assolutamente è una mantenuta.

«Andate a Boston, voi due» ordinò Mimì meno di ventiquattr'ore dopo. «Dillo alla tua famiglia, Harry, e tu, Gia, va' ad avvisare tuo fratello.»

Lei era d'accordo. Lui scosse educatamente la testa.

«Salvo rinsavirà, Harry.»

«No, Mimì.»

«Sì, invece.»

«No, invece.»

«Dio, perché sei testardo come un mulo?»

«Lui si rifiuta di tornare e il mulo sono io?»

Mimì lo incalzò. «Salvo sta aspettando che implori il suo perdono. Ha solo bisogno di sapere che sei pentito.»

Harry scrollò il capo. «Ci ho già provato. È inutile.»

«Quanti anni sono passati?»

«Tuo figlio è troppo orgoglioso.»

«E tu?»

«Io non sono tuo figlio.»

«Sfodera il tuo fascino» gli sussurrò Gina, seduta lì vicino.

Mimì si irritò. «Sei il cosiddetto marito di mia figlia.»

«Veramente, *sono* suo marito.»

«Nel nostro Paese i mariti, anche quelli come te, sono considerati parte della famiglia. Nel tuo no?»

Harry tacque.

«Come pensavo. Inoltre sei ancora il figlio di qualcuno, no?»

«Non più.»

7

Harry esaminò le offerte di lavoro sul giornale con scarso entusiasmo. «Che fardello» esclamò una sera, «continuare ad aver bisogno di un lavoro retribuito.»

«Benvenuto nella vita reale» ribatté Gina. «Non quella finta che hai vissuto finora.»

Aveva ragione, naturalmente, e lui odiava le discussioni. Certo, non avrebbe negato di aver condotto, in passato, quella che gli era sembrata una vita falsa. Innamorarsi era una cosa. Ma scegliere Gina era stato un altro paio di maniche. L'aveva sposata perché era la cosa più reale che avesse mai trovato. Non c'era equilibrio nella vita con lei. Niente finzione né temperanza. Occorreva tenere in aria tutti i birilli contemporaneamente. Faceva sempre troppo caldo o troppo freddo; il vino era troppo o troppo poco. Il letto di Harry non era mai vuoto, e questo compensava la mancanza di molto altro: l'unione coniugale di due spiriti affini, due poli opposti per quanto riguardava la posizione sociale, ma una cosa sola sotto l'unico aspetto che contava. Un solo corpo, una sola anima.

Eppure... puzzo e fatica senza sosta, una fatica costante. Non c'era tempo per pensare, per fare progetti a lungo termine, per capire le cose, e nemmeno per leggere.

«Che ne diresti di trasferirci a Kalamazoo, nel Michigan?» chiese Harry a Gina. «Così potrei lavorare alla catena di montaggio di Henry Ford.»

«Quell'uomo ti pagherebbe cinque dollari al giorno. È una piccola fortuna.»

«Cinque dollari?»

«Al giorno!»

«Florenz Ziegfeld ne spende trecento per i cuscini di scena! Trecento dollari l'uno.»

«Forse allora dovresti essere tu a vendergli questi cuscini magici.»

«Ci risiamo, sposti ogni conversazione sui soldi.»

«Non è vero.»

«Sì, invece.»

«Sulla mancanza di soldi, intendi?»

«Chiamala come ti pare.»

E così, l'ennesimo botta e risposta accidentale tra coniugi sfociava nell'intemperanza. Niente equilibrio, mai.

Harry trovò un lavoro diurno che durò una settimana: consegnava articoli di carta ai ristoranti locali. Guidava un furgoncino, prelevando la merce a Weston e distribuendola a Lawrence e Andover. Il lavoro finì poco prima di Natale. Gina non disse nulla. Nemmeno lui disse nulla, ma ricominciò a cercare. Qualche giorno dopo tornò a casa euforico, annunciando che aveva trovato un posto. Lei era ancora nel primo trimestre e vomitava senza tregua.

«Un lavoro a tempo pieno?» Gina si sforzò di sembrare entusiasta a sua volta.

«Assolutamente sì.» Prese il cavatappi per festeggiare con una bottiglia di vino rosso.

«È meraviglioso! Da chi?»

«Bill Haywood.»

Gina fece un passo indietro dal tavolo a cui stava per sedersi. «Big Bill Haywood?» ripeté incredula.

«Ce n'è forse un altro?»

Lei ammutolì, con la bile che le saliva in gola.

«Aiuto già Joe e Arturo con l'organizzazione, le idee, la pianificazione. Li aiuto sempre con i discorsi. Ora mi pagheranno per farlo. Meglio che gratis, no?»

«Non so come rispondere. Cosa potrebbe mai volere da te Bill con un occhio solo?»

«Perché non dovrebbe voler avere a che fare con me?»

«In cosa consiste il lavoro?»

«Non lo so. Lui ha bisogno di qualcosa, io lo faccio.»

«Vedi, è questa la parte che mi preoccupa.»

«Non dovrebbe preoccuparti.» Harry stappò il vino e prese due bicchieri. «Dovrebbe renderti felice.»

«Big Bill!» ripeté Gina. «Sai che di recente è stato processato per aver fatto saltare in aria un uomo con una bomba, vero?»

«Dai, sai che non l'hanno condannato.»

Lei scosse la testa, ma senza troppo vigore; la nausea rendeva difficile reagire adeguatamente. «Ho un bruttissimo presentimento. Perché è qui? Cos'ha in mente? Questa non è una città mineraria.» Bill Haywood era stato presidente della Miners Federation prima che l'organizzazione si unisse ai socialisti per dare vita all'Industrial Workers of the World. «Quell'uomo non ha avuto altro che problemi con la legge e ha portato solo scompiglio ovunque sia stato. In qualsiasi città vada, qualcuno muore, viene freddato con un colpo di pistola, aggredito, picchiato, fatto esplodere. Ogni singola volta! Non ha mai attraversato una città senza portare con sé cinque o sei scalpi. Vuoi essere coinvolto in tutto questo?»

«Non è colpa sua se la polizia lo odia. È perché è così intraprendente. E sei stata tu a dirmi di trovare lavoro.»

«Potrei trovare diversi lavori che forse non ti piacerebbero, se capisci cosa intendo. Se tu mi dicessi "Trovati un lavoro" e io mi mettessi a fare qualcosa di poco appropriato per una donna sposata, rimarresti indifferente?»

«Okay, stai paragonando Bill Haywood alle ragazze allegre di Madame Camilla vicino ai binari della ferrovia?»

«Un uomo assolto grazie a un cavillo dopo averne assassinato un altro davanti a casa sua ti pagherà per eseguire i suoi ordini?» Gina strinse la presa sulla sedia. «Sì, direi che è peggio.»

Harry mise giù i bicchieri senza riempirli.

«Da quando sei così schizzinosa?» chiese freddamente. «Non

ricordo che tu abbia storto il naso davanti a quell'anarchica radicale di Emma Goldman, i cui discorsi hanno istigato un uomo ad assassinare un presidente.»

«Emma Goldman è tutta chiacchiere. Bill Haywood è azione violenta. Lui la chiama "azione diretta". Ma noi sappiamo cosa intende, vero?» Gina giunse le mani in segno di supplica. «Stiamo per avere un bambino. Dobbiamo tenere conto di queste sottili distinzioni.»

«Pensavi forse a queste distinzioni mentre distribuivi illegalmente gli opuscoli della Goldman sulla contraccezione, in palese violazione del Comstock Act?»

«Ovviamente è stato un enorme fiasco.» Si posò i palmi sull'addome, contratto dagli spasmi. Non era in condizioni di litigare.

«Tuo o suo?»

«Mio.»

Harry la guardò con diffidenza per qualche istante. «Non arrabbiarti. Abbiamo bisogno di questo lavoro. Non voglio deluderti. Andrà tutto bene. Resterò con Bill finché non arriverà qualcosa di meglio. Mi ha dato un piccolo anticipo per Natale. Se non altro siamo a posto fino all'anno nuovo.»

Prendendo la bottiglia, Gina versò il vino. «È meglio che ringrazi subito il cielo per le tue fortune, scagnozzo di Bill Haywood.» Alzò il bicchiere verso il marito. «Se le cose che ho letto sul suo conto sono vere, presto ci sarà ben poco di cui essere grati.»

Brindarono e bevvero. La combattività finiva sempre in nulla. L'intimità era un balsamo per smussare gli spigoli più aguzzi.

«Big Bill pensa che io sia troppo coinvolto con te» disse Harry quella sera a letto. «Dice che non posso essergli d'aiuto se la mia fedeltà è divisa.»

Gina avvolse le braccia e le gambe intorno al suo corpo. «Gli hai detto che la tua fedeltà non è affatto divisa? È tutta per me.»

«Stai solo confermando la sua tesi. Bill sostiene che i grandi uomini non possono essere o diventare grandi quando sono circondati» mugolò «da donne.»

Lei non lo lasciò. «E tu gli credi?»

«In questo momento non riesco a ragionare.»

Le coperte si sollevarono fin sopra le loro teste. Le coperte volarono via dai loro corpi surriscaldati.

«Riesci a ragionare ora?»

«Temo che Bill non abbia tutti i torti.»

Gina scrollò il capo in un silenzio esasperato. Poi: «È proprio vero, e in questo caso anche in senso letterale, che nel regno dei ciechi l'orbo è re».

2

Annie LoPizo

1

Fin da piccola, Gina odiava quando sua madre aveva ragione. Ora che era adulta, le piaceva ancora meno. Quel che era peggio era la quantità di cose su cui Mimì aveva ragione, e quel che era ancora più esasperante era il modo in cui lo intuiva sempre. Con le sue capacità di osservazione – immutate nonostante la vista indebolita, gli assalti furiosi dell'età e l'indifferenza generale –, continuava a dire pane al pane e vino al vino.

Così, quando seppe del lavoro del genero, l'unica cosa che disse fu: «Prego che Bill non faccia di te il suo segretario finanziario, Harry».

Gina la fulminò con lo sguardo.

Quando Angela aveva portato a casa Arturo, tenendolo in palmo di mano come uno scintillante esempio di grandezza maschile, Mimì gli aveva lanciato un'occhiata e, subito dopo che se n'era andato, aveva detto alla nipote: «Angie, sei stupida? Non vedi che quell'uomo orribile non fa per te?». Siccome i familiari di Angela erano in Sicilia, era Mimì a fare da madre surrogata alla giovane donna.

Angela le aveva dato un bacio. «Tu pensi che nessuno sia alla mia altezza. Ti voglio bene.»

«No» l'aveva corretta Mimì con calma. «Soltanto lui.»

«Ma è meraviglioso! Scrive poesie. Ha studiato per diventare seminari...»

«È in seminario adesso?»

«Be', no...»

«Appunto.»

Nel 1908 Emma Goldman aveva annunciato una conferenza sullo spirito rivoluzionario nel teatro moderno. Gina aveva chiesto a Harry di accompagnarla, ma lui si era rifiutato. «Non ho voglia di andare a Boston in questo momento. O forse mai più. L'anarchismo e il socialismo sono come due poli magnetici. Tu va' pure. Porta Angela con te.»

«Non vuoi più venire con me da nessuna parte. Prima di sposarci partecipavi a tutte le riunioni.»

«Era la fase del corteggiamento. Ascoltare sproloqui anarchici che equiparavano il matrimonio alla schiavitù. Annuire ai sermoni contro le donne sottomesse. È così che ti ho convinto a sposarmi.»

«Mi prendi in giro.»

«Davvero? Sei sposata con me oppure no?»

Così Angela aveva iniziato ad accompagnare Gina, come aveva fatto Verity in passato. Insieme avevano ascoltato *La crisi economica: cause e rimedio*, *Il sindacalismo: una nuova fase della lotta operaia*, *La donna sotto l'anarchismo* e *Il rapporto tra anarchismo e sindacalismo*.

Quest'ultimo era il discorso che aveva cambiato la vita di Angela, anche se secondo Mimì non in meglio, perché era stato in quell'occasione che aveva conosciuto Arturo Giovannitti.

Arturo, emigrato da Napoli nel 1901, masticava a malapena l'inglese. Era alto, attraente, arrogante, chiassoso. Aveva davvero frequentato il seminario teologico per un breve periodo. Angela, robusta e dalle sopracciglia folte, simpatica e serena, da anni in attesa dell'uomo giusto, si era presa una bella cotta. Non aveva uno straccio di possibilità. «Come me, Harry» aveva detto Gina, restando sconcertata quando aveva visto che lui non rispondeva subito. «Come me, intendi» aveva replicato lui dopo altri solleciti velati.

Arturo, che si definiva un leader sindacale, un socialista e un poeta, aveva portato con sé al centro conferenze il suo amico Joe Ettor, detto Smiling Joe, dell'Industrial Workers of the World.

Joe aveva messo gli occhi su Gina, alta, bruna e carismatica, che gli aveva mostrato la fede nuziale e l'aveva invitato a Lawrence per conoscere suo marito. Joe aveva capito l'antifona, ma era andato ugualmente a cena da loro. Lui e Harry avevano legato subito, passando quella sera e molte altre a discutere del materialismo dialettico di Marx e del fatto che lo sviluppo economico fosse il fondamento della vita. Una sera ebbra e gioiosa dopo l'altra avevano giocato a carte, raccontato barzellette e sognato un vero Stato socialista, una realtà che ancora non esisteva, in cui il denaro, i prezzi e i mercati venissero aboliti e le proprietà capitalistiche confiscate e divise tra il popolo.

Joe e Arturo erano affascinati da Lawrence, il centro mondiale della produzione di lana e pettinati, una città tessile florida ma profondamente tormentata. Joe aveva fatto l'acquaiolo sulle ferrovie, il limatore nelle segherie, il bottaio, l'operaio nei cantieri navali e infine era stato assunto in una fabbrica di sigari. Aveva cominciato a lavorare con l'IWW come organizzatore di comunità ed era diventato un oratore straordinario. Aveva trascorso anni portando con sé Arturo, viaggiando per il Paese e organizzando minatori, braccianti migranti e lavoratori stranieri. In due occasioni aveva convinto Harry, che casualmente era disoccupato, ad accompagnarli per aiutarli a scrivere i discorsi. Entrambi lo ammiravano, rispettando la sua indole riflessiva. Se loro erano sfrontati, lui era timido; se loro urlavano, lui parlava con voce sommessa; se loro erano pieni di passioni retoriche, lui si dedicava freddamente alle argomentazioni ragionate.

Aiutati dai discorsi di Harry, avevano organizzato lo sciopero dei calzaturifici di Brooklyn all'inizio del 1911. Forti di quel successo, erano tornati a Lawrence, avevano affittato due camere vicino a Lowell Street, poco lontano da dove Angela viveva con la sua amica Pamela, e si erano dedicati a una sorveglianza tra i fumi dell'alcol. Erano convinti che a Lawrence stesse per succedere qualcosa di grosso, e volevano essere presenti quando fosse accaduto.

Così, durante il Natale del 1911, Arturo si sedette con Angela, Harry e Joe intorno al piccolo tavolo rotondo, simile a un quartier generale militare, nella cucina di Mimì e cercò di interpretare le recenti azioni dell'American Woolen. Gina, in piedi accanto al lavello, li osservava cautamente, prima nervosa, poi nauseata. Era d'accordo con Mimì: quel fermento nel periodo delle feste puzzava di guai.

Gli stabilimenti di Lawrence erano i maggiori produttori mondiali di tessuti e necessitavano di un gran numero di operai, perlopiù donne e ragazzine non qualificate. Dopo l'invenzione del sistema a due telai, il ritmo era diventato estenuante, la noia e la ripetitività pericolose, e gli infortuni così gravi e frequenti da distruggere famiglie e posti di lavoro. Così, dopo che il sindacato aveva esercitato forti pressioni per ottenere due ore di lavoro in meno la settimana, l'assemblea legislativa del Massachusetts aveva ridotto il tetto massimo di ore da cinquantasei a cinquantaquattro. Fred Ayer e suo genero William Wood, dell'American Woolen, che possedevano e gestivano tutti gli stabilimenti di Lawrence, avevano detto senza battere ciglio: signore, avete voluto la bicicletta? Adesso pedalate. Buon Natale.

L'approvazione immediata da parte dell'American Woolen aveva suscitato la reazione improvvisa e diretta dell'intero calderone dell'IWW, che aveva marciato su Lawrence nel dicembre del 1911 come se fosse Parigi nel 1789. La domanda che tutti i socialisti si facevano era: perché l'American Woolen avrebbe dovuto acconsentire alle richieste così rapidamente? Questo lasciava perplessi i quattro cospiratori di Summer Street e inquietava Gina.

Salvo non tornò a casa per Natale e la sua assenza fu un livido nero intorno al tavolo. Gina e sua madre non toccarono l'argomento. Mimì pregò più del solito, cioè quasi tutto il giorno. Dopotutto era Natale, disse. Le preghiere erano opportune. Ma la vigilia non era riuscita a trattenersi e aveva accusato Harry di spietatezza per aver abbandonato la sua famiglia.

«Non mi vedi?» aveva chiesto dopo aver festeggiato con troppi bicchieri di porto rosso. «Non ho mio figlio a Natale. Piango per la disperazione. Non credi che tuo padre e tua sorella provino la stessa cosa a non averti con loro?»

«No, credo di no.»

«Sei cieco nell'anima!»

«Mi hanno buttato fuori» si era difeso Harry. «Non me ne sono andato come Salvo, di mia spontanea volontà. Mi hanno costretto ad andarmene, dicendo che non sarei mai più stato il benvenuto a casa loro. Mio padre mi ha disconosciuto. Mi ha impedito l'accesso ai conti di famiglia. L'hanno fatto perché ho avuto la sfacciataggine di sposare tua figlia.»

Mimì si era schiarita rumorosamente la voce. «Si è sentito tradito da te. Ha perso le staffe.»

«Mio padre non perde mai le staffe. Ha detto esattamente quello che pensava. Ha fatto esattamente quello che voleva. Ha dichiarato che non aveva più un figlio.»

«Sei uno sciocco. Gina, hai sposato uno sciocco. Ti rendi conto di quanto sia ridicolo ciò che stai dicendo? Un padre non può abbandonare i suoi figli.»

Gina aveva cercato di consolarla. «Loro non sono come noi. Non provano le stesse cose per i loro figli.»

Mimì si era alzata barcollando. «Non credi che un uomo tenga moltissimo al suo unico figlio maschio? Sei almeno mia figlia? Rifletti su quello che dici. Il suo unico figlio maschio!»

«Sinceramente, credigli.»

«Un uomo che non tiene al suo unico figlio maschio non tiene a nulla.»

«Be'» era intervenuto Harry, «forse hai risposto alla tua domanda.»

Aggrappandosi alla ringhiera, Mimì aveva salito lentamente le scale, rifiutando l'aiuto di Gina. «Siete entrambi ciechi. Perché non avete figli. Aspettate. Aspettate fino ad agosto. Allora capirete.»

Accolsero il 1912 con champagne e maiale arrosto. Arturo disse ad Angela che forse quell'estate, se fosse andato tutto bene, avrebbero potuto sposarsi.

Mimì salì le scale sbuffando, così forte da farsi sentire da tutti.

«Mimì, lo stai mettendo in imbarazzo» disse Angela dopo che gli uomini se ne furono andati. «Lo sai che ti sente, vero?»

«Spero che mi sentano i morti. Madre di Dio. E tu mi senti? Ti ha regalato un anello?»

«Non ha i soldi in questo momento.»

«Ma li ha per le sigarette e per i viaggi in treno in tutto il Paese, vero? E ogni volta che lo vedo indossa un completo nuovo.»

«Gli anelli sono costosi.» Angela si rivolse alla cugina al piano di sotto. «Gina, quanto costa il tuo anello?»

In cucina, dove era occupata a sparecchiare, Gina picchiettò con un dito sulla spalla di Harry, che stava leggendo il giornale. «Come faccio a saperlo?» domandò lui con un'alzata di spalle. «Sono entrato in gioielleria e ho scelto la pietra più grande. Il conto l'ha pagato mio padre.»

Gina si fissò l'anulare sinistro, dove brillava il diamante da due carati taglio princess. Lo lucidava ogni mattina, prima ancora di lavarsi i denti. Pareva uscito dalla vita di un'altra persona.

«Dice che non è così costoso, Mimì» urlò Gina verso la camera.

«Ha intenzione di attirarti in un finto matrimonio come quello di Harry con mia figlia?» chiese Mimì ad Angela.

«Il nostro non è un finto matrimonio!» gridò Gina dal piano di sotto. «E poi, Harry può sentirti.»

«No.» Sorridendo, Angela si sedette sull'angolo del letto. «A differenza di Harry con Gina, Arturo mi sposerà come si deve, in chiesa. Perché, come sai, la retorica atea italiana è soltanto una facciata. Non esistono italiani atei.»

In cucina, Harry alzò lo sguardo dal giornale per catturare l'attenzione di Gina e scoprire se fosse vero. Lei si fece il segno della croce e chinò la testa a mo' di assenso prima di baciarlo con le labbra ancora umide di champagne.

«Non c'è nemmeno un anello» continuò Mimì, implacabile.

Gina agitò la mano sinistra in direzione di Harry, domandandosi quanto valesse la pietra e se mai sarebbe riuscita a racimolare i soldi per ricomprarla, nel caso in cui l'avesse impegnata.

2

Ai primi di gennaio, le donne di Lawrence tornarono al lavoro. Cinque giorni dopo, quando ricevettero la paga, scoprirono che c'era un piccolo errore. Mancava mezzo dollaro rispetto alla settimana precedente.

Arturo chiese ad Angela di fare qualche semplice calcolo. E, guarda caso, emerse che sì lavoravano due ore in meno la settimana come avevano richiesto, ma ricevevano anche due ore in meno di retribuzione.

Quel venerdì sera Arturo camminava avanti e indietro nel salotto di Summer Street come un pavone compiaciuto. «Ve l'avevo detto. Ve l'avevo detto. Sapevo che stavano tramando qualcosa, e avevo ragione.»

Duecento donne – con in testa Angela, che aveva trascinato con sé una Gina piuttosto riluttante – si presentarono il lunedì successivo davanti alle porte rosse del Wood Mill, all'incrocio tra Union ed Essex Street, chiedendo a gran voce che l'errore contabile fosse corretto immediatamente e minacciando di non tornare al lavoro finché la richiesta non fosse stata soddisfatta.

Il piccolo e cortese Lester Evans, direttore dell'American Woolen, uscì per parlare con Angela e Gina.

«Perché siete arrabbiate, signore?» domandò con calma, fasciato in un completo su misura. «Smettetela di urlare. Qual è il problema? Credete di dover essere pagate nello stesso modo per lavorare meno?»

«Sì!» gridarono le operaie in tono provocatorio. Gina rimase in silenzio.

«Ma avete ricevuto tutte un generoso aumento quando avete negoziato l'ultimo contratto, appena quattro mesi fa. State dicendo che non vi basta?»

«Paga ridotta!»

«Perché dovremmo pagarvi di più per lavorare meno? Questo sì che non sarebbe equo.»

«Niente decurtazioni! Niente decurtazioni!»

«Quello che non è equo è il taglio dei salari» urlò Angela in faccia a Evans, incoraggiata dalle donne chiassose alle sue spalle, come una vela con il vento favorevole.

«Ma non c'è stato un taglio dei salari» osservò Evans in tono affabile.

«C'è stato eccome!»

«Vi state mettendo contro i pezzi grossi, Annie LoPizo. Nel mondo reale si viene pagati per le ore lavorate. Niente lavoro, niente paga.»

Le donne non avevano altra strategia se non continuare a gridare. Evans ne aveva abbastanza. Prima di andarsene, puntò un dito contro Gina. «Avete un buon posto. Venite retribuite bene per il lavoro che svolgete. Non rovinatevi la vita lasciandovi coinvolgere in queste sciocchezze. Girate al largo da queste iniziative. Ne ho già viste in passato. Portano solo guai.»

Tutte le terminazioni nervose nel corpo di Gina erano d'accordo.

Quella sera, quando Arturo venne a sapere cos'era accaduto, ordinò alle due giovani di tornare davanti alle porte dello stabilimento il mattino seguente e di comunicare al signor Evans che gli operai si sarebbero rimessi ai telai solo quando l'«errore contabile» fosse stato corretto. «Non un minuto prima.»

Scuotendo la testa, Harry si alzò dal tavolo. «Angie, tu fa' quello che vuoi. Ascolta Arturo, non ascoltarlo, per me non fa differenza. Sei una donna adulta. Ma non coinvolgere mia moglie in questa storia.»

«Anche lei è una donna adulta! Anche lei ha ricevuto due ore di paga in meno.»

«Sì, Harry, di cosa stai parlando?» Arturo aggrottò le sopracciglia. «Ci sei dentro anche tu.»

«Infatti non ho parlato di me, ma di lei.»

«Cosa ti salta in mente?»

«Lo sai benissimo.» Prendendo Gina per il polso, Harry la fece alzare dalla sedia e la spinse su per le scale, lontano da lì. «Te l'ho detto. Farò quello che devo, ma tieni fuori mia moglie.»

Angela seguì Gina al piano di sopra, dietro la porta chiusa della camera. «Davvero non hai intenzione di venire con me?» chiese incredula.

«Non posso, Angie. Stiamo per avere un bambino. Ci servono i soldi.»

«Quali soldi? Non ci sono soldi. Se ci sarà uno sciopero, nessuno verrà pagato.»

Gina si girò sulle gambe molli. Si sedette sul letto. «Forse domani sarà tutto finito.»

«Come diavolo...»

«Forse prevarrà la ragionevolezza.»

«Stai dicendo che non ho la testa a posto?»

«Sto dicendo che abbiamo bisogno di soldi. Tu no?»

«Ho più bisogno di giustizia.»

«Harry non vuole che io mi lasci coinvolgere. Cosa dovrei fare? Andare contro la sua volontà?»

«Io faccio parte della tua famiglia!» urlò Angela. «Non vuoi schierarti con la tua famiglia?»

«Anche lui fa parte della mia famiglia. E stiamo per avere un bambino. Perché non riesci a capire?»

«Capisco benissimo invece. Capisco che mi stai allontanando.»

«Chiedi a Pam di accompagnarti.»

«Evans la odia da quando ha piantato quel casino dopo aver rischiato di perdere una mano al doppio telaio. Ma tu gli piaci. Forse con te sarà più incline a cedere.»

«Ha ceduto questa mattina?» Gina scrollò il capo. «Harry ha detto no.»

«Guardati, tutte le tue virtù femministe finiscono nella spazzatura al minimo accenno di problema!»

«È perché ci sono problemi in vista che mi dice di starne fuori.»

«E tu gli dai retta. Che fine ha fatto il diritto a seguire i propri ideali?»

«Stiamo per avere un bambino!»

«Questo è un cambiamento sociale. Il progresso! La rivoluzione! Sono tutte le cose di cui abbiamo parlato, finalmente messe in pratica. Hai davvero intenzione di restare con le mani in mano mentre il sangue di altri uomini e donne viene versato sui marciapiedi?»

«Angela, forse non te ne rendi conto, ma mi stai dando ragione. La gravidanza non è il momento giusto per un'azione radicale.»

«La storia non si fermerà per il tuo bambino.»

«Be', allora salirò sul prossimo treno, se per te fa lo stesso. Sembra che ci sia una rivoluzione ogni anno.»

Smisero di parlare. Angela uscì come una furia e il mattino successivo Gina non la accompagnò. Tra la folla di donne, Angela andò da sola ad affrontare Lester Evans.

Non sarebbe potuta andare peggio di così. Il direttore le diede il benservito su due piedi, promettendo che, se l'avesse infastidito di nuovo davanti alla fabbrica, l'avrebbe fatta arrestare e sbattere in prigione. Usando un megafono informò le altre cinquanta donne urlanti che, se non si fossero presentate al lavoro l'indomani mattina, sarebbero state licenziate a loro volta. «Signorina LoPizo, per favore» aggiunse, «dite alla signorina Attaviano che, se non verrà a lavorare, anche lei sarà licenziata come tutte le altre.»

«Ormai è una donna sposata, signor Evans» gridò Angela. «Non risponde a voi o a me. Risponde a suo marito, che lavora per Bill Haywood.»

«Tanto peggio per lei, essere associata a quei luridi Wobblies» disse con disprezzo, riferendosi ai membri dell'IWW. «Tanto peggio per tutte voi. Ora andatevene dalla mia fabbrica.»

Gina era indignata. «Non sono venuta con te ed è così che mi punisci?» disse ad Angela. «Facendomi perdere il lavoro? Io vado a lavorare. Non so come tu pensi di pagare l'affitto, ma in questa casa lavoriamo per vivere.»

«Non è una punizione. È una guerra. Dobbiamo combattere.»

«Non posso e non voglio.»

«Puoi schierarti dalla parte della tua famiglia, delle donne e degli altri operai che lottano per il salario, oppure puoi rompere la linea, ma in quel caso nessuno in questa città ti rivolgerà mai più la parola. Perché noi non parliamo con i crumiri, nemmeno con quelli di famiglia. Diglielo, Arturo.»

«Noi non parliamo con i crumiri» disse Arturo.

«Fuori da casa mia» ordinò Gina. «Dov'è Harry?»

«Sta scioperando!»

«Come può scioperare? Non lavora negli stabilimenti!»

«Allora sta organizzando gli scioperanti» precisò Arturo. «Andando porta a porta con Joe. Spedendo telegrammi a Big Bill per informarlo che c'è urgente bisogno di lui a Lawrence. Chiamando Mother Jones. Chiamando Emma Goldman. Tuo marito» proseguì in tono pomposo «sta combattendo per la nostra causa. Come dovresti fare tu.»

«Credevo di averti detto di uscire da casa mia.»

«Questo sciopero è anche per te. Il salario a tempo pieno di un operaio degli stabilimenti non basta per mantenere una famiglia.»

Lei rispose con un silenzio eloquente. Angela si schiarì la voce. «In realtà, Arturo, Gina guadagna piuttosto bene lavorando in sala rammendi.» Distolse lo sguardo. «Sì, un salario generoso per un lavoro qualificato. Ma ora, Gia, anche tu guadagni meno perché ti hanno tagliato la paga.»

«Non mi hanno tagliato la paga. Mi hanno ridotto l'orario.»

«Lavoravi troppo.»

«Chi lo decide? Tu? Mi servivano soldi. Non volevo lavorare di meno e non voglio quanto non mi spetta. Sono una persona adulta.» Si sentiva debole, aveva bisogno di sdraiarsi. «Sono responsabile delle mie scelte. Voglio lavorare.»

«L'IWW darà pieno sostegno ai vostri sforzi per ottenere salari più alti e orari più ragionevoli.»

«Arturo, pensavo di averti detto di andartene!»

«Se se ne va lui, me ne vado anch'io» dichiarò Angela.

Incrociando le braccia, Gina li fissò entrambi.

«Aspetta che Mimì lo venga a sapere!»

«Non ti conviene scoprire cosa ne pensa Mimì, Angie» ribatté Gina.

«Non vedo l'ora di chiederglielo. Mi sostiene sempre.»

«Non nella sconsideratezza.»

«Questa non è sconsideratezza!»

«Be', peccato che non possa esprimere la sua opinione perché... oh, giusto... è ancora al lavoro.»

«Aspetta che lo sappia Salvo.»

«Anche lui sta lavorando. E si guarda bene dal mettere piede qui.»

«Certe volte» insistette Arturo «bisogna non lavorare per lottare per ciò che è giusto.»

«Fuori!»

«Andiamo, Arturo» disse Angela. «Lo capisco quando non siamo graditi.»

Quella sera Harry raccontò a Gina cos'era successo quando aveva parlato con Mother Jones. Harry e Joe le avevano rivolto un appello personale perché si unisse allo sciopero imminente, ma la donna, pur essendo la copresidentessa e la cofondatrice dell'IWW insieme a Big Bill, si era rifiutata di stare dalla parte del gentil sesso, dichiarando che Lawrence era una città condannata alla catastrofe. Non avrebbe sostenuto il diritto delle donne a non tornare ai loro salari da schiave. Per tutta la vita, aveva aggiunto, aveva presentato istanze per gli uomini, non per le donne. «Gli uomini lavorano» aveva detto a Harry. «Le donne lavorano per la famiglia.» Prima di mettere fine alla conversazione, aveva osservato che Big Bill, di cui aveva fatto la conoscenza anni prima, era un volgare spilorcio, ma che Harry avrebbe dovuto chiedergli un aumento affinché anche sua moglie potesse restare a casa.

Gina, che fingeva di leggere, ascoltava distratta. «Ah sì? Cos'ha detto Bill al riguardo?»

«Pubblicamente, nemmeno una parola. Ma a noi ha dichiarato che non si darà pace finché quella traditrice non verrà espulsa dall'IWW una volta per tutte.»

«Mi riferivo all'aumento.»

«Non gliel'ho chiesto.»

Gina scrollò le spalle con indifferenza. «Allora voglio sapere soltanto se alle sette e mezzo di domattina dovrò andare in sala rammendi.»

Harry rimase in silenzio. «No» disse infine. «Non ci vai.»

«Dunque abbiamo deciso che perderò il lavoro? Il mio lavoro facile, ben retribuito e qualificato che altre donne ottengono solo dopo anni?»

«Non voglio che tu lo perda. Ma avevi intenzione di licenziarti comunque quando fosse arrivato il bambino...»

«Tra sette mesi.»

«Allora succederà un po' prima del previsto. Anche il bambino è arrivato un po' prima del previsto. Si sistemerà tutto, vedrai.»

«Se non posso lavorare, allora scendo in piazza. Con Angela, Pam, Dona, Elda. Devo farlo, o non mi perdoneranno mai.»

«Non puoi. La gestazione ti impedisce di svolgere altre attività che finiscono in "-zione". Come dimostrazione. È un pandemonio là fuori.»

«Anche qui c'è il caos. Come proponi di pagare l'affitto? Di comprare da mangiare? Di tenere accesa la lampada elettrica per scrivere i tuoi slogan e incollare i tuoi opuscoli?»

«Mimì sta lavorando» disse Harry.

«Scordatevi dei miei soldi» tuonò Mimì dal piano di sopra. «Fate finta che non esistano.» Come faceva sua madre ad avere un udito così fino ora, ma a essere sorda quando si provava a farle una domanda importante?

Abbassarono la voce.

«Useremo il cherosene se non possiamo permetterci l'elettricità» disse Harry. «E Big Bill mi paga.»

«Sei sicuro? Non vedo un centesimo da prima di Natale.»

«Sì. Risolveremo tutto. Lo sciopero durerà solo pochi giorni, una settimana al massimo. So come vanno queste cose. La fabbrica cederà. William Wood ha bisogno di fare soldi. Lo stabilimento deve funzionare, la produzione non può fermarsi. Cedono sempre quando qualcuno deve fare soldi.»

«Sul serio?» disse Gina. «Qualcuno come me, per esempio. Ti sembro il tipo da cedere?»

3

Dopo aver lasciato il lavoro, Gina iniziò ad andare con la madre a fare le pulizie nelle case di Prospect Hill, mentre Arturo e Joe organizzavano scioperi continui in tutti gli stabilimenti per interrompere l'attività quanto più possibile. Sapevano che i telai avevano bisogno di manodopera e che, senza una sufficiente forza lavoro, i tessuti non avrebbero visto la luce e duecentosettanta tonnellate di vello di pecora sarebbero rimaste grezze.

Smiling Joe, che di oratoria se ne intendeva, riunì mille donne al Common, saltò su una panchina gocciolante e cominciò a declamare le banalità scritte da Harry. «Se un uomo ha un dollaro per cui non ha lavorato, un altro uomo ha un dollaro che non ha ricevuto!» Un minuto si parlava di due ore non retribuite, quello dopo di uguaglianza, libertà economica e fratellanza.

Le signore andarono su di giri come motori impazziti dopo averlo sentito urlare per un'ora. La mattina successiva, duemila donne si riversarono in Essex e Union Street. La terza mattina, sulle strade ce n'erano tremila. Si presero sottobraccio e sfilarono su Merrimack e Water Street, lungo i ponti e Broadway Street. Lanciarono pietre contro le finestre degli stabilimenti, cantando, gridando ed esortando tutti gli operai ad abbandonare il lavoro.

Big Bill arrivò per una breve visita. Elogiò gli sforzi di Joe e Arturo, lodò i discorsi di Harry, approvò le proteste delle donne, consigliò a Joe e Arturo di incoraggiarle a essere più rumorose e violente, e partì per un tour di conferenze in tutto il Paese decantando l'impegno dell'IWW per lo sciopero di Lawrence.

Le proteste dilagarono in tutti gli otto stabilimenti della città. Alla fine della seconda settimana, le strade erano invase da diecimila persone, perlopiù donne e bambini. I telai smisero completamente di filare.

Quando Joe vide quante donne erano dalla sua parte, rincarò le pretese, chiedendo un aumento globale del quindici per cento dei salari, paga doppia per gli straordinari e una settimana di cinquantatré ore. Ormai non si trattava più solo dell'American Woolen.

Harry costruì per Joe una speciale piattaforma alta un metro e mezzo, che lui e Arturo montarono al Common. Arturo si profuse in complimenti per il lavoro di Harry. «Scrivi discorsi e costruisci piattaforme. Dove hai imparato a farlo, uomo di Harvard? Sei come l'eroe del futuro di cui parlava Engels. Puoi fare l'architetto per un'ora ma, se necessario, anche spingere una carriola. Ti osservo, Harold Barrington, e il futuro è qui.»

Joe saliva ogni giorno sulla piattaforma e denunciava i proprietari degli stabilimenti, urlando le parole scritte da Harry fino a diventare rauco.

«Il lavoro produce ricchezza! La ricchezza appartiene a chi la produce!»

Le fabbriche chiusero i battenti. Nessuno si presentava al lavoro. Altre attività furono costrette a chiudere. Le folle inarrestabili spaventavano i negozianti. Ora che le donne non lavoravano e non venivano pagate, nessuno comprava più niente.

«La completa demolizione delle condizioni sociali ed economiche è l'unica salvezza delle classi operaie!»

Disperate, l'American Woolen e la Lawrence Association of Businesses si rivolsero al sindaco Scanlon perché risolvesse la situazione. Lui fece l'unica cosa che gli venne in mente: aumentare il numero di poliziotti sulle strade. Il capo della polizia si presentò in Union Street e avvertì le donne che, se non avessero sgombrato le vie e smesso di attardarsi, sarebbero state arrestate – «una a una, maledizione» – e sparpagliate nelle carceri di minima sicurezza del Massachusetts. Per poco le operaie non lo uccisero calpestandolo. In seguito, Angela corse nella sala ricerche del municipio per cercare il termine «attardarsi» nel codice giuridico, dove trovò la definizione «stare fermi sulla pubblica piazza». Per dispetto, le dimostranti cominciarono a marciare avanti e indietro lungo Union Street formando un picchetto mobile. La polizia dovette escogitare un altro modo per allontanarle dalle strade.

Il sindaco fece arrivare una nuova divisione di rinforzo dalla vicina Andover e fece arrestare migliaia di scioperanti, perlopiù tra urla e calci, per disturbo della quiete pubblica. La città non aveva spazio sufficiente per incarcerare trecento donne, figurarsi diecimila operaie in preda alla rabbia. L'intasamento dei tribunali era proibitivo sul piano dei costi e debilitante su quello sociale. Non appena le donne venivano rilasciate, tornavano nei picchetti, sfilando e cantilenando giorno dopo giorno: «Vogliamo il pane, ma vogliamo anche le rose!».

Tutte, beninteso, tranne Gina che – ansiosa, indifesa e disposta ad accontentarsi del pane – chinava il capo e camminava nella direzione opposta, verso la San Vincenzo de Paoli per filare in cambio di qualche centesimo o verso Prospect Hill con Mimì per spolverare le case dei ricchi.

Emma Goldman, per non rimanere nell'ombra dei riflettori puntati su Mother Jones, decise di andare a Lawrence e di fare un intervento autorevole sui commenti ben propagandati della sua nemesi, pronunciando un appassionato discorso dalla piattaforma di Harry. Naturalmente, disse, la socialista più illustre del Paese voleva catene di schiavitù sempre più forti per le donne. Alla metà di quel gelido gennaio, Emma urlò che l'amore libero era l'unica via d'uscita per loro, perché la libertà, l'uguaglianza e la giustizia per il gentil sesso erano assolutamente incompatibili con il matrimonio. Dichiarò che, a differenza di altre persone di cui non avrebbe fatto il nome, sarebbe stata felice di restare fuori al freddo con le scioperanti di Lawrence.

Quando Big Bill, nel Montana, udì le sue parole, telegrafò a Harry per informarlo che, se mai avesse visto Emma Goldman sulle strade di Lawrence, l'avrebbe soffocata con le sue mani. L'ultima cosa che l'IWW voleva era quella donna in una città in sciopero, a difendere la libertà dalla regolamentazione statale! L'IWW sosteneva il controllo totale dello Stato, non la libertà da quest'ultimo. Come Mother Jones, anche se per motivi diversi, Emma Goldman nocque alla causa dei manifestanti.

«Gina, tesoro, dimmi una cosa» fece Harry dopo averle riferito gli eventi della giornata. «La tua amata Emma Goldman stava urlando sotto la pioggia ghiacciata, eppure non ho potuto fare a meno di notare la tua assenza.»

«Mi hai detto di restare a casa.» Lei posò un cartello bianco sul tavolo della cucina. «Sto facendo la brava moglie.» Sorrise. «Non ho tempo per l'amore libero sotto la pioggia ghiacciata.»

«Molto saggio. Cosa diavolo stai facendo?»

Gina aveva preparato dei cartelli: UGUAGLIANZA SUBITO! GIUSTIZIA SUBITO! SALARI EQUI SUBITO!

«Sto aiutando Angie.»

«So perché lo fai.» Le sfilò il pennello nero dalle dita. «Non voglio che la assecondi.»

Lei allungò la mano. «Ho promesso che mi sarei fatta perdonare.»

«Dille che ti farai perdonare dandole da mangiare. Perché tutto inizia con i cartelli. Poi ti ritrovi a marciare sulle note della *Marsigliese* e a sconfiggere la Gran Bretagna. È pericoloso là fuori.»

Gina riprese il pennello. «Non sto uscendo. Sto soltanto preparando dei cartelli.»

«Stai andando alla San Vincenzo, vero?»

«È in Haverhill Street. Nella direzione opposta.» Evitò di ricordargli, come se ce ne fosse stato bisogno, che la loro casa in Summer Street era a mezzo isolato dal Common, dove Joe Ettor pronunciava discorsi due volte al giorno tutti i giorni, e a quattro da Essex e Union Street, a un tiro di schioppo dal centro dei disordini. Non sarebbe dovuta uscire, e lo sapevano entrambi. Ma quale alternativa aveva? Le sette case dove Mimì faceva le pulizie non bastavano per pagare le bollette, e i nuovi incarichi scarseggiavano, con moltissime donne in competizione per l'unico lavoro disponibile. Se non altro la San Vincenzo le dava un minuscolo compenso per cucire, stirare, filare e smistare le donazioni, e le offriva il cibo della dispensa, come se ora anche lei fosse una di quelle persone che avevano un disperato bisogno di aiuto.

Harry si sporse, attorcigliandosi una ciocca dei suoi capelli intorno alle dita. «Sono contento che non ci riuniamo più qui. Adesso andiamo a parlare di sciocchezze da Arturo. È meglio così. La nostra casa è più tranquilla. Più accogliente.»

«Sì, è più tranquilla. Perché tu non sei mai qui. Sei sempre lì, a Lowell, in quel calderone ribollente di complotti. Come può essere meglio così?»

«Dobbiamo continuare a fare progetti. Ma quando torno a casa, c'è silenzio.» Si chinò verso la sua guancia.

Gina sollevò il viso verso di lui. «Se tu stai solo facendo progetti, io sto solo facendo arte.»

Harry la guardò scrivere in stampatello. «Devo andare là fuori. Faccio parte del comitato degli scioperanti. E Bill mi paga. Devo andare là fuori perché non debba farlo tu. Proprio come ha detto Mother Jones.»

«Oh, dunque ora la ascoltiamo. Bella femminista che sono.»

«Bella femminista, davvero.» Piegandosi, Harry le diede un colpetto alla pancia.

Gina lo baciò. «Non uscirò, amore mio. Se non per pulire e filare.»

«Promesso?»

«Certo.»

Gina pregava per il suo bambino, per suo marito, per sua madre, perché lo sciopero finisse. A volte non in quell'ordine. Angela le rivolgeva a malapena la parola. I cartelli non erano un'espiazione sufficiente.

Gina odiava essere al verde, odiava non avere il becco di un quattrino. I debiti si accumulavano. A febbraio avrebbero dovuto pagare l'affitto e la bolletta della luce. Occorreva comprare il cibo. Potevano mangiare pomodori stufati solo per un po'. Prima o poi avrebbero avuto bisogno di pane e pasta. Forse a Harry potevano non interessare cose banali come il cibo in tavola, ma a Gina sì. Era troppo povera per l'idealismo.

4

I consigli d'amministrazione degli stabilimenti tessili di Lawrence ingaggiarono Floyd Russell, un abile avvocato di Boston, per difendersi dall'accusa di aver appoggiato le violenze della polizia. A quanto pareva, era una cattiva pubblicità spruzzare acqua sulle donne con le manichette antincendio per disperderle. Russell, un tipo molto concreto, disse: «Brutalità? Ma sono ancora sulle strade! Questo ridicolo pasticcio avrebbe dovuto essere fermato settimane fa. La polizia avrebbe dovuto ricevere l'ordine di sparare. È così che i leader di successo gestiscono le cose».

Ma la polizia non sparò. Si limitò a minacciare di sparare. La milizia statale arrivò per rimpolpare le sue file perché la folla di scioperanti continuava a crescere, raggiungendo prima quindicimila e poi ventimila persone.

«Ventimila donne urlanti e furiose» disse Harry a Gina durante una nervosa cena a base di fagioli e carciofi bolliti. «A malapena riesco a gestirne una sola.»

«Quando mai ti ho urlato contro, caro?»

«Una volta avresti voluto farlo.»

Gina ricordava quell'occasione. «Non è la stessa cosa.»

Harry concordò.

Gina ce la metteva tutta per nascondergli la sua italianità, celandola dietro i denti serrati, il sorriso composto, le palpebre socchiuse e i pugni stretti mentre lui la abbracciava a letto. Non voleva fare la voce grossa e dimostrare che Mimì aveva ragione. Sua madre continuava a ripetere: «Per chi ti dai un contegno? Non credi che prima o poi tuo marito si accorgerà del caldo sangue siciliano che ti scorre nelle vene più profonde fino al cuore?».

«Le signore a cui era abituato prima di me non assillavano i loro uomini accusandoli di non lavorare abbastanza.»

«È sposato con loro? Se la memoria non mi inganna, ha deliberatamente scartato una di quelle debuttanti ammodo per scegliere te, o sbaglio?»

«Non ho voglia di discuterne con te. Sono contenta che se non altro riconosci il nostro matrimonio.»

«Solo per ribadire la mia tesi.»

«E sarebbe?»

«Sei come l'Etna. Continui a sibilare, a vomitare vapore. Quando meno se lo aspetta, e meno lo vorrà, erutterai. Sarà il giorno del giudizio per lui, e non capirà nemmeno perché è andato in fiamme. Dovresti avvertirlo, figlia mia.»

«Mamma, ti dimostrerò che hai torto. Ormai sono una signora americana. Ci teniamo dentro i nostri bollori, dove è giusto che stiano.»

«Perché esce ogni sera?»

«Va da Joe. Non li volevo più qui, lo sai.»

«Così accetti tuo marito a qualsiasi condizione, ma ti rifiuti di rivolgere la parola alla povera Angela?»

«È lei che si rifiuta di rivolgere la parola a me!»

«Ha ragione.»

«Davvero? Vorresti che uscissi a protestare con lei? Perché è questo che vuole.»

Mimì le posò una mano sul viso. «No, figlia mia. Voglio soprattutto che tu sia prudente.»

Sam Gompers e l'AFL, l'American Federation of Labor, furono chiamati a Lawrence per negoziare un accordo e provare a far ragionare l'IWW. «Ci vuole un uomo come Bill Haywood per far sembrare un angelo un tipo come Gompers» osservò il procuratore distrettuale. Ma non appena Gompers fu convocato al tavolo e tutti si illusero che si potesse trovare un accordo, Big Bill si affrettò a tornare a Lawrence, questa volta definitivamente.

Per ingraziarsi gli scioperanti e cacciare l'AFL dalla città, Haywood avvertì l'American Woolen che non poteva tessere le stoffe con le baionette. Un negoziatore dell'AFL lo accusò di non avere a cuore la pace industriale. Da dieci anni, osservò, le iniziative di piazza promosse da Big Bill erano finalizzate alla creazione di un impulso proletario destinato a rivoluzionare la società. Saltando sul podio di Harry – pur non avendone bisogno, essendo alto più di un metro e ottanta –, l'altro fu felice di rispondere che il tirapiedi dell'AFL aveva ragione. «La completa demolizione delle condizioni sociali ed economiche è l'unica salvezza delle classi operaie!» tuonò. Girò il profilo sinistro verso le donne acclamanti per nascondere l'orbita oculare destra vuota. Harry lo osservava. «Non sono stati i proprietari delle miniere a trovare l'oro, a estrarlo e a lavorarlo. Eppure è finito tutto nelle loro tasche! Com'è possibile? Non può essere! È inaccettabile, signore, semplicemente inaccettabile.»

Sotto la direzione di Haywood, le donne del pane e delle rose non impiegarono molto tempo per essere etichettate come radicali della peggior specie. Big Bill voleva le operaie in prima linea ogni giorno come su un palcoscenico, ad assediare le fabbriche con le loro cuffiette, a sollevare le lunghe gonne per camminare nel fango, a zittire gli uomini, a sventolare loro in faccia cartelli e bandiere americane. Le esortava a dire quello che pensavano, a sfidare coraggiosamente il freddo, a dare il tormento agli uomini finché non si fossero sottomessi. Quando quelle tattiche irritanti si tradussero in spintoni, cadute, nasi rotti, sangue visibile e copioso, Bill si infervorò ancora di più. Sanguinare sulle strade di Lawrence per difendere i propri principi contro la brutalità dei capitalisti, che sfruttavano le donne, e della polizia, che tentava di soffocare le proteste, era molto meglio che marciare docilmente lungo le vie, intonando canzoni e portando cartelli.

Le scioperanti furono accusate di essere «molto astute» e «irascibili».

«Un solo agente di polizia riesce a gestire dieci uomini» dichiarò il procuratore distrettuale, intervistato dall'«Evening Tribune», «ma ci vogliono dieci agenti di polizia per gestire una sola donna.»

«È verissimo» gli fece eco Harry, chiudendo il giornale. La sua donna era seduta al banco di lavoro nell'angolo del salotto, impegnata a cucire un vistoso inserto in una gonna di cotone per trasformarla in un modello prémaman.

«Cosa c'è in me» domandò Gina senza voltarsi «che richiede dieci uomini per gestirmi e spinge mio marito a fare un simile commento?»

Harry si avvicinò alla sedia, le spinse da parte il morbido chignon e le premette forte le labbra sulla curva del collo nudo. «Tuo marito sta cercando di essere divertente.»

«Divertente? Non fai ridere nessuno.»

5

Con una mossa senza precedenti, Haywood fece in modo che seicento bambini venissero separati dalle madri in sciopero (per metterli «fuori pericolo», dichiarò) e trasportati in autobus verso sud, fino a New York, dove sarebbero stati ospitati da alcune famiglie benestanti per tutta la durata dei disordini. Le donne che accettarono diventarono ancora più violente dopo la partenza dei loro figli.

I bambini in lacrime, strappati dalle braccia delle madri urlanti, furono una catastrofe per le pubbliche relazioni dell'American Woolen e di Lawrence. Scanlon fu esortato a interrompere lo sciopero e, sebbene avesse affermato che il suo obiettivo era «spaccare la testa delle scioperanti», furono soltanto parole vuote, perché in realtà non fece un bel nulla. Incredulo, Floyd Russell si scagliò contro la reazione impotente del sindaco. «Per quanto tempo lascerete che tutto questo continui? La vostra città sta andando in bancarotta! Nessuno lavora! Nessuno guadagna! Avete ordinativi internazionali del valore di milioni di dollari che restano inevasi a causa di ciò che sta accadendo sotto le vostre maledette finestre. La vostra passività sta distruggendo Lawrence!»

«Non la mia passività, ma la loro attività!» urlò Scanlon di rimando. «Non vogliono scendere a compromessi! Avete sentito Haywood. Cosa dovrei fare? Sparare alle donne?»

«Sì» rispose Russell senza esitazione. «È così che ha fatto Napoleone.»

«Ha sparato alle donne?»

«Sì, ha ordinato di sparare agli scioperanti.»

«Non alle donne!»

«Ascoltate» disse l'avvocato in tono di sfida, «vogliono lavorare come gli uomini, vivere come gli uomini, essere pagate come gli uomini? Scopare come gli uomini? Allora dovrebbero accettare di essere fucilate come gli uomini.»

L'American Woolen riprovò a negoziare. Con Gompers e l'AFL ormai lontani, William Wood si sedette al tavolo con Haywood e offrì cinquantaquattro ore e 8,76 dollari la settimana. Big Bill se ne andò. Amava essere al centro dell'attenzione. Si rifiutò di lasciare che le donne facessero marcia indietro. Benché affermasse che la battaglia riguardava i salari e gli orari, era un fatto risaputo – e lui non cercava di nasconderlo – che l'IWW disprezzava i contratti scritti dai sindacati, perché incoraggiavano i lavoratori a diventare accondiscendenti e ad abbandonare la lotta di classe. Lui e Smiling Joe continuarono a sostenere la violenza come mezzo per raggiungere un fine, supportando non solo lo sciopero generale, ma anche il rovesciamento del capitalismo americano. «Lasciamo che gli operai diventino proprietari degli stabilimenti tessili e decidano salari e orari» urlava Joe dal podio nel tardo pomeriggio, quando Bill si stancava. Harry li osservava a poca distanza. «Finché non succederà, niente servirà allo scopo!» continuava Joe.

Con l'aiuto di Harry, Haywood raccolse fondi per sfamare gli scioperanti. Gina si offrì volontaria per lavorare alla mensa dei poveri. Purché non lasciasse il seminterrato della Corpus Christi Church, dove preparava il cibo, Harry la autorizzò a dare quel blando contributo alla causa. Angela no. «Cosa ti aspetti?» disse Mimì al genero. «Due siciliane che si scornano come capre. Il buonsenso non può prevalere, perché in questa città non c'è nessuno che abbia un po' di sale in zucca.»

Gina preparava il pane e cuoceva i fagioli nella melassa, mentre le forze dell'ordine e i pesi massimi dell'economia di Lawrence si univano nella condanna quotidiana di Big Bill.

Haywood continuò a fare richieste volutamente esagerate e William Wood continuò a reagire nello stesso modo. Sarebbe finito sul lastrico, disse, piuttosto che farsi ricattare.

«Dietro l'aumento dei salari, la ripresa del lavoro, la scomparsa della milizia e il ronzio dei telai c'è l'organizzazione più rivoluzionaria nella storia dell'industria americana» tuonò il procuratore distrettuale dalle pagine del «Tribune». Dopo aver gettato la spugna, Floyd Russell seguì l'esempio di Gompers e lasciò la città.

Il sindaco non fiatò. Era in corsa per la rielezione del novembre successivo e non voleva infiammare ulteriormente l'opinione pubblica.

«Al primo posto per la violenza, immersa più a fondo nel sudiciume, in preda all'anarchia, brutta, maleodorante, irriverente, nuova; uno squallido villaggio, la "dura" tra le città, una triste vista per la nazione» scrisse il reporter Lincoln Steffens nel libro *The Shame of the Cities*.

Lawrence si stava sgretolando: niente lavoro, niente evasione degli ordinativi da parte dell'American Woolen, niente vendite al dettaglio. La città stava scivolando nel caos e nella bancarotta, bloccata in un'impasse senza fine.

Doveva pur esserci un modo. Tuttavia, mentre Gina cucinava i fagioli, implorava Angela di smettere di marciare lungo le strade e viaggiava in autobus con Mimì per andare a fare le pulizie nelle poche case rimaste, aveva la sensazione che non ne sarebbe venuto nulla di buono.

6

In una tarda mattinata di fine gennaio, Gina stava aiutando le suore della Sacred Heart Sodality alla San Vincenzo a organizzare le donazioni in arrivo quando Big Bill entrò nella piccola missione, di fronte alla canonica di Santa Maria. Terrorizzò le suore, che si rifiutarono di alzare lo sguardo. E pensare che ce ne voleva, per spaventarle. Nel tempo libero si occupavano dei lebbrosi. Intimorì anche Gina, ma fu a lei che si rivolse, perciò la giovane non ebbe altra scelta che rispondere. Big Bill disse che fuori si gelava e che le manifestanti erano così sconfortate che meditavano di piantare baracca e burattini e tornare a casa. Non poteva permetterlo. C'erano forse cappotti o scarpe impermeabili che poteva prendere per tenere le donne al caldo e farle restare sulle strade?

Gina e le suore si affrettarono a recuperare qualche decina di indumenti pesanti. Non bastavano, ma era pur sempre un inizio.

«Puoi aiutarmi a trasportarli?» chiese Bill. «Sei la moglie di Harry, vero?» La squadrò sfacciatamente con l'occhio buono.

Lei annuì mentre gli dava una mano a mettere cappotti e stivali in una carriola.

«Perché ti tiene nascosta? Perché non sei mai al suo fianco? Lui è là fuori tutti i giorni ad ammazzarsi di lavoro, a combattere per una giusta causa. Perché non sostieni le donne?»

Gina non voleva dirgli la verità. Non voleva dirgli un bel niente.

«Lavoro qui» rispose asciutta. Se Harry non aveva detto a Bill del bambino, sicuramente non l'avrebbe fatto lei. Se Harry non aveva detto a Bill che lavorava alla mensa dei poveri e preparava il pranzo per le scioperanti, non sarebbe stata lei a farlo.

«Non sei dalla nostra parte?» Bill la guardò in cagnesco.

«Certo che sì» gli garantì Gina con un filo di voce.

Lui dimenticò di mostrarle il suo profilo migliore, per quanto potesse valere, e lasciò che lo fissasse apertamente. Lei borbottò qualcosa di insulso sui telai, sulle missioni e sul suo lavoro per la chiesa. Aveva perso ogni spavalderia. Cominciò a capire perché suo marito non riusciva a dire di no a quell'uomo. Era incinta. Non aveva certo intenzione di provocarlo e di litigare con lui. Aveva un'aria molto minacciosa.

«Vieni ad aiutarmi» disse Bill. «È quasi ora di pranzo.»

«Sì, lo so. Sono io che preparo il cibo. Fagioli caldi. Pane.»

«Molto bene. Ma oggi puoi aiutarmi a servirli.»

«Non posso.»

«Devi. La solita ragazza si è data malata. Le suore possono fare a meno di te per un'ora o due, no?»

«No.»

Le suore le assicurarono di sì.

«Prima devo parlare con Harry» mormorò Gina.

«Vieni, andiamo a cercarlo. Mettiti il cappotto.»

Lei lo seguì, sforzandosi di non fissare la raccapricciante orbita vuota che un tempo ospitava il suo occhio. Si vociferava che se lo fosse forato con un coltello mentre intagliava una fionda all'età di otto anni. Cercò di camminare alla sua destra, in modo che lui procedesse più vicino al marciapiede, ma d'un tratto Bill si vergognava meno del proprio difetto. Tirava vento, faceva freddo e cadeva una pioggia ghiacciata. Lui indossava un soprabito di lana grigia cucito su misura e non voleva che la melma e la fanghiglia lo schizzassero al passaggio di automobili e cavalli. Blaterava senza sosta, ma Gina si coprì le orecchie e gli occhi con il cappello per non sentirlo e non essere costretta a guardare quella cavità morta e lattiginosa. Fu assalita dall'ansia all'idea di andare verso Union Street dopo aver promesso a Harry che si sarebbe tenuta alla larga. Sicuramente non si sarebbe arrabbiato quando avesse saputo che era stato il suo capo a ordinarglielo. Altro che Madame Camilla! Il loro unico introito era il denaro che quell'uomo pagava a suo marito. Udì la folla da isolati di distanza, nonostante il cappello e la voce tonante di Bill.

La moltitudine era impenetrabile; Gina riuscì a passare soltanto perché era con Bill, che sarebbe stato in grado di farsi strada anche attraverso una barricata di pietra. Distribuirono i pochi cappotti disponibili ad alcune donne del picchetto davanti al Wood Mill e superarono la bassa recinzione di ferro della Corpus Christi Church, diretti verso il tendone del pranzo.

«Bill, devo proprio parlare con mio marito» fece Gina. «Avevi detto che saresti andato a cercarlo.»

«Ho detto che sarei andato a cercarlo» ripeté beffardo. «Come no, ora sono il tuo galoppino.»

«Sarò felice di andare io. Torno subito.»

Bill allungò il braccio. «Rimani qui. Servi le donne. Vado io.»

Le mani le tremavano così tanto che a malapena riusciva a versare i fagioli nelle ciotole. La brodaglia continuava a traboccare, mandando le dimostranti su tutte le furie.

Non appena Bill si fu allontanato, una decina di poliziotti spuntò dal mare umano e la fronteggiò davanti alla pentola di ghisa, dicendo che, se non voleva essere arrestata per favoreggiamento delle criminali in circolazione, avrebbe fatto meglio a smettere di fare quello che stava facendo e a tornare a casa, lontano dai guai. Trovandolo un consiglio assolutamente sensato, Gina stava uscendo, decisa a raggiungere Summer Street correndo lungo le strade secondarie. Ma cento donne urlanti le ordinarono di non muoversi, di servire loro i fagioli com'era venuta a fare, sfamando coloro che lottavano per i suoi diritti. La polizia le intimò nuovamente di andarsene.

Gli animi si accesero, i corpi si chiusero intorno a lei.

Di lì a poco, il frastuono diventò così rabbioso e assordante che Gina non riusciva a ragionare. Sapeva soltanto che voleva andarsene. Maledisse il giorno in cui Harry aveva stretto la mano a Big Bill, quello in cui aveva portato Angela ad ascoltare Emma Goldman, il giorno fatidico in cui l'aveva presentata ad Arturo.

C'era un muro di persone tra lei e qualsiasi altro luogo. Big Bill non si vedeva da nessuna parte. Poco lontano, oltre Union Street, vicino alle porte rosse della fabbrica, Gina scorse Angela. Credette di sentire la sua voce stridula e forsennata che soverchiava il rumore. Impotente, Gina si guardò intorno alla ricerca di Harry. Non sarebbe stata in grado di spiegargli come fosse finita lì, nel posto peggiore e nel momento peggiore, con facce fredde, pance vuote e rabbia incontrollata. Tentò di rifugiarsi vicino alla polizia, ma la maggior parte delle azioni dirette era rivolta contro gli agenti. Erano loro a formare la prima linea.

La pentola si capovolse – erano stati i poliziotti? O le manifestanti? – e i fagioli bollenti si rovesciarono sul marciapiede bagnato e fangoso, sui suoi stivali, sugli scarponi degli agenti e sulle calzature malconce delle scioperanti. Non c'era nessun luogo dove correre, nessun luogo dove spostarsi. Nessuno avrebbe diviso la folla furibonda per consentirle di mettersi in salvo lungo i vicoli.

Qualcuno le afferrò il braccio da dietro e la strattonò di lato. Lei si girò di scatto. Era Harry.

Gina scoppiò a piangere.

«Cosa stai facendo?» urlò lui per farsi sentire, anche se era in piedi lì davanti. «Che diavolo ci fai qui? Ti avevo detto...»

«Voglio andare a casa!»

«Dio, perché sei venuta?» Erano circondati su tutti i lati. Il tendone tremava sui sostegni, destinato a crollare da un momento all'altro. Harry la strinse a sé per un brevissimo istante, poi le gridò di infilarsi sotto il tavolo. Lei vide Angela che, trenta teste più in là, veniva calpestata, urlava, spingeva e schiaffeggiava qualcuno, ritrovandosi a sua volta in una situazione disperata.

«Harry, guarda, Angela...»

«Ora non posso aiutarla.» Lui la spinse sotto il tavolo.

«Angela!» chiamò Gina con voce rauca, senza fiato. L'altra non sentì.

Big Bill ricomparve in tutta la sua forza. Si fece largo tra i manganelli della polizia e si piazzò davanti a Harry. «Vieni con me» ordinò, afferrandogli il braccio. «Abbiamo bisogno del tuo aiuto.»

«Non posso.» Lui si ritrasse. «Mia moglie.»

Bill non la degnò neppure di un'occhiata. «Se la caverà. È più al sicuro di tutti noi. Sbrigati. Atti vandalici in una drogheria, gli sbirri stanno per arrestare Arturo. Mi serve la tua parlantina. Vieni! Spicciati!»

Harry fissò disperatamente Gina.

«Vai» disse lei. «Va' con Bill. Va' ad aiutare Angie.»

«Torno subito.» Seguì Big Bill e fu inghiottito dalla folla.

Sotto il tavolo, Gina si raggomitolò, coprendosi la testa e chiudendo gli occhi. Si sdraiò sull'erba morta di gennaio in posizione fetale, voltando le spalle alla moltitudine, girandosi verso la chiesa, pregando che fosse utile, che qualsiasi cosa lo fosse. Un gruppo di persone coinvolte nello scontro si precipitò sotto il tavolo angusto, che si ribaltò. Le gambe si spezzarono e lo stretto ripiano cadde sulle loro teste, su quella di Gina. Si udivano solo urla.

Dietro di lei esplosero i suoni di un assalto, pugni che incontravano facce, manganelli che incontravano corpi, panico, confusione ingestibile. Ricordò Milano, molto tempo prima, l'adorato fratello Antonio, irascibile, impulsivo, testardo come un mulo, bellissimo, morto, orribili disordini, cavalli, poliziotti, un fuggi fuggi, un coltello che scattava, una vita stroncata, una vita, poi un'altra. Chi, infatti, riusciva a vivere portando il peso dell'ultimo istante del proprio figlio? Suo padre non ce l'aveva fatta.

Una serie di scoppi. Spari? Ora sì che echeggiarono le grida. Continuò a coprirsi la testa. Altre esplosioni, forse fuoco di risposta? Chiuse gli occhi. Harry, Harry, torna da me, ti prego. Gambe, stivali, piedi, orli di cappotti che frusciavano, persone che cadevano. Qualcuno che cercava di rialzarsi le diede un violento spintone, qualcun altro incespicò nella sua caviglia tentando di scappare. Ancora in posizione fetale, Gina si mise una mano sulla testa e l'altra sul ventre per proteggere la fragile vita che cominciava a prendere forma. Un altro stivale le atterrò sul capo, sulle nocche. Uomo, donna? Era pervasa da un terrore così cieco da non riuscire neppure a raddrizzarsi.

«Maledizione, signora, sollevate la testa da terra! O vi sfonderanno il cranio! Alzatevi da terra!»

Harry, Harry?

Non era Harry. Un uomo la tirò su. Persone che correvano ovunque. Pali del tendone che venivano strappati violentemente dal suolo. Manifestanti che inciampavano, la pesante tela grigia che cadeva sulle loro teste. L'uomo abbassò lo sguardo sul terreno ai suoi piedi. «Signora, vi hanno sparato? State sanguinando!» L'ultimo pensiero di Gina prima di svenire fu che Harry sarebbe andato su tutte le furie perché non era rimasta sotto il tavolo.

7

Quando rinvenne, era nel suo letto. Niente Harry, niente Arturo, niente Joe, niente Angela. Soltanto sua madre che, seduta lì accanto, piangeva in silenzio. Sua madre e suo fratello!

«Salvo?» Per un attimo, Gina fu felicissima. Tese la mano nella sua direzione.

«Perché nessuno mi ascolta mai?» singhiozzò Mimì nel rosario. L'artrite e le lacrime le impedivano di contare correttamente i grani, perciò continuava a rigirarli tra le dita anchilosate.

«Come ti senti, sorella?» Salvo si torceva il cappello tra le mani.

«Dov'è Harry?» Gina si toccò l'addome. «Sta bene? Cos'è successo?»

Lui si alzò e uscì dalla camera prima che Mimì potesse parlare.

Lei scosse la testa. «Non sta affatto bene. Le cose non potrebbero andare peggio di così, bambina. Harry, Arturo e Joe sono stati tutti arrestati. Insieme a decine di altre persone.» Recitò una preghiera tra i singhiozzi. «Li accuseranno di omicidio.»

«Omicidio? Quale omicidio? Anche Harry?»

Mimì pianse più forte. «La nostra cara Angela. Tua cugina. Anzi, quasi una sorella. Morta. Colpita da un proiettile vagante. Dritto al cuore.»

Madre di Dio, prega per noi peccatori.

Gina provò ad alzarsi.

«Ferma, sdraiati» disse Mimì. «Stai ancora sanguinando, non è sicuro per te. Sei malata, sdraiati.»

Lei non voleva sdraiarsi. «Sanguinando? Perché?»

Sua madre non rispose.

«Mimì? Salvo!»

«Non chiamarlo. Non riesce a parlare con te.»
«Salvo!»
«Hai perso il tuo bambino, Gia, figlia mia. *Adesso e nell'ora della nostra morte.*»

Ora era Gina a non voler parlare con nessuno. Stringendosi lo stomaco, voltò le spalle a Mimì. «Dov'è Harry?» sussurrò, ma nessuno sentì. «Ho bisogno di mio marito.»

Salvo era così sconvolto che non riuscì a rientrare in camera per confortarla. Borbottando qualche parola indecifrabile dalla soglia, se ne andò via correndo.

Nessuno sapeva cosa fosse successo. Nel trambusto, con gli spari che risuonavano, Angela era stata trascinata dentro una drogheria, probabilmente per metterla al sicuro. La polizia aveva aperto il fuoco, temendo di essere il bersaglio dei proiettili. Forse le avevano già sparato prima che entrasse nel negozio. Nessuno poteva dirlo con certezza ma, quando la folla si era dispersa, il sangue di Angela scorreva sulle strade e Arturo e Joe erano stati arrestati. Non si erano mai avvicinati a Essex Street né a lei ma, siccome erano Wobblies, erano stati accusati di cospirazione allo scopo di istigare una sommossa. In altre parole, di un reato che aveva provocato la morte di una donna. Si trattava di omicidio. Se condannati, avrebbero rischiato l'esecuzione.

Nessuno aveva visto Angela venire colpita dalla pallottola o accasciarsi sul pavimento. Nessuno aveva udito lo sparo che le aveva trafitto il cuore. C'erano decine di feriti a terra, ma lei era la sola a essere morta, con il petto trapassato da un proiettile. Angela aveva ventotto anni, anche se in seguito tutti i giornali riferirono che Annie LoPizo ne aveva trenta, ignorando che Angela Tartaro aveva mentito sulla sua età quando era arrivata in America dalla Sicilia per ottenere il lavoro che poi le sarebbe costato la vita.

Angela non fu l'unica vittima. Il sangue continuò a filtrare per giorni sulle bianche lenzuola inamidate del letto di Gina.

Bill proseguì lo sciopero finché poté, ma la protesta finì qualche settimana dopo la morte di Angela. Ci erano voluti sessantatré giorni, cinquantamila donne, una ragazza morta e un bambino perso. L'American Woolen acconsentì a tutte le richieste e le operaie tornarono al lavoro senza contratto alla metà di marzo.

Tutte tranne Angela.

8

A Joe e Arturo fu negata la cauzione. Poiché Harry non era membro dell'IWW, fu accusato di un reato meno grave – aggressione e distruzione di proprietà privata – e si vide concedere una cauzione che però nessuno poteva pagare.

Gina impiegò qualche tempo a trovare la calma necessaria per fargli visita nel carcere di Lawrence. Non riusciva ad affrontarlo. Alla fine andò perché temeva le domande che altrimenti avrebbe potuto fare. Perché ci hai messo così tanto? Sei mia moglie, perché non sei venuta subito?

Lui non disse nulla. Non la guardò. Non allungò la mano dall'altra parte del tavolo, non le parlò, non pronunciò parole di conforto o di rimprovero. Rimase seduto in silenzio, e Gina lo imitò. Aveva paura di scoppiare a piangere, perciò tenne la lingua a freno e la bocca chiusa. Gli imperscrutabili occhi grigi di suo marito erano concentrati su tutto tranne lei.

«Stai bene?» chiese Harry con voce rauca.

Scrollando le spalle, Gina annuì, ma non osò parlare.

«Posso uscire?»

«Non saprei come. Non abbiamo i soldi per la cauzione.»

«Possiamo racimolarne un po'? Sarebbe solo un prestito.»

«Sono cinquecento dollari.»

«È una cosa temporanea. Tirami fuori da qui.»

«Come proponi di farlo?» Giunse le mani.

«Non lo so. Ma non voglio restare in prigione. Non posso restare in prigione.»

«Per favore, puoi chiamare tuo padre?»

La fissò. Sbatté le palpebre. «No.» Si alzò.

«Ti prego. Lui può aiutarti. Ti aiuterà.»

«Sono andato da lui una volta, quando ha chiesto la restituzione dei soldi che aveva prestato a tuo fratello. Ti ricordi come mi ha trattato?»

«Ma cosa succede se vieni condannato? Se devi scontare anni di carcere?»

«Preferisco marcire in galera piuttosto che chiedergli qualcosa.»

Gina non capiva. «Mimì ha ragione. Quale padre volterebbe le spalle a un figlio in difficoltà?»

«Herman Barrington, ecco chi. Dunque ti rifiuti di farmi uscire? Quand'è il processo?»

«In autunno. E non mi rifiuto...»

«Che mese è adesso?»

«Marzo.»

«Marzo! Gina!»

«Che cosa vuoi che faccia?» Una pausa. «Forse Big Bill può aiutarti, prestarti quello che ti serve. Sicuramente sì. Sei qui per colpa sua.»

«Non credo che la veda così.»

«Davvero? È a lui che ti affidi per interpretare gli stimoli visivi?»

«Molto bene, perché non provi il tuo approccio *ad hominem* con lui? Non vedo come potrebbe fallire.»

Non parlavano e non potevano parlare dell'indicibile. Litigarono solo sugli argomenti su cui si poteva litigare.

Poco prima dello scadere del tempo si fissarono in silenzio, nascondendosi dietro un velo di occhi vuoti e di parole fredde.

«Perché non sei rimasta sotto il tavolo, come ti avevo detto?» chiese Harry alla fine.

«L'ho fatto. Il tavolo è caduto. Il tendone è caduto. Io sono caduta.»

«Perché sei andata lì? Ti avevo raccomandato di non andare in Essex Street.»

«È stato il tuo capo onniveggente a ordinarmelo. Che alternativa avevo? Ti ho cercato. Forse, se mi avessi dato retta e fossi rimasto lontano da quell'uomo...»

Lui si alzò di scatto. «Abbiamo finito? Immagino di sì.»

«Non saresti in prigione, ecco cosa stavo per dire» concluse Gina.

«Sì, naturalmente è questo che stavi per dire.»
«Vuoi che lo chiami per te? Che gli chieda cinquecento dollari?»
«No.»
Anche Gina si alzò. «Ci avrei scommesso. Suppongo che ci vedremo la prossima domenica.»

Alla chiamata in giudizio, Harry dichiarò che non era un membro pagante dell'IWW, ma che si sarebbe iscritto non appena fosse stato scarcerato. Il giudice disse: «Bene, signor Barrington, allora è meglio assicurarsi che non veniate lasciato a piede libero».

Seppure indifferente e oberato di lavoro, Elston Purdy, il pessimo difensore d'ufficio assegnato a Harry, fu abbastanza acuto da chiedere perché fosse stata fissata una cauzione così insolitamente alta. Sembrava fin troppo punitiva, disse al giudice. Ci volle un po' di tempo per ottenere una risposta chiara. La cauzione era alta, ammise infine il giudice, perché Harry era il figlio di Herman Barrington. La consueta cifra modesta non sarebbe stata un intralcio per i Barrington come lo era per le persone comuni di Lawrence, che non riuscivano a racimolare cinquanta dollari, figurarsi dieci volte tanto. L'avvocato d'ufficio, a quel punto, osservò che un figlio non avrebbe dovuto essere penalizzato per il patrimonio inaccessibile di un padre disaffezionato. Si poteva considerare una detenzione crudele e inusuale. «È come fissare una cauzione elevata perché John Paul Getty è un uomo facoltoso, vostro onore. Il mio cliente e suo padre non si parlano da sette anni. Il mio assistito non ha più diritto ai conti di Herman Barrington di quanto ne abbia a quelli del signor Getty, ecco cosa sto cercando di dire.»

Il giudice valutò la mozione per due giorni.

Harry fu rilasciato senza cauzione, con un semplice impegno formale assunto davanti alla corte.

Alla fine di settembre, nonostante le vulcaniche imprecazioni di sua moglie, Harry marciò in sostegno di Joe e Arturo. «Li stanno processando ingiustamente, Gina, e tu lo sai. Le accuse contro di loro sono false. Ora risultano implicati nel caso delle bombe inesplose trovate al Wood Mill. Sai che non c'entrano niente. Vogliono incastrarli. Non intendo tollerarlo, e non dovresti nemmeno tu. Sono nostri amici.»

«Angela è morta. Non sono miei amici.»

Al corteo non c'erano bandiere americane, ma molti vessilli rossi e striscioni che proclamavano lo slogan anarchico NESSUN DIO, NESSUN PADRONE. La presenza di Harry fu debitamente notata dall'ufficio del procuratore distrettuale.

Qualche settimana dopo, a ottobre, centomila persone assistettero e parteciparono alla Columbus Day Parade per testimoniare la fede di Lawrence nella democrazia e nei valori americani. Harry brillò per la sua assenza ai festeggiamenti, un altro fatto che fu debitamente notato dalle autorità.

Joe e Arturo rimasero dietro le sbarre fino al novembre del 1912, quando il processo prese finalmente avvio, subito dopo che il loro vecchio amico Eugene Debs ebbe buttato fuori a calci Big Bill Haywood dal Partito socialista e ricevuto un milione di voti per la presidenza degli Stati Uniti. «Una carica elettiva è solo un passo verso una rivoluzione» disse Debs durante il discorso con cui riconobbe la vittoria di Woodrow Wilson.

Durante il processo Joe e Arturo furono rinchiusi in gabbie di metallo nell'aula del tribunale. Siccome la posta in gioco era l'esecuzione, i due uomini ebbero l'ardire di rappresentarsi da soli contro l'accusa di omicidio.

Arturo protestò la propria innocenza con l'eloquenza di un poeta. «La amavo» disse riferendosi ad Angela. «Non l'avrei mai uccisa. Non l'avrei mai messa in pericolo. Era una buona e vera amica. Amo la vita, non rischierei mai tutto ciò che ho macchiandomi di un omicidio. Chiedete ai miei cari, chiedete alla mia famiglia. Fuori, nel mondo libero, c'è una bella donna che amo e che mi ama. Ho due genitori che pregano per il mio rilascio. Io e il mio caro amico Joe Ettor non siamo altro che soldati di fanteria in quel potente esercito che è la classe operaia.»

Il pubblico ministero disse che stava volutamente fraintendendo le accuse a suo carico. Era sotto processo per omicidio, non per le sue convinzioni politiche.

«No! È il comunismo a essere sotto processo» urlò Arturo in aula, lottando per la propria vita. «Non ha nulla a che fare con la morte di quella povera ragazza. Il procuratore distrettuale crede davvero che la forca possa placare un'idea? Se l'idea vive, è perché la storia la giudica giusta. Io e Joe, e anche il nostro amico Harry, chiediamo soltanto giustizia. Quali che siano le mie idee sociali, esistono. Sono un immigrato. Sono venuto in questo Paese per la libertà. Come la mia religione, nemmeno le mie idee politiche possono essere processate in quest'aula.»

Smiling Joe, nel suo appassionato appello alla giuria, sostenne non solo l'ammissibilità etica di uno sciopero generale, ma anche il rovesciamento stesso del capitalismo perché intrinsecamente immorale. «Non si può discutere con l'immoralità come se avesse una voce, una ragione, non si può discutere con essa come con un interlocutore alla pari in una discussione tra uomini! Non reggerà. Noi non siamo colpevoli. Siamo comunisti! Ed essere comunisti non è ancora un crimine in questo Paese, no?»

Harry, elettrizzato, assorbì ogni parola. Gina non restò affatto colpita dal comportamento del marito. Mimì rimase del tutto indifferente all'oratoria di Arturo. «Te l'avevo detto, Gia, quell'uomo è un tipo poco raccomandabile. Hai sentito quando ha detto che ha un'altra donna ad aspettarlo, un'altra donna di cui è innamorato? Povera Angela! Povera ragazza!»

«Questa è l'unica cosa che hai recepito delle loro dichiarazioni conclusive?» Gina cercò di reprimere la rabbia che la rivelazione di Arturo aveva scatenato dentro di lei.

«Ho recepito la parte più importante. Non ha mai amato la nostra pia e bellissima ragazza martirizzata, mentre lei gli correva dietro come una scolaretta, e per cosa? La giuria era in lacrime dopo quel bel soliloquio disonesto! Ma dov'è la nostra Angela? Al St. Mary's Cemetery, ecco dove. Quante volte le ho detto di ascoltarmi? Io so tutto.» Mimì pianse e pregò.

«Non era disonesto.» Harry, che di solito non contraddiceva la suocera, quel giorno lo fece. «Era uno sforzo sincero per protestare la loro innocenza.»

«Secondo me protestano troppo. Sono state le proteste a metterli in questo guaio, e la nostra Angela è stata uccisa.»

«Tu e tua figlia siete immigrate. Loro hanno lottato per i tuoi diritti, per i suoi diritti. Si sono schierati dalla vostra parte contro l'avidità dei capitalisti, che non si preoccupano del vostro benessere, ma solo di far soldi. Come puoi non rispettare ciò che hanno fatto?»

Mimì rise. Disse alcune parolacce in italiano, che non si prese il disturbo di tradurre quando il genero glielo chiese. «Sei un uomo colto e istruito, lo so bene. Sei sempre sepolto in qualche libro. La nostra bolletta dell'elettricità è la prova di quanto leggi. Hai molte qualità, ma ci sono cose in cui sei completamente ignorante, e non mi dispiacerebbe dirti quali.»

«Fallo, per favore.»

«Tanto per cominciare, quello che i padri provano per i figli.»

Non appena Mimì pronunciò quelle parole, tutti e tre, seduti su una panchina davanti al tribunale durante una breve sospensione dell'udienza, chinarono il capo. Agosto era passato, portandosi via l'occasione per Harry e Gina di scoprire cosa i genitori provassero per i figli.

«Qual è la seconda cosa?» la incalzò Harry.

«Sai chi è Guilherme Medeiros Silva?»

«Credo di no.»

«Ecco perché sei ignorante.»

Harry aspettò. Poi si girò verso Gina. «Tu sai chi è?»

Lei sospirò. «Mimì, lascialo in pace. Cosa speri di ottenere?»

«Dovrei conoscerlo?»

«No» rispose Gina. «Meglio di no.»

«Guilherme junior è nato in questo Paese» riprese Mimì, «in una capanna al largo di Martha's Vineyard, ma era figlio di immigrati portoghesi provenienti dalle Azzorre. Suo padre faceva il marinaio su una baleniera. È stato ucciso quando il ragazzo aveva dodici anni.»

Harry aprì le mani. «Okay.»

«A quel punto, Guilherme ha lasciato la scuola ed è andato a lavorare per mantenere la madre e le sorelle minori. Ha trovato un posto al cotonificio di New Bedford. Impegnandosi al massimo, si è fatto notare dal suo datore di lavoro. È stato promosso. Ha imparato ogni cosa sulla manifattura, sulla produzione e sui costi. A diciotto anni è andato a Philadelphia per studiare le azioni e le obbligazioni. Al suo ritorno si è fatto assumere in una fabbrica, l'ha trasformata, salvata dalla bancarotta e resa redditizia. Così gli hanno chiesto di salvare un altro stabilimento in difficoltà. E lui non solo ci è riuscito, ma ha fatto la stessa cosa con altre otto fabbriche dei dintorni. Nel 1899, l'anno in cui io, tua moglie e suo fratello siamo arrivati in America, ha iniziato a costruire il più grande stabilimento tessile del mondo. Quello che produce il venti per cento di tutte le lanerie e i pettinati degli Stati Uniti.»

«Il Wood Mill?» domandò Harry.

«Sì, gli ha dato il suo nome. William Madison Wood è il nome americano del piccolo Guilherme Silva, nato in una baracca, figlio di un marinaio. Un immigrato, come tua moglie. Questo è l'avido capitalista che ha ricostruito la città e di cui avete messo in ginocchio l'attività. Va' a picchettare contro di lui.»

La giuria emise il verdetto: i due italiani furono assolti con formula piena. Due settimane dopo, tuttavia, Harry, accusato di disturbo della quiete pubblica, fu condannato a diciotto mesi di carcere, commutati in due mesi seguiti da due anni di libertà vigilata.

Mentre Harry scontava la pena nel gennaio e nel febbraio del 1913, Big Bill smise di pagarlo. «Ma digli che sto organizzando un altro progetto» disse a Gina quando lei andò a riscuotere il denaro, «ancora più grande di Lawrence, e, non appena uscirà, tornerà subito sul mio libro paga perché ho bisogno del suo aiuto. Si tratta delle seterie a Paterson, nel New Jersey. Ci stiamo già mobilitando.»

Quando Gina protestò per la sospensione della retribuzione, Bill le spiegò pazientemente che non si poteva pagare un uomo per le ore non lavorate. «Questa è una menzogna dell'anarchia. E noi non siamo anarchici, vero? Be', forse tu sì. So che molte donne lo sono. No, noi siamo comunisti.»

Un anno dopo lo sciopero di Lawrence, gli accordi che Big Bill aveva frettolosamente preso con il Wood Mill erano venuti meno e la maggior parte dei guadagni che le donne avevano pagato con il sangue di Angela e del bambino di Gina era pressoché svanita. La città impiegò anni per riprendersi dagli effetti dannosi dello sciopero. Secondo alcuni non si riprese mai. Quando gli stabilimenti tessili della Carolina del Nord e del Sud iniziarono a produrre pettinati e lanerie a una frazione del prezzo di quelli settentrionali, l'American Woolen cessò l'attività, e Lawrence andò incontro allo stesso destino.

Sicuramente Gina aveva la sensazione che lei e Harry non si fossero mai ripresi.

3

Un Servo del Sollievo

1

Nascondersi era tutto. Nel 1905, subito dopo la fuga d'amore con Harry, Gina a malapena riusciva a nascondersi da se stessa, ma trovava un certo conforto nel fatto di essere anonima agli occhi degli altri. Non voleva affrontare le domande a cui non poteva rispondere, né a Lawrence né a Boston.

Perché non sei tornata a scuola? Perché lui non lavora? Perché non avete organizzato un vero matrimonio? Dov'è la sua famiglia? Che fine hanno fatto tutti i suoi soldi? Non stava per sposare un'altra?

Quando fece visita a Verity, non parlarono del passato perché la sua vecchia amica aveva le mani occupate e gli occhi miopi davanti al presente caotico.

Perlopiù, Gina riusciva a nascondersi dalle cose terribili.

Ma non da tutte.

Per far uscire Verity dall'angusto appartamento al quinto piano di una casa di arenaria a Back Bay, Gina l'aveva convinta ad affidare i quattro figli al marito e ad aiutarla con alcuni incarichi che svolgeva da volontaria per la Sodality nei fine settimana. Portò Verity con sé nel reparto per malate terminali al Massachusetts General e poi alla Boston Library, dove smistarono scatoloni di libri donati. Fecero una puntatina in gelateria e infine si diressero verso la Holy Lazarus in Clarendon Street. Di recente, nel seminterrato era stata allestita una mensa per i poveri e, nel tardo pomeriggio del sabato, prima della messa serale, Gina dava da mangiare agli indigenti. Le piaceva farlo, e subito dopo ricevere la comunione.

Avevano quasi finito di distribuire la polenta, i fagioli e il pane, quando una bionda minuta e una donna alta dall'aria imperiosa entrarono con il parroco dalle scale di servizio.

«Oddio» sussurrò Gina a Verity, con le mani che si intorpidivano. «Quella è Esther. E Alice!» Si guardò spasmodicamente intorno alla ricerca di una porta da cui fuggire, di una dispensa in cui nascondersi.

«Chi sono Esther e Alice?» domandò Verity senza abbassare la voce.

«La sorella di Harry e la sua ex fidanzata!»

«Oh, certo. Ecco perché ho riconosciuto...»

«Sst! Guarda giù!»

Gina non poté seguire il proprio consiglio. Padre Gabriel tenne con deferenza il gomito della bionda mentre mostrava alle due ospiti la scarsità di mezzi, i pochi letti nell'angolo. Le accompagnò verso la fila di persone in attesa di un pasto. Gina sarebbe voluta sprofondare. Perché indossava un allegro vestito a fiori? Perché i ricci, mollemente raccolti in cima alla testa, le cadevano ovunque? Perché era dovuta andare lì proprio quel giorno? Quella sera c'era una fiera sul fiume Charles, e lei e Verity avevano in programma di andarci con i bambini; eppure, perché non poteva essere più in ordine? Chinò il capo e continuò a servire la polenta, sbagliando mira, rovesciando il cibo, evitando di alzare lo sguardo. La superarono.

E si fermarono.

Ah, padre Gabriel. Il dolce, ignaro e benintenzionato padre Gabriel. «Signore, queste due ragazze sono Verity e Gina. Sono volontarie, ci aiutano a preparare il cibo, a servirlo, a lavare i piatti. Soprattutto Gina è molto coscienziosa. È un'immigrata siciliana e vive a cinquanta chilometri di distanza, in una città vicino ad Andover – Gina, dove hai detto che abiti? –, ma viene ogni sabato a darci una mano. Non è vero, cara?»

«Sì, padre.»

«Alza gli occhi, bambina, sii educata.»

Non ci riuscì. Il sangue le era defluito dal viso al cuore, che stava per schizzarle fuori dal petto.

«Gina parla un ottimo inglese, lo so per certo. Come ti chiami adesso? Si è sposata di recente e ha preso un cognome americano. Non me lo ricordo mai. Qual è?»

Gina tacque. Come se fosse facile parlare! Persino Verity mancò il piatto in cui stava versando una porzione di polenta.

L'unico suono provenne da Alice: un brusco sussulto.

A rompere il silenzio imbarazzato fu Esther. Non dimenticava mai la sua educazione impeccabile, che imponeva di non mettere a disagio un sacerdote benevolo tacendo quando sarebbe bastata una parola.

«Barrington» disse nel suo gelido contralto raffinato, probabilmente trascurando qualche altro principio del galateo in materia di tatto. «Credo che sia Barrington. Non è così?»

L'ultima domanda era forse rivolta a lei? Gina non avrebbe saputo dirlo, perché decise che non avrebbe mai più alzato la testa fino all'ultimo dei suoi giorni.

Padre Gabriel rise amabilmente. «No, carissima signora Barrington, non mi riferivo al vostro cognome, ma al suo. Ragazze, queste signore sono due delle nostre benefattrici più generose. È grazie a loro che gli uomini indigenti hanno cibo da mangiare e un letto dove dormire.»

«Si è fatto tardi, padre» disse Alice, «e io ed Esther dobbiamo scappare. Vero, Esther?»

«Sì, cara, siamo molto in ritardo. Padre, ci volete scusare?»

«Signore Gesù, abbi pietà!» urlò Verity dopo che il sacerdote e le donne si furono allontanati.

«Sst!»

«Sto per svenire!»

«Tu? Verity, sst! Non alzare lo sguardo, solo...»

Quando Gina lanciò un'occhiata nella loro direzione, padre Gabriel stava benedicendo le due ospiti vicino alla porta di servizio.

Gina osservò Alice mentre si legava la cuffietta sotto la gola e si chiudeva il leggero cappotto di seta. Un cappotto di seta, bellissimo, elegante. Non grezzo e umile cotone siciliano, ma seta color crema. La donna esile aveva la schiena dritta, le spalle fiere, nemmeno un capello biondo fuori posto. Gina si raddrizzò, certa che prima di andarsene Alice si sarebbe voltata e l'avrebbe fissata con occhi gelidi. Come stava facendo Esther. Gina si irrigidì, pronta a ricevere quello sguardo e consapevole di meritarlo.

Invece Alice recuperò l'ombrello, sorrise al sacerdote, prese Esther sottobraccio e sparì oltre la porta senza mai girarsi.

Gina era stordita. Invisibile nonostante la statura, insignificante nonostante la schiena dritta, umiliata dal muto disprezzo di Alice, si rese conto che il fatto che l'ex fidanzata di Harry non si fosse voltata era peggio della sfacciata provocazione di Esther.

Si tolse il grembiule e si pulì le mani con uno strofinaccio. «Scusa, Verity, torno subito.»

«Dove vai?»

«Torno subito.» Gina rincorse Alice.

Cosa voleva, una scenata siciliana? Voleva forse che l'altra le cavasse gli occhi, le strappasse i vestiti, gridasse allo scandalo, facesse una piazzata in pubblico? Non sapeva cosa volesse.

Le raggiunse correndo – le signore non correvano – a un isolato da Commonwealth Street, trafelata, con le scarpe infangate e i capelli scompigliati. Le altre due si fermarono, a braccetto, Alice con la sua cuffietta impeccabile, i guanti eleganti e il foulard di seta bordeaux che esaltava la sua carnagione chiara. Era uno specchio incontaminato d'acqua trasparente.

«Alice» ansimò Gina. «Posso parlarti?»

«Per favore, allontanati da noi.» Esther quasi la toccò con il dorso della mano, come per scacciarla. «Non abbiamo nulla da dirti.»

Alice la interruppe. «È tutto a posto. Scusaci un attimo. Ci vorrà solo un minuto.»

In quel momento, Gina avrebbe dato qualsiasi cosa per essere vestita meglio, per non essere giudicata per le sue scarpe vecchie e il logoro abito fuori moda. Avrebbe dato qualsiasi cosa perché quelle due non pensassero che Harry meritasse di meglio.

«Dimmi perché lo fai» disse Alice.

«Non so a cosa ti riferisci» replicò Gina con voce tremante.

Non aveva paura di Alice, era dispiaciuta per lei, e il dolore impediva alla sua bocca di pronunciare le più semplici parole di rimorso.

«Il tuo nome compare nelle liste della Sodality di tutta Boston. Perché? Perché vai negli ospedali di cui sono la benefattrice, nelle biblioteche a cui dono libri, nelle chiese a cui faccio l'elemosina? Qual è il tuo tornaconto? Credi che così ti odierò di meno?»

Gina scosse la testa. Poi annuì, sbalordita, imbarazzata.

«Lo fai per una specie di pentimento contorto? Come se, servendo ai poveri il cibo che compro per loro, potessi essere meno spregevole agli occhi di Dio?»

«Forse» rispose Gina in un sussurro impercettibile.

Alice parlava con voce forte, senza sbattere le palpebre sugli occhi azzurri pieni di biasimo e determinazione. «Stai perdendo il tuo tempo. Niente mi convincerà a odiare di meno te e Harry. Niente. Riferisciglielo pure. Nulla di quanto potrai fare cambierà mai ciò che hai fatto.»

«Mi dispiace moltissimo» balbettò Gina.

«Non è mai venuto a dirmi che non mi avrebbe sposata. Stavano portando i fiori in chiesa quando ho scoperto di voi due.»

«Ti prego, perdonaci.»

Alice le si avvicinò prima di tornare da Esther. «Pensi che Dio potrebbe mai benedire un'unione nata da un simile disonore?» Rise. «Esther ha ragione. Per favore» aggiunse voltandole le spalle, «non farti mai più vedere.»

Fu allora che Gina smise di far visita a Verity, di andare alle manifestazioni, di lavorare nelle mense dei poveri e negli ospedali. Niente più cortei, parchi o sogni di gite in barca sul Charles in primavera.

Dopo aver ridotto l'amata Boston all'ambientazione dei suoi peggiori incubi, rimase a Lawrence e si impose di non pensare al passato, al futuro, al presente. Di non pensare a nulla mentre aspettava che si compisse il nero destino delle parole di Alice. Pregò che l'altra si fosse sbagliata, sperò che si fosse sbagliata, credette che si fosse sbagliata.

Fino allo sciopero del pane e delle rose.

2

A metà primavera del 1913, Gina prese un treno e un autobus per raggiungere Wayside, a Concord, e far visita alla sua vecchia amica e mentore Rose Hawthorne. La figlia minore di Nathaniel Hawthorne stava dedicando l'ultima parte della sua vita ad assistere i bisognosi e i disperati, e Gina aveva un disperato bisogno di assistenza. Conosceva Rose dai tempi della scuola superiore, quando lei e altre studentesse della Notre Dame andavano a Salem e a Concord per lavorare alla Rose's Home for the Sick nell'ambito del servizio per la Sodality.

«Bambina, sono molto felice di vederti.» Rose, minuta ma solida, indossava come sempre una tonaca da suora. «Non ti vedo dalla sera in cui, anni fa, sei venuta a presentarmi il tuo promesso sposo. Come sta Harry?»

Per diversi minuti, Gina rimase seduta nell'anticamera a piangere nella manica dell'amica. L'altra, piena di compassione, non disse nulla. Non ne aveva bisogno. Il palmo che dava colpetti sulla schiena della giovane parlava da solo. Suvvia, suvvia, diceva. Suvvia, suvvia. «Vieni con me in cucina. Ti preparo un tè. Dovrai passare accanto ai letti delle malate terminali. Non ti dispiace, vero?»

«Ho perso il bambino» disse Gina quando si sedettero al tavolo della cucina.

«Dio ti protegga. Mi dispiace. So che è un dolore atroce.»

Gina annuì, pensando che fossero soltanto parole di circostanza. Cosa poteva saperne Rose di quel dolore?

L'altra, con il suo viso gentile e rotondo, si chinò sussurrando: «So cosa significa perdere un'anima che si ama. Come tuo marito ha perso sua madre, io ho perso il mio amato padre a tredici anni. Era troppo giovane per morire».

«Anche il mio, anche il mio. Ho perso mio padre a quindici anni. Mi manca ogni giorno.»

«Come a tuo marito manca sua madre?»

«Non saprei. Non ne parla mai.»

«Le acque chete rompono i ponti, bambina mia.»

Gina si asciugò il viso e si raddrizzò.

«Prima mio padre» continuò Rose, «poi mia sorella, poi mia madre. E infine mio marito. Sì, avevo un marito. L'ho perso perché non riusciva a sopportare il dolore che ci accomunava.» Fece una pausa. «Il dolore di aver perso il nostro bambino di quattro anni a causa della difterite, che l'ha portato via con la stessa rapidità con cui era entrato nella nostra vita.»

Ora fu Gina ad allungare la mano per darle qualche colpetto sulla veste nera. Era un gesto presuntuoso? Suvvia, suvvia. Dunque Rose sapeva ogni cosa.

«Ho sofferto quanto stai soffrendo tu» riprese la suora. «Tutte le possibilità sono svanite con l'ultimo respiro di Frankie.»

«È esattamente quello che provo anch'io» mormorò Gina.

«Solo che tu sei ancora giovane, puoi avere un altro bambino, con la benedizione del Signore. Io avevo quasi quarant'anni. Non potevo. Il mio povero George era devastato. Ha cominciato a bere per affogare i dispiaceri, e ben presto è affogato lui stesso.» Con le lacrime agli occhi, schioccò la lingua. «Qualunque cosa tu faccia, bambina mia, sta' lontana dall'alcol. Ha la capacità di inghiottire tutto, come l'alta marea.»

«Non preoccuparti per questo» la rassicurò Gina. «Non mi passa neppure per la testa.» Tacque. «Rose, mi dispiace» sussurrò. «Sono venuta perché non so più dove trovare conforto. O come darne a mio marito.»

«Già, mi sentivo allo stesso modo. Ma poi ho aperto una casa per donne moribonde e reiette. Mi sono tenuta occupata con la sofferenza altrui. Certe volte, durante il giorno, mi aiuta a dimenticare.»

«Sì. Credi che dovrei farlo anch'io? Aprire un rifugio per moribondi?»

Rose ridacchiò. «No. Ma dimmi, come sta Harry? Anche lui starà soffrendo terribilmente per la perdita del bambino.»

Gina chiuse le mani a pugno, le aprì, le unì in preghiera. «Non ne parliamo mai.» Alzò una mano per impedire a Rose di ripetersi. «C'è stata... non so come chiamarla... una divisione delle responsabilità.»

«Dà la colpa a te?»

«Temo di sì.»

«E tu a lui?»

Gina non voleva mentire a una suora. «Non evito di dargliela.» Parlare con Rose era come il sacramento della penitenza.

L'altra scrollò il capo. «È un veleno lento. Come la putrefazione.»

«Lo so. Ho cercato di superarlo.» La bocca di Gina si contorse, si irrigidì. «Ma lui non mi ha reso le cose facili. È appena stato in carcere per i disordini durante lo sciopero del pane e delle rose. Ne hai sentito parlare?»

«Temo di no. Qui le sofferenze abbondano così tanto che non ho tempo di leggere i giornali.»

«Capisco. Be', pensavo che una volta rilasciato avremmo ricominciato la nostra vita, che forse ci avremmo riprovato... ma non appena l'hanno scarcerato ha fatto le valigie e se n'è andato.»

«Ti ha lasciato?»

«No, ma...» Non sapeva cosa dire, come dirlo. «Mi ha chiesto di andare con lui. Al momento sta partecipando a un altro sciopero, a Paterson, nel New Jersey.»

«Nel New Jersey?»

«L'uomo che gli paga il salario ha organizzato anche quello.» Gina sospirò. «Harry dice che abbiamo bisogno di soldi. Ed è vero. Ma non posso lasciare mia madre, il mio lavoro. Sono fortunata ad averne uno. Così ora mi spedisce i soldi, ma non torna a casa da settimane.»

Le tremavano le labbra. Non voleva riferire a Rose le parole che Alice aveva pronunciato anni prima, quelle che le avevano inciso la paura nel cuore, perché suonavano troppo simili alla spiacevole verità. Era forse sbagliato costruire una casa come il matrimonio, persino una dimora come la loro unione, sulle ceneri del cuore devastato di qualcun altro?

Il denaro arrivava a poco a poco con la posta. Invece di essere sotto le lenzuola con lei, Harry era di nuovo in cerca di guai. Lo sciopero della seta a Paterson era violento, interminabile e destinato a fallire. No, erano Big Bill e il suo radicalismo a essere responsabili della graduale dissoluzione del loro matrimonio.

Rose studiò la sua espressione combattuta. «Se hai tempo, il sabato o la domenica, perché non vieni ad aiutarmi? Non posso pagarti, come sai. Non paghiamo mai, ma due mani in più ci farebbero comodo. Posso darti da mangiare. Puoi dormire a Wayside, se ti serve un posto dove stare.»

«E mia madre?»

«Non hai un fratello?»

«Sì, ma...»

«Anche un ragazzo può essere un bravo figlio per sua madre. Chiedigli di essere un bravo figlio mentre mi aiuti.»

Gina si tolse il cappotto. «È inutile crucciarsi. Che ne dici se ti aiuto ora?»

3

«Le cose sono ancora piuttosto spartane» disse Rose a Gina mentre le faceva fare il giro del reparto, un lungo annesso adiacente a Wayside, e le mostrava dove tenevano le pomate, le bende, le spugne, le padelle. «Per favore, sta' lontana da qui se rimani di nuovo incinta. Non si sa mai. A volte abbiamo delle lebbrose che alloggiano da noi. Sono molto contagiose. Nell'aria ci sono batteri di ogni tipo. Se hai la fortuna di restare incinta, non respirare l'aria delle moribonde. Me lo prometti?»

«Il rischio che succeda mentre lo sciopero è in corso è minimo. Ma tu come fai a non ammalarti?»

Sorridendo, Rose alzò gli occhi e i palmi delle mani verso il soffitto. «*Il Dio di ogni consolazione ci consola in ogni nostra tribolazione perché possiamo anche noi consolare quelli che si trovano in qualsiasi genere di afflizione.*» La prese sottobraccio. «Sei una brava ragazza e te la caverai.» Si chinò per farle una confidenza. «Sai, non avevo alcuna esperienza come infermiera prima di iniziare a occuparmi dei malati incurabili. Oh, sì. Non fare quella faccia stupita. Ma, come il mio caro padre, sono sempre stata affascinata dalla medicina. Voleva fare il medico prima di diventare scrittore, lo sapevi? Non molti ne sono a conoscenza. Cosa ne pensi? Ha scelto la professione giusta?»

«È difficile dire di no, vero? I suoi libri sono un dono per le generazioni future.»

«Suppongo di sì. Ma, per favore, non dire a nessuno che non ho una formazione da infermiera. Sicuramente mi costringerebbero a chiudere. Vieni, ho sentito Alice.»

Gina impallidì.

«Non quella Alice» precisò Rose. «La mia Alice. Deve essere tornata dal suo giro. Percorre le strade di Concord due volte la settimana, nel pomeriggio. Fa visita ai malati nelle loro case.» Una pausa. «Anche se devo ammettere che mi sorprende che l'altra Alice sia ancora in cima ai tuoi pensieri.»

«Cosa posso dire?» Gina annuì. «Mi ha lasciata con parole che non sono riuscita a togliermi dal cuore. Il suo discorso d'addio, per così dire. Quando le cose vanno male, mi echeggia ancora nella testa.»

«Chiaramente ciò che mette radici contiene un granello di verità, per quanto piccolo.»

«Nemmeno così piccolo.» Gina indicò la porta. «Andiamo a salutarla.»

Nell'anticamera furono accolte da una donna seria e paffuta. «Gina» disse Rose, «ti ricordi della mia amica e collega Alice Huber, vero?»

Annuendo, Gina strinse la mano all'altra donna.

«Alice faceva la ritrattista» aggiunse Rose con un sorriso orgoglioso.

«Lascia che sia io a raccontare la mia storia, Rose carissima.» Alice prese l'altro braccio di Gina. Fiancheggiata dalle due suore, la giovane camminò tra i letti delle moribonde. «È vero che facevo la ritrattista» confermò Alice. «Ma non ne ero entusiasta. Cercavo qualcos'altro. Ho giurato che, quando avessi trovato un'opera di carità perfetta, sarei entrata nelle sue file. E così ho fatto.»

«Non è una cosa da tutti. Non giudicare gli altri.» Rose alzò gli occhi su Gina. «A volte la mia amica è troppo critica, che Dio la perdoni. Le ripeto continuamente che le custodi della propria anima sono le persone, non lei.»

«E io ti do retta?» chiese Alice.

«Mai.»

«Esatto. Sai, Gina» proseguì Alice, «che prima di costruire questo piccolo annesso ospitavamo le malate a Wayside?»

«E la proprietà non era più nemmeno mia.» Rose ridacchiò. «Ti lascio immaginare la reazione della mia cara Harriet.» Wayside era l'unica casa che Nathaniel Hawthorne avesse mai posseduto. Nel 1879, molti anni dopo la sua morte, Rose e George l'avevano acquistata perché restasse in famiglia. Le difficoltà finanziarie li avevano però costretti a venderla soltanto quattro anni dopo all'editore di George e a sua moglie, Harriet Stone, conosciuta anche come Margaret Sidney, la scrittrice di libri per bambini.

«Le lavavamo e cambiavamo le bende in salotto.»

Rose annuì. «In estate sistemavamo i letti nella veranda dove mio padre prendeva il tè la mattina.»

«E a New York abbiamo ospitato le malate in tre modesti appartamenti nel Lower East Side» disse Alice. «Tiravamo avanti. Loro tiravano avanti.»

«Be', sì» osservò Rose. «Perché il nostro obiettivo non era vivere comode, ma fare qualcosa per consolare altri cuori oltre al nostro. Prendere gli esseri umani più umili – i poveri e i sofferenti – e metterli in condizioni tali che, se nostro Signore avesse bussato alla porta, non ci saremmo vergognate di farlo entrare.»

«Allora andiamo a consolare altri cuori oltre al nostro.» Gina si rimboccò le maniche. «Forse possiamo rendere orgoglioso nostro Signore.»

Passarono diciotto mesi.

4

Nell'ottobre del 1914, Gina era nella cucina di Wayside a preparare il brodo di pollo per le pazienti e a lavare il pavimento, quando bussarono al vetro della porta di servizio. Stava pensando a quanto fosse tardi e al lungo viaggio di ritorno a Lawrence, e i colpi delicati la strapparono ai suoi rimuginii. Appena aprì, si ritrovò davanti Ben Shaw, che si tolse il cappello, fece un leggero inchino e sorrise.

«Ben?» Quasi non lo riconobbe, non vedendolo da più di dieci anni. Si abbracciarono come vecchi amici e si baciarono sulle guance, come si usava fare in Europa. Istintivamente, Gina si sistemò e si appuntò i capelli indisciplinati. Sorrise di gioia quando vide il suo volto gentile, rimpiangendo per un attimo di non essere più in ordine.

«Benjamin, questa sì che è una sorpresa!»

«Perché?» chiese lui allegramente. «Pensavi che ormai fossi morto?»

Era andato in America centrale a progettare e costruire il canale di Panama. La sua voce non era cambiata, il viso amabile era bello come sempre. Gli occhi scuri scintillavano, il loro sguardo era familiare, gradito e sincero, ma per il resto non era affatto la stessa persona. Ormai era un uomo adulto, non un ragazzino impaziente e innamorato. I capelli castani, tagliati corti, si stavano ingrigendo sopra le orecchie. Aveva un impeccabile pizzetto brizzolato, era magro come un chiodo e molto abbronzato, al punto che, se Gina non fosse stata certa del contrario, avrebbe pensato che fosse di origini mediterranee o sudamericane. Erano comparse alcune rughe sotto i suoi occhi amichevoli e intorno alla bocca bruciata dal sole. Gli occhiali dalla sottile montatura di metallo gli conferivano l'aria solenne di uno scienziato. Eppure, quando sorrideva, era ancora inconfondibilmente Ben.

Entrò e, dopo aver posato sul tavolo d'ingresso il cappello dalle linee geometriche, appese il cappotto di lana. Indossava un elegante completo di serge grigio, una camicia bianca, una cravatta di seta. Aveva uno stile moderno, da uomo di successo. Le scarpe nere erano state lucidate da poco. Era in ghingheri, insomma. Gina – una sarta, un'esperta di tessuti, un'appassionata di alta moda – se ne intendeva di quelle cose. Era vestito di tutto punto, come Harry prima di sposarla.

Era delusa da se stessa, da quanto fosse felice di rivederlo, di vedere il volto familiare di un uomo che un tempo l'aveva guardata con affetto non corrisposto. Mise su il bollitore per preparare un tè, poi cominciò ad armeggiare, non sapendo cosa chiedergli prima o cosa prendere in mano dopo. Si vergognava del suo scialbo vestito marrone, delle macchie che lo costellavano, delle mani graffiate dal lavoro, delle unghie corte e senza smalto.

Si vide come riflessa in uno specchio, una Gina insignificante, non lo splendore che era stata una volta, bensì un'operaia dal viso pallido e struccato, senza ornamenti sulla gonna o fermagli luccicanti tra i capelli. Imbarazzata, riempì due tazze. Si sedettero al minuscolo tavolo nell'angolo vicino alla finestra, dove lei si riposava durante le brevi pause dal lavoro.

«Sei vestito troppo bene per aver scavato nel fango per dieci anni» disse.

«"Scavare" è una parola riduttiva per quello che abbiamo fatto. Non mi mancherà quella parte.»

«Raccontami tutto. Non so da dove cominciare. Cosa diavolo ci fai qui?»

«Qui a Boston o qui da Rose? Potrei chiederti la stessa cosa.»

«Do una mano nei fine settimana. Sono sempre a corto di personale.»

«Ma per lavorare qui non occorre essere una suora?» la punzecchiò.

Lei ridacchiò, ricordando che a quindici anni era stata così sciocca da sentirsi mortificata da quella domanda, ma adesso non era più sconcertata, non arrossiva più. «In realtà, il tempo per il monastero è scaduto. Ma non cambiare argomento. Che cosa ci fai qui?»

«Sono venuto a trovare Rose. Mi ha detto che eri nel retro. Sarebbe stato scortese non passare a salutarti.»

«Sei venuto a trovare Rose?» Gina era confusa. «Come fai a conoscerla?»

Ben sorrise. «L'hai dimenticato? La mia famiglia la conosce grazie a te.» Era stato tramite il suo intervento, le rammentò, che Rose era andata a Boston e aveva assistito sua zia Josephine Shaw Lowell, malata terminale di cancro. «Mesi dopo che le avevi fatte incontrare, zia Effie è morta con Rose al fianco.»

Erano successe così tante cose che Gina l'aveva scordato. Quasi pianse al ricordo acuto e pungente di quella terribile notte, quando aveva scoperto per la prima volta quale tormento fosse per Harry affrontare la verità delle cose immutabili.

«Zia Effie ha lasciato buona parte del suo patrimonio alla Rose's Home, qui e a New York» proseguì Ben. «Due volte l'anno, gli Shaw e i Lowell organizzano un grande evento benefico per Rose e Alice.» Corrugò la fronte quando la vide trasalire. «Mi riferivo ad Alice Huber.»

«Lo so. Per chi altri potresti raccogliere fondi?»

«Giusto.» Ben inclinò la testa con espressione compassionevole. «Scommetto che ti senti in colpa per come sono andate le cose. Non farlo. Doveva finire così.»

«Chi dice che mi sento in colpa?»

Ben sorrise. «A differenza di tuo marito, io non sono la pecora nera. Sono ancora in contatto con tutti. Certe cose vengo a saperle.»

«Per esempio? Cosa ti ha detto Esther?»

«Niente. Quello che sto cercando di dire è che non devi preoccuparti per Alice. Sta bene.»

Gina sbuffò, scettica. «Se lo dici tu.»

«Lo dico perché è vero. Ha sposato un allevatore texano qualche anno fa.»

«No!»

«Sì. Quando suo padre è morto, ha venduto la segheria e ha portato con sé i soldi e sua madre. Ora gestisce un ranch di quattrocento acri da qualche parte vicino ad Austin. Ha due figli piccoli. A quanto mi dice Esther, è assolutamente felice.»

«Nel Texas!» Stupita, Gina guardò fuori dalla finestra, verso gli olmi e gli aceri da zucchero che incorniciavano la radura verde.

«È l'unica cosa che hai sentito? Il Texas?»

«Il Texas è solo un modo per riassumere quello che provo.» Gina tacque un momento, con la mano sul petto ansimante, cercando di spremere sollievo dal proprio cuore pentito. Fece un respiro profondo. «E la famiglia di Harry sta bene? Herman, Esther?»

«Sì, ora stanno tutti bene.»

Gina rizzò le orecchie. «Ora?»
«Il padre di Harry ha avuto un infarto qualche anno fa. Nel 1912.» Ben fece una pausa per riflettere, o forse per aspettare la reazione di Gina.
Lei aveva perso il bambino nel 1912. Rabbrividì. «Ma adesso sta meglio?»
«Sì. Naturalmente ora Esther è giù di corda.»
«Perché? Deve essere felice che tu sia tornato.»
«Non saprei. Elmore, suo marito, è appena partito per l'Inghilterra.»
«Come mai?»
«Hanno sparato a un arciduca in Bosnia.»
«Ah, sì. Quell'antipatico arciduca.» Gina colse la stanchezza nella propria voce.
«Il dottor Lassiter è partito con la Croce Rossa come medico. Esther non è affatto contenta.»
«La capisco.»
«Perché? Harry è diventato medico militare ed è andato in Inghilterra?»
Gina tenne lo sguardo fisso oltre il vetro. «Qualcosa del genere. E tua madre?» Ellen Shaw aveva una certa reputazione a Boston, perché manifestava giorno e notte contro ogni affronto all'indipendenza delle donne e ogni intromissione nell'isolazionismo degli Stati Uniti.
Ben annuì. «Sta bene. Battagliera come sempre.»
«Dille di fare attenzione. O finirà per dividere la cella con Harry.»
«Continuo a ripeterglielo. Cos'ha combinato tuo marito?»
«Quale volta? Non lo so. Si è ostinato a fare il bastian contrario?»
Ben fischiò con affettuoso stupore. «Non sanno che Harry è il re dei bastian contrari? Non possono punirlo per la sua indole. Ma seriamente, cos'ha fatto?»
«Ha violato i termini della libertà vigilata istigando una rivolta a Paterson durante lo sciopero della seta. Ne hai sentito parlare?»
«Sì. Ho sentito qualcosa. Dov'è?»
«Nei paraggi. Alla Massachusetts Correctional Institution, vi-

cino a Warner's Pond. È per questo che vengo qui ogni fine settimana. Lavoro il sabato e prendo l'autobus per andare a trovarlo la domenica.»

«In carcere!» Ben era incredulo. «Non è da Harry.»

«In realtà è stata un'infinita sfilza di umiliazioni.» Gina era sull'orlo delle lacrime. «No, no» si affrettò a dire, trattenendosi e allontanando la mano di Ben, tesa nella sua direzione. «La mia vita è l'ultima cosa di cui voglio parlare. Tuttavia sono totalmente affascinata dalla tua meravigliosa ricomparsa. Dimmi il vero motivo per cui sei tornato.» Si sforzò di sorridere. «Chi si sposa questa volta?» Dieci anni prima, Ben era rientrato da Panama per fare da testimone al matrimonio di Harry e Alice.

«Nessuno. Come l'ultima volta.»

Strinsero le tazze, riscaldandosi le mani. Il fiammeggiante autunno del New England si era manifestato in tutto il suo splendore, ardendo come fuoco dentro e fuori.

«I giornali non scrivevano altro che del tuo canale.» Gina sorrise con orgoglio. «Hai sempre sostenuto che l'impossibile era possibile. E avevi ragione.»

«Ero un pazzo, intendi. Vedevo soltanto montagne e fango, e dicevo che avremmo costruito una via di navigazione di ottanta chilometri sopra il livello del mare, con dighe di cemento per consentire il passaggio di navi gigantesche.»

Se Gina avesse saputo fischiare e non fosse stata una signora, l'avrebbe fatto. «È straordinario.»

«È una follia.»

«È un miracolo! Lo definiscono la meraviglia ingegneristica del mondo moderno. Proprio come avevi detto tu.»

«Non è stato affatto come pensavo.» Ben scrollò le spalle. «Ho detto molte cose quando ero giovane e stupido. A Panama ho trovato una salutare dose di realtà.»

«Hai trovato anche la febbre gialla?» Gina lo studiò. Sembrava temprato, ma in qualche modo sciupato. Aveva l'aria di chi ha bisogno di una bistecca succulenta e di un drink forte.

«Sì. Mi sono lavato il viso nel fiume. Ben mi sta.»

«Be', non c'è bisogno di andare fino a Panama per prendere la febbre gialla. Il marito di Mother Jones e quattro dei suoi figli sono morti di quella malattia da qualche parte nel Tennessee.»

«Anch'io ho corso un bel rischio. Ma adesso sono immune a vita.»

«Davvero? Anche dalla malaria?»

«No, ma porto con me una boccetta di chinino ovunque vada.»

«Non credo che a Concord ci sia questo pericolo.»

«La prudenza non è mai troppa contro quel maledetto morbo.»

«È vero.» Gina aveva i gomiti appoggiati sul tavolo e la testa tra le mani. «Così, non avevano più bisogno di te a Panama?»

«Non lo so. So soltanto che finalmente ad agosto è passata la prima nave. Sono rimasto fino alla metà di settembre per assicurarmi che non ci fossero disastri irreparabili e al primo accenno di problemi, quando un argine non si è aperto, sono salpato verso casa.» Rise. «Ho detto loro che volevo testare il tempo di percorrenza attraverso il canale anziché intorno a Capo Horn.»

«Come sei arrivato qui?»

«Il transatlantico mi ha portato a Key West, dove mi aspettava una ferrovia.»

«Una ferrovia a Key West? Non è un'isola?»

«Lo credevo anch'io. Non sapevo che negli ultimi dieci anni un certo Henry Flagler avesse portato una ferrovia per duecentoquaranta chilometri fino a Key West, proprio grazie al nostro canale. Pensava che gli Stati Uniti avessero bisogno di un porto all'estremo Sud collegato via rotaia alla terraferma.»

«Oh, è straordinario! Ci sono moltissime cose straordinarie ovunque. Persone che lavorano, che costruiscono cose.» Gina parlò a raffica, poi tossicchiò. Perché gli argomenti più semplici erano così difficili da affrontare? «È un ritorno definitivo?»

«Vedremo.» Un vago sorriso mesto. «Temo che Panama mi manchi ancora terribilmente, contro qualsiasi ragionevolezza. Perché mai dovrei avere nostalgia delle mosche della sabbia e di ciò che fanno al mio corpo? E se scoprissi di poter vivere solo nei tropici infestati dalla malaria?»

«Mmh. Sembra che tu ti sia ambientato bene.» Gina notò il completo su misura e la camicia bianca. «Lavori qui?»

«Cosa potrei fare altrimenti? Certo che sto lavorando. Sempre e solo per l'Army Corps. Con sede centrale a Boston, ma spesso lontano per progetti di ingegneria civile.»

«Oh, Ben.» Lei sospirò, ripensando al passato, guardandolo con affetto. «Allora, com'era? Dove vivevi? Cosa mangiavi? Le giornate di lavoro erano lunghe? Ti è capitato di ferirti? Avevi qualche momento di svago?»

Sorrise divertito e compiaciuto. «Quante domande!»

«Lo so. Mi dispiace.»

Ben la fissò come se stesse ricordando un'amante perduta. «È qualcosa che non avrei mai immaginato.»

«Non vale forse per la maggior parte delle cose?»

«Non lo so. Dipende da quali cose.» Continuò senza esitazione. «Panama è più montuosa di quanto mi aspettassi. Con paesaggi più spettacolari. Rocciosa. È quasi completamente coperta da foreste impenetrabili. Disseminata di fiumi, torrenti, gole profonde. C'è un caldo tropicale, piove a dirotto e poi è secca come il deserto. Il pesce è buono.» Sfoderò un largo sorriso. «Le donne sono molto cordiali.»

«Be', chi non sarebbe cordiale con un bell'americano come te?» disse Gina. In quel momento, Rose fece capolino dalla porta, ricordandole che le pazienti non avevano mangiato e che ormai erano le sei. Ma c'erano ancora moltissime cose di cui parlare! Gina saltò in piedi con rammarico e si precipitò verso i fornelli, preparando il vassoio con il pane e una pila di fondine.

«Aspetta» disse Ben. «Lascia che ti aiuti.» Si tolse la giacca, si sbottonò il gilet e, dopo essersi arrotolato le maniche, portò la zuppiera nell'annesso.

Erano le sette passate e l'oscurità era già scesa quando finirono di servire la cena e lavare i piatti.

«Mi dispiace che tu abbia dovuto aiutarmi» si scusò Gina. «Speravo che avremmo avuto il tempo di fare una passeggiata. Concord è incantevole in autunno.»

Lui ridacchiò.

«Cosa c'è?»

«Niente. Sto cercando di ricordare cosa ha scritto Louisa May

Alcott su Concord. Se la memoria non mi inganna, non è molto lusinghiero.»

«Non può essere così grave» replicò Gina. «Ha vissuto ed è morta a Orchard House, in fondo alla strada. Ma...»

«Un'altra volta, forse.»

«Sì.» Rifletté rapidamente, mordicchiandosi il labbro. «Ti andrebbe di accompagnarmi a Lawrence? Non mi piace viaggiare da sola. Potremmo finire di raccontarci le ultime novità, e mi sdebiterei preparandoti la cena.» Sorrise. «Che ne dici? Ho la ricetta del pollo alla senape.»

Ben annuì. «Ti accompagno volentieri. Non dovresti viaggiare da sola a quest'ora. Ma non aspettiamo di arrivare a Lawrence. Ti va di cenare prima? Devi avere fame dopo un'intera giornata di lavoro. Andiamo alla Wright's Tavern.»

«Andare dove?» Gina si lanciò un'occhiata alla gonna. «Non posso... non sono vestita per uscire a cena. Non posso presentarmi così in un ristorante di lusso.»

«Chi ha parlato di lusso? Wright's Tavern, ho detto. Sarai la donna più elegante del locale. Forse l'unica donna.»

Lei rise. «Cosa ne sai tu delle taverne di Concord?»

«Sono la sola cosa che conosco della città. A parte la citazione di Louisa May Alcott.»

Gina esitò, curiosa, indecisa, affamata.

Ben doveva averle letto nel pensiero, perché si chinò verso di lei. «Sei preoccupata per la tua rispettabilità?»

Lei annuì.

«Le buone maniere impongono che una donna non si faccia vedere in giro da sola con un uomo, a meno che non sia sposata.»

«È quello che temevo, cioè... pensavo.»

«Ma devo forse ricordarti che sei sposata?» Ben si raddrizzò. «Possiamo essere veri bostoniani sotto tutti gli aspetti, persino questo.»

Gina non poté fare a meno di ridere felice. «Ti prego, facciamo un'altra volta.» Non aveva l'abbigliamento adatto per una serata fuori. Le signore non uscivano in pubblico con i vestiti macchiati. Tirò fuori dalla borsetta l'orario dei treni.

«Facciamo così.» Ben le sfilò il libretto dalle mani. «Che ne dici di prendere la mia automobile?» La condusse fuori.

«Hai un'automobile?»

«Perché ti stupisci? Ce l'hanno tutti.»

«Noi no. Non possiamo permettercela. Harry dice che è roba da ricchi.»

«Poteva essere vero nel 1905, quando Bill Haywood sosteneva che solo gli oppressori come Harry avevano un'automobile. Ma ora, grazie al signor Ford e alla sua catena di montaggio, ci sono due milioni di vetture in circolazione. Quell'uomo ha trasformato gli Stati Uniti. Una nazione di lavoratori sta rapidamente diventando una nazione di consumatori.»

«Io no. Sono ancora una lavoratrice. Devi guadagnare bene se puoi permetterti un'automobile» osservò Gina con un sentimento che si avvicinava all'invidia.

«Non proprio. Guadagno e basta. Ma ammetto che a Panama» sorrise «pagavano noi ingegneri come se fossimo re. Più dei medici! Riesci a immaginarlo? E pagavano soprattutto gli ingegneri capo. Ho messo da parte tutti i miei soldi. Non avevo nulla in cui spenderli, non facevo altro che lavorare. L'alloggio era pagato e il Canal Commissary sfamava gratuitamente decine di migliaia di operai.»

Gina capì che cercava di metterla a suo agio. Qualcuno che le pagasse vitto e alloggio? Come sarebbe stato?

Rose uscì a salutarli. «Ben, torna a trovarci. Sei sempre il benvenuto.»

«Magari la prossima volta potrei aiutare un po' di più.»

«Aiutare a fare cosa?» domandò Gina.

«Non lo so. Questo posto è gestito da donne. Deve pur esserci qualcosa che un uomo possa fare. Aggiustare una finestra? Riparare il pomello di una porta?»

Rose posò la mano sulla sua in un gesto riconoscente. «Sai, uno dei miei più grandi rimpianti è che, per quanto mi sforzi, non riesco mai a trovare bravi uomini devoti, disposti a farsi carico del fardello di questo lavoro, a prendersi cura degli uomini malati come noi facciamo con le donne.»

Ben abbassò la testa. «Non so assistere i malati, suor Alfonsa» disse, usando il nome che Rose aveva adottato quando era entrata in convento. «Ma aggiusterò le finestre e riparerò le porte.»

«Oh!» disse Gina. «Abbiamo decine di lavoretti di quel tipo.»

«Certamente» acconsentì Rose. «Anche il nostro Ben può essere un Servo del Sollievo.»

Dopo aver superato Andover, Ben rallentò nelle vicinanze di Lawrence. Gina non aveva nemmeno lontanamente finito di raccontargli gli ultimi dieci anni della sua vita.

«Da quando si è impegolato con quell'orribile ciclope» stava dicendo, «non abbiamo avuto altro che guai. E sai perché?»

«Forse perché i guai seguono quell'uomo ovunque vada?»

«Esatto. Sciopero a Lawrence, morti. Sciopero a Paterson, morti.» Gina scosse la testa. «Sai chi altri ha conosciuto Harry a Paterson? John Reed. Ne hai sentito parlare?»

«No, temo di no. Dovrei? Non mi interesso di scioperi e di radicali.»

«Ed Elizabeth Gurley Flynn. Quella sì che è una femminista molto ispirata.» Gina strinse le labbra in segno di chiara disapprovazione. «Harry era via da mesi a bighellonare con loro, a gozzovigliare...»

«Harry non è il tipo da gozzovigliare.»

«E poi sono stati tutti arrestati.»

«Per aver bighellonato? O per le gozzoviglie?»

«Per complotto finalizzato all'istigazione di sommosse. E questa volta Harry era membro dell'IWW. Ha violato i termini della libertà vigilata in tutti i modi possibili e immaginabili. A pagargli la cauzione sono stati John Reed e Max Eastman. Qualcuno doveva pur farlo. L'avevano fissata a mille dollari!»

Ben strinse la presa sul volante.

«Ma ora si è messo con i radicali del Greenwich Village. Si definisce un rivoluzionario. Harry, il tuo più vecchio amico, il mio taciturno marito con il naso sempre infilato in un libro, un rivoluzionario! Riesci a crederci?»

«No. Forse solo un rivoluzionario da salotto?»

Gina scosse la testa. «Continua a parlare di trasferirsi a New York dopo la scarcerazione.»

«Quando esce?»

«Non ne sono sicura. Ha scontato una pena ridotta per lo sciopero a Paterson, sei mesi o giù di lì, e non molto tempo dopo il rilascio, a maggio, hanno sparato all'arciduca! Così ha cominciato a protestare per una guerra che non era neppure iniziata. Questa volta non l'hanno neanche processato.» Gina sospirò, profondamente stanca. «Ha ricevuto una condanna obbligatoria a cinque anni che, per qualche inspiegabile ragione, è stata ridotta a due. Non può essere merito di Elston Purdy, il suo difensore d'ufficio, perché è pessimo. Ma Purdy mi ha assicurato che Harry uscirà in tempo per festeggiare il Natale. A quanto pare è un detenuto modello.» Deglutì. «Tra arresti e scioperi, non posso fare a meno di pensare che voglia stare lontano da casa.»

Ben le lanciò un'occhiata incredula mentre continuava a guidare. «Non può essere.»

«Lo credi davvero? Allora perché, sapendo di essere in libertà vigilata, avrebbe dovuto attaccare una stazione di reclutamento dell'esercito e bloccare l'ingresso urlando: "I rivali commerciali si azzuffano e i nostri ragazzi moriranno per questo"?»

Ben scrollò il capo.

«Mentre tu costruivi e inauguravi la meraviglia ingegneristica del mondo moderno» continuò Gina, «un certo Francesco Ferdinando è stato assassinato in Bosnia e, a causa della morte di uno sconosciuto dall'altra parte del mondo, mio marito è di nuovo in prigione.»

Non parlò più finché non raggiunsero Lawrence.

Arrivarono a casa verso le nove. Non c'era nessuno. Il sabato sera Mimì andava ai vespri e giocava a bingo. Salvo era fuori chissà dove. Aveva detto alla sorella che il venerdì e il sabato sera serviva birra in un bar. Gina e Mimì non vedevano mai un centesimo di quei soldi.

Ben si sedette al tavolo mentre Gina preparava il pollo alla senape con patate e stappava una bottiglia di vino rosso. Si accomodò a sua volta e cominciarono a mangiare.

«È delizioso.» Ben gustò ogni cosa con appetito. «Ma non fate più i piatti italiani? Tuo fratello era un bravissimo cuoco.»

«Dopo quello che è successo ai suoi ristoranti, no, non facciamo più i piatti italiani come una volta. Nessuno vuole cucinarli, nessuno vuole mangiarli.»

«Sai, anni fa, quando ho scoperto che Harry aiutava Salvo, tutti credevano che fossi arrabbiato a causa tua, ma in realtà ero solo invidioso perché pensavo che avrebbe mangiato italiano ogni sera.»

Arrossendo dopo averlo sentito ammettere con disinvoltura che forse un tempo si era arrabbiato per colpa sua, Gina cercò di rispondere nello stesso tono leggero. «Be', in effetti è così.» Abbassò gli occhi. «Ora succede sporadicamente.»

«È un vero peccato. Dimmi, dov'è tuo fratello?»

«Lavora alla Purity, nel North End. Nel fine settimana torna a casa. Lo vediamo molto più spesso ora che Harry è via. Mimì è felice, ma è una situazione strana. Da una parte, mio marito è in prigione; dall'altra, mio fratello è a casa.»

Ben finì di mangiare. «Cos'è successo?» chiese a bassa voce, pulendosi la bocca con il tovagliolo. «Pensavo che i ristoranti andassero bene.» Le versò altro vino.

«Esther non te l'ha detto?»

«Esther non sa cosa sia successo. Sa soltanto che sono stati venduti. Raccontami tutto. Abbiamo tempo. Quando torna Mimì?»

«Alle undici. E sarà felicissima di trovarti qui.»

Ben sorrise. «Come ai vecchi tempi.»

E così Gina gli raccontò il resto della sua vita, con tutte le tribolazioni di Salvo, Harry e Angela.

5

Dopo la fuga d'amore, Salvo invita Harry, che è «in cerca di occupazione», ad andare a lavorare nei due ristoranti di famiglia. «A fare cosa?» domanda lui. «Non so fare la pizza.»

Ridono. «Certo che no.» Perché non è italiano.

Harry appare abbattuto per giorni e, solo quando Gina insiste, le rivela il contenuto della lettera che ha ricevuto di recente, in cui Herman Barrington chiede la restituzione del mutuo sui due ristoranti. Salvo è in arretrato con i pagamenti e, dopo quanto è successo, Herman non è disposto a essere flessibile. «Mi dispiace. Non sapevo come dirti che mio padre è un crudele e vendicativo figlio di puttana. So che avrei dovuto informarti prima. Ti prego, non avercela con me. Ho provato a sistemare le cose. Sono anche andato a trovarlo.» Harry non riesce a guardare la sua faccia incredula. «Hai idea di quanto sia stato difficile? Sono andato da lui per chiedergli aiuto, per pregarlo di ripensarci, di concedere a Salvo un po' più di tempo, ma lui non mi ha fatto entrare e si è rifiutato di uscire a parlare con me! Ha mandato il suo lacchè.»

Gina tiene in mano la lettera di Herman, che parla di doveri, responsabilità, tradimento, ira e decisioni irrevocabili.

Salvo accetta con riluttanza la soluzione suggerita da Harry e incontra Ervin Cassidy, il direttore della filiale della First National Bank di Lawrence. Dopo un lungo tira e molla, l'uomo gli propone un doloroso compromesso: il saldo dei prestiti alla banca di Herman e poi un nuovo mutuo. Ma il prezzo di questa transazione sarà uno dei ristoranti.

Salvo non può far altro che acconsentire.

La banca vende il locale meno redditizio, il raffinato Da Alessandro, e lascia a Salvo un pesante mutuo per il vivace Da Antonio, accanto alla ferrovia. Il fratello di Gina sforna pizze a non finire per soddisfare le folle e spera, in pochi anni, di ottenere un profitto.

Harry non ha altra scelta. Gli Attaviano hanno bisogno del suo aiuto, così va a lavorare con Salvo nell'unico ristorante che gli è rimasto.

Questa è la buona notizia.

La cattiva: Harry va a lavorare con Salvo nell'unico ristorante che gli è rimasto.

Non che sia duro di comprendonio. È che non riesce a ritagliarsi un ruolo nel complesso meccanismo rappresentato dalla fluida gestione di un'azienda a conduzione familiare. Prova a curare i rapporti con i fornitori, ma si annoia. Prova a fare la manutenzione delle attrezzature. Un tedio micidiale. Scrivere testi pubblicitari non fa per lui: troppo superficiale. E nemmeno pubblicare annunci sul giornale (troppo invadente) o trovare idee per attirare più clienti (davvero troppo invadente). Non è in grado di gestire le riunioni settimanali della direzione e non sa come risolvere i numerosi piccoli problemi che si presentano costantemente in un posto di lavoro con ventidue dipendenti e settantasette fornitori. Di certo non vuole imparare a cucinare. Contare i soldi a fine serata lo rende irritabile. Andare in banca, provvedere ai depositi, pagare le bollette, richiedere i pagamenti: tutto questo gli dà sui nervi.

Passa un anno piuttosto teso. E un altro ancora.

Un fatidico giorno del 1908, Angela arriva da Salvo molto agitata. Dice di aver incontrato Ervin Cassidy che portava a spasso il cane al Common, e l'uomo le ha detto che nonostante una decina di solleciti non è stata pagata neppure una rata del mutuo in oltre tre mesi e che Da Antonio è sull'orlo dell'inadempienza.

Salvo e Gina vanno in banca per chiarire l'equivoco perché sono certi, anzi certissimi, che Harry ha fatto dei versamenti e ha detto a Salvo che sta andando tutto liscio come l'olio. È uno sbaglio. Deve esserlo.

Ma a quanto pare, come dimostrano i meticolosi registri bancari, l'olio non è liscio al punto di prevedere il pagamento delle rate.

La verità si rivela peggiore di quanto Salvo e Gina temessero. Quante volte è successo? Sono nel retro a spulciare i libri contabili, con Harry che ancora una volta ha pensato bene di tagliare la corda, quando Margaret, la maître di sala, li informa di essere stata sottopagata la settimana precedente. Spiega pazientemente che negli ultimi sei mesi Harry le ha raddoppiato il salario, finché la settimana prima, di punto in bianco, ha ricominciato a darle la misera retribuzione iniziale.

«Vedete, il problema è che ci siamo abituati alla nuova paga e pensavamo fosse per sempre» dice Margaret. «Io e mio marito ci siamo trasferiti in una casa più grande, siamo andati nell'Ohio a trovare sua madre, ci siamo presi qualche settimana per noi e ora, con il Natale alle porte... mi dispiace, ma non possiamo permetterci una riduzione del salario.»

Gina e Salvo rimangono immobili come statue. Come Gina mentre racconta ogni cosa a un Ben attonito nel salotto poco illuminato. Preferirebbe non farlo. Vorrebbe invece che ci fosse della musica. Vorrebbe poter dimenticare, parlare di qualcos'altro, non parlarne più, non pensarci più, come allo sciopero del pane e delle rose, come ad Angela. Perché tutto questo continua a tornare indietro come il sapore di un cibo indigesto?

«Margaret» dice Gina con calma, stringendo la mano di Salvo, che è maestro nell'alzare la voce, «non hai subito una decurtazione del salario. Hai ricevuto una gratifica non autorizzata e non approvata, e il motivo per cui è stata sospesa è che non ci sono soldi extra.»

Margaret, contrariata ma troppo al verde per licenziarsi, dice prima di uscire: «Dovrete far fronte a un ammutinamento. Perché tutti noi che non siamo membri della famiglia abbiamo ricevuto un aumento. Ed è Natale per tutti, non solo per me. Cosa farete, negherete la gratifica natalizia al personale?».

Gina e Salvo sono raggelati.

«Non dire una parola, Salvo» mormora Gina dopo che Margaret è uscita.

«Lo uccido.»

«Ti ho detto di non dire una parola.»

«In un modo o nell'altro farà meglio a sistemare le cose, o giuro su nostra madre...»

«Salvo!»

Gina, spaventata per entrambi gli uomini che ama, corre a cercare Harry. Lo trova su una panchina dietro il municipio, bello, distratto, distaccato ma affettuoso, avvolto in un enorme soprabito, impegnato a pranzare serenamente al freddo, immerso nella lettura.

Con il libro ancora aperto, come se non volesse essere disturbato durante la pausa, dice che sì, si è sentito in colpa per le persone che lavorano per loro, perché fanno molta fatica a sbarcare il lunario e non ricevono mai un extra per i compleanni, i matrimoni, le vacanze, una casa nuova. La madre di una donna è malata e le parcelle del medico sono salate, la barca di un uomo ha una perdita, lo zio del panettiere è morto e le spese funebri ammontano a un quarto del suo salario annuale. Il lavapiatti sta per avere un terzo figlio inatteso...

Harry le racconta tutto questo, poi si abbandona contro lo schienale della panchina, abbassando lo sguardo sul libro come se non servissero ulteriori discussioni. Avevano bisogno di un extra e lui gliel'ha dato, tutto qui.

«Con quali soldi li hai pagati?» domanda Gina a bassa voce.

«Con quelli che guadagniamo ogni sera.»

«Ma sono i nostri fondi d'esercizio.»

«Okay. La manodopera rientra nel bilancio d'esercizio.»

«Ma gli pagavi già un regolare salario, no? Una paga equa per il loro lavoro?»

«Come può essere una paga equa quando lo zio di Eddie doveva essere seppellito?»

Gina si stringe le mani al petto come se stesse per avere un infarto. «Siccome hai pagato troppo il personale, non abbiamo abbastanza denaro per coprire il mutuo. Le cambiali che la banca detiene nei confronti del ristorante sono l'unica spesa di capitale fisso che dobbiamo assolutamente pagare.»

«La manodopera è l'unica spesa di capitale fisso che dobbiamo pagare.»

«No. Possiamo licenziare tutti e gestire il ristorante lavorando gratis ma, se non paghiamo il mutuo, non ci sarà nessun ristorante da gestire.»

«Anteponi le istituzioni alle persone, Gia» dice Harry. «È sempre un errore e non è da te. Pensavo che noi due fossimo fatti della stessa pasta. La banca può aspettare. Le persone no.»

«La banca ha aspettato. Più di tre mesi. Ora le dobbiamo non solo la rata del mese prossimo, ma anche dell'ultimo trimestre, e dobbiamo pagare entro venti giorni.»

«Allora paghiamo.»

«Non abbiamo i soldi. Se avessi prestato il denaro ai dipendenti anziché regalarglielo, la banca potrebbe considerare quei prestiti un attivo, ma allo stato attuale...»

«Dovremo procurarcelo.» Harry resta indifferente. «Andrà tutto bene. La banca aspetterà.»

«Non aspetterà. Si prenderà il ristorante di Salvo!»

«No, invece. Vogliono soltanto spaventarvi. So come vanno queste cose. Andrò a parlare con il direttore. Solo... lasciami finire il pranzo e questo capitolo.» Le mostra il libro che sta leggendo: Lincoln Steffens, *The Shame of the Cities*. «Guarda cosa scrive, è geniale! *La politica è un'attività commerciale. È questo il suo problema. È questo il problema di ogni cosa: arte, letteratura, religione, giornalismo, diritto, medicina, sono tutte attività commerciali. Trasformate la politica in uno svago, come fanno in Inghilterra, o in una professione, come fanno in Germania.*» Schiocca la lingua in segno di assoluta approvazione. «Non è una mente sopraffina?»

Gina non ha nulla da dire.

«Lasciami finire questo capitolo e poi andiamo.»

Harry va in banca. Ci va con Salvo, che è sul punto di esplodere, e con Gina, che è seduta sulla poltrona nell'angolo dell'ufficio di Cassidy e si torce nervosamente le mani mentre ascolta.

Ervin Cassidy è un uomo benevolo, ma severo. Il suo aspetto placido e corpulento nasconde un carattere irremovibile. «Signor Barrington» esordisce, «vi scriviamo da tre mesi e voi ignorate le nostre lettere e richieste di pagamento. Lo statuto è lo statuto. Il vostro prestito non viene dalle mie tasche. Questa banca ha degli investitori a cui rispondere. Avete dei pagherò cambiari con garanzia reale su cui non potete essere in arretrato di più di novanta giorni. E attualmente siete a centodiciassette. Inoltre» continua con calma «siete costantemente, e con questo intendo quasi ogni mese da quando vi abbiamo concesso il prestito, in ritardo con i pagamenti. Negli ultimi quarantuno mesi non avete mai pagato con puntualità il mutuo. A volte siete in ritardo di undici giorni, altre di quarantadue, altre ancora di ventinove. Ma siete sempre in ritardo.»

«Alla fine paghiamo, no?» lo rimbecca aspramente Harry.

«Non negli ultimi centodiciassette giorni. Qualche mese fa mi avete chiesto di aumentarvi lo scoperto, usando il ristorante come garanzia. Ho acconsentito. Anche quel conto è in rosso di migliaia di dollari.»

«Forse potete aumentare di nuovo lo scoperto» propone Harry.

«Perché dovremmo?»

«Così possiamo restituirvi i soldi che vi dobbiamo.»

Il direttore scoppia in una risata sommessa, quasi bonaria, come se avesse a che fare con un bambino capriccioso. «Volete che vi aumentiamo lo scoperto in modo da restituirci i soldi che ci dovete? Non state nemmeno dando con una mano per togliere con l'altra. State dando con una mano per togliere con la stessa.»

«È semplice contabilità. Spostare il debito da un luogo all'altro.»

«Sì, ma il vostro debito deve essere sostenuto dalla possibilità di guadagni futuri. La banca non è irragionevole se pretende una piccola probabilità di essere ripagata, no?» Cassidy si rivolge al fratello di Gina. «Signor Attaviano, quando avevate due ristoranti, era possibile aumentare gli introiti rispetto alle spese di gestione. Ma ora la vostra unica attività sarà a malapena in pareggio nei prossimi tre-cinque anni. Non avete nulla in più con cui ripagare la banca.»

«Aumenteremo le vendite» insiste Harry, impassibile.

«Signor Barrington, lasci che le spieghi come funziona.»

«So come funziona.»

«Funziona così» continua Cassidy, quasi non fosse stato interrotto. «Prima si aumentano le vendite e poi si portano i registri degli incassi e si chiede un prestito. Non viceversa. Come fareste ad aumentare i vostri profitti, se posso chiedervelo? Avete due forni e venti tavoli. C'è pochissimo margine di crescita. Potete alzare i prezzi, ma poi avreste meno clienti. La gestione di un'azienda si basa su un equilibrio delicato, ed è per questa ragione che un elevato rapporto di indebitamento rompe un simile equilibrio, rendendo l'intera equazione insostenibile. Mi rincresce moltissimo.»

«Signor Cassidy» dice Harry, «al momento noi non abbiamo soldi. Ma la banca ne ha molti. Se aspettate ancora un po', non rischiate certo di finire sul lastrico o di perdere la vostra attività.»

«È qui che vi sbagliate, signor Barrington. Vi sbagliate di grosso. Se facessimo quello che proponete, perderemmo sì la nostra attività. E poi cosa dovremmo aspettare?»

Harry sospira, scuotendo la testa per la frustrazione. «Okay, d'accordo. Addebitateci pure un tasso di interesse più alto sullo scoperto.»

«Lo stiamo già facendo. E non riuscite a pagarlo. Sa come faccio a saperlo? Perché non l'avete pagato. Inoltre farvi pagare di più per fornirvi un servizio che già non potete permettervi sarebbe una doppia perdita. Per voi e per me. Faccio questo lavoro da molto tempo, signor Barrington. Trentasette anni. Siamo la First National Bank di Lawrence e siamo molto orgogliosi del rapporto con i nostri clienti, molti dei quali sono immigrati, come suo cognato e sua moglie, che spesso si trovano in difficoltà. Facciamo del nostro meglio per aiutarli... con prudenza. Affinché non si sentano schiacciati dai debiti e noi continuiamo a fare soldi.»

«Fare soldi è la cosa più importante, a quanto pare. È la priorità, no?»

Dopo questa frase irrispettosa, Ervin Cassidy comincia a usare un tono glaciale. «Ogni singola attività commerciale in questa città, nella città di vostro padre e in ogni città degli Stati Uniti è costruita con prestiti bancari concessi a famiglie come la vostra.» Si alza. «È grazie a noi che avete un ristorante. È grazie a noi che vostro padre ha una prospera impresa edile, è grazie a noi che ci sono strade, fabbriche, carrozze e cavalli. È grazie a noi che è stato costruito il canale di Panama. Da dove pensate che venga il denaro? Dal caveau magico sul retro? La banca ha i soldi perché altre persone – non voi, ma altri – vengono qui e ce li affidano. Ci prestano il loro denaro affinché lo custodiamo, poi noi ci giriamo e prestiamo il sudore della loro fronte a voi, in modo che possiate usare i loro risparmi faticosamente guadagnati per arricchire la vostra vita. Ecco come funziona. Forse dovrebbe seguire un corso di economia, signor Barrington, per prendere dimestichezza con i rudimenti della prassi commerciale. Nel frattempo, se volete scusarmi, la signora Wagner sta aspettando qui fuori. Ha chiesto un prestito per un nuovo chiosco di gelati.»

«Come sarebbe a dire? Abbiamo già finito?» Salvo si alza.

«Sì, signor Attaviano. Mi dispiace molto, ma temo di sì. Se entro dieci giorni non vedrò sulla mia scrivania quattro rate del mutuo, avvieremo il recupero dei vostri beni aziendali. Se può esservi d'aiuto, rinvierò la richiesta di restituzione dello scoperto per concedervi più tempo.»

Occorre chiamare la polizia per fermare Salvo. Si scaglia contro il cognato in Essex Street, viene arrestato per aggressione e percosse, e finirebbe in prigione se non fosse che Harry si rifiuta di sporgere denuncia. Salvo gli ordina di andare da Herman Barrington e sistemare le cose. «Che io sia dannato se mi coprirò di nuovo di vergogna» ribatte Harry.

«Sei dannato e ci hai già coperti di vergogna, tutta la nostra famiglia e soprattutto mia sorella, perché sei il più grande idiota di Lawrence.»

Salvo dice alla madre che non può vivere un secondo di più sotto lo stesso tetto con l'uomo che ha distrutto la sua azienda. Uno dei due deve allontanarsi. Ma Harry non può andarsene da solo. Gina deve seguirlo. Dunque la scelta è tra l'unica figlia di Mimì e il solo figlio maschio che le è rimasto. Al centro di un fuoco incrociato, lei si rifiuta di scegliere. Salvo decide al suo posto. Fa le valigie e lascia Lawrence per il North End.

Era il 1908.

Da Antonio fu acquistato all'asta da Ned Rector, che lo vendette pezzo dopo pezzo, sbarazzandosi dei forni, dei tavoli e delle posate, e riaprendo dopo sei mesi come Ned's Mattresses and Beds e dopo altri sei come Ned's Burgers.

6

«Salvo non ha perdonato Harry?» chiese Ben. «Nemmeno adesso?»

Gina scosse la testa. «Tu l'avresti fatto?»

«Perché Salvo non si è messo in società con uno dei suoi amici del North End? È passato qualche anno. Le banche sono più indulgenti di tuo fratello. Gli concederebbero un altro prestito, ne sono sicuro.»

Gina scrollò il capo. «È un lavoro interminabile, gestire un'azienda. Salvo l'ha imparato a sue spese. Per farlo bene, deve farlo di persona. Ma non vuole. È uno dei motivi per cui ha lasciato così tanto controllo a Harry, che purtroppo era l'uomo sbagliato per quell'incarico. Inoltre Salvo ha scoperto anche alcune cose su di sé dopo il fiasco. Non gli piace avere vincoli. Vuole poter cambiare lavoro come cambia le donne, e passare al successivo volo di fantasia. Continua a incolpare Harry, che sicuramente è in gran parte responsabile dell'accaduto, ma la verità è che Salvo non è adatto al tran tran quotidiano della gestione di un'azienda. O di un matrimonio. È troppo vagabondo.»

«Oh, Gina.»

«Lo so. Ascolta.» Lei si sporse in avanti. «Dimmi, suo padre e sua sorella... sono ancora... arrabbiati con lui per quanto è successo? Sono passati molti anni.»

Anche Ben si chinò, come se affrontare argomenti difficili richiedesse una voce sommessa. «So soltanto che nessuno parla di lui. Non pronunciano mai il suo nome.»

Gina si appoggiò allo schienale, facendo un sospiro triste e rassegnato.

Quando la porta d'ingresso si aprì, si voltarono entrambi e la luce della veranda illuminò Mimì, che Rita, l'inquilina del terzo piano, aveva aiutato a salire le scale.

«Chi è questo?» domandò Mimì senza tanti preamboli.

«Be', io vado» disse Rita. «Tua madre è stata fortunata questa sera, ha vinto venti dollari. Ha fatto bingo tre volte.»

«Chi è questo, Gina?» ripeté Mimì.

«Sono Ben Shaw.»

«Chi?»

Lui si alzò per salutarla. «Buonasera, signora Attaviano.»

«È il vecchio amico di Harry. Ti ricordi, il canale di Panama?» intervenne Gina.

«Mi ricordo tutto.» Scoccandole un'occhiataccia, Mimì si tolse il cappotto. «Stai cercando Harry nel posto sbagliato, giovanotto. È al penitenziario.»

«Sì, lo so» disse Ben. «Ho accompagnato vostra figlia a casa perché non dovesse prendere il treno.»

Mimì li superò, dirigendosi al piano di sopra. «Vieni ad aiutarmi» ordinò a Gina. «Sto crollando per la stanchezza. Il bingo a quest'ora non è privo di strascichi.»

Gina si rivolse a Ben. «Devo scappare. Grazie mille per il passaggio. Scusa se ti ho trattenuto.»

«Figurati...» Fu interrotto dal forte sbuffo di Mimì dal fondo delle scale. «È stato un piacere rivedervi, signora Attaviano. Portate i miei saluti a Salvo.»

Al piano di sopra, la prima cosa che Mimì disse fu: «Cosa stai combinando, esattamente?».

«È il vecchio amico di Harry, mamma» rispose Gina spazientita. «Basta così.»

«Tuo fratello è fuori a gozzovigliare da qualche parte, sicuramente a fare a botte in una bettola. Meno male che non è tornato presto per vederti gozzovigliare a casa tua.»

La domenica, quando Salvo tornò, appena in tempo per la messa delle dieci, Gina si piegò verso la madre prima della litania di supplica e sussurrò: «Oh, sì, Salvo è proprio la persona adatta per giudicare me».

«Chi è senza peccato scagli la prima pietra.»

Subito dopo la funzione, quando ancora non erano usciti dalle porte della chiesa di Santa Maria, Mimì si rivolse al figlio, spettinato e afflitto dal doposbornia: «Non indovinerai mai chi ha accompagnato tua sorella a casa da Concord ieri».

«Devo preoccuparmi?» Salvo strizzò le palpebre contro la luce del sole e si sistemò il berretto di serge grigio in modo che gli schermasse gli occhi.

«Ben Shaw. Te lo ricordi? Quell'assurdo progetto a Panama molto tempo fa... Quel ragazzo faceva gli occhi dolci a tua sorella, o sbaglio?»

Salvo non girò nemmeno la testa verso Gina, alta ed elegante vicino all'ingresso della chiesa, impegnata a salutare gli altri parrocchiani, sorridente, cordiale, in ghingheri per la messa, con un vestito di percalle azzurro e un cappotto di lana, entrambi vecchi ma stirati e ben tenuti. Il parka di Salvo era strappato su una manica e macchiato dai bagordi di molti sabati sera. «Purché non sia suo marito, improvvisamente uscito di galera, non me ne importa niente.»

«Salvo, non so se ringraziarti o prenderti a schiaffi» disse Gina. «Ma devo salutarvi entrambi.»

«Dove vai?»

«Dove vado ogni domenica. A trovare mio marito.»

Siedono l'uno di fronte all'altra. Roy, la guardia di Harry, un nero corpulento e molto robusto, nato e cresciuto libero nel Nord e ora sentinella dei bianchi incarcerati, si è preso una bella cotta per Gina e di tanto in tanto, quando è l'unico di turno, permette a Harry di toccarla dall'altra parte del divisorio. Quando lei gli porge il giornale, lui lo prende e le tiene le mani finché Roy non si schiarisce la voce. Restano così. A volte non dicono molto.

A volte perché non c'è niente da dire.

A volte perché c'è troppo da dire.

Oggi parlano quasi come se non ci fossero zone grigie.

«Che libri mi hai portato?» domanda Harry. «Ho finito cinque giorni fa i due pidocchiosi volumi che mi avevi portato la settimana scorsa.»

«Pidocchiosi si riferisce alla quantità o alla qualità?»

«A entrambe.»

Gina ride.

«Erano terribili, e neanche lontanamente sufficienti. Perché non me ne porti di più? Ho imparato a memoria il giornale. Ero così disperato che ho aperto la Bibbia che Roy aveva finto di dimenticare sul tavolo.»

«Santo cielo, le cose non possono andare così male da ridurti a leggere la Bibbia.»

«Sì, invece.»

«Cosa c'è? Non ti è piaciuto *Figli e amanti*?»

«Non molto. Quelle stronzate edipiche. Non fanno per me.»

«Cosa significa edipico?»

«Lascia stare.»

«Non l'ho mai letto.»

«D'accordo. Ma, nell'eventualità che il resto della produzione di Lawrence sia dello stesso stampo, non portarmelo.»

«Che ne dici di *The Man without a Country*?» lo punzecchia. «Posso portartelo?»

«Conosco a memoria quella storia idiota.» Harry si rabbuia. «Perché dovresti portarmelo?»

«Sto scherzando.»

«Oh.»

«La prigione ti ha rubato il senso dell'umorismo?»

«Evidentemente la mia dose di ironia si sta esaurendo. Non dire cose che non pensi. O almeno sorridi quando le dici, così capisco che devo ridere a mia volta.»

«Okay, tesoro.»

«E l'altro libro, *I sette impiccati*, mai più. Ero a tanto così dal diventare l'ottavo quando l'ho finito.»

«Ma me l'avevi chiesto espressamente!»

«Non ascoltarmi. Il problema è insito nel titolo. Quando vedi un titolo del genere, dattela a gambe. L'angoscia russa è troppo deprimente per un uomo in cella. Tutto è terribile e tutti stanno per morire. E poi muoiono. Cos'hanno che non va i russi e tutta la loro letteratura?»

«E Čechov?»

Harry è tutt'altro che entusiasta. «È così arzigogolato. Non capisco mai quando ha finito. Tutto quello che leggo di lui potrebbe concludersi cento pagine prima o cento dopo, non ho modo di saperlo.»

«Che ne dici se la settimana prossima ti porto qualcosa di Sherlock Holmes?»

«Sì.» Si illumina. «Eccellente. Sta' lontana dai malinconici. Hardy, Gide. Tutti i russi.»

Lei abbassa lo sguardo sulla borsetta.

«Cosa mi hai portato questa settimana?»

«*L'amore tra i polli.*»

Harry ride. «Mi piace già.» Le prende il romanzo di Wodehouse dalle mani, indugiando con le dita sulle sue.

«E Oscar Wilde? *L'anima dell'uomo sotto il socialismo*?» Gina sorride.

«Stai scherzando, vero? Molto divertente. Ma no, grazie. Ne ho abbastanza delle sue ciance anarchiche, le sue e quelle del suo mentore Kropotkin. Non sono mai contenti...»

«Be', Kropotkin è russo.»

«Questo è l'ultimo dei suoi problemi. Si contraddicono di continuo. Mi fanno desiderare ardentemente il coprifuoco, una cosa che non avrei mai immaginato. Cos'altro?» Aspetta con impazienza.

«Ho cucito un nuovo corredino per una cliente di Mimì che sta per diventare mamma, e con i soldi che ho guadagnato ti ho comprato tre libri che puoi tenere.»

Harry si alza, entusiasta, guardando oltre il divisorio.

«*Padri e figli* di Turgenev.» Gina gli porge i volumi. «*Don Chisciotte.* Ti occorrerà tutta la durata della detenzione per finirlo. E *Cuore di tenebra* di Joseph Conrad.»

Lui si accascia di nuovo sulla sedia. «Li ho letti tutti. Diverse volte.»

«Erano in saldo e immediatamente disponibili, ed è quanto potevo permettermi.»

Lui sospira. Passano i minuti. Inclina la testa per fissare sua moglie come un innamorato potrebbe fissare l'amata prima di un bacio.

«Cos'hai combinato questa settimana?»

Gina apre la bocca per dirgli di Ben, poi la richiude. Harry è loquace, più o meno cordiale, rilassato. Oggi i suoi occhi grigi sembrano azzurri e lei sa che cambiano colore a seconda dell'umore. Oggi il suo umore è accomodante. Lei potrebbe dire molte cose per rovinarlo. Nominare Ben sarebbe una di queste.

«Salvo è davvero tornato a casa?»

«Temporaneamente.» È contenta del cambio di argomento. «Fino al tuo ritorno.»

«Sorridi come se fosse uno scherzo, ma sappiamo entrambi che non stai scherzando.»

«Non sto scherzando.» Gina si sforza di trattenere il sorriso.

Quando lui ridacchia sommessamente, è felicissima, e contenta di non aver menzionato Ben.

«Allora, com'è là fuori?»

«Le foglie stanno cambiando colore. Credo che ti piacerebbe.»

«Sì. Adoro l'autunno nel New England.»

Si schiariscono la voce. «Purdy dice che dovresti essere fuori in un mese o due. Sicuramente entro Natale.»

Harry non riesce a guardarla. «Una lunghissima attesa.» Sbatte le palpebre, con gli occhi pieni di rimorso. «Mi dispiace di essere di nuovo qui. Questa volta l'ho fatta grossa, vero?»

Gina non risponde.

«Non credevo di fare qualcosa di sbagliato. Pensavo di esercitare i diritti sanciti dal Primo emendamento, di dar voce alla mia disapprovazione. Cosa c'è di più americano del dissenso?»

Lei esita.

«Come facevo a sapere» continua Harry «che è contro la legge esibire la propria libertà di parola bloccando gli ingressi delle stazioni di reclutamento dell'esercito? Chi ha fatto questa legge cretina?»

Lei tace.

«Sarebbe filato tutto liscio se non fossi stato in libertà vigilata.»

Ora lei ha qualcosa da dire. «Eri già in libertà vigilata quando sei andato a Paterson. Non saresti mai dovuto andare.»

«Bill mi pagava» si giustifica Harry, più brusco. «Ne abbiamo parlato. Cosa volevi che facessi?»

«Che non andassi.» Anche Gina è più brusca. «Che ti trovassi un altro lavoro. Che lo mandassi a quel paese. Se l'avesse chiesto a me, avrei avuto una lista di risposte lunga cinque minuti.» Fa una pausa. «Non ci ha danneggiati abbastanza?»

Non si guardano nemmeno.

«Okay, okay.» Lui si addolcisce. «Chiaramente devo trovare un altro lavoro quando esco.»

Questo è imprescindibile. Una delle condizioni per il suo rilascio, frutto di una lunga trattativa tra il procuratore distrettuale e Purdy, è che Harry non potrà avvicinarsi a meno di quattrocento metri da Big Bill Haywood o dall'IWW. Harry si è opposto, non perché voglia lavorare per Big Bill, ma perché non vuole che il governo gli dica dove può o non può lavorare. Per quanto Gina gli ripeta che è solo una cosa temporanea, lui non le dà retta e non vuole saperne.

Cambiano argomento. Come sempre. Non hanno altra scelta. Possono passare insieme solo due ore la settimana e Gina non intende rovinarle con prediche e continue critiche. Lei ha un sacco di cose da fare nella vita, ma Harry ha solo queste due ore. Non avrebbe senso farlo stare peggio quando tutto ciò che ha sono i suoi pensieri e le parole di sua moglie fino alla successiva domenica.

«Vuoi che ti porti qualcosa di speciale la settimana prossima?» chiede Gina.

Lui riflette. «Forse un po' di torta di zucca.»

«Un po' di cosa?»

«Torta di zucca. È la stagione delle zucche.»

Nel paesino da cui proviene lei non ci sono zucche. Gina non ne ha mai assaggiata una né l'ha usata per fare una torta. Sorride. «Certo, amore mio. Tutto quello che vuoi. La prossima volta che vengo ti porto la torta di zucca.»

«Portane una anche per Roy. L'altra settimana, quando hai portato i biscotti, ha detto a tutti quanto fossero buoni. E mi ha permesso di tenere la luce accesa un'ora dopo il coprifuoco perché sa che mi piace leggere a letto.»

«Okay, tesoro. Ne porto una anche per Roy. È un tipo gentile. Mi ha presa in simpatia.»

«Un po' troppo, se vuoi la mia opinione.»

Gina vorrebbe toccarlo per rassicurarlo, tenergli la mano, premere la testa contro la sua. E altre cose.

«Sai» riprende Harry, «quando avevo, non so, undici anni, forse dodici, mio padre ha portato me e mia sorella in un campo di zucche, ne abbiamo prese alcune e le abbiamo intagliate.»

«Perché fare una cosa simile?»

«Intagliare le zucche? Non lo so. La polpa serve per fare le torte. È impegnativo, però. Ti piacerebbe.» Inspira. «È impegnativo, come i tuoi pomodori.»

Da quel momento faticano a parlare e a guardarsi. Harry, ansimante, non riesce a continuare il racconto. Poi, in qualche modo, lo riprende.

«Dopo aver scavato la polpa e intagliato le zucche, Esther ha deciso che voleva spaventarmi, farmi uno scherzo. Così ha tagliato una zucca a metà e l'ha messa sopra il nostro enorme gatto nero che dormiva sull'erba, coprendolo come se fosse dentro una conchiglia e lasciandogli due buchi per gli occhi. Quella sera eravamo seduti in giardino e, attraverso i fori, il gatto ha visto uno scoiattolo ed è partito di corsa come un cavallo, con la zucca ancora addosso.» Ride a quel ricordo. «Era buio e non me l'aspettavo, regnava il silenzio, e questa zucca gigante si è sollevata da terra e ha attraversato il giardino al galoppo, una zucca che rincorreva uno scoiattolo. Devo aver urlato per cinque minuti, è stato davvero spaventoso.»

Gina scoppia in una risata.

Harry si abbandona contro lo schienale. «Non credo di aver mai sentito mia sorella e mio padre ridere più forte. Mio padre ha addirittura pianto. Non l'avevo mai visto in lacrime. Né prima né dopo. Poi ha dato un bacio a mia sorella e ha detto: "Hai superato te stessa. Bravissima".» Scrolla le spalle. «Siccome non la elogiava mai, per poco non si è commossa. Abbiamo provato continuamente a rifarlo, a organizzare uno scherzo che lo facesse ridere. Ma...» La sua voce sfuma. «Lo sai.»

Gina si piega verso il divisorio, con il cuore che si apre e si richiude.

«Hai detto che avevi solo undici o dodici anni?»

«Sì.»

«Dunque tua madre era ancora viva? Dov'era?»

Harry guarda prima il tavolo e poi le lancette dell'orologio sopra la testa di sua moglie. «Non so dove fosse.» Ha gli occhi velati. «Non con noi.»

Quando è ora di andare, Gina si alza tenendo in mano i libri da restituire.

«Chinati» dice Harry.

Lei obbedisce.

Lui lancia un'occhiata a Roy, quindi allunga la mano e le accarezza la guancia e i capelli, prima di posargliela sul viso. Gina si preme le sue dita contro le labbra mentre le sfiorano la bocca.

«A domenica prossima, amore mio.»

«A domenica prossima, tesoro.»

4

L'amore di una ragazza americana

1

«Adoro questa casa» disse Rose a Gina riferendosi a Wayside. «Certe volte vorrei quasi che fosse ancora mia, ancora della mia famiglia. Ho detto a tutti che l'abbiamo venduta perché non sopportavamo più di viverci dopo la morte di mio figlio, ma la verità è che, per quanto George lavorasse sodo, non riusciva a pagare le rate del mutuo. Abbiamo dovuto venderla.»

Gina ascoltava distrattamente, con una parte spirituale che seguiva il discorso, una parte meccanica che lavava il pavimento e una parte femminile che deplorava lo stato pietoso del suo vestito.

L'ultima era la più rumorosa di tutte.

Fece un enorme sforzo per ricordare le parole di Rose. «Lavorava sodo?»

La domanda non riguardava tanto Rose quanto se stessa, la sua vita.

«Sì. Era professore, correggeva i manoscritti di altre persone per arrotondare, scriveva articoli. Era un genio e non ha mai smesso di lavorare, ma non era abbastanza per questa casa estiva e un alloggio a Boston.» Rose sospirò e si fece il segno della croce. «È meglio così. Ho scelto questa, non solo per servire i poveri, ma anche perché fosse dei poveri. E sono ancora qui, nella mia amata Wayside, dove posso dormire e continuare a compiere l'opera del Signore.» Rose guardò Gina, la studiò. «Nella mia vita passata, quando pensavo di poter scrivere anch'io come mio padre, ho scritto un racconto intitolato *L'amore di una ragazza americana*. Ne hai sentito parlare?»

Gina strizzò a mani nude lo straccio pieno di detriti, sporcizia, escrementi, medicinali. «No, mai sentito nominare.»

Rose la seguì fuori mentre Gina sostituiva l'acqua nel secchio. «Lo conoscono in pochi. Io non sono mio padre, non ho tardato a rendermene conto. Non ho le sue doti. In ogni caso, nel mio racconto, l'eroina è abbagliante e piena di virtù. Ma il punto cruciale di qualsiasi storia è sapere quando si è amati.» Rose fece una pausa. Attese. Vedendo che Gina non rispondeva, la esortò dolcemente. «Non sei d'accordo?»

«Non lo so» disse la ragazza, piena di esitazione. «E se una persona pensa di essere amata, ma si sbaglia?»

«A mio parere succede spesso di essere amati diversamente da come ci si aspetta, e sono questo giudizio errato e la conseguente disillusione a causare così tanti problemi nella vita. Non trovi anche tu?»

Gina non rispose. Le parole di Rose non erano applicabili né alla sua attività fisica né alla sua distanza spirituale. Si stava affrettando a finire di lavare il pavimento perché voleva disperatamente cambiarsi prima di dover cucinare e servire il pranzo, e prima che arrivasse Ben.

Ogni giorno alle undici la campana suonava cinque volte nella minuscola cappella improvvisata per commemorare le cinque piaghe del Signore. I rintocchi erano seguiti da un'ora di silenzio, durante la quale Gina lavava, puliva e preparava da mangiare per i malati. Prima e dopo i pasti si recitavano i salmi, iniziando dal numero 1 fino al 150, suddivisi in tre giorni.

Pietà di me, o Dio, distogli lo sguardo dai miei peccati.

«Gina, sai quanto tengo a te» disse Rose. «Per me sei come una figlia mandata dal cielo. Ma sai anche cosa penso del lavoro che svolgiamo. Non ammette compromessi. E sono inflessibile quando si tratta di mantenere un livello di assistenza molto alto. Più le pazienti sono malate, più sono povere e sventurate, e più pretendo dalle donne che si prendono cura di loro.»

«Lo so.»

«Non posso obbligare nessuno a essere buono, non è la mia inclinazione né il mio desiderio. Ma al minimo accenno di pigrizia, frivolezza o eccessiva indulgenza verso se stesse, devo chiedere loro di prestare servizio altrove.»

Gina si sforzò di non chinare la testa. «Capisco.»

Rose le prese le mani e le diede un bacio. «Ti ricordi che una volta mi hai detto che amavi troppo il ballo e il gelato per farti suora?»

«No, non me lo ricordo.» Però sembrava da lei.

Rose sorrise. «Lo pensi ancora?»

Gina aggrottò le sopracciglia, leggermente perplessa. «Sono sposata. Ormai non posso più farmi suora.»

«Ami troppo il ballo e il gelato per fare la moglie?»

Lasciandole andare le mani, Gina fece un passo indietro, cercando di non barcollare. «No. Ma devo scappare, ho molto da fare.»

«Forse ti sorprenderà sentirlo, ma non sono una donna misericordiosa.» Rose si fece il segno della croce. «Quello che faccio è predicare generosamente la misericordia.» Una pausa. «E per misericordia non intendo indulgenza. Intendo la cura per i più poveri tra i poveri, per i più abbandonati tra gli abbandonati.»

Mi sollevò dalle grandi acque, mi portò al largo, mi ripaga secondo l'innocenza delle mie mani davanti ai suoi occhi.

Le pazienti di Rose appartenevano alla categoria dei più poveri tra i poveri, dei più abbandonati tra gli abbandonati. In punto di morte, non richiedevano altro che compassione e gentilezza. Le suore facevano del loro meglio per tenerle pulite. Rose insisteva sul fatto che, qualunque cosa si provasse per le condizioni delle malate, l'unico volto che si poteva mostrare loro era quello della misericordia e della bontà, perché era ciò di cui le moribonde avevano bisogno. Certe volte, però, persino i sacerdoti che andavano a somministrare l'estrema unzione o a offrire la comunione giravano la testa e vomitavano prima di continuare a camminare tra i letti, tanto era disgustoso il tanfo che circondava le pazienti.

Per molti mesi Gina si era immersa nelle opere di Dio, a mo' di offerta e penitenza, pregando perché Harry venisse rilasciato presto, perché un bambino benedicesse la loro vita, perché potessero avere un po' di soldi in più, perché potessero faticare meno, desiderare meno, essere più felici. Dopo il ritorno di Ben, tuttavia, le accadde qualcosa. Se prima aveva fatto caso soltanto alla propria vita interiore, ora era fin troppo consapevole della Gina esteriore. La giovane che si cuciva i vestiti da sola, che un tempo aveva risparmiato per comprare seta e chiffon, guanti di pizzo, scarpe di vernice, pompon e perline, si ispezionò severamente e concluse che una donna impegnata a lavorare in un reparto di esseri umani che facevano vomitare i sacerdoti e svenire gli uomini non poteva farsi bella per nessuno. La santità era meravigliosa, ma non alimentava la vanità. La santità era bellissima, ma non esteriormente.

Eppure Ben arrivò. Arrivò come i professi, i novizi e i postulanti. Arrivò indossando i suoi vestiti più semplici e si definì l'inserviente di Gina. Certi sabati mattina raggiungeva Concord così presto da presentarsi a Wayside prima ancora di lei. Era sempre pieno di allegria e di vivaci racconti di feste e febbri panamensi. Lavorava al fianco di Gina tra gli oppressi, portando secchi di acqua sporca, cercando patate nella terra, accompagnandola al mercato di Lexington per comprare pane e verdure per la cena. Non sveniva e non vomitava mai. Un giorno, quando lei gli chiese come facesse, come riuscisse a trattenersi dal reagire a ciò che neppure gli uomini di Chiesa potevano ignorare, rispose che a Panama aveva visto e vissuto cose che avevano modificato per sempre la sua visione della vita.

«Non sono una debuttante» disse.

«Nemmeno io.»

«Lo so. Ma anche Alice, che lo era, non lo era. Capisci cosa intendo?»

Ben la tirava spesso in ballo. Come se cercasse di far sentire Gina meno in colpa per la piega che aveva preso la sua vita.

«Il matrimonio deve essere socialmente ed economicamente endogamo» spiegò Ben. Stavano lavando i secchi sporchi nel freddo ruscello dietro la casa.

«Come, scusa? Ti è permesso pronunciare quella parola in presenza di una donna?»

Lui rise. Scoppiava spesso in una bella risata quando era con lei. «Significa sposarsi solo all'interno della propria classe sociale. Alice, liberata dal peso di quel dovere soffocante grazie al rifiuto di Harry, si è trovata un uomo e una vita molto più adatti a lei.»

«Un texano?»

«Sì, un allevatore. Lui è venuto al Nord, nella sua segheria, per acquistare legname di qualità per il suo ranch ad Abilene. Lei gli ha dato consigli sul tipo e sulla quantità. Un mese dopo è tornato, dicendo che gliene serviva altro per le stalle e i recinti. Lei gli ha dato consigli sul tipo e sulla quantità. Un mese dopo è tornato a cercarne altro ancora per il suo rodeo. A quanto pare, le avance non erano state abbastanza esplicite per Alice. Alla fine le ha chiesto di andare a sud con lui – facendosi accompagnare dalla madre, naturalmente –, in modo da dargli consigli un po' più specifici.» Ben rise. «Al ricevimento di nozze, lui ha raccontato a tutti di aver quasi mandato in bancarotta l'azienda di suo padre a forza di acquistare legname finché la ragazza dei suoi sogni non l'avesse sposato.»

Gina stentava ancora a crederci. «Come ha potuto Alice, la debuttante dei circoli femminili, delle feste, delle lezioni di pianoforte e dei salotti, sposare un allevatore texano?»

«Alcune coppie sono improbabili viste da fuori, bisogna ammetterlo.»

Sentendosi arrossire, Gina si girò dall'altra parte. Harry era un sognatore, un lettore. Era tutto testa e niente mani. Era mingherlino, per nulla italiano, ma molto americano. Fuori dal letto, era quella la caratteristica di lui che amava di più.

Ben proseguì. «Alice ha sempre adorato stare all'aria aperta. Così ha scelto una vita che le offrisse la possibilità di farlo. Vasti spazi aperti, cavalli e un uomo che lavora tutto il giorno con le mani.»

Mentre Ben parlava, Gina, pensierosa, ascoltava, meditava, fantasticava.

«Scusa, cos'hai detto?»

«Che ne pensi?» domandò lui. «Hai una vita che ti offre la possibilità di fare ciò che ami di più?»

«Non lo so.» Rifletté. «Non possiedo una segheria come Alice, perciò non tengo un registro di questi dettagli. Nella mia vita ci sono molte cose che amo.» Ma corrugò la fronte, con un'ombra che le oscurava gli occhi. Avrebbe voluto spostarsi i ricci dal viso sudato, ma aveva le mani sporche. Non voleva ammettere davanti a Ben che nella sua vita c'erano cose che non le piacevano. Lawrence. La povertà. La lontananza di suo marito. E l'enorme e doloroso vuoto creato dalla mancata realizzazione del suo desiderio più grande: un bambino a cui fare da madre.

«E tu?»

«Cosa c'entro io?»

«Panama è ciò che ami di più?»

Ben alzò le spalle come se non volesse rispondere, come se non volesse dirle la verità. «La mia vera passione è il lavoro. Forse Panama mi piacerebbe di più se fosse un sobborgo di Boston e non causasse tremori muscolari, violente eruzioni cutanee e febbri letali.»

«Sì, non è affatto allettante.»

«Un sobborgo di Boston» aggiunse lentamente Ben, «magari come Concord.»

Allora apparve il fondo del mare, si scoprirono le fondamenta del mondo, Signore, per lo spirare del tuo furore.

Alla Massachusetts Correctional, Gina vorrebbe raccontare a Harry di Alice, dei cavalli e della prateria, ma non sa come affrontare l'argomento o spiegare la provenienza di queste nuove informazioni. Così non lo fa.

Vorrebbe chiedere a Harry se la sua vita gli offre la possibilità di fare ciò che ama, ma non trova le parole adatte. Le sembra crudele domandarglielo mentre langue in prigione, magro, tirato, pallido, con uno sguardo distante negli occhi grigi come la pioggia, un uomo fisicamente vicino, ma lontano un milione di chilometri sul piano dell'anima. Vorrebbe chiedergli dove gli piacerebbe essere, ma non osa. Ha paura. E se la risposta fosse: «Non con te»? Perché lei è qui, ma gli occhi di Harry sono vitrei, come se stessero ricordando un altro tempo, un altro luogo.

Questi pensieri le attraversano la testa mentre sono seduti l'uno di fronte all'altra. Le parole di suo marito però la confondono, facendola dubitare delle sue percezioni.

«Cosa c'è che non va? Perché sembri distante un milione di chilometri?» domanda Harry.

«Sono qui, tesoro» si affretta ad assicurargli, gli occhi che si rasserenano e le labbra che si curvano in un sorriso. «Proprio qui.»

Gli porge il giornale e lo guarda mentre lo sfoglia.

«Nel 1911» dice Harry «hanno chiesto a Max Eastman di contribuire a rimettere in sesto una rivista politica quasi fallita. L'ha risollevata e ora pubblica un numero al mese. Dovresti darle un'occhiata. Si chiama "The Masses".»

«Perché dovrei farlo?»

«È valida. Parla di politica. È divertente. Contiene articoli di John Reed, Sherwood Anderson e Lincoln Steffens.»

Lei aspetta. Lo conosce bene, sa che c'è dell'altro.

«A Paterson» prosegue Harry «ho scritto discorsi e articoli per gli opuscoli dello sciopero. Max li ha apprezzati. Dice che ho talento. Questa settimana ho ricevuto una sua lettera. Scrive che quando uscirò vorrebbe avermi a bordo. Come redattore o scrittore. Meglio che lavorare per Bill, no? Dal tuo punto di vista, intendo.»

Dal suo punto di vista, Gina siede sul lato del tavolo da cui, alle due, potrà alzarsi per superare la porta e uscire nel sole accecante. È questo il suo punto di vista. Può prendere l'autobus e andare al mare, può acquistare un paio di guanti, ascoltare la radio, bere una birra fresca, andare in biblioteca a prendere in prestito un libro e dal macellaio a comprare una salsiccia. Può salire su un treno per qualunque destinazione del Paese.

«Sì» conferma. «Dal mio punto di vista, qualsiasi cosa è meglio che lavorare per Big Bill.»

«Qualsiasi cosa?» Harry sorride. Gina si domanda cos'altro abbia in serbo. Invece di rivelarglielo, lui abbassa la testa sul giornale e le legge storie intessute di caratteri minuscoli, mentre lei lo ascolta e lo osserva.

«Perché leggi così tanto?» gli chiede durante una pausa. «Cosa stai cercando?»

«Il significato della vita. Non è quello che cercano tutti? Non è quello che cerchi anche tu?»

Gina resta in silenzio. Vorrebbe dirgli che credeva di averlo trovato, ma si trattiene. Finché non diventerà madre, non sarà più in grado di rispondere. Di solito gli immigrati non si fanno queste domande. Non ne hanno il tempo. Eppure suo padre, che l'ha portata in America con la sola forza del desiderio e della passione, pretende proprio questo da lei. Per Alessandro, Gina si farà questa domanda una volta dopo l'altra, finché la risposta non arriverà attraverso la terribile grazia di Dio.

«Come molti uomini» riprende Harry, «incluso Henry David Thoreau, desidero scoprire le parti essenziali della vita.»

«Anch'io» dice Gina.

«Non voglio perdermele mentre sgobbo in uno stabilimento come un'ape operaia.»

C'è il pericolo che tu vada incontro a questo tipo di fatica? vorrebbe chiedere Gina, ma non lo fa. «Le cerchi mentre fai picchetti nel New Jersey?»

«Certo. Non voglio scoprire in punto di morte di non aver vissuto.»

Nemmeno io, pensa Gina, tuttavia non lo dice, non osa dirlo.

«Ma vivi in prigione» mormora. «Lontano da me.» A voce ancora più bassa.

«Qui sono la semplicità in persona» replica Harry. «Ho pochissimi bisogni, pochissimi desideri.»

Una pausa.

Lei aspetta.

Lui tace. «Ho certe esigenze» continua, quasi sussurrando.

«Anch'io» dice Gina, quasi sussurrando.

«Ma sono ridotto ai miei elementi più essenziali. Devo elevarmi al di sopra del puramente elementare, non sei d'accordo?»

Lei non sa se è d'accordo. Teme di no. Cerca di non guardare oltre la testa di suo marito, dove le lancette dell'orologio sono immobili, come morte.

Il Signore ricordi tutti i tuoi sacrifici e gradisca i tuoi olocausti. Ti conceda secondo il tuo cuore.

2

Gina non aveva mai visto nessuno così entusiasta e coinvolto come Ben quando parlava degli anni a Panama.

No, non era del tutto vero. Harry avrebbe avuto lo stesso sguardo intenso e distante, avrebbe mostrato la stessa profonda concentrazione quando parlavano di seminare armonia nel mondo, di ricrearlo a immagine e somiglianza di ciò che lui riteneva dovesse essere e non di ciò che era. Anche se, come sempre, Gina ammirava la passione erudita di suo marito, per il momento aveva sentito tutto quello che poteva sopportare riguardo ai Reed, ai Deb e agli Haywood. Ciò di cui voleva sentir parlare era Panama.

«Tutta foreste e montagne. Foreste impenetrabili unite a temperature tropicali. E montagne come una spina dorsale. Avrei semplicemente dovuto alzare le mani. Era impensabile collegare il Nord al Sud con un canale. Abbiamo scavato, costruito dighe sul Chagres, creato un lago. Abbiamo lavorato da due mari verso l'entroterra, da Cristóbal a Miraflores verso il centro del Paese, siamo stati diligenti come castori e, quando abbiamo progettato ed eretto le chiuse di cemento che alzavano e abbassavano il livello del mare, ho pensato che non ci fosse niente di più difficile o di più riuscito. Finché non abbiamo raggiunto lo spartiacque continentale. Non c'erano fiumi, acqua, campi o ruscelli. C'erano solo montagne.» Ben scosse la testa.

Gina lo imitò. «Non so come abbiate fatto. Ancora non lo capisco.»

«Nemmeno io.»

«Spiegamelo.»

«L'abbiamo fatta saltare in aria.»

Lei rise.

«Non è una metafora. L'abbiamo fatta letteralmente saltare in aria.»

«Avete fatto saltare in aria una montagna?»

«Sì, abbiamo fatto dei buchi, abbiamo piazzato dentro gli esplosivi e abbiamo fatto saltare in aria la montagna. Dopo che i detriti si sono depositati, abbiamo usato enormi pale a vapore per caricare i frammenti di roccia su treni merci che li hanno trasferiti nelle discariche.»

Gina lanciò un gridolino insieme spaventato e stupito. «Avrete dovuto fare un sacco di buchi per creare una valle in una montagna, no?»

«Seicento al giorno. Li facevamo e provocavamo due esplosioni. Poi arrivavano i treni. Così abbiamo dovuto costruire una ferrovia e posare continuamente nuovi binari, a mano a mano che la valle si allungava e si allargava.»

«Perbacco! Quanto è diventata lunga questa valle?» Si chiamava taglio di Culebra.

«Dodici chilometri e mezzo.»

«Ben!»

«Cosa c'è? Troppo lunga o troppo corta?»

«Impossibile!»

«È quello che tutti dicevano al mio capo, il colonnello Gaillard, il più valoroso e paziente degli uomini. "Quello che state facendo non funzionerà mai" gli ripetevano. È stato un onore lavorare a fianco di quell'uomo devoto e taciturno, ma non puoi immaginare quante volte abbia espresso dei dubbi, quante volte mi abbia detto: "Quello che stiamo cercando di fare qui è solo una perdita di tempo, vero, signor Shaw? Spostare una montagna per far passare le navi?". Nonostante il mio profondo scetticismo rispondevo: "No, colonnello Gaillard. Dobbiamo riuscirci e ci riusciremo".»

«I giornali erano impietosi» disse Gina. «Non funzionerà mai, scrivevano, come non ha funzionato con i francesi. Costerà decine di migliaia di vite, come è accaduto con i francesi. È uno spreco di risorse umane e materiali.»

Ben sospirò, come se nemmeno il successo presente bastasse a cancellare le monumentali crisi del passato. «È stato il taglio di Culebra a mettere fuori gioco i francesi.» Scrollò le spalle. «Hanno provato a scavare troppo in alto. Sessanta metri sopra il livello del mare erano troppi per la valle. Noi ci siamo limitati a tre e mezzo. Era una soluzione migliore.»

«Migliore, non ottima?»

«Migliore, non ottima. Questa è una delle ragioni per cui sono cauto e non ancora del tutto ottimista. So cosa c'è voluto. E quello è stato prima delle frane.»

«Cosa?»

«Già. Noi dell'Army Corps abbiamo avvisato tutti di stare attenti alle frane. Gaillard ne era terrorizzato. Ma l'International Board of Engineers, che supervisionava il progetto, ha decretato che non avevamo nulla di cui preoccuparci. Ritenevano lo spartiacque abbastanza stabile. Però non avevano previsto che le piogge provocassero infiltrazioni in una montagna prima inespugnabile. Questo, naturalmente, ha causato un indebolimento e poi uno spreco di trecentottantamila metri cubi di argilla.»

«Ben!»

«Oh, sì. E l'argilla era troppo morbida per scavarla con le pale a vapore.»

«Come un vulcano di fango.» Gina ricordava il possente e spaventoso Etna, cosa significasse passare l'infanzia sotto la minaccia delle eruzioni. Eppure all'epoca non si era sentita in pericolo come ora le succedeva a volte nella casa vittoriana in Summer Street.

Ben le lanciò un'occhiata di approvazione. «Ma non possiamo permettere che una distesa di fango si erga sulla rotta dei transatlantici, no?»

«Fango che intralcia il progresso della civiltà? Certo che no. Allora cosa avete fatto?»

«Niente.» Si strinse nelle spalle. «Cosa potevamo fare? Abbiamo scalato la montagna, inondato l'argilla con acqua da altitudini elevate e provocato altre esplosioni.»

Gina rifletté. «Ma l'acqua non continua a penetrare nella roccia? Come farete a impedire l'arrivo di piogge torrenziali? Riuscirete a controllare i cieli come fate con i mari?»

«Chiaramente no. Il problema non sparirà.»

«Ho letto che il mese scorso il canale è stato chiuso per una settimana a causa di un'altra frana.»

«Sì, continueranno a chiuderlo di tanto in tanto per consentire lo sgombero dei detriti. Non c'è modo di evitarlo.»

Gina gli diede un colpetto affettuoso sul braccio, affrettandosi a ritirare la mano quando si rese conto di aver violato l'etichetta.

«Ho sentito che la valle verrà ribattezzata con il nome del vostro generale.»
«Colonnello.»
«Qual è la differenza?»
Ben rise. «Non importa. Ma sì, l'anno prossimo si chiamerà taglio di Gaillard.»
«Peccato che non sia vissuto abbastanza per vedere il completamento del canale» osservò Gina. David Gaillard era morto di tumore al cervello nel 1913.
Ben tornò serio. «Mi ero persino fatto crescere dei baffi folti in suo onore. Li ho rasati prima di tornare a casa» aggiunse quando notò che lei fissava la pelle liscia tra il suo naso e la sua bocca. «Era un uomo di West Point. Il che potrebbe spiegare perché sia riuscito dove altri hanno fallito.»
Gina resistette all'impulso di toccarlo di nuovo, anche se pareva esausto per lo sforzo di ricordare. «Avete eseguito alla lettera l'ordine del presidente Roosevelt e non avete perso tempo, vero?»
Si rimisero in cammino, assorti nei loro pensieri. Stavano tornando a Wayside dopo un tragitto di cinque chilometri per comprare qualche mela.
«Ne è valsa la pena, dunque?» chiese Gina.
«Cosa?»
«La fatica, il sacrificio di sangue e uomini, il tempo lontano da casa, le malattie, le tribolazioni. Siete stati coronati di gloria? Insomma, dal mio punto di vista è un'impresa monumentale, quasi un miracolo. Ma tu cosa ne pensi?»
«Sotto il profilo ingegneristico e tecnologico, senza dubbio. E nessuno tranne noi avrebbe potuto farlo. Sono stati i macchinari pesanti americani a renderlo possibile, e avevamo le pale a vapore, i treni e gli escavatori solo perché abbiamo passato gli ultimi sessant'anni a costruire ferrovie in tutta la nazione. Perciò, sotto questo aspetto, costruire il canale attraverso la nebbia e le montagne, erigere dighe lungo i fiumi, alzare i mari, dividere lo spartiacque è un trionfo della civiltà. Ma non l'abbiamo costruito tanto per il gusto di farlo. L'abbiamo costruito perché cambiasse il cammino dell'umanità. E forse è troppo presto per rispondere alla tua do-

manda: ne è valsa la pena? Prima dobbiamo valutare l'impatto che avrà sul mondo, sulla guerra, sul mondo in guerra, sulle economie e sul tenore di vita di Paesi lontani, sulle condizioni e sull'aspettativa di vita dei marinai e delle flotte. Chiaramente spero che la risposta sia sì. Ma chiedimelo di nuovo tra quindici anni. Se le zanzare e le mosche della sabbia non mi avranno già ucciso.»

«Affare fatto. Stringiamoci la mano.» Ma Gina non allungò le dita ruvide, nemmeno per scherzo. Ben sapeva che non l'avrebbe fatto, perché neppure lui tese il braccio. Gli occhi gli brillarono alla semplice idea di essere ancora in contatto con lei di lì a quindici anni. Be', perché no, ragionò Gina. Ne erano passati più di quindici da quando si erano conosciuti, ed eccoli lì, anche se in circostanze molto diverse.

«Perché non andiamo in un campo di zucche la prossima domenica pomeriggio?»

«Perché dovrei volerci andare?»

«Perché potrebbe essere un modo piacevole di trascorrere qualche ora. Potremmo raccogliere le zucche. Potrebbe esserci del sidro caldo. A volte organizzano una corsa nei sacchi. Potremmo partecipare e battere i bambini. Ti danno la possibilità di intrecciare un cesto con le tue mani. Ti insegnano a fare il burro di zucca.»

«Puah.»

«Il burro di mele?»

«Meglio.»

«C'è un labirinto di mais.»

«Non mi piacciono i labirinti. Mi perdo sempre.»

«Io non mi perdo mai. Puoi stare vicino a me.»

Gina scosse la testa. «Non lo so. Ho molto lavoro da sbrigare alla Rose's Home. Oggi ci abbiamo messo troppo tempo. Siamo andati a piedi fin quasi al Walden Pond! Questa domenica non siamo stati bravi lavoratori, temo.»

«Hai ragione. Ma anche il buon Dio si riposò la domenica.»

Lei protestò debolmente. «Sì, però bisogna prendersi cura dei malati anche nei giorni di festa. Il Signore non riposava quando c'era del lavoro da fare, no? E... Rose mi ha rimproverato per la mia distrazione, per la mia negligenza. Non voglio scontentarla. È come scontentare Dio.»

«Dai» disse Ben. «Il mondo non è un posto triste.» Le prese la mano callosa. «Non ti agitare. Sii felice come la bella di Belpasso. Goditi gli alberi e il silenzio. Entra nel labirinto con me.»

«Sai che non possiamo fare nulla di simile, se non sognando.» Ogni sera Gina immergeva le mani nel latte per attenuare i segni visibili del lavoro. Forse Ben non si era accorto che la sua pelle sembrava ancora carta vetrata.

«Possiamo fare qualsiasi cosa» disse lui. «Per qualche ora la domenica, anche coloro che sono stanchi possono cantare tra gli alberi. Persino le scimmie mangiano banane rosse e se la spassano.»

«Ben...»

«Non continuare a ripetere il mio nome. Accetta l'invito e basta.»

3

Domenica da mezzogiorno alle due.

Harry chiede se gli ha portato il giornale.

Gina glielo porge.

Lui lo sfoglia con decisione. Si è rasato. Quando lei gli domanda perché si rada sempre, Harry risponde che la domenica lo obbligano a farlo. È il giorno di Dio, dicono. È anche il giorno delle visite. Vogliono che mi faccia bello per te, con la tuta da carcerato e la faccia liscia.

Gina si chiede se si sia fatta bella per lui. Indossa una camicetta bianca in crêpe de chine e una gonna scozzese attillata. Harry ama quando indossa modelli aderenti per mettere in risalto le cose che preferisce di lei. La vita affusolata. Le braccia e le gambe lunghe. I fianchi snelli. I seni alti. Il collo aggraziato, la gola su cui lui ama posare le labbra.

I suoi occhi grigi non sono pieni di beatitudine. Tristi e solenni, la guardano a malapena mentre Harry legge, mentre tende la mano per prendere una sigaretta, con l'anello scomparso da tempo dal suo dito. Sulle nocche nodose ci sono graffi e abrasioni che Gina non ha mai visto prima. Vorrebbe allungare la mano oltre il divisorio e prendere la sua, ma Harry stringe il giornale tra le dita.

Le ore passano. Un'altra domenica coniugale con suo marito. Come la messa del giorno prima: la liturgia, la supplica, la predica, la presentazione dei doni, le lamentazioni. La comunione. La guardia dice che il tempo è scaduto. Gina si alza per Harry, come prima si è alzata per Gesù, e recupera la borsetta.

Lui fissa il giornale per un altro momento. Poi si alza a sua volta.

Ci vediamo domenica prossima, okay? dice lei. Stammi bene. China il capo.

Non dimenticarti di portarmi il giornale.

Certo. Non me lo dimenticherò.

La settimana scorsa l'hai dimenticato.

Ah. Sì. Mi dispiace. Non mi dimenticherò.

Fa freddo fuori? Lui lancia un'occhiata al suo cappotto leggero, un sottile crêpe di lana beige.

L'aria è frizzante. Non fa ancora troppo freddo.

Le foglie?

Stanno cadendo.

Mimì?

Fa la brava.

Lavori ancora da Rose?

Sì, nei fine settimana.

Lui resta in silenzio per un attimo di troppo. Non lavori con questi vestiti, vero? domanda. Posa gli occhi sulla camicetta bianca.

No, mi cambio per venire a trovarti.

Harry annuisce. Hai sempre un aspetto molto fresco, come se fossi appena arrivata di corsa da fuori.

È così, osserva lei, sono arrivata di corsa da fuori.

Sono faccia a faccia, con il tavolo che forma una barriera tra loro. Si guardano sbattendo le palpebre, diffidenti, affettuosi, addolorati.

Hai avuto notizie da Purdy?

Non ancora, risponde Gina. Ma l'ultima volta che l'ho visto ha detto che sembrava tutto a posto per Natale.

È proprio ora di andare.

Lui stringe il pugno. Quali parole di saggezza ha la nostra santa Rose per me questa settimana?

Gina si mette il cappello, si lega i nastri di seta sotto il mento. Lui non le toglie gli occhi di dosso.

L'arte e l'amore possono coesistere, dice Rose, *ma l'arte e l'economia si escludono a vicenda.*

Harry annuisce come se approvasse. Ma non l'economia e la guerra, obietta. Perché milioni di ragazzi stanno per essere massacrati per l'economia. Forse qualcuno dipingerà un quadro della carneficina. Così potranno chiamarlo arte.

Lei si volta per andarsene. Lui si volta per andarsene. Sulla soglia, lei si gira per guardarlo un'ultima volta. Lui si è già girato. Lei vede i suoi occhi su di sé, profondi, cupi, riluttanti a lasciarla andare. Si porta le dita guantate alle labbra e soffia un bacio che indugia nell'aria. Lui scompare oltre la porta rivestita d'acciaio. Lentamente si allontana anche lei, tormentandosi con un'altra frase di Rose: *Chi ha le mani pulite non ha bisogno di guanti.*

Perché il campo di zucche e il labirinto di mais la aspettano.

4

Mentre, a Concord, gli aceri da zucchero parevano incendiarsi sotto il sole, Gina finì gli incarichi del sabato a Wayside e indossò un attillato vestito da giorno in crêpe color ruggine, ricamato e lungo fin quasi alle caviglie, impreziosito da un colletto di pizzo, da una cintura di velluto nero e da applicazioni di seta. Anche le sue unghie erano dipinte di color ruggine. I capelli ricci erano raccolti sapientemente, con finta noncuranza, in cima alla testa. Si mise orecchini d'oro e braccialetti ai polsi. Si coprì con una mantella di lana e, superando il cancello, uscì in strada. Ben la stava aspettando.

Fecero una passeggiata in città, dove trovarono un ristorantino con balle di fieno accanto all'ingresso. Entrarono come un gentiluomo e una signora. Lui le tenne aperta la porta, le prese la mantella, il cappello, i guanti. Gina non ricordava l'ultima volta che lei e Harry avevano avuto i soldi per passare una serata fuori insieme. Non voleva ricordarlo.

Non poteva essere vero, pensò mentre il cameriere le tirava indietro la sedia per farla accomodare, che dai tempi del corteggiamento serrato e sconvolgente di Harry nel 1905 non avesse più cenato al ristorante... Strinse le labbra per scacciare il pensiero e le lacrime di autocommiserazione che stavano per salirle agli occhi.

C'erano candele accese e porcellane pregiate. Le voci erano fioche, le risate sommesse. Avrebbe voluto dire a Ben che nessun italiano di sua conoscenza parlava così piano e rideva con tanto garbo, ma non lo fece. Quando ordinarono, parlò piano e, quando lui fece una battuta, rise con garbo. Durante l'antipasto, Ben le domandò perché si controllasse fino a quel punto. «Non è così che ti ricordo.»

«Ormai sono cresciuta.»

«Sì, ma eri piena di fuoco quando ti ho incontrata. Che fine ha fatto la ragazza siciliana?»

Lei non rispose. Non voleva dirgli quanto si sforzasse di nascondere i propri tratti siciliani – la voce alta e chiassosa, il gesticolare frenetico, le emozioni istantanee, l'accento marcato – per non rivelare al mondo che era un'immigrata. Non voleva dirgli quanto disperatamente desiderasse essere non un'immigrata, bensì una delle ragazze che invidiava, le ragazze del mondo di Harry e Ben.

Le ragazze come Alice.

Dal modo in cui lui la guardò, con l'aria di chi la sa lunga, era come se l'avesse capito.

«Sei diventata così ammodo, perché?»

Lei non fiatò.

«Vuoi essere come la ragazza che Harry ha lasciato, quella che ha mollato per te?»

Gina avvampò. «Non è così.»

«E com'è?»

«Non così.»

«Allora spiegamelo, come io ti ho spiegato il taglio di Culebra.»

«Sono solo cresciuta, tutto qui. La Sicilia è la mia parte infantile.»

Ben scrollò il capo. «Hai preso lezioni di portamento e di linguaggio. Hai imparato a vestirti, a ridere, a parlare. Hai fatto tutto questo per nascondere chi sei.»

«Harry non ama molto l'italiana chiassosa. Gli sprazzi del mio vecchio io europeo.» Tranne nelle occasioni in cui lui non voleva altro da lei se non il suo fuoco siciliano. Oddio! Poteva esserci uno scambio di battute in tutta la serata, anche uno soltanto, in cui suo marito non le tornasse in mente dopo ogni frase?

«Forse dovrei fargli visita» osservò Ben. «Mi sembra sbagliato non farlo. Eravamo ottimi amici. Voglio che sappia che non ci sono rancori. Pensi che dovrei?»

«Potrebbe farlo sentire peggio, sottolineando lo stridente contrasto tra la tua libertà e la sua detenzione.»

«È vero. Ma non andare a trovarlo nemmeno una volta...»

Lei annuì. «Il suo umore non è dei migliori. Non sarà come ai vecchi tempi.»

«Come quasi tutto il resto. E perché dovrebbe essere di buon umore? È in prigione.» Ben sospirò mentre sorseggiavano il vino e imburravano il pane. «Cosa sta leggendo in questo periodo? Forse posso procurarti un libro da portargli.»

«Se è in russo, allora sì.»

«Legge libri russi? Buon Dio, perché?»

«All'inizio non voleva saperne degli scrittori russi, ma di recente Max Eastman e John Reed si sono messi in contatto con lui e ora vuole imparare a parlare russo come loro.»

«Tuo marito sta cercando di assomigliare a John Reed?» Ben rise. «Dunque, come te, sta cercando di diventare qualcun altro?» La guardò con affetto. «Harry ti piacerebbe di più se fosse un bostoniano che parla russo? Non ho mai sentito di un simile connubio.»

Anche Gina rise, dicendo che Harry le piaceva molto anche se non aveva mai pronunciato una sola parola in russo. «Ma d'altronde non ho mai sentito di un bostoniano che piazza esplosivi, eppure eccoti qui.»

«Okay, ma la domanda è: ti piaccio di più ora che sono un bostoniano che piazza esplosivi?»

Gina sapeva che era una domanda retorica ma, se fosse stata costretta a rispondere, avrebbe ammesso di sì.

Mentre mangiavano il dolce di pesche, Ben tirò fuori l'argomento Lawrence.

«Perché continui a scappare in qualunque luogo che non sia Lawrence quando non lavori? Fin dall'inizio prendevi il treno di nascosto e venivi a Boston, prima per mia madre e i suoi radicali, poi per Eugene Debs ed Emma Goldman. Ora vieni qui a Concord da Rose. Non sto dicendo che tu non lo faccia per una nobile causa. Mi chiedo solo se non ci sia una nobile causa anche a Lawrence. Perché fuggi sempre altrove? O forse mi sbaglio?»

Gina rifletté a lungo. Finì il dessert prima di parlare.

«Non ti sbagli» disse alla fine. «Ingannavo me stessa cercando di convincermi che fosse per questa o per quella ragione. E quanto a venire a Concord, insomma, Harry è qui e...»

«Non è questo il motivo.»

«No» concordò lei. «A essere sincera non voglio avere nulla a che fare con gli immigrati. È una cosa terribile da dire.»

«Niente affatto.»

«Sì, invece. Come se non fossi riconoscente. Ma sono talmente stanca di loro! Preferirei vivere ovunque tranne che a Lawrence. È così etnico: i negozi, gli odori. Come il North End, ma peggio. Vorrei soltanto abitare in un posto dove le persone non stendano il bucato fuori dalla finestra e non facciano la mozzarella sulla strada. Quando vengo a Concord, è tutto molto tranquillo. Qui nemmeno i pettirossi cantano troppo forte. Tutti sono educati, nessuno alza la voce, e sulle panchine della città i signori leggono placidi sotto le magnolie mentre le balie spingono i bambini avanti e indietro. Le donne parlano sottovoce e gli uomini si tolgono il cappello quando si avvicina una signora. C'è un che di elegante in tutto questo. È una cosa tipicamente americana.» Fece una pausa.

«Cos'altro?»

«E... sarebbe impossibile immaginare ventimila donne che marciano lungo le strade di Concord, calpestandosi a vicenda senza alcun riguardo per la sicurezza o l'incolumità di nessuno, vero? Sputando, urlando, frantumando vetrine, prendendo a calci gli uomini, gettandosi a terra in uno scatto d'ira che duri sessantatré giorni.»

«Sì» disse Ben. «È impossibile immaginarlo.»

«Dev'essere questo il motivo.» Gina bevve un lungo sorso di vino. «Voglio vivere in un luogo in cui lo sciopero del pane e delle rose sia distante anni luce.»

Ben smise di accompagnarla a Lawrence il sabato sera. Le loro cene si protraevano fino a tardi e Gina doveva tornare a Concord l'indomani mattina presto per i cinque rintocchi di campana e per Harry. Non aveva senso fare tutta quella strada, lei fino a Lawrence, Ben fino a Boston. Iniziò a pernottare regolarmente a Wayside e lui affittò una camera al Ridge Bed and Breakfast su Lexington Road, nel punto in cui la via si snodava lungo una ripida collina, intorno a un campo, a un ruscello e a un prato, lontano dalla città, da Rose e da Harry.

Una domenica di novembre, Gina non fece visita a suo marito. La domenica successiva gli disse che era stata male, che le cose non andavano bene e che sperava passasse presto.

Se ottobre era stato il mese delle foglie dipinte, novembre fu il mese della dissimulazione.

A dicembre, Gina andò da Elston Purdy e rimase scioccata quando scoprì che il giudice assegnato al caso di Harry era irremovibile: la pena era già stata commutata da cinque anni a due, il detenuto non sarebbe stato scarcerato prima.

«Ma avevate detto...»

«Ho riferito quello che avevano detto a me. Credo che abbiano cambiato idea a causa della guerra. Non vogliono piantagrane nelle strade. Non sono altro che un grattacapo per la polizia.»

«Nemmeno per Natale?» Cercò di non sembrare abbattuta. «Cosa gli dico? Oddio. Persino i tedeschi e i francesi hanno dichiarato un cessate il fuoco per Natale.»

«Forse vostro marito avrebbe dovuto essere un mangiarane o un crucco, allora. La sua sfortuna è essere un americano che vuole creare scompiglio qui perché i mangiarane e i crucchi fanno a cazzotti lì.»

«La tua lealtà è divisa?» domanda Harry a Gina in una fredda domenica di dicembre, dopo che lei gli ha comunicato la terribile notizia sulla libertà vigilata. All'inizio è così arrabbiato da non riuscire neanche a parlarne.

«Cosa?» balbetta lei, tremando.

La fissa stizzito. «Che ti prende? Insomma, vorresti che il tuo Paese, l'Italia, fosse schierato dalla parte della Germania?»

«Perché mai dovrei desiderarlo? Ora sono americana. E non siamo in guerra.»

«Non ancora. Hai marciato contro la guerra sabato scorso, come mi avevi promesso?»

«In silenzio, ma sì» dice. «Mi sono dimostrata una brava americana contraria alla guerra, insieme a Emma Goldman e ad altre millecinquecento persone. Ti rendi conto che dite esattamente le stesse cose quando parlate di questo conflitto?»

«Non ci sono anarchici o socialisti quando si tratta di guerre imperialiste. Tutti dovrebbero essere dalla stessa parte.»

«Sei fortunato che non mi abbiano arrestata come te. Altrimenti dove saremmo? Chi verrebbe a trovarci?»

«Non lo so. Tu vieni a malapena.»

Lei glissa sulle sue parole come se non avesse sentito.

«A quanto pare, gli arresti sono sempre più frequenti e le condanne più severe. I poliziotti erano molto arrabbiati con noi.»

«Quanto arrabbiati? Arrabbiati come a Lawrence?»

Smettono di parlare, di guardarsi. Cos'altro c'è da dire? Quando arriva il momento, Gina se ne va, quasi di corsa, senza lasciargli la consueta perla di saggezza settimanale di Rose, e Harry non gliela chiede nemmeno.

5

«Ben, come mai non ti sei trovato una bella ragazza panamense e non hai messo su famiglia?»

«Chi dice che non l'abbia fatto?»

Erano a Lawrence, in Broadway Street, e camminavano tra file di abeti. Gina era decisa a fare in modo che quello fosse un bel Natale per Mimì. Salvo non aveva una relazione stabile e l'aggressiva madre di sua figlia aveva trovato un pescatore del Maine e si era trasferita nell'Acadia, portando con sé Mary. Lui annegava i dispiaceri nella taverna più vicina e con le ragazze del posto. Gina invitò Ben per Natale, ma lui doveva trascorrerlo con sua madre. «Se non altro per evitare che si faccia arrestare per il suo fervore antibellico. Continuo ad avvertirla che stanno per approvare l'Espionage Act. Niente più pene lievi per la disobbedienza civile. Ogni parola contraria alla guerra sarà considerata alto tradimento. Mia madre mi ascolta? Non l'ha mai fatto e non lo farà mai. Devo mettercela tutta per salvarla da se stessa.»

Quella sera, però, Gina aveva bisogno di una mano per trasportare l'albero, perciò Ben la stava aiutando.

«Dov'è questa ragazza?» chiese lei.

«Quale ragazza?»

«Ah!»

«Che tu ci creda o no, anche a Panama bisogna stare attenti con le ragazze. Padri e fratelli sono muniti di armi letali. È quasi come la Sicilia.»

«Chi l'avrebbe mai detto?» Gina scoppiò in una risatina allegra. «In ogni angolo del mondo, uomini sciocchi continuano a cercare di proteggere le loro figlie e sorelle.»

«Sai perché?»

«Forse perché solo gli uomini conoscono così bene gli altri uomini?»

«Esatto!» Risero entrambi.

Trovarono un albero della misura giusta, né troppo grande né troppo piccolo. Ben lo pagò, ne afferrarono un'estremità ciascuno e lo trasportarono da Essex a Summer Street tra le luci scintillanti. Dicembre era il mese ideale per passeggiare a Lawrence. Non c'era il bucato per le strade. Era affollata, le luminarie erano accese, la musica usciva dai negozi aperti, le persone compravano i regali.

«C'è una ragazza che mi aspetta a Panama» continuò Ben. «Ma lei non vuole vivere qui e io non sono sicuro di voler vivere lì.»

Fece una pausa, riprendendo fiato. Anche Gina ansimava. L'albero era pesante. «Mi scrive ancora.»

«Perché non dovrebbe?»

Faticarono a portare l'albero all'interno, spezzando diversi rami, poi lo decorarono in salotto, vicino alla finestra della veranda. «È una brava ragazza? Come si chiama?»

«Ingersol. È simpatica.»

«È graziosa?»

«No, preferisco le donne poco attraenti» scherzò Ben. «Certo che è bella.» Il ricordo gli strappò un sorriso. «A Panama le donne hanno un aspetto naturale, ma indossano molti gioielli d'oro.»

«Oro vero?» Gina fece tintinnare i braccialetti che Harry le aveva regalato anni prima.

«Non lo so. Ma il loro vestito, detto *pollera*, è tutto bianco, con inserti dorati sull'orlo e intorno alle maniche a sbuffo. È molto femminile. Diverso da quelli americani. È sempre bianco, per indicare la purezza e l'innocenza, credo, ma ha volant ovunque e bottoni dorati, e dietro c'è uno strascico quasi come una coda di pavone.» Scosse la testa divertito. «Perciò sì, bianco, ma un bianco che significa "vieni qui e sposami".»

«Il tipo migliore, dunque?»

«Non se non vuoi sposarti.»

Gina gli diede una leggera gomitata. «Mi fai ridere. Cosa si mangia a Natale a Panama? Magari posso preparartelo la prossima volta che vieni.»

«Sai fare i *tamales* di pollo?»

Lei non sapeva cosa fossero.

«*Arroz con pollo*? Riso con pollo. *Pavo*? Tacchino. *Relleno*? Ripieno. Una certa *puerca asada pernil*, che è un piatto di carne. *Eggnog.* Moltissima frutta.» Ben fece un gran sorriso. «Banane, rosse e gialle.»

«Buffa, la storia delle banane. *Eggnog*, hai detto?»

«Come non ne hai mai bevuti in vita tua.»

«Be', certo, dato che non l'ho mai assaggiato.»

Avevano finito con l'albero e con la cena. Mimì stava ascoltando la radio nel sottotetto, nell'appartamento di Rita, e i due giovani potevano concedersi qualche momento da soli, davanti a una tazza di tè e a una fetta di torta al miele, prima che Ben dovesse tornare a casa.

«Non hai mai bevuto questo, di *eggnog*. Lo chiamano *ron ponche*. Punch al rum.»

Lei si alzò e andò alla credenza per prendere una caraffa e due bicchieri. «Ho qualche ingrediente? Magari posso prepartene uno stasera.»

«Vediamo.» La raggiunse accanto al ripiano della cucina. «Hai del latte condensato zuccherato?»

«Sì.»

«Latte evaporato?»

Gina ne tirò fuori tre barattoli.

«Uova? Ce ne servono sei.»

Lei ne recuperò mezza dozzina.

«Noce moscata? Non è indispensabile. La prossima volta ne porto un po'. E il rum?»

Gina ne trovò qualche goccio in fondo a un armadietto, nascosto lì dai tempi di Joe e Arturo. E di Angela. Giorni ormai lontani. Ora Arturo scriveva poesie d'amore a un'altra fortunata ragazza nello Stato di Washington e Smiling Joe possedeva un frutteto a San Clemente, in California. Angela era al St. Mary's Cemetery.

Ben unì gli ingredienti, li mescolò vigorosamente e versò l'intruglio nei bicchieri. Brindarono.

«Buon Natale.»

«Buon Natale.»

Gina bevve.

«Ben» disse, con le pupille dilatate e gli occhi sgranati. «Non credo che dovresti guidare dopo aver bevuto questo. Avrai la vista appannata. Io non sono sicura di riuscire a salire in camera mia.»

«Sì, lo so. Te l'avevo detto. Buono, vero?»

«Squisito.»

«Ma non preoccuparti. Se cadi, ti porto io di sopra.»

«Di sopra, in camera mia?»

Lui non disse altro e lei non disse altro. Rimasero in silenzio fianco a fianco, appoggiati al ripiano, sorseggiando l'*eggnog*.

«Posso chiederti una cosa?» riprese Ben.

«Dovremmo bere ancora prima che tu lo faccia?»

«Cosa ne pensano Salvo e Mimì del fatto che io venga a prenderti, ti porti a casa, ceni qui, ti stia vicino?»

Gina vacillò leggermente.

«Te lo domando perché soprattutto Salvo non sembra contrariato. E Mimì è bisbetica, ma è così anche con te e sappiamo che ti vuole bene, perciò...»

«Sì, hai ragione su Mimì. E Salvo preferirebbe che Harry rimanesse in prigione a vita, dunque è contentissimo. Ma mi giudicano a voce alta quando non ci sei.»

«Di' loro che sono un amico, Gia.»

«Lo sanno. Gliel'ho detto. Mi piacciono i miei amici.»

«Sì, anche a me.»

Ho bisogno dei miei amici, avrebbe voluto dirgli dopo aver bevuto troppo *eggnog*, ma si trattenne. «Sei sicuro di non poter passare il Natale con noi?» Sorrise. «Ti preparo i *tamale fritos chickita con flan* o qualunque cosa tu abbia detto.»

«Quale vero uomo potrebbe rifiutare? Ma il mio unico genitore vivente mi ripudierebbe. Non voglio che io e Harry abbiamo in comune anche questo.»

Si scambiarono un'occhiata e distolsero lo sguardo. Lei, barcollando, si aggrappò al ripiano. Lui non finì il drink. Se ne andò poco dopo, saggiamente, ma non prima di essersi chinato e averle baciato i palmi, uno dopo l'altro, premendovi le labbra calde e umide per un lungo momento.

6

«Il Fairyland Pond è ghiacciato da oltre un mese!» esclamò Ben. «Ti va di andare a pattinare sul ghiaccio?»

«Andare a fare cosa?»

Il gennaio del 1915 fu il mese più freddo che Gina ricordasse. Per molte ragioni, dette e non dette, amava passare i fine settimana a Concord. Dette: perché Rose teneva la casa riscaldata per le pazienti, mentre a Lawrence lei e Mimì non potevano permettersi di pagare le bollette del riscaldamento. Perciò, a meno che la stufa non fosse accesa, si gelava.

Non dette: «A pattinare sul ghiaccio!».

Ben sorrise allegramente, mostrandole un sacchetto che conteneva due paia di stivaletti dotati di lacci e lame. Era un sabato pomeriggio, e avevano finito presto di lavorare.

«Cosa sono?»

«Pattini.»

Lei ne tirò fuori uno e, dopo averlo esaminato, aggrottò le sopracciglia. «Vuoi che mi metta questi cosi e che vada a camminare su uno stagno?»

«Non camminare. Pattinare.»

«C'è qualcosa di me che forse non sai.» Gina rimise il pattino nel sacchetto. «Sono nata e cresciuta in Sicilia. Chiaramente non ne hai mai sentito parlare, ma è una bellissima isola nel Mediterraneo. La parte meridionale di questo mare confina con l'Africa. Non so fino a che punto tu ti intenda di geografia mondiale, ma l'Africa è attraversata dall'equatore. Gli italiani non hanno il ghiaccio. Gli italiani non pattinano. Nuotano.»

Ben rimase imperturbabile. «Fa troppo freddo per nuotare.»

«Sì» concordò lei, entusiasta. «Fa troppo freddo per stare fuori. Che ne dici di aspettare un quarto d'ora, lasciarmi finire qui e andare di là? Preparo una bella tazza di sidro di mele e ci sediamo accanto al fuoco, riscaldandoci e parlando di libri.»

«Possiamo farlo dopo aver pattinato.» Le prese il polso, stringendolo appena. «Vieni con me. Sarà divertente.»

«Nulla di quanto si può fare sul ghiaccio a una temperatura sotto zero, calzando coltelli, si può considerare divertente.»

Ben parcheggiò l'auto in Walden Street e percorsero i ripidi sentieri boscosi della Hapgood Wright Forest fino al Fairyland Pond. Si fermarono per un momento e, tra gli alberi imbiancati, fissarono la radura, dove decine di bambini e coppiette volteggiavano su uno scintillante ovale ghiacciato.

«Te l'avevo detto» disse lui. «È divertente.»

«Guarda, quel povero bambino è caduto.»

«E si è rialzato e ha ricominciato a pattinare.»

Gina fingeva di essere preoccupata, ma in cuor suo era felicissima.

«Si chiama davvero Fairyland? Il "paese delle fate"?» domandò mentre scendevano la collina.

«Si dice che siano stati i figli degli Alcott e degli Emerson a dargli questo nome. Chiedi a Rose, lei lo sa sicuramente. Sembra che sappia ogni cosa. Ora vieni. Smettila di tergiversare. Stai rallentando apposta.»

«È ripido. Sono prudente. Non vuoi che cada, vero?»

«Suppongo di no.»

Lei rimuginò sulla risposta. «Quanto è spesso il ghiaccio?»

«Pochissimo. Il lato positivo è che lo stagno non è molto profondo.»

«Ben!»

Infilarsi i pattini fu un calvario, ma niente in confronto a quanto accadde quando Gina mise piede sul ghiaccio. Perse immediatamente l'equilibrio e cadde lunga distesa.

Ridendo, lui la aiutò a rialzarsi ma, non appena la lasciò, lei scivolò di nuovo. Quindi si sedette su una panchina vicino a una vecchietta sdentata con un bastone e guardò Ben che pattinava da solo, salutandola mentre girava in tondo.

«Dai, riprova» continuava a urlare.

Lei scuoteva la testa. «Quand'è che hai imparato a pattinare così?»

«Sono cresciuto nel New England. Tutti sanno pattinare.»

«Non tutti. Non Harry.»

Ben sorrise. «Sì, invece. È un eccellente pattinatore. Più bravo di me. Da bambini, a Barrington, giocavamo insieme a hockey.»

«Harry giocava a hockey?» Gina era sbalordita. «Stai parlando di mio marito?»

«Credi che si limiti a leggere libri?» La tirò su dalla panchina e la condusse sul ghiaccio.

«È l'unica cosa che fa.» Cercò di non usare un tono troppo severo.

«Be', prima di diventare un topo di biblioteca, era un ottimo pattinatore.» Ben le tenne forte la mano. «Ora, aspetta, aspetta... non fare quello che stai facendo.»

«Cosa sto facendo?» Gina cadde.

«Stai cadendo.» La aiutò di nuovo a rialzarsi. «Aspetta! No, non farlo... Gina, guardami.» La costrinse a girarsi verso di lui. «Tieni le ginocchia piegate, non stai camminando, stai scivolando. Inclina il corpo in avanti, braccia lungo i fianchi, leggermente allargate, e ora... piegati e spingi, alternando i piedi. Piegati e spingi con il destro, poi piegati e spingi con il sinistro. Guarda i miei piedi.»

«Mi hai appena detto di guardare te.»

«Okay, ma ora guarda i miei piedi. Guarda. Non preoccuparti, se cadi ti prendo. Al primo rimbalzo, promesso. Vieni!»

Lui le tenne la mano e lei ci provò. Dopo un'altra mezza dozzina di scivolate e cadute, riuscì quasi a reggersi in piedi per cinque o sei secondi. Ben era molto bilanciato, molto aggraziato, e rideva di lei come se non capisse come fosse possibile non imparare all'istante a piroettare su una lastra di ghiaccio scivolando lungo un bordo metallico di sei millimetri.

Lei gli strinse la mano, fingendo che fosse per l'equilibrio.

Lui non la lasciò, fingendo che fosse per la sua sicurezza.

Gina ci riuscì! Mosse un piede e si spostò avanti, poi l'altro e si spostò di nuovo avanti. Era così felice che batté le mani... e cadde per l'ennesima volta.

«Ti avevo detto di non lasciarmi.» Ben mise entrambe le braccia sotto le sue, aiutandola ad alzarsi.

Rimasero sul ghiaccio per oltre due ore. Lui dovette trascinarla via dopo l'imbrunire. Gli alberi spogli intorno allo stagno erano decorati di luci bianche e Gina pensava che fosse magico, come pattinare sui diamanti. Sarebbe voluta rimanere.

Lungo la strada del ritorno e durante la cena, non fece altro che parlare del pattinaggio. «Avevi ragione. Ammetto che è stato molto divertente. Ma ancora non capisco come riesci a fare le cose che fai. Pattinare all'indietro senza cadere, per esempio.» Aveva il naso, le guance e le mani ancora freddi, ma non le importava. «È incredibile. Tu sei incredibile sul ghiaccio. Mi piace guardarti.»

Diventò più pacata. «Mi sono divertita. Dove hai preso i pattini? Forse...» Si interruppe.

Ben la guardò gioioso dall'altra parte del tavolo illuminato dalle candele, con la testa piegata in avanti. «Forse, cosa? Potremmo rifarlo? Potremmo procurarti un paio di pattini tutto tuo?»

«Che ne dici di domani?»

Lei sognava il ghiaccio mentre dividevano una fetta di torta di mele calda.

«Cosa pensi che faccia il ghiaccio quando non c'è nessuno? Come adesso, per esempio?»

«Cosa fa il ghiaccio? Suppongo che se ne stia lì sotto gli alberi a diventare sempre più ghiacciato.»

«Credi che le luci siano ancora accese? Oppure un inserviente viene a spegnerle?»

«Non lo so.» Ben rifletté per un attimo, mordicchiandosi il labbro. «Cosa mi stai chiedendo? Cosa vuoi fare dopo cena? Andare a vedere se le luci sono ancora accese?»

Per poco lei non batté le mani, eccitata. «Ma no, no, non posso. Non posso camminare nei boschi al buio. Dobbiamo aspettare.» Era delusa. «Ma le luci non saranno accese di giorno. Non le vedremo.»

«Allora andiamo adesso.»

«Da dove viene l'elettricità per accenderle?»

«Credo che siano luci a cherosene.»

«Oh.» Si smontò. «Bruciano, dunque. Quando l'olio di cherosene finisce, le luci si spengono.» Svelato il segreto delle luci magiche, si accasciò contro lo schienale della sedia.

Dopo cena fecero una passeggiata nel parco. I sentieri erano ancora illuminati dalle lampade a cherosene sugli alberi innevati.

«Se solo ci fosse uno stagno qui» disse Gina, «non dovremmo addentrarci nel folto di quella macabra foresta.»

Ben le strinse la mano sull'avambraccio. «Qui c'è un piccolo stagno.»

«Non è vero!»

Lui era ben informato su quelle cose, sulle taverne, sulle piste di pattinaggio e sugli stagni di tutta Concord, e naturalmente aveva ragione. Era un laghetto minuscolo, poco più di una pozzanghera, e le luci non scintillavano, bensì baluginavano in lontananza mentre Ben allacciava prima i pattini di Gina, poi i propri, e la conduceva sulla lastra simile a latte ghiacciato. Lei rise e scivolò. Stentava a credere di essere di nuovo felice, e di notte per giunta. Erano soli. Gina inciampò e cadde e Ben la prese, con i cappotti di lana coperti di neve e di ghiaccio, i guanti sulle mani e i cappelli in testa. Lui le rimase vicino mentre lei rideva ancora, quindi si tolse il cappello e lo tenne in mano.

«Perché ti sei tolto il cappello?»

«Perché» rispose a bassa voce, quasi sussurrando, «un gentiluomo non può baciare una vera signora senza prima togliersi il cappello.»

«Oh.» Un suono impercettibile.

Ben si chinò a baciarla. Le loro labbra non erano ghiacciate, il loro respiro non era ghiacciato. Con le gambe che cedevano, Gina perse l'equilibrio e cadde, e anche lui cadde, con il cappello che volava via e rotolava sul ghiaccio come una ruota.

Gina non dormì a Wayside quella sera. Né mai più. Si fermò al Ridge Bed and Breakfast House con Ben.

Oh, essere toccata, essere amata.

Il dolore sparirà.

No. Ma resterà nascosto per un po'.

Cosa stiamo facendo, cosa ne sarà di noi, cosa abbiamo fatto.

Piantato fiori, lavorato in giardino, strappato le erbacce.

Non è questo che intendevo.

No, è meglio. È più dolce.

Sai da quanto tempo ti amo, sussurrò Ben. Da quanto tempo desideravo tutto questo.

Non dirmelo. Non dirmelo mai. Pianta le violette, guardale crescere, tagliale. Non parlare degli anni trascorsi. Per favore.

Tutto questo è dolcissimo.

Sì, come lo sciroppo degli aceri da zucchero.

Colline e ruscelli, la natura selvaggia, la rondine, il passero, l'aster, la betulla e il pino. È ogni cosa.

Lei non rispose. Non era ogni cosa.

Riesci a credere, bisbigliò Ben, che Louisa May Alcott considerava Concord la più grigia delle città?

Non ci credo. Ha vissuto ed è morta qui.

Sì, ma ha detto che l'ultima volta che la città aveva visto una tonalità sorprendente è stata quando c'erano le giubbe rosse.

Gina rise, con un respiro così caldo che avrebbe potuto bruciargli la gola.

L'acero rosso è dello scarlatto più brillante, le sussurrò sul collo umido, sulla bocca riarsa. È la più vivida di tutte le cose terrene.

Su questo, Gina gli credette.

Oh, essere toccata, essere amata.

Avevano una camera color lino rivolta verso l'alba. E la domenica, dopo una notte d'amore, una mattinata di tenerezza, di gentilezza, non avevano voglia di avventurarsi nel mondo dei malati, degli oppressi e persino dei carcerati. Lasciare quella camera era una tortura.

Ti prego, non essere mai infelice, gli diceva. Che fortuna svegliarmi qui e vedere il tuo viso amorevole. Ogni settimana lo bacio e ringrazio il buon Dio per essere stato così generoso.

Non sei Salomè, vero, Gina?

Non lo so. Lei rifletté. Il nome le suonava vagamente familiare. Era proprio perché era così insolito che le solleticò la memoria. La rigida educazione cattolica le tornava utile quando faceva giochi da camera con il suo amante panamense che piazzava esplosivi nelle montagne.

Salomè ha qualcosa a che fare con Giovanni Battista?

Date un premio a questa ragazza! Ben sorrise soddisfatto. Non solo bella, ma anche intelligente.

Lei gli diede un leggero pizzicotto. Se io sono Salomè, tu ti stai equiparando a Giovanni Battista, un messaggero che annuncia la venuta di Gesù?

Forse invece sono re Erode, disse Ben.

Se sei Erode, allora chi ti chiedo di decapitare mentre mi crogiolo nella mia malvagità?

Accantonarono l'analogia. Te l'ho detto, non sei Salomè.

Non sono nemmeno Cassia, disse Gina. È la peccatrice del Vangelo secondo Luca. Vuole soltanto essere perdonata per i suoi peccati.

Un giorno quella sarai tu.

Un giorno sarò io. Ma non ancora.

Alzò le labbra verso di lui, il viso, le lunghe braccia nude, i fianchi. Non ancora. Non ancora.

Tu sei vino rosso per me, per la mia bocca, sussurrò lui, coprendoli, uomo e donna, con l'ardente trapunta bianca, salendo, salendo.

Battezzarono il Macone's Pond con una serie di baci.

Bevvero birra a un tavolino della Wright's Tavern fingendo di essere sposati. Camminarono a braccetto come innamorati.

Andavano a pattinare su tutti i laghi di Concord, il Goose, il Crosby, il White (che brillava come una distesa di diamanti neri). Il Warner's. Il Walden. E il Fairyland, nascosto nei boschi segreti dove dormivano gli orsi. Lui le insegnò a pattinare all'indietro e su un piede solo, a eseguire i cambi di direzione, a vorticare con gioia.

Gina smise di andare a suonare le campane per le cinque piaghe di Gesù la domenica mattina. Smise perché non poteva.

Smise di andare regolarmente a trovare Harry la domenica pomeriggio. Smise perché non poteva.

Meno gli faceva visita, e più Harry si mostrava distaccato quando lei andava a trovarlo. Sorridendo educatamente, cercando di essere cordiale, desiderando udire parole che lui non pronunciava mai, lasciava invece che la deliziasse con il russo che aveva imparato, ascoltandolo leggere versi marxisti in lingua originale, di Lenin, di Trockij, come se stesse leggendo Lord Byron. Lui non voleva che parlasse. Non voleva sentire nulla della sua famiglia o di Lawrence. Non gli importava della Rose's Home. Non domandava più di Elston Purdy o delle probabilità di ottenere la condizionale. Parlava soprattutto di Lenin, di Kerenskij e dei Romanov, e lei fingeva di ascoltare. Parlava dell'agitazione politica in corso in Russia come gli altri parlavano di figli o di innamorati.

Gina imparò a cucinare il riso panamense con il pollo per Ben, e i *tamales*, a preparare un pane così dolce da avere un sapore paradisiaco. Siccome non poteva ricevere e non riceveva più la comunione la domenica, quello era l'unico pane che toccava le sue labbra.

Quando i cumuli di neve si sciolsero e gli ornamenti di lillà decorarono i vialetti di Concord, Ben la portò a raccogliere fragole a Maplewood Farm. Lei gli preparò una calda marmellata. Lui la portò a remare sul fiume Sudbury. Le insegnò a guidare.

5

Marmo e fango

1

Aveva piovuto e nevicato, e ora fuori era nero e terribile. Non appena Gina scese di corsa i gradini di casa e salì in auto, intuì che Ben aveva capito che qualcosa non andava. Era il 1915, fine autunno. Le foglie si erano ormai staccate dagli alberi. Adesso passava da lei il sabato mattina e la portava a Concord per non farle prendere il treno e l'autobus.

«Cosa c'è?» Il sorriso felice sparì dal suo volto. «Hai l'aria di chi ha ricevuto la peggiore delle notizie. Cos'è successo?» Impallidì, non riuscì più a guidare. Accostò. «Oddio, non...»

«Harry torna a casa. Per Natale.»

Ben ripartì.

«Quando?» chiese dopo un po'.

«Tra due lunedì.»

«Solo per Natale? Come permesso premio?»

Lei tacque. «No.»

Passarono altri trenta chilometri.

Poi cinquanta.

Poi arrivarono a Concord.

Lavorarono fianco a fianco per dieci ore senza quasi rivolgersi la parola, se non per occuparsi delle pazienti. Lei strofinava, lui trasportava. Lei cambiava le bende, cucinava. Lui puliva i secchi e aggiustava le serrature. Durante le brevi pause bevevano il tè in cucina, senza parlare.

Quella notte, nella loro cameretta al Ridge Bed and Breakfast, in fondo a una ripida china oltre i campi e i prati, lontano da Wayside, erano sdraiati faccia a faccia nell'oscurità. Il fuoco si era quasi spento nel recinto di pietra, le candele erano consumate, la brina rivestiva le finestre.

«Cosa facciamo?»

«Non lo so» disse lei. «Cosa possiamo fare?»

«Vieni via con me.» Ben la fissò intensamente.

«Venire con te, dove?»

«A Panama. Potremmo organizzare un matrimonio. Il clima è fantastico. Non c'è neve.» Le sfiorò le labbra infuocate con la punta delle dita.

«Niente pattinaggio sul ghiaccio, dunque?»

«No, ma si può nuotare. Pescare finché se ne ha voglia. Fiumi. Laghi. Un vasto mare. Un oceano ancora più vasto.»

Stringendolo a sé, Gina chiuse gli occhi per nascondere il pulsare del proprio cuore. Non volevano parlare a voce troppo alta, volevano rimanere in silenzio, muti, riuscire a leggersi nel pensiero. «Non posso lasciare l'America» disse lei alla fine. «Io ci sono venuta in America. Non sono come te. Quando inizi da qui, è vero, puoi andare altrove. Ma quando raggiungi l'America, quando la ricevi in dono, è da ingrati storcere il naso.»

«Be', non è un vero e proprio storcere il naso. Dopotutto, se non fosse stato per l'America, non ci sarebbe il canale di Panama. Perciò sarebbe un'estensione della tua riconoscenza.»

Gli accarezzò il viso. «*Vorrei poterlo fare*» disse con un sussurro impercettibile. «*Ma non posso.*»

Lui parlava spagnolo, non italiano. Lei glielo ripeté in spagnolo. *Ojalá pudiera. Pero no puedo.*

«Non vuoi pensarci? Non dobbiamo necessariamente partire. Potremmo restare a Boston. Ho il mio lavoro. Potrei prendermi cura di te. Mi occuperei di ogni cosa. Non ti piacerebbe?»

«Più di quanto voglia ammettere.»

«Non dovresti più lavorare, potresti fare quello che vuoi, laurearti, diventare docente, imparare a suonare il jazz con il pianoforte. Ho sentito che ormai è di gran moda. Avere dei bambini...» Ben fece un respiro. «Cosa darei per avere un bambino con te.»

Gina rabbrividì. Cosa avrebbe dato per avere un bambino, punto. Ma non poteva dare alla luce una creatura in un pantano fangoso come quello, no.

«Non sono stata molto brava durante la gravidanza.»

«Sei straordinaria in ogni cosa, Gia. Non ho mai conosciuto un essere umano più bello di te.»

«Ben...» Si interruppe, sforzandosi di non piangere. «Mi rendi molto felice. Non mi ero resa conto di quanto fossi triste e sola finché non sei ricomparso nella mia vita. Io e te abbiamo vissuto un'enorme gioia, vero?»

«Sì.»

«Abbiamo raccolto le fragole e preparato l'*eggnog*.»

«Mi hai cucinato l'*arroz con leche*.»

«Sì.»

«Abbiamo pattinato sul ghiaccio e corso con la mia auto.»

«Ci siamo presi cura delle malate.»

«E questo.»

«E questo.»

In seguito si aggrapparono l'uno all'altra. «Ben Shaw!» urlò lei nella notte. «Non capisci? Non ci arrivi? Lui ha rinunciato a tutto per sposarmi.» Gina quasi non riuscì a continuare. «A ogni singola cosa che aveva e a cui teneva, ci ha rinunciato per stare con me. Voltargli le spalle sarebbe come voltare le spalle all'America, no?»

«Forse non teneva a quello che aveva» replicò freddamente Ben. «Ci hai mai pensato? Ci tiene a te?»

«Sì e sì, e non sono d'accordo. Voi due eravate inseparabili. E i suoi amici di Harvard. La sua famiglia, sua sorella, la casa, la posizione sociale, i soldi! Ogni cosa. Aveva una vita intera e l'ha gettata via. Ne so qualcosa... so cosa significa lasciarsi alle spalle l'unica vita che si conosce.»

«Appunto. Te ne vai perché pensi di andare incontro a qualcosa di meglio.»

«Giusto» bisbigliò Gina. «E quel qualcosa di meglio sarei io. È questo che sto dicendo.»

Ben scrollò il capo. «Non era molto legato a loro. Aveva un terribile conflitto con il padre.»

«Sono normali questioni tra padre e figlio. Mio padre e mio fratello maggiore si scontravano continuamente.» Emise un suono lamentoso. «Finché Antonio non è stato pugnalato e ucciso ma, d'altro canto, anche quello è successo perché non aveva ascoltato papà.»

«Harry e Herman non avevano dei semplici scontri.»

«Herman ha perso la moglie. Non è facile per nessuno. Un padre che resta solo con due figli da crescere. Herman non è Mimì. È più difficile per gli uomini, soprattutto per quelli impegnati e affermati come lui. E Harry ed Esther sono legati in modo permanente da questo dolore indicibile.»

«Fino a che punto può essere permanente se lui le ha voltato le spalle? Sei sicura che sia indicibile?» Ben era scettico anche quando era nudo.

«Sì. E sai come faccio a esserne certa? Perché non ne parla mai. Perdere tua madre, non riesco nemmeno a...» Gina non voleva continuare la discussione. «So com'è la situazione tra me e mio fratello. Non potrei immaginare la mia vita senza di lui. Eppure Harry...»

«I Barrington non erano quel tipo di famiglia.»

«Ma sono pur sempre una famiglia. Spaccata, sì, ma pur sempre padre, figlio, figlia. Eppure Harry ha rinunciato al diritto di nascita, all'eredità, al suo posto nel mondo. Credi che sia facile per lui non avere il becco di un quattrino, dormire nella cameretta accanto a quella di mia madre? L'ha fatto per me.»

«Quello che intendo è...» Ben cercò le parole. «Forse dire che non teneva alle cose di cui parli non è del tutto corretto ma, ora che mi guardo indietro, credo che Harry abbia sempre cercato una via d'uscita.»

«Una via d'uscita da cosa?»

«Da quella vita. Era un completo della misura sbagliata. Non lo portava bene.»

Gina lo spinse via. «Perché» chiese in tono più freddo e meno lamentoso, «quando gli uomini fanno supposizioni sulle motivazioni di altri uomini, dimenticano che stanno parlando anche delle donne a loro legate?»

«Ricordo la donna legata a Harry.»

Perché ora quella donna era legata a lui.

«Sì, ma stai dicendo che, se la sua vita precedente significava poco per lui, il sacrificio non è stato così grande. Stai dicendo che il prezzo che ha pagato per me è inferiore a quanto io credessi. Mi stai sminuendo, e me lo dici in faccia! A letto, mentre siamo stesi qui insieme.»

«Mi dispiace. Non volevo.» Ben le voltò le spalle, pentito. «Sto annegando e mi aggrappo a qualsiasi cosa pur di restare a galla. Cosa posso dire per convincerti?»

«Non puoi delegittimare il sacrificio di Harry. Per lui non sono stata un pretesto per fuggire dall'altra parte. Non si è imbattuto casualmente in me come in un oggetto nella sabbia, per poi esclamare "eureka!". Pensa a tutto il tempo in cui ha nascosto i suoi sentimenti a te, a me, alla sua famiglia, a se stesso. Anni! Fin dall'inizio, quando vi abbiamo conosciuti ai Freedom Docks. E dimentichi anche che nel fatidico 1905 non mi stava cercando. Al contrario. Era pronto a sposare Alice. Sono stata io a cercare lui. Sono stata io a trovarlo. Non viceversa.»

«Perdonami.» Ben la tirò a sé, cullandola, con le braccia intorno alla sua schiena morbida e nuda. «Straparlo. Sono pazzo, hai ragione. Quando sono tornato da Panama, sono stato io a venire da te. Cosa posso sacrificare? Rinuncerò a ogni cosa... immediatamente.»

«Ben... per favore. Non ne ho bisogno. Non lo volevo da Harry. Non lo voglio da te. Pensa a quello che mi stai chiedendo. Dovrò divorziare...»

«Okay, non vi siete nemmeno sposati in chiesa.»

«E meno male, dato che i cattolici non lo prenderebbero in considerazione.»

Ben tacque.

«E pensa a mia madre. Il governo ha appena istituito la festa della mamma come ricorrenza nazionale, eppure io sto progettando di imbarcarmi e abbandonarla. Cosa farò con Mimì? Ci hai pensato?»

«La porteremo con noi.»

«Non sopravvivrà al viaggio. E non lascerà Salvo. Non vuole partire. Per la stessa ragione per cui non voglio io. È venuta in America, la terra promessa è questa. Non Panama.»

«Lasceresti l'America per Harry? Se te lo chiedesse?»

Gina fece un lungo respiro dispiaciuto. «Speriamo di non dover mai scoprire la risposta a questa terribile domanda.»

«Allora restiamo qui. Con Mimì. Tu ami Boston. Ci trasferiremo a Beacon Hill, come sognavi quando eri una ragazzina. Vivremo in una grande casa di arenaria e andremo a pattinare sul Frog Pond nel Common.»

«Amico mio» sussurrò Gina. «Mi piacerebbe molto. Ma sono sposata. Non posso.»

I minuti passarono nell'oscurità muta. Minuti o ore?

«Voglio farti una domanda in stile Rose Hawthorne» disse Ben. «*Tremino coloro che conquistano la mano d'una donna, se non ne conquistano insieme l'intera passione del cuore.*» Deglutì come se fosse riluttante a chiedere. «Harry ha conquistato l'intera passione del tuo cuore?»

Gina non rispose.

«Ce l'ha ancora?»

Gina non rispose.

Nessun suono, se non il disperato sforzo di Ben di respirare con calma.

«Credevo...» Si mise quasi a piangere. «Credevo che mi amassi.»

«Ti amo.» Lei esitò. «Ma non posso ugualmente lasciarlo.»

«Dunque cosa sarò per te? Un capitolo chiuso? Un libro che hai buttato via?»

Gina non disse nulla. Non butti via i tuoi libri preferiti, avrebbe voluto dire, ma non lo fece.

Non era mai stata trattata con tanta correttezza, generosità e gentilezza come da Ben. Perché non era abbastanza?

«Sono siciliana.»

«Pensavo fossi americana.»

«Sono siciliana negli aspetti che contano. Lui è mio marito. Sulla bilancia su cui peso la mia vita, questo supera tutto il resto.»

Tranne forse la maternità. Ma non poteva saperlo. «Se le siciliane si sposano, si sposano per la vita.»

Quando erano soli, a sprazzi, tra scioperi e sottomissioni, Harry era ancora legato a lei, la adorava ancora intimamente. Era vincolata dall'amore.

«Per noi non c'è via d'uscita» sussurrò Gina.

«Tranne la fuga.»

«Tranne la fuga.»

I petali viola sono caduti sul nostro stagno ghiacciato, sussurrò Ben con voce rotta. Ci scriverò sopra il tuo nome con le viole.

Lei lo tenne stretto con tutte le sue forze. Quello che avevano avuto era stato un interludio paradisiaco, un paese delle fate tra una vita e l'altra. Ma che tipo di vita l'aspettava dall'altra parte? E se l'amore mistico che un tempo Harry aveva provato per lei non si fosse risvegliato dal suo sonno simile alla morte?

2

Ben e Gina andarono insieme a prendere Harry alla prigione di Concord. Lo aspettarono davanti al cancello in Elm Street, lontani l'uno dall'altra, rivolti entrambi verso l'edificio di mattoni rossi, e di lì a poco lui comparve con lo stesso completo e la stessa cravatta con cui era entrato, portando con sé una borsa nera. Era magro, tirato, ma ben rasato e in ordine. Se si stupì della presenza di Ben, non lo diede a vedere, se non con un irrigidimento del corpo. Si strinsero la mano, addirittura si abbracciarono. Poi Harry si chinò freddamente verso Gina. Non incrociò il suo sguardo.

«Stai bene?» Lei ricambiò il suo abbraccio quasi formale.

«Benissimo, perché non dovrei?» Si girò verso Ben. «Cosa ci fai qui? Il tuo lavoro è finito?»

«Il lavoro non finisce mai. In realtà, stavo meditando di ripartire presto.»

Gina trattenne il respiro, ma riuscì a rimanere in silenzio.

«Da quanto tempo sei tornato?»

«Più di un anno ormai.»

«Più di un anno, non mi dire.» Harry non lanciò nemmeno un'occhiata in direzione di Gina. «Tutto il tempo in cui sono stato dentro, dunque?»

«Hai ragione, non può essere così tanto... Andiamo, la mia auto è laggiù.»

Harry allungò il passo per raggiungerlo. Gina rimase indietro. «Bella macchina» disse lui. «È tua?»

«Vuoi guidare?»

Harry fissò le chiavi nella mano di Ben. «Probabilmente non dovrei. Non guido da più di dieci anni.»

«Ora guida tua moglie.» Ben le tese la mano con le chiavi. «Vuoi fargli vedere?» Non la chiamò per nome. Gina sapeva che non era in grado di pronunciare il suo nome ad alta voce senza tradirsi con quelle due sillabe carezzevoli.

«Ora guida mia moglie?» Harry si sistemò sul sedile del passeggero. «Una sorpresa dopo l'altra.» I suoi profondi occhi grigi diventarono duri come il cemento.

Gina si mise al volante. Le tremavano le mani. Ben, taciturno, prese posto dietro. Percorsero un discreto tratto prima che Harry parlasse. «Dove stiamo andando?»

«Pensavo a casa» disse Gina. «A meno che tu non abbia altri programmi.» Avrebbe voluto chiedergli se per caso preferisse essere accompagnato a una manifestazione o a uno sciopero, ma sapeva che suo marito odiava quando era sarcastica.

«Viene anche Ben?»

«È la sua auto. Gliela restituiamo dopo che ci avrà lasciato a casa.»

«Sarai contento di essere fuori» intervenne Ben.

Harry alzò le spalle. «Tu sei contento di essere fuori da Panama?»

Ben fece una breve pausa. «Stai equiparando Panama alla prigione?»

«Non in senso negativo. Considero un motivo di vanto essere finito in carcere per le cose in cui credo.»

«Be', in questo caso, anch'io.»

Nei successivi minuti di silenzio carico di tensione, Gina rimuginò mestamente. Lei lavorava alla missione, da Rose, ai telai e nelle sale rammendi, cucendo, aiutando Mimì a pulire le case, ed eccolo lì, suo marito, appena scarcerato, che spiegava con noncuranza quanto fosse orgoglioso di essere stato lontano per più di un anno dalla sua giovane moglie, mentre lei desiderava disperatamente avere un bambino. Gina avrebbe voluto domandargli se per caso non credesse in lei. Ma, ancora una volta, non era il momento di dire cose che avrebbero provocato soltanto problemi. Tenne la bocca chiusa. Dentro aveva un vortice di emozioni che imperversava, fuori gli occhi che bruciavano per il dolore.

A Lawrence, Mimì non era particolarmente entusiasta di rivedere il genero. Gina lo intuì dal fatto che quella piantagrane di sua madre chiese a Ben di fermarsi a cena.

«Devo rientrare» disse Ben. «Ma grazie, Mimì.»

«Non se ne parla nemmeno. Tu rimani.»

«Sì, Ben, rimani» fece Harry. «Giusto, Gina?»

«Ha detto che deve rientrare.» Lei si tenne impegnata apparecchiando la tavola. «Vuoi portare le tue cose di sopra, Harry? Darti una rinfrescata?»

«Sono fresco come una rosa.» Si sedette al solito posto intorno al tavolo rotondo. «Ben, accomodati pure. Mangeremo come facevamo a Barrington la domenica, quando Louis ci serviva. Anzi, meglio. Perché, non so se lo sai, ma Gina è una cuoca eccezionale. E parleremo come facevamo una volta. Giusto?»

Durante la cena a base di pollo alla senape e patate all'aneto, Harry non chiese a Ben di Louis, di suo padre, di sua sorella o di Alice. Il suo interesse pareva concentrato solo su Ben. «Dove lavori adesso?»

«Sempre con l'Army Corps.»

«Cos'altro ha da fare l'Army Corps?» Harry si versò ancora del vino. «C'è un altro canale rivoluzionario da costruire?»

«No, ma in tutto il New England ci sono strade che vanno mappate, progettate e asfaltate. Nel 1900 non c'erano automobili in circolazione. Ora ce ne sono centinaia di migliaia.»

«L'automobile è una follia» osservò Harry. «Un giocattolo per ricchi.»

«In ogni caso, anche i giocattoli dei ricchi hanno bisogno di nuove strade. Inoltre ora le auto costano poco. Non è più come una volta. Costano due dollari al chilo. A un prezzo così contenuto non si riesce a trovare nemmeno una buona bistecca.»

«Preferirei una bistecca.»

«Gina sta risparmiando per comprare una macchina» interloquì Mimì. «Vero, bambina?»

«Sì. Piano piano.»

«Be', forse potremmo andare in banca e prendere a prestito quello che ti serve.» Harry si alzò per aprire un'altra bottiglia di vino rosso.

«No, non chiederemo nessun prestito» si affrettò a dire Gina. «Avremo abbastanza per una macchina entro la prossima primavera. Anche prima, se trovi lavoro.»

«Ce l'ho già.» Harry bevve. «Lavoro per Big Bill.»

«Big Bill ha lasciato da tempo questa zona. Dopo il fallimento dello sciopero a Paterson è andato a ovest.»

«Non è stato un fallimento.» Lui tornò a tavola e si sedette sbuffando. «Non siamo riusciti a raccogliere abbastanza soldi per sfamare gli scioperanti.»

«Giusto. Si sono astenuti dal lavoro finché non ne hanno potuto più e poi sono tornati al loro posto. È quello che si chiama il fallimento di uno sciopero.»

Harry agitò la mano. «Conosco i collaboratori di Bill. Mi metterò in contatto con lui.»

«È indaffarato. Sta per assistere all'esecuzione di un altro autore di discorsi, un certo Joe Hill, che ha ucciso un poliziotto e suo figlio a Salt Lake City.»

«Una farsa. Ho letto la notizia. Joe Hill è stato accusato ingiustamente.»

«Sì, sono sicura che siano tutti uomini rispettabili. Ma devi comunque trovare un lavoro.»

«Sì, sì. Ho capito. Vuoi un'automobile.»

«Potrei trovarti un posto nei cantieri stradali» si offrì Ben. «Sono sempre alla ricerca di persone...»

«Grazie, ma no. Dimmi» riprese Harry, senza fare pause, «hai passato tutti questi anni a costruire un canale per i capitalisti con il lavoro degli schiavi. I capitalisti si sono arricchiti. Ma i panamensi sono ancora poveri in canna, giusto?»

«Chi sono questi capitalisti di cui parli?» Ben continuò a mangiare con calma. «È l'esatto contrario. L'economia intorno al canale ha risollevato tutta Panama. Nuovi alloggi, nuovi negozi, un massiccio afflusso di denaro straniero, di turisti, di beni di consumo. Ci sono scuole e ospedali dove prima non ce n'erano. E c'è un'enorme quantità di lavoro. Ovunque. E, grazie al lavoro, il tenore di vita è migliorato.»

«Soltanto per gli investitori del canale, giusto?»

«Be', sì. Ne beneficiano anche le persone che hanno rischiato il proprio denaro. Secondo te non dovrebbero?» Vedendo che Harry taceva, Ben proseguì. «Se il canale fosse stato un fallimento come l'iniziativa francese, gli investitori avrebbero perso trecentosessantasei milioni di dollari. Tuo padre avrebbe perso tutto il suo ingente investimento. Invece costruirà uno stabilimento, lastricherà una strada, edificherà altri alloggi. Tutti ne traggono beneficio.»

«Non allo stesso modo.»

«In proporzione, sì. Il povero non diventerà re, ma non resterà nemmeno povero.»

«Il capitalismo significa alcuni re e un milione di poveri.»

«Il socialismo significa forse niente re e un milione di poveri?»

«No! Il socialismo significa un milione di re.»

Ben fece un respiro. «Un milione di re. La ricchezza di tuo padre crea ricchezza per gli altri. Dà lavoro a centinaia di persone. Grazie a lui, gli uomini mantengono le loro famiglie, comprano cibo, costruiscono case, mangiano, vivono.»

«Ricchezza per gli altri? Li paga una miseria.»

«Paga loro un salario di sussistenza. Ma lascia perdere tuo padre. Che mi dici di Salvo?»

«Cosa c'entra?» Harry scoccò un'occhiataccia alla moglie, che distolse lo sguardo.

«Salvo dava lavoro a ventidue persone quando era proprietario del Da Antonio.»

«Sì, e loro non potevano permettersi le parcelle dei medici con la retribuzione da fame che gli dava.»

«Ora possono a malapena permettersi l'affitto.»

«Chiaramente la soluzione non è quella di Salvo o di mio padre» disse Harry. «Ma un altro approccio. Avrebbero un salario dignitoso fin dall'inizio. Ho visto gli effetti di questi cosiddetti mercati liberi sugli esseri umani. Non sono piacevoli.»

«Ma il tenore di vita è migliorato per tutti. La creazione di ricchezza è un fatto innegabile.»

«Io lo nego.»

«Guarda Lawrence. Le persone vivono meglio oggi che cent'anni fa. Vivono meglio di sedici anni fa, quando Mimì e» Ben non riuscì a pronunciare il nome di Gina «tua moglie sono arrivate in questo Paese. Mangiano meglio, i loro figli sono più sani, muoiono meno nella primissima infanzia, si vestono meglio, hanno l'automobile, vanno in vacanza. Da tutti i punti di vista possibili e immaginabili, la qualità della vita è migliorata.»

«La qualità della vita non si misura solo in base alla ricchezza» obiettò Harry. «La vita non è tutta economia, sai? Soltanto gli ingenui possono arrivare a questa conclusione.»

Ben annuì. «Su questo punto siamo d'accordo, amico mio. Perché è esattamente quello che credo anch'io. La vita non è una questione di quanto il tuo vicino guadagna o possiede. La vita non è una questione di retribuzione, ma riguarda anche altre cose.»

Gina alzò la mano. «Harry, Ben...»

La ignorarono entrambi.

«Non sei cieco» insistette Harry. «Devi aver capito che siamo sull'orlo di una radicale trasformazione sociale. La schiavitù è scomparsa, il feudalesimo è scomparso. Presto il capitalismo scomparirà, abbandonato da persone istruite e progressiste. Il socialismo è l'onda del futuro, verrà a spazzare via ogni cosa.»

«Come un maremoto» disse Gina, stanca.

«Non ci credi davvero...» fece Ben.

«Con tutto il cuore» replicò Harry. «A essere sincero, anziché combattere una guerra inutile all'estero per rovesciare il governo tedesco, preferirei chiedere il rovesciamento del mio. Con le schede elettorali o con le baionette, non sono schizzinoso.»

Ben scosse la testa. «Quanto può valere il diritto di rovesciare il tuo governo se non chiedi neppure ai tedeschi di sostenerlo?»

«Lo farei, solo che non voglio chiederglielo con le baionette!»

«Puoi provarci con le schede elettorali, ma non credo che ascolteranno.»

«Tipico di questo governo.»

Una folata di vento spalancò la porta d'ingresso, facendo entrare il freddo. Gina si alzò per andare a chiudere, passando dietro Harry, sgranando gli occhi supplichevoli in direzione di Ben e scrollando il capo.

Tornò verso il tavolo. «Ben, vuoi qualcos'altro da mangiare?»

«No, grazie. Rovesciarlo, e poi?»

«Costruire un nuovo ordine mondiale» dichiarò Harry. «Una moderna utopia socialista.»

«Un'utopia?»

«Sì, perché la mia idea non è fallita. A differenza del capitalismo. Sono autorizzato a chiamarla utopia finché non si realizzerà.»

«Harry?» Gina gli tese la scodella con le patate lesse.

«Che c'è?»

«Vuoi qualcos'altro da mangiare?»

«No!»

Mimì e Gina si scambiarono uno sguardo impotente.

«Gli uomini non credono nei liberi mercati.» Ben alzò gli occhi al cielo. «Li vivono. E il capitalismo non ha fallito.»

«No? Allora perché ci sono così tanti conflitti nel mondo?»

«Non lo so. Forse è colpa di individui come Big Bill, che hanno trasformato l'amore fraterno nel grido di battaglia di una lotta di classe. Sedersi intorno al camino, tenersi per mano, intonare canzoni e coltivare insieme il frumento è diventato una rapina e un accaparramento di terre, l'imposizione di questo piacevole sogno utopico di cui parli infilata nelle gole di persone riluttanti. Non riesco proprio a capire il perché dei conflitti.»

«Se l'economia venisse gestita secondo i principi della cooperazione, la vita sarebbe tranquilla e pacifica. Non dovremmo batterci per essere ignoranti ed egoisti, bensì per diventare esseri illuminati, per unire tutti gli interessi e alla fine eliminare questa causa di conflitto tra gli uomini.»

«E otterremo questa collaborazione che gli uomini lo vogliano oppure no?»

«Solo i borghesi incalliti non lo vorrebbero.» Harry scosse la testa. «Credo che tu abbia scavato fossi troppo a lungo. Ti si è annebbiato il cervello.»

«E tu pensi che Big Bill non abbia annebbiato il tuo?»

Harry rivolse a Gina uno sguardo duro come la pietra.

Lei chinò il capo.

«Hai ragione» disse Harry. «Il mondo ideale di cui parliamo io e Bill – e Max Eastman e John Reed – non si crea da solo. L'uguaglianza e l'unità per tutti richiedono impegno, duro lavoro e una trasformazione dei nostri radicati principi egoistici. Un uomo non può esistere solo per se stesso. Prendendo ciò che vuole, quando lo vuole.»

Ben guardò Gina e aprì la bocca. Lei scrollò impercettibilmente la testa. Lui si alzò e, sorridendo, recuperò il cappello. «Al centro di qualsiasi teoria economica, anzi di qualsiasi teoria, al centro di ogni questione, di ogni problema che dobbiamo affrontare, c'è l'uomo. Il capitalismo non è un'idea. È libertà. E, senza l'uomo, la libertà non ha senso. Come l'aria, se non ci fossimo noi a respirarla.»

«Il capitalismo non è libertà» lo rimbeccò Harry. «È usurpazione delle risorse naturali della terra.»

«Quali sarebbero queste risorse naturali? Stai parlando di un albero? Allora va' ad abbatterlo. Non ti servirà comunque per costruire una casa o una fabbrica, per comprare il cibo, per mettere il pane in tavola o per far galleggiare una nave che porti qui la tua sposa da una terra lontana.» Ben deglutì, ma continuò. «Queste cose non sono comparse come per magia. Sono state tutte costruite. Da uomini liberi.»

«Un uomo che lavora per un altro uomo non è mai veramente libero.»

Gina, Ben e Mimì fissarono Harry. Nel salotto scese un silenzio carico di presagi. «Allora, mio vecchio amico» disse Ben, «credo che questo faccia di te l'uomo più libero di tutti.» Si mise il cappello e fece un leggero inchino. «Devo rientrare. Grazie, Mimì, per l'ottima cena, e grazie, Harry, per la conversazione vivace, come sempre. Mi mancavano le nostre chiacchierate. Una volta noi due trascorrevamo molte domeniche piacevoli come questa. Vuoi che porti i tuoi saluti a Esther e Herman quando li vedo?»

«Assolutamente no.» Harry infilzò il pollo ormai freddo.

Ben annuì brusco. «Capito.» Si concesse un'occhiata a Gina, un piccolo sorriso dispiaciuto. Strinse la mano di Harry, che gliela tese con riluttanza, senza alzarsi.

Con le gambe molli, Gina lo accompagnò alla porta.

«Addio, Gina.»

«Addio, Ben» rispose lei con un filo di voce.

In fondo ai gradini della veranda, nell'oscurità, lui si voltò, alzò lo sguardo, si tolse il cappello e fece un ultimo lungo inchino.

A letto da sola, Gina aspettò che Harry la raggiungesse, ma lui rimase seduto fuori, nella veranda umida, a leggere, a bere tè e vino, a fumare e a fissare il buio. Quando lei lo sentì infilarsi sotto le coperte, dormiva già da ore.

La sua mano fredda la circondò. Gina era distesa su un fianco, con la schiena rivolta verso di lui. Harry si accoccolò alle sue spalle e le sollevò la camicia da notte sopra i fianchi, premendo le labbra gelide e tremanti sul suo collo caldo. Lei pianse quando lo udì sussurrare il suo nome. *Oh Gina.*

Finì tutto disperatamente, rapidamente, silenziosamente. Ma anche dopo che Harry si fu addormentato, lei continuò a stringere il lenzuolo nei pugni.

3

Grazie a Dio aveva il lavoro. La mattina presto saltò giù dal letto, si vestì, preparò a Mimì un po' di pane tostato con la marmellata, si fece una tazza di tè e corse al Wood Mill. Alle sei, quando aveva finito ed era buio, si incamminò verso la San Vincenzo, tutta infagottata, tremante, con gli occhi a terra. Rientrò che erano quasi le nove.

«Sarà così ogni giorno?» Harry era in piedi accanto al lavello quando Gina si sedette da sola a tavola per consumare una cena fredda. «Tu che torni a casa solo a tarda notte?»

Gina avrebbe voluto ricordargli che per lei ogni giorno era così... O se n'era dimenticato? La casa era troppo piccola per le parole grosse. «Alcune giornate sono più lunghe» disse, nascondendosi dietro le parole piccole. «Certi giorni faccio anche le pulizie nelle case, se Mimì non ce la fa senza di me. E certi giorni vado a Boston.»

«A fare cosa?»

«A trovare mio fratello nel North End. E qualche fine settimana vorrei ancora andare a Concord per aiutare Rose.» Quando menzionò la suora, le salirono improvvisamente le lacrime agli occhi. Lui non chiese spiegazioni. E lei non poteva dargliene. «Ha bisogno del mio aiuto» sussurrò.

L'unica risposta di Harry fu il silenzio.

«Non sono obbligata ad andare.» Gina si asciugò il viso. «Se non vuoi.»

«Perché non dovrei volere che lavori da Rose?» Harry si girò verso il lavello. «È un'opera di Dio, no?»

Le settimane si trascinavano lentamente. Gina e Harry parlavano di argomenti marginali, delle cose di cui potevano parlare. Come gli eventi in corso. Joe Hill fu giustiziato nello Utah. Bill Haywood divenne l'unico presidente dell'IWW. E Rose riferì a Gina che Ben era tornato a Panama poco prima di Natale. Non volendo mostrare a Harry quanto fosse sconvolta, quel sabato rientrò solo a tarda sera, con gli occhi rossi e gonfi, ma con un contegno composto quando varcò la soglia.

«Devi essere partita tardi da Concord» osservò Harry. «Sono sorpreso che i treni circolino ancora.»

Quando gli disse di Ben, lui reagì con un'indifferente scrollata di spalle.

«Pensavo che volessi saperlo.»

«Non mi riguarda.»

Arrivò il 1916. Ora che Harry era tornato, Salvo non trascorse il Capodanno in famiglia. Gina sentiva la mancanza del fratello, Mimì del figlio. Ma una sera i brontolii della madre diventarono eccessivi. «Ascolta, Mimì. Salvo può scegliere, ma io e Harry no. Non vuoi Harry qui? Allora va' a vivere con Salvo a Boston.»

«Dovrei andarmene da casa mia perché tuo marito non vuole lasciarla?»

«Vuoi che ci trasferiamo? Troveremo una camera da qualche parte, come ha fatto Angela. Capisci che, se lui se ne va, me ne vado anch'io, vero? Dillo. È questo che vuoi? Farò come preferisci. Sono sempre stata una figlia obbediente.»

Mimì sbuffò.

«Obbediente solo in apparenza.»

Mimì cedette.

«Sei testarda come un mulo. Dunque ora non posso nemmeno lamentarmi in casa mia delle tue pessime scelte?»

«No» rispose Gina. «Non puoi.»

«Tuo marito è a casa. Mi ha detto che ha trovato un lavoro. Credo che sia già a letto. Persino il colloquio l'ha stancato.»

«Cosa ho appena detto? Basta così!» Gina salì al piano di sopra.

A quanto pareva, Max Eastman aveva assunto Harry come redattore per il New England della rivista «The Masses». Avrebbe aiutato Floyd Dell a curare la rubrica di narrativa letteraria intitolata *Books That Are Interesting*. Quando Gina, presa dall'entusiasmo, gli chiese quanto l'avrebbero pagato, lui la fissò con un'espressione che sembrava di disprezzo.

«Cosa c'è? È una domanda fuori luogo?»

«Max Eastman è il redattore capo di quella storica pubblicazione. Non prende un centesimo.»

Gina gettò il cardigan sul letto con un gesto frustrato. «Allora come si fa a chiamarlo lavoro? Hai detto "lavoro".»

«Non lo so. Passi tutti i fine settimana a Wayside senza essere pagata. Quello lo chiami lavoro?»

Lei si sedette sul letto per togliersi le scarpe.

«John Reed non viene pagato» continuò Harry. «E nemmeno Sherwood Anderson o Upton Sinclair. Ma tu vuoi che paghino me?»

«Sì, non mi dispiacerebbe se ti pagassero. Come me. Trova qualcosa che ti faccia guadagnare, non che sottragga soldi alla famiglia. Lo so, sono un'arpia.»

«Ho forse detto qualcosa?»

Lei cercò di mantenere la calma, ma invano. L'anno prima c'era stata una depressione nazionale che aveva colpito duramente Lawrence. La San Vincenzo le aveva ridotto le ore di lavoro. Il Wood Mill aveva smesso di pagarle gli straordinari in sala rammendi. Sempre meno donne le ordinavano vestiti su misura, corredi per bambini, riparazioni di vecchie gonne. La macchina da cucire restava inutilizzata in un angolo. Mimì aveva perso due delle sue cinque clienti. A malapena avevano i soldi per due pasti al giorno. Se Salvo non avesse aiutato Mimì a pagare la metà dell'affitto, di sicuro sarebbero andati in rovina.

Gina si costrinse a mandar giù una generosa porzione di artefatte maniere metodiste. Non cattoliche né italiane, certamente non l'istrionica, appassionata ciotola di focosità siciliana che rischiava di traboccare dopo essere stata costantemente riempita dall'uomo che amava e che aveva assecondato al di là di ogni ragionevolezza.

«Be'» disse con le labbra strette. «Sherwood Anderson deve pur guadagnarsi da vivere in qualche altro modo. Come Max Eastman, no?»

«Non lo so davvero, Jane.» Harry usò il suo nome anglicizzato, come per prendere le distanze dal suo vero io. Un centimetro in più, e sarebbero stati in continenti diversi. «So soltanto che per me è un'opportunità incredibile, un'opportunità straordinaria, essere invitato a lavorare con persone impegnate a migliorare il mondo, mentre tu non fai altro che ossessionarti per i soldi.»

«È questo che pensi? Che non faccio altro che ossessionarmi per i soldi?»

«Continui a correre da un posto all'altro per racimolare qualche dollaro. Ti lamenti sempre del silenzio della tua macchina da cucire perché non riesci a guadagnare qualcosa di più.»

«Ma se tu e Max Eastman state instancabilmente cambiando

il mondo gratis, qualcuno dovrà pur pagare la bolletta della luce, non credi?»

Lui agitò la mano come se lei e i suoi commenti fossero irrilevanti. «Sei disposta oppure no a trasferirti al Greenwich Village?»

«Ti pagano se lo facciamo?»

«Capisci cosa intendo? Sei disposta a trasferirti a Boston?»

«Ti pagano se lo facciamo?»

«Gina!»

Il modesto salario di Gina iniziò a servire non solo per le spese vive che a malapena potevano permettersi di pagare, ma anche per i viaggi in treno di Harry e per i costi che doveva sostenere a Boston, dove spesso si fermava fino a un'ora così tarda da cominciare a dormire su un divano nell'appartamento di qualcuno. Gina non sapeva di chi e Harry preferì non specificarlo. Quando lei si lamentava dei suoi orari, lui ribatteva: «Pensavo che saresti stata contenta. Sto cercando di fare quello che vuoi tu. Lavorare».

«Ma non guadagni neanche un centesimo!»

«Resto fuori casa come fai tu con le tue suore e i tuoi circoli del cucito.»

«Solo che io guadagno. E ho smesso di andare da Rose, no?»

«Te l'ho forse chiesto io?»

«No, ma...» Date le sue condizioni, Rose le aveva detto di non andare più. Si morsicò la lingua.

«Lavoro proprio come te e altrettanto duramente» insistette Harry. «Solo che non vengo pagato. Pernottando a Boston, risparmio sul biglietto del treno. Pensavo che saresti stata contenta. Ma no, non sei mai soddisfatta.»

«Sì, è colpa mia, pretendo troppo.»

«Non è forse così, cara la mia spocchiosa?» Fece una pausa. «Non continui forse a pretendere da me ciò che non posso darti?»

Lei corse fuori e vomitò.

Mimì consolò Gina dopo che la discussione si fu placata. «Cosa c'è che non va in voi due? Salvo ha promesso di darci qualcosa in più finché non recupereremo parte del lavoro che abbiamo perso. Ma tu devi smettere. Questa volta devi prenderti cura di te stessa.»

«Sto facendo del mio meglio. Non mi sento bene, ma non posso riposare, non posso stendermi.»

«Non capisco perché non glielo dici e basta.»

«Voglio che passi un po' di tempo.»

«Perché?»

«Nell'eventualità che sia di nuovo sfortunata.»

«La prima volta è stata colpa di quell'uomo orribile. Ma ora devi essere più intelligente. Non urlare e non fare scenate come al solito. Rilassati. Diglielo. Rendilo felice. Lascia che lui ti aiuti.»

«Pensi che lo renderà felice?» Gina la abbracciò. «Voglio solo che passi ancora un po' di tempo. Voglio essere sicura.»

«Sicura di cosa?»

4

In uno dei rari sabati sera in cui erano tutti a casa, si sedettero insieme a tavola. Be', Harry e Gina si sedettero a tavola. Mimì era sul retro, nel bagno. Entrambi la sentirono piangere.

«Cos'ha tua madre?» Harry tagliò il pane.

«Non lo so.»

«Perché singhiozza come se fosse morto qualcuno?»

Le labbra pallide di Gina tremarono. «Si sta solo soffiando il naso. Mimì! Vieni!»

«Oggi era così turbata che sei dovuta andare a pulire due delle sue case.»

«Non mi dispiace aiutarla. Si sente poco bene.»

«Questo fine settimana non sono andato a Boston per passare la giornata insieme. Pensavo di portarti al mercato.»

«Magari la settimana prossima. Mimì! Vieni, per favore. La cena si sta raffreddando.»

Finalmente sua madre arrivò. Non guardò nessuno dei due. «Non sono io che mi sento poco bene, ma tu» disse sedendosi.

Harry lanciò un'occhiata a entrambe. «Avete preso l'influenza o qualcosa del genere? Gina, ti ho sentita vomitare qualche giorno fa. E siete tutte e due bianche come un lenzuolo.»

Mimì ricominciò a piangere. Gina la fulminò con lo sguardo. «Basta!» sussurrò mentre serviva i rigatoni con mozzarella e aglio.

«Bella cena del sabato sera» commentò Harry. «Mimì, perché stai piangendo?»

«Non sto piangendo.»

«Ah.»

«È vero» disse Gina. «Non sta piangendo. Prendi un po' di pane, Mimì. Burro per te, Harry? Un bicchiere di vino?»

Harry studiò il suo viso smunto.

Tacque a lungo mentre le due donne mangiavano. Non prese la forchetta.

«Non hai appetito, caro?»

«Di quante settimane eri questa volta?» chiese.

Nessuno fiatò.

Lui alzò la voce. «Quante?»

«Poche» rispose Gina.

«Dodici!» urlò sua madre.

«Mimì!»

«Dodici...» Harry impallidì a sua volta.

«Ti sembrano poche? Un terzo della gravidanza! E ora non c'è più! *Affrettati, mia forza, ad aiutarmi!*»

Harry si alzò di scatto. Si pulì la bocca con il tovagliolo, anche se non aveva mangiato nulla. «Vuoi scusarmi, Mimì?» Non aveva dimenticato le buone maniere. «Non ho molto appetito.» Uscì di casa, facendo attenzione a non sbattere la porta.

Gina gettò a terra il tovagliolo. «Perché?» gridò. «Non puoi aiutarmi una volta, una soltanto, evitando di rendere tutto più difficile?»

«Mi dispiace! Non posso farne a meno.»

«Vorrei che lo facessi, una volta soltanto! Ti avevo detto che non volevo che lo sapesse. Sarebbe andato tutto bene se avessi tenuto la bocca chiusa.»

Mimì singhiozzò.

Gina prese il cappotto e, sbattendo la porta, gli corse dietro. Lui era già a metà della via.

«Harry.»

Lui non si fermò e non rispose.
«Dove stai andando?» ansimò Gina, raggiungendolo.
«A schiarirmi le idee.»
«Per favore, rallenta. Non riesco a starti dietro.»
«Allora non farlo.»
«Per favore.» Gli afferrò il braccio, aggrappandosi a lui. Harry fu costretto a rallentare suo malgrado. Attraversarono la strada ed entrarono nel Common, sorridendo debolmente a un'altra coppia che li superò tenendosi sottobraccio. Gina amava quel parco. Alla fine della primavera, decine di anatroccoli dall'andatura dondolante seguivano le madri lungo i vialetti, sui prati e tra i fiori. Certe volte andava lì all'ora di pranzo per guardarli.
Trovarono una panchina appartata, vi si lasciarono cadere e rimasero muti, come i salici dalle folte chiome.
«Perché non me l'hai detto?» domandò Harry.
«Detto cosa?»
«Hai così tante cose da dirmi che davvero non sai di che sto parlando, oppure fai solo finta di essere ottusa?»
Lei soffocò un sospiro. «Stavo per dirtelo. Volevo prima assicurarmi che fosse tutto a posto. E poi, quando ho scoperto che non era così... Be', eri occupato. Ho pensato che sarebbe stato meglio tacere.»
«Veramente? Quante altre gravidanze mi hai tenuto nascoste?»
«Harry, per favore.»
«Per favore, cosa?» Guardò dritto davanti a sé. «Dimmelo. Quante?»
«Che razza di domanda è? Nessuna, naturalmente.»
«Davvero? Quante gravidanze fallite mi hai tenuto nascoste nei quindici mesi che ho passato in carcere?»
Gina saltò su, ma non riuscì a guardarlo.
«Nessuna» mormorò. «Smettila.»
«Sono irrazionale?»
«Sì. Mi dispiace. Ho pensato che fosse meglio così. Volevo solo andare avanti, per questo non te l'ho detto.»
«Sul serio? Allora dimmelo ora.»
«Cosa vuoi sapere? C'è poco da dire a questo punto.»

«Ne sei proprio sicura?»

«Sì.» Il silenzio era l'opzione migliore. Gina si afflosciò di nuovo nell'angolo della panchina bagnata, lontano da lui.

«Mimì ha detto dodici settimane.»

Fu presa da un tremore incontrollabile.

Harry finse di contare a ritroso di tre mesi da marzo. «Verso dicembre, dunque?»

Lei rispose con un filo di voce. «Eri a casa a dicembre, no? Nel nostro letto?»

Harry non fiatò. Il non detto era così rumoroso che Gina si tappò le orecchie con le mani infilate nelle muffole, come se qualcuno stesse urlando, come se il suono fosse assordante.

Era la fine di marzo, era umido e faceva freddo. Molto freddo.

«E i pattini da ghiaccio nell'armadio?»

Gina deglutì. «Cosa c'entrano?»

«Non sapevo che sapessi pattinare.»

«E io non sapevo che *tu* sapessi pattinare.»

«Come fai a saperlo? Hai trovato i miei pattini nel nostro armadio?»

«No.» Lei fissò un punto davanti a sé, senza mai guardare suo marito. «Cos'ha a che fare questo con il bambino?»

«Spiegamelo tu. E perché mi vengono mille sospetti?»

Gina era a corto di parole e di giustificazioni.

«Non mi importa» riprese Harry. «Ma quando nascondi le cose così male mi viene da pensare che in realtà non te ne freghi niente. Insomma, se non volevi che lo sapessi, avresti potuto buttare via i pattini. Fare la stessa cosa che stai facendo con le garze insanguinate. Metterli nella spazzatura in modo che non li trovassi.»

«Non è quello che sto facendo. E... non sto nascondendo niente. Non ho niente da nascondere. Tu sei impegnato. *An Economic Interpretation of the Constitution, Winesburg, Ohio.* Hai molto da fare. Sei sempre sepolto nei tuoi libri e opuscoli. Non volevo disturbarti.»

«Mi seppellisco in quello che posso per evitare di tornare a casa e vedere quali stracci di vita sparpagli ovunque per me.»

«Non dire così. Non è quello che fai.»

«Sì, invece.»

«Mi dispiace non avertelo detto.»

Lui parlò senza guardarla, con gli occhi simili a finestre sbarrate per tenerla fuori. «Cosa vuoi? Che mi metta a piangere?»

«No» sussurrò Gina.

«Piangerò per l'eternità all'inferno prima che tu mi porti via anche l'orgoglio.»

Rimasero lì, vuoti e sconfitti.

Il freddo le penetrava nelle ossa. La verità era che Gina non sapeva come rispondere alle sue domande. Aveva conservato i pattini perché lui li trovasse? E poteva dire con certezza – con assoluta certezza – che i pattini e la piccola vita che aveva portato dentro di sé non c'entravano nulla gli uni con l'altra? Aveva le nocche rigide, il battito debole e fiacco.

Fissò lo stagno.

«Non c'è bisogno di essere chiaroveggenti per immaginare come mi sento dopo aver scoperto che non mi avevi detto di essere incinta.»

«È stato un errore. Lo so. Pensavo che ti avrebbe fatto soffrire.»

«Pensavi che sarebbe stato quello a farmi soffrire?»

Sull'erba morta e ghiacciata lì davanti, gli anatroccoli cercavano di star dietro alla madre, ma l'ultimo aveva difficoltà. L'anatra non rallentò. Gina stava per alzarsi e aiutarlo, esortandolo a sbrigarsi.

«A volte è davvero difficile capire cosa provi» disse alla fine. «Non mi dici mai niente, ti tieni tutto dentro. E sei occupato, occupato, occupato. Con gli scioperi, con la prigione, con "The Masses". In altre parole, con tutto tranne che con me.»

«Non posso certo essere occupato con te quando sono in prigione.»

«Però la prigione è una scelta, no?»

«Ogni cosa è una scelta. Anche pattinare sul ghiaccio.»

Lei soppesò le parole. «Sono venuta a trovarti ogni domenica.»

«Non tutte. All'inizio, forse. Ma non alla fine. Nemmeno lontanamente.»

«Sono venuta quando potevo. Ti portavo le cose che mi chiedevi. Se me ne avessi chieste altre, te le avrei portate. Ti ho portato giornali, libri. Lavoravi nella lavanderia. Per una volta, deve essere stato bello lavorare con le mani e non solo con la testa. Hai avuto il tempo di riflettere, di studiare il russo. Avevi tempo. Non scrivevi lettere ma, d'altro canto, chi le scrive più... Oh, aspetta» aggiunse Gina, come se le fosse appena tornato in mente. «Non è del tutto vero. Non scrivevi a me. Ma a quanto pare hai scritto ad altri. Hai scritto a John Reed, a Max Eastman, a Big Bill, hai scritto a Elizabeth Gurley Flynn... Oh, e anche a una certa Mary Heaton Vorse, poetessa e suffragetta.»

Harry si strofinò gli occhi. «Hai visto Mary Vorse, vero? Io e te siamo andati insieme a New York il mese scorso, hai conosciuto tutti. Hai trovato Max Eastman molto bello, ricordi? Mary Vorse era al suo fianco.»

«È un'ottima scrittrice di lettere, no?»

«Non lo so. Lo è?»

«Sì. E ho conosciuto l'attraente Elizabeth Gurley Flynn. Voi due eravate piuttosto affiatati a New York. Le versavi da bere e le tenevi aperte le porte.»

«Prima a te.»

«Si tratta solo di essere nel giusto ordine, allora.»

Lui tacque.

«Non ti sto giudicando» proseguì Gina. «Non puoi chiedere alla tua amante di giudicarti.»

«Tu non sei la mia amante.» Si alzò di scatto e si girò verso di lei. «Sei mia moglie. Mi nascondi pattini e bambini perduti. E non trovi neanche lontanamente ironico, Miss Sarcasmo, che tu vada a casa della figlia di Nathaniel Hawthorne per incontrare qualcuno in segreto?»

«Non ho incontrato nessuno in segreto da Rose. Ho lavorato con molte persone, Ben compreso, sotto gli occhi di tutti.»

«Ha deciso di venire a Concord ogni fine settimana per lavorare gratis al tuo fianco?»

«Perché no? Tu vai a Boston tutti i giorni, inclusi i fine settimana, per lavorare gratis al fianco di Mary Vorse.» Gina non sapeva come riuscisse a trattenere le lacrime.

Rabbrividendo, Harry si allontanò.

Lei lo seguì. Aveva dimenticato gli anatroccoli e non sentiva più il freddo della serata di marzo. Aveva la gola e gli occhi in fiamme.

«Quando tuo marito è in prigione o in sciopero per tre anni e mezzo su quattro, qualcuno deve pur pagare le bollette, non pensi?»

«Non stavi solo pagando le bollette, vero? E noi non siamo dissertatori da salotto, conversatori da cena della domenica come te e il tuo scavafossi. Noi stiamo ricostruendo il mondo. È logico che occorra un po' di tempo, no?»

«Non riesco a immaginare fino a che punto riuscissi a perorare le tue cause standotene seduto in prigione a gettare la biancheria sporca giù per gli scivoli della lavanderia.»

«Non ho paura della prigione. Non più.»

«Sì, ma mentre tu eri lì, qualcuno doveva comprare da mangiare per me e Mimì. Chi pensi che sia stato?»

«Non lo so. Forse lo scavafossi?»

«E chi credi che ti sfami ora?»

Lui allungò il passo fin quasi a correre. Lei allungò il suo per stargli dietro. «Forse dovrei scrivere a tuo padre, chiedendogli una piccola somma mensile per te.»

«Vattene» ansimò Harry.

«Perché no? I soldi per sfamarti devono pur arrivare da qualche parte.»

Harry si girò di scatto. «Cambia argomento quanto vuoi.» La afferrò per la vita e le premette forte il pugno contro il petto. «Ma io sento il battito rivelatore del tuo cuore!»

Ansimando, Gina si staccò, provando a liberarsi.

Lui si rifiutò di lasciarla andare, furioso e senza fiato. «Proprio come sospettavo. Lo sente tutta Lawrence. Come le maledette campane della Notre Dame.»

«Perché mi torturi?» sussurrò Gina, senza nemmeno tentare di allontanarlo. Si aggrappò al suo cappotto.

Lui corse via, lasciandola con l'anatra e i suoi piccoli.

5

Lo aspettò vicino allo stagno delle anatre, china su una ringhiera del Public Garden di Boston. Si erano dati appuntamento per l'una e mezzo. Il treno notturno per Chicago sarebbe partito alle cinque e volevano avere il tempo di fare tutto per bene. Era la fine di giugno e faceva caldo. Non si era messa in ghingheri, ma con quanta cura aveva scelto i vestiti! Aveva preparato il borsone per i pochi giorni che sarebbero stati via. Doveva indossare qualcosa di abbastanza semplice per l'ufficiale di stato civile del municipio, ma abbastanza elegante da ricordare quel giorno come non ne avrebbe ricordati altri. Con i soldi di Harry era andata in un negozio di abbigliamento in Newbury Street e aveva comprato uno splendido vestito a tunica color crema, in seta e pizzo impalpabile, con le maniche corte ad aletta e la vita stile impero, ma senza corsetto né sottoveste, perché era così che piaceva a lui. Diceva che solo le donne veramente libere avevano il coraggio di rinunciare al corsetto. Il vestito la fasciava come se le fosse stato cucito addosso, quasi una seconda pelle. Sfoggiava grossi bottoni di perle su un corpetto dal busto alto, come capezzoli di porcellana su gonfi seni di cotone, e il sottile strascico di seta a cascata metteva in risalto le sue gambe lunghe. Il vestito era abbinato a una corta giacca di seta color crema. Gina aveva aggiunto décolleté di vernice bianca e guanti bianchi lunghi fino ai gomiti. In testa aveva uno squisito cappello di organza a tesa larga con ciuffetti di fiori di tulle e piume di struzzo bianche. Aveva comprato alcune margherite da infilare intorno al cappello e tra i capelli. Una morbida acconciatura le incorniciava il viso raggiante. Mentre lo aspettava, evitando di sedersi su una panchina per non sporcarsi, sapeva di essere una visione, ne era certa. Be', se Harry voleva accantonare la sua vecchia vita per lei, cambiare il suo ordine mondiale per lei, Gina voleva dargli un'immagine di sé simile a un dipinto a olio, in modo che gli restasse impressa per sempre nella memoria: lei sotto i salici e tra i fiori del Public Garden, più bella che mai. In un attimo lui avrebbe potuto ricordarla e sapere sempre quanto lo amasse.

Sei sicuro di volerlo fare? gli aveva chiesto tre giorni prima, mentre erano a letto con le coperte tirate fin sopra la testa, bisbigliando come se si stessero nascondendo da Dio.

Mai stato più sicuro.

Ne sei certo?

Di cosa hai paura?

Che tu sia impulsivo. Avventato.

Sono avventatamente impulsivo, ma questo non rende la mia risposta meno sincera.

E la tua famiglia?

Cosa c'entra? Aveva fatto una pausa. E la tua?

Gina aveva alzato le spalle. È una decisione sconsiderata? aveva domandato. Ci stiamo comportando da stupidi?

Stupidi per amore.

È una scelta saggia?

No, è assolutamente scriteriata.

Lei gli aveva chiesto se di tanto in tanto non pensasse che sarebbe stato più saggio per loro separarsi.

Sei pazza.

Davvero?

Sei la più grande di tutte le cose create. La più dolce di tutte le donne che abbiano fiato in corpo. Sei superlativa. Se la nudità andasse di moda, saresti la donna più elegante degli Stati Uniti. Sei il mio sogno, la mia anima, la mia vita. Insegnami a dirlo in italiano.

Mio diletto.

L'altra cosa.

Sei il mio sogno, la mia anima, la mia vita.

La mia vita, aveva ripetuto Harry. Perché anche le smancerie suonano meglio in italiano?

Perché è la lingua dell'amore. Lei aveva sorriso, tendendo il corpo voglioso e impaziente verso di lui. L'italiano è la lingua dell'amore.

Le aveva toccato il ventre caldo e nudo con i polpastrelli. Sai qual è la lingua dell'amore? Le aveva baciato lo stomaco con la bocca umida e avida. Amore. Mi hai rapito il cuore.

Mi hai rapito il cuore.

Ora stava aspettando in preda all'agitazione, e all'improvviso iniziò a piovere. Un attimo prima c'era il sole.

Quando era fradicia, perché non aveva portato l'ombrello

– perché avrebbe dovuto? Il cielo era limpido quando si era svegliata –, fu allora che lui arrivò. Sembrava stressato, tormentato. Ma, appena la vide, si illuminò nel suo completo su misura. Aveva portato l'ombrello.

Questa è Boston, disse e la baciò, tenendo l'ombrello nero sopra il suo vestito bianco.

Guarda, fece lei, quando le sue labbra si staccarono. Sono tutta bagnata.

Lui toccò la stoffa con gioia.

Ho le margherite tra i capelli.

Lui le toccò con gioia. Sono un po' appassite dopo l'acquazzone, osservò. Ma sei stupenda.

Hai portato gli anelli?

Li ho dimenticati.

Lei sapeva che stava scherzando. Non abbiamo i testimoni, disse.

Ecco cosa succede quando si fa una fuga d'amore. Nessuno può fare da testimone a una verità segreta.

Lei rabbrividì per tutto il tempo, ma il sorriso non abbandonò le sue labbra.

Tenendosi sottobraccio, percorsero i vialetti fioriti fino a Beacon Street. Lei cercò di non allungare troppo il passo. Non voleva perdere il treno, ma non intendeva affrettare nemmeno di un secondo quella giornata. Sarebbe finita abbastanza presto già da sola, anzi, in gran parte era già volata via. Chi si sposa in fretta stenta adagio. Che proverbio idiota. Perché le era venuto in mente proprio in quel momento? Il loro amore non era affrettato, vero? L'amore che la consumava da quando aveva messo piede nel Nuovo mondo. *Il mio unico amore.*

Cosa dirà tuo padre? chiese. Rabbrividisco quando penso a lui.

Harry smise di camminare. La tirò a sé, le cinse la vita, la tenne stretta. Al diavolo il decoro. Stavano per sposarsi. Ma nemmeno le persone sposate si stringevano così intimamente in pubblico. Era come una fotografia tra rose rosse di membra in un letto sgualcito.

Mio padre andrà sicuramente su tutte le furie, disse Harry. Le diede un'altra stretta. Un bacio appassionato. Ma sono il suo unico figlio maschio. Dovrà farsene una ragione, no? Ripresero a camminare, con il braccio di Gina infilato sotto il suo. La pioggia era cessata, le nuvole erano scomparse. Il rovescio era durato solo quel tanto che bastava per inzupparla.

Ma se ne farà una ragione?

Assolutamente sì, rispose Harry. Lascia che ti parli di mio padre. Si imbarazza facilmente per i problemi personali, i battibecchi irrilevanti, i piccoli conflitti. Hai presente le persone che storcono il naso davanti al sangue? Lui lo storce davanti al melodramma. Le baciò la mano. Vedo che sei ancora preoccupata, tesoro. Vuoi che ti racconti una storiella per farti stare meglio mentre ci inerpichiamo fino al municipio?

Se riesci a camminare in salita e allo stesso tempo a raccontare storielle confortanti, allora sì.

Ti ricordi di Billingsworth?

Se me lo ricordo? Viene ancora a Lawrence una volta al mese per controllare i libri contabili dei ristoranti di Salvo.

Sì, esatto. Be', una volta lui e mio padre stavano discutendo delle riserve di bilancio per l'anno successivo.

Quando è successo?

Lo fanno ogni anno, ma io ti parlo dei primi anni Novanta. Stavano esaminando la lista delle spese e Billingsworth, come aveva sempre fatto in passato, aveva stanziato una certa somma per le spese domestiche di mia madre.

Mio padre ha fissato quella riga del registro. Cosa c'è, signore? ha domandato Billingsworth. L'importo non è sufficiente? Posso aumentarlo, se volete; non sarà un problema. Billingsworth, è sbottato mio padre, mi dispiace tanto, è stata una svista da parte mia. L'ha guardato negli occhi e ha detto: Frances è morta. Non riesco a credere di non avervi informato. Vi prego di perdonare la mia manchevolezza morale.

Harry, divertito, scoppiò in una breve risata mentre raccontava la storia a Gina.

Come fai a saperlo?

Me l'ha detto Billingsworth. È stata l'unica volta che l'ho visto fare un'imitazione fedele di mio padre, o di chiunque altro, se è per questo. Con tanto di pugno portato alla fronte, di manate, borbottii e intonazioni.

Oh, Harry.

Mi dispiace molto, signore, ha detto Billingsworth a mio padre. Vi prego di accettare le mie più sincere e sentite condoglianze. Dove è stata sepolta? Vorrei mandare un mazzo di fiori, se possibile. Quando è successa una simile tragedia?

Sei mesi fa, ha risposto mio padre senza perdere un colpo.

Sbalordita, Gina fissò Harry. Lui annuì. Te l'ho detto. Il nostro banchiere, il nostro contabile, il responsabile finanziario della nostra famiglia, il nostro direttore commerciale, l'unico uomo che mio padre vede ogni singolo giorno della sua vita è rimasto all'oscuro della morte di mia madre per sei mesi. Harry si portò alle labbra la mano di Gina. Non preoccuparti, disse. Se quello si poteva nascondere sotto il tappeto, figurati questo.

Si voltò verso di lei quando, trafelati, arrivarono in cima a Beacon Street, accanto alla porta laterale del municipio.

Voglio un solo successo nella vita, disse, ed è conquistarti. Con te scalerei una montagna di fango. Purché tu sia al mio fianco, sarei instancabile e pieno di gioia sconfinata anche se fossi bagnato fino al midollo.

Gina era premuta contro di lui nell'ufficio di stato civile, davanti al giudice di pace, con un piccolo bouquet di rose rosse in mano e un anello al dito. La stenografa e la segretaria del procuratore accettarono di fare da testimoni. Il giudice pronunciò un breve discorso sull'unione matrimoniale, sull'impegno reciproco che stavano per assumersi, sul fatto che il matrimonio era un viaggio, non una destinazione. Ironico, perché a Gina sembrava proprio una destinazione. Il viaggio era servito solo per arrivare fin lì.

Ora vi presento al mondo per la prima volta, disse il giudice, come i coniugi Harold e Jane Barrington.

Si baciarono senza sosta. Lui la strinse a sé e lei non aveva la minima intenzione di staccarsi per prima. Il vestito ancora umido di pioggia, i capelli crespi dopo essersi bagnati, le mani sudate dentro i guanti di seta. Aveva l'impressione di girare vorticosamente, come su una giostra, come durante un valzer.

Chiuse gli occhi per non udire le parole che il giudice rivolgeva a Harry. «Siete promesso a qualche altra sposa?»

«No, vostro onore.»

Siete promesso a qualche altra sposa? No, vostro onore.

Perché mai avrebbe dovuto soffermarsi su quelle nove parole, quelle che le rimasero intrappolate in gola, girando senza tregua, turbinando come un piccolo uragano. Mentire a un funzionario della legge era di cattivo auspicio per la felicità dei novelli sposi?

Il viaggio in treno fino a Chicago fu interminabile. Avevano prenotato un vagone letto privato. Fu l'unica cosa che salvò il suo onore di siciliana provinciale. Gina cercò di fare meno rumore delle ruote che mugolavano contro la rotaia, delle eiaculazioni intermittenti della locomotiva sibilante. La loro prima notte di nozze, infuocata come una pira accesa, si protrasse per migliaia di chilometri e sei Stati.

L'amore non sente gravezza, non tiene conto della fatica, anela a più di quanto non possa raggiungere, non adduce a scusa la sua insufficienza, perché ritiene che ogni cosa gli sia possibile e facile, aveva detto il giudice di pace citando Tommaso da Kempis.

Perché la massima che avrebbe dovuto rafforzarli non ebbe altro effetto se non indebolirla?

6

Stringendosi le braccia intorno al corpo, Gina camminò lungo i canali di Lawrence e il fiume Merrimack finché diventò buio, poi tornò a casa. Sperava quasi che Harry non ci fosse; spesso non c'era. Ma non fu così fortunata.

Eccolo lì, seduto sulla veranda a fumare. Gli passò accanto, pensò di dire qualcosa, cambiò idea ed entrò in silenzio. Siccome era sabato sera, Mimì si era in qualche modo rimessa in sesto ed era andata alla sala bingo in Essex Street. I piatti della cena erano ancora impilati nel lavello. Gina lo riempì d'acqua, versò un goccio di detersivo e si arrotolò le maniche lunghe, di crêpe nero come una vedova.

Lo sentì entrare, chiudere la porta, camminare avanti e indietro alle sue spalle. Udì la sua voce. «Sai, ero convinto che Rose Hawthorne desse troppa importanza al tema preferito di suo padre: il peccato. Ma ora comincio a pensare che sia necessaria più enfasi, non meno. In ogni caso, sembra che tu non abbia imparato la lezione, debole o forte che sia.»

Non fece domande, così lei non rispose. Rischiò di rompere la tazza di porcellana che stava lavando. Temeva che le parole di suo marito fossero vere. Enfasi insufficiente, lezioni non imparate, mancanza di rimorso.

«Dimmi» proseguì Harry con finta calma, «come si concilia quell'uomo, tra tutti gli uomini là fuori, con il tuo risveglio politico? Gli hai detto che sei una femminista e un'anarchica?»

«Un'anarchica da salotto, per citare le tue parole di scherno. Non andrò in prigione per questo.» Gina continuò a lavare i piatti.

«Non hai mai conosciuto un razionalista più favorevole al libero mercato, un tradizionalista più contrario all'amore di lui. Fingi che per te tutto ciò in cui crede sia un'eresia. Ho sempre pensato che noi due fossimo concordi su queste cose, ma forse sono io quello con cui fingi.»

«Forse sì.»

Lui ammutolì.

Gina tenne lo sguardo puntato sui piatti. Si sforzò di non sospirare, di non piangere.

Harry fece un passo avanti, troppo vicino, ma non abbastanza. «L'hai fatto per punirmi?»

«Non so a cosa ti riferisci.» Strinse le palpebre.

«Non mi dai spiegazioni.» Il respiro rovente di Harry le sfiorò la nuca. «Ti limiti a fare la spesa, cucinare e venire a letto con me.»

«E lavorare. Come una brava moglie.»

«Nessuno può accusarti del contrario. Tutto in una giornata di lavoro, in una giornata di vita. Ma ho bisogno che mi spieghi una cosa.»

Lei aprì gli occhi e lavò i piatti nell'acqua saponata. Lo sentì cercare le parole giuste.

«Perché non te ne sei andata con lui?»
«Perché avrei dovuto?»
«Smettila!»
Gina temeva che l'avrebbe scrollata fino a farle confessare ogni cosa.
«Dimmelo. Perché non l'hai fatto?»
Lei sospirò mestamente. «Non volevo.»
Lui buttò fuori l'aria. «Quando? Allora? O adesso?»
«Harry, per favore.»
«Ti sto facendo una maledetta domanda. Allora o adesso?»
«Allora.»
Harry gemette tra i suoi capelli. Lei chiuse di nuovo gli occhi, con le mani penzolanti nell'acqua, curvando le spalle.
«E adesso?»
Ben si era sposato. Aveva sposato Ingersol a Panama. Gina avrebbe voluto urlare, singhiozzare, piangere. Glielo aveva detto Rose, e poi lei aveva perso il bambino.
«Allora e adesso» rispose con la voce appena udibile.
«Perché non mi dici che ti ho lasciata sola troppo a lungo?»
«Mi hai lasciata sola troppo a lungo.»
«Perché non mi dici che non sono l'uomo che pensavi?»
Lei tacque.
«Non hai altro da dire?»
«Non c'è niente da dire.» Gina aveva la testa piegata, come se stesse pregando, come se si stesse confessando e pentendo.
«Dimmi che non mi ami» sussurrò Harry.
«Non posso. Ti amo.»
Lui si allontanò barcollando. «Vorrei non essere mai tornato» disse con un gemito. «Vorrei non essere stato rilasciato in anticipo con la condizionale per buona condotta.»
«Non abbastanza in anticipo.»
«Perché ho lavorato così sodo per ottenerlo?»
«Non lo so. Perché sforzarsi di tenere una buona condotta in carcere...»
«Per tornare da te!»
Gina alzò la mano, con il dorso rivolto verso di lui, come le sue

spalle. Non si girò nemmeno. «Non mi hai lasciato finire. Perché sforzarsi di tenere una buona condotta in prigione quando non ti fai di questi problemi mentre sei in libertà?»

«Tu fai la predica a me sulla buona condotta?»

«Non ti ho mai detto una parola.»

«Chi riesce a trovare una moglie virtuosa?» chiese tristemente Harry.

«Un marito virtuoso, ecco chi» rispose Gina, senza voltarsi. Aveva il fascio di lettere scritte a Harry da Reed e Haywood, da Elizabeth Flynn e Mary Vorse, inoltrate dalla prigione dopo il suo rilascio, lettere aperte e lette da Gina, ora nascoste in fondo all'armadio, sotto i pattini. Non capiva come potesse essersene dimenticato. Era stato così che aveva scoperto che Mary Vorse si rivolgeva a suo marito in modi che parevano troppo politicamente intimi, come se rispondesse ai suoi pensieri più reconditi. Non aveva le lettere di Harry. Né a Mary Vorse né a lei. Lui non scriveva a sua moglie, ma solo alla donna che nelle sue risposte citava Shelley. *E il cuore vigila sempre su l'abisso cieco dei tuoi profondi misteri*, aveva scritto Mary al marito di Gina.

Smisero di parlare. Il serbatoio era vuoto. Avevano esaurito il rifornimento di parole. Gina finì di sparecchiare. Harry buttò via i giornali. Mimì non era ancora arrivata. Gina non poteva andare a dormire finché non l'avesse aiutata a prepararsi per la notte, e desiderò che per una volta sua madre rientrasse dal bingo un po' prima.

Al piano di sopra, si sdraiò accanto a Harry per qualche minuto, ascoltando il suo respiro duro e spezzato. «Mi illudevo che fossimo così forti che nulla ci avrebbe toccati» disse lui.

«Oddio. Lo siamo. Mi dispiace. Perdonami...» Allungò stancamente il braccio nella sua direzione.

Harry saltò giù dal letto. Alzò le mani come per arrendersi o per spingerla via. «Non un'altra parola su questo argomento. Soprattutto a letto. So di averti accusata di non avermi dato spiegazioni. Credimi, questo è un piccolo dono del cielo. Possiamo fare due cose, tu e io. Possiamo parlarne e poi dirci addio per sempre. Forse è la cosa migliore, ed è quello che vuoi. Dimmelo tu. Oppure possiamo andare avanti e far finta che non sia mai successo. Fingere che non ci sia nulla di cui parlare, come se questa cosa non esistesse tra noi. Queste sono le nostre due scelte. Anzi, le tue. Cosa decidi?»

«Vuoi dirmi addio?»

Lui sbatté le palpebre. Aveva le mani ancora alzate. «Sai che non posso» sussurrò, stringendosi il petto quasi a volerlo squarciare come un mantello. «Sei la mia unica Calais.»

Gina aprì le braccia. «Come tu sei la mia.»

Lui tornò a letto.

Andarono avanti. Solo che...

Seppure a malincuore e con riluttanza, Gina dovette smettere di lavorare alla Rose's Home. Harry non lo sopportava. Non disse nulla, ma lei capì che era impossibile continuare. Non riuscì a spiegarlo a Rose, ma l'altra lo intuì.

«Sai cosa diceva mio padre del rimpianto?» chiese quando Gina andò a salutarla per l'ultima volta. «Della scelta di un cammino che poi pensi ti abbia portato fuori strada? Che contiene una fatalità, un sentimento così irresistibile da avere la forza del destino, capace di costringere invariabilmente gli esseri umani – tu, tuo marito – a indugiare e a infestare, come fantasmi, il luogo in cui qualche grande evento ha dato colore alla loro vita; più è irresistibile la forza che ti attira verso quel luogo, e più è cupa la sfumatura che lo rattrista.» Le baciò il viso rigato di lacrime. «Ogni singola cosa a questo mondo» concluse «è marmo e fango, mia cara bambina. Tutto ciò che puoi fare è sfruttarla al meglio.»

6

I dieci giorni che sconvolsero il mondo

1

«Vuoi andare dove?»

«In Russia, te l'ho detto.»

«Ma perché?» Era iniziata come una normale domenica pomeriggio. Lei voleva cenare presto. Era aprile e faceva caldo. Aveva pensato che avrebbero potuto mangiare fuori. Magari fare una passeggiata fino al Common per vedere se le anatre avevano avuto altri piccoli.

«Hai letto i giornali? O anche solo la rivista per cui lavoro? La Russia sta andando incontro a una vera e propria rivoluzione!»

«Ma non ce n'è stata una il mese scorso?» Era il 1917. «Lo zar ha abdicato, Kerenskij firma decreti con una penna d'oro nel Palazzo d'inverno. Quante sollevazioni possono esserci in un anno? Ma, soprattutto, cos'ha a che fare la loro raffica di rivoluzioni con noi due?»

«Tutto.»

«Niente. Perché dovremmo andare in Russia? Il mese prossimo c'è la fiera annuale di primavera a Boston. Non mi dispiacerebbe andarci.»

«Sii seria.»

«Lo sono.»

«Max ha detto che avrebbe raccolto i fondi per far partire me e John Reed.»

«Magnifico. Non riesce a racimolare dieci dollari per pagarti una settimana di lavoro, ma si procurerà i soldi necessari per mandarvi in Russia?»

«Voglio disperatamente essere parte di qualcosa di più grande, essere parte della storia. E tu?»

«Mmh... no.»

«Sei diventata molto provinciale.» Contrariato, ricominciò a sfogliare il giornale. «Ho capito quando è successo. Da che ti sei fissata sull'idea di avere un figlio, le tue preoccupazioni iniziano e finiscono in camera da letto. È un peccato, davvero. Una volta avevi tantissime altre passioni.»

«Strano. Una volta tu ne avevi una sola.» Lo disse perché sapeva che avrebbe ignorato le sue parole e, come sempre, Harry non la deluse. Le ignorò. Lei diceva molte cose che lui si limitava a ignorare.

«Louise Bryant ci va.» Era un'esca. Perché Harry sapeva che lei invece non ignorava nulla. Louise era la moglie di John Reed. Come se fosse la moglie perfetta, quella donna irreprensibile che aveva sposato John Reed e aveva subito messo su casa con il suo migliore amico, il commediografo. Gina non si sarebbe fatta abbindolare. Non ancora. Harry picchiettò con il dito sul giornale. «Lenin è appena tornato a Pietrogrado da Ginevra. Un ritorno trionfale nel Paese che l'aveva esiliato. È pronto a rovesciare Kerenskij e i menscevichi che hanno tradito la causa comunista stringendo patti con il diavolo a destra e a manca.»

«E Lenin promette di non farne nemmeno uno?»

«Certo.» Lui si alzò per avvicinarsi.

«Be'» disse Gina, «se quello che dici è vero, allora Pietrogrado è l'ultimo posto in cui abbiamo bisogno di andare.»

«No, ti prego, sii seria.» La prese per le braccia e la girò verso di sé.

«Ti sembra che stia scherzando?» I suoi occhi marroni, solenni e indifferenti, incontrarono quelli di suo marito, grigi e infiammati.

«Dobbiamo andare.» Harry tacque. L'espressione di Gina doveva essere molto eloquente. «Devo andare.»

Lei scrollò le spalle come a dire: Fa' ciò che devi.

Harry continuò a cercare di convincerla. «Emma Goldman ci va.»
«Perché dovrebbe interessarmi?»
«Coraggio, principessa. Partiamo per solidarietà.» La scosse leggermente. «È da tanto che sogno questo momento.»
«Sei sempre stato un sognatore, è vero. Ma sognare di andare in Russia?»
«Sì!»
«L'hai fatto in silenzio, allora, perché è la prima volta che sento parlare di questo sogno particolare.»
«È da vent'anni che non parlo d'altro che di questo momento.»
«Di andare in Russia?» Lei si sforzò di non sembrare incredula.
«Devo andare... per veder nascere un nuovo ordine. Per stare fianco a fianco con i giganti. Per assistere al cambiamento più radicale che i tuoi occhi vedranno mai.»
«Un cambiamento radicale?» Gina tolse i fiori appassiti dal vaso sudicio. Di solito aveva sempre fiori freschi in casa. Era da settimane che i tulipani del centrotavola erano avvizziti. «Hai dimenticato che sono un'immigrata? Vengo da un paesino sotto un vulcano. Mio padre tagliava i capelli gratis ai poveri di Belpasso e faceva pagare il triplo ai ricchi per mettere da parte i soldi per farmi venire qui.» Rise. «L'America è il mio cambiamento radicale. Sono arrivata su una nave, ricordi? Ti ho detto...» Si interruppe. Non l'aveva raccontato a Harry. Sbatté le palpebre per scacciare il passato, i ricordi, ogni cosa. «E ti ripeto» oh, che elisione, che inganno «che non sono interessata a lasciare questo Paese.»
«Non sarà per sempre. Per un mese. Forse tre.»
«L'ultima volta che l'ho sentito dire eri in carcere da quindici mesi. E cosa faccio con mia madre?»
«Smettila di nasconderti dietro di lei, per una volta. Non puoi trasferirti a Boston o a New York, non puoi andare in Russia. Tanto valeva che restassi a Belpasso, per quanto ti stai godendo l'America.»
«Come sarebbe a dire? Sarei venuta in America per poi abbandonare mia madre? Mio padre sarebbe molto soddisfatto.»
«Non può occuparsene Salvo?»
«Che problema avete voi uomini?» Gina scosse la testa.

«Quali uomini?»

«Salvo paga metà dell'affitto da tre anni mentre tu fai lo scribacchino per "The Masses".»

«Max Eastman mi ritiene indispensabile per la nostra pubblicazione!»

«Salvo paga le parcelle del medico di Mimì. Le fa visita ogni domenica.» Anche se non quel giorno, perché Harry era a casa. «Quando viene, cucina per lei. Ma non è sua figlia. Non può accudirla. È un uomo.» Avrebbe voluto chiedergli se sarebbe stato in grado di prendersi cura di sua madre, ma sapeva che la conversazione si sarebbe interrotta bruscamente. Forse sarebbe stato meglio.

«Se la caverà, per un mese. Ha moltissimi amici. Conosce ogni singola persona che incrociamo sulla strada. L'ultima volta che l'ho portata a fare la spesa ci abbiamo messo quarantacinque minuti per percorrere due isolati! Ha più amici di me. Coraggio, Gia. La storia!» Harry parlò in tono implorante, non autoritario. «Non sei minimamente emozionata?» Di lì a pochi mesi avrebbe compiuto quarant'anni. I suoi capelli si erano leggermente schiariti ma, anziché sembrare grigi, assomigliavano a sabbia dopo la pioggia. Era ancora snello e serio, insieme elegante e trasandato, come se i vestiti fossero della taglia giusta e sbagliata allo stesso tempo, e lui fosse soddisfatto in entrambi i casi. Gli occhi erano limpidi e luminosi. Non erano nebbia né ardesia. Gina non lo vedeva tanto entusiasta da mesi, forse da anni. Vederlo così euforico la rendeva vagamente felice, ma solo vagamente, e si rifiutò di confessarglielo.

«Neanche un po'.» Si voltò di nuovo verso il lavello. Dopo aver gettato via i tulipani, strofinò l'interno del vaso sporco. «Hai avuto continui guai con la legge. E se non ti lasciassero tornare?»

«Continui, un corno. Ultimamente sono stato attento.»

«Minacciano di chiudere "The Masses" a causa delle cose che scrivi.»

«Lo so» fece, orgoglioso. «Ti ho detto che Max mi considera indispensabile.»

«Sì, per me, non per lui.»

Come al solito, la ignorò. «E perché non dovrebbero lasciarmi tornare? Chi sarebbero queste persone?»

«Gli americani.»

Lui reagì con il silenzio, come se le parole fossero in leggero ritardo rispetto al ritmo dei pensieri.

Incoraggiata, Gina proseguì. «L'America è appena entrata in guerra...»

Purtroppo questo lo spinse in un'altra direzione, un velenoso impeto di rabbia contro Wilson. «Quell'uomo è stato rieletto grazie a uno slogan! Uno solo. Ti ricordi qual è?»

«Sì, ma non mi importa.»

«"Ci ha tenuti fuori dalla guerra." Questo è quanto. È stato rieletto grazie a sei parole. Quando è stato? Quattro mesi fa?»

«Ci ha tenuti fuori dalla guerra... per quasi tre anni. Forse è questo che intendeva. Ha parlato al tempo passato.»

«Stai scherzando, vero? Fai la puntigliosa riguardo agli imbrogli perpetrati ai danni del popolo americano?»

«Inoltre» continuò Gina, più calma di lui, «Wilson ha detto che la guerra sarebbe finita in un lampo. Sei settimane al massimo.»

«Sei settimane?» Harry scoppiò in una risata sprezzante. «Vuole anche venderti un ponte. Ricorda le mie parole: il fragore di macchine ripugnanti sta per essere spodestato dallo sferragliare di mitragliatrici ancora più ripugnanti.»

«Non essere così pessimista. Sogna in grande. Wilson ritiene che tu possa avere entrambe le cose.»

Lui rise. «Non sono pessimista. Sono un inguaribile ottimista.»

«Era una battuta. Hai riso, no?»

«Ti ripeto sempre di non preoccuparti. Ti ripeto sempre che tutto andrà bene. Anche questa volta.» Girandola verso di sé, la prese tra le braccia, pieno di fervore. «Andremo in Russia per allontanarci dalla turpe oppressione di Wilson, fatta di menzogne e inganni.»

«Le leggi sono diventate molto più severe.» Gina gli mise le lunghe braccia intorno al collo. «Non puoi comportarti come una volta. Ci cacceranno entrambi dal Paese.» Lo baciò. «Ci accuseranno di aver sostenuto i bolscevichi.»

«Stiamo sostenendo i bolscevichi.» Lui ricambiò il bacio. «Sono un cittadino americano. Non possono impedirmi di rientrare nel mio Paese.»

«Ne sei sicuro?»

Un'esitazione. «Quasi certo.»

Gina tentò una tattica diversa. «È pericoloso là fuori.» Quando Harry desiderava qualcosa così intensamente, era sempre difficile spostare l'ago della bilancia in un'altra direzione. Si comportava così con ogni cosa, a prescindere che avesse senso oppure no, che fosse buona oppure no per la sua vita, per il lavoro, per il matrimonio. A volte quella perseveranza era stimolante. Altre era esasperante. Altre ancora spaventosa. L'idea della Russia era un po' tutte e tre le cose. Erano vicini sul piano coniugale. Lei non voleva che si allontanassero. «Il *Lusitania* è stato silurato, pieno di civili. E se non riuscissimo a tornare attraverso i mari devastati dalla guerra?»

«Resteremo qualche mese in più. Solo noi due.» Harry inclinò la testa.

Scrollando il capo, Gina rimase in silenzio. I cattivi presagi volavano come corvi nelle sue viscere. Si staccò, riportando l'attenzione sul vaso. Il vetro era costellato di macchie indelebili. Per quanto lo strofinasse, non sarebbe più tornato trasparente.

Harry avanzò, vicino, vicinissimo. Le cinse la vita, le affondò il viso nei capelli. «Gia, cosa c'è davvero dietro tutto questo?»

Lei non voleva dirglielo. Non voleva partire, questo era evidente, lo ammise. Ma non voleva rivelare cosa c'era davvero dietro, non ancora.

Cambiò argomento nell'unico modo che conosceva. «Be', per ora ci sei tu dietro di me.» Si asciugò le mani e si girò una volta per tutte. Lo attirò lontano dalla Russia con il suo corpo disponibile, ricettivo e vulnerabile, sperando che bastasse e che lui lasciasse perdere.

Come sempre, Harry lasciò perdere la cosa sbagliata. Max Eastman, annunciò qualche giorno dopo, non era riuscito a raccogliere abbastanza fondi per permettere a lui e a John Reed di partire per la Russia. Chiese se avessero abbastanza soldi in banca per comprare due biglietti di terza classe per la Francia. Gina gli mostrò il saldo del conto corrente. Non avevano abbastanza per due traversate, due biglietti ferroviari, più il denaro per vivere a Pietrogrado. Chiuse il libretto con malcelata soddisfazione, sperando che la cosa finisse lì, che le questioni pratiche spegnessero il suo incontenibile entusiasmo.

Ma Harry aveva altre idee.

«È chiaro che non possiamo andare entrambi.» Iniziò a camminare avanti e indietro in salotto. «Tua madre non sta bene, l'hai detto tu stessa. E tu non vuoi partire. Hai detto anche questo. Vado da solo. Torno per Natale.»

«Come se il Natale avesse un significato speciale per te!» Il significato che gli attribuivano in Sicilia, non a Boston. Gina avrebbe voluto non sentirsi così abbattuta per la piega che aveva preso quella conversazione ridicola.

«Non vorrei partire senza di te. Lo sai. Non voglio starti lontano. Ma voglio disperatamente che andiamo. Ti prego. Possiamo impegnare la tua fede nuziale? Il ricavato sarà sufficiente per un viaggio intorno al mondo e ritorno.»

Gina si sentì così debole da doversi sedere.

«Vuoi che venda la mia fede nuziale?» chiese inorridita.

«Non vendere, impegnare.»

«E come proponi di farcela restituire? Qual è il tuo piano per riscattarla? Sei pazzo! Hai perso il lume della ragione.»

«Cosa ti prende? Perché mi urli contro come un'ossessa?»

«Non daremo via la mia fede. Mai e poi mai.»

«Allora parto da solo. Abbiamo abbastanza soldi perché io possa andare.»

Gina si mordicchiò il labbro come se volesse staccarlo a morsi.

«Non abbiamo denaro sufficiente per la rivoluzione e per un bambino» disse esitante.

Harry ammutolì, sbalordito. «Chi ha detto qualcosa riguardo a un bambino?»

«Lo sto dicendo io adesso.»

Il silenzio si prolungò.

«Dunque questa volta ti sei presa il disturbo di dirmelo.» Parlò in tono cupo, scoraggiato.

«Mi hai detto di dirti tutto.»

«Potevi aspettare che partissi.»

«Cosa?»

«Potevi scrivermi una lettera. Spedirmi un telegramma. Non importa.»

«Te lo sto dicendo ora perché non voglio che tu parta. E abbiamo una buona ragione per non farlo. Sicuramente io non posso venire.» Gina si posò il palmo sull'addome ancora piatto.

«Di quanto sei?»

«Qualche mese. Circa tre.»

Harry abbassò lo sguardo sul tavolo, sul libretto bancario, sulle mappe della Russia, sui giornali di guerra e di catastrofe, sui manifesti dei proletari.

«Tornerò prima che nasca» disse debolmente.

«Partorirò nell'ottobre del 1917. E se non tornassi? E se i bolscevichi e i menscevichi si azzuffassero e la sollevazione continuasse fino ad allora? E se ti arrestassero, se ti ammalassi o... peggio? Vuoi che tuo figlio cresca senza un padre?»

«È la rivoluzione...»

«Amore mio, anche il bambino è una rivoluzione» disse Gina.

Harry non partì.

2

Sei settimane dopo, nel giugno del 1917, quando «The Masses» venne chiuso dall'Espionage Act, Gina iniziò a perdere sangue. Interruppe qualsiasi lavoro, qualsiasi movimento, si mise a letto e pregò, cercando di salvare se stessa, di salvare il bambino. Nessun successo, soltanto dolore.

Non poté nascondergli la notizia nemmeno per cinque minuti. Era sdraiata sul letto mentre Mimì, in lacrime, le cambiava le bende e Harry, taciturno, sonnecchiava sul divano. Entrambi devastati, sfogarono la cocente delusione l'uno sull'altra. Lui la accusava di averlo costretto «senza motivo» a lasciarsi sfuggire la più grande esperienza della sua vita. Lei, lungi dall'incolpare qualcosa o qualcuno, sentendosi responsabile di tutto, si chiuse in se stessa. Diventò quasi muta, smise di parlare. Pregava soltanto di diventare come Helen Keller prima che l'acqua le scorresse sul palmo della mano,* di vivere in un luogo dell'anima dove parole, simboli e suoni non avessero significato.

Per allontanarsi da Lawrence, Harry si affannò a far approvare la richiesta di visto per la Russia, ma fu informato dal dipartimento di Stato che era troppo tardi. Con la guerra in corso e gli Stati Uniti già coinvolti, al momento venivano concessi solo pochi visti di uscita all'anno e le assegnazioni erano esaurite fino al gennaio del 1918.

Harry fu costretto a leggere dell'assalto al Palazzo d'inverno nei servizi inviati da John Reed a Max Eastman e a raccontarlo a Gina con malcelata ostilità. E lei, con malcelata ostilità, fingeva di ascoltare.

«Lenin ha abolito la proprietà privata» disse Harry. «Uno dei suoi tredici decreti al momento della presa del potere.»

«Abolito» ripeté Gina. «Ora in Russia è illegale possedere terre?»

«Esatto. Tutte le proprietà appartengono finalmente ai lavoratori.»

«E tutti gli uomini che attualmente possiedono terre o immobili in Russia?»

«Sono fuori dai nuovi limiti di legge.»

«Dunque cosa ne sarà delle loro proprietà?»

«Verranno confiscate, credo.»

«Bello.» Riprese a cucire. Il pedale si abbassò, la macchina ricominciò a emettere il suo ronzio. «Rubare i secchielli degli altri bambini nel recinto di sabbia. Sono sicura che non ci saranno bisticci.»

Il rumore aveva in parte coperto le sue parole. «Cos'hai detto?»

«Niente, niente. Ero ironica. Ho quasi sorriso.» Non c'era neanche un barlume di sorriso sul suo volto.

* *Water* fu la prima parola imparata da Helen Keller, poetessa cieca e sorda. Il suo insegnante le versò dell'acqua sul palmo e tracciò le lettere.

Dopo la Rivoluzione bolscevica d'ottobre e l'ennesimo aborto, il fervore antibellico di Harry aumentò. Più Gina lo implorava di tacere, e più lui inveiva contro la guerra. Sosteneva appieno l'impegno di Lenin a far uscire la Russia dal conflitto. Ormai il Paese non era solo comunista, ma anche pacifista: due ideali che Harry sosteneva fermamente. Poche settimane dopo la salita al potere di Lenin, la Russia smise di combattere a fianco degli alleati e riportò a casa i suoi militari. Trockij iniziò a negoziare con la Germania una pace separata. Ovunque negli Stati Uniti, in Gran Bretagna e in Francia, la Russia fu condannata come traditrice. Gli alleati sarebbero potuti andare incontro a una sconfitta per colpa delle azioni russe, scrivevano tutti i giornali e gli editoriali. Ma negli ambienti di Harry, la Russia era un'eroina. «The Masses» non si stancava mai di elogiarne il coraggio. La rivista fu chiusa due volte per prosa sediziosa e i caporedattori furono portati in tribunale.

Quando Harry, libero dall'onere di curare critiche letterarie e politiche, ebbe un po' di tempo a disposizione, iniziò a partecipare a tutti i comizi antibellici, grandi e piccoli, nei dintorni di Boston, molti dei quali in presenza di Emma Goldman. «Nessuno dice cose contro la guerra con la sua stessa chiarezza e il suo vigore» riferì a Gina. «Perché ti rifiuti di venire con me, ora che comincio a rispettarla davvero?»

«Non riesco proprio a immaginare il motivo.» Lei avrebbe preferito che Emma e suo marito fossero meno abili perché, con le loro rimostranze pubbliche, stavano volando dritti nella rete dell'Espionage Act come uccelli ciechi.

Harry notò la sua ansia crescente. «Non preoccuparti di questo. Preoccupati solo di ciò che è giusto.»

Nel marzo del 1918, Lev Trockij firmò finalmente una pace separata con la Germania, cedendo alla potenza centrale due terzi del territorio russo e un quarto della popolazione.

«Capisco cosa intendi» disse Gina «quando dici che Lenin non ha mai fatto un patto con il diavolo, a differenza di quella serpe di Kerenskij. Hai ragione, non è altro che un uomo onorevole.»

Dopo quella conversazione non si rivolsero la parola per una settimana.

Un mese dopo, nell'aprile del 1918, Harry e un centinaio di altre persone furono arrestati nella sfortunata stazione di reclutamento vicino alla Faneuil Hall, durante una chiassosa manifestazione che era sfociata nella violenza. Lui fu incarcerato dopo un anno di inutili proteste contro una guerra inevitabile, un conflitto a cui, come tutti sapevano con chiarezza cristallina, la nuova potenza mondiale americana avrebbe un giorno dovuto prendere parte. Ci furono ingiurie e un'aggressione a tre poliziotti, ma il fatto più grave fu l'attacco a un'altra stazione di reclutamento, un atto che all'improvviso, come Harry scoprì solo dopo essere stato accusato apertamente, era punibile con vent'anni di carcere, secondo le recenti clausole sulla sedizione contenute nell'Espionage Act.

3

All'inizio Harry prese con filosofia quella che definiva «sfortuna». Anche Eugene Debs ed Emma Goldman erano stati arrestati in altre parti del Paese per le proteste contro la guerra, così come Bill Haywood. Harry pensava di essere in buona compagnia. Disse a Gina che gli Stati Uniti non potevano condannare tutti quei personaggi pubblici in una volta sola. Lei lo considerava un ingenuo e glielo fece notare. «Fingete di volere la pace, ma non fate altro che fomentare gli scontri. Tu, Big Bill, Emma, Eugene Debs... non fate altro che piantare i semi del conflitto e della lotta. E poi vi lamentate perché non avete le due cose che chiaramente non volete.»

«E sarebbero?»

«La pace e la libertà.»

«Sei venuta in prigione per farmi visita o per tormentarmi?»

«Perché devo scegliere?»

I soldi risparmiati per un'automobile che non avevano mai comprato non erano sufficienti per pagare la cauzione esorbitante. Gina chiese prestiti a Mimì, alla San Vincenzo, a padre O'Reilly e alla First Savings Bank di Lawrence, ma a malapena riuscì a raggranellare la metà.

«*Nelle cose umane si risentono, come negli oceani*» disse Harry, nel carcere della città mentre lei si faceva in quattro per racimolare i soldi, «*gli effetti della marea, che se noi la cogliamo al flusso, può portare al successo, e che se invece venga trascurata, il viaggio della vita si arena tra banchi di sabbia e miserie.*»

Gina chinò il capo, fingendo di essere d'accordo, mentre dagli occhi le sgorgavano lacrime amare.

«Non hai motivo di piangere. Non sei tu quella che è in prigione.»

«Una volta ti ho accolto dentro di me, ma tu mi hai intrappolata nelle tue secche. E ora guarda quanto sono profonde. Se ti condannano, potresti stare lontano per vent'anni! È stata una tua scelta, ma io avrò trentatré anni e sarò senza marito. Questa non è stata una mia scelta.»

«La tua scelta sono io. Ed è questo che sono.»

L'orario di visita era finito. Gina si alzò a fatica.

«Non è giusto che una decisione sbagliata possa distruggere la mia vita» disse cupamente.

A cosa si riferiva? Al fatto che Harry aveva marciato in corteo contro la Faneuil Hall? O al fatto di averlo sposato?

«La tua vita? E la mia? Sarei potuto andare in Russia e in questo momento potrei scrivere servizi come fa John Reed. Era l'unica cosa che volevo. Invece mi hai forzato la mano e mi hai tenuto qui, e ora guardami. Guarda dove sono.»

«Non sapevo che fossi uno scrittore così appassionato.» Gina strinse la borsetta logora. «Scrivi a malapena delle lettere. Ho sentito dire che è un'arte perduta, la scrittura epistolare.»

Lui non stava ascoltando. «Hai sentito cosa ha scritto John Reed a Max Eastman?» Arrossì per la delusione. «Le persone si accalcano a centinaia, anzi a migliaia, alle sue conferenze!»

«Questo perché John Reed è stato così saggio da non finire in carcere.»

«Protestano contro lo stato delle cose! Quello è il presente, la protesta è il futuro. Hai letto cosa scrive? Che le persone piangono di gioia quando lo ascoltano, sapendo che in Russia si sta avverando qualcosa di molto simile ai sogni.»

Anche lei piangeva perché sentiva la mancanza di un luogo dove i sogni si avverassero.

Invece che per andare in Russia, impegnò l'anello di diamanti per pagare la cauzione.

4

Una volta rilasciato, Harry tornò a Lawrence e trascorse l'estate del 1918 tra udienze preliminari e mozioni, preparando la sua difesa e facendo la spola da Boston. Erano completamente rovinati, dal punto di vista materiale ed emotivo, e non avevano nulla da dire. Nonostante la disinvolta apatia di Harry, entrambi temevano la marea minacciosa che stava arrivando, come uno tsunami dopo un terremoto. Entrambi percepivano il cambiamento che si respirava nell'aria. Il Paese era in guerra e Harry violava la legge urlando parole d'odio dai podi e lanciando sassi. Gina affrontava le giornate con la semplice forza di volontà: alzarsi, lavorare, pulire, aiutare Mimì, pregare, dormire.

Ma alla fine di agosto non ne poteva più. Alla fine di agosto aveva ormai qualcosa da dire. Esaurì la pazienza in un pomeriggio torrido, quando rientrò per pranzo e trovò la casa in disordine e Harry trasandato e insolente.

Lo guardò in cagnesco, provando a calmarsi prima di parlare. Contò fino a dieci, fece un respiro profondo. Non funzionò.

«Cosa c'è?» sbraitò lui. «Sto cercando di preparare la mia difesa. Non ho tempo per i lavori da donne.»

«Sai cosa dice Nathaniel Hawthorne?»

«Non me ne importa un fico secco. Non è il momento per le sue massime a effetto.»

«Al contrario, è proprio il momento giusto» continuò Gina in un'eruzione controllata. «Dice che persino un *fiume melmoso ha una profonda religione. Così, confidiamo, anche l'anima umana più melmosa, seppur forse inconsciamente.*»

«Cosa c'entra con me? Mi stai dando del melmoso?»

«No, no.» Lei scosse la testa. «Tu vai ben oltre. Per una volta non sono d'accordo con Nathaniel. Non credo che in te la religione scorra sotto la melma. Credo che in te ci sia soltanto melma.»

Erano finiti i tempi dei salotti ben arredati e di Harry che, in gilet grigio e pantaloni di piqué bianco, conversava accanto al fuoco con un cocktail in mano. Questo Harry indossava gli stessi pantaloni di cotone macchiati che Gina gli aveva stirato la domenica precedente, e una camicia marrone abbottonata male e strappata sul colletto. Lei gli rammendava i vestiti vecchi ma, quando la macchina da cucire si era rotta e non avevano rimediato i soldi per ripararla, aveva smesso. E pensare che un tempo Harry indossava scarpe di vernice quando la corteggiava nel New Hampshire, la abbagliava con camicie di seta a Revere Beach, la accompagnava lungo le passeggiate sull'oceano con giacche tre quarti nere in contrasto con i suoi vestiti estivi rosa.

«Oh, sei molto affabile questo pomeriggio. Perché mai sei tornata a casa per pranzo se poi ti comporti così?»

«Perché mai ho elemosinato, chiesto prestiti e impegnato il diamante per tirarti fuori dal carcere, se poi sei pigro e sgradevole? Guarda la casa! Guardati!»

«Sono sgradevole? Ma ascolti quello che dici? Sarei dovuto rimanere in prigione.»

«Perfetto!»

«Lì nessuno mi assilla.»

«Lo trovo difficile da credere.»

«Ci sono molte cose di cui non hai idea, tesoro.»

«E tu hai idea di come essere un buon marito?»

«Come tu hai idea di come essere una buona moglie?»

Gina trasalì, emettendo un sibilo.

«Dio! Perché non mi hai lasciata tre anni fa?» urlò, scagliandogli addosso i giornali e i mozziconi di sigaretta.

«Perché tu non hai lasciato me?» Harry si alzò di scatto dalla sedia, con i posacenere, le tazze e i giornali che cadevano sul pavimento.

«Avrei dovuto! Preferirei restare senza marito che vivere così, senza perdono. Perché ti sei disturbato a restare se sapevi di non potermi perdonare?»

«Perché sei così provinciale? Cosa c'entra tutto questo con te? La febbre cerebrale ti ha forse resa cieca? È per questo che non riesci a vedere?»

«Vedo tutto invece!»

«Sto per perdere la mia vita! Non so di cosa tu stia parlando. Perdonata per cosa? Per aver scopato con un altro mentre eri sposata con me, fingendo di amarmi? Aspiri così tanto a essere borghese. Credi che siano i tuoi volgari flirt a tenermi sveglio di notte?» Harry rise. «L'ho superata da tempo. Questo non ha nulla a che vedere con te, principessa, con quanto sta succedendo. Perciò va' pure a metterti i guanti di seta e fingi di essere una signora raffinata, va' pure a occuparti delle tue questioncine, quali che siano. Ho smesso di pensare a te molto tempo fa. Il mondo sta attraversando cambiamenti radicali mentre tu te ne vai in giro con la testa tra le nuvole facendo finta che quanto ci sta capitando dipenda da banali stronzate personali! Non me ne frega un cazzo delle cose personali. Non lo vedi? Il mondo si sta capovolgendo. Non lo riconosco più.»

«Strano, è quello che mi hai detto quando ti stavi innamorando di me sulla spiaggia a Hampton.»

Colto alla sprovvista, soffiò fuori aria salmastra e rammarico prima di parlare. «Sì» ansimò a denti stretti. «E avevo ragione. Mi hai scombussolato, e da allora la mia vita non è più stata la stessa.»

«Zitto! Se sento un'altra parola su quello a cui hai rinunciato per me, mi impicco! È da tredici anni che mi rinfacci il tuo sacrificio per evitare di fare anche una sola benedetta cosa che non hai voglia di fare. E ogni volta che ti chiedo la più piccola cosa, la cosa più insulsa, tiri fuori questo maledetto discorso! Sono stufa di tutto questo. Sono stufa di te. Che favore pensi di avermi fatto?» Gina tremava, reggendosi in piedi a stento, e fu costretta ad aggrapparsi allo schienale di una sedia. «Con o senza di te, la mia vita è esattamente la stessa. Anzi, con te è peggio. Vivo ancora da mia madre, a Lawrence, senza il becco di un quattrino, senza un figlio...»

«Ed è colpa mia?»

Lei scoppiò a piangere.

Lui fece un passo avanti. «Io...»

Gina alzò le mani per fermarlo. «Sta' lontano da me. Anche quando sei qui, non ci sei, se non per combinare terribili guai.»

Harry indietreggiò. «Non preoccuparti, presto sarai senza di me. Così niente più guai. Contenta?»

«Sempre meglio di questo. Qualsiasi cosa lo sarebbe.»

«Giusto. E non mi darò pensiero per te. Sono sicuro che durante la mia detenzione troverai il modo di consolarti.»

Lei gli mollò un ceffone. Lui non reagì. Con il fiato corto, si scambiarono occhiate torve.

«Tu hai dato via il tuo corpo e sono io a ricevere uno schiaffo?»

«Hai detto che non te ne frega un cazzo.»

«E tu ci hai creduto?»

Ebbero un amplesso selvaggio e straziante con le porte chiuse e le finestre sbarrate, cercando di non urlare l'uno più dell'altra nel pomeriggio soffocante di quella giornata canicolare.

«Perché non mi lasci?» sussurrò Gina, esausta e con la gola riarsa. «Vuoi farlo. Lo vuoi da molto tempo. Mi escludi dalla cerchia delle tue amicizie, dalla tua vita. Fomenti la violenza mentre io mi spezzo la schiena. Perché non te ne vai?»

«Ti faccio la stessa domanda. Perché tu non te ne vai?»

«Dove potrei andare? La mia vita è qui.»

«Anche la mia.»

Tacquero, sudati per lo sforzo.

«Questa volta l'hai combinata grossa» disse Gina. «Davvero grossa. Il Sedition Act è implacabile e tu l'hai palesemente trasgredito.»

«Odio le loro leggi, le trovo ripugnanti. Combatto soltanto sul fronte di ciò che è giusto.»

«Sali su un palco improvvisato nel bel mezzo di una guerra, sostenendo Lenin e chiedendo il rovesciamento del governo degli Stati Uniti.»

«Sì. Come Lenin, credo che sia moralmente sbagliato inviare giovani uomini in guerra perché combattano per una causa che nessuno – né il presidente, né il Congresso, né i falchi, gli economisti e i politici – riesce anche solo a descrivere. Il capitale finanziario internazionalista e imperialista è una ragione valida come qualsiasi altra. Nessuno è in grado di spiegare a nessun altro perché mandiamo i nostri giovani al massacro in Europa. E tu?»

«Non mi interessa.»

«Oh, ti interesserebbe se avessi un figlio.»

Gina si staccò, ma lui la afferrò e la imprigionò tra le sue braccia.

«Non hai nessun posto dove andare» sussurrò Harry, tenendola ferma, salendole sopra. «Siamo incatenati insieme per la vita, tu e io, e le catene stanno consumando le tue incantevoli caviglie.»

Quando ebbero finito, lui la liberò, Gina strisciò verso il bordo del piccolo letto e si rannicchiò su se stessa, dandogli le spalle.

«Abbiamo finito» disse Harry.

«Avevamo finito molto tempo fa.» Emise un breve gemito. «E non ce ne siamo neppure resi conto.»

5

Un mese dopo, nel settembre del 1918, Harry, Eugene Debs ed Emma Goldman furono giudicati colpevoli ai sensi del Sedition Act per aver ostacolato le attività di reclutamento in una stazione militare, aggredito un poliziotto e propagandato terribili menzogne contro il governo degli Stati Uniti. Probabilmente avrebbero scontato dieci anni senza condizionale. Sempre meglio dei vent'anni a cui fu condannato Bill Haywood, ritenuto responsabile di diecimila atti di sedizione complessivi. Nel suo caso, vent'anni sembravano una pena lieve.

La lettura della sentenza di Harry era prevista per dicembre, ma nel frattempo la cauzione salì alla cifra irraggiungibile di diecimila dollari, perché il procuratore distrettuale l'aveva ritenuto a rischio di fuga e il giudice aveva acconsentito. Restituirono la cauzione originale a Gina, che ripagò tutti tranne il banco dei pegni. Aveva novanta giorni per ricomprare l'anello, e ne erano passati centotrentasette. Non c'era modo di pagare gli interessi e le spese di custodia oltre i novanta giorni per lasciarlo nel negozio a tempo indeterminato. A malapena aveva i soldi per l'autobus per andare a Concord ogni settimana.

L'ultima volta che era stato incarcerato lì, Gina gli aveva domandato perché non le scrivesse mai, e Harry aveva risposto che lei avrebbe trovato i loro incontri molto meno interessanti se l'avesse bombardata di parole nei giorni tra una visita e l'altra. Ma Gina ricordava quelle domeniche, con suo marito che, seduto lì di fronte, la sbirciava attraverso la rete a rombi del divisorio d'acciaio, leggendo il giornale, commentando gli eventi della settimana, parlando della lavanderia e del cibo disgustoso, e si chiedeva se fosse vero.

A ottobre, dopo settimane di detenzione, finalmente Harry le scrisse.

Non venire a trovarmi. È meglio che tu stia lontana. Non prendermi troppo sul serio, ma le lettere non le scrive più nessuno. Sta diventando un'arte perduta. Ora scarabocchiamo, dettiamo istruzioni. Mi rincresce non essere più affascinante, ma è difficile essere affabile quando intorno a me tutti cadono come mosche per l'influenza spagnola. Se vieni, ti ammalerai sicuramente. Non voglio che ti ammali. Sono confuso sui sentimenti che provi per me, dopo tutte le parole che mi hai urlato ad agosto, che suonavano troppo simili all'amara verità. Forse mi ammalerò, e così facendo comprenderò il tuo cuore. Forse morirò. Lo troveresti allettante? Non so se sono abbastanza abile, ma sto cercando di dire che non devi nemmeno sentirti in colpa se non vieni a trovarmi. Se per caso lo scavafossi dovesse tornare a casa proprio mentre io sono opportunamente in prigione, ti prego di portargli i miei saluti.

Ma Gina quasi non si accorse della lettera. Era preoccupata per sua madre.

6

Mimì non riusciva ad alzarsi dal letto. Continuava a vomitare, non riusciva a tenere giù niente, nemmeno l'acqua, o a muovere il suo fragile corpo. Gina non poteva lavorare perché doveva rimanere a casa per prendersi cura della madre. Salvo si assentava dalla Purity di tanto in tanto, ma non bastava. Non poteva prendere dei giorni di ferie e allo stesso tempo essere l'unico a mantenere la sorella e la madre. Le suore della Sodality organizzarono una colletta per aiutare Gina a pagare l'affitto e a comprare da mangiare. Ma non era sufficiente. Intervennero la missione e padre O'Reilly.

Quando sembrò che Mimì avesse preso la polmonite, Gina si fece prestare da Rita i soldi per il taxi e la portò all'ospedale di Lawrence. Non si allontanò mai dal suo capezzale.

«Mimì.» Era seduta accanto alla madre in una serata buia e silenziosa. «Dici di sapere tutto. Perché non sono riuscita a portare a termine le gravidanze? Cosa c'è che non va in me?»

«Bambina, non ho tutte le risposte. Prega il buon Dio perché ti guidi. Per molto tempo ho pensato che fosse perché non volevi un figlio. Dio, nella Sua infinita saggezza, non ti darebbe qualcosa sapendo che non lo vuoi.»

«Sai che lo volevo» sussurrò Gina. «Quello che dici non è vero. Lo volevo disperatamente. Lo voglio ancora.»

Mimì la guardò con aria stanca. «Buona fortuna, ora che tuo marito è in prigione per il resto della tua vita fertile.»

Oh Mimì.

Oh Harry.

«Tu e la tua Emma Goldman, tu e la tua Margaret Sanger. Anche loro sono in prigione, proprio come tuo marito. Nessuno di voi crede nei bambini.»

«Io sì. Forse loro no, ma io sì.»

«Bene.» Mimì ansimava, faticando a respirare. «Ormai non serve a niente parlare di cose inutili. La tua nave è salpata e rimarrà in gattabuia fino al 1928. Non abbatterti. Avrai altre gioie.»

Per esempio? avrebbe voluto domandare Gina, ma non lo fece.

«Non lasciarmi, mamma.»

Mimì posò la mano fredda e grinzosa sul volto umido della figlia. Dal petto le salirono rantoli e suoni anomali. La pelle era azzurrina sul viso solitamente olivastro. «La gioia più grande della mia vita è essere tua madre. Nonostante tutto.»

Poche ore dopo, Mimì cominciò a sputare sangue, a non respirare, a soffocare. Dall'inizio alla fine meno di una settimana, la debole fiammella di una candela.

7

Gina stava vomitando l'anima nel bagno dell'ospedale mentre sua madre era cinque porte più in là, senza che nessuno venisse a portarla via. Sentì i singhiozzi di suo fratello nel corridoio. Un'infermiera di passaggio le consigliò di rivolgersi a un medico. Aveva una mascherina sul viso. Gina indossò la propria. «Cosa succede?» chiese al dottore che arrivò per registrare l'ora e la causa del decesso di Maria Attaviano. Aveva pianto e vomitato così tanto da avere gli occhi iniettati di sangue. Il medico la guardò e si affrettò a mettersi una mascherina a sua volta. «Non ce la farà nessuno» disse, «assolutamente nessuno, se non vi mettete subito in isolamento. Non potete stare in ospedale con quella tosse. Cosa pensate di ottenere facendovi venire la nausea e vomitando ovunque? Riprendete il controllo di voi stessa! Vostra madre ha preso l'influenza. Milioni di persone sono infette in tutta la costa orientale. Ne sono già morte decine di migliaia. State lontana dagli ospedali. Gli ospedali sono focolai di attività virale. E questo virus viaggia velocemente ed è letale. Non avete letto i giornali?»

I giornali davano solo cattive notizie. Gina aveva smesso deliberatamente di leggerli dopo l'arresto di Harry.

Al funerale di Mimì presenziò mezza Lawrence. Tutti fecero una colletta per il sacerdote e il cimitero. Luigi, il costruttore di bare, realizzò una cassa di legno gratis in cambio di tutta la pasta al sugo che Gina gli aveva regalato nel corso degli anni. Padre O'Reilly celebrò la funzione. Le signore del bingo si sedettero nelle prime file di banchi, in lacrime. Ma anche altre persone erano malate. Era impossibile non notare i volti scavati, la pelle traslucida, i colpi di tosse. Stava circolando qualcosa di terribile, qualcosa che nessuno aveva mai visto prima. Gli amici commemorarono Mimì, la seppellirono e camminarono in processione dietro la bara fino al St. Mary's Cemetery, si fecero il segno della croce e cantarono l'*Ave Maria*, ma Gina intuì che, mentre piangevano per Mimì, si domandavano chi sarebbe stato il prossimo. Ho anch'io quello che aveva lei? La scorsa settimana ha lavorato, e cinque giorni dopo è morta. Cosa sta succedendo? Accadrà anche a me?

Padre O'Reilly, come se avesse percepito l'atmosfera opprimente, lesse per il sermone funebre la parabola delle dieci vergini, dal Vangelo secondo Matteo.

«*Cinque di esse erano stolte e cinque sagge; le stolte presero le lampade, ma non presero con sé olio; le sagge invece, insieme alle lampade, presero anche dell'olio in piccoli vasi. Poiché lo sposo tardava, si assopirono tutte e dormirono. A mezzanotte si levò un grido: "Ecco lo sposo, andategli incontro!". Allora tutte quelle vergini si destarono e prepararono le loro lampade. E le stolte dissero alle sagge: "Dateci del vostro olio, perché le nostre lampade si spengono". Ma le sagge risposero: "No, che non abbia a mancare per noi; andate piuttosto dai venditori e compratevene". Ora, mentre quelle andavano per comprare l'olio, arrivò lo sposo e le vergini che erano pronte entrarono con lui alle nozze, e la porta fu chiusa. Più tardi arrivarono anche le altre vergini e incominciarono a dire: "Signore, Signore, aprici!". Ma egli rispose: "In verità vi dico: non vi conosco. Vegliate dunque, perché non sapete né il giorno né l'ora".*

«Così, fratelli e sorelle, servi di Dio, vi supplico, il buon Dio vi supplica, portate olio nelle vostre lampade, perché non sapete né il giorno né l'ora. Quante volte nostro Signore ci dà questo ammonimento riguardo alla terribile ignoranza della nostra dipartita terrena. Non sapete né il giorno né l'ora. Siate pronti.»

Stranamente, la predica ebbe l'effetto opposto a quello desiderato. Dopo che il sacerdote ebbe finito, i singhiozzi e i colpi di tosse, lo sconforto e la paura diventarono ancora più palpabili.

Salvo non riusciva a smettere di piangere, né prima né dopo il sermone, come se il sacerdote fosse secondario rispetto al dolore. Non era intorpidito come Gina o indisposto come lei. Stava lavorando e non era riuscito a raggiungere l'ospedale prima che Mimì spirasse. Era inconsolabile per non averle detto addio. «L'avevo vista solo la settimana scorsa» continuava a ripetere.

«Non stava bene nemmeno la settimana scorsa. L'hai salutata con un bacio quando sei uscito, no?»

Lui si pulì il naso. Nella giornata umida e ventosa, si stavano dirigendo verso la sala ricevimenti della chiesa dopo aver seppellito la madre. «Lo so. Ma lei era in condizioni migliori. Era viva.»

Poi rimasero insieme per un giorno o due nella loro casa solitaria. Gina cercò di parlare a Salvo di Harry, ma suo fratello era un ascoltatore straordinariamente ostile. Lasciò perdere.

«Torna» disse Gina. «Non voglio vivere da sola. Resta con me.»

«Se resto con te, finiremo entrambi sulla strada, perché non avrò più un lavoro. Come farei a pagare l'affitto?»

«Trovane uno qui. Luigi sta cercando personale.»

«Vuoi che vada a costruire bare?»

«Quello che fai ora è molto meglio?» Gina starnutì.

«Faccio tre lavori. Nei fine settimana cucino alla taverna e di notte scarico olio d'oliva e tabacco al porto. Vuoi che ci rinunci?»

Lei tacque.

«Presto, quando la guerra sarà finita, forse dovrai essere tu a venire a vivere con me, sorella. Potresti doverti trasferire nel North End, che tu lo voglia o no.»

«La guerra finirà?»

«Non hai sentito? I tedeschi stanno per perdere la battaglia di logoramento perché tra loro l'influenza sta facendo più vittime dei britannici e dei francesi.»

«L'influenza è dalla nostra parte? Non ci credo.»

«I tedeschi sono più forti e meglio addestrati. I forti muoiono prima.»

«È assurdo!»

Salvo se ne andò di lì a tre giorni, dopo che un esercito di amici di Mimì aveva portato loro vassoi pieni di cibo. Gina non sapeva dove metterli. Il lato positivo era che non doveva preoccuparsi di fare la spesa, comprare, pagare, cucinare.

Il lato negativo era che non aveva appetito.

Il tempo non migliorò.

E neppure le condizioni di Gina. Molte mattine non riusciva ad alzarsi dal letto. «È normale» disse Rita, che passò a trovarla. «Hai appena perso tua madre. Perché mai qualcuno dovrebbe aver voglia di alzarsi dal letto dopo una cosa del genere?»

Vero. Gina era d'accordo. Ma quel malessere fisico non era normale: la febbriciattola, l'inappetenza, la profonda stanchezza.

Salvo pagò l'affitto di novembre.

Poi Rita cominciò ad avere qualche linea di febbre e smise di lavorare. Una sera scese le scale incespicando e disse che sarebbe andata in ospedale perché le faceva male il petto, come se dentro ci fosse un bambino che cercava di uscire. Non tornò più a casa. Due giorni dopo, padre O'Reilly seppellì anche lei.

Gina aveva paura. Non sarebbe sopravvissuta a un altro giorno di febbre e vomito. Decise di non andare in ospedale. Era la sua immaginazione, o tutti quelli che andavano all'ospedale morivano lì? Mentre si trascinava lungo Randall Street verso l'ambulatorio del medico di famiglia, sentì due uomini che chiacchieravano all'angolo della via, fumando sigari e dicendo che i loro padri anziani continuavano a vomitare. Mentre li superava, troppo debole per abbottonarsi il soprabito, pensò: È questo che sono, anziana? Vomito perché sono diventata vecchia?

Il medico, dal dolce e allitterante nome di Clifford Clyde, la visitò, ma per fortuna non parve cedere al panico come lei. Gina era in imbarazzo perché, come sempre, non riusciva a ricordare quale fosse il nome e quale il cognome. Clifford o Clyde? Continuava a confondersi anche dopo che la segretaria dietro il bancone gliel'aveva detto.

«Mia madre è appena morta di influenza.» Gina scoppiò a piangere.

«Sì, lo so. Mi dispiace molto per Mimì» disse Clyde Clifford Clyde. «Ma non sono sicuro che sia questa la causa del vostro malessere. Vostro marito è malato?»

«Non lo so. È in prigione.»

«Di nuovo?» Il medico la auscultò con lo stetoscopio. «Gli piace proprio stare lì, vero?»

«Be', lì non deve preoccuparsi di pagare l'affitto» disse Gina.

Era quello il destino di coloro che nascevano con la camicia? Una volta che qualcuno gliela toglieva, non sapevano più come coprirsi.

«Quando l'avete visto l'ultima volta?»

«Due settimane fa, in carcere.»

«No. Intendevo...»

«Agosto. L'hanno condannato a settembre.»

Gina preferì non dirgli che, dopo il furioso litigio di agosto, Harry aveva lasciato Lawrence e alloggiato a Boston per tre settimane, fino alla data del processo. E quando gli avevano negato la cauzione, era stato rinchiuso nel carcere di media sicurezza a Concord, in attesa della sentenza. Rimase in silenzio. «Mi ha raccomandato di non andare a trovarlo a causa dell'influenza.»

«È un uomo molto saggio, vostro marito.» Clifford Clyde Clifford le tirò su la manica per prelevare un po' di sangue. «Dovrò portarlo in laboratorio» disse quando ebbe finito. «Avete la pressione troppo alta, siete rossa in viso. Non è normale.»

«Lo so. Ve l'avevo detto. Quanto tempo ci vuole per avere l'esito?»

«Qualche giorno. Una settimana al massimo.»

Gina tornò due giorni dopo, nell'eventualità che i risultati fossero arrivati in anticipo. Era pieno giorno e lo studio era chiuso, forse a causa della neve. Ma sulla porta c'era un cartello che annunciava la morte del dottore.

Il medico era morto! Clifford Clyde. Morto? Incredibile!

Il giorno seguente la segretaria era di nuovo dietro il bancone, ma nessuno riusciva a trovare gli esami di Gina e nemmeno la sua cartella clinica. C'era un nuovo medico, più giovane. Lei non si prese neppure il disturbo di chiedere come si chiamasse. Anche lui le fece un prelievo e le disse di passare di lì a sette giorni per i risultati.

«L'ultimo dottore che me l'ha detto era in piedi dove siete voi oggi» disse Gina. «E quando sono tornata due giorni dopo era morto.»

«Pensate che sia colpa del vostro esame del sangue?» L'uomo rimase impassibile. «O del fatto di non aver aspettato i giorni necessari?»

Lei lo fissò con espressione vacua.

«Vi dico subito cosa vi sta succedendo, se volete.»

Gina si aggrappò al bracciolo della sedia per farsi forza.

«Molto probabilmente avete l'influenza.»

Lei iniziò a piangere.

«Inoltre aspettate un bambino.»

«Cosa?» Asciugandosi il viso, osservò con occhi spenti il volto imperturbabile del dottore. «Non può essere.»

«Quale delle due cose? L'influenza o... siete sposata?»

«Be', sì...»

«Allora può essere.»

«No, no, non capite.»

«Quanti anni avete?»

«Trentaquattro.»

«Siete troppo vecchia per avere un bambino. Perché avete aspettato così tanto?»

«Non ho aspettato» disse debolmente Gina. «Abbiamo avuto dei problemi.»

«A concepire o a portare a termine la gravidanza?»

«A portare a termine la gravidanza.»

Annuì. «Fate del vostro meglio questa volta. Dov'è vostro marito?»

«In prigione.»

Il medico tacque, non sapendo cosa dire. Gina non lo aiutò a trovare le parole.

Dopo aver lasciato l'ambulatorio, tornò a casa camminando stoicamente nel fango gelido. Quanto tempo ci sarebbe voluto stavolta? Avevano dato la colpa degli aborti allo sciopero del pane e delle rose, a Big Bill, alle malate della Rose's Home, alla Rivoluzione russa.

Chi avrebbero incolpato ora? Gli spagnoli?

8

L'indomani Gina non uscì di casa. Non sapeva come sarebbe riuscita ad alzarsi o perché avrebbe dovuto aver voglia di farlo. Aveva del cibo e Salvo aveva pagato l'affitto. Si sarebbe preoccupata della rata di dicembre di lì a tre settimane, ma quella sera il giovane medico bussò alla porta. Lei era troppo debole per andare ad accoglierlo, così rimase sul divano e gli fece cenno di entrare.

«Avete una brutta cera.» L'uomo si sedette al tavolo della cucina. Si coprì la bocca.

«Strano. Mi sento piena di vita.»

«Voglio aiutarvi.»

La lampada solitaria sul tavolino mandava un bagliore fioco. Gina non voleva finire il cherosene perché non aveva soldi per comprarne altro.

«Cosa farò? Mia madre è morta. Sono sola. Non posso lavorare, non ho soldi. Mio marito è in prigione. E voi mi avete appena detto che sono incinta.»

«Ve l'ho detto perché lo siete. Io sono soltanto il messaggero.»

«Cosa farò? Come farò a lavorare e a portare a termine la gravidanza? Come farò a pagare l'affitto? E a prendermi cura del bambino?» Gina stava piangendo.

«Non preoccupatevi.» Il medico parve sul punto di allungare la mano per darle qualche colpetto incoraggiante. «Non preoccupatevi di queste cose. Il bambino porta con sé il suo cibo. È così che dicono i persiani. Ho passato un po' di tempo a Teheran.»

«Il bambino porta con sé il suo cibo» ripeté Gina come un'eco lontana. «È quello che ha detto una volta mia madre. E non era mai stata a Teheran.»

«Doveva essere una donna saggia. Ma il virus in circolazione è davvero pericoloso per i giovani come voi.»

«Ma non avevate detto che non sono giovane?» Agitò la mano per interrompere le sue proteste. «Mia madre era anziana ed è morta lo stesso.» Si asciugò il viso. «Va' a capire.»

«Non ho detto che non è pericoloso per gli anziani. Ho detto che è pericoloso soprattutto per i giovani con un sistema immunitario forte. È un controsenso, lo so. Ma, ed è questo che sono venuto a dirvi, è pericoloso specialmente per le donne incinte.»

«Perché? Le donne incinte hanno un sistema immunitario forte?»

«Sì. Quando il corpo lotta per due, gli succede qualcosa. Diventa come un guerriero. La risposta virale aumenta in proporzione. Si chiama tempesta citochinica. Ne avete sentito parlare? No? Be', voi siete doppiamente vulnerabile.»

«Okay.» «Tempeste citochiniche», «catastrofi ultraviolette». Come facevano a inventare quelle espressioni a effetto per designare la sua implosione? Non voleva parlare ad alta voce delle poche illusioni che si faceva sulla gravidanza. «Che cosa mi consigliate?»

«Andate via. Da qualche altra parte. Qui è terribile, questa pioggia ghiacciata, le correnti d'aria, il vento.»

«Andare dove? Una specie di quarantena?»

«Proprio come una quarantena. Ma per proteggervi.»

Gina quasi scoppiò a ridere. Se ne avesse avuto la forza, l'avrebbe fatto. «Vorrei avere un posto dove poter sparire e portare a termine la gravidanza in santa pace.»

«Dovete fare qualcosa. Voi e il bambino siete in pericolo di vita. Non volete salvare voi stessa e vostro figlio?»

Gina sbatté le palpebre. «Non ho un posto dove andare» mormorò impercettibilmente. «A malapena ho un marito.»

Dopo che il medico fu uscito, si abbandonò contro lo schienale del divano. Era come se il buon Dio fosse andato a bussare alla porta del suo cuore e avesse detto: Hai voluto la bicicletta? E ora pedala. Quando eri giovane, continuavi a pregare senza sosta: Caro Dio, l'unica cosa che voglio è lui. Hai chiesto e ti è stato dato. L'unica cosa che hai è lui.

9

Era da tre domeniche che non andava a Concord per far visita a Harry. L'ultima volta era stata subito dopo la morte della madre.

La prima cosa che suo marito le disse quel giorno fu: «Sei malata?».

«No, sto bene» mentì Gina. Non voleva che le vietasse ancora di vederlo. Non l'avrebbe ascoltato comunque, ma non voleva sentirglielo dire.

«Perché qui abbiamo avuto un centinaio di morti inspiegabili. Uomini grandi e forti prendono la febbre e muoiono tre giorni dopo.»

«Non ho la febbre.» Eppure il suo malessere era innegabile.

Harry pareva scioccato dal suo aspetto sciupato.

«Hai una pessima cera. Sei dimagrita molto e sei pallida come un cencio. *Devi* essere malata.»

Erano seduti dietro un tavolo senza vetri tra loro, solo una grata di fil di ferro. Lui si spostò leggermente indietro, dando l'impressione di volersi coprire la bocca.

«Mi riprenderò.» Gina si morsicò il labbro. Per distogliere lo sguardo, lanciò un'occhiata alle altre famiglie, alle altre coppie. Gli uomini che non erano Harry parlavano entusiasticamente con le loro donne, tenendole per mano attraverso i rombi d'acciaio.

«Gina, hai sentito? Hanno preso le carte di John Reed! Quell'uomo è andato in Russia, ha documentato nei suoi diari ogni minuto trascorso laggiù, e loro glieli hanno presi.»

«Loro, chi?»

«Il dipartimento di Giustizia.»

«Sul serio?» Gina si studiò le unghie corte, senza smalto, e le dita prive di anelli. «Non glieli hanno restituiti? Ho letto qualcosa...»

«Non è questo il punto. Li hanno tenuti per sei mesi. Perché avrebbero dovuto prendere i suoi appunti personali? Non si fermeranno davanti a nulla! Dipartimento di Giustizia, un corno. Tutto in nome della guerra. Hai sentito cosa dice Emma al riguardo?»

«No.»

«Sostiene che lo spirito militare sia il più spietato, crudele e brutale che esista. Non fanno neppure finta di giustificarsi.»

«È proprio una furia, quella donna.» Quando era stata l'ultima volta che Gina si era dipinta le unghie di rosso? Due anni prima, forse? Tre? Oddio! Be', chi poteva permettersi lo smalto ora? Non le importava. Era solo qualcosa a cui pensare. Per non pensare alle cose impensabili. Per cercare di non sentirlo.

«Il soldato, per citare Tolstoj, è un assassino professionista» proseguì Harry. «È uno strumento meccanico e bestiale dei suoi superiori. È pronto a tagliare gole al primo ordine del suo ufficiale in comando.»

«Non tutti.»

Harry non la ascoltava. «Credo che il militarismo, la presenza di un esercito e di una marina permanenti in qualunque Paese segnalino il decadimento della libertà e la distruzione di quanto c'è di più bello in una nazione.»

Questo, Gina lo sentì. Alla fine sollevò la testa, alzando lo sguardo dalle proprie mani bianche. «La Russia ha un esercito e una marina?»

«Cosa?» Si stupì che gli avesse fatto una domanda quanto lei di averla fatta.

«La Russia ha un esercito permanente?» ripeté Gina. «Ha dei soldati?»

«Per necessità. Cosa vorresti dimostrare?»

«Che alcune guerre sono giustificate.»

«Non questa.»

«Ma altre? Forse guerre non ancora combattute? O combattute da Paesi diversi da questo?»

Harry fece una smorfia. «Di che cosa stai parlando? Per la Russia si tratta di autodifesa. Non userebbero mai l'esercito per invadere i loro vicini, per attaccare un Paese a migliaia di chilometri di distanza, per sfruttare le risorse naturali di un'altra nazione. Hanno appena ceduto la maggior parte del loro impero in cambio della pace.»

«Ironico. È quello che dice la Goldman.» Aveva smesso da tempo di chiamarla Emma.

«Sì, entrambi siamo contrari al fatto che la nazione americana sarà presto in grado di usare macchine volanti per scagliare bombe di dinamite su nemici indifesi.»

Gina abbassò di nuovo lo sguardo, verso le linee dei suoi palmi. C'erano persone che leggevano la mano. Zingare, forse? Qualche vecchia siciliana avvizzita. Ce n'era qualcuna sulle strade della sonnolenta Concord? Era tutto così silenzioso lì, così ordinato.

Aveva dimenticato fino a che punto. Forse ora avrebbe potuto trasferirsi.

Se non fosse stata incinta, avrebbe potuto stabilirsi alla Rose's Home insieme alle altre donne disperate. Come avrebbe fatto a dire a Harry cosa le stava succedendo?

«La nave di questo Paese sta andando alla deriva, Gina. Dobbiamo rimetterla in rotta.»

«Noi?»

«Perché mi giudichi?»

«Ho detto qualcosa? Ti ho forse accusato?»

«Il fatto che tu distolga lo sguardo dice tutto.»

«Aggredire un poliziotto non significa rimettere in rotta la nave. Anche questa è una forma di violenza. A cui tu dici di opporti.»

«Quell'agente era uno strumento dello Stato. Stava violando i miei diritti civili. Io stavo protestando contro una guerra illegale, cercando di dissuadere ragazzi innocenti e ignoranti dall'entrare nelle forze armate. E lui cercava di farli arruolare. Sfruttava la loro ignoranza.»

«Ho capito. Quella a cui ti opponi è una violenza selettiva.»

«Non riesco proprio a comprendere cosa spinga un giovane ad arruolarsi, soprattutto per una guerra così inutile, così insensata, così illegale!» Si era fatto prendere dalla rabbia.

Gina si alzò a fatica. Come poteva dirglielo? A che scopo? Era bloccato lì dentro, impantanato nella sua militanza imperterrita, e lei era bloccata là fuori, aggrappata come se stesse annegando all'esile fune di salvataggio che le era stata lanciata, ma inghiottita dalla *Pesadilla*.

Non poteva andarsene.

E non sarebbe riuscita ugualmente a portare a termine la gravidanza. Se ne andò senza dirgli nulla, salvo ripensarci all'ultimo momento: «Non l'hai saputo? Avrei giurato che te l'avessero detto. La guerra è finita. Il giorno dell'armistizio è stato l'11 novembre. L'influenza ha sconfitto i tedeschi. Si sono arresi condizionatamente. Finché non staranno meglio, suppongo. Bene, ti saluto. Ci vediamo la prossima settimana, spero».

10

Dicembre, e Gina era ancora viva.

Il bambino era ancora vivo.

Durante le numerose notti insonni passate a fissare il soffitto e a piangere per la madre, Gina contò su nove dita i mesi dalla fine di agosto del 1918 in poi, l'ultima volta che Harry l'aveva amata.

Fine di maggio del 1919.

Non voleva pensarci. Tanto valeva che mancasse un secolo. C'erano moltissime cose a cui non poteva pensare, e quella era in cima alla lista. Ci era già passata, arrivando a uno stadio ancora più avanzato della gravidanza. Tredici settimane. Sedici. Diciassette. Ogni giorno era doloroso da vivere, da contare, da attraversare. Ogni volta che si alzava, aveva paura che il sangue tornasse a scorrere. Poteva succedere in qualsiasi momento di qualsiasi giorno. Come le altre volte. Eppure doveva lavorare. Perciò doveva svegliarsi la mattina, vestirsi e prepararsi, e andare al Wood Mill per sgobbare dalle otto alle sei. Erano morte così tante persone che lo stabilimento aveva ricominciato a proporre gli straordinari. Gina li accettava, ma aveva paura anche solo di alzarsi dalla sedia. Sapeva che la gravità, sua nemica mortale, le avrebbe strappato il bambino dal grembo. Avrebbe voluto restare a letto fino a maggio. In quale mondo sarebbe mai stato possibile? Non in quello.

A poco a poco la febbre abbandonò il suo corpo e il vomito cessò. Le tornò un po' di appetito. Rimaneva distesa, tenendosi lo stomaco, guardando il soffitto e implorando aiuto, implorando la salvezza. Pregando di trovare una via d'uscita. *A te grido, Signore, chiedo aiuto al mio Dio.*

Aveva energie sufficienti solo per un altro viaggio. Poteva andare da Rose e supplicarla di darle un consiglio. Oppure poteva ascoltare la voce di Rose che le risuonava nella testa come le cinque campane delle piaghe del Signore, e andare dove brillava l'unico barlume di speranza per lei, per il bambino e per quello sciocco e ribelle del suo amato marito.

Ingoiò l'orgoglio e la paura e andò a Barrington.

7

Bellagrand

1

Era una gelida giornata nel New England, con il fango nero e ghiacciato che copriva la strada e i marciapiedi.

Gina prese un treno per Barrington nel tardo pomeriggio di un martedì, dopo essersi data malata al Wood Mill, ma essersi comunque trascinata alla San Vincenzo per dare una mano a rammendare e a smistare le donazioni per l'intenso periodo natalizio.

Dapprima camminò nella direzione sbagliata dalla stazione ferroviaria di Barrington, studiando la mappa. Impiegò un po' di tempo a trovare Cherry Street. Per tutti quegli anni aveva immaginato che la città fosse una Lawrence più piccola e più elegante, ma non le assomigliava neanche lontanamente. Era una cittadina collinosa e intonacata, con un'impeccabile via principale acciottolata, due chiese dalle guglie bianche che delimitavano il viale tortuoso, negozietti pittoreschi con tende da sole in tinta e luminarie natalizie che lampeggiavano da un capo all'altro. Era incastonata tra i saliscendi delle colline e dei boschi vicino ad Arlington Heights e Winchester e, se si guidava troppo velocemente con una Model T quattro cilindri, era facile non vederla.

Barrington era più piccola di Concord, di Hampton e persino di Revere. Era come un prezioso dipinto a olio ispirato a un libro di fiabe. Aveva un che di intimo, come se il quadro non fosse destinato alla vendita o agli occhi del grande pubblico. Se Gina fosse stata un'artista e avesse vissuto in Nuova Guinea o nelle Filippine, se avesse sognato l'America delle piccole città immaginando la scena più idilliaca possibile, avrebbe dipinto proprio quella scena. Però la tela non avrebbe comunque reso giustizia al luogo, non le avrebbe mostrato ciò che guardava ora con gli occhi sgranati: l'insegna rossa sulla vetrina della panetteria, con le parole lampeggianti in un cerchio scarlatto, DONUTS CALDI APPENA SFORNATI. Gina non sapeva cosa fosse un *donut*, ma era sicura che fosse squisito, perché il profumo che fiutò mentre passava lentamente davanti al negozio era irresistibile nonostante il vento e la pioggia.

Vagando, con il cuore pieno di dolore, alla fine trovò Cherry Street e la grande casa coloniale bianca con le sobrie persiane nere. Per qualche minuto rimase a guardarla sotto il nevischio. Non riusciva a credere che quello fosse l'edificio in cui suo marito era nato e cresciuto. Non aveva mai incontrato nessuno che vivesse in una dimora così elegante. A Belpasso, sua madre faceva le pulizie per i ricchi signori e suo padre tagliava loro i capelli a domicilio, ma gli Attaviano erano rimasti ostinatamente fuori da quella vita. Forse erano in contatto con l'alta società, ma non ne facevano parte. Vedendo quella casa, finalmente Gina capì che un tempo Harold Barrington, nato nel 1877, laureato a Harvard nel 1900, un master in Economia, un quasi dottorato in Teoria economica, figlio di Herman Barrington, commerciante, industriale, investitore, costruttore, e di Frances Barrington, la mondana figlia della rivoluzione, discendente diretta di Robert Treat Paine, uno dei padri fondatori, e moglie di Harry, un pellegrino della *Mayflower*, era immerso fino al collo nell'alta società.

Le ci volle qualche minuto per trovare il coraggio di aprire il cancello di ferro cigolante e percorrere il vialetto di mattoni fino alla porta d'ingresso. Dopo aver bussato troppo piano, rimase lì a pregare che non ci fosse nessuno.

La porta rossa si aprì. Una graziosa e paffuta brunetta sulla trentina la squadrò da capo a piedi. «Posso aiutarvi? State facendo una colletta per la Sodality? Vi stavo aspettando. Datemi pure la borsetta.»

«No, aspettate» balbettò Gina. «Sono... la signora... Ba... Sono Ja... Potrei parlare con Esther Barrington, per favore? È... in casa?»

La donna aggrottò le sopracciglia. «Non lo so. Chi devo annunciare?»

«Gina Barrington.»

La donna cambiò drasticamente atteggiamento. Si allontanò. «Aspettate qui.»

La porta si chiuse. Cinque minuti angoscianti passarono con lentezza esasperante. La porta si riaprì. «Mi dispiace» disse la brunetta. «Ma la signora Barrington non c'è.»

«Per favore...» sussurrò Gina, con la voce che si spezzava e il braccio che si tendeva. «Ho un disperato bisogno del suo aiuto. Si tratta di suo fratello...»

L'altra sbatté le palpebre. «Aspettate qui.» La porta si richiuse.

Altri cinque minuti, con il freddo che le arrossava le guance.

La porta si aprì.

E comparve Esther. Gina non la vedeva da quando l'aveva incontrata nel seminterrato della chiesa nel 1905, ed era invecchiata notevolmente. Cercò di dissimulare lo sgomento per gli inesorabili effetti del passare del tempo su di lei. A quarantacinque anni, sembrava molto più vecchia di Harry, benché lui avesse trascorso numerosi periodi in carcere, esperienze che invecchiavano gli uomini mortali. La consueta magrezza, che una volta era stata elegante, ora le conferiva una severità ossuta e austera. I capelli erano diventati completamente grigi, il suo volto pallido e segnato non sfoggiava nemmeno un filo di trucco. Con il naso dritto e affilato, le guance e il mento cesellati e la fronte pronunciata, pareva un uccello rugoso, incapace di volare. Le uniche somiglianze con Harry erano gli occhi e la bocca. I primi erano infossati e grigi come quelli del fratello, e la bocca aveva la stessa piega mordace e sardonica, come se quei due si trattenessero costantemente dal contaminare la loro eloquenza con commenti caustici. Esther era impeccabile come sempre, con un tailleur nero di saia pregiata, collant grigi e décolleté nere appuntite dal tacco squadrato. Le due donne rimasero in silenzio, studiandosi con diffidenza, Gina mortificata, Esther gelida. «Cosa vuoi?» chiese con voce dura.

«Posso entrare per qualche minuto?»

«Quello che hai da dire non si può dire sulla soglia?»

«No, non si può.»

Con riluttanza, l'altra aprì la porta. Gina entrò in un ampio salone con un soffitto alto sei metri e un lampadario di cristallo con lunghi pendenti. Ogni cosa era decorata, ordinata, lucidata, spolverata. Dipinti a olio con spesse cornici adornavano le pareti. La stanza era calda. Oltre la porta alla destra di Esther, Gina scorse il riflesso di una tremolante fiamma color ambra, forse un fuoco.

Si fermarono nella sala echeggiante. Esther sospirò. «Vuoi darmi il cappotto?»

«Sì, grazie.» Gina le porse la cuffietta di velluto e il cappotto di lana grigia che aveva fatto con le sue mani. Sotto, indossava il suo miglior vestito di serge di lana verde oliva. Non era della stessa qualità di quello dell'altra donna, ma era sofisticato e ben fatto. Riceveva sempre dei complimenti quando lo indossava, così l'aveva messo anche quel giorno.

Esther aspettò con il cappotto in mano finché non ricomparve la brunetta. «Rosa» disse, «lei è Gina Barrington, la moglie di Harry. Lei è Rosa, la mia cameriera personale.»

«Piacere di conoscervi.» La domestica arricciò le labbra e parlò come se l'incontro con Gina fosse la cosa peggiore che le fosse mai capitata.

«Piacere mio.»

Restarono immobili. Esther sospirò di nuovo. «Gradisci un po' di tè?»

«Sì, grazie.»

Esther fece segno a Rosa di andare a prepararlo, ma rapidamente. Accompagnò Gina in salotto, dove c'erano un fuoco, alte e sottili lampade da terra, tutte accese, e una parete piena di libri. Un tappeto persiano copriva il parquet a listoni larghi, e comodi divani edoardiani color crema erano disposti uno di fronte all'altro. Gina prese posto sul bordo del primo. Esther si sedette cerimoniosamente sull'altro.

«Rosa arriva tra un attimo con il tè. Nel frattempo saresti così gentile da spiegarmi il motivo di questa visita inattesa?»

Stringendosi le mani talmente forte da sentire dolore, Gina le raccontò tutto, fingendo di non notare la sua smorfia disgustata. Nel bel mezzo di quello squallido resoconto, scoppiò in lacrime, pur avendocela messa tutta per evitarlo.

In quel momento, Rosa entrò portando un vassoio con tè e biscotti. Gina si pulì il viso con la mano.

«Rosa, per favore, puoi prendere un fazzoletto per...» Esther si fermò. Evidentemente non sapeva come chiamare Gina, e preferì non chiamarla in nessun modo. «Sembra che non riesca a trovare il suo.»

Il fazzoletto con lo stemma della famiglia Barrington si rivelò utile e, mentre Gina si asciugava il viso e si soffiava il naso, Rosa versò meticolosamente il tè e dispose i biscotti. Gina aspettò che finisse e si allontanasse.

«Be', grazie per essere venuta a trovarci. Ti ho ascoltata» disse Esther con calma, come se non stessero parlando del suo unico fratello. «Ma non capisco cosa vuoi che faccia.»

«Mio figlio ha bisogno di suo padre.»

«Suo padre è stato condannato da un tribunale. Cosa mai potrei fare al riguardo?»

Le dita di Gina si stavano spezzando per la tensione. Aveva voglia di bere qualcosa di caldo, ma non riusciva a prendere la tazza. «La lettura della sentenza è tra meno di due settimane» continuò debolmente. «So che suo padre – vostro padre – è un membro rispettato della comunità. Ha molte conoscenze, vero? Conosce i giudici, il procuratore distrettuale. Forse può fare qualcosa. Parlare con il procuratore. Magari si può ottenere la grazia.»

«Per un reato così grave?» Esther scosse la testa. «Solo un presidente uscente degli Stati Uniti può concedere la grazia, e il signor Wilson non lascerà l'incarico prima di due anni. Inoltre, non sono sicura che mio fratello sia così importante da giustificare il suo intervento.»

«Forse tuo padre può patteggiare?»

«Questo si fa prima della condanna, non dopo.»

«Forse esiste un modo in cui il signor Barrington può intercedere a favore di suo figlio, garantire per lui?»

«Garantire cosa? Come può nostro padre garantire per lui? Harry è un incorreggibile recidivo.»

«Forse Harry potrebbe essere messo in libertà vigilata? Uscire con la condizionale?»

«Sta per essere condannato a dieci anni obbligatori senza condizionale!» esclamò Esther. «Non è quello che mi hai appena detto?»

«Non so cosa ti ho detto» sussurrò Gina. «Non so più niente.» Le due donne rimasero ai loro posti. La legna crepitava nel fuoco. Finalmente Gina prese la tazza e bevve.

«Perché hai deciso di avere un bambino proprio adesso?» domandò Esther. «Siete sposati da molto tempo. Devi aver superato l'età fertile. Quanti anni hai, quasi quaranta?»

«Trentaquattro.»

L'altra annuì. «Sì, come ho potuto dimenticarlo? Hai sette anni meno di mio fratello.»

«Sì.»

«Quando lui e Ben Shaw ti hanno conosciuta, quando sei arrivata in questo Paese, ne avevi solo quattordici, vero?»

«Mi mancava un mese per compierne quindici.»

«Dunque è corretto. Avevi quattordici anni.»

«Sì, è corretto.»

«Appunto.» Esther la studiò. «Appunto.»

Gina evitò il suo sguardo penetrante. Strinse la tazza calda.

«Perché ora?»

Gina mescolò lo zucchero. Il cucchiaio tremante tintinnò contro la porcellana. «Quando ci siamo sposati non volevamo figli. Poi pensavamo di avere tutto il tempo necessario. E quando abbiamo cominciato a volerlo non ci siamo riusciti. Io non ci sono riuscita.» Gina non guardò Esther. «Ci abbiamo provato.»

L'altra tacque. La sua espressione era indecifrabile. Era compassione o disprezzo? «Ma sapevi che era nel bel mezzo di un processo che avrebbe potuto farlo finire in carcere per anni. Perché non hai aspettato almeno che la giuria emettesse la sentenza?»

«Sarebbe stato prudente. Non l'avevamo programmato.»

«Tu o mio fratello avete mai programmato una sola cosa nella vita?»

«Non lo so. Credo che la risposta sia no.» Il tè era appena tiepido. Gina avrebbe mangiato volentieri un biscotto, ma non pensava che fosse raffinato masticare e piangere allo stesso tempo. Esther non stava né bevendo né mangiando.

Le lacrime di Gina caddero nella tazza. «Voglio soltanto dare alla luce questo bambino» sussurrò. «Non posso più lavorare perché quando mi affatico, quando porto dei pesi, su e giù, inizio a sanguinare. Questa è la mia ultima possibilità, ne sono certa. Per favore. Non so se hai dei figli...»

Esther gemette sottovoce, e in quel breve suono carico d'angoscia Gina captò improvvisamente gli anni paralleli, anni passati con i soldi e un marito, in una casa di proprietà, eppure segnati dall'agonia, dalla sofferenza. Non aveva nemmeno chiesto come se la fosse cavata Esther, come lei e suo marito, un medico della Croce Rossa, avessero superato la guerra. L'altra era vestita di nero. Non aveva la fede al dito, ma questo non significava niente. Nemmeno Gina la portava. Si asciugò il viso, vergognandosi del suo egocentrismo.

«Mi dispiace non poterti aiutare» disse Esther con una voce affettata da uccello catturato. «Ma grazie per essere venuta a trovarci. Immagino che non sia stato facile.»

«No.»

«Ti auguro il meglio per questa gravidanza, e lo dico sinceramente. Vorrei poter fare qualcosa. Ma non posso. Mio padre non è stato bene ultimamente, ha dovuto ridurre gli impegni professionali per ordine del medico. Non ha il tipo di influenza che gli attribuisci, il potere di convincere un giudice a commutare la condanna di mio fratello.»

Gina rifletté. «Ne sei proprio sicura?»

«Sicurissima.» Una pausa. «Posso offrirti del denaro...»

Gina si alzò di scatto, con le ginocchia malferme e le gambe molli. Si sentiva instabile, come se il sangue le fosse affluito alla testa. «No, no.» Sollevò le mani in segno di rifiuto categorico.

«Devo proprio scappare. Ho già approfittato fin troppo della tua ospitalità. Chiedo scusa. Non ti ruberò altro tempo.»

«Aspetta.» Esther si alzò a sua volta, molto più lentamente. «Ti ha mandato mio fratello?»

«No. Non sa neppure che sono incinta.»

«Perché sarebbe proprio da lui. Mandare te. Non li ha mai saputi affrontare i problemi...»

«Ti sbagli di grosso. Forse prima era così, ma ora... è risoluto. Sì, le affronta le cose. Ha capito di aver sbagliato, è pentito, ma è assolutamente pronto per la sentenza. È forte.»

Erano nell'atrio, una di fronte all'altra.

Gina strinse i pugni per farsi forza.

«Esther, perdonami per essere piombata qui in questo modo. E chiedi a tuo padre di perdonarmi. Di perdonarci. So che quello che Harry ha fatto... all'epoca... è stato giudicato duramente dalla sua famiglia, perché quello che ha fatto è imperdonabile. Ci amavamo molto, anche se questa non è una giustificazione.» Stava per aggiungere quanto fosse contenta che Alice avesse trovato la felicità in Texas, ma si ricordò appena in tempo che era stato Ben a dirglielo, e non pensò che fosse una buona idea rivelare a Esther quel dettaglio. Era certa che l'altra non avrebbe visto di buon occhio il fatto che proprio Ben fosse andato da Gina a riferire quelle cose mentre Harry era in prigione. «Sei stata molto gentile ad ascoltarmi. Per favore, non preoccuparti per noi. Ci arrangeremo. Davvero. Troveremo una soluzione. Potresti prendermi il cappotto?»

Esther non si mosse, mordendosi il labbro come se volesse dire qualcosa ma non ci riuscisse.

«Avete una casa incantevole» riprese Gina. «Harry è stato fortunato a vivere qui.»

«È troppo tardi» sbottò l'altra.

Gina chinò il capo. «Lo so.»

«No, intendevo che non puoi tornare a Lawrence adesso.»

«Come?»

«Hai preso il treno? Non puoi andare là fuori.» Scosse vigorosamente la testa. «Ha piovuto tutto il giorno e ora il terreno è ghiacciato. È troppo pericoloso.»

«Me la caverò. Che ore sono? C'è un treno alle nove e un quarto. Se mi sbrigo ce la faccio. Temo di essermi trattenuta troppo.»

«Sciocchezze. Non c'è motivo di galoppare là fuori come una gazzella. Resta qui al sicuro. Puoi rientrare domani.»

«Domani devo essere al lavoro alle otto.»

«Hai detto che non puoi più lavorare.»

«Non posso, ma lavoro.»

«Allora chiamali, di' che arriverai in ritardo di un'ora o due. Meglio ancora, datti malata. È la verità, no?»

Gina protestò.

«Non ne voglio sapere. Non voglio sentire una parola di più. Rosa, vieni! Presto!» Esther ordinò alla cameriera incredula di preparare la stanza degli ospiti al piano di sopra, quindi chiamò Darryl, il maggiordomo, e diede istruzioni per la cena.

«Mio padre ama cenare tardi in sala da pranzo» spiegò in tono di scusa, «e non voglio turbarlo con la tua presenza, è già molto difficile farlo mangiare. Ti dispiacerebbe cenare in camera?»

«Certo che no.»

E che camera.

Gina si lasciò cadere su un lussuoso letto a baldacchino con lenzuola bianche e trapunte di piuma d'oca. C'era un bel fuoco scoppiettante, le tende di velluto delle quattro alte finestre erano tirate, il soffitto era vertiginoso come quello di una cattedrale. Freschi fiori rosa spuntavano aggraziati da vasi a mosaico. Rosa le portò da mangiare, ma Gina voleva solo infilarsi sotto le coperte e sognare di dormire in quella stanza e, quando si fosse svegliata, voleva svegliarsi in quel letto, nella casa di Harry.

2

Dopo aver sistemato Gina al piano di sopra, Esther tornò giù e trovò suo padre nell'enorme sala da pranzo, seduto da solo al lungo tavolo, davanti a un piatto pieno e a un bicchiere traboccante.

«Ebbene?» chiese Herman. «Cos'ha detto?»

Esther si sedette accanto a lui mentre Darryl le versava del vino. «Desiderate mangiare qualcosa, signora?» A differenza di Louis, il nuovo maggiordomo era bianco, ma altrettanto anziano.

«No, grazie.»

«Anch'io ti ho fatto una domanda» la rimproverò Herman con la sua voce profonda. «La differenza è che io te l'ho fatta per primo.»

«Sta per avere un bambino.»

Herman annuì, la mascella che tremava involontariamente. I suoi capelli si erano diradati e tinti di bianco. Dimagrito a sua volta, non aveva più la schiena dritta come un fuso di vent'anni prima. Le mani gli tremarono leggermente quando impugnò con cura il coltello e la forchetta. Le macchie dell'età gli segnavano la pelle tirata del viso. Gli occhi grigi, ereditati da entrambi i suoi figli, erano inespressivi, quasi incolori. «Chi è il padre?»

«Padre!»

«Tuo fratello non ha passato abbastanza tempo fuori dal carcere per generare un figlio. Sicuramente non può essere suo.»

«Dite sul serio?»

«Non ti sembro serio? Ha chiesto dei soldi?»

«Non ne vuole sapere.» Esther bevve un sorso di vino. «Ho rischiato di perderla quando glieli ho offerti. Era pronta a fuggire.»

«Suo fratello lavora ancora alla Purity?»

«Suppongo di sì. Potrebbe essere costretta a trasferirsi da lui se le cose non migliorano. Lui non può continuare a pagarle l'affitto. La madre è appena morta di influenza.»

Herman schioccò i denti mentre imburrava il pane con gesti metodici e un'espressione pensosa. «Quando è fissata la lettura della sentenza?»

«Tra meno di due settimane.»

Non parlarono mentre lui mangiava malvolentieri qualche boccone di bistecca.

«Il bambino ha bisogno di un padre, papà» disse Esther.

«Sono pienamente d'accordo. Forse possiamo presentare la madre a qualcuno. Chi conosciamo?»

«Smettetela!»

«Cosa c'è? Ha bisogno di un padre migliore di quello che è in prigione.»

«Dovete aiutarlo.»

«Davvero?»

«Sì. Non potete semplicemente esimervi.»

«Non posso. Ho esaurito i favori da farmi restituire. Sai che non posso.»

«Gina ha letto da qualche parte che Harry potrebbe ottenere la grazia. Ha ragione?»

«Come diavolo potrebbe ottenerla?» esclamò Herman.

«È quello che le ho detto anch'io. Ma sembrava sicura. Forse c'è qualcos'altro?»

Herman scosse la testa. «Offrile assistenza materiale. Non può lavorare come ha fatto finora – lo stabilimento, le pulizie, la chiesa – e portare avanti la gravidanza. Sarebbe disastroso.»

«Ve l'ho già detto, non ne vuole sapere.»

«Riprovaci. Offrile abbastanza perché non debba preoccuparsi.»

«Volete che le cacci la beneficenza giù per la gola?»

«Offrile l'attico del palazzo di Back Bay, poco lontano da Dartmouth.»

«Dirà di no. Non accetterà.»

«Dio, l'orgoglio! Dimmi, perché i poveri ne hanno così tanto? È indecoroso.»

«Perché è l'unica cosa che hanno» disse Esther. «Ora, per favore. Non vuole i vostri soldi. Vuole suo marito.»

«Mi rifiuto di credere che sia vero. È stato un marito terribile.» Herman fece una pausa. «Dov'è adesso?»

Esther parve confusa. «Nella camera degli ospiti al piano di sopra, perché?»

«L'hai mandata su senza cena?»

«Certo che no. Ho chiesto a Rosa di servirgliela.»

Herman posò la forchetta e fissò la figlia. «Perché invitarla a restare, se hai intenzione di insultarla?»

«L'ho fatto per voi. Non volevo turbarvi.»

«Allora accompagnala all'uscita. Cacciala via. Ma se le chiedi di restare, perché rinchiuderla? Chi sono, Barbablù? Che fine hanno fatto le tue buone maniere?»

Herman abbassò gli occhi sul piatto. Imbarazzata, Esther non sapeva cosa dire.

«Ebbene?» continuò lui senza alzare lo sguardo. «Hai intenzione di stare seduta lì o di farla scendere così che possa finalmente conoscerla?»

3

Ergendosi in tutta la sua statura, Gina si fermò appena oltre la doppia porta di vetro che conduceva in sala da pranzo, guardando Herman mangiare a capotavola sullo sfondo dell'alta finestra che dava su Cherry Street. Fuori era buio e nevicava, ma la stanza era illuminata dalle lampade da tavolo e dal bagliore delle candele. Il fuoco era acceso. La casa sembrava avere un camino in ogni stanza. Si domandò se anche i bagni ne avessero uno e quasi ridacchiò. Era incredibilmente confortante. Aspettò senza dire nulla. Infine il padre di Harry alzò lo sguardo. Per qualche istante, anche lui rimase in silenzio mentre si studiavano a vicenda.

«Dunque voi siete Gina Barrington.»

«È un piacere conoscervi, signor Barrington. Vorrei che fosse in circostanze diverse. Vi prego di darmi del tu.»

«D'accordo, ma chiamami Herman. Vuoi accomodarti?»

«Sì, grazie.» Gina si sedette cauta accanto a lui. Rifiutò il vino e il cibo offerti da Darryl, restando rigidamente seduta con le mani giunte sulle ginocchia e la schiena dritta.

«Perché venire da me adesso?» chiese Herman. «Perché non è venuto da me prima, quando forse sarebbe servito a qualcosa? Non è venuto da me quando è stato arrestato durante lo sciopero del pane e delle rose, o dopo Paterson, o dopo una qualsiasi delle sue numerose bravate. Non è venuto da me nemmeno all'inizio di questo guaio, quando sapeva – sapeva per certo – di aver trasgredito una nuova legge inespugnabile e di dover affrontare una punizione severa.»

A bocca aperta, Gina studiò il tavolo con stupore.

All'improvviso il mondo tornò ad avere senso. Mimì sarebbe stata contenta. Il padre non voleva – non poteva – abbandonare la sua creatura. Sua madre aveva sempre ragione. Si era ostinata a ripeterlo. Nessuno le aveva creduto. Gina aveva voglia di piangere.

«Continuerà a non venire da voi» disse dopo essersi schiarita la voce gracchiante. «Questa è stata una mia iniziativa. Lui non sa che sono qui. Ma... come fate a sapere tutte queste cose sul suo conto?»

«Si è assicurato che venissi a saperle trascinando il mio buon nome sui giornali e negli atti giudiziari. Harold Barrington qua, Harold Barrington là. Era inevitabile che le scoprissi. Chiunque incontrassi mi commiserava per mio figlio e per la sua incessante ricerca di guai. Non mi ha mai reso le cose facili, mai.»

«Sarei voluta venire prima, ma me l'ha proibito. Voi l'avevate allontanato e lui ha imparato la lezione. È troppo orgoglioso.»

«E non è l'unico.» Herman la studiò attentamente.

Di fronte a Gina, sulla parete vicino al camino, c'era uno specchio rettangolare dai bordi dorati. Vedendo il proprio riflesso, Gina si raddrizzò ancora di più – se mai fosse stato possibile – sotto lo sguardo solenne di Herman, desiderando fare buona impressione. Era alta, snella, con le gambe lunghe, i capelli indomiti e l'aria appassionata, anche da adulta. Le ristrettezze e le preoccupazioni le avevano affilato i contorni morbidi del viso, e aveva preso l'abitudine di contrarre la mascella e di corrugare la fronte a forza di tenere nascoste cose difficili da nascondere. Ne era consapevole. La sua espressione protestante, la chiamava. Aveva detto a sua madre che i veri italiani non avevano quella caratteristica perché non si tenevano mai niente dentro, e Mimì aveva replicato: «Tu sei italiana, eppure ce l'hai. Ora sì che sei diventata totalmente americana. Congratulazioni».

«Come sono andati questi anni?» domandò Gina a Herman.

«Bene, grazie.»

Lui non aggiunse altro e, dopo qualche minuto, lei si alzò per andarsene, pensando di essere stata congedata.

«Rimani da noi?» chiese Herman.

Gina strinse la mascella. «Non conosco la risposta a questa domanda. Cosa mi dite di vostro figlio?»

Herman strinse la mascella. «Non conosco la risposta a questa domanda.»

Quando lei voltò le spalle al tavolo, trasalì, sorpresa di vedere un esile uomo nero seduto su una poltrona, parzialmente nascosto dai due battenti della porta aperta. Era silenzioso e immobile. Non se ne sarebbe accorta nemmeno in quel momento, se lui non avesse sollevato il braccio per grattarsi la guancia, facendo notare la propria presenza.

Girando la testa verso Herman, Gina sussurrò: «Chi è?».

«Puoi evitare di sussurrare» rispose Herman a voce alta. «È Louis. È sordo. E quasi cieco. Ma, se non hai troppa paura, avvicinati e digli che sei la moglie di Harry. Forse ti sentirà. Una volta era molto affezionato a mio figlio. Lo conosce dal giorno in cui è nato.»

«Quello è Louis? Il vostro vecchio maggiordomo?»

«Harry ti ha parlato di lui? Sì. È con la nostra famiglia fin dai tempi della guerra.»

«Quale?»

Herman sorrise. «Ottima domanda. La Guerra di secessione.»

Gina avanzò cautamente verso l'uomo. Prendendo una sedia, si accomodò di fronte a lui e, chinandosi, lo guardò negli occhi. «Louis? Mi senti?»

Nessuna reazione.

«Così tu sei il famoso Louis.» Gli prese le mani secche e nodose. «Sai chi sono?» Gliele strinse.

Nessuna reazione.

«Sono Gina Barrington, la moglie di Harry.»

Louis sbatté le palpebre. Una lacrima gli sgorgò dall'occhio appannato e vitreo.

«Allora mi senti.» Alzandosi, lei si piegò per dargli un bacio sulla testa calva. «La prossima volta che lo vedo gli porto i tuoi saluti.»

Dopo che Gina fu salita al piano di sopra, Herman scomparve nel suo studio. Di lì a poco bussarono alla porta. «Entra, Esther. Cosa vuoi? Ho del lavoro da sbrigare. Billingsworth arriva domattina presto e tutti i documenti devono essere in ordine.»

«Cosa ne pensate?»

«Di cosa? Di quello sbandato di tuo fratello? Non rende le cose facili a chi ha la cattiva idea di volergli bene, no?»

«Gina sa quello che fa, padre. Non sentitevi in colpa per lei. L'ha sempre saputo. "Vieni qui" disse una volta il flessuoso ragno italiano a una mosca.»

«Tuo fratello è l'unico responsabile delle proprie azioni. Non è una mosca. È un essere umano senziente. Ma Gina cos'ha mai fatto per meritarsi lui o il trattamento che le ha riservato?»

«La state già difendendo?» Esther allargò le braccia. «State confermando la mia tesi, padre. Persino voi, a settant'anni, non avete uno straccio di possibilità.»

«Non so di cosa tu stia parlando.»

«Immagino di non dovervi chiedere cosa pensate di lei.»

«Puoi chiedermelo. Te lo dico. È fuori dal comune.»

«Certo che sì.» Esther agitò le mani davanti a sé per disegnare una ragnatela nell'aria.

«Ricordami di scusarmi con lei un giorno» disse Herman. «Ho sbagliato tutto. È troppo buona per lui.»

«È Harry che ha bisogno di aiuto.»

Lui aveva il volto pallido, i denti serrati. Le fece segno di chiudere la porta. «Cosa vuoi che faccia? È stato condannato da una giuria di suoi pari. La pena minima è dieci anni. Li hanno inflitti anche a Debs, l'uomo che si è candidato alla presidenza non molto tempo fa. Non lo scarcereranno. Haywood, il leader dell'IWW, ne ha presi venti!»

«Harry non può andare in prigione per dieci anni!» urlò Esther.

Herman fece un respiro profondo. Tacquero per qualche minuto.

«Non può andare in prigione...» ripeté lei.

«Non capisco cosa vuoi che faccia. Ho chiesto la restituzione dell'ultimo favore che mi dovevano per far ridurre la precedente condanna da cinque anni a uno. Te lo ricordi, vero? Quando l'avevano condannato a una pena obbligatoria di cinque anni per aver violato la libertà vigilata commettendo un reato? E il giudice che mi ha aiutato, un mio buon amico, è morto da poco! Chi rimane?» Ansimò. «Credi che Gina pretenderà il divorzio?»

Esther giunse le mani. «Per l'amor di Dio, il divorzio? Stanno per avere un bambino. Un piccolo Barrington.»

«Ti sarei grato se non me lo ricordassi.»

«Ha avuto difficoltà a portare...»

«Forse ne avrebbe avute di meno se tuo fratello avesse smesso di farla marciare nelle prime file dei picchetti.»

«Sapete che non dipende da questo, padre» disse lei debolmente, senza guardarlo.

Herman sbatté le palpebre, pervaso dalla profonda compassione che provava da sempre per la figlia. «D'accordo. Non angosciarti. Dille di restare. Dille di trasferirsi da noi.»

«Credetemi quando dico che non si tratta di lei. Non provo la minima simpatia per quella donna, come ben sapete. Si tratta del bambino. Ha bisogno di un padre.»

Herman andò all'armadietto dei liquori per versarsi un drink. «Harry non è un bambino. Anche se si comporta come tale.»

«Sto parlando del neonato, padre! Non di Harry.»

Rimasero in silenzio. Le mani di Herman tremarono sensibilmente mentre si versava un whisky, lo portava alle labbra e beveva un lungo sorso tormentato.

«Esther, è stato condannato per istigazione alla violenza e per aggressione alle nostre forze armate e alle forze dell'ordine. È stato condannato per linguaggio scurrile e offensivo nei confronti del governo in guerra, per favoreggiamento del nemico tramite interferenze volontarie con le operazioni delle forze armate degli Stati Uniti, perché ha ostacolato le attività di reclutamento dei soldati. Insomma, è quasi un crimine di Stato, no? Dieci anni sembrano penosamente insufficienti. Chi pensi che io conosca nella corte federale che possa aiutarci?»

Esther incrociò le braccia. «Non lo so. Non mi interessa.»

Herman sospirò. «Andiamo a dormire. Tuo fratello mi sfinisce, e non lo vedo da anni. Prima che lo incriminassero, ho cercato per settimane di convincere il procuratore distrettuale a chiedere una condanna inferiore. Voleva vent'anni! Ora ho bisogno di riposare. Domani è un altro giorno. Anche se dovrò andare a Roxbury con Billingsworth. Vuole che dia un'occhiata ad alcune proprietà per un investimento.»

«No. Andate in tribunale, piuttosto. Billingsworth si vanta sempre delle sue conoscenze nell'ufficio del procuratore. E non avete forse finanziato gli studi del figlio del procuratore a Yale? Deve pur contare qualcosa.»

«Non so fino a che punto sia stato un bravo studente...»

«D'accordo. Scherzate pure. Fate quello che dovete, ma aiutate mio fratello.»

«È stato proprio il procuratore distrettuale a chiedere dieci anni anziché venti. È questo il favore che abbiamo ottenuto in cambio di Yale. Il pozzo si è prosciugato.»

«Attingete un ultimo secchio.» Esther si alzò. «Ricordate a tutti gli interessati che, uno, è Natale e, due, la moglie di Harry è incinta.»

«Per quanto concerne il primo punto, credo che il procuratore sia ebreo. Quanto al secondo, potrebbe non essere un vantaggio.» Herman mise giù il bicchiere vuoto e afferrò un bastone seminascosto vicino alla libreria nell'angolo. «E se il procuratore decidesse che, in cambio della scarcerazione, Harold rinunci a procreare?»

4

Gina rimase a Barrington. Nei primi giorni sonnolenti, quasi non si alzò dal letto, desiderando che la decisione di Herman ed Esther tardasse ancora un po' ad arrivare, perché alloggiare in una casa così confortevole e ben riscaldata a dicembre era come una passeggiata estiva nei campi. Acqua calda in abbondanza, niente spifferi, e asciugamani sempre freschi di bucato, miracolosamente inamidati da qualcuno di diverso da lei. Non aveva portato con sé alcun vestito ma, come per magia, il pomeriggio successivo comparvero alcuni indumenti nuovi sul comò: biancheria intima bianca, un vestito di lana blu, una gonna scozzese, uno scialle di cachemire, una sciarpa rossa, stivali neri con il tacco di vernice e del numero giusto.

A intervalli di qualche ora entrava una donna, una cameriera – non Rosa –, e le domandava se avesse bisogno di qualcosa, qualsiasi cosa. Una tazza di tè, un panino, una fetta di torta, un altro cuscino, un libro? Voleva vestirsi, farsi il bagno? La cameriera si offrì di aiutarla a fare entrambe le cose. Si chiamava Donna. Portò via le tazze e i piatti e raccolse le briciole della torta dal pavimento. Aprì le tende, le chiuse. Ogni volta che entrava in camera, Gina piangeva.

Dormiva come un sasso, venti ore su ventiquattro, pregando Dio che Herman trovasse il modo di aiutarli, affinché lei potesse trovare il modo di essere una moglie migliore per suo marito. Stentava a credere che Harry avesse rinunciato a quella vita, anche per una donna come lei. E forse era quella la causa del costante risentimento del marito nei suoi confronti. Forse aveva capito fin dall'inizio che non ne valeva la pena.

Sarebbe riuscita a sacrificare ogni cosa per un uomo come lui? Avrebbe voluto rispondere di sì. Ricordava con affetto la loro passione un tempo inestinguibile, ma mentre era stesa sul morbido letto bianco nelle poche ore in cui era sveglia, con la trapunta tirata fino al collo, piangendo e pentendosi della sua debolezza, della sua solitudine, della gioia fugace con un'altra anima, non quella di Harry, non avrebbe saputo dirlo con certezza.

5

«Non studiarmi, Esther, non sono un libro di testo» disse Herman dopo una settimana. «Nessuno vuole esporsi. Il caso ha un profilo troppo alto. Harry è stato processato pubblicamente, condannato pubblicamente! Tutti gli altri imputati finiranno in galera per decenni. A proposito, Emma Goldman potrebbe essere deportata in Russia.»

Stavano parlando a bassa voce in biblioteca mentre prendevano il tè. Non volevano che Gina li sentisse.

«Cosa? No!»

«La proposta è questa. Duecento condannati per sedizione da scortare su una nave e spedire in Russia come regalo per Lenin e Trockij. Lo dico perché è quello che mi ha offerto il procuratore distrettuale. Al posto dell'attuale condanna, Harry verrebbe imbarcato sulla *Soviet Ark* e mandato in Russia.»

«Padre, è un altro scherzo? Perché non è affatto divertente.»

Herman si indicò il viso. «Ti sembra che stia scherzando? Appunto. Perciò non giudicarmi. A malapena sono riuscito a rinviare la lettura della sentenza all'inizio dell'anno nuovo, in modo da avere un po' più di tempo per parlare con il giudice, per vedere se ha margine di manovra.» Dopo aver finito il tè, sentendo il bisogno di qualcosa di più forte, si alzò, si versò un whisky e tornò a sedersi sul divano accanto alla figlia. «Il problema è che la Paura rossa imperversa. Nessuno vuole diventare famoso per aver sostenuto un comunista o per essersi mostrato indulgente nei confronti di un rosso.»

«Ma la guerra è finita! Come può esistere ancora la sedizione?»

«Certo, mia cara esperta di diritto. Ma tuo fratello però ha commesso i crimini di cui è accusato quando la guerra non era ancora finita.»

«Dovete agire rapidamente, padre. Harry andrà nel panico. Sono settimane che Gina non va a trovarlo.»

«Allora dille di andare a trovarlo.»

«Ed è Natale!»

«Un motivo in più per fargli visita.»

«Non sa cosa dirgli.»

«Che colpa ne ho io» tuonò Herman, «se non sa cosa dire a suo marito?»

Girando la testa verso la porta, videro Gina che li osservava dalla soglia.

«Sono una terribile scocciatura» dichiarò.

«Entra» disse Herman, «siediti con noi, bevi qualcosa. Esther, chiama Rosa, dille di portare altre focaccine e un po' di marmellata.» Si rivolse alla nuora. «Qui non sei tu la scocciatura. Questa domenica chiedi a Clarence di accompagnarti a Concord. Va' a trovare Harry prima di Natale. Portagli un piccolo regalo. Digli che sei incinta. Non aggiungere altro, perché è molto probabile che io non riesca a risolvere il problema.»

Prima di domenica, tuttavia, ci fu una specie di svolta, un piccolo passo avanti. Come sempre, quando si riceveva qualcosa, occorreva rinunciare a qualcos'altro. Appena Gina sentì la proposta, disse che non sarebbe riuscita ad affrontare Harry da sola. Herman ed Esther accettarono con riluttanza di andare con lei a Concord.

6

Domenica Roy entrò nella cella 26694 e disse a Harry di alzarsi.

«È tornata?» fu la prima cosa che Harry chiese quando lo vide. Era la prima cosa che chiedeva da quattro settimane, dopo l'ultima visita della moglie. Saltò giù dalla branda.

Roy scosse la testa. Prima che aprisse bocca, Harry si era già sdraiato di nuovo, con la faccia rivolta verso la parete. Il secondino iniziò a scuoterlo. «Alzati, ho detto!»

«Scordatelo. Lasciami in pace.» Harry chiuse gli occhi.

«Non so cosa tu abbia combinato per far arrabbiare quella donna incantevole al punto di non venire a trovarti in prigione nel periodo delle feste. Lo sai soltanto tu, tu e Dio, ma alzati perché hai nuovi visitatori. Devo vestirti e raderti.»

Harry si girò. «Quali visitatori?» Non si mosse. «Più di uno? Chi?»

«Come faccio a saperlo? Non sono ferrato in matematica, ma ne ho contati due, uno dei quali non è tua moglie, perché la riconoscerei ovunque, ma ti consiglio di sbrigarti, o il tempo scade. Non farmi pentire di averti lasciato tenere la luce accesa fino a tardi. Cosa diavolo stai leggendo? Non la mia Bibbia, scommetto.»

«Hai indovinato.» Harry chiuse il libro su cui si era addormentato e allungò la mano verso lo spazzolino da denti. Erano *Le metamorfosi* di Ovidio. La compagnia ideale per il suo isolamento. Per qualche ragione, la lettura della sentenza era stata rinviata a dopo Natale, avrebbe trascorso le feste in carcere, in una cella da solo, estraniato da tutti e da tutto. Gina era svanita nella foschia. Se Harry provava terrore, non voleva darlo a vedere davanti alla guardia.

Si preparò in pochi minuti.

Nella sala visite, dietro un basso divisorio di vetro, sedevano composti suo padre e sua sorella. Quando li vide, le ginocchia gli cedettero. Non perché fosse uno shock vedere i suoi familiari, che non incontrava da più di tredici anni, anche se in parte lo era. Le ginocchia gli diventarono molli perché intuì che erano lì per un unico motivo: portargli cattive notizie. L'ultima volta che Gina era andata a trovarlo era l'immagine stessa della morte. Non era un segreto che l'influenza stesse mietendo centinaia di migliaia di vittime nelle città e nei paesini, che fosse la principale responsabile della fine improvvisa di una guerra mondiale. Quando Roy, sorreggendolo per il gomito, lo aiutò ad accomodarsi sulla sedia di metallo, Harry non riuscì a parlare perché temeva il peggio.

«Ciao, Harry» esordì Esther.

«Lei sta bene?» fu l'unica cosa che lui riuscì a dire.

Esther sbatté le palpebre come se si fosse appena resa conto di cosa doveva aver dedotto dalla loro inspiegabile apparizione. «Oh, sì, sì» si affrettò a rispondere. «Gina sta bene.»

Harry si rilassò un po', ma continuò a stringere i bordi metallici della sedia. «Non è malata?»

«Lo era. Ora sta meglio.»

Sospirando di sollievo, lui si concentrò sulla sorella. Non riusciva a guardare suo padre. Aveva paura di mettersi a piangere. Tese le labbra e raddrizzò la schiena.

«Voi state bene? Come vanno le cose? Nessuno si è ammalato?»

«No, siamo stati fortunati. Non siamo ancora fuori pericolo, però. E qui?»

Harry scrollò le spalle. «Al piano sotto il mio sono morti venti uomini su trenta. Ma al nostro piano ne abbiamo perso solo uno. E come sta... come si chiama... Elmore?»

«Cosa?» Esther impallidì, lanciando un'occhiata di traverso al padre, che restò impassibile. Strinse il bordo del tavolo, quindi lasciò cadere le mani sulle ginocchia. «Elmore è morto in Francia.» Si rabbuiò. «Era andato laggiù con la Croce Rossa. È morto nel 1915. Tifo.»

«Mi dispiace molto.» Harry storse la bocca. «Non lo sapevo.»

«Come potevi non saperlo? Ho chiesto a Ben di dirtelo.»

Harry corrugò la fronte. «Come fai a sapere che ho visto Ben?»

«Ci ha detto che sarebbe venuto a prenderti quando sei uscito nel 1915.»

Lui annuì. «Questa parte ve l'ha raccontata. Bene.»

«Cos'altro avrebbe dovuto dirci?»

«Niente. Dov'è adesso? Ancora a Panama?» Stava quasi per aggiungere «spero», ma si fermò.

Esther annuì. «Ha sposato la sua fidanzata di lunga data nel 1916. Mi ha invitata alle nozze. A Panama.» Scosse il capo, disillusa. «Come puoi immaginare, ho rifiutato educatamente. Ora ha dei figli. Tre femmine. Ci scriviamo. Mi spedisce fotografie della sua famiglia. Vuoi che te ne porti qualcuna la prossima volta che vengo?»

«No, grazie.» Harry fece un respiro profondo. Finalmente puntò gli occhi su Herman. «Salve, padre.»

«Ciao, figliolo.»

Entrambi sbatterono le palpebre, entrambi rimasero in silenzio. Harry non si era sbagliato. Herman aveva le lacrime agli occhi.

«Come state?»

«Non mi lamento.»

«Come vanno gli affari?»

«Bene. Ho dovuto smettere di lavorare nei cantieri. L'avanzare dell'età non mi permetteva di rispettare le tabelle di marcia serrate.» Herman teneva le mani giunte sul tavolo. «Ho venduto la mia metà dell'azienda a mio fratello. È morto cinque anni fa. Ora la gestiscono i suoi tre figli, con grande successo, aggiungerei.»

Harry annuì, senza commentare, perché non trovò niente da dire e non sopportava l'idea di dire qualcosa.

«Dov'è mia moglie?» domandò quando ritrovò la voce. «Immagino che la sua scomparsa abbia a che fare con la vostra apparizione.»

«Alloggia da noi» disse Esther.

«Perché?»

«Aveva bisogno di aiuto.»

«Che tipo di aiuto?»

«È in attesa.»

«In attesa di cosa?» Poi Harry espirò, appoggiandosi allo schienale. Per qualche difficile momento ripensò alle occasioni in cui poteva essere successo. Avevano avuto pochissime opportunità di stare insieme sotto le lenzuola. Sembrava che negli ultimi mesi ci fossero stati soltanto litigi e arresti. «Se fossi in voi, non mi farei troppe illusioni.»

Gli altri due si incupirono, guardandolo severamente.

«Lei non... abbiamo avuto qualche difficoltà. Hai figli?» chiese Harry alla sorella.

«No, non ho avuto questa fortuna» rispose Esther a bassa voce. «Ma tua moglie è quasi al quarto mese.»

Harry cercò di dissimulare lo scetticismo, facendo un'espressione impassibile, una faccia imperscrutabile. Non voleva dire loro che lui e Gina erano arrivati a quel punto più volte per poi rimanere amaramente delusi. Cambiò discorso. «Perché la lettura della sentenza è stata rinviata? Voi c'entrate qualcosa?»

«Sì» confessò Herman.

«Nostro padre l'ha fatta rimandare» spiegò Esther «per avere il tempo di parlare con il giudice.»

«Perché dovrebbe farlo?»

Herman e sua figlia tacquero.

«Padre?»

«Ha convinto il giudice a commutare la pena!» disse Esther, emozionata. «È un vero miracolo di Natale.»

«Sul serio?» Harry si tirò indietro. «E come diavolo ci è riuscito? A settembre il giudice aveva detto che non mi avrebbe concesso una pena inferiore nemmeno se l'avesse richiesta il procuratore.»

«Sì, il giudice Rosen non è soddisfatto di te» intervenne Herman. «Ho fatto leva su ogni briciolo di benevolenza di cui godevo con chiunque. Non importa. È il risultato che conta.»

«Significa che sono libero?»

«Mmh... Non proprio.»

«Ah» disse Harry.

«Sei agli arresti domiciliari fino al 1922 e poi in libertà vigilata fino al 1925.»

«Arresti domiciliari? Che significa? A casa vostra?»

«Questo non può succedere e non succederà mai.»

«Appunto. Dove, allora? A casa mia, a Lawrence?»

Herman scosse la testa. «Lawrence è considerata l'epicentro dei problemi più gravi: sociali, politici, finanziari. È all'origine di ogni malcontento e tumulto. Non sarai autorizzato a tornarci nel prossimo futuro.»

«Dove, allora?» ripeté Harry, esasperato.

«Le condizioni degli arresti domiciliari e della libertà vigilata non sono facili. Qualsiasi violazione durante i primi tre anni, di qualunque tipo, e torni in prigione per il resto della condanna decennale. Questo significa niente dimostrazioni, niente scioperi, niente proteste, niente aggressioni alla polizia, niente articoli per nuove riviste radicali, niente adesione a partiti comunisti del lavoro, niente istigazione, niente slogan, niente libri politici, niente riunioni pubbliche o private, niente telegrammi o cablogrammi in Russia, probabilmente niente indumenti rossi, tanto per sicurezza.»

Harry rimase immobile. «C'è poco da scegliere.»

«Il procuratore distrettuale di Boston, in coordinamento con Mitchell Palmer, il procuratore generale degli Stati Uniti, mi ha proposto di mandarti per sempre in Russia, dato che chiaramente è lì che vuoi andare. Hai cercato di ottenere il visto per partecipare alla rivoluzione? Ti offrono un passaggio sicuro. Sono al lavoro per incaricare una nave, forse la *Buford*, di deportare te e una legione di tuoi connazionali sediziosi. Palmer mi ha detto di riferirti che puoi dividere la cuccetta con Emma Goldman. Quando uscirà di prigione, l'anno prossimo, è lì che sarà diretta: in Russia. Le hanno riservato un posto speciale sul transatlantico.»

«Padre, mi state prendendo in giro?»

«Ti sembro in vena di scherzi?»

«No, ma mi sembra assurdo. È tutto vero?»

«Sì, Palmer ci tiene molto. Come ti ho appena detto, sta prendendo in considerazione la gigantesca *Buford*. È ancorata nel porto di New York, pronta a salpare. Tra qualche mese, direi. Forse sei.»

Scese il silenzio.

«Gina viene con me?» chiese Harry.

«No» rispose Esther. «Partorisce a maggio. Non salirà su una nave nelle sue condizioni o con un neonato per essere deportata chissà dove. Sarebbe una follia.»

Harry guardò l'orologio con amara rassegnazione. Il tempo stava scorrendo. «Dove dovrei scontare gli arresti domiciliari?» Curvò le spalle.

«Ho dovuto proporre al giudice un luogo accettabile per il tuo esilio, lontano da Boston, da New York, da tutti i centri urbani o industriali dove potresti metterti nei guai. Lontano da miniere di carbone, fabbriche e stabilimenti tessili.»

Harry aspettò.

«Gli ho proposto Bellagrand.»

Harry tacque.

Esther tacque.

Herman tacque.

«Non capisco.»

«Nel suo testamento» spiegò il padre, «tua madre ti ha lasciato l'unico immobile di cui aveva la proprietà esclusiva. Ha stabilito che fosse messo in un fondo fiduciario irrevocabile, gestito da me ma destinato a diventare tuo alla mia morte. Poiché, per tua sfortuna, sono ancora vivo, per il momento la proprietà non può essere trasferita a te.» Fece una pausa. Aveva qualche difficoltà a continuare. «Bellagrand è disabitata dalla morte di tua madre, ma verrà messa a tua disposizione se deciderai di accettare i termini della condizionale.»

«Mia madre mi ha lasciato una casa?» Harry, sbalordito, lanciò un'occhiata a Esther. Dovette fare uno sforzo per non cadere dalla sedia.

«Non guardare me» disse sua sorella. «Io ho ricevuto soltanto i suoi gioielli. Non sapevo nulla di una casa fino a qualche giorno fa, quando il papà me l'ha detto.»

«Non so cosa mi sconvolga di più: il fatto che lei mi abbia lasciato una casa o che voi non me l'abbiate detto» disse Harry al padre. «Quale casa? Perché non mi avete mai detto nulla? La mamma è morta ventotto anni fa. Perché me l'avete tenuto nascosto per tutto questo tempo?»

«Stai facendo le domande sbagliate. E conosci già le risposte ad alcune di esse. Negli ultimi tredici anni, io e te non abbiamo avuto alcun contatto. Quindi non avrei potuto dirtelo. E prima non mi sembravi pronto a scoprirlo. Ciò che dovresti chiederti è per quale motivo tua madre, dopo tutto quello che è successo tra me e lei, non ti abbia lasciato direttamente la sua amata Bellagrand.»

«D'accordo, padre.» Esther gli posò una mano sul braccio per calmarlo.

«Non so di cosa stiate parlando» insistette Harry. «Perché "amata" Bellagrand? Non ho mai sentito nominare questo posto.»

Herman sottrasse il braccio alla presa della figlia. Esther non aveva il potere di calmare nemmeno un gatto. «Intendo che dovrebbe dirti molte cose sulla fiducia che tua madre riponeva nelle tue capacità decisionali.»

«Capisco. Così, dopo tutti questi anni, siete venuto a trovarmi in prigione per creare altri conflitti?»

«Padre, per favore!» Esther alzò la voce per rabbonirlo.

«Va tutto bene, Esther» disse Herman. «Harry, sto seguendo i desideri di tua madre, non i miei.»

«Siete stato più che chiaro al riguardo.»

«Voleva che usassi la proprietà per un giusto scopo. Questo sembra il più giusto che ci sia.»

Indebolito, esausto, Harry lottò contro l'impulso di strizzare le palpebre per non dover guardare la sua famiglia. «Dovrei rimanere per tre anni in un posto che non ho mai sentito menzionare? E comunque, la mamma come ha fatto a entrare in possesso di questa casa?»

Herman tacque. Non come se non volesse dirglielo, ma come se non potesse.

«Henry Flagler» rispose Esther a bassa voce.

«Oddio!» esclamò Harry. «Bellagrand è la casa in Florida?»

«La casa di Jupiter Island, per la precisione.»

Tutti e tre si smarrirono nella nebbia di una tetra consapevolezza. «La mamma mi ha lasciato quella?» Harry si coprì il volto, perdendo il suo finto autocontrollo. Gemette. «Perché punirmi? Perché tormentarmi?» Si sforzò di darsi un contegno. «No. Tanto vale che resti qui. Perché scambiare una cella con un'altra? Perché scambiare questo con quello? Non ho già abbastanza tribolazioni?»

«Tua moglie sta per avere un bambino!» sibilò Esther come una locomotiva.

«Devi proprio continuare a ricordarglielo?» Herman batté il pugno sul tavolo. «Perché continua a comportarsi come se non lo sapesse?»

«O come se non gliene importasse nulla.»

Harry scrollò le spalle, tamburellando con dita ansiose e impazienti per sfogare la tensione. Alzò di nuovo lo sguardo verso le lancette impietose dell'orologio, desiderando disperatamente mettere fine a quella visita e tornare in cella. Meglio niente visite che quello. Meglio qualsiasi cosa che quello. La *Buford* era infinitamente preferibile. Le brevi gravidanze di Gina gli avevano impedito di trasferirsi a New York, di lasciare Lawrence, di andare in Russia con John Reed, di inseguire il suo futuro politico. E ora la cosa peggiore che si potesse immaginare. Ebbe la sensazione di soffocare.

Esther lo fissò freddamente, gettando occhiate a Herman, abbassando lo sguardo sulle proprie mani bianche.

«Figlia» disse Herman, «ti stai chiedendo perché ci prendiamo tutto questo disturbo?»

«Ho smesso di chiedermelo. Non so cosa dire.»

Harry agitò la mano. «L'uomo di cui parlate come se non esistesse è qui davanti a voi.»

«Sappiamo dove sei» ribatté suo padre. «In una cella, a inseguire il tuo futuro politico.»

«Okay, sì. Invece è una specie di onore vivere in libertà vigilata nella tana di vergogna di una madre morta, seguendo la scia poco profonda della fugace gravidanza di una moglie.» Non guardò nessuno, soprattutto suo padre.

Hawthorne aveva ragione, pensò Harry. *Quale prigione è difatti più oscura del proprio cuore? Quale carceriere è inesorabile quanto noi stessi?*

Anche Big Bill aveva ragione. Un uomo non sarebbe mai potuto diventare grande se avesse continuato a tenere in considerazione l'opinione di una donna, di qualsiasi donna, anche se irresistibile come Gina, riguardo al suo percorso di vita.

«Harry» sospirò Esther. «Da quando sei diventato così insensibile?»

«Esther, da quando sei diventata così borghese?»

«Siamo nati dagli stessi genitori.»

«Questa è l'unica cosa buona dell'America» la rimbeccò. «Nessuno è prigioniero della posizione sociale in cui nasce.»

Herman si alzò, si raddrizzò meglio che poté e recuperò lentamente l'ombrello che, in pubblico, usava a mo' di bastone. Era magro come un chiodo. «E tu sei sicuramente un bell'esempio di sogno americano, figliolo. Come ci riesce? Sono assolutamente svuotato. Vieni, Esther. Sua moglie è al piano di sotto, in attesa di vederlo.»

«Non è rimasto molto tempo per lei.» Harry controllò l'orologio.

«Non hai avuto molto tempo da dedicarle in tutti questi anni, mentre ti radicalizzavi al punto di finire in prigione. Vieni, Esther!»

Harry ebbe cinque minuti con Gina prima che finisse l'orario di visita. Il primo minuto non seppero cosa dire.

«Sei arrabbiato?» chiese lei.

«No.» Sospirò. «Come ti senti?»

«Non troppo male. E tu?»

«Perché non me l'hai detto?» «Di nuovo» avrebbe voluto aggiungere, ma si trattenne. «L'ultima volta che sei venuta avevi una brutta cera. Pensavo avessi l'influenza.»

Gina chinò la testa. «Volevo dirtelo, ma eri così pieno di rabbia per la guerra...» Scrollò le spalle. «Non volevo turbarti ancora di più.»

«È questo che vuoi? Lasciare Boston, la tua vita qui, tutti i tuoi amici, e passare tre anni rinchiusa in una casa?»

«Molti dei miei amici sono morti. E chi ha detto che devo stare rinchiusa?» Cercò di sorridere. «Non sarò io a essere agli arresti domiciliari.» Fece una pausa. «Quale alternativa abbiamo? È una via d'uscita. Lo voglio davvero.»

«E tuo fratello?»

«Può venire a trovarci.»

«A me sembra un inferno, francamente. Un'autentica tortura.»

«Sto per avere un bambino» sussurrò Gina con labbra tremanti.

«Ci crederò quando lo vedrò.»

Lei si alzò, aggrappandosi al tavolo con mani incerte. «Come riesci a piegare tutte le persone che ti vogliono bene?»

Lui si tirò su, ma non era in grado di ragionare lucidamente.

«Tempo, Barrington!» urlò Roy. «Concludi!»

Gina prese la borsetta. «Dimmi cosa vorresti fare. Rimanere qui? Farmi vivere con Esther? Farò come desideri. Non voglio tirarti fuori dal carcere, se è qui che preferisci passare i prossimi dieci anni della tua vita. O forse la Russia? La deportazione? Dillo, finché c'è tempo. La *Buford* sta aspettando. Bellagrand dovrebbe essere una liberazione, non un peso. Devo dire a tuo padre di dimenticare tutto?»

«Smettila di essere così italiana e melodrammatica. Ho detto che mi dispiace.»

«Sì, e lo pensavi davvero.»

«Senti, sto solo sognando il momento in cui torneremo a essere d'accordo sulle cose importanti. Come una volta. Ricordi?»

«Be', è proprio questo il punto. Sei sempre stato un sognatore.»

«È l'aspetto di me che dicevi di amare di più.»

«Deve essere stato molto tempo fa.» Gina si voltò. «Forse quando eravamo d'accordo sulle cose importanti.»

«Barrington, tempo!»

«Ascolta, voglio uscire, dico sul serio» mormorò Harry.

«Come no.»

«Per la terza volta, mi dispiace...»

Lei uscì senza nemmeno girarsi. A stento raddrizzò le spalle per evitare che la vedesse piangere. Era troppo orgogliosa per curvarsi davanti a lui sotto il peso del dolore e dell'umiliazione.

7

Mentre Gina sgomberava la casa di Lawrence, buttando via vent'anni di vita con la speranza di andarsene e di non tornare mai più, trovò una lettera che Harry le aveva scritto nel giugno del 1905, meno di tre settimane prima del loro matrimonio.

Mia carissima Gia,

ti scrivo queste righe mentre sei accoccolata su un fianco davanti a me. Non ci siamo ancora separati, ma sono seduto qui a guardarti e sento già insopportabilmente la tua mancanza, perché so cosa succederà tra poco. Tu andrai per la tua strada e io per la mia, anche se solo per questo mercoledì.

Non vorrei passare un solo momento lontano da te. Mentre scrivo queste parole provo una sofferenza fisica, sapendo che molto presto dovremo salutarci.

Questi mercoledì pomeriggio rubati non mi bastano. Trascinarmi da te il giovedì solo per guardarti vendere libri agli sconosciuti per due ore non mi basta.

Non voglio niente dalla vita più di quanto desideri te. Sei l'unica ragione per cui respiro, per cui apro gli occhi ogni mattina. Riesco a respirare perché so che esiste la possibilità di vederti durante il giorno, anche se solo per qualche istante. Devi aver studiato sodo fino a tarda notte per addormentarti così profondamente nel bel mezzo della giornata, nel bel mezzo del nostro prezioso pomeriggio rubato. Abbiamo fatto tutto al rovescio, cuore mio. Dovresti studiare di giorno e fare le ore piccole con me. Guarda: sono geloso persino dei tuoi studi.

Ti confesso che sono geloso di ogni singola cosa che fai e che non

mi riguarda, di tutto ciò su cui posi i tuoi occhi squisiti e che non sono io.
Ti hanno mai detto che sei una ragazza bellissima?
Sei una visione, un capolavoro di Raffaello, un raro Caravaggio.
Se tu vedessi quello che vedo io ora, capiresti cosa intendo: sei come un nudo di Modigliani, ma non voglio farti arrossire, nemmeno durante il tuo dolce riposo.
Spero che non mostrerai questa lettera a nessuno; come potrei guardare gli altri negli occhi dopo queste divagazioni romantiche, ancora più imbarazzanti perché sentite così profondamente?
Ma tu sei la musa di ogni mio insulso discorso.
Presto aprirai gli occhi, la bocca. O Signore, liberami da questa follia!
Non riesco a immaginare che una persona provi simili sentimenti per un'altra.
Posso scrivere una cosa e farti promettere che non riderai quando la leggerai? Voglio dirti che nessuno ha mai amato quanto io ti adoro e ti venero. Mi hai preso violentemente d'assalto. Non mi hai lasciato nulla di ciò che ero prima, della mia vita precedente. Non riesco a immaginare un giorno in cui non ci sia tu. No, non è solo questo. Rifiuto una vita in cui non poter posare gli occhi su di te ogni giorno. Le braccia su di te, le mani su di te. La bocca su di te.
Sì, sì, mia Gioconda, da un momento all'altro mi arresteranno per le parole che sto affidando per sempre a questa indegna carta da lettere, mi sbatteranno in prigione a causa del mio amore per te.
Ti amo più di quanto ami me stesso. Sento di non essere me stesso quando sono lontano da te.
Al contempo, il modesto affetto con cui mi ricambi fa del tuo schiavo più ardente un re.
Hai presente quando continui a ripetere: Sei un sognatore, Harry? Quando lo mormori, è come una carezza delle tue labbra. È la tua lettera d'amore per me. Un sognatore. Lo ammetto. Perché quando sogno, mia amata principessa siciliana, sogno te.

Fervidamente, ciecamente,
Harry

Parte Seconda

BELLAGRAND

1919-1922

Quando ero giù accanto al mare
una vanga di legno mi diedero
per scavare la riva sabbiosa.

Le mie buche erano vuote come una tazza.
In ogni buca il mare saliva
fino a non riuscirci più.

ROBERT LOUIS STEVENSON

Vidi una casa grande, minuscola
a diecimila miglia di distanza;
e alla mia vista era invisibile
la notte scorsa, l'altro giorno.

Le pareti sporgevano verso l'interno,
l'ingresso principale era quello di servizio;
solitaria s'innalzava tra altre due,
e i muri erano imbiancati di nero.

ANONIMO

8

Flagler alla ricerca del paradiso

1

«Questo è quanto? Mi sembra di essere in viaggio verso un'altra prigione» disse Harry a Esther e a Gina mentre, scortati dalla polizia, si dirigevano in auto alla South Station di Boston.

«Sì» rispose Esther, calma. «Ti trasferisci altrove per proseguire la detenzione. Cosa ti aspettavi?»

Herman non era andato a salutare il figlio. Aveva versato una cospicua cauzione alla corte distrettuale degli Stati Uniti per il Massachusetts, messo a disposizione la casa per la reclusione di Harry e garantito le condizioni del trasferimento, aveva fatto in modo che si sottoponesse a una valutazione del tribunale e firmato i documenti per il rilascio in presenza di un testimone, ingaggiato un uomo dell'agenzia investigativa Pinkerton per assicurarsi che suo figlio arrivasse a destinazione sano e salvo, e assunto una guardia ventiquattr'ore su ventiquattro in Florida che lo sorvegliasse come richiesto. Aveva fatto tutto questo, ma si era rifiutato di andare alla Massachusetts Correctional per vedere Harry uscire dal cancello della prigione.

Harry era sollevato. Sapeva che Herman gli aveva fatto un favore impagabile. Allo stesso tempo odiava l'idea di essere in debito fino a quel punto con suo padre, un uomo che l'aveva evitato, disprezzato, abbandonato. Il suo rancore era direttamente proporzionale all'entità della tregua che gli era stata concessa. Era arrabbiato, non riconoscente, e provava un benevolo risentimento nei confronti della sorella, severa e piena di buone intenzioni. Ma era ostile soprattutto verso la donna che portava in grembo suo figlio. Osservava con gelida rigidità il suo contegno stoico, e si irritò quando ricevette la notizia della morte della sua parente acquisita più indispensabile: quella pia donna di sua suocera. Harry si risentì della morte di Mimì con particolare veemenza, perché la sua assenza, ormai permanente, significava che lui avrebbe dovuto farsi carico, da solo, della responsabilità di Gina. Un peso quasi insopportabile.

Così, mentre Harry raccoglieva le sue cose la mattina della partenza, all'inizio di gennaio del 1919, Roy gli chiese perché mai camminasse così piano. «Ho visto detenuti nel braccio della morte muoversi più velocemente di te.»

Lui tacque.

«Va tutto bene, amico» proseguì la guardia. «Di cosa ti preoccupi? Hai un bambino in arrivo, è inverno ma sei diretto a sud, libero come un uccello...»

«Trapiantato come una palma delle Indie occidentali.»

«Lontano dalle cose dell'uomo. Verso palazzi e parchi giochi.»

«Intendi dire lontano dalle cose buone dell'uomo.» Harry desiderava ardentemente pulpiti e principi.

«Verso tua moglie, stronzo.»

Lui si strinse nelle spalle. Non diede spiegazioni. Non poteva. Si limitò a dire: «Le donne sono un guaio».

«Sfondi una porta aperta, amico.» Roy aveva l'espressione di chi conosceva bene il problema. «Ma perché devono avere un odore così buono?»

Harry tacque ancora una volta.

«Sono solo tre anni» riprese il secondino. «Tre anni passati a sonnecchiare su una spiaggia della Florida sono sopportabili, no?»

«Tre anni? È un'eternità. La Russia ha visto una rivoluzione in dieci giorni! Tre anni equivalgono quasi a un mandato presidenziale. A un corso di laurea.»

«Be', sono sette anni in meno di quelli che avevi davanti, amico, e in una cella di cemento tre metri per tre. Perciò smettila di piagnucolare e sbrigati. Tua moglie ti sta aspettando.»

Dall'altra parte della strada, Gina era appoggiata all'automobile nell'aria fredda. Esther e Rosa erano al suo fianco. Roy lanciò una lunga e tenera occhiata a quella donna italiana, sconsolata ma statuaria e vivace, e spostò lo sguardo su Harry. «Sei proprio fuori di testa.» Scuotendo il capo, Roy gli porse la sacca con gli effetti personali. «Questa è tua, almeno?»

«Vaffanculo.»

«A presto, Barrington. Ti piace molto vivere qui. So che non riuscirai a stare lontano.»

Li accompagnò Clarence. In auto scese il silenzio. Harry si limitò a fare un cenno al gentile uomo di colore, ora più lento e anziano, che anni prima lo portava ogni giorno avanti e indietro da Harvard.

«E le mie cose a Lawrence?» chiese a Gina. «I miei libri, i miei...» Strinse le mani intorno a oggetti invisibili.

«Ho pensato a tutto. Già spedito.»

Harry si girò verso il finestrino. «Così tutte le difficoltà della vita sono state eliminate. Non devo più nemmeno piegarmi le camicie. Proprio come in riformatorio.»

«L'hai mai fatto?» domandò Esther. «Piegarti le camicie?»

«Sei una donna meravigliosa e sei mia sorella. Ma per molti versi, mi perdonerai se lo dico, temo che tu assomigli un po' a Elizabeth Lumley, la moglie di Laurence Sterne, a proposito della quale lo scrittore dice che era una donna di grande integrità e dalle molte virtù, che però se ne stavano ritte come gli aghi di un porcospino infuriato.»

«Le tue parole non mi fanno né caldo né freddo, caro fratello.»

«Chi diavolo è Laurence Sterne?» chiese Gina. «E perché dovrebbe importarci cosa pensava di sua moglie?»

Il viaggio da Concord a Boston durò settantacinque interminabili minuti.

Ma non fu niente in confronto ai cinque giorni che Harry e le tre donne trascorsero stipati nel vagone letto di un treno con un omone della Pinkerton davanti alla porta. Solo Esther e Rosa chiacchieravano tra loro. Gina dormiva, cercava di mettersi comoda, mangiava, beveva, alludeva a un vago malessere, ma per il resto si limitava a guardare fuori dal finestrino. Harry bevve poco, mangiò ancora meno. Sapeva che il suo silenzio era come veder sanguinare una pietra. Di lì a poco John Reed avrebbe pubblicato *I dieci giorni che sconvolsero il mondo*, la sua testimonianza diretta della Rivoluzione russa, mentre lui era su un treno con tre donne, diretto verso una nuova prigione.

«Cosa sai della casa in cui stiamo per trasferirci, Harry?» domandò Gina quando ebbero superato Cocoa Beach, a qualche ora dalla loro destinazione nella Florida meridionale.

«Vorrei poter dire che non ne so nulla.» Scrollò le spalle. «Purtroppo so qualcosa dell'uomo che l'ha costruita.»

«L'hai mai visto?»

«No, nemmeno in uno schizzo o in fotografia.»

Fuori dal finestrino c'erano il sole, il cielo azzurro, le palme rigogliose. «È bello» disse Gina. «Tropicale. Insolito. Ci sei mai stato?»

«Siamo andati solo a nord, a Newburyport.»

«Come faceva tua madre ad avere questa casa?»

«Chi può saperlo?» Harry lanciò un'occhiata a Esther e distolse lo sguardo. Non aveva voglia di parlare. Ma Gina si era animata alla prospettiva di una nuova vita.

Come una bambina, premette il viso impaziente contro il vetro. «Parlami della casa.»

Esther si avvicinò alla cognata. «Mio fratello non ama parlare di queste cose, ma nostra madre ha lasciato un biglietto senza indirizzo e senza firma tra i suoi effetti personali.»

«Esther, non voglio discuterne» intervenne Harry.

«Io sì» disse Gina. «Cosa c'era scritto?»

«Sto parafrasando, ma diceva qualcosa come: "Tra tutti i poveri regali da fare a mio figlio, vorrei potergli dare una casa tutta sua, costruita per ospitare e proteggere una famiglia, con finestre affacciate sulla gioia e sulla bellezza creata da Dio, magari un giorno per ospitare e proteggere la sua, di famiglia, una casa tale da non fargli mai dimenticare l'avventura romantica della vita."» Esther sbatté lentamente le palpebre guardando Harry. «Forse è questa la casa di cui parlava la mamma.»

«Non lo so, non mi interessa.»

«Qual è questa avventura romantica?» domandò Gina. «L'ho già dimenticato.»

«Spiritosa» disse Harry. «Continua pure a scherzare. Sai, Oscar Wilde dice che nulla rovina un'avventura romantica più velocemente del senso dell'umorismo nella donna.»

«E chi meglio di lui può pontificare sulle donne...»

Harry si rivolse a Esther. «Per essere una persona che non ricordava nulla, sicuramente sei riuscita a storpiarne una buona parte.»

«Ce l'ha ancora, Esther» disse Gina.

«Cosa?»

«Il biglietto.» Non staccò lo sguardo dal finestrino. «L'ultima volta che l'ho visto era tra le pagine di un libro sul suo comodino.»

«La Bibbia?»

«*Che fare?* di Lenin, credo.»

Esther fissò il fratello a bocca aperta. «Hai conservato il biglietto della mamma?»

«Non ho idea di cosa stiate parlando.» Harry premette il viso apatico contro il vetro mentre il treno procedeva. Non l'«avventura romantica della vita», sciocche zoticone, avrebbe voluto urlare. «Affinché non dimentichi mai l'avventura romantica della giovinezza» aveva scritto sua madre, Frances Barrington, la notte prima di morire.

«Gina, ti va di sentire la storia dell'uomo che ha costruito Bellagrand?» domandò. «È quasi una fiaba. Da tutti i punti di vista tranne uno.»

«Quale?»

«Non ha il lieto fine.»

2

C'era una volta, tra le paludi e le mangrovie della Florida, una flotta spagnola che fece naufragio tra le basse isole barriera. L'oro e l'argento si riversarono dalle navi lungo la costa e il mare li portò su e giù, vicino e lontano, tanto che la regione prese il nome di Treasure Coast. Di tanto in tanto, sotto le sabbie dell'oceano, si possono ancora trovare i resti di quelle ricchezze.

L'oro rimase per anni nelle piane alluvionali sulle spiagge ma, quando sopraggiunsero gli uragani, lo spazzarono via. L'uomo arrivò e piantò palme e agrifogli. Preservò le dune e restò abbagliato dalle Blowing Rocks, che sembravano le Badlands sull'Atlantico.

Passarono gli anni, poi giunse a sud un uomo che il padre aveva abbandonato perché troppo povero per dargli da mangiare. Fin da piccolo, il figlio aveva imparato a sfamarsi da solo. A scuola, non era andato oltre la terza media. Avviò un'impresa di estrazione del sale nel Michigan ma, quando la Guerra di secessione americana si concluse e la domanda di sale calò, finì sul lastrico e perse tutto l'investimento. In seguito racimolò il denaro da prestare all'amico John D. Rockefeller affinché fondasse una raffineria per il liquido nero che sgorgava dal terreno e faceva andare i motori veloci come proiettili. Quando qualcuno domandò a Rockefeller se fosse stato lui a ideare il processo di purificazione, egli rispose che gli sarebbe piaciuto molto avere il cervello per creare qualcosa di tanto intelligente. Ma era stato il suo socio e amico Henry Flagler a inventarlo. La loro società, la Standard Oil, diventò l'azienda di maggior successo al mondo.

Quando la moglie di Flagler si ammalò, lui la portò a St. Augustine, in Florida, perché si rimettesse. Fu lì che si imbatté per la prima volta nei climi tropicali e nei cieli stellati e pensò che quella città di mare sarebbe stata il posto ideale per un solitario soggiorno estivo.

Quindi Flagler si dedicò totalmente allo sviluppo della Florida meridionale. Fu la visione di un facile accesso alle terre tropicali che lo spinse a interessarsi così attivamente a quella parte del giovane Paese. Frustrato dall'inadeguatezza dei trasporti ferroviari e dalla scarsità di hotel in un luogo che non solo sembrava un paradiso, ma lo era a tutti gli effetti, usò i proventi del petrolio per costruire e poi estendere l'East Coast Railway e per dragare il porto paludoso che poi sarebbe diventato Miami e Coconut Grove. Miami non esisteva prima che la costruisse Henry Flagler. Quando la città fu ufficialmente costituita, nel 1896, la sua popolazione ammontava a trecento anime. Vent'anni dopo erano trentamila.

All'eterna ricerca di soci per gli investimenti, Flagler strinse un sodalizio con un facoltoso industriale del New England di nome Herman Barrington. Le loro mogli erano amiche e così gli uomini lo diventarono. Flagler offrì a Herman l'opportunità di trasformare i tropici incontaminati nella «Riviera americana.»

Sempre in cerca di opportunità d'investimento, Herman accettò senza esitazione. Spinti da interessi immobiliari convergenti, i due svilupparono l'isola barriera che diventò Palm Beach. Negli anni Ottanta del XIX secolo, Herman investì generosamente e fu ricompensato generosamente, usando gli enormi profitti delle vendite immobiliari in Florida per ristrutturare molti quartieri di Boston, tra cui il North End. Per anni, Flagler e Herman collaborarono felicemente alla costruzione di yacht club, ville e gallerie commerciali che sorsero tra le palme frondose lungo le dune dell'Atlantico. La Treasure Coast è punteggiata di città create da Flagler, da Cutler Bay a Jupiter Island.

Poi, un cambiamento improvviso. Herman e Henry divisero i loro interessi commerciali e andarono ciascuno per la propria strada. Flagler morì nel 1913, di gran lunga l'uomo più ricco degli Stati Uniti e uno dei più ricchi del mondo. Herman non partecipò alle sue sontuose esequie.

Flagler aveva edificato molte case sulle pianure costiere tra la via di navigazione e l'oceano, alcune modeste, altre che facevano concorrenza al Louvre. Aveva edificato un hotel, poi un altro. Aveva edificato un palazzo, poi un altro. Aveva perso la moglie che gli aveva fatto scoprire la Florida, ne aveva sposata un'altra, poi un'altra ancora. Amava le donne e, per l'ultima che sposò, aveva costruito la casa più sfarzosa di tutte, Whitehall, una magnifica dimora privata eretta in un'area paesaggistica aperta tra due specchi d'acqua, dove tutti potevano vederla.

Ma dieci anni prima aveva costruito una casa molto più piccola e umile.

Harry tacque. Il treno proseguiva la sua corsa. Gina aspettò. Si girò verso di lui. «È lì che finisce la fiaba? A Bellagrand?»

«È lì che finisce la fiaba. A Bellagrand.»

9

La camera azzurra

1

Dopo che furono scesi a Spanish City, un certo Fernando, che li aspettava al volante di una Oldsmobile Tourister, li condusse attraverso il ponte traballante sopra l'Intracoastal Waterway fino alla striscia di terra dove il sole sorgeva e tramontava, una stretta barriera di sabbia a livello del mare chiamata Jupiter Island. Gina viaggiava accanto a Fernando. Era un cubano basso e allegro, di età indefinita, che forse si tingeva i folti capelli neri. Aveva baffi da truffatore, un vecchio cappello, e uno stile ordinato ma modesto, con vestiti della domenica dismessi: un completo abbastanza decoroso e scarpe tirate a lucido. Parlava con un accento marcato, le faceva larghi sorrisi con denti irregolari e capiva ogni sua parola. Tranne quelle in italiano. Quelle non le capiva affatto.

Harry non era cordiale con lui, ma ultimamente non lo era con nessuno, soprattutto con Gina. Non importava. Non erano andati in Florida per riaccendere la fiamma della passione. Lui era lì per nascondersi e lei per avere un bambino. Alla sua destra, oltre gli arbusti e le dune, c'era l'Atlantico, e a sinistra nient'altro che muschio e vegetazione.

O almeno così pensava lei.

Non si accorse che c'era un vialetto sulla sinistra, eppure Fernando svoltò e fermò l'auto. L'ingresso tra gli alberi era nascosto da erbacce e canne incolte, celato dalle ammofile e dalle palme, dalle querce muschiate con le loro lugubri reti pendenti e da un alto cancello cigolante in ferro battuto.

«Fernando» disse Gina, «hai commesso un errore. Qui non c'è niente.»

«Io non commetto errori, *señora*. Vedrete.»

Superato il cancello aperto, la strada sterrata si snodava attraverso un boschetto di palme da cocco. La proprietà, tutt'altro che curata, ricordava una giungla.

In fondo al vialetto si ergeva Bellagrand.

Gina sgranò gli occhi dietro il finestrino abbassato della Tourister.

«Harry» mormorò. «Pensavo avessi detto che era umile.»

«Umile perché non si vede dalla strada. Umile rispetto a Whitehall.»

Era una casa di stucco candido, con finestre dagli stipiti bianchi e colonne doriche di marmo bianco che delimitavano il portico, anch'esso di marmo. La facciata era rivolta verso il sole nascente.

Socchiudendo gli occhi, Gina scese dall'auto. Panchine bianche, urne bianche, vasi e fioriere elaborati fiancheggiavano il vialetto circolare di sassolini bianchi, dove un tempo probabilmente si fermavano i cavalli, perché ai lati c'erano la stalla e le scuderie ora adibite ad alloggi per gli ospiti, le cui pareti di legno erano tutte dipinte di bianco. Al centro del vialetto c'era una fontana con una statua raffigurante una donna nuda, che si copriva pudicamente la metà inferiore del corpo con un panno drappeggiato, ma che faceva solo finta di nascondere i grandi seni di pietra. Chi era? Probabilmente suo marito lo sapeva. Si credeva onnisciente.

«Harry, chi rappresenta la scultura della fontana?»

Lui la degnò a stento di uno sguardo. «Se non funziona, è corretto chiamarla fontana?»

«Funziona, *señor*. La accendo quando vi avrò aiutato a sistemarvi e a disfare i bagagli.»

«Chi è, Harry?»

«Afrodite. Dea dell'amore, della bellezza, della sessualità. Interessante che mia madre me l'abbia lasciata, non trovi?»

«Calmati, Harry» disse Esther. «Non ti ha lasciato la scultura.

Ti ha lasciato la casa. Ora ti decidi a scendere dalla macchina e a cominciare ad ambientarti?»

«Il più tardi possibile» rispose lui senza guardare fuori.

Gina gli voltò le spalle e si diresse verso la dimora.

Maestosa e disarmonica, con la magnificenza leggermente scricchiolante di una casa fiera ma abbandonata da tempo, Bellagrand aveva pretese coloniali ma, in realtà, era una villa del Sud con accenti spagnoli. Gina non credeva ai suoi occhi. Aveva paura che, se avesse sbattuto le palpebre sotto il sole cocente, la casa sarebbe diventata ciò che più temeva: un miraggio.

Rosa dovette aiutarla a salire i gradini del portico. Harry, che finalmente era sceso dall'auto, si allontanò. Rosa, indignata, schioccò forte la lingua, esprimendo quello che Gina non riusciva a dire a parole.

Sentì Esther che diceva a Harry: «E io che per tutti questi anni ho pensato che avessi ricevuto un trattamento ingiusto quando io ho avuto i gioielli della mamma e tu niente».

«Ti fa stare meglio sapere con certezza che è proprio così, cara sorella?»

Oltre la porta di palissandro a doppio battente, che pareva tanto pesante da essere inamovibile, c'erano un corridoio cavernoso e ampie stanze, quasi prive di mobili. Harry entrò per primo, scomparendo a sinistra. «Harry» lo chiamò Gina, con il suo vibrato che rimbalzava da una pietra all'altra, *Harry, arry, arry, iii...*

Lui ricomparve nella sala grande. «Quando partite tu e Rosa?» chiese a Esther.

«Harry!» lo rimproverò Gina. «Non essere scortese.»

Esther era divertita. «Non abbiamo pensato di partire, vero, Rosa?»

«Signora, abbiamo pensato di *non* partire.»

«Forse quando il bambino avrà due anni?» suggerì Esther.

Harry sembrò inorridito. «Impossibile.» Scosse la testa. «Potrai tornare quando sarà nato, ma non puoi restare qui per i prossimi cinque mesi. Impazziremmo tutti. Tu non fai parte dei miei arresti domiciliari, vero? Oppure mi è sfuggita questa condizione tra le clausole scritte in piccolo?»

«La casa è così grande che non le incroceremmo nemmeno» intervenne Gina. «Lasciale restare.»

Esther mantenne uno sguardo fermo. «Stiamo scherzando. Pensi che lascerei solo mio padre malato mentre vivo con te per mesi?»

Lui parve leggermente imbarazzato. «Nostro padre» la corresse, ma Esther lo fulminò con un'occhiata che significava: Oh sì, certo, sono quattordici anni che non lo vedi nemmeno da lontano e all'improvviso il padre è *nostro*.

Gina si fece il segno della croce. Harry, Esther e Rosa la fissarono con aria interrogativa.

«Hai detto padre nostro» spiegò Gina. «Mi sono fatta il segno della croce per sicurezza.»

I tre protestanti bostoniani non addolcirono la loro espressione severa davanti alla sua impenetrabile stranezza cattolica.

La biblioteca aveva un'atmosfera maschile, ma era completamente bianca, tranne il pavimento di noce e le librerie di mogano. Per il resto, divani, sedie, lampade e tende erano tutti bianchi. Nell'angolo vicino alla finestra c'era un tavolo rotondo di marmo verde scuro. Harry vi si sedette e dichiarò che quello era il luogo in cui avrebbe letto e lavorato. Posò i palmi sul ripiano.

«Non è marmo» disse Esther. «Se c'è una cosa che conosco, sono i minerali semipreziosi. Questa è malachite.»

«È bella.»

«Viene dai monti Urali, in Russia.»

«Non ho bisogno di sapere altro. È mia.»

Lo lasciarono alla malachite e si diressero verso l'ampia sala da ballo con i sei lampadari di cristallo, ciascuno dei quali era grande come la vecchia cucina di Gina. La stanza aveva dieci alte finestre e quattro porte. Il pavimento era di noce scuro. Esther disse che non aveva mai visto pavimenti di noce nelle case, perché il costo di quel legno era proibitivo. Era lucido, quasi nero.

«Come sarebbe a dire? Gli appartamenti che nostro padre affitta agli immigrati nel North End non hanno pavimenti di noce?» Harry le aveva raggiunte.

«Forse puoi insegnare a Harry a ballare su questa pista» proseguì Esther, ignorandolo.

«Sa già ballare» rispose Gina. «Solo che sceglie di non farlo.»

Trovarono una sala da biliardo e un salotto.

In salotto c'era un vecchio pianoforte a coda Steinway Artcase Model B. Gina non sapeva suonare ed Esther aveva dimenticato come si faceva. Dopo aver tolto il lenzuolo bianco, premette il mi e il re in chiave di violino. Il mi vicino al do centrale non funzionava. «Forse possiamo evitare i brani e le scale che contengono il mi» osservò Esther. «Così, però, quasi tutto Chopin sarebbe escluso. Amava il mi maggiore.»

La cucina di pietra calcarea si apriva sulla sala da pranzo e sul salottino, creando un unico enorme locale che occupava il retro della casa ed era visibile da tutte le stanze sul davanti. A un'estremità della cucina c'era un'ampia zona che sembrava non servire a nulla, se non a ospitare altissime vetrate e portefinestre che si affacciavano sul grande verde del prato e sull'azzurro scintillante dell'oceano. Una barca bianca ondeggiava sull'acqua, ormeggiata a un lungo pontile di legno. Gina si aggrappò al ripiano. «La cucina da sola è più grande della nostra casa di Lawrence» disse.

«Già» fece Harry. «È soltanto un umile casino di caccia, come avevo previsto. Dov'è la modesta galleria degli specchi, mi chiedo? Ce la siamo persa? Fernando» chiamò, «forse puoi ritirarti negli appartamenti reali al piano di sopra?»

«Dove sono, *señor*?»

«A sinistra della sala dell'opera.»

«Smettila, Harry» lo rimproverò Gina. «Non capisce che lo stai punzecchiando.»

«Non lo sto punzecchiando. Lo sto schernendo. C'è una bella differenza.»

«Non dormo al piano di sopra, *señor*. Dormo nelle scuderie, come da istruzioni di vostro padre.»

«Ha dato istruzioni alla mia guardia carceraria» sussurrò Harry a Gina.

«Piantala.»

«Per quale altro motivo Fernando dovrebbe presidiare l'unica uscita?»

«È per questo che non sei gentile con lui?»

«Sono gentile. Sono esattamente me stesso.» Ma non era così.

La casa puzzava di muffa, tuttavia Gina si era aspettata di peggio da un edificio disabitato da quasi trent'anni. Spalancarono le porte e le finestre per arieggiare l'ambiente. Lei raggiunse Harry vicino alla portafinestra che dava sul prato. «Harry, guarda che roba.»

Lui pareva molto meno colpito.

«Forse per te non è niente» aggiunse Gina. «Ma io non posso essere la padrona di casa in un posto come questo. Al massimo, la cameriera personale della signora.»

«Non sminuirti. Non c'è ragione per cui tu non possa essere entrambe.»

Lei si voltò per allontanarsi. Lui le prese il polso. Non la toccava dal giorno in cui era uscito dal carcere. Quando lo fece, lei non ritirò il braccio. «Sì?» Abbassò la voce.

«Una domanda» disse Harry. «Vuoi prendere il tè nel salotto in muratura o in quello di marmo?»

Lei si liberò dalla sua stretta.

Lui si rivolse alla sorella. «Esther, cara. Come, niente piscina?»

Vicino alle porte aperte, lei indicò la parte sinistra del patio lastricato. «Non vedi?»

«Oh sì, ora la vedo. Come, niente campo da tennis?»

Lei indicò verso destra.

«Certo. Che sciocco.»

«Questo posto è un po' più grande delle celle in cui hai passato molto del tuo tempo» disse Esther.

Harry si picchiettò energicamente la tempia. «La mia libertà è qui. Ho soltanto scambiato una cella piccola con una più grande.» Scrollò le spalle con noncuranza. «C'è una sala banchetti. E allora? È pur sempre una prigione.»

Esther e Rosa lo ignorarono e ritrovarono Gina sulla veranda, coperta su tutti i lati da una rete di garza a maglie sottili. Gina ispezionò le zanzariere, chiedendosi perché fossero lì e se potesse rimuoverle per sedersi all'aperto e guardare l'acqua senza che le ostruissero la visuale.

«A quanto pare non si possono togliere» disse Esther. «Altrimenti si viene divorati dagli insetti. Fernando chiama questo spazio *lanai*. Vero, Fernando?»

L'uomo annuì. «Dall'altra parte del mare c'è Tequesta» disse, indicando. «È un nome indiano, ma ora ci vivono i cubani. È lì che abita la mia famiglia. La chiamiamo Spanish City. Lì compreremo tutto ciò che vi serve.»

«Libri sulla rivoluzione?» domandò Harry alle loro spalle.

«Un sacco di libri, *señor*. Ditemi cosa vi piace, e io lo compro.»

«Niente libri rivoluzionari per mio fratello» si intromise Esther. «È già fin troppo rivoluzionato da solo. Ma domani avremo bisogno del tuo aiuto. Dobbiamo assumere una governante e un cuoco. Forse anche un valletto. E una cameriera per Gina.»

«Non mi serve un valletto» protestò Harry. «Sono quarant'anni che mi metto i calzini da solo. Posso farlo per altri tre.»

«Non mi serve una cameriera» disse Gina. «Sono io la cameriera. Vorrei comprare una macchina da cucire, Fernando. Possiamo farlo? E non mi serve un cuoco. Cucino io. Preparerò cibo italiano per mio marito. Una volta gli piaceva.»

«Non lo mangio da così tanto tempo» disse Harry «che ho dimenticato cos'è.»

Si scambiarono una debole occhiata di fame calda e distante.

Fernando non era d'accordo. «Avete bisogno di un cuoco, *señora*. Avete bisogno di qualcuno che faccia la spesa. Non potete andare da sola al mercato, comprare il cibo, preparare, cucinare, pulire. Guardate le dimensioni di questa casa. È troppo per voi, nelle vostre condizioni.»

«Come credi che abbia vissuto in tutti questi anni?»

«Non hai mai vissuto in una casa simile» disse Esther.

«Siete stata incinta per tutti questi anni, *señora*?»

«Il cubano ha ragione» ribadì Esther. «Ora dovrai imparare a vivere in modo diverso. Senza macchina da cucire.»

«Ma mi piace cucire. Voglio fare qualche vestito estivo da indossare. E mi piace andare al mercato. Dovete averne uno molto fornito qui, Fernando. Con moltissima frutta e verdura fresca, immagino.»

«Oh, sì! Abbiamo la frutta tropicale più deliziosa. Mango, ananas, guaiave. Platani. Banane in abbondanza.»

Gina trasalì. Esther trasalì. Si guardarono, perplesse e accigliate, soprattutto Esther, che notò il tremore della cognata. Non dissero nulla, come se non fosse successo. Era stato Ben a far conoscere a tutti loro le banane, ormai vent'anni prima, quando lavorava per la United Fruit Company ed era rimasto affascinato dall'America centrale. Le banane erano arrivate per prime. Poi era venuto il canale di Panama.

«Banane, meraviglioso!» esclamò Harry, tornando in cucina. «Non vedo l'ora. Per favore, posso venire anch'io con te, Fernando?» Si sedette sul pavimento e sorrise. «Vorrei scegliere personalmente la frutta. Dimmi, queste banane di cui parli sono importate da Panama?»

«Va bene, basta così» fece Gina sottovoce.

«Sì, Harry.» Esther le lanciò un'occhiata ancora più perplessa. «Basta così.»

«Credo che l'altra frutta venga dalle coltivazioni locali, *señor*» rispose Fernando. «Ma sì, le banane vengono da Panama e dal Costa Rica.»

«Certo.»

«Arrivano qui molto velocemente, prima che maturino. Il nuovo porto di Key West accoglie le navi provenienti da Panama e la nuova ferrovia che corre da lì lungo tutta la costa le porta fino a noi.»

«Molto comodo.»

«Sapete» proseguì Fernando «che l'uomo che ha costruito la ferrovia è lo stesso che ha costruito questa casa? Si chiama Henry Flagler.» Annuì, orgoglioso come se fosse lui l'autore di quelle iniziative. «È vero. Non siate così stupito, *señor*. È un fatto poco conosciuto. Storia locale, un servizio extra che offro.» Sorrise felice.

Harry, con un sorriso beffardo che andava da un orecchio all'altro, spalancò le mani verso la moglie e la sorella, sconcertate. «Bellagrand è un dono che continua a riservare sorprese, non è vero, signore?»

Le due donne rimasero immobili come colonne di marmo.

«Vorrei che poteste venire al mercato con me, *señor*. Rimarreste a bocca aperta.»

«Credimi, sono già molto meravigliato. Come lo sono le mie signore. Guarda, le hai sbalordite così tanto da zittirle. Non è un'impresa facile, amico mio.»

Esther ritrovò la voce. «Fernando, per quanto Harry possa scherzare, non deve lasciare questa casa.»

«Chi sta scherzando?»

«Conosco i miei doveri, signora Barrington. Non preoccupatevi.»

Harry si rivolse alla moglie: «Cosa c'è, Gia? Il gatto ti ha mangiato la lingua?».

Si era completamente estraniata dalla conversazione. Stava esaminando la dispensa, colpita dai suoi numerosi mobili e cassetti. Aprì gli armadietti. Trovò porcellane bianche. Bicchieri di cristallo. Argenteria. Piatti da portata. Si rese conto di avere fame. Forse, invece di chiacchierare oziosamente, avrebbero potuto mangiare. C'era del cibo in quella casa? O solo porcellane?

«Harry, conosci le condizioni» stava dicendo Esther. «Non puoi uscire di casa per nessun motivo. Fernando lavora per il dipartimento penitenziario della Florida. Conosce le regole meglio di te. L'agente della libertà vigilata verrà a trovarti questo lunedì per presentarsi e ti spiegherà il resto. Farà visite settimanali programmate, ma anche visite a sorpresa.»

«Nel cuore della notte, per esempio?» chiese Harry con una luce maliziosa negli occhi.

«Non essere impossibile» rispose Esther con lo stesso sguardo. «So che è un'impresa erculea, ma puoi almeno provarci?»

Gina tornò in cucina. «Fernando, cosa possiamo fare per aiutarti a sistemarci? Perché vorrei mangiare presto.»

Il cubano si scusò rapidamente per andare a prendere le valigie in auto. Gina fece cenno a Harry di aiutarlo, ma lui la ignorò. Lei continuò a insistere, finché anche Esther la zittì, indifferente al fatto che Fernando e Rosa stessero portando da soli cinque bauli al piano di sopra. Fu allora che Gina si rese conto di non aver interiorizzato nemmeno la più semplice delle regole dell'etichetta: la servitù serviva. Era pagata per andare a prendere le valigie, cucinare e andare al mercato. Harry, cresciuto con i soldi del padre, rimase semplicemente seduto sul pavimento. Gina cominciò a capire alcune cose del marito. Non si era alzato neppure nella loro casa in Summer Street. Aveva trascorso tredici anni seduto. Perché la domestica era lei.

Si diressero con calma di sopra. Frastornata, Gina ispezionò le camere, sei in tutto, ciascuna con il proprio bagno, alcune con salottini attigui. Ognuna era arredata con un colore diverso. C'erano la camera rosa, la camera rossa, la camera d'oro, la camera verde, la camera lilla, la camera azzurra. Lei aveva vissuto condividendo un minuscolo bagno, per metà interno e per metà esterno, con Mimì, Angela, la zia Pippa, Salvo e poi Harry. *Ciascuna camera aveva il suo bagno.* Incredula, si posò i palmi sul pancione.

Harry comparve al suo fianco. «Qual è il problema? Perché ti tieni la pancia? Non ti senti bene? Siediti.»

«Sto benissimo» lo rassicurò.

«Ti fa male qualcosa?» Lui si guardò intorno alla ricerca di una sedia.

«Non mi fa male niente. Mi sono soltanto toccata lo stomaco. Sto bene.»

La mano di Harry rimase sul suo gomito.

La suite padronale era composta da una serie di stanze azzurre comunicanti. La camera era impreziosita da elaborate decorazioni di legno simili a pizzo. Aveva un gigantesco letto a baldacchino bianco al centro, specchi ovunque, dipinti giallo chiaro di fiori e acqua, oltre a una nicchia accanto al balcone, una scala a chiocciola che portava al prato sottostante e una biblioteca con il camino. Gina chiese a Harry se volesse trasformare la biblioteca in una nursery, ma lui rifiutò. «Leggere è l'unica gioia che non mi hanno tolto. E ora vuoi portarmi via anche quella?»

«Chi ha detto che non puoi leggere? Ma il bambino deve pur dormire da qualche parte.»

«Ci sono altre cinque camere. Non può dormire in una di quelle?»

«No.» Gina lo scimmiottò. «Non può dormire in una di quelle.»

Lui alzò gli occhi al cielo.

Lei lo imitò.

Ma si dimenticò di lui quando entrò nel bagno immenso, una stanza azzurro mare con due lavabi, una grande vasca di porcellana e, nell'angolo, una doccia delimitata da una parete di marmo. Dovette appoggiarsi a quest'ultima per orientarsi. «Harry, riesci a crederci? C'è persino un posto per sedersi e truccarsi.»

«Mmh» fece lui con un'alzata di spalle indifferente. «Ci sono troppi camini. Ce n'è uno persino qui dentro. A cosa serve un camino accanto a una vasca da bagno? Cosa te ne fai dei caminetti in Florida? È uno spreco di denaro.»

Ma, quando scese la sera, fu lui stesso ad accendere il fuoco al piano di sotto. Fernando trovò una catasta di legna nella stalla.

«È un peccato che Fernando rimanga nelle scuderie con i cavalli e la legna.» Harry era seduto da solo al tavolo di malachite mentre Esther gli passava accanto con i calici di cristallo. «Maria Antonietta non ha un alloggio privato vicino al lago? Forse Fernando può sistemarsi lì.»

«D'accordo, Robespierre, basta così.» Esther gli fece segno di seguirla. «Vieni a mangiare.»

2

Fuori, sul patio di pietra, si sedettero a tavola davanti a una cena a base di gamberi e granchi, pane appena sfornato, insalata di cetrioli e dolcetti alle fragole. L'aria di quella sera di gennaio era un po' fredda, ma il fuoco scoppiettante emanava un piacevole tepore, permettendo di restare all'aperto. A Boston, di solito Rosa non mangiava allo stesso tavolo di Esther, ma lì le tre donne si accomodarono tutte insieme. Passarono il tempo programmando la giornata e la settimana successiva, discutendo di come profumare la casa, procurarsi l'occorrente per le pulizie, lavare i tavoli e le sedie. Gina disse che avrebbe voluto avere una panchina oltre alle sedie, e magari anche un'amaca. Avrebbero avuto bisogno di costumi da bagno per nuotare, ma Gina non era sicura che esistessero costumi da bagno per donne incinte, perciò forse avrebbe potuto confezionarne uno con le sue mani, se solo avesse avuto una macchina da cucire. Avrebbero comprato fiori freschi, vasi, lenzuola nuove...

«Magnifico, ora siete diventate tutte cameriere» interloquì Harry. «Soprattutto tu, Esther. Non c'è nessuno che abbia preoccupazioni più nobili?»

«La casa *è* la preoccupazione» rispose Gina. «La casa è tutto.»

«Su questo non siamo d'accordo.»

«Solo su questo?»

Harry bevve un sorso di vino. «Ammetto che la casa è in condizioni migliori di quanto mi aspettassi. Non che mi aspettassi molto. Ma comunque, dato che è rimasta disabitata per oltre un quarto di secolo, sono sorpreso.»

«Devi ringraziare nostro padre per questo» disse Esther. «Per proteggere il tuo fondo fiduciario ha assunto un amministratore che si occupasse dell'immobile. Ha pagato la ritinteggiatura ogni cinque anni, e anche una squadra di giardinieri e una per le pulizie ogni sei mesi.»

«Ha continuato a farlo per tutti questi anni? Perché?»

«Perché altrimenti la proprietà varrebbe soltanto il prezzo del terreno. Che non è affatto irrilevante. Ma tua moglie ha ragione, la casa ha un valore separato da quello del terreno.»

Harry alzò lo sguardo verso il balcone della camera, il camino del patio, le luci della cucina. «Non sembra una casa costruita nel 1890.» Evitò di guardare la sorella, che a sua volta evitò di guardare lui. «Non riesco a immaginare che all'epoca sapessero costruire impianti idraulici interni. L'elettricità?»

«Sì, alcune cose c'erano già.» Esther fece una pausa. «Le vasche da bagno, per esempio. Però hai ragione. Tre o quattro anni fa, più o meno nel periodo in cui è scoppiata la guerra e tu hai scontato la tua prima detenzione lunga, il papà ha deciso di fare un'importante ristrutturazione. Sai che anche lui sa costruire case. Non voleva essere da meno. Voleva migliorarla. Ha sostituito le tubature, rifatto la superficie della piscina, rimpiazzato il riscaldamento a carbone con quello a nafta, il che ha permesso di evitare che la casa bianca diventasse nera. Ha installato un nuovo impianto elettrico e rimodernato gli utensili della cucina. Puoi vedere tu stesso quanto sia al passo con i tempi.»

«Nostro padre ha fatto tutto questo all'inizio della guerra? E perché?»

«Non lo so.» Esther si strinse lo scialle di seta intorno alle spalle. «Pensava che saresti andato da lui a chiedere aiuto. Voleva che fosse tutto pronto per te.»

«Anche dopo il 1905?» Quando Harry e Herman erano andati ciascuno per la sua strada, lui aveva creduto che sarebbe stato per sempre.

Esther annuì. «È la tua casa, affidata alle sue cure. Se n'è occupato per te.»

«Inoltre sei ancora suo figlio» osservò Gina. «Nulla di ciò che fai può cambiare questo.»

«Gina ha ragione.» Esther strinse le labbra come se faticasse ad ammetterlo. «Tu sei il suo unico figlio maschio. Gli uomini tendono a dare importanza a questo genere di cose. Al contrario, per esempio, delle figlie.»

«No» la corresse Gina. «I padri adorano le loro figlie. Credimi.»

«Non mi sembra che noi due abbiamo lo stesso padre, no?»

«È vero, non ce l'abbiamo. Perché il tuo è ancora vivo.»

Rimasero seduti in silenzio nel fresco della sera, bevendo il tè e guardando il fuoco che si spegneva. Rosa si era scusata ed era andata a letto. «Come faremo a vivere qui?» Harry chiese a Esther. «Viviamo in una reggia, ma siamo poveri in canna. Come facciamo a comprare il latte? I sonagli per il bambino?»

Le due donne si sorrisero dall'altra parte del tavolo di tek.

«Cosa c'è? Perché sorridete?»

«Sono orgogliosa di te» disse Gina. «È la prima volta da quando ci siamo sposati che mi chiedi come faremo a pagare qualcosa.»

«Non capisco cosa intendi.»

«Non me l'avevi mai chiesto. Devi aver pensato che il problema si sarebbe risolto in qualche modo.»

«Lascio a te il compito di trasformare questo debole elogio in un complimento ambiguo.»

«Non mi ero resa conto che fosse una di queste due cose.»

Harry si girò verso la sorella. «Ti decidi a rispondere alla mia domanda? Come facciamo a pagare Fernando?»

«Fernando è a posto. Il papà sta pagando per la tua sicurezza. Dopotutto sono in gioco la sua parola, il suo buon nome e mezzo milione di dollari. Non può permettere che ti comporti come fai di solito.»

«Andare avanti è il mio modo di comportarmi. E per quanto riguarda tutto il resto? Ci passerà una somma mensile?»

Esther scosse la testa. «Bellagrand è la tua somma mensile. Billingsworth ha istituito una linea di credito per te presso la banca locale, a fronte del valore della casa. Questo significa che non potrai prelevare più di quanto vale la casa.»

«So come funziona. Mi sono laureato a Harvard.»

«Istruito sui banchi dell'università, ma stupido nella vita. Ecco come funziona: usi il conto per le spese correnti, per qualsiasi cosa, dal cibo ai vestiti, alla macchina da cucire di tua moglie, all'auto che potresti voler comprare. Alla fine, quando nostro padre morirà, tra molti anni, e la proprietà della casa passerà a te, sarai responsabile di quel conto aperto. E questo significa che...»

«So cosa significa.»

«Temo di no. Se decidi di vendere Bellagrand...»

«Ma perché dovremmo?» la interruppe Gina.

«Lasciala finire» disse Harry.

Esther continuò. «Se decidi di venderla, la banca salderà prima il conto e poi staccherà un assegno per il saldo, sempre che sia rimasto qualcosa.»

«Perché non dovrebbe?»

«Non dico nulla. Ma più spendi, più usi senza criterio la linea di credito, più aumentano la cilindrata delle tue auto e le spese di gestione della casa, e meno ti resterà se mai deciderai di vendere.»

«Per una che non voleva dire nulla» ribatté Harry, «sicuramente hai detto molto.»

«Perché dovremmo vendere?» ripeté Gina.

«Aspetta, Gia. Esther, cosa succede al conto aperto se non vendiamo?»

«Spendi e spandi, se vuoi. Ogni boccone di cibo che mangi viene detratto dal valore della casa. La banca ti concede una linea di credito garantita e ti addebita gli interessi sul denaro che prendi a prestito. Più prendi a prestito, e più interessi paghi. La banca sa che riavrà i suoi soldi grazie alla casa. Alla fine dovrai pagare, o vendendo la casa o trovando un lavoro.» Esther sorrise con un misto di amarezza e confusione. «Perciò vivi pure la tua vita, spendi tranquillamente. Ma ricorda che c'è una fine per tutto.»

Harry lanciò un'occhiata all'interno della sontuosa casa mal illuminata, costruita per re e diplomatici. «Non per questo.»

3

Erano entrambi esausti quando finalmente chiusero la porta della camera azzurra per prepararsi per la notte. Gina prese le lenzuola nuove e rifece il letto da sola mentre Harry se ne stava seduto sul balcone. Lei voleva la portafinestra aperta per far entrare l'aria fresca. Lui la voleva chiusa. Lei scomparve in bagno. Quando lui rientrò, lasciò i battenti aperti. Si accomodò su una sedia accanto al camino, sfogliando un libro sull'architettura spagnola. Lanciò un'occhiata al focolare spento.

Quando Gina tornò, con una vestaglia leggera e i capelli raccolti mollemente, le fiamme scoppiettavano vivaci. «Perché hai acceso il fuoco in Florida?» Gli passò accanto per prendere la spazzola.

«Ho pensato che potesse piacerti. Non hai freddo con la portafinestra aperta?» Guardò la vestaglia di seta intorno alle sue spalle.

«No, sto bene.»

Lui la ignorò per un attimo, fingendo di essere affascinato dalle colonne doriche e dai portici di marmo, dai pilastri, dai pali, dai sostegni e dai paletti. Ma poi...

Intravide una fragile rotondità, una pienezza, una maturità a cui non era abituato. C'era una donna con lui in camera, seduta su un grande letto bianco, arrossata, calda, sua. Non era abituato nemmeno a quello. Qualcosa gli strattonò il cuore, altre parti del corpo. Le spalancò. Il sangue affluì. Harry chiuse il libro e lo posò sul tavolino.

«Ehi. Vieni qui.»

Lei era nell'angolo opposto, intenta a spazzolarsi i capelli.

«Cosa c'è?»

«Vieni qui.»

Gina si avvicinò e si fermò davanti a lui, stanca, seria, con gli occhi esausti simili a pozze di affetto deluso.

Harry sollevò la mano e le toccò il fianco, tirando la cintura della vestaglia. «Aprila» sussurrò. «Voglio vedere.»

«Vedere cosa? Hai già visto tutto.»

«Voglio vedere il bambino.»

Lei non protestò, ma nemmeno posò la spazzola. Harry pensò che da un momento all'altro avrebbe potuto colpirlo in testa. Sciolse le nappe di seta e aprì parzialmente i lembi di stoffa. Rimase lì, nuda come lui non l'aveva mai vista prima, dilatata, ammorbidita, con il ventre gonfio che sporgeva in una mezzaluna. Lui le allargò i palmi sull'addome, che non era molle al tatto, bensì teso, come una mezza anguria sotto una pelle di velluto. Piegandosi, la baciò, la baciò sopra l'ombelico, la baciò sotto l'ombelico e indugiò in quel punto, con le mani che le stringevano i fianchi in una morsa insistente. Alzò gli occhi. I suoi seni erano grandi il triplo, con i capezzoli scuri e grandi.

Gemette sottovoce, come se non volesse che farle sentire il suo bisogno, mentre le cingeva i fianchi, tirandola verso di sé.

«Di quanti mesi sei?» chiese con voce rauca, facendo scivolare le mani verso l'alto e prendendole i seni. Prima gli entravano nei palmi, ma ora non più. Aveva il respiro corto.

«Quasi cinque.»

«Eravamo già arrivati a questo punto?» Tirandosi su dalla sedia, la accarezzò, baciandole la parte inferiore dei seni.

«No.»

La sua bocca aperta e impaziente si chiuse intorno ai capezzoli induriti di Gina.

Lei mugolò e lasciò cadere la spazzola. Ah. Finalmente.

Le diede un bacio appassionato, liberandola dalla vestaglia e premendo contro di sé il suo corpo nudo, con le mani impazzite che le avvolgevano la schiena.

«Sei completamente vestito, marito mio» bisbigliò Gina.

«E tu sei completamente nuda.» La distese sull'enorme letto e torreggiò sopra di lei, toccandole le caviglie, guardandola. Gina sollevò le braccia sopra la testa. «Sei diventata una donna diversa.» Si chinò, baciandole i capezzoli, rimpiangendo di non potersi spogliare senza lasciarla andare.

«No, solo una donna incinta.» Tese la mano nella sua direzione, rovesciando la testa, chiudendo gli occhi, aprendo la bocca e anche le cosce.

Harry la guardò per un altro folle momento e andò a chiudere la portafinestra.

«Cosa stai facendo?» gemette Gina. «La volevo aperta.»

«No, non è vero.» Si inginocchiò sul letto tra le sue gambe, posandole le dita sulle cosce.

«Oh sì, hai ragione.» Gina rabbrividì prima che lui posasse su di lei un delicatissimo bacio. Gli afferrò la testa. «Chiudi la portafinestra, sì, sì.»

«È chiusa, moglie mia» sussurrò, abbassando il capo e la bocca avida. Oh, la voluttà, l'eccitazione, l'adulazione. Mi hai rapito il cuore.

Tu sei tutta bella. Harry bisbigliò le parole che gli aveva insegnato. *Sei perfetta.*

Ho fame, ripeteva lei senza sosta. Ho fame.

Anch'io, sussurrò lui. Oddio, anch'io. Muoio di fame. Una fame da lupo.

Gina piangeva senza tregua. Con le labbra sulla sua gola, lui riusciva a sentire i suoi singhiozzi, i suoi capezzoli così rossi e infiammati da farla volare via dal letto non appena la sua bocca scendeva a succhiarli. Gina, Gina...

Piango, piango.

Dimmi cosa vuoi.

Ti prego, non smettere.

Riuscirò mai a smettere?

Nel suo collo, nella sua testa, nel suo viso, nel suo cuore, contro il suo stomaco, la bocca esasperante di Gina era una tortura nella notte, eppure lei pianse anche quando Harry era nella sua bocca e perdeva la ragione, no, era persa da tempo, scaraventata vent'anni prima nei misteri degli antichi vulcani. Lui sudava come non mai, doveva aprire la portafinestra o sarebbero soffocati entrambi.

La aprì.

Soffocavano ancora.

Ti sono mancato? le bisbigliò nel buio, cullandosi dentro di lei. Erano entrambi bagnati come se fluttuassero in un grembo materno.

Non posso vivere senza di te, rispose, gemendo. E io ti sono mancata?

Harry le premette il viso e la bocca tra le scapole.

Non smettere, non smettere mai...

Mi sto forse fermando?

Rimasero sdraiati, ansimando, cercando di riprendere fiato.

Gina gli tenne il viso tra le mani. Harry, bisbigliò. C'è amore in ogni stanza di questa casa.

C'è amore in questa camera.

Costruirla è stato un travaglio d'amore, mormorò Gina.

Non voglio parlarne. Per favore.

Guarda i colori di Bellagrand. Bianco, come una sposa, come l'innocenza, bianco come la sabbia, le sponde lontane, l'orizzonte all'alba. Bianco, a simboleggiare l'innocenza, il romanticismo, la sublime schiavitù.

Non lo vedo e non voglio vederlo, replicò lui, chinandosi sulla sua gola, baciandole le clavicole, i capezzoli, il cuore.

Sei cieco.

Non del tutto, replicò, studiandole il volto.

Le labbra di Gina trovarono le sue. Harry chiuse gli occhi.

Sai cosa rimpiango?

Lei restò distesa sul letto, tremando, ascoltando, ricevendo, aspettando altro.

Di avere un solo paio di occhi con cui guardarti.

Lei mugolò e aprì le braccia avvolgenti.
Di avere un solo paio di orecchie per ascoltarti.
Gina si curvò verso le sue dita.
Di avere un solo paio di mani con cui toccarti.
Lei si dondolò da una parte all'altra, tirandolo a sé, su di sé, per favore, per favore...
Di avere una sola bocca con cui baciarti.
Allora baciami, baciami, posa la tua bocca su di me, adorami...
Di avere una sola lingua con cui assaggiarti.
Lui dovette richiudere la portafinestra, perché l'estasi di sua moglie echeggiò sulle acque scure e increspate.
Di avere un solo...
Oh Harry...
Qui e là, ovunque, implacabile, interminabile.
Eppure lei piangeva.
Non piangere, amica mia, innamorata, sussurrò Harry, con il respiro pesante, con il cuore che si apriva e si chiudeva come un libro di preghiere. Non piangere.
Eppure... lei piangeva.
Mi dispiace, si scusò lui nei momenti di tregua dal caos dell'uragano. Mi dispiace di non essere l'uomo che pensavi.
Sei l'uomo che pensavo. Mi dispiace di essere stata debole e sbagliata. Mi dispiace. Perdonami.
Ormai è fatta. Perdonerai le mie stupidaggini?
Non ne ricordo nessuna.
Mi impegnerò di più. Anche se a volte, come quando è successa quella cosa terribile tra noi, ho una paura tremenda di non essere all'altezza del compito, di non essere mai degno del tuo amore. Questo è ciò che temo di più. È quando ho questa paura che mi comporto nel modo peggiore. A volte non so come aiutarci a diventare quello che entrambi sognavamo di essere.
Non temere, mio diletto. Siamo quello che sognavamo. Per metà separati, ma interi insieme.
Sì. Per metà separati, ma interi. Si sdraiarono su un fianco, pancia contro pancia. Ti prego, non lasciarmi mai.
Non ti lascerò mai.

Promettimelo.
L'ho già fatto. Ti ho sposato. Era questa la mia promessa.
Gina si addormentò con il palmo di Harry sul pancione.
Lui rimase sveglio, vivo, soffocato dal caldo, divorato di nuovo dal desiderio di lei, dal bisogno di lei. Ma Gina era rannicchiata con le mani sotto la guancia come una bambina.
Restò a lungo accanto a lei, ascoltando il suo respiro, accarezzandola, meravigliandosi della sua pelle di seta e dei cambiamenti del suo corpo, dei fianchi arrotondati e della curva della sua vita dilatata. Affondò il viso nella folta massa dei suoi capelli indisciplinati e spettinati.
Vuoi sapere cos'altro rimpiango? mormorò quando era certo che dormisse e non stesse ascoltando.
Rimpiango di avere un solo cuore con cui amarti.
Rimpiango di avere una sola breve vita per amarti.

10

La melassa

1

Le loro risate minacciavano di disturbare le anatre nella piscina. Erano da soli nel patio, su una lunga panca di legno al tavolo della colazione, con Gina appollaiata sulle ginocchia di Harry, intenta a dirgli di fare il bravo, e con lui che non obbediva minimamente, bensì continuava a cercare di spiegarle cose di cui non le importava nulla. «Vuoi che chiami Fernando? Te lo dirà lui.»

«No! Ti arresterà per atti di libidine. La tua attuale condizione non è adatta al pubblico.» Gli diede un pizzicotto.

«Voglio che Fernando ti rimetta al tuo posto. La melassa non è un'esca per i pesci. Da dove ti vengono queste idee strambe? È cibo per esseri umani.»

Come richiesto da Gina, Rosa e Fernando avevano recuperato una panca di legno, ma Harry non aveva approvato la sua fattura rudimentale. «Dovrei costruirti una panchina come si deve» aveva detto. «Ti mostrerò come si fa.»

Esther aveva riso. «Tu vuoi costruire una panchina? Sai almeno cos'è un martello? O cosa sono i chiodi?»

«Molto spiritosa» aveva detto Harry. «Dimentichi, sorella beffarda, che io e te abbiamo lo stesso padre. E ha insegnato delle cose anche a me.»

«Non credo che ti ricordi uno solo degli insegnamenti di nostro padre» disse Esther, e Gina si fece di nuovo il segno della croce sentendo le parole «padre» e «nostro». I due gemettero ma, quando si voltarono, videro Fernando che, anch'egli cattolico, faceva la stessa cosa, e gemettero ancora più forte.

Fernando si era sbagliato. Non c'erano librerie a Spanish City, ma un pomeriggio accompagnò le donne a Palm Beach, dove pranzarono all'hotel Breakers, poi fecero compere e acquistarono anche alcuni libri adatti a Harry a Palm Beach Gardens. Così ora lui aveva dei testi da leggere, nessuno dei quali sulla lista nera.

Bellagrand fu lentamente colonizzata dai suoi abitanti. Gina ed Esther aprirono la piscina, assunsero un cuoco e una governante. Emilio e Carmela, una coppia sulla cinquantina, non parlavano quasi mai, e Gina scoprì ben presto il perché. Non conoscevano l'inglese, il che le creava non poche difficoltà quando doveva dire loro cosa cucinare e cosa comprare. Portavano a casa ketchup e prodotti in scatola inaccettabili. Acquistavano il tipo di pesce sbagliato. Recuperarono biancheria tutt'altro che soffice e vestiti di mussola così sformati da sembrare sacchi di iuta, quindi si chiusero in un silenzio offeso quando Gina non li indossò. Di lì a qualche giorno, dopo aver chiesto loro di comprarle dello sciroppo d'acero come quello che vendevano in tutti i mercati di Lawrence, portarono a casa una cosa chiamata melassa nera, che aveva l'aspetto e il sapore (dolce) del catrame. Quella fu l'ultima goccia, tanto che Gina intendeva licenziarli.

«Non la voglio in casa nostra, Harry! La usano per l'alimentazione del bestiame.»

«Chi la usa? E come fai a intenderti di melassa?»

«Mio fratello lavora alla Purity Distilling. Dice che è disgustosa. Non la voglio vicino al bambino.»

Harry rise. «Mancano più di quattro mesi al parto, e probabilmente lui non inizierà subito a gattonare, perciò siamo al sicuro per un altro mese o giù di lì, credo.»

«Chi è questo "lui" di cui continui a parlare?»

Harry le fece il solletico. «A Cuba, Fernando fa il rum con la melassa. Ne farà un po' per noi qui. Non ti piacerebbe?» Le baciò la spalla nuda.

«Cos'è questo rum?» Il *ron ponche* dei Natali passati era solo un lontano ricordo.

«Credimi, una volta che Fernando te l'avrà fatto assaggiare, non lo dimenticherai mai più.»

Mettendogli le braccia intorno al collo, Gina gli sollevò il viso e guardò felice i suoi occhi sorridenti, che quel mattino erano azzurri di beatitudine. Abbassando la voce, mormorò: «Ma, cuore mio, non mi serve la melassa di Fernando quando tu continui a farmi assaggiare moltissime cose deliziose».

Lui saltò su, facendola quasi cadere, e la trascinò fino alla scala a chiocciola che portava nella loro camera al piano di sopra.

In fondo ai gradini c'era Esther, con un'aria palesemente contrariata e le braccia conserte, agghindata e inamidata come una statua di ferro, con un pesante vestito di twill di cotone e scarpe nere con i lacci.

«L'agente della libertà vigilata è qui per il primo incontro» disse. «È lì che siete diretti, giusto? Alla porta d'ingresso?»

«Certo. Dove altro potremmo essere diretti?»

Come due bambini pizzicati a combinare una marachella, si tennero per mano cercando di non ridere davanti a Esther.

2

Margaret Janke aveva il viso tirato e occhi diffidenti, ridotti a fessure. Harry ebbe l'impressione che fosse distratta e assorta nei suoi pensieri finché non disse: «Signor Barrington, vedo dai pochi libri sugli scaffali semivuoti che siete ancora interessato alla letteratura rivoluzionaria socialista».

Harry non fiatò. Sul tavolo di malachite era posato *I soviet al lavoro*, l'affascinante libello di Lenin, appena tradotto e pubblicato. «Non avevo capito... Anche questo è un crimine? Leggere?»

«Assolutamente no. Purché comprendiate che non vi è permesso scrivere dell'argomento, spedire lettere o opuscoli, collaborare con il quotidiano locale con articoli o editoriali, pubblicare annunci pubblicitari a suo sostegno, essere in contatto con chiunque sia associato al Partito socialista, al Partito comunista, al Partito comunista dei lavoratori, alla Prima Internazionale o a qualsiasi altra organizzazione radicale che non mi è venuta in mente e non ho menzionato. Non vi è permesso scrivere lettere a nessuno in Russia o parlare al telefono con i vostri ex compagni. Inutile dire che non vi è permesso marciare, protestare o manifestare per questa o per qualsiasi altra causa.»

«Se è inutile dirlo, allora perché lo dite?»

«Sto semplicemente citando la legge in base alla quale avete ottenuto la libertà provvisoria.»

Per tutta risposta, Harry fece un'espressione volutamente vacua. «È questa la libertà, agente Janke? Essere sorvegliato da cubani giorno e notte e ricevervi a casa mia ogni lunedì?»

«Sì, signor Barrington, questa è la libertà per voi. Ora, davanti a me ho un documento, firmato di vostro pugno, dove dite di aver capito i vostri errori e di essere pentito delle vostre azioni passate. È vero?»

«Sì, è vero che avete in mano questo documento.»

«Il documento dice anche» proseguì la donna, ignorando la provocazione, «che dopo la fine della detenzione vi impegnerete a cercare un lavoro remunerativo in modo da poter contribuire materialmente al benessere di vostra moglie e della vostra famiglia. Siete d'accordo con questa parte?»

«Chi sono io per contestare? Ma ditemi, agente Janke, prima di cercare un lavoro retribuito, mi è permesso andare a nuotare?»

«In giardino? Certo.»

«Be', al momento la piscina la stanno usando le anatre. E nella mia proprietà dall'altra parte della strada, nell'oceano?»

L'agente Janke esitò. «Se è sul vostro tratto di spiaggia, allora sì.»

«Mi è permesso camminare sulla spiaggia?»

«Se è sul vostro...»

«Dunque posso camminare avanti e indietro per dodici metri, come facevo nella mia cella in carcere?»

«Dubito che lì aveste dodici metri, e qui sono una quarantina, ma sì.»

«Capito. Un'altra domanda. Posso uscire in barca?»

Lei guardò oltre il prato, fino al molo e alla barca bianca appena lavata, che ondeggiava all'ancora. «Potrebbe andare bene, ma solo se Fernando viene con voi.»

«Davvero?» esclamò Harry. «Quindi è questa la condizione? Se Fernando viene con me, posso avventurarmi fuori? Solo in barca, agente Janke, o anche in auto? Per esempio, se posso navigare per sessantacinque chilometri verso sud fino a Palm Beach, posso guidare per cinque chilometri verso ovest fino a Spanish City?»

«No, non potete andare da nessuna parte in auto.»

«Posso andare in barca al mercato? E al luna park sull'altra sponda? O magari a Miami? Se Fernando mi accompagna, posso andare fin lì in barca? Io e mia moglie non siamo mai stati a Key West. Anzi, non abbiamo mai fatto un vero viaggio di nozze. Siamo andati a Chicago per qualche giorno, ma ha piovuto tutto il tempo. Dunque, se Fernando viene in barca con noi e alloggia con me e mia moglie nella nostra piccola cabina, possiamo navigare fino a Key West per una luna di miele in ritardo?»

Lei si alzò di scatto e cominciò a recuperare i documenti. «Abbiamo finito, signor Barrington.»

Cercando di non ridere, Harry incrociò le braccia e allungò le gambe sotto il tavolo. «Lo immaginavo, agente Jankc. Ci vediamo il prossimo lunedì? Magari possiamo incontrarci a casa vostra. Vivete vicino all'acqua? In tal caso, Fernando può portarmi da voi. In barca, naturalmente.»

«Buona giornata.»

«Altrettanto.»

Dopo che la donna, furiosa, fu uscita, Gina entrò in cucina dalla dispensa, dove si era nascosta a origliare.

«Ti farà scontare dieci anni di arresti domiciliari se non la smetti. Perché la torturi?»

«Non ricordo quando è stata l'ultima volta che mi sono divertito così tanto.» Harry la prese per il polso e la tirò a sé, stringendola tra le braccia. «Aspetta, credo di ricordare... Dove eravamo rimasti prima che quella gendarme ci interrompesse?»

«Stavi blaterando su una sostanza appiccicosa e sciropposa che secondo te dovrei mettere in bocca.»

«Non capisco.» Udirono la voce di Esther che parlava con qualcuno in corridoio. «E se ci fosse qualcosa che non va?» Silenzio. «Quale altra spiegazione potrebbe esserci? Sono le due del pomeriggio, e non sono tornati di sotto. Cosa diavolo staranno facendo lì dentro?» Pausa. «Fino alle due del pomeriggio? Impossibile! È indecoroso. Avevamo dei programmi per oggi.» Un'altra pausa. «No, deve esserci qualcosa che non va. Fernando, Rosa, dobbiamo sfondare la porta.» Forti colpi. «Harry! Gina! Aprite! Siete lì dentro?»

Harry aprì la porta, con i pantaloni e la camicia bianca sbottonata. Aveva i capelli arruffati, un velo di barba e i piedi nudi. Sembrava che si fosse buttato addosso i vestiti cinque secondi prima di aprire la porta. Gina non si vedeva.

«Esther» disse. «Puoi chiedere a Emilio di portare a Gina del caffè, a me della limonata, qualche panino e magari un po' di frutta? E anche due bicchieri e il vino rosso avanzato ieri sera. Non ci sentiamo bene. Ci siamo messi a letto. Scenderemo quando staremo meglio. Non oggi e forse nemmeno domani. Per favore, chiedi a Emilio di continuare a portare panini. Di lasciarli su un vassoio vicino alla porta.»

3

Era seduta sopra Harry con la sottoveste trasparente e inamidata stesa a ventaglio su di lui e sul letto. «Come mai ora hai un debole per le sottovesti, tesoro? Da quando ci siamo sposati mi ripeti che non ti piacciono.»

«Sì, ma all'epoca, in tempi che non ricordo più, non le indossavi come adesso, senza niente sotto.» Le abbassò le spalline di seta, facendole fuoriuscire i seni.

«Come fai a sapere» mormorò Gina «che sotto indossavo qualcosa?»

Entrambi gemettero. Harry tese le mani e la bocca verso di lei.

Qualcuno bussò forte alla porta della camera.

Harry si gettò un cuscino sul viso per la frustrazione.

«Harry? Posso parlarti, per favore? È molto importante. Sei lì dentro? Apri la porta.»

«Scendo tra qualche minuto, Esther!»

«Quanti?»

Harry borbottò contro la pelle di Gina, scuotendole i seni e facendoli ondeggiare. «Quindici» rispose.

«Venti» sussurrò lei, riempiendogli la bocca con i capezzoli.

Ci fu uno strano trambusto in cucina quando, un'ora dopo, Harry scese finalmente al piano di sotto. Esther, che era al telefono, lo ignorò, e Rosa stava strofinando energicamente il pavimento immacolato benché non fosse suo compito. Sul tavolo c'era un quotidiano locale aperto.

«Cos'è questa confusione?» domandò Harry. Di sopra, con Gina, regnava la pace. Desiderava soltanto portarle una tazza di caffè colombiano (per gentile concessione del canale di Panama, ragion per cui lui non lo toccava mai), una fetta di torta, un po' di marmellata, e poi sdraiarsi al suo fianco e leggere il giornale. «Rosa, Emilio non ha ancora fatto il caffè?»

«Lei dov'è?» Esther riagganciò e si precipitò verso di lui.

Harry fece un passo indietro. «Chi? Carmela?»

«Tua moglie! Dov'è?»

«Di sopra. Perché...»

Esther spinse il giornale nella sua direzione e indicò un articoletto in prima pagina.

Lui impallidì.

Enorme esplosione in uno stabilimento di melassa nel North End di Boston. 21 morti. 150 feriti.

Continuò a leggere. Una cisterna di ghisa da nove milioni di litri era esplosa durante un pomeriggio insolitamente caldo, provocando un'ondata di melassa che aveva attraversato il North End a sessantacinque chilometri orari. Gli edifici erano crollati, i treni avevano deragliato, i cavalli e gli esseri umani erano stati travolti dalla sostanza nera e viscosa. Era saltata in aria senza preavviso e si era riversata nelle vie in pochi minuti. La Purity e la sua società madre, l'Industrial Alcohol, proprietaria dello stabilimento, incolpavano gli anarchici. L'articolo accennava vagamente al North End, ma non precisava il luogo esatto della tragedia.

«Esther» disse Harry. «Chiama subito nostro padre.»

«Con chi credi che stessi parlando al telefono? Non sa nulla.»

«Sta bene?»

«Sì, sì. Non era a Boston quella mattina.»

«Chiama Clarence, chiama Darryl, chiedi loro di scoprire esattamente dove è successo.»

«Che importanza ha? Salvo non lavora di giorno? Sarà stato in fabbrica nel pomeriggio!» Esther iniziò a camminare avanti e indietro.

«Chiama Clarence.»

Tè e caffè dimenticati, insieme alla marmellata, alla torta e all'amore.

Esther telefonò a tutti quelli che conosceva. L'incidente era avvenuto di fronte all'appartamento di Salvo in Charter Street. Quello era uno dei motivi per cui gli piaceva lavorare alla Purity: si alzava dal letto e arrivava al lavoro in pochi minuti.

«È inutile spaventare tua moglie finché non sappiamo qualcosa di concreto» disse Esther riattaccando.

«Mio Dio, Esther...»

«Lo so. È l'ultima cosa di cui ha bisogno. Dio, prego che Salvo stia bene.»

«Qualcuno l'ha visto o ha avuto sue notizie?»

«E come potrei scoprirlo?» Esther aveva la voce stridula. «Forse potrei chiamare la Purity e vedere se si è presentato al lavoro?»

«Non c'è bisogno di fare del sarcasmo, sorella. Richiama Clarence. Chiedigli di andare nel North End e di cercare un certo Flaminio Gallerani in Salem Street. È un tassista che parcheggia sempre lì, in attesa di clienti. È un buon amico di Salvo.»

«Come fai a saperlo? Credevo che tu e Salvo non vi parlaste da anni.»

«Non sono sordo. Ho sentito mia moglie parlarne con sua madre.»

«Come dovrebbe fare Clarence a trovare questo... questo Flaminio?»

«Digli di cercare l'italiano più vistoso del quartiere. Lo conoscono tutti. Gina mi ha detto...»

«Gina mi ha detto cosa?» disse lei entrando in cucina. «Niente caffè?»

La conversazione finì all'istante perché la distrassero con panini e confetture. Buttarono via i giornali per evitare che scoprisse la brutta notizia e si dedicarono ad attività frenetiche.

Per tre orribili giorni si tennero occupati e gettarono via i quotidiani. Ogni volta che squillava il telefono, Esther stabiliva record olimpici per essere la prima a raggiungerlo.

Gina non poté fare a meno di notarlo. «Quale telefonata aspetta?» sussurrò a Rosa. «Quella di un amante?»

«Probabilmente sì, anche se non me lo confesserà mai» rispose la cameriera. «Venite a mangiare. Ho preparato frutta fresca e farinata d'avena. Emilio cucinerà un bel pranzo quando lui e Carmela torneranno dal mercato. Dovete cominciare a prendere un po' di peso.»

«Prendere peso? A malapena riesco a entrare nei miei vestiti. Sono quasi pronta per indossare i sacchi di patate che mi avete comprato tu e Carmela. Voglio che mi compri il twill di cotone che le ho chiesto. Devo cucirmi un vestito.»

«Sono sicura che oggi ve lo porterà.»

Ogni volta che Esther riagganciava, aveva il colorito cinereo e l'espressione sconvolta. «Se è un amante» disse saggiamente Gina a Rosa, «credo ci siano problemi in paradiso.»

Nessuno riusciva a rintracciare Salvo. Harry considerava un buon segno che né la Purity né gli ospedali vicini riuscissero a trovarlo.

Finalmente Clarence chiamò per aggiornarli. Purtroppo avevano trovato Flaminio. Era morto per le ustioni provocate dalla melassa. Clarence non fece altro che aumentare il panico collettivo con i dettagli della tragedia. «Come uno tsunami!» disse a Esther. «Un'onda di marea nera e mortale, alta sei metri, che scorreva lungo le strade! La caserma dei vigili del fuoco non c'è più, interi viali non ci sono più, i cavalli cadevano come mosche, i cani...»

Rimasero seduti con la testa tra le mani.

Dovevano dirlo a Gina, ma temevano che, così facendo, avrebbe perso il bambino.

«È suo fratello, Harry. Non possiamo informarla.»

«E invece sì, Esther.»

«Non può fare niente.»

«Non sappiamo nulla. Possiamo dirle questo, no?»

«No!» risposero Esther e Rosa.

«Ora ascoltami.» Harry batté il pugno sul tavolo per dare enfasi alle parole. «Ho fatto molte cose che hanno reso infelice mia moglie. Ho la fortuna che lei attribuisca una certa dignità all'istituzione del matrimonio. Lo definisce un sacramento o qualcosa del genere. Ma questa cospirazione finalizzata a ingannarla credo sia motivo di divorzio, persino in Sicilia.»

«Perderà il bambino! È questo che vuoi?»

«Dio! Da quando sei diventata così italiana? Un po' di autocontrollo, per favore.» Lui si alzò e uscì.

Una sera i tre rientrarono in cucina dopo aver discusso animatamente di Gina all'esterno e la trovarono al telefono. Parlava italiano, perciò non capirono una parola. Osservandola con prudenza, Harry si sedette e ascoltò il suo pianto sommesso e le sue esclamazioni forti. Dopo aver riattaccato, lei prese posto al tavolo con loro.

«Perché mi fissate tutti così?»

«Gina, cara, con chi stavi parlando?» chiese Esther nel suo tono più noncurante.

«Esther, come mai ti aggrappi al tavolo? Con mio fratello, perché?»

Sospiri di sollievo. Poi glielo dissero.

Gina restò a bocca aperta. «È questo che sta succedendo negli ultimi giorni?»

Annuirono. Lei alzò gli occhi al cielo. «Harry, ti avevo avvertito che la melassa era un problema, e non mi hai creduto.»

«Ora ti credo.»

«Avresti dovuto dirmelo subito. L'avrei trovato in cinque minuti e vi avrei risparmiato il panico, catastrofisti.»

«Dov'era?»

Gina raccontò che Salvo era andato fuori città con una donna di Back Bay la sera prima dell'esplosione. La mattina seguente era ancora con lei, troppo ubriaco per presentarsi al lavoro.

«Non so cosa dire» fece Harry. «Le sue abitudini licenziose gli hanno salvato la vita. Non riesco proprio a capire quale insegnamento si dovrebbe trarre da questo.»

«Primo, sta' lontano dalla melassa» replicò Gina. «Secondo, continuo a ripetere a mio fratello che le donne saranno la sua salvezza o la sua rovina.» Sorrise.

Harry la imitò. «E lui cosa risponde? Perché non possono essere entrambe le cose?»

«Appunto.»

Tutti si rilassarono. La tensione si allentò.

«Ma come hai fatto a trovarlo?» domandò Esther. «Clarence l'ha cercato ovunque per giorni.»

Sorridendo, Gina le diede dei colpetti sulla mano. «È mio fratello. So dove cercarlo. Tu non sapresti dove cercare il tuo?»

«In carcere?»

«Hai ragione.» Harry si rilassò aprendo il giornale, che finalmente poteva leggere senza nascondersi. «È lì che mi trovo.»

«Smettila.» Gina gli diede un pizzicotto e si avvicinò. «Purtroppo ora Salvo è disoccupato.»

Tacquero per un istante, sbattendo le palpebre. «Be', che c'è?» Harry alzò le spalle. «Allora chiedigli di venire qui.» Le accarezzò la mano. «Non mi dispiace.»

«Gliel'ho proposto» disse Gina. «A quanto pare, a lui dispiace.»

«Dunque mi viene riconosciuto il merito di essermi offerto senza dover fare nulla? Perfetto.»

«Harry» intervenne Esther, «chiamalo tu. Non costringere Gina a fare il lavoro sporco. Non essere così inflessibile. È ora di metterci una pietra sopra.»

«Inflessibile? Metterci una pietra sopra? Sono forse io a rifiutarmi di venire quaggiù, dove sarei al sicuro, pur essendo scampato per un pelo alla morte?»

«Per una volta Harry ha ragione, Esther.» Gina gli diede un altro pizzicotto. «Salvo è testardo come un mulo. Ha avuto il coraggio di dirmi che qui non siamo al sicuro. Dice che ci sono gli uragani.»

«Si chiamano pioggia e vento.» Harry tornò a concentrarsi sulla «Palm Beach Gazette». «Quanti uragani ci sono stati negli ultimi dieci anni? Nessuno. E quante catastrofi dovute alla melassa ci sono state a Boston? Non ho altro da aggiungere.»

4

Poco dopo aver scoperto che Salvo era vivo e vegeto, Esther fece le valigie e annunciò in tono di scusa che aveva deciso di tornare a Boston. «Non mi sembra giusto lasciare il papà da solo per così tanto tempo» disse loro la sera prima di partire. Ormai la cena era conclusa e la tavola era stata sparecchiata, Rosa era salita al piano di sopra e c'erano soltanto loro tre sul patio di pietra. Il fuoco era quasi spento, il vino quasi finito. Era ora di andare a letto, il treno sarebbe partito all'alba del giorno seguente. Eppure indugiarono.

La notte era tranquilla, afosa, calda. L'aria aveva un intenso profumo salmastro.

«E se il papà fosse stato nel North End?» chiese Esther. «Ci va spesso durante la settimana. Tiene ancora d'occhio le proprietà che ha mantenuto. Avrebbe potuto essere lì.»

«Ma cosa potevi fare in quel caso? Trascinarlo dall'altra parte di Salem Street?» domandò Harry.

Esther lo cinse con il braccio e gli diede un bacio sulla testa. «Non preoccuparti. Ti prometto che tornerò quando nascerà il bambino. So che ti mancherò.» Sorrise. «Ma tu hai tua moglie. Il papà non ha nessuno.»

Gina versò il vino rimasto. Fratello e sorella brindarono. Dopo aver esitato per qualche altro minuto, Gina colse quella che considerava l'ultima occasione per chiedere loro alcune cose indicibili. Temeva che dopo la partenza di Esther non le avrebbe mai scoperte.

«Ditemi» esordì incerta, «perché Henry Flagler ha costruito questa casa per vostra madre?»

Harry lanciò un'occhiata a Esther. «Vuoi affrontare l'argomento?»

«Non proprio.»

Vedendo che non davano spiegazioni, Gina insistette. «Era innamorato di lei?»

«Come facciamo a saperlo?»

«Forse sì» disse Harry. «L'hai detto tu stessa, Gia.»

«Sì. Questa casa è un travaglio d'amore.»

«Ecco.»

«Era sposato quando l'ha costruita?»

Gli altri due si guardarono, con il vino in mano.

«Se era sposato?» ripeté Esther. «Sì. No? Può darsi. Forse era tra la moglie numero due e la numero tre. O tra la numero tre e la numero quattro. Oppure no. Non sappiamo come abbia avuto il tempo di costruire Bellagrand quando, nello stesso periodo, era impegnato con il progetto del Ponce De Leon Hotel, un albergo di cinquecentoquaranta camere, a St. Augustine. Forse è per questo che ci è voluto così tanto tempo» aggiunse. «Anni. Era occupato a fare altre cose.»

«Non sappiamo se fosse sposato» continuò Harry, «ma sai chi lo era sicuramente? Nostra madre. Con nostro padre.»

Gina si fece il segno della croce. Questa volta Harry ed Esther non fecero commenti, anzi sembravano intenzionati a imitarla. «Sì» disse Gina. «Capisco che possa essere imbarazzante. Ma vostra madre sapeva che Flagler la stava costruendo per lei? Oppure lui l'ha costruita e gliel'ha regalata?»

«Oh, lo sapeva eccome» rispose Harry.

«L'ha aiutato a costruirla, crediamo» disse Esther. «Veniva qui spesso.»

«Esther vuole essere gentile» proseguì Harry. «Nostra madre deve essersi trasferita qui. La vedevamo di rado. Quando avevo undici o dodici anni, credo di averla vista solo una volta in sei mesi.»

«Eri in collegio» precisò Esther. «Io la vedevo.»

«Anche tu eri in collegio.»

«Sì, ma la vedevo. Non sono mai stata sei mesi senza vederla, ecco cosa intendo. Stai esagerando.»

«Forse. Mi è sembrato che passasse molto tempo tra un avvistamento e l'altro.»

«Anche ora occorre un bel po' per andare da qui a Boston in treno. All'epoca poteva tranquillamente volerci una settimana all'andata e una al ritorno. Era un viaggio difficile da affrontare da sola.»

«Sì» disse Harry. «E la mamma non lo faceva quasi mai. Preferiva restare qui.»

Gina lo guardò pensosamente. «Quale giustificazione ha dato a vostro padre per assenze così lunghe?»

«È semplicemente sparita.»

«Sei ingiusto» lo rimproverò Esther. «Non è sparita.»

«No?»

«Certo che no.» La voce di Esther era appena udibile. Harry posò il bicchiere.

«Gia, abbiamo divagato e ho dimenticato la tua domanda. Oh, sì. Come si è giustificata? Be', probabilmente non ne ha avuto bisogno. Il papà era così impegnato con il lavoro che forse non si è accorto della sua scomparsa.»

«Harry!»

«Mi sto sbagliando?»

«Non ascoltarlo, Gina. Certo che nostro padre se n'è accorto. E ci ha detto dove si trovava la mamma. Ci ha detto che stava lavorando a qualcosa di speciale per noi in Florida.» Esther agitò la mano verso la casa buia. «Una nuova casa estiva. All'inizio lei e il papà sono venuti qui insieme per vedere alcune proprietà di investimento. La mamma se ne stava in riva al mare mentre lui lavorava. In un primo momento, dunque, la sua assenza sembrava godere dell'approvazione di nostro padre.»

«Sì» insistette Harry, «ma ben presto lui ha smesso di venire e lei è rimasta.»

«Per quanto tempo è andata avanti così?» Gina deglutì. «La sua... permanenza, intendo.»

Gli altri due tacquero. «Qualche anno, giusto, Esther?»

«Come minimo.» Lei guardò il bicchiere vuoto, poi lo capovolse.

«La verità nuda e cruda» disse Harry «è che non sapevamo niente.»

Esther scosse la testa. «Tu eri troppo piccolo. Io percepivo che qualcosa non era del tutto... a posto. Tempestavo il papà di domande e lui continuava a ripetere che la mamma era stata trattenuta. Ecco cosa diceva.»

«È così che dicevano alla fine del secolo scorso» affermò Harry. «Essere trattenuti.»

«Poi un giorno è tornata» proseguì Esther. «All'improvviso.»

«Dopo essere stata via per quasi un anno» specificò lui. «Le abbiamo chiesto se la casa fosse pronta, e ha risposto che c'erano dei problemi e che aveva dovuto lasciar perdere.»

«Sì, ma poi ci ha portati a Cape Cod» disse Esther. «Ti ricordi?»

«Certo. Siamo andati a cercare molluschi sulla spiaggia di Truro.»

«Già.»

«Non ho mai più sentito pronunciare la parola "Florida"» ricominciò Harry. «Non prima che il papà venisse a trovarmi a Concord.»

«Nemmeno io. Harry, riesci a credere che l'abbia riaccolta in casa?»

Lui strinse le mani. Gina provò una fitta al cuore.

«All'epoca» dichiarò lui «mi era parso inspiegabile.»

Evitò di guardare le due donne. Gina si affrettò ad andare avanti prima che Esther avesse il tempo di riflettere troppo a lungo o troppo intensamente. «Quanti anni dopo è morta?»

Non c'era colore nelle orchidee esotiche né voli di rondine o il tramonto nel cielo. Non c'erano pescatori o contrabbandieri di liquori né conchiglie, tetti di baracche, boschi di mangrovie. C'erano soltanto l'oscurità, una candela tremolante sul tavolo e l'odore pungente dell'acqua salmastra. Una notte sempre più buia, con luci fioche dall'altra parte della baia.

«Sei mesi» rispose Esther alla fine.

«Così tanto?» domandò Harry. «Sembrava meno.»

«Siamo andati a Truro ad agosto. Lei è morta a dicembre.»

«Come ho detto. Poco più di una stagione.»

Gina inspirò e aspettò, con la tristezza che si amplificava nel suo petto. Contò le volte che l'usignolo cantava nel buio, le volte che i grilli frinivano. Esther rimase imperturbabile, dritta come una lapide, fissando l'abisso dell'acqua, mentre Harry era chino, con i gomiti sulle ginocchia e gli occhi puntati sul pavimento. Gina strinse le dita intrecciate. Passarono i minuti. «Com'è morta?»

Fu Harry a rispondere. «È annegata nel fiume Mystic.»

Dio mio, abbi pietà. Gina si fece il segno della croce, mormorando parole impercettibili in italiano. «Annegata... accidentalmente?»

«Sì, perché no?» Harry non alzò lo sguardo.

«Sì» gli fece eco Esther. «Se trascuri la lastra di cemento in un sacco legata intorno al suo collo.»

«O i biglietti che ha lasciato intorno ai nostri.» Lui si raddrizzò e circondò la sorella con il braccio. Lei si inclinò nella sua direzione.

«Mi dispiace, Harry» disse Gina. «Mi dispiace, Esther.» Poi, vedendo che restavano in silenzio: «Come ha reagito vostro padre?».

Esther scrollò le spalle. Lo scialle le era scivolato via. «Chissà? Non menziona mai la mamma a meno che non sia assolutamente necessario, e mai per nome. Certe volte la nomina di sfuggita quando parliamo di altre persone o di altri eventi della nostra vita, ma non discutiamo dell'argomento.»

Gina non capiva. Nella sua famiglia non funzionava così. Si sviscerava ogni singola questione. Ma realizzò che giudicare il padre equivaleva a giudicare anche il figlio, perché lei e Harry erano sposati da quasi quattordici anni e quella era la prima volta che sentiva parlare della morte di Frances Barrington.

«Anche Harry non parla mai di sua madre» disse Gina.

«C'è da stupirsi?» domandò Esther.

«Cosa c'è da dire?» obiettò Harry. «Meno si dice, e meglio è.» Diede una gomitata alla sorella. «Di tanto in tanto noi due parlavamo di lei.»

«Sì» confermò Esther. «Prima che tu cancellassi la tua famiglia dalla tua vita, di tanto in tanto parlavamo di nostra madre.»

«Il papà mi aveva proibito di tornare, e io l'ho ascoltato. Sono stato un figlio obbediente.» Harry continuò a stringere Esther. «Ti ricordi chi non riusciva a tacere sulla mamma? Louis.»

«Santo cielo, sì.» Lei si strofinò gli occhi. «Finché non è diventato sordo, ha continuato a parlare di lei.»

«Cosa ripeteva sempre?» Harry le sistemò lo scialle e la tirò a sé. «"Il cuore di vostra madre è precipitato e si è spezzato."»

«E chi può continuare a vivere quando il suo cuore precipita e si spezza?» concluse Esther.

Gina si accasciò sulla sedia, scrutando i visi del marito e della cognata. Il fuoco si era ormai spento ed era quasi buio, a parte la fiammella che scioglieva l'ultima cera della candela sul piattino posato sul tavolo.

«Ti ha lasciato qualcosa, Esther?»

Una lacrima rigò il viso dell'altra donna. Harry la tirò più vicino. «Solo malinconia, per mia sorella.» Fece un respiro. «Uno scrigno di gioielli. E una citazione di Giobbe.»

La luce della candela si spense dopo un breve lampo.

Esther parlò con una voce simile a ghiaia umida. «*Perché dare la luce a un infelice e la vita a chi ha l'amarezza nel cuore?*»

5

La grande casa, con tutti i suoi rumori, diventò stranamente silenziosa dopo che le due donne ciarliere e puntigliose se ne furono andate.

Le finestre erano aperte, le portefinestre spalancate sull'enorme prato. Gina si sdraiò sull'amaca sotto le palme. Non c'era neanche un alito di brezza, le fronde erano immobili sopra la sua testa. Aveva portato con sé un libro sui neonati, ma si appisolò non appena posò gli occhi sulla pagina.

Oh, l'illusione del romanticismo in una casa bianca costruita su un desiderio tanto disperato. Sembrava così reale. Sollevò le palpebre per cercare Harry.

Era vicino all'acqua e alle ninfee. Faceva caldo e lui era a torso nudo. Era abbronzato, con i capelli color cenere schiariti dal sole. Sembrava quasi biondo. Si radeva solo il lunedì per far colpo su Margaret Janke; il resto della settimana sfoggiava una barbetta ispida con cui faceva il solletico alla moglie. Gli occhi grigi parevano azzurri nel caliginoso sole implacabile della Florida. Stava pulendo la barca, con gli ami e le lenze pronti. Era sempre all'aria aperta, impegnato a scavare e a martellare. Si era costruito un tavolo per sedersi a leggere. Gina era rimasta incredula. Un tavolo! E non un tavolo qualsiasi, bensì uno rotondo con il piedistallo, la base intagliata e il ripiano a mosaico. Elaborato e sorprendente. Perché sei così stupita? le aveva domandato con la consueta disinvoltura. Credi che io non faccia altro che leggere e fare l'amore con mia moglie?

Sono le uniche cose che fai, aveva risposto lei.

Ogni pomeriggio, tra la nuotata e il sonnellino, gli dava nettare per le api affamate.

Ma, quando lo osservava dall'amaca, spesso piangeva. Quello che aveva scoperto su di lui poteva giustificare la sua iniziale riluttanza ad avere figli, o era una spiegazione troppo semplicistica? Di tanto in tanto lo sorprendeva a fissare il pancione con un'ansia inusuale, con un'inquietudine sorda, e si chiedeva se la percepisse in modo diverso ora che stava per diventare madre. Riteneva forse che una madre fosse una persona pronta ad abbandonare i figli per un capriccio del cuore? Gina comprò al bambino tutine di seta e pigiamini gialli. Dipinse fiori rosa sulle pareti della cameretta, cucì cuffiette, bavaglini e fasce per neonati. Giurò di ridefinire la maternità per Harry trasformandola in ciò che era davvero, una cosa divina.

Misero la benzina nella barca – lui l'aveva chiamata *Frances* – e, con la piena approvazione di Fernando, raggiunsero l'Intracoastal Waterway, scesero a valle fino al lago Worth, gettarono l'ancora in un piccolo estuario vicino alle palme pendenti, finsero di pescare, consumarono un pranzo al sacco e snocciolarono nomi per il bambino. Gina, che voleva una femminuccia, suggerì di chiamarla come la barca. Harry protestò così rumorosamente da far volare via gli aironi. Si rifiutò di prendere in considerazione l'idea. Lei invece scartò i nomi maschili. Era convinta che avrebbero avuto una bambina. «Ho il presentimento che sia femmina» disse.

Sotto i mirti, nel delta delle zone boscose, optarono per Grace. Come spiegare altrimenti ciò che stava accadendo?

Gina portava a casa sacchetti di vestitini bianchi e gialli, che suscitavano la perplessità di Harry. «Come può un bambino così piccolo avere bisogno di tutta questa roba? Io ho tre camicie. Perché a lui ne occorrono venti?»

«Lei» lo correggeva Gina, mostrandogli un trionfo di seta e di cotone rosa a fiori.

«Sai, cara moglie, mia splendida regina di bellezza, mia saggia e flessuosa principessa, c'è una piccola possibilità, una probabilità, per quanto remota, che questo bambino sia un maschietto.»

«Assolutamente no» ansimò Fernando, che aveva portato gli acquisti di Gina al piano di sopra, nella camera padronale. «A Cuba siamo molto bravi a fare previsioni. Abbiamo un dono. La *señora* avrà sicuramente una bambina.»

«D'accordo, se l'oracolo di Cuba profetizza questo, continua pure a comprare bavaglini rosa.»

Gina ridusse l'orario di Emilio e Carmela perché voleva portare a termine la gravidanza nella massima riservatezza, ma il giardiniere continuò a fare gli straordinari sul retro falciando l'acro di panico acquatico, la verde erba a fili larghi che ben tollerava la salsedine e che degradava verso l'acqua.

Margaret Janke parve contrariata quando vide l'uomo sudare lì fuori un lunedì mattina. Disse che Harry avrebbe dovuto tagliare l'erba da solo, come sua moglie, che puliva la casa, cuciva vestiti e preparava gamberi in salsa d'aglio per condire le pappardelle.

«Mia moglie fa anche il concentrato di pomodoro.» Harry aveva gli occhi che brillavano. «Io la aiuto con quello.» Gina, rigogliosa e abbondante nel suo completo pastello ricamato in organza e mussola, stava potando gli aranci lì vicino per poter origliare e agitò il pugno in segno di finta indignazione, sorridendo come una bambina felice.

«Dovreste tagliare l'erba da solo, signor Barrington» ripeté l'agente Janke. «In prigione lavoravate in lavanderia, vero?»

«Volete che tagli l'erba o che faccia il bucato?»

«Entrambe le cose. Perché no? Avete molto tempo libero. Ve la cavavate piuttosto bene in lavanderia. Lo so perché ho i rapporti della Massachusetts Correctional Institution.»

«In realtà lavoravo in lavanderia per comprare le sigarette.»

«Senza lavoro, l'uomo è incompleto. L'uomo non è niente» ribatté la Janke. «Guardate vostra moglie.»

«La sto guardando.» Harry sorrise con gli occhi a Gina, che ricambiò con un'espressione adorante.

«Guardate quante cose sa fare. È sempre impegnata a pulire qualcosa, a cucinare, riparare, cucire, rammendare. Ora sta potando. Vedete?»

«Va anche a fare compere. Molto spesso. Inoltre genera la vita umana» aggiunse Harry. «E lo fa meravigliosamente, come potete vedere.»

«Se non vi tenete occupato, signor Barrington, se non trovate qualche stimolo nella vita, presto vi scoprirete stanco, cupo, irrequieto e irritato.»

Harry si alzò dal tavolo mosaicato, dove erano seduti a bere un tè freddo. «Agente Janke.» Lo scintillio svanì dai suoi occhi. «Non storpiate le citazioni di Blaise Pascal. Se c'è una cosa che conosco, sono i matematici francesi. Non sto mai con le mani in mano, nemmeno un minuto al giorno. Non ho abbastanza ore per fare tutte le cose che vorrei. Non ho abbastanza minuti per leggere i libri che vorrei leggere, per riflettere sul loro contenuto, per scrivere sinossi di quel che leggo nel diario che tengo a questo scopo. Pascal si riferisce all'uomo totalmente ozioso, senza passione e senza studio. Io non sono così. Non lo sono mai stato. Io trabocco di passione.»

«Per tutte le cose sbagliate, signor Barrington.»

«Anche per alcune giuste, agente Janke.» Un'occhiata alla donna florida che ascoltava con l'espressione decisa e le cesoie in mano. «Ma il vostro compito qui non è giudicare le mie occupazioni o i miei svaghi.»

«Il mio compito è prepararvi per il mondo esterno, in cui rientrerete tra meno di tre anni.»

«No. Il vostro compito è farmi da carceriera. Questo è tutto. Mi preparo da solo. Non sono né debole né vuoto. Gioisco del mondo. Il mio cuore non è stanco. Non sono malinconico. Mi sveglio ogni mattina poco dopo l'alba e non vedo l'ora di iniziare la giornata.»

«Ritenete di avere uno scopo, signor Barrington?»
«Senza dubbio, agente Janke. Il mio scopo non coincide con il vostro: spiare un uomo adulto nel fiore degli anni per assicurarsi che non si allontani troppo dalla piantagione. Ma mi batterò ogni giorno per il mio lavoro. Mi sto preparando per una nuova vita, per una nuova legge. Riconosco la fine dell'esistenza che io e mia moglie conducevamo a Lawrence. Sono consapevole che prima o poi mi verranno chieste altre cose. Perciò ora faccio quello che posso e non dispero in attesa di un futuro radioso.»
La Janke non disse nulla, tenendo lo sguardo scettico puntato sul suo corpo snello e abbronzato.
«A Bellagrand non mi addestrerò per diventare un agente della libertà vigilata, se interpreto correttamente la vostra occhiata critica.»
«La interpretate in modo errato.»
«Non diventerò un secondino. Quando questo breve periodo di isolamento sarà terminato, io, mia moglie e il nascituro avremo ancora una vita intera davanti. Mi sto preparando per quel momento. In modo da essere il miglior marito possibile, il miglior padre possibile. Quella che voi scambiate per indolenza è invece pienezza, oltre a un interesse attivo per il mondo che mi circonda.»
Gina si avvicinò al tavolo. «Scusa, Harry, posso?»
Con un leggero inchino, lui fece un passo indietro.
«So fare molte cose, su questo avete ragione, agente Janke.» Gina impugnava le cesoie aperte e luccicanti. «Una di queste è difendere mio marito. Lasciatelo in pace. Non siete una filosofa. Siete una carceriera. Perciò venite il lunedì e controllatelo pure. E vi sbagliate di grosso sul suo conto. Quelli che voi considerate i frutti della sua pigrizia sono in realtà i frutti della sua solitudine. Ora, c'è qualcos'altro che possiamo offrirvi prima che ve ne andiate?»

6

Harry cercò di svegliarla prima baciandola, poi scuotendola. «Sono le due passate, Bella Addormentata. Vuoi pranzare?»

«Stento a credere di aver dormito così a lungo» mormorò Gina, che aveva bisogno del suo aiuto per sollevarsi dall'amaca.

«Sei come una tartaruga girata sulla schiena.» Le massaggiò il pancione e la sollevò da sotto le braccia. «Non riesco a immaginare che non diventi più divertente a mano a mano che ti ingrossi.»

«Non riesco a immaginare di ingrossarmi ancora.» Gina si stiracchiò e si avviò verso la casa con lui.

«È vero. Sei grande come Bellagrand.»

«Sono affamata, ecco cosa sono. Emilio ha preparato il pranzo?»

«No» rispose Harry ma, prima che lei potesse aprire bocca per lamentarsi, aggiunse: «L'ho preparato io».

«Tu, cosa?»

«Santo cielo, perché piangi?»

Harry aveva preparato un banchetto: insalata di gamberi e avocado e panini con cetrioli e formaggio spalmabile. Mangiarono in veranda. Dall'altra parte della baia arrivavano le note lamentose di una chitarra flamenca. Pranzarono quasi in silenzio, limitando la conversazione al minimo.

«È bello stare insieme da soli, vivere insieme da soli.»

Allungando la mano, Harry le accarezzò il pancione, i seni abbondanti, che il sole aveva tinto del colore della melassa. «Chiaramente siamo riusciti a stare insieme da soli anche prima, altrimenti io sarei ancora in prigione e tu rammenderesti vestiti nel tuo stabilimento portoghese.»

Gina era felice che fosse allegro e spensierato. «Ti rendi conto» disse con la bocca piena di anguria «che, se non avessi impegnato la mia fede nuziale per pagarti la cauzione, non saremmo qui in questo momento? Io non sarei incinta e non avremmo Bellagrand.» Scosse la testa e prese un'altra fetta. «È stato terribile rinunciarci. Ma guarda cos'ho invece.» Lo osservò, poi tese la mano appiccicosa per accarezzargli la guancia ispida. Lui tacque.

Lei aspettò. «Perché non dici niente?»

«Cosa dovrei dire?»

«Non lo so. Qualcosa. Qualunque cosa. Non stavo parlando con gli aironi sul molo.»

«Appunto. Ho pensato che fosse meglio tacere. Un minuto fa

piangevi come una fontana per un cetriolo dentro un pezzo di pane. Perciò non posso dire quello che vorrei perché non smetteresti di versare lacrime fino a maggio, se mai succederà, e io non avrei mai pace.»

«Harry! Parla.»

«Non voglio farti piangere.»

«Ti prego, mio diletto» sussurrò. «Fammi piangere.»

Lui disse che sarebbe tornato subito e sparì. Gina aspettò, finendo l'anguria, guardando l'acqua. Quando Harry ricomparve, si avvicinò alla sua sedia e si inginocchiò.

«Cosa stai...»

Le consegnò una scatolina avvolta in carta da regalo.

Lei aveva le mani gocciolanti di succo d'anguria. Scoppiò in lacrime prima ancora di aprire il dono.

«Capisci perché non volevo dire niente?»

«Oh, Harry. Cos'hai fatto?»

«Non lo so. Hai intenzione di stare lì a piangere o di aprirlo?»

«Di starmene qui a piangere» rispose Gina, standosene lì a piangere.

Dopo essersi pulita le mani, aprì la scatolina nera. Dentro, adagiato sul velluto blu, c'era il suo anello di fidanzamento con la scintillante pietra a due carati.

Fissò a bocca aperta prima il diamante e poi lui, ancora in ginocchio lì davanti.

«Cosa sta succedendo? È un trucco di magia? Non capisco.»

«È il tuo anello, Gia.»

«È impossibile.»

«Eppure...»

«Harry, è impossibile! È un gioco di prestigio.»

«Eppure...»

«Ho perso quell'anello.»

«Non l'hai perso.»

«Non è lo stesso.»

«Vuoi leggere l'iscrizione all'interno?»

Gina non ci riuscì perché aveva la vista sfocata dalle lacrime. Dovette farlo Harry. GIA, diceva la scritta, AMICA MIA, MIA BELLA.

Quando smise di piangere abbastanza a lungo per ascoltare, lui disse che a gennaio, prima che partissero per la Florida, aveva pregato Esther di andare al banco dei pegni di Lawrence per vedere se l'anello fosse ancora disponibile e, se sì, di ricomprarlo. «So che tu non potevi chiederglielo. Ma io sì. E l'ho fatto.» Le asciugò il viso. «L'uomo le ha detto che il motivo per cui l'anello non era stato venduto era che aveva alzato il prezzo al di là di quanto chiunque fosse disposto a pagare.»

«Perché avrebbe dovuto farlo? Perché l'ha fatto?»

«Perché si ricordava di te e pensava che se qualcuno fosse tornato a cercare un anello come quello, sarebbe stata una ragazza come te, così ha deciso di aumentare il prezzo e di tenere il gioiello al sicuro finché non avessi potuto ricomprarlo.»

Gina stava piangendo.

«Perché hai aspettato così a lungo per darmelo?»

«Volevo aspettare il nostro anniversario a giugno, ma hai menzionato l'anello, dunque cosa potevo fare? E poi cosa succederebbe se, una volta arrivato il bambino, tu non dovessi essere più interessata agli anelli, all'amore o a tuo marito? Ho sentito che può succedere.»

«Cuore mio, non accadrà mai.»

La casa era piena di musica, dal jazz inquieto della radio ai tentativi di Gina di suonare la *Träumerei* di Schumann, alla chitarra dai toni spagnoleggianti di Fernando, che intrecciavano una lenta *habanera*. L'uomo, seduto in cortile, fumava strimpellando la sua infanzia cubana tra le palme e i vialetti. Il sole splendeva da mattino a sera, c'erano ventagli che frullavano, coltelli che tintinnavano e cassetti che sbattevano. C'era vita. Piantarono *Ilex glabra* nella terra argillosa e i pomodori per l'estate successiva all'arrivo del bambino, quando avrebbero potuto fare di nuovo il concentrato con i pomodori dell'orto anziché con quelli acquistati al mercato. Insieme prepararono una salsa deliziosa e mangiarono pasta con aglio, vongole e gamberetti, e lasagne alle verdure. Lui beveva vino rosso e la baciava con il succo opulento ancora sulle labbra. Con la sua nuova Kodak Brownie le scattò fotografie che non sviluppò mai, gettando i rullini nel cassetto per un secondo momento, che non arrivò. Harry diceva che non sapeva come Gina potesse farsi vedere al mercato. Affermava che stare con lei era come camminare costantemente nel quartiere a luci rosse di New Orleans. Sua moglie era la lussuria esposta al pubblico. Lei replicò che era la cosa più bella che le avessero mai detto.

A tarda sera le preparava la vasca e accendeva il fuoco nel bagno azzurro. Era premuroso e tenero. La insaponava come se la amasse, la stringeva come se la amasse, la amava come se la amasse. Alcune notti, dall'oscurità oltre le finestre aperte, soffiava una brezza leggera. La camera si riempiva della fragranza del sapone profumato, dell'acqua salata e dell'amore, come un effluvio inebriante, come un oppiaceo.

Marzo e aprile si dissolsero in un maggio soffocante, in un'intimità elusiva, in un ardore implacabile, in una beatitudine a bordo di una barca ballonzolante.

La limonata è pronta, la zuccheriera è sul tavolo. Il sole splende ogni giorno, e la luna e le stelle spuntano per noi di notte, mormora lei, come una canzone d'amore.

11

Eclissi totale di figlio

1

Alla metà del mese, i giornali iniziarono a fare il conto alla rovescia per il 29 maggio, giorno in cui gli stimati meteorologi avevano previsto che il Sole sarebbe stato eclissato dalla Luna, e non solo parzialmente. La Luna sarebbe passata tra la Terra e il Sole, e per un momento, forse più a lungo, il mondo intorno all'equatore sarebbe diventato completamente buio.

Chuck e Karen, i vicini di Gina e Harry, arrivarono a Bellagrand a bordo della loro lussuosa auto nuova per presentarsi. Avrebbero organizzato una strepitosa festa per l'eclissi, annunciarono. Il Sud della Florida, appena sopra il tropico del Cancro, stava per essere inghiottito dall'oscurità. Harry e Gina volevano forse partecipare?

Chuck e Karen davano sempre feste sfrenate. La musica ad alto volume e il vocio della folla si sentivano due volte la settimana nella baia, con le urla degli ubriachi che echeggiavano fino al lago Worth. Contenti di essere stati invitati, Harry e Gina trovarono un pretesto per rifiutare senza dover accennare agli arresti domiciliari.

«Grazie» disse Harry «ma, come potete vedere, mia moglie sta per partorire.»

Gina era enorme, con le cuciture del vestito di voile punteggiato di orchidee che rischiavano di lacerarsi nell'ultimo stadio della gravidanza.

«Congratulazioni. Ma sicuramente non così presto, no? Non il giorno dell'eclissi?»

«Credo che sarà proprio quel giorno» disse Harry. «Anche se il suo buon medico non è d'accordo.»

«I medici non sanno tutto, no?» Karen era una donna matura, snella, con i capelli corti e un abbigliamento comodo, incongruamente bianca come il latte in quel clima tropicale. «Il mio continua a dirmi che bere whisky potrebbe farmi male.» Rise di cuore. «Eppure sono il ritratto della salute.» Suo marito si limitò a un silenzio affabile.

«Forse i medici non sanno tutto» intervenne Gina, «ma nemmeno i mariti.»

«Sì» riconobbe Harry. «Certe volte i mariti non sanno tutto.» Fece una pausa e ricevette una gomitata dalla moglie. «Ma il giorno della nascita del mio primo figlio, lo so qui dentro.» Si picchiettò con il dito sul cuore.

«Per favore, venite alla festa» disse Karen congedandosi,«se il bambino ci ripensa e decide di non arrivare proprio quel giorno. Ditegli che è cattiva educazione.» Ridendo, salì in macchina. «Cosa ne pensate della nostra nuova carrozza? L'abbiamo ritirata una settimana fa.»

«Bellissima!» urlò Gina. «Attenti a uscire dal cancello!»

«Se, per nascere, lui aspettasse un giorno diverso da quelli delle loro feste» disse Harry a Gina, guardando Chuck e Karen allontanarsi a tutta velocità sulla Cadillac Phaeton blu elettrico, «non arriverebbe mai, vero?»

«Lei non arriverebbe mai» lo corresse Gina. «Lei.»

Il 29 maggio 1919 Gina si svegliò verso le sette e chiese a Harry, che si era già alzato ed era accanto alla finestra, se riuscisse a vedere l'eclissi da quel punto.

Lui rispose di no ma, a giudicare dai festeggiamenti in corso nella casa dei vicini, Chuck e Karen vedevano qualcosa.

«È da ieri pomeriggio che fanno baldoria» osservò Gina. «Hai visto i danni al nostro cancello? Sapevo che andavano troppo veloci.»

«E i danni alla Cadillac? Una brutta ammaccatura lungo la fiancata.»

«Dovremmo andare? Potrebbe essere bello partecipare a una festa. Conoscere gente nuova. Per distrarci un po'. Non abbiamo fatto altro che aspettare. Sono sicura che Fernando ti darà il permesso.»

«Meglio di no. La Janke mi odia. Questo è esattamente il genere di cose che sta cercando. E se ci fosse un radicale alla festa? No.» Harry scosse il capo. «E per distrarci da cosa?»

«Dal bambino.»

«Non possiamo distrarci dal bambino perché, come ti ho detto, nascerà oggi. È ora di concentrarsi sull'obiettivo.»

Lei si massaggiò il pancione simile a una mongolfiera. «Non essere sciocco. Non sono nemmeno vicina a partorire.»

Un'ora dopo andarono a fare una nuotata in piscina perché fuori il caldo era insopportabile. Poi lei si sedette sul patio a sorseggiare una limonata, senza neppure prendersi il disturbo di asciugarsi, guardando il cielo e ascoltando Harry che leggeva un articolo su Arthur Eddington della Royal Astronomical Society di Greenwich, in Inghilterra. Quel giorno stava vagando su un'isola al largo della costa dell'Africa equatoriale, fotografando l'eclissi per testare la teoria di un certo Albert Einstein, impiegato dell'Ufficio federale della proprietà intellettuale a Berna.

Da anni Einstein ipotizzava che il tempo e lo spazio non fossero assoluti, ma relativi alle forze gravitazionali di altri oggetti e, soprattutto, alla velocità con cui questi ultimi viaggiavano. La gravità e il movimento influenzavano il tempo e lo spazio. Solo un'eclissi totale di Sole avrebbe permesso a Eddington di misurare quella deflessione teorica della luce: l'impatto della gravità del Sole sulla luminosità delle stelle lontane. Se i raggi solari non si fossero piegati durante l'eclissi nel modo in cui aveva postulato Einstein, la sua teoria si sarebbe rivelata erronea e lui sarebbe stato screditato e si sarebbe coperto di vergogna. Gli occhi del mondo erano puntati sul buon vecchio Eddington, incaricato di scattare sedici istantanee del Sole mentre usciva dall'ombra della Luna.

«Una e mezzo, ora di Greenwich.» Harry alzò lo sguardo verso il cielo. «Otto e mezzo del mattino, ora di Bellagrand.» Controllò l'orologio. «È il momento, Gina. Guarda su.»

Spostandosi sulla sedia, lei obbedì e, quando scese l'oscurità, all'improvviso sentì una scossa simile a un'onda di marea che le attraversava il corpo. Ansimando, per poco non cadde a terra. Si fece ancora più buio. Harry saltò su, con il giornale che gli scivolava dalle ginocchia, quindi le diede un'occhiata e corse verso il telefono.

«Prima portami di sopra» urlò Gina, «ma pòi di' alla levatrice di sbrigarsi.»

Per fortuna Carmela ed Emilio erano in cucina. La governante ordinò a Harry di rimanere al piano di sotto mentre accompagnava Gina in camera. Lei avrebbe voluto protestare, allungare la mano verso il marito, ma la sua bocca non collaborava, il suo corpo era sul punto di essere inghiottito da un diluvio che le toglieva la capacità di parlare.

«Perché così all'improvviso?» domandò a Carmela. «Pensavo di avere ancora un po' di tempo, no?»

«*Señora*, credo che si siano rotte le acque. Non ve ne siete accorta?»

«No, sono uscita dalla piscina.» Gina ansimò. «Faceva caldo. Stavo sudando.» Si piegò, cominciò a scendere le scale. «Devo andare, Carmela, credo che la bambina sia in piscina. Aiutami. L'ho lasciata lì. È scivolata fuori.»

«*Señora*, per favore, venite con me.»

«No, devo andare a controllare. Io sono qui, ma lei è lì...»

«*Señora*, qui, in camera vostra. Stendetevi, io torno subito.»

«Chiedi a Harry di andare a prenderla. Perché...»

«State delirando, sst.»

«Come fai a capire quello che dico? Come faccio io a capire te? Stai parlando inglese?»

Perché era così buio nella stanza? Come se fosse notte. Cosa stava succedendo? Gina guardò il soffitto, gridò – stava affogando –, gridò in silenzio come se fosse sott'acqua.

Il resto non lo ricorda bene.

Apre gli occhi, una volta, due, c'è un uomo che non riconosce, una donna che non ha mai visto prima, qualcuno che si china su di lei, si sforza di ricordare il nome dell'uomo che le ha fatto questo per poterlo uccidere, ma invano, sussurra Mimì, Mimì, ho bisogno di mia madre. È caldo e c'è un suono penetrante, è umido, e nel delirio pensa di essere lei. Urla ma non esce alcun suono, è sotto l'oceano.

D'un tratto, la luce. La levatrice, di cui le sfugge il nome, e il medico, di cui le sfugge il nome, sorridono, e sul suo petto c'è una creatura che si contorce, con i capelli folti e gli arti lunghi, e ora lei sente quasi qualcosa, quasi... Chiude gli occhi.

Quando li riapre, al suo fianco c'è un uomo con il sorriso più grande di tutti. Si piega per darle un bacio. Che sfacciataggine! Come si chiama? Non se lo ricorda. Oh, sì. Harry.

«Gia.» Harry, raggiante, le accarezza il viso e le asciuga la fronte. «Scusa, ma come hai detto che volevi chiamare la bambina? Non ricordo il nome che abbiamo scelto per nostra figlia. Mi puoi rinfrescare la memoria?»

Perché sorride così? Come il gatto che ha mangiato il canarino.

Gina guarda il neonato.

Non è una femminuccia.

L'eclissi totale di Sole del 29 maggio 1919, un evento che cambiò l'universo, dimostrò la teoria della relatività e valse ad Albert Einstein il Nobel. L'eclissi che lo rese immediatamente famoso e conosciuto in tutto il mondo fu una delle più lunghe mai documentate, con una durata di quasi sette minuti. Il travaglio di Gina, che nessuno aveva previsto tranne Harry, durò molto di più. La somma degli angoli di un triangolo non ammontava più a centottanta gradi. Il sole non più oscurato era basso nel cielo quando un bambino venne al mondo nella camera azzurra di Bellagrand, in una villa costruita per la madre di Harry da un uomo che non era il padre di Harry. Il bambino deformò lo spazio e il tempo con la massa della sua forza gravitazionale e defletté la luce.

2

«È un maschio!» disse Harry. «Come può essere? Il profeta Fernando mi aveva detto che era impossibile. E anche tu, l'indovina siciliana.» Era sdraiato su un fianco accanto a lei. Nella camera non c'era nessun altro a parte loro tre.

Gina non rispose, con il neonato tra le braccia, pulito e avvolto nelle fasce. «Come posso avere un maschietto?» sussurrò. «Sono figlia di mia madre. Conosco solo le femminucce. Cosa farò con un maschietto?»

«Non lo so. Cosa faresti con una femminuccia? La allatteresti. La cambieresti.»

«E dopo?»

«Oggi non riesco a pensare al passato.» Harry aspettò un momento. «Ebbene?»

«Ebbene, cosa?»

«Posso prenderlo?»

«Tra un minuto.» Lei tossì. «Cos'ha la mia voce?»

«Forse l'hai sforzata.»

«Ho urlato?»

«Abbastanza.»

Scese la sera. Passò la notte. Dormirono almeno un po'? Il bambino sì.

Gina non riusciva a distogliere lo sguardo da lui, stretto contro il suo petto. Pregò di ricevere sollievo, di ricevere il perdono. Rese grazie. Pianse per sua madre, desiderò che potesse vederlo, che potesse vedere il figlio di sua figlia, tenere in braccio il figlio di sua figlia. Forse può ancora farlo. Sollevò il piccolo nell'aria. È qui, Mimì. Il nostro bambino è qui. Grazie, Dio misericordioso.

Cercò di allattarlo. Cercò di svegliarlo, di fargli aprire gli occhi. Non riusciva a dormire perché ascoltava il suo respiro. Era troppo silenzioso e la allarmava.

Posso prenderlo?

Tra un minuto.

Aspettavo di avere questo figlio da quando ci siamo sposati, avrebbe voluto dire. È molto probabile che non ne avrò un altro. Questa potrebbe essere l'unica volta che terrò in braccio un bambino.

Anch'io, Gia.

Oh, l'aveva detto ad alta voce: lui l'aveva sentita. Lei non riusciva nemmeno a udire le proprie parole.

Il mattino seguente, Harry scese al piano di sotto. Chiamò Boston, informò tutti, anche Salvo, fumò un sigaro cubano – un gentile omaggio di Fernando –, mangiò, lesse il giornale. Tornò di sopra con pane dolce e caffè.

Gina non si era mossa dal letto, seduta per metà sui cuscini, con il piccolo sul suo petto, madre e figlio stomaco contro stomaco, entrambi quasi addormentati.

Harry si lasciò cadere sul materasso, mettendo il broncio come un bambino.

«Attento!»

«Posso tenerlo in braccio?»

«D'accordo. Quando si sveglia.» Gina aveva ancora la voce rauca.

«Lo consumerai.»

«Consumarlo con l'amore?»

«Ha dormito tutta la notte sul tuo stomaco. Come se fosse ancora nel grembo materno. So che lì è bello, ma...»

«Ora è fuori.» Lei teneva il neonato con entrambe le mani. Non poteva mangiare, non poteva bere. Aprì la bocca e Harry le diede da bere.

Il bambino era il più grosso che la levatrice avesse mai fatto nascere, il più grosso che il medico avesse mai visto. Non c'erano state complicazioni, ma la levatrice aveva chiamato ugualmente il medico, per sicurezza.

«Presto sarà troppo grande per portarlo in braccio» osservò Harry.

«Ma non ancora, vero?»

«Cosa farai allora?»

«Continuerò a portarlo in braccio.»

«Fino a quando avrà vent'anni? Venticinque?»

«Non sarei una madre fortunata se me lo permettesse?»

Harry guardò affettuosamente il neonato dai capelli scuri che dormiva a faccia in giù sul petto di Gina. «Non abbiamo un piano di emergenza per un maschietto. Grace è anche un nome maschile?»

«No. Lo chiameremo Anthony Alexander Barrington. Come mio padre e mio fratello. Per noi sarà Alexander.»

«Mmh, non ho voce in capitolo?»

«No.»

Il piccolo si mosse, iniziò a piangere.

«Forse sta protestando» disse Harry. «Forse vuole che lo chiamiamo Harrison.»

«Harrison Barrington?» Gina scoppiò in una risata gracchiante. La sua voce sembrava essere rimasta intrappolata nelle ottave basse.

«Horatio Barrington?»

«Come l'eroe della marina britannica? Tu, un pacifista, vuoi dare a tuo figlio il nome di un leggendario ufficiale militare?»

«No, no, hai ragione, è sbagliatissimo.» La fissò teneramente. «Non sapevo, mia contadinella siciliana, che fossi così ferrata nella storia militare britannica.»

«Ho studiato la Rivoluzione francese al Simmons. Napoleone viene subito dopo. Ricordi che ti ho detto di non provare nessuna stima per Maximilien de Robespierre?»

«Cosa c'entra questo con...»

«Era così cupo e privo di umorismo» continuò sommessamente Gina, tossendo per schiarirsi la voce a ogni frase. «Non aveva un briciolo di ironia. Quale donna potrebbe mai amarlo? mi chiedevo. Era così triste nel suo splendore omicida.»

«Mmh...»

«Ma Nelson! Quello sì che è il tuo tipo. Sapevi che è stato amato dalla donna più bella d'Inghilterra? Del mondo, secondo alcuni.»

«Come me?» Harry sorrise. «Sei bellissima.»

«Sciocco. No. Horatio Nelson ed Emma Hamilton» disse Gina, sognante.

«Ah, bene. Un altro nome con la H. Cosa ne dici di Hamilton Barrington?»

«Almeno sei divertente, a differenza di Robespierre.»

«In realtà non sto cercando di essere divertente. Sto cercando di continuare la lunga tradizione dei nomi con la H nella famiglia Barrington.»

«Non avevo capito che fosse così importante per te.»

«Nemmeno io.» Fece una pausa. «Finora.»

Il bambino si mosse, si agitò, si entusiasmò. Harry si mosse, si agitò, si entusiasmò.

Adagiarono il piccolo sulla schiena, lo scoprirono dalle coperte e si chinarono su di lui.

Dopo averlo osservato per qualche istante mentre si contorceva e vagiva, Harry parlò. «Perché deve essere identico a te?»

Gina lo baciò. «Assomiglia a te in tutte le cose che contano, amore mio. Ma perché piange?»

«Non lo so. Forse vuole un nome con la H?»

«Non credo sia questo il motivo.»

«Forse vuole che suo padre lo tenga in braccio?»

Alla fine, con riluttanza, Gina glielo permise.

Dio! Erano passate una notte e parte di un altro giorno, e finalmente Harry prese in braccio il neonato e lo portò verso la finestra aperta. Faceva molto caldo. Dall'acqua soffiava a malapena una brezza salmastra. Il bambino si calmò, rimase immobile, alzò gli occhi verso suo padre e si riaddormentò. Harry si sedette sulla sua sedia a dondolo preferita sul balcone. «Figlio mio» sussurrò.

«Riportalo dentro» disse Gina.

«Tra un minuto.»

«Prenderà freddo.»

«Fuori ci sono trentacinque gradi. È quasi la stessa temperatura del grembo materno.»

Notando il suo silenzio prolungato, Harry lanciò un'occhiata al letto dietro di sé.

Si era addormentata, rannicchiata sopra le coperte. Grazie a Dio. Tornò a concentrarsi sul bambino. Le ore passarono. «Credo di cominciare a capire perché tua madre non vuole lasciarti andare» bisbigliò, muovendo le labbra avanti e indietro sulla testolina del bebè. Era sul punto di addormentarsi anche lui, stringendo suo figlio tra le braccia. «Come dovremmo chiamarti, figliolo? Sussurrami il nome che vorresti, in modo che tua madre non senta. Qual è il nome giusto per te? Howard Barrington? Herbert Barrington? Howie? Herbie?»

«Anthony Alexander Barrington» rispose Gina dal letto. «E noi lo chiameremo Alexander. Portalo qui.» Tossì.

«Oh oh. È sveglia.» Harry mise le mani sulle orecchie del bambino. «Ora non ascoltare quella gracchiante voce siciliana che ti dice cosa fare. Scegli pure il nome che vuoi. Quale ti piacerebbe? Harvey? Hector?»

«Alexander» ripeté Gina. «Portamelo. Ha bisogno di mangiare.»

«Non lasciarti influenzare dal fatto che solo tua madre può darti da mangiare» disse Harry al piccolo. «Io e te possiamo fare molte altre cose insieme. Cose divertenti.»

«Nulla di divertente per ora, perché devo allattarlo.»

Harry le riconsegnò lentamente il bambino. «Hector è un bel nome forte.»

«Se sei greco e stai perdendo una lunga battaglia, allora sì. Altrimenti no. Dammelo.» Lei tese le mani. «Sai qual è un bel nome forte? Alessandro.» Finalmente il neonato era di nuovo tra le sue braccia. Gli sorrise baciandolo sulla testolina, poi abbassò la camicia da notte e lo attaccò al seno. «Il conquistatore del mondo.»

«Mio figlio non è un combattente» obiettò Harry. «Dunque non può essere un conquistatore.»

«Non sarà nemmeno Hector.»

Il terzo giorno arrivò il latte. Harry e Gina si stupirono entrambi della sua quantità abbondante. All'inizio il bambino era stato irritabile e aveva faticato a poppare. Non riuscivano a capire se ricevesse abbastanza nutrimento. Temevano di no. Il poco liquido che succhiava era acquoso e pallido. All'improvviso, una copiosa cascata di latte bianco e caldo sgorgò dai seni di Gina nella sua bocca. Il piccolo si tranquillizzò all'istante, il suo appetito fu placato.

Harry avvicinò il viso al seno della moglie dopo una poppata.

«Amore mio» sussurrò lei, «non ti radi da giorni. Cosa stai facendo?»

Con la barba le grattò leggermente la pancia, dove prima c'era il bambino. Le leccò la parte inferiore dei seni, il dolce latte ancora caldo e appiccicoso. La accarezzò delicatamente. Le baciò le braccia abbronzate, dai polsi alle spalle. Le baciò i seni pieni.

«Non toccare i capezzoli, per favore. Altrimenti mi metto a urlare. Al piano di sotto la servitù penserà che mi stai facendo cose indicibili.»

«Ci sto provando.»

«Non ancora.»

«Quando potrò toccarti tutta? Dai, spogliati, togliti la camicia da notte.»

«Non puoi toccarmi. Hai sentito il dottore. Niente attività coniugali finché non guarisco.»

«Sono sicuro che per attività coniugali intendeva pagare le bollette o qualcosa del genere. Quanto tempo ha detto?»

«Quattro settimane.»

«Quattro settimane! Sei impazzita?»

Lei lo fulminò con uno sguardo. «Sei stato in prigione molto più a lungo.»

«Quello era il passato. Il mio nuovo io è come quello di un tempo, traboccante di abbondanza matrimoniale. Per favore, aiutami.»

«Non ora.» Sorrise. «C'è il bambino.»

«Potremmo dover... Perché, quando non ci sarà?»

«Mai.»

«Appunto. Potremmo doverci arrangiare nonostante la sua presenza.»

In seguito ripresero altre attività coniugali, come la discussione.

«Che ne dici di Absalom?» Harry sorrise soddisfatto, rannicchiando le gambe, sfiorando la guancia del bambino. «Vuoi chiamarti Absalom, figlio mio?»

Gina lo fissò perplessa dall'altra parte del letto. «Cosa mai puoi sapere di Assalonne, caro?»

«Credi che io legga soltanto Max Eastman?»

«Guarda i libri sui nostri scaffali. *So* che leggi soltanto lui.»

Harry non staccò gli occhi dal bambino. «A volte sbircio anche dentro i tuoi libriccini.»

«I miei libriccini?» Gina rise, tossì. «Vuoi dire la mia piccola Bibbia?»

Lui scrollò le spalle, si avvicinò al bambino, lo cullò. «Ho iniziato a leggere Samuele per le battaglie. Ho continuato a leggerlo per la cattiveria. Ce n'è parecchia in Samuele. Cosa te ne pare di Samuel?»

«No.»

«David?»

«No.»

«Solomon?»

«No.»

Harry pensò a un ultimo nome con la H. «Homer!» esclamò. «Homer Barrington. Un viaggiatore, un guerriero, arrivato direttamente dall'antica Grecia. Calza a pennello, no? Forse anche nostro figlio potrà imbarcarsi in un'odissea.»

«Forse» disse Gina, incrollabile fino alla fine. «Ma si imbarcherà con il nome Alexander.»

3

Esther e Rosa presero d'assalto la casa non più di sette giorni dopo la nascita di Alexander.

Nella camera padronale, le tre donne, inginocchiate davanti al letto, si piegarono sul bambino, fissandolo a bocca aperta. Lo sistemarono, lo posarono al centro del materasso, lo scoprirono, dopodiché tutti e quattro gli adulti si chinarono, meravigliandosi, mormorando, valutando.

«Cosa state fissando?» volle sapere Harry. «Cosa?»

«Lo stiamo solo studiando.»

«Come un telescopio puntato su Alfa Centauri» disse lui. «È perfetto, vero?»

«Sì» fece Esther stupita. «Ma non ha preso dalla nostra famiglia. Noi siamo nati tutti calvi. Guarda i suoi capelli neri.»

«Nella nostra famiglia» disse Gina «siamo nati tutti con i capelli. È una cosa tipicamente siciliana.»

Esther le lanciò un'occhiata: indossava una vestaglia di seta color pesca e aveva i capelli indomiti mollemente intrecciati. «Cos'ha la tua voce?»

«Non lo so.» Gina si strinse nelle spalle. «Sembra che non riesca a recuperarla.»

Esther tornò a guardare il nipote. «Cosa sta facendo ora? Cos'è quello?»

«Niente» disse Gina. «Sta sbadigliando. È normale.»

«Perché sbadiglia? Lo fa spesso? Forse ha bisogno di dormire.»

«Si è appena svegliato.»

«Allora perché sbadiglia?»

Harry, divertito, guardò la sorella. «Cosa ti sta succedendo?»

«Niente.» Esther si sforzò di usare un tono brusco. «Che hai da guardare?»

«Lo fissi come se fosse la seconda venuta.»

«Come sarebbe a dire, la seconda?» intervenne Gina.

«Esther, perché stai tirando su col naso?» Harry si passò le mani tra i capelli. «Perché un neonato fa sì che tutti gli adulti intorno a lui tornino bambini?»

«Esther, non badare a tuo fratello» disse Gina. «Vuoi prenderlo in braccio?»

«Posso?»

«Certo.» Avvolse il piccolo in una copertina, lo sollevò e lo consegnò alla cognata. «Quando vuoi.»

«Oh, Esther può prenderlo in braccio quando vuole?» Harry diede alla moglie una leggera gomitata nelle costole.

Per qualche minuto Esther non parlò, non riuscì a parlare, limitandosi a stringere il bebè, cercando di trattenere le lacrime.

Harry alzò le mani in segno di resa.

Gina le porse un fazzoletto. «Hai dimenticato il fazzoletto?» chiese a bassa voce, in tono dolce e affettuoso. «Come me quella volta?»

«Non importa.» Esther si ricompose. «Penso sinceramente che sia il bambino più bello mai venuto al mondo.»

«Non si tratta di congetture» affermò Harry. «È semplicemente un dato di fatto.»

«Come lo chiamiamo?»

«Lo *chiamiamo*?» domandò Gina. «Alexander.»

«Cosa?» Esther strinse il piccolo.

«È quello che ho detto anch'io» fece Harry.

Esther scosse la testa, come se la questione fosse risolta. «A Boston nessuno chiama così un bambino» dichiarò fermamente.

«Siamo forse a Boston?»

«In America, allora. Sei ancora in America, no? Come vuoi chiamarlo davvero? Dobbiamo pensarci bene. Scegliere il nome di un bambino è molto importante.»

«Sono d'accordo. È stato Dio ad affidarci questo compito. È l'uomo a dare un nome alle cose. E noi non dobbiamo pensarci affatto. Lo chiameremo Anthony Alexander. Lo chiameremo Alexander.»

«Hai appena detto che è l'uomo a...»

«In senso lato, intendevo.»

«No, no.»

«Sì, sì.»

Esther voltò le spalle a Gina come per proteggere il nipote da un intruso. «Per favore, siate seri. Harold, non stare lì impalato. Fa' ragionare tua moglie mentre io mi occupo di tuo figlio.»

Harry aprì le mani con espressione interrogativa. «Perché mi rendi le cose difficili chiamandomi Harold?»

«Non sei il padre del bambino?»

«Cosa c'entra? Come se avessi voce in capitolo.»

Per poco Rosa ed Esther non ebbero bisogno dei sali.

«Esther.» Gina prese il bebè dalle braccia riluttanti della cognata. «Mio padre si chiamava Antonio Alessandro. Il mio fratello maggiore si chiamava Antonio Alessandro. Mio figlio si chiamerà Antonio Alessandro, anche se in versione anglicizzata.»

«Antonio Alessandro III?»

Gina scosse la testa. «Loro avevano nomi italiani. Lui li avrà americani.»

«Avete considerato altre possibilità? Oggi ci sono moltissimi nomi meravigliosi per i bambini. William. Walter» suggerì Rosa.

Gina abbassò lo sguardo adorante sul neonato. «Non è un

William o un Walter. Guardatelo. È un Alexander.» Il mio bambino. Mio figlio.

«È inutile discutere, Esther» disse Harry. «Stai solo sprecando fiato. Vuoi pranzare? Avverto Emilio.»

«Be', non ho intenzione di chiamarlo Alexander» affermò lei. «Mai. Lo chiamerò Xander.» Al suo fianco, Rosa continuava a tirare su col naso.

Harry suonò il campanello di servizio. «Emilio! Vieni, salvami! Oddio. Entrerà mai un uomo in questa casa o dovrò vivere fino alla fine dei miei giorni circondato da schiere di donne piagnucolanti?»

«Un uomo è entrato in questa casa.» Gina sollevò il bambino verso il viso del marito. «Tuo figlio.»

«Come faccio a saperlo? Non riesco mai a tenerlo in braccio.»

«Ha bisogno di sua madre. Sei in grado di allattarlo?»

Harry e Gina si guardarono con affetto, intimità, desiderio.

«Non ha bisogno di essere allattato ventiquattr'ore al giorno, no?» chiese lui abbassando la voce.

«Harry ha ragione» disse Esther, seria. «Forse allatti troppo spesso. È troppo grosso.»

«Può un bambino essere troppo grosso?» Gina sorrise. «Non credo proprio.»

«Quanto pesava alla nascita?»

«Il medico ha detto cinque chili e due. Ma deve essersi sbagliato. Ed era lungo sessanta centimetri. Anche su questo deve essersi sbagliato.»

«So soltanto che è troppo grosso. Non entrerà in nessuna delle cose che abbiamo portato per lui.» Esther si girò verso la cameriera. «Vero, Rosa?»

«L'abbiamo sottovalutato.» L'altra annuì, soffiandosi il naso.

«Andiamo dall'altra parte della laguna, a Tequesta, e compriamogli altri vestiti. Harry, puoi chiamare Fernando? Digli di preparare la macchina.»

«Vuoi uscire subito? Sei appena arrivata!»

«Perché indugiare, dico io.» Esther tese le braccia verso Alexander. «Può venire con noi?» Ridacchiò, strofinandogli il naso contro la testolina. «Bravo bambino, ti va di venire a fare compere con le ragazze?»

Harry e Gina si scambiarono un'occhiata stupita sentendo la sua risatina.

«Non vedo perché no» rispose lui. «Non è agli arresti domiciliari come me.»

«Non esattamente.» Gina scosse la testa. «Ma non si può ancora portarlo fuori. Non è battezzato. Un bambino non battezzato non può uscire di casa. Tra sei settimane riceverà il battesimo. Allora potrà uscire.»

«Bene. Andremo senza di lui» decise Esther. «Rimarremo fino al battesimo.»

Harry gemette. «Oddio... ho bisogno di rinforzi. Ti prego, Gina, chiama Salvo, invitalo a venire. Digli che gli chiederò perdono in ginocchio.»

«Sono felice di sentirtelo dire. Perché Salvo sta arrivando. Sarà il padrino di nostro figlio.»

«Salvo? Il padrino?» esclamò Esther. «Oh, no. Non dirmi che, dopo averlo chiamato Alexander, hai anche intenzione di dare a questo bambino un battesimo cattolico!»

Con le pieghe color pesca della vestaglia di seta, Gina ostruì la visuale della cognata sul piccolo. «Dovrei forse battezzarlo nella religione di Harry? Tuo fratello sa almeno di quale religione è?»

«Ti comunico che siamo sempre stati metodisti.»

«Esther, cara, ti garantisco che Harry non è in grado di dire una sola cosa al riguardo.»

«Non è vero» si schermì lui. «È sicuramente una religione cristiana... giusto?»

4

Di lì a una settimana, Salvo superò le porte di palissandro della villa. In qualche modo aveva trovato la strada dalla stazione, senza bisogno di farsi andare a prendere da Fernando. Non aveva un'auto né una mappa. Chiese a qualcuno indicazioni in italiano, le ricevette in spagnolo e si incamminò verso la casa dall'altra parte del ponte, con i suoi averi terreni in una sacca da viaggio sulla spalla.

I suoi capelli si stavano ingrigendo sulle tempie, ma non avevano perso foltezza né splendore. Indossava una camicia bianca, un completo beige sgualcito, una cravatta marrone, leggermente di sghembo. Il viso olivastro e sudato era coperto da un velo di barba, e aveva messo su qualche chilo rispetto a quando era più giovane. Non era alto come sua sorella, che poteva indossare i migliori vestiti lunghi, ma sfoggiava un fascino spontaneo e spensierato, un sorriso seducente. Prima valutava l'uomo o la donna che aveva davanti, poi li abbagliava. Più il fascino era necessario, più il sorriso era abbagliante.

«Santa Madre di Dio, che caldo. Gia, sorellina!» Aprì le braccia.

Lei gli corse incontro. Si abbracciarono con gioia. «Come sei arrivato fin qui?» Quando Salvo glielo disse, lei alzò le mani. «A piedi? Sei pazzo!»

«Cos'ha la tua voce, sorella?»

«Lascia stare.» Allontanandosi, Gina indicò la casa. «Allora? Che ne pensi?»

Salvo si guardò intorno, cercando di non fischiare e di non sembrare troppo colpito. «Carino. Un po' piccolo. Dove dormo?» Le attorcigliò i capelli, la studiò. «Gia, sei nera come gli ubriaconi siciliani che si sdraiano tutto il giorno al sole.»

«Sì, qui il sole è impietoso.» Lei indossava un leggero vestito da casa di cotone, i ricci raccolti alla bell'e meglio. «Te ne accorgerai presto. Vuoi fare il giro della casa?»

«Casa, casa. Ne ho già viste prima d'ora. Che ne dici di mostrarmi il bambino? Dov'è?»

«Con Esther.» Gina si chinò verso di lui. «Non lo mette mai giù. Lo consumerà. Oh, Esther! È arrivato Salvo.»

Rosa ed Esther entrarono dalla cucina con Alexander. «Adesso occorrono due donne adulte per portare un neonato...» sussurrò Gina al fratello.

Salvo lasciò cadere la sacca sul pavimento. Allungò le braccia verso il nipote, studiando contemporaneamente le due donne. Gina cercò di non ridere immaginando gli ingranaggi che giravano nella sua mente diabolica. Alcune cose non cambiavano mai. Salvo non riusciva a nascondere nulla di ciò che provava. Dopo tre secondi aveva stabilito correttamente che Esther sarebbe rimasta del tutto impenetrabile al suo fascino irresistibile. Perciò non avrebbe sprecato le sue doti con lei. Rivolse l'attenzione a Rosa, sfoderando un sorriso a trentadue denti. Alexander fissò con curiosità il nuovo viso sopra di sé.

«Alessandro.» Salvo staccò per un attimo gli occhi da Rosa e guardò il nipote tra le sue braccia. «Sono lo zio Salvo. Zio Salvo, riesci a dirlo?» Tese il bebè verso la luce. «Cosa succede, piccolo cowboy?» Lo fece rimbalzare su e giù. La testolina ballonzolò. «Ti piace pescare?»

Il bambino continuò a fissarlo.

«Tienigli la testa, se non ti dispiace» disse Esther, cerimoniosa e già contrariata.

Salvo obbedì. «Se vuoi, ti porto a pescare.»

«Magari non ancora.»

«Non intendevo adesso, Gia. Quando gli insegnerò ad agganciare un verme.»

Gina ridacchiò. «Prima dovrai imparare tu. Quando è stata l'ultima volta che hai pescato, fratello? Venticinque anni fa a Catania?» Lo tirò avanti. «Esther, questo è mio fratello Salvo. Questa è Esther, la sorella di Harry.»

Tenendo il bambino con un braccio, lui fece un inchino teatrale e le baciò la mano. «Il piacere è tutto mio» disse davanti al suo viso chiuso e critico. «E lo dico sinceramente. Il piacere è *tutto* mio.»

Gina quasi scoppiò a ridere.

«Ma chi è la bella donna al fianco di Esther?»

«Questa è Rosa, la sua cameriera.» Gina gli tirò la manica della camicia. «Ma non è bella.»

«Grazie mille, Gina» disse Rosa.

«Non fa per te, Salvo, ecco cosa intendevo» si corresse lei. «Rosa è troppo matura.»

La cameriera non sembrava d'accordo sul fatto di essere troppo matura per quell'uomo esuberante, adorabile, amichevole e bellissimo.

«Non credo proprio, sorella mia.» Salvo arrotò le «r» e le vocali, accarezzando ogni parola con la lingua. «I miei occhi non mentono. Rosa è l'immagine stessa della bellezza.»

Gina trascinò la cameriera, che ridacchiò arrossendo, nella relativa privacy della dispensa. «Sei una donna adulta e naturalmente puoi fare quello che vuoi ma, come sorella, ti darò un avvertimento. Voglio bene a mio fratello e ha molte qualità...»

«Perché non mi avete mai detto di avere un fratello così?» Nell'isolamento della dispensa, l'altra era intenta a sistemarsi i capelli in modo che le ricadessero più morbidi intorno al viso, mentre Gina continuava a cercare di salvarla.

«Ma c'è una cosa in cui è particolarmente bravo...»

«Non riesco a immaginare quale.» Rosa ridacchiò.

«E cioè spezzare il cuore di tutte le ragazze con cui sta. Ogni singola ragazza. È straordinariamente bravo in questo. Perciò, se decidi di avvicinarti, lo fai a tuo rischio e pericolo.»

A giudicare dalle guance arrossate della cameriera, impegnata ad appianare le pieghe della gonna, quelle parole servirono soltanto a solleticare la sua curiosità, e al diavolo il pericolo. Gina alzò gli occhi al cielo mentre tornavano nella sala grande. Non c'era molto che potesse fare. Alla fin fine Rosa avrebbe dovuto salvarsi da sola.

Harry entrò da fuori con il suo completo casual di lino e si mise cautamente accanto a Gina, in silenzio, limitandosi a osservare Salvo mentre flirtava con Rosa e faceva versetti affettuosi al bambino. «Cosa sta succedendo laggiù?» chiese a bassa voce.

«Cosa ti sembra?»

«Guai.»

«Esatto.»

Alla fine Salvo distolse lo sguardo da Rosa e lo puntò su Harry.

«Ciao, Salvo.» L'altro fece un passo avanti.

«Ciao, Harry.» Salvo si fermò un attimo, deglutì, quindi avanzò a sua volta. Si strinsero la mano.

«Come stai?»

«Non bene come te, a quanto vedo.» Salvo lo squadrò sorridendo leggermente.

Harry alzò le spalle. «Sì, sono come una lucertola. Tutto il giorno al sole.»

Salvo concordò. «Qui è fantastico. Sono stato felice di percorrere sei chilometri con questo caldo.» Mise affettuosamente un braccio intorno alle spalle della sorella. «Caldo come a Belpasso, eh?»

«Molto di più.» Facendo l'occhiolino a Harry, Gina baciò il fratello sulla guancia. Era molto contenta di averlo lì. «E non ci sono vulcani.»

«Non stiamo qui impalati» disse Harry. «Vieni, Salvo, beviamo qualcosa, rilassiamoci prima di cena. Gina mi ha detto che puoi restare per qualche settimana.»

«Due al massimo.»

«Magnifico.»

«Ma ora mi rendo conto» proseguì l'italiano «che due settimane non saranno sufficienti per godere dei piaceri di questo grande Stato.» Fece un largo sorriso a Rosa mentre si dirigevano verso la cucina. «Magari qualcuna in più?»

«Credo che due settimane siano molte, più che sufficienti.» Esther gli tolse il bambino dalle braccia, come se stessero giocando a «passa il pacco». «Cos'altro c'è da fare qui, oltre a tenere in braccio il bambino? Oh, e io e Rosa abbiamo sentito che un uragano sta per abbattersi su questa regione. Vero, Rosa?» Esther sgranò gli occhi. «Davvero spaventoso. Perché sai, Salvo, siamo molto vicini all'acqua. È probabile che le maree si alzino. Giusto, Fernando?»

«No, no, non preoccupatevi, *señora.*» Il cubano li aveva raggiunti in cucina. «Non siamo sulla rotta degli uragani. La costa si curva in maniera favorevole per noi. A differenza delle Keys, dove le tempeste possono essere molto forti.» Sorrise.

Salvo lo imitò. «E lui chi è?»

«Fernando» disse Harry.

«Fernando! Io sono Salvatore. Ma puoi chiamarmi Salvo.» Una stretta di mano e si allontanarono, uno parlando italiano, l'altro spagnolo, senza capire nulla, eppure capendo ogni cosa.

Quella sera Emilio preparò un banchetto a base di frutti di mare, e Fernando e Rosa si unirono agli altri sulla veranda. Salvo si rifiutò di sistemarsi in una delle camere degli ospiti. «Niente oro né lavanda» dichiarò. Chiese invece di alloggiare nelle scuderie con Fernando.

«Come una serva?» disse Esther con un sibilo teatrale mentre Carmela ed Emilio sparecchiavano.

«Lascialo in pace» la zittì Harry. «È grande e vaccinato.»

«Hai ragione.» Esther scrollò il capo. «È inutile gettare perle ai porci» commentò in un inglese aristocratico.

Salvo rimase freddamente allegro. «Hai considerato la possibilità, cara cognata, che la perla sia Fernando?» E alzò il bicchiere di vino nella sua direzione.

Alexander fu battezzato. Salvo rimase. Una settimana, dodici giorni, due settimane, un mese. La famiglia si riorganizzò. Salvo e Fernando diventarono subito amici. L'italiano cercò persino di affascinare Margaret Janke ma, quando lei gli domandò quanto tempo ancora avesse intenzione di fermarsi, non riuscì a strapparle nemmeno una risatina rispondendo che stava meditando di non ripartire mai più. «Agente Janke, siete sicura di non essere imparentata in qualche modo con la signora Esther Barrington?» chiese Salvo. «Perché sono quasi certo che lo siate.»

«È uno scherzo? Perché dovrei essere imparentata con la sorella del signor Barrington?»

«Per nessun motivo al mondo, *señora*.»

Dopo quell'episodio, Gina gli proibì di uscire dalle scuderie il lunedì mattina, nell'eventualità che l'agente Janke decidesse di vendicarsi per i dispetti di Salvo prendendosela con Harry, che era molto dispettoso a sua volta.

Ogni sera dopo cena, nonostante le obiezioni di Esther, Fernando e Rosa raggiungevano la famiglia all'aperto e, mentre Alexander dormiva pacificamente tra le braccia dell'uno o dell'altro adulto ebbro di gioia, bevevano rum con la menta, con la Coca-Cola, con lo zucchero, oppure vino rosso mescolato con la frutta in una bevanda chiamata *sangria* e, sotto le palme, discutevano di ogni cosa: del menù dell'indomani, del brillante futuro di Alexander, di quello incerto di Salvo e della migliore lingua romanza per le canzoni d'amore. Salvo e Harry misero da parte i rancori del passato. Si strinsero la mano, si sedettero a cena e si alzarono il mattino dopo come se niente fosse. Inveirono in un vacillante «spagnoloingleseitaliano» contro l'arrivo del proibizionismo, come se fosse l'apocalisse. Nel gennaio del 1920 sarebbe diventato illegale reperire e trasportare un nettare delizioso come il rum. Dopo settimane di arringhe notturne contro il movimento femminista, il suffragio femminile e il conseguente deprecabile coinvolgimento del gentil sesso nella politica maschile a scapito degli uomini che bevevano («E delle donne» sottolineò Gina, stringendo un drink alla menta tra le dita), Harry disse agli altri di stare tranquilli, perché negli ultimi sei mesi aveva pagato Fernando affinché tornasse a Cuba – quattro volte – e portasse casse del miglior rum Havana Club, bianco, dorato e invecchiato.

«Perché, signore e signori» disse Harry, «sappiamo che le persone in questo *lanai* sono più intelligenti di tutti gli sciocchi a Washington, che hanno deciso che era una buona idea approvare il Volstead Act e hanno ratificato il Diciottesimo emendamento, ma si sono dimenticati di inserire nella nuova legge il minimo accenno al consumo di alcol. Perciò non possiamo comprarlo né venderlo né portarlo da casa nostra a quella di Chuck, che tra l'altro ne ha in abbondanza, ma possiamo conservarlo qui, produrlo qui e berlo qui. Perciò non datevi pensiero.»

«Bravo, Harry» disse Salvo. «Ma cosa succede quando esauriamo le scorte?»

Fernando gli diede una pacca sulla spalla. «*Mi amigo, por favor*, non preoccuparti. Ti insegnerò a fermentare il rum.» Sorrise.

«Purché non sia con quello schifo di melassa, non vedo l'ora di imparare.»

Fernando portò anche alcune bottiglie di Guayabita del Pinar, un potente liquore del Vueltabajo fatto con lo zucchero e i frutti della guava selvatica, che cresceva solo sul fiume Pine a Cuba. Ma quello Harry lo teneva soltanto per sé e Gina. Uno o due sorsi di quella bevanda dolce e inebriante, e loro due trascorrevano ore tramortite vivendo appieno un versetto del Cantico dei Cantici: *Io sono del mio diletto, e il mio diletto è mio*.

5

Dopo il battesimo di Alexander, Salvo non era sicuro dei propri progetti, ma una cosa la sapeva per certa: non sarebbe mai tornato alle nevicate di Boston.

«Potrei trovare un lavoro» disse a Gina e Harry in una pigra mattinata davanti agli *huevos rancheros* che stava mangiando sopra la testolina ballonzolante di Alexander. «Mi piacciono le ragazze abbronzate.» Sorrise. Rosa non c'era.

«Che tipo di lavoro?» Harry era perplesso. «Non credo che quello a cui stai pensando sia una vera mansione retribuita.»

Salvo rise. «Gia, tuo marito ha ragione?»

«Sì. Ma immagino che questo non ti dissuaderà dai tuoi piani malvagi. Dammi il bambino. Anche lui ha bisogno di mangiare.» Lo allattò sotto uno scialle al tavolo della colazione.

Salvo trovò lavoro in una panetteria. Una settimana dopo ricevette un aumento, perché nessuno sapeva fare il pane come lui o aumentare le vendite del dodici per cento grazie alle sue capacità di panettiere, unite all'abbronzatura e al fascino siciliano. Ben presto si rese conto che la panetteria non faceva per lui. Il sole cocente e le vicine spiagge della Florida, con le loro attrezzature irresistibili, erano troppo allettanti per passare le giornate in scantinati roventi vicino a forni accesi. Trovò lavoro al porto, dove aveva il compito di lavare le barche. Era più adatto a lui. Lavorava ancora part-time alla panetteria, vendendo il pane al mercato all'aperto del sabato, salutando le clienti simpatiche e ben vestite. Da Fernando, che se ne intendeva di musica, imparò a suonare una piccola chitarra, così ne comprò una, affittò un minuscolo bungalow vicino al porto turistico in cui lavorava, e di notte strimpellava *Rumores de la Caleta* sul molo di Tequesta, simile al richiamo di accoppiamento delle rondini italiane.

Alla fine dell'estate chiese a Gina un prestito per pagare l'iscrizione a un corso di orticoltura. «Voglio imparare a fare il paesaggista» disse agli altri. «Starò all'aria aperta tutto il giorno. È un lavoro perfetto.» Sorrise felice. «Verrò assunto da tutte le bellissime signore che hanno tempo e denaro da spendere per far fiorire i loro fertili giardini.»

«Salvo!»

«Orticoltura, Gia. Non pensare male. È la mia prossima professione.» Alzò il viso verso il cielo. Era già abbronzato.

«Sei sicura di volergli prestare dei soldi per questo?» domandò Harry a Gina. «Non è come essere complici di...»

«Di cosa?» Lei sorrise, finendo di allattare Alexander. «Dell'amore? Della gioia? Della vita?»

«Pensavo a qualcos'altro, ma va bene.»

Gina si chinò sul neonato, che ormai aveva tre mesi, e lo coprì di baci. «Non diventerai così, vero, piccolo? Come lo sciocco zio Salvo, che cerca sempre e non trova mai? Sarai un bravo ragazzo, vero?»

Harry le tolse il bambino dalle braccia. «Non ascoltarla.» Dopo avergli asciugato il viso, lo portò fuori per una passeggiata pomeridiana in riva al mare. «Salvo sta cercando di ricostruire il mondo secondo criteri siciliani. Cosa c'è di male?» Diede un bacio ad Alexander. «Forse, quando sarai grande, potrai ricostruirlo secondo criteri rivoluzionari.»

Il neonato non sapeva cosa significasse dormire in una culla di vimini in una camera vuota, non essere cullato dalle braccia di qualcuno, essere lasciato solo.

Passò l'estate con Esther e Rosa, che gli facevano il bagnetto, nuotavano in piscina con lui e lo spingevano sul passeggino per Spanish City, prendendolo in braccio ogni due minuti «per controllarlo», oppure con Fernando e Salvo, che lo portavano in barca e in auto, con i finestrini abbassati e il piccolo che restava senza fiato, incapace di respirare nel vento caldo di Palm Beach.

Lo lasciavano disteso su una coperta mentre rimanevano seduti sulla sabbia in riva all'oceano, fumando, bevendo, suonando la chitarra e parlando di ragazze, finché Esther e Rosa non lo prendevano con sé per una passeggiata lungo le dune di Jupiter Island, durante la quale chiacchieravano di quell'italiano affascinante ma impossibile.

6

Gina pensava che Esther sarebbe stata infastidita dal fugace amoreggiare di Rosa e Salvo. Nulla di evidente, ma percepì nella cognata una sorta di antagonismo dopo una serie di serate apparentemente felici con Rosa e Salvo. Non verso suo fratello, beninteso, ma verso di lei! Forse Esther considerava Salvo un bambino, al di là o al di sotto delle critiche degli adulti. Gina decise che era necessaria una conversazione da donna a donna. Aveva alcuni consigli da dare alla cognata, anche se non sapeva se avrebbe avuto il coraggio di offrirli senza che l'altra glieli chiedesse.

Così una sera, sedute sui gradini di marmo bianco accanto alla fontana, coccolando Alexander e cercando di ascoltare le onde dell'oceano mentre sul retro le gozzoviglie continuavano senza tregua, Gina deglutì e colse l'occasione. «Esther, ti prego di perdonare la mia presunzione. Sento di poterti parlare con franchezza, ma solo perché abbiamo bevuto un Cubanito e stai tenendo in braccio mio figlio.»

«Sputa il rospo. Si tratta di Rosa?»

«Rosa? No. Cosa c'entra?»

«Il giochino che tuo fratello sta facendo con il suo cuore.»

«Si stanno solo divertendo. Niente di più.» Il suo cuore! Gina aveva avvertito Rosa che il cuore non doveva essere coinvolto nei rapporti con Salvo. La cameriera le aveva forse dato retta? Certo che no. E ora la colpa era di Gina.

«Divertendo?» ribatté Esther. «Tra cinque minuti la mia abile assistente avrà bisogno di fuggire attraverso una botola dal tipo di divertimento che il tuo infedele fratello le sta offrendo.»

«Non si tratta di loro...» Rieccolo, l'atteggiamento di Esther nei suoi confronti, tagliente come una lama affilata.

«Di cosa, allora?»

«Ho la sensazione che tu sia arrabbiata. Non riesco a capirne il motivo. È per qualcosa che ho fatto?»

L'altra tacque, cullando Alexander. Si chinò a baciargli la testolina, lanciò un'occhiata a Gina e scrollò il capo. «No.» Sospirò, con le labbra arricciate, come se si stesse trattenendo e non volesse dire altro. «Mi scuso se ti ho dato questa impressione. Va tutto bene.»

Gina non le credeva. Continuò a insistere. «Si tratta di tuo padre?»

«No. Cosa c'entra lui?»

«È rimasto da solo nel Nord mentre noi siamo qui a spassarcela. Per favore, invitalo a venire a stare da noi. C'è un sacco di spazio. Ci farebbe piacere averlo in casa nostra.»

«Anzitutto, pensi che la mia Rosa se la stia spassando? Quei due banditi di Fernando e tuo fratello, forse. Ma chi altri se la sta spassando? Mio fratello non riesce a trovare un attimo di pace da mattina a sera. L'altro giorno mi ha chiesto se questa è davvero una prigione, perché non c'è il coprifuoco. E secondo, cara ragazza, anche se riuscissi in qualche modo a convincere mio padre che la sua salute cagionevole potrebbe sostenere un viaggio nel Sud, dopo quello che io e Harry ti abbiamo raccontato su Bellagrand, credi davvero che verrebbe nel luogo che ha cercato di cancellare dalla sua mente negli ultimi trent'anni?»

«Tale padre, tale figlio» disse Gina. «Ma Harry in qualche modo ci è riuscito. Forse lo farà anche Herman.»

«Ne dubito. Se mai c'è stato un uomo che non ama che gli si ricordino le cose spiacevoli, quello è mio padre.»

«Non è l'unico» mormorò Gina.

«Forse, se Harry gli scrivesse personalmente...» suggerì Esther. «Se lo invitasse per le feste di Natale... Non lo so. Forse. Ma so che né tu né io riusciremo a convincerlo. Harry è l'unico che ha qualche possibilità. È di questo che volevi parlarmi?»

«No.» Gina fece appello a tutto il suo coraggio. «Credo che dovresti vendere i gioielli di tua madre.»

«Cosa?» L'altra girò la testa nella sua direzione.

Annuendo, Gina si affrettò a proseguire. «Lo so. Non tutti. Ma la maggior parte. Penso che siano come pesi intorno alle caviglie. Ti impediscono di vivere la tua vita.»

«Il Cubanito ti ha dato alla testa» replicò Esther freddamente. «Non sto cercando di vivere la mia vita, sciocca creatura. La sto vivendo.»

«Ho pensato che forse una storia d'amore...»

«Una storia d'amore!» Esther scoppiò in una finta risata. «Per tua informazione, sono già stata sposata e sono vedova. Presto avrò cinquant'anni. Come ti salta in mente di parlare di una storia d'amore? Deve essere colpa dell'alcol. Oh Signore. Se questa non è una prova che dovresti bere di meno...»

«Sbarazzatene» riprese Gina in tono implorante. «Non li indossi mai. Che senso ha? Ti assicuro che il tuo cuore sarà più leggero. E gli altri se ne accorgeranno.» Altri uomini, avrebbe voluto aggiungere, ma si trattenne.

Esther la guardò in cagnesco, con un misto di gelo e stupore. «Cosa ne sai tu del mio cuore, Gina Attaviano?»

«È il cuore di una Barrington, e quelli li conosco bene.» Gina abbassò la testa, preferendo evitare di leggere sul volto della cognata i residui dell'amore per un uomo ormai perduto. Aveva sperato che Ben fosse stato un'infatuazione infantile che Esther aveva dimenticato. Eppure, ogni volta che qualcuno menzionava Panama, le banane, i canali, le navi, gli ingegneri o l'Army Corps, l'altra si irrigidiva visibilmente, cambiava espressione, diventava più brusca, più pungente, più polarizzante, come se i gioielli di sua madre non fossero l'unico peso che le gravava sul cuore.

Ma forse, solo forse, Gina distolse lo sguardo per evitare che Esther vedesse accidentalmente sul suo viso le cose che non avrebbe mai dovuto vedere.

«Ho sempre avuto la sensazione che qualcosa ti appesantisse» continuò.

«Qualcosa che mi appesantisse» ripeté Esther in tono spento.

«Conserva i gioielli che usi e sbarazzati di tutto il resto! Comprati un'urna di marmo, o una statua per il giardino, oppure fa' una donazione alla chiesa, o...»

«Grazie per il consiglio.» Esther le restituì Alexander e si alzò a fatica. «Comincio a essere stanca. Quel terribile liquore mi ha dato alla testa, e chiaramente anche a te. Credo che andrò a dormire.» Fece una pausa. «Prima di dire qualcosa di cui mi pentirò per sempre.» Senza un'altra parola, nemmeno la buonanotte, spalancò le porte della villa e scomparve all'interno.

Gina rimase seduta a lungo sui gradini sotto il portico, ascoltando l'oceano davanti a sé, la chitarra alle sue spalle, beandosi nella visione di Alexander che dormiva e respirando l'aria salmastra.

Cosa facciamo, mio dolce bambino, mio piccolo bambino, mio amato figlio? Come facciamo a far stare meglio la zia? Sai chi la fa stare meglio? Tu. Ogni volta che ti guarda diventa tutta zucchero e miele. Sai perché? Perché c'è amore, gli sussurrò, indicando un punto lontano, piegandosi sul neonato, baciandolo, accarezzandolo, fissandolo, e c'è Amore.

12

Gli uccelli del paradiso

1

Caro padre,
io, Gina, Alexander, e anche Salvo, saremmo molto felici se voi ed Esther ci raggiungeste per il Ringraziamento e per Natale. Spero che stiate abbastanza bene per viaggiare. Qui il tempo è bello e l'acqua dell'oceano è sempre calda. Esther ve ne avrà parlato. È stato piacevole averla qui e ci è mancata quando è partita a settembre. Vi prego di venire e di restare quanto volete. Ho ridipinto la barca. Vi piacerebbe. Sul lago Worth si pesca molto bene.

Cordiali saluti,
Harry

Harry ricevette una lettera a stretto giro di posta.

Caro Harry,
grazie per il tuo gentile invito. Sì, Esther mi ha deliziato con molte storie sulla sua emozionante visita. Grazie per averle riservato un'accoglienza così impeccabile. Al momento, purtroppo, non sto abbastanza bene per viaggiare, dunque non potremo venire per il Ringraziamento. Ma forse mi sentirò un po' meglio per Natale. Abbraccia Gina e Alexander da parte di tutti noi.

Cordiali saluti,
tuo padre

P.S. Louis è morto due settimane fa. Ha detto di dirti «Matteo 6,21».

Così, per il Natale del 1919, Esther, Herman e Rosa presero un treno da Boston per andare a trascorrere le feste sulla Treasure Coast. Esther avvisò Gina in anticipo che Herman sarebbe potuto rimanere solo fino alla metà di gennaio. «Ripartiremo quando non potremo più comprare alcolici, il 16 gennaio, d'accordo?»

«E invece è proprio allora che dovreste restare di più. Bellagrand è piena di rum cubano.»

«Spero tanto che tu stia scherzando.» L'altra riattaccò.

Di lì a poco furono a Bellagrand. Gina guardò Herman mentre Fernando lo aiutava a scendere dalla Tourister. Suo suocero scacciò bruscamente tutti, si raddrizzò e alzò gli occhi, non verso la nuora o il figlio, che li attendevano sul portico, ma sopra le loro teste e oltre le loro spalle. Esther era al suo fianco.

Per un momento carico di tensione, Gina osservò Herman, con il mento sollevato e le spalle curve, studiare con angoscia e stupore la villa bianca che un altro uomo aveva costruito per sua moglie. Harry le diede una leggera gomitata. «Ti illudi che sarà facile?» bisbigliò. «Guardalo.»

«Non importa» disse Gina. «Abbiamo un bambino che gli farà dimenticare ogni cosa, anche il dolore più tenace.»

«Non ci scommetterei il mio ultimo dollaro.» Harry scese gli scalini. «Padre! Buongiorno.»

«Buongiorno, figliolo.» Herman distolse lo sguardo dalla casa e si concentrò su Harry. Si strinsero la mano. Il padre diede dei colpetti al braccio del figlio. «Come stai? Hai un bell'aspetto.»

«Grazie. Sì, la prigione mi dona.»

«Sì, figliolo, hai proprio ragione. Sarebbe un peccato se fosse il contrario, dato che ci passi così tanto tempo.»

Harry lanciò un'occhiata obliqua a Gina.

«Herman!» Lei si avvicinò con un sorriso, gli diede un abbraccio e un bacio. «Grazie per essere venuto. Siamo molto felici di vedervi. Vero, Harry?»

«Sì, certo. Com'è andato il viaggio, padre?»

«Fortunatamente è stato tranquillo, grazie.» Herman fece un sospiro quasi impercettibile, addolcendo un po' i lineamenti. «Il clima è piacevole qui a dicembre, vero? È sempre così?»

Harry annuì orgoglioso, come se il tempo clemente fosse opera sua. «Una delle cose migliori di questa regione.»

«Quanti gradi ci sono? Una ventina?»

«Ventisei, secondo il termometro.»

«Davvero sorprendente. Fa troppo caldo per dormire?»

«No, di notte rinfresca. Tra le due maree soffia la brezza. Lasciamo tutte le finestre aperte. Vedrete.»

«L'aria salmastra non corrode tutto ciò che si trova dentro la casa, le pentole, gli oggetti metallici?»

«Non ancora.»

«Vedo che tira parecchio vento. È impossibile nuotare tra le onde?»

«Di solito no. Le onde sono blande. Abbastanza blande che persino Alexander va a nuotare con sua madre. Anche se lei sa che non approvo.»

«Il bambino lo adora» intervenne Gina. «E voi farete lo stesso. Vi prego, entrate. Non occorre stare sulla soglia come i fattorini. Esther, come stai? Non hai detto una parola.»

Quando la guardarono, l'altra si stava tamponando gli occhi.

«Cosa ti prende?» Herman corrugò la fronte.

Harry agitò la mano. «Non fateci caso, padre. Purtroppo noterete una certa inspiegabile svenevolezza nelle donne che arrivano in questa casa. Il miglior rimedio è ignorarle. Dico sul serio. Prego, entrate pure.»

Herman superò la porta. «Sì, ma perché, Esther?»

«Harry ha ragione, padre» rispose lei. «È meglio ignorarmi.»

Una volta dentro, Herman si guardò a malapena intorno. Non si lasciava stupire facilmente. «Hai un po' di spazio per me, figliolo? Gina ci ha detto che tutte le camere della vostra baracca sono piene di liquori.»

«Confermo. Ma non preoccupatevi, abbiamo trasformato lo sgabuzzino del sottoscala in una villa tutta per voi.»

«Avete sete, Herman?» Gina indicò una caraffa di vetro. «Gradite un po' di limonata? L'ho fatta io.»

«Per ora sono a posto. Cos'è successo alla tua voce? Non è più la stessa.»

Lei sorrise mestamente. «Vostro nipote, ecco cosa le è successo. L'ho sforzata e non si è più ripresa.»

«A proposito di questo nipote...» Herman si diresse verso la cucina inondata di sole. «È un fantasma?»

«No, sta dormendo.» Gina lo raggiunse.

Lui parve deluso. «Nel suo letto?»

«Oh no, padre» rispose Harry. «Il bambino non sa cosa significhi il termine "letto".» Inarcando le sopracciglia verso Gina, la spinse avanti. «Va' a presentargli Alexander. Anche se dubito che Salvo voglia separarsi da lui. Vado a portare di sopra il baule di mio padre.»

«Ora dovrà separarsi da lui.» Esther uscì con passo deciso. «Ora ci siamo noi.»

Sull'erba verde del grande prato, Herman trovò Salvo sdraiato su una chaise longue sotto il sole. Sul suo petto nudo c'era una sagoma addormentata, avvolta dalla testa ai piedi in coperte di cotone. I due uomini si strinsero la mano. «Come state, signor Barrington? Mi dispiace non potermi alzare per salutarvi, ma...» Salvo accennò al bambino.

«Non c'è bisogno di scusarsi. E, per favore, chiamami Herman.»

Esther fece un passo avanti. «Salvo, non posso credere che tu lo tenga al sole.» Gli prese Alexander e tutte le coperte. «Gli verrà un colpo di calore.»

«Lui è ben coperto» rispose Salvo. «Il colpo di calore verrà a me.»

«Allora perché non ti sei seduto all'ombra?»

«Buongiorno anche a te, cara Esther.» Salvo sorrise. «È un piacere rivederti. Sei già tornata?»

«Sono stata via tre mesi.»

«E una settimana.»

Gina li separò infilandosi tra loro con un vassoio e diede una gomitata nello stomaco al fratello. «Herman, ecco un po' di limonata per voi. Avete fame?»

«Non ancora, ma grazie.» Lui vuotò il bicchiere in due sorsi, anche se meno di cinque minuti prima aveva detto di non avere sete. Gina ordinò a Emilio di servire il pranzo. Esther cercò di svegliare Alexander, ma invano.

Herman si diresse verso la casa. «Esther, lascia riposare quel povero bambino. So come si sente.» Sorrise a Gina. «Se sei così gentile da indicarmi lo sgabuzzino del sottoscala, vado a darmi una rinfrescata.» Lanciò un'occhiata alla sagoma coperta tra le braccia di sua figlia. «Sono sicuro che è un bel bambino.»

Gina lasciò Alexander con Esther per qualche ora mentre andava a fare compere con Fernando e Rosa. Non appena il piccolo si accorse che sua madre non c'era, iniziò a piangere. Esther lo cullò, lo coccolò e lo portò avanti e indietro nelle ampie stanze del pianterreno, ma lui continuò a esprimere il suo ardente disappunto. Oltre a Carmela, non c'era nessuno che potesse aiutarla.

Herman si affacciò dal giardino, dove si stava rilassando accanto alla piscina, scuotendo la testa grigia.

«Perché questo baccano?»

Esther gli mostrò il bambino che piangeva.

«No, so chi sta facendo baccano. Lo sento. Ma perché?» Herman strinse le palpebre e trasalì: il piccolo strillava davvero forte. Si fermò per un attimo accanto alla portafinestra aperta e poi entrò, appoggiandosi al bastone. L'artrite reumatoide gli rallentava i movimenti e gli accorciava il respiro. Persino camminare era diventato difficile.

«Non lo so.»

«Dov'è sua madre?»

«Fuori a fare compere.»

«Dov'è Rosa?»

«Con lei. Anche Fernando.»

«Dov'è il padre del bambino?»

«Vostro figlio, intendete? Cerca di pescare qualcosa per la cena.»

«Dov'è l'uomo di cui non ti importa nulla?»

«Con il padre del bambino.»

Herman studiò il neonato urlante. «Forse ha fame.»

«Gina l'ha allattato subito prima di uscire. Non dovrebbe mangiare di nuovo fino al suo ritorno.»

«Chiaramente non è così. Senti le urla? Ha fame.»

«Padre, non credo proprio. In ogni caso, non abbiamo nulla da dargli. Si nutre solo di latte.»

«Solo di latte! Quanti anni ha? È in età scolare?»

«Sei mesi.»

«Allora va' a prendergli del latte.»

«Non quel tipo di latte.»

«Oh.» Herman si mise cautamente vicino al tavolo. Esther camminò su e giù per la cucina, facendo saltellare il piccolo. «Esther, che diavolo stai facendo?»

«Cosa c'è? Lo sto cullando. Il movimento aiuta.»

«Non è un movimento, gli farai venire il mal di mare. Inoltre frigna da mezz'ora. È servito a qualcosa?»

«Pensate a quanto sarebbe brutto se non lo facessi.»

«Non potrebbe andare peggio di così. Prova con qualcos'altro.»

«Per esempio?» Esther diede ad Alexander dei rapidi colpetti sulla schiena.

«Perché lo percuoti?»

«Sto cercando di fargli fare il ruttino.»

«Forse ha bisogno di essere cambiato.»

«L'ho già cambiato.»

«Gli piacerebbe fare una passeggiata?»

«Non lo so. Come faccio a saperlo?» Esther sembrava isterica, come se da un momento all'altro potesse cominciare a urlare a sua volta.

Herman fece un altro passo avanti e si sedette sulla poltrona accanto alla portafinestra che dava sul *lanai*. «Dammelo» disse.

«Padre, bisogna camminare, non si può stare seduti...»

«Dammelo, per favore.»

Esther gli consegnò delicatamente Alexander. Il cambio di mano durò un tempo straziante, perché il bambino si dimenava così tanto che padre e figlia avevano il terrore di farlo cadere. «Sembra proprio indemoniato.» osservò Herman. «In nome del cielo, qual è il problema?» chiese al neonato, riuscendo finalmente a tenerlo fermo. «Sst. Perché ti agiti così?» Lo tenne vicino al petto, in posizione eretta. «Ecco, ecco. È tutto a posto. Non c'è ragione di piangere. Aspetta di crescere. Allora sì che avrai qualcosa per cui piangere. Alla tua età è sufficiente mangiare e dormire. Quanto può essere brutto? Sst. A proposito, questa è anche la descrizione della mia vita. Perciò ecco qua. Tu e io siamo pari. Mi vedi forse urlare come se mi stessero uccidendo? Appunto. Sst. Calmati. Non c'è bisogno di piangere. Come hai detto che ti chiami? Alexander? Sst, Alexander. Sst. Chi è Alexander?» domandò a Esther.

«Il padre di Gina. Alessandro.» Si avvicinò con sollecitudine, indugiando nervosamente.

«Pensavo che il bambino si chiamasse Anthony.»

«Anthony Alexander.»

«Ah.»

Il neonato tacque. Esther smise di agitarsi. Herman smise di parlare. Alexander guardò il volto del nonno e, allungando la manina, gli strinse forte la guancia e il labbro, si spostò da un lato all'altro e infine gli appoggiò la testa sulla spalla. Lasciò alcune dita sulla sua bocca. Herman si sistemò contro lo schienale, mettendosi comodo. Esther rimase in silenzio al suo fianco. «Volete che lo prenda io?»

«Vuoi prenderlo adesso che l'ho tranquillizzato?» la rimbeccò, con la voce attutita dalle dita paffute di Alexander. «Bella bambinaia che sei. Va' a fare qualcos'altro. Ma non fare rumore. Io resto seduto qui per un minuto. Non lasciarmi solo troppo a lungo, però.»

La cucina era punteggiata di chiazze di sole, che si riflettevano sul pavimento di pietra calcarea e sui tavoli di quercia. Herman era rivolto verso il prato, oltre il quale l'acqua scintillante luccicava come un miraggio.

Esther uscì dalla stanza, bisbigliando che sarebbe tornata subito e, quando fu nel corridoio, si mise una mano sulla bocca per soffocare un profondo e persistente urlo di angoscia, di desiderio, di felicità, tutto in una tormentata O silenziosa.

Quando li controllò mezz'ora dopo, li trovò nella stessa posizione.

Entrambi addormentati.

2

Cenarono nel *lanai*. Herman disse che si sarebbero spostati all'interno se l'aria fosse diventata troppo fredda per lui, ma non accadde. Nemmeno le brezze notturne dell'Intracoastal Waterway lo spinsero a rifugiarsi tra quattro mura.

Per Gina non c'era nulla di più dolce che ascoltare Fernando insegnare a suo fratello a strimpellare gli accordi e ad accompagnare la propria voce mentre cantava. Il cubano aveva molto orecchio e possedeva un grande talento, e li informò che Salvo stava inseguendo la vocazione sbagliata. «*Señora*, vostro fratello ha capacità canore che non ho mai visto. È come... come si dice?»

«Un prodigio?» suggerì Harry.

«Un genio» dichiarò Fernando per la gioia di Salvo. «Ha un'estensione quasi perfetta. Avete idea di quanto sia rara?»

«Non ho neppure idea di cosa sia» confessò Gina.

«Non è l'unica cosa rara» borbottò Esther.

«Be', non importa» riprese Fernando. «È fantastico. Salvo, se l'orticoltura non funziona, puoi sempre diventare un trovatore. Dovrai andare a Miami per lavorare, ma sarai ricompensato profumatamente per i tuoi spostamenti.»

«*Amigo*» esclamò Salvo, «è questo il tuo grande sogno per me? Vuoi che faccia l'artista di strada?»

«Mi sembra giusto» commentò Esther sottovoce.

«Cosa c'è di meglio che fare il cantante?»

«Il cantante di strada?»

«Meglio delle lezioni sui fiori che stai seguendo.»

Salvo nicchiò.

«Madre di Dio!» intervenne Gina. «Le stai ancora frequentando, vero? Ti prego, dimmi che non le hai abbandonate.»

«Sì, rivogliamo il nostro denaro» disse Harry.

Esther sbuffò. «Digli pure addio. Quell'investimento non ti renderà neppure un centesimo.»

«Ascoltate tutti» disse Salvo. «Sorellina, basta con questa reazione esagerata. Il giardinaggio non fa per me, ho capito che non voglio essere sporco tutto il giorno. Come posso far colpo sulle signore se scavo la terra, ho le mani luride e sudo sotto il sole?» Si illuminò. «No, le signore amano quando sono fresco e pulito, indosso completi di seta e guido auto di lusso, come quegli ubriaconi dei vostri vicini. Voglio anche una bella casa, non la rimessa in cui vivo. Voglio trattare le signore come meritano di essere trattate, come principesse.»

Esther stava per esprimere la sua disapprovazione, ma Herman la zittì con un'occhiata. «Sono obiettivi ammirevoli» osservò.

«Grazie, signore.»

«Come intendi raggiungerli?»

«Pensavo di iscrivermi a un altro corso.»

L'annuncio fu accolto da un gemito collettivo.

«Smettetela, tutti quanti. Basta. Fatemi finire, prima di schernirmi.»

«Perché non possiamo schernirti prima?» domandò Esther.

«Salvo» disse Harry, «mi costerà altri soldi?»

«Ascoltami, per favore. Ho un'idea fantastica.»

Borbottarono, versarono altri drink, brindarono alla notte, alla chitarra, alla famiglia e ad Alexander che dormiva tra le braccia di Harry, quindi ascoltarono.

«Voglio seguire un corso per agenti immobiliari.»

«Per fare cosa?» chiese Harry.

«Per imparare a vendere immobili.»

«Cosa ne sai tu di immobili?»

«Niente. Per questo voglio frequentare un corso.»

«La sua logica non fa una grinza, Harry» disse suo padre.

«Herman, come può un pazzo avere una logica?» obiettò Gina. «La logica implica la salute mentale.»

«Non necessariamente» la corresse Salvo. «E, sorellina, o mi difendi o stai zitta.» Bevevano *sangria* da ore ed erano già al settimo brindisi e alla terza porzione di torta *tres leches* prima ancora che venissero serviti il *profiterole* e il gelato.

«Harry» disse Esther, «riesci a credere alle tue orecchie? Nostro padre pensa che sia un'idea meravigliosa.»

«Non esagerare» protestò Herman. «Non arriverei a definirla

meravigliosa. Salvo, non immagino nemmeno quante di queste idee ti vengano in mente ogni settimana...»

«Ventisette» disse Gina.

«Sorella! Cosa ti ho chiesto?»

«Quello che voglio dire» continuò Herman «è che, tra tutti i luoghi in America dove seguire un corso per agenti immobiliari, Palm Beach è uno dei migliori. Le case stanno aumentando di valore e vanno a ruba.»

«Esatto!» Salvo gli si avvicinò così tanto da sedersi quasi sulle sue ginocchia. «E io ricevo una provvigione ogni volta. Vendere o comprare. Presto volerò anch'io, come i fratelli Wright.»

«Non sembra un'occupazione stabile» commentò Esther. «Il mercato sale, scende, le persone smettono di acquistare case, e poi?»

«E poi avanti con la prossima avventura.» Salvo sorrise. «Forse imparerò a guidare una barca. O diventerò il cantante di strada di cui parlava Fernando. Ma, per ora, è nel settore immobiliare che ci sono i soldi, ed è lì che Salvo vuole essere.»

«Gina, cara» disse Herman, «sarebbe un saggio investimento da parte tua. Perché, se Salvo è disoccupato, indovina dove vivrà? Con voi.»

Gina alzò un bicchiere di *sangria*. «Allora è deciso. Non gli presterò un centesimo. Perché niente mi renderebbe più felice che averlo di nuovo qui.» Che avervi tutti qui, pensò, ma non lo disse ad alta voce.

Con suo grande stupore, fu Herman a citare Nathaniel Hawthorne. «*Le idee degli uomini non s'innalzano oltre i tetti delle loro case. Tutti i loro interessi si estendono sulla superficie della terra in uno strato di quello spessore. Solo la guglia della sala di culto si erge fuori dalla loro sfera.*»

«Mi piace, Herman» approvò Gina. «E sono d'accordo con voi. Per me non c'è niente che si elevi al di sopra di questa casa e di quanto contiene.» Guardò il marito, che teneva in braccio il bambino addormentato.

«Non sono affatto d'accordo, padre» disse Harry.

«Certo che no, figliolo.» Herman strizzò l'occhio a Gina. «Sei il solito bastian contrario.» Spostò l'attenzione su Harry. «Bene, sono pronto.» Bevve un sorso di vino. «Dimmi perché non sei d'accordo.»

«Perché ci sono almeno dieci cose che state trascurando.»

Incoraggiati dal vino, diedero il via alla discussione, comunicando con l'unico mezzo che conoscevano: l'antagonismo.

Palm Beach possiede magia e maestosità. Tiene il mondo nel palmo della mano. Vanta laghi, mari e un clima estremo, cieli suggestivi e brezze confortanti. Vanta donne raffinate, vestite di tutto punto, che camminano sui tacchi alti e roteano i parasole. Ora sei tu la padrona di casa, Gina. Il lavoro di Carmela non è più il tuo lavoro. Paghi qualcuno per fare quello che prima facevi tu. Ora cammini con noi lungo Worth Avenue, nell'elegante Palm Beach, adocchi nelle vetrine cappelli di seta a tesa larga e fibbie di velluto, entri nei negozi e li compri, così, su due piedi. Non devi più cucire per guadagnare qualche dollaro extra e poterti permettere un paio di guanti usati che altre donne raffinate hanno scartato. Ora sei tu la donna raffinata. Sei tu a scartare i vestiti. Non cuci, non fai il bucato. Non rifai il letto, non prepari la colazione. Te ne stai seduta e lasci che qualcun altro ti serva i frutti delle fatiche di Henry Flagler.

Avrebbero lasciato Harry a casa con Fernando, e Gina avrebbe portato il resto del clan verso sud, a Palm Beach. Si fermarono al Breakers, perché era un hotel magnifico, come dovette ammettere persino Herman. Quel pomeriggio, dopo un pranzo tranquillo, camminarono per quasi un chilometro sotto le alte palme fino a Whitehall, con Salvo che teneva in braccio Alexander. Herman disse che voleva vedere il Taj Mahal di Henry Flagler a Palm Beach, che voleva vedere la casa di settantatré stanze costruita da Flagler per l'ultima donna della sua vita. Studiò l'edificio di marmo dal vialetto d'ingresso. Si rifiutò di entrare, anche solo per un tè o un drink veloce, e sulla via del ritorno disse soltanto: «Sono contento di aver finalmente visto la casa che quell'uomo ha innalzato per la donna che lui ha preferito a quella che io non sono riuscito a dimenticare».

Herman non tenne fede al proposito di ripartire. Dicembre, gennaio e febbraio volarono via. Lui ed Esther presero l'abitudine di portare Alexander a fare una passeggiata sulla spiaggia la mattina presto, anche se questo significava che Esther doveva tenerlo in braccio per tutto il tragitto. Non appena lo metteva giù, il bambino mangiava la sabbia e gattonava verso l'oceano come un sorridente calamaro dai capelli neri. Lei disse che non era mai stata così in forma in vita sua come dopo aver badato per mesi a quel birbante. A volte Gina e Harry li accompagnavano, e di tanto in tanto anche Salvo, se non aveva fatto troppo tardi la sera prima. Suo malgrado, Esther confessò a Gina che, quando Salvo e Harry li raggiungevano in spiaggia, rendevano tutto più facile, perché facevano a turno per badare ad Alexander. Tre generazioni camminavano lungo l'oceano. Salvo amava accudire Alexander e aveva una pazienza infinita, lo lanciava in aria, lo faceva dondolare a testa in giù, se lo issava sulle spalle, lo faceva penzolare sopra la spuma delle onde. Persino Esther riusciva a non criticare troppo il siciliano in quelle mattinate afose. Dopo averla osservata mentre guardava Salvo, Gina diede una gomitata a Harry. «Ehi, guarda la faccia di tua sorella.»

Harry guardò. «Non vedo niente.»

«Ma sì, come guarda mio fratello che gioca con nostro figlio. Ti avevo detto che prima o poi si sarebbe affezionata a lui.»

«Veramente adora Alexander fin dall'inizio.»

«Sii serio!» Gli strinse il braccio. «Vedi? Nessuno può restare a lungo indifferente a Salvo. Né tu né tuo padre, né tantomeno tua sorella, che è incontentabile.»

«Non esserne così sicura. Credo che tu la stia sottovalutando. Guarda, sta per attaccare discorso con Salvo. Di cosa mai staranno chiacchierando quei due?»

Incuriosita, Gina si affrettò a spostarsi dal fianco del marito a quello del suocero. Diede il braccio a Herman e allungò il passo, sforzandosi di udire Esther e Salvo al di sopra del rumore dell'alta marea e del vento caldo. Harry si avvicinò, con un sorriso malizioso sul volto abbronzato e riposato. Gina passeggiò tra padre e figlio.

«Sembra che tu voglia bene al piccolo, Salvo» disse Esther.

Lui annuì. «Be', è mio nipote. Anche tu gli vuoi bene.»

«In effetti, sì. Non ho avuto la fortuna di avere figli.» Esther fece una pausa a effetto, come per riprendere fiato. «E tu?»

«Ho avuto molte fortune» rispose Salvo.

«Anche quella dei figli?»

Lui annuì di nuovo. «Anche quella dei figli.» Sorridendo, si girò verso la sorella, che agitò il pugno nella sua direzione. Smettila!

«Cosa c'è?» chiese Salvo muovendo solo la bocca. Alexander, a cavalluccio sulle sue spalle, gli stava tirando i capelli.

«Gina» disse Herman, «pensi che il discorso che stanno facendo finirà in un disastro?»

«Sì... per Esther.»

«Lo immaginavo.»

Harry scoppiò in una sonora risata. Quando Gina gli scoccò un'occhiataccia, le sussurrò: «Te l'avevo detto».

«Figli, al plurale?» domandò Esther a Salvo.

«Sì, sì. Ma tutte femmine» aggiunse lui mestamente, accarezzando la gamba paffuta di Alexander. «Non ho avuto la fortuna di avere un maschietto. Giusto, Harry?» Si girò. «Ti senti fortunato ad avere un figlio maschio, vero? Come tutti i padri.» Sbuffò. «Continuo a provarci, ma invano.»

«Sì» rispose Harry. «Non so se *tutti* i padri, ma io sono soddisfatto di mio figlio. E scusate, non volevo interrompere la vostra conversazione. Continuate pure.»

Esther insistette. «Tutte femmine? Quante... figlie hai?»

«Questa sì che è una bella domanda» disse Salvo pensieroso.

«Credevo fosse semplice.»

«Esther» intervenne Herman, «smettila di torchiare quel poveretto. Non è un'oliva.»

«No, no, padre, lasciatela fare, per favore» disse Harry. Gina gli strappò un pelo biondo dall'avambraccio abbronzato, brontolando. Lui dovette coprirsi la bocca per non ridere di gusto.

«Harry ha ragione, non preoccupatevi, Herman.» Ora Salvo teneva Alexander a testa in giù per una caviglia. «Non mi dà fastidio. Qual era la domanda, Esther?»

«Quanti figli hai?» ripeté lei in tono aspro.

Salvo contò aprendo tutte le dita della mano sinistra. «Direi che sono cinque.» Poi, dopo una pausa di riflessione: «Cinque di cui sono a conoscenza».

Esther sussultò. Persino Gina si mise quasi a ridere.

«Dove sono?» volle sapere Esther. «Questi bambini, i tuoi figli, le tue figlie?»

Salvo scrollò le spalle. «Non lo so. Con le loro madri, presumo. O almeno spero.»

«Madri?» Esther si mise una mano sul cuore.

«Sì. Questo ti turba? Percepisco qualcosa nella tua voce. Sei diventata pallida come un cencio. Oppure sono io a essere troppo sensibile?»

«Madri?»

«I bambini hanno delle madri, sì. Perché ti sorprende?»

«Madri, al plurale?»

«Sì, sì. Cinque bambine, cinque madri.»

Quasi cadendo, Esther si voltò e vide Harry piegato in due dalle risate. Si allontanò come una furia, mentre continuavano a sbellicarsi.

Gina diede un pizzicotto a Salvo. Alexander allungò le braccia verso sua madre. «Come farai a piacerle se la torturi in questo modo?» Lei si issò il bambino sul fianco.

«Hai ragione, forse dovrò provare un'altra tattica.» Le fece l'occhiolino.

«Salvo!»

«Cosa c'è?» disse con l'aria più innocente che gli riuscì.

Girandosi, trovarono Harry che li fissava imperturbabile. «È mia sorella quella che state diffamando.»

«Harry ha ragione» disse Gina con una finta aria di rimprovero. «Come si fa a scherzare su una cosa del genere?»

Mentre chiacchieravano, Herman raggiunse Esther. «Sai perché ti tormenta?»

«Non è divertente, padre.»

«Io lo so.»

«Allora perché ridete?»

«Rispondimi, sai il perché?»

«No, perché?»

«Perché gliene dai la possibilità. Gli rendi le cose troppo facili. Non è nemmeno uno scontro alla pari. È come sparare a un pesce in un barile.»

«Ma chi scherza su cose simili?» disse lei con voce stridula.

«Sa che tu lo giudichi, perciò gioca con te.» Herman annuì. «Credimi, ne so qualcosa.»

Esther si zittì.

«Figlia mia, se ci ergessimo a giudici di ogni persona che non si comporta secondo le norme sociali, non avremmo tempo per nient'altro, no?»

«Le norme sociali sono andate a farsi benedire.»

«Hai ragione.» Herman rifletté. «Oggi, a parte Gina che è irreprensibile» continuò nonostante il sospiro sprezzante di Esther, «abbiamo tuo fratello, che fa Dio solo sa cosa mentre finge di essere un uomo nuovo. Abbiamo Salvo che cerca di italianizzare il Sud della Florida e manda su tutte le furie le donne altolocate di Boston, trasformandole in bisbetiche. Fernando contrabbanda fiumi di liquori dalla sua terra natale, sperando di non essere arrestato. Carmela è una pessima governante, che parla inglese ma fa finta di non conoscerlo, ed Emilio è tutt'al più un cuoco mediocre. Gina gli è di gran lunga superiore. Quando cucina lei, non vedo l'ora di cenare. Rosa si è comportata così male da rifiutarsi di venire in spiaggia con noi perché c'è Salvo. E tu, mia cara, te ne stai seduta tutto il giorno a schioccare la lingua. Finirai per consumarla.»

«E dove ho imparato a giudicare tutto e tutti, mi chiedo?»

Herman parve mortificato. «Be', forse i figli dovrebbero sforzarsi di essere migliori dei genitori.»

«Anche la mamma era incline alla critica?» domandò Esther dopo che ebbero camminato per un po'.

Herman rimase in silenzio mentre la marea si abbassava. «Il suo problema era l'esatto contrario» rispose alla fine, guardando dritto davanti a sé. «Non lo era abbastanza. Amava tutti, accettava tutti. Non sapeva come difendersi dai colpi della vita.»

3

«Esther, ti dispiacerebbe parlare di qualcosa di diverso dal tuo salace interesse per le prodezze romantiche di Salvo?»

«Non ho alcun interesse, né salace né di altro tipo.»

Herman ed Esther camminavano lungo la strada. Esther prese il braccio del padre. Quel giorno erano solo loro tre, lei, Herman e Alexander. Fernando li aveva lasciati al Breakers per la colazione e poi avevano passeggiato tra i negozi di lusso, con Herman che spingeva la carrozzina lungo Worth Avenue.

«Invece di parlare di procreazioni che non ci riguardano, possiamo parlare piuttosto di come tuo fratello nasconde le sue letture?»

«Cosa sta leggendo?»

«*I dieci giorni che sconvolsero il mondo* di John Reed, per esempio.»

«Non me n'ero accorta. Ma può leggere quello che vuole, no?»

«Allora perché lo nasconde?»

Alexander cominciò ad agitarsi, così si fermarono un momento mentre Esther gli aggiustava le coperte e gli restituiva il sonaglio a forma di orsacchiotto che aveva fatto cadere. «Sei un bravo bambino» mormorò, dandogli un bacio sulla testolina. «Sei un bambino bravissimo.» Si raddrizzò. Suo padre, che aveva settantatré anni e spingeva la carrozzina perché il manico gli dava sostegno, riprese a camminare, più lentamente che mai. «Lo chiedete perché lo sapete per certo, padre, o perché state indagando?»

«Entrambe le cose. Te lo chiedo perché lo so per certo, ma sto indagando per vedere se lo sai anche tu.»

«Io non so nulla» disse Esther. «Ignoro completamente Harry quando è nel suo mondo bizzarro, e gli presto attenzione solo quando è concentrato sul nostro.»

«Bene. La sua incantevole moglie potrebbe essere così saggia da adottare lo stesso approccio.»

«Non capisco perché siate così preso da lei.» Esther si aggiustò il cappello per proteggersi il viso dal sole. «Cos'altro sta leggendo?»

«*Nella colonia penale* di Kafka.»

Esther sorrise. «Harry è molto spiritoso.»

«Ma sai cosa finge di leggere?»

«Cosa?»

«*Lettera al padre.*»

Esther rise. «È spassoso. Sapevate che anche il padre di Kafka si chiamava Hermann?»

«No. Ora ridi pure, ma cosa faremo nel 1922, quando finiranno gli arresti domiciliari?»

«Non fasciamoci la testa prima del tempo. Avete visto con quanta scrupolosità lo osserva l'agente Janke? È quasi come se volesse beccarlo mentre infrange la libertà vigilata. Lo sentite il lunedì? Ha iniziato a chiamarla ispettore Javert.» Esther pareva divertita. «In sua presenza!»

Herman rise. «Tuo fratello ha sempre avuto un senso dell'umorismo molto tagliente.»

«Mio fratello, ma vostro figlio.» Esther gli diede un colpetto sul braccio con profondo affetto filiale mentre percorrevano una strada tropicale immacolata, sbirciando le vetrine che esponevano oggetti di Art nouveau e scarpe di lusso. «Vi preoccupate troppo. Se la caverà. Guardate dove vive. Non credete che Bellagrand gli entrerà dentro come ha fatto con Salvo? E con Gina?» Esther gli diede una gomitata. «E un po' anche con voi.»

Spingendo Alexander, Herman si portò leggermente avanti, allontanandosi dalle affettuose punzecchiature della figlia. «Sì, certo, mi è entrata dentro. Come un virus.»

«Harry, hai avuto modo di leggere il nuovo libro di John Reed?» domandò Herman con nonchalance di lì a qualche giorno. Avevano consumato un piacevolissimo pranzo a base di *ceviche* di gamberi, pane fresco e mango con gelato.

«Perché avrei dovuto, padre? La mia guardia carceraria – mi riferisco all'agente della libertà vigilata, l'onorabile Margaret Javert – preferisce che non legga certe cose.»

«Forse ha ragione. Ma io, per esempio, ho trovato il libro abbastanza innocuo. Devo dirle che è una lettura adatta a te?»

«Herman, avete letto *I dieci giorni che sconvolsero il mondo*?» chiese Gina stupita.

«Sì, cara ragazza, perché no?» rispose lui allegramente. «Qui a casa vostra. Ne ho trovata una copia in biblioteca, a coprirsi di polvere. Ne avevo sentito parlare così tanto sui giornali che ho pensato di fare un tentativo. Confesso che è stato curioso trovarlo qui. È stato pubblicato appena un anno fa.»

Intorno al tavolo scese il silenzio. «Non capisco cosa stia succedendo» disse Gina, perplessa. «Cosa mi sfugge?»

«Niente, Gia.» Harry allungò la mano per prendere la sua. «Mio padre sta soltanto facendo mio padre. Sta facendo con me quello che Salvo ha fatto con mia sorella.» Si voltò verso Herman. «Okay, d'accordo. Sì, l'ho letto. Non può essere una sorpresa che io legga il libro del mio amico John Reed. Avete visto che me l'ha autografato? Sono stato onorato di riceverlo.»

«Mmh» replicò Herman. «Se fossi in te, terrei nascosto questo piccolo dettaglio all'agente Janke. Credo che la mancata corrispondenza fra te e i membri del Partito comunista degli Stati Uniti d'America sia una delle condizioni della tua situazione attuale.»

«Sì.» Harry lasciò la mano della moglie e fissò la ciotola di gelato ormai sciolto. «Ed è per questo che non gliel'ho detto.»

«Saggia decisione.»

Harry si morsicò il labbro. «Allora, cosa ne pensate del libro, padre?»

«L'ho trovato splendido.» Herman scrollò le spalle. «Perché no? Quell'uomo è chiaramente affascinato da pistole, fucili, sparatorie, operazioni di polizia e folle nelle strade. Sarebbe stata una meravigliosa *pièce* teatrale senza parole. Solo movimento e rumore, niente dialoghi, pochissima narrazione.»

«Pensavo che ce ne fosse un bel po', di narrazione» osservò Harry. «Perché dite il contrario?»

«Perché? Perché il libro descrive abilmente cosa significhi vivere la violenza nelle strade. Però non è altrettanto abile nello spiegare perché quella violenza sia stata necessaria.»

«Non capisco cosa intendiate.»

«Un sesto del Paese sta cercando di opprimere brutalmente e di uccidere gli altri cinque sesti, che non gradiscono il bolscevismo, qualunque cosa esso sia, e non vogliono averci niente a che fare né essere assassinati. Qualcuno pensa che questa forza bruta sia una buona idea. Ma nessuno mi dice il perché.»

«Avete davvero bisogno che John Reed ve lo spieghi?»

«Non mi dispiacerebbe almeno capire cosa sia questa cosa per cui vale la pena massacrare le persone in strada, perciò sì.»

«Sta scrivendo un nuovo libro proprio su questo argomento. Lo sta scrivendo ora.»

«Interessante. Non voglio sapere come fai a esserne al corrente. La cosa buffa è che molti continuano a ripetermi che il nostro attuale modo di vivere andrebbe rovesciato. Molti governi europei, e anche il nostro, vivono sotto la minaccia di questo rovesciamento, a giudicare dalle manifestazioni di piazza, a cui, naturalmente, non partecipi più, anche se immagino tu abbia letto ogni cosa sui giornali. Ma io, per esempio, insieme a un milione di altre persone, sto ancora aspettando una risposta sul perché sia necessario questo rovesciamento.»

«Non capisco come la riluttanza di altri a soddisfare la vostra curiosità possa essere imputata a John Reed.»

«Oh, è anche colpa sua. Quando leggo un libro sulla Rivoluzione francese, voglio conoscere il significato oltre la ghigliottina. Quando leggo un libro sulla Rivoluzione americana, voglio apprendere qualcosa di diverso da Washington che attraversa il Delaware nel giorno di Natale. Voglio capire per quale motivo abbia attraversato il fiume. Perché è così irragionevole? Perché Cesare attraversò il Rubicone? Sono forse l'unico che ha necessità di saperlo?»

«Padre, non vorrete farmi credere di non sapere cosa sia il bolscevismo!» Esasperato, Harry guardò Gina, ma lei lo stava studiando perplessa, quasi turbata, colta alla sprovvista dal suo improvviso fervore per una conversazione apparentemente informale, in un languido pomeriggio durante il quale tutti avrebbero dovuto fare un pisolino.

«No» disse Herman, «non so cosa sia. Il signor Reed si rifiuta di dirmelo. Scrive che la domanda sulla natura del bolscevismo non può trovare risposta nelle pagine del suo libro. Non ho mai letto nulla di più strano. Si rivoltano, si ribellano, combattono, rovesciano, è tutto glorioso, valoroso, veemente. Perché allora continuo a essere all'oscuro del motivo di tutta questa gloria valorosa? È intenzionale?»

«Certo che no!»

«Allora forse non lo sa neppure John Reed.» Soddisfatto, Herman si appoggiò allo schienale. «Poiché nel libro dice moltissime altre cose, tanto banali quanto profonde, mi viene da pensare che, se conoscesse la risposta, me la darebbe. No?»

«È un libro sulla sua esperienza a Pietrogrado durante la Rivoluzione russa, padre» ribatté Harry, spazientito e sulla difensiva. «Non un'enciclopedia.»

«Spero di no. Altrimenti non sarebbe molto completa e istruttiva.» Herman fece una pausa mentre gustava le ultime cucchiaiate di mango e gelato. «Figliolo, prendiamo il tuo vecchio amico Ben come esempio di ciò che sto cercando di esprimere.»

Tutti si irrigidirono visibilmente. L'unica reazione di Herman all'inspiegabile disagio degli altri fu aggrottare le sopracciglia. Poi proseguì, anche se con una punta di incertezza. «Se Ben Shaw fosse il John Reed di Panama e scrivesse un libro sulla monumentale impresa della costruzione del canale, descrivendola per molti versi, metaforici e letterali, come una rivoluzione per il modo in cui ha sovvertito e distrutto ciò che era, per poi procedere alla creazione di ciò che sarebbe stato, pensi che sarebbe in grado di spiegare perché abbia dedicato quindici anni della sua vita a costruire il canale?»

«Non lo so» disse Harry freddamente. «Peccato non sia qui per chiederglielo.»

«La sua presenza non è indispensabile. Conosciamo la risposta. Ce l'ha detta più volte. Non è vero, Esther? Per anni ci ha esposto le sue ragioni la domenica a tavola. Non ne potevamo più. Le conoscevamo a memoria! Poi è andato a Panama. Il suo libro risponderebbe sicuramente alla mia domanda. Lui sa il perché.»

Esther tacque. Gina tacque.

Harry fece un sorriso compiaciuto. «Il canale di Panama non è certo il bolscevismo, padre» disse in tono condiscendente.

«Esatto. Ma, a prescindere dalla portata della vostra impresa, non dovreste essere in grado di indicare almeno una ragione per cui intraprenderla?» Herman spinse indietro la sedia e si alzò. «Be', grazie per il pranzo delizioso, signore, Harry. Questa vivace conversazione mi ha stancato. Erano anni che non mi animavo così, e ve ne sono grato, ma ora, come il mio vigoroso nipote, ho bisogno di un pisolino. Vado a riposare.»

Herman disse che l'aria mite faceva bene alle sue vecchie ossa. Notò dei miglioramenti nella sua artrite reumatoide. Nuotava nell'oceano, pescava sulla barca appena ridipinta, che ora si chiamava *Gia* e non più *Frances*. Accompagnava persino la nuora a comprare la frutta fresca al mercato, con grande sconcerto di Esther, che era sempre stata convinta che suo padre non sapesse cosa fosse un mercato. Herman rimase per sei mesi, abbastanza a lungo per vedere Alexander fare il primo passo, pronunciare la sua prima parola e festeggiare il suo primo compleanno. Ripartì solo quando il caldo diventò insopportabile.

4

Sei mesi dopo, qualche settimana prima del Natale del 1920, Herman tornò, attraversando l'immenso atrio di marmo. Faticava a respirare, era più magro e aveva un aspetto più sciupato. Abbracciò Gina, strinse energicamente la mano a Harry, lo guardò con affetto e corrugò la fronte. «Cosa c'è? Perché sei così cupo? Emma Goldman è stata deportata di nuovo?»

«Voi non c'entrate nulla» si affrettò a dire Gina quando suo marito non rispose. «John Reed è morto di recente.»

Herman scrutò il viso del figlio. «Non pensavo che voi due foste così legati.»

«Un genio. Un visionario» disse Harry. «Aveva solo trentadue anni! Non posso crederci. Morto di tifo, a Pietrogrado. Chi muore di tifo?»

«Be', John Reed per esempio.» Herman si guardò intorno.

«Forse, se non fosse partito di gran carriera per la Russia, avrebbe trentadue anni e sarebbe vivo. Dov'è...» Non finì la frase. Un bambino dai capelli scuri e dagli occhi castani, troppo alto per la sua età, entrò di corsa. Aveva un anno e mezzo, ma sembravano quattro. Saltellò come se fosse in groppa a un cavallo invisibile, si fermò, fissò gli adulti, studiò Esther e Rosa, e puntò lo sguardo su Herman. Piegò le labbra in un sorriso.

«Alexander, ti ricordi chi è questo signore?» domandò Gina.

Il piccolo annuì.

«È il padre del papà, tuo nonno.» Tenendo la mano sulla spalla del figlio, Gina si chinò verso di lui.

«Mamma, lasciami.» Alexander si staccò. Per qualche istante guardò, valutò, rifletté.

«Cosa c'è?» Herman aveva un sorriso felice sul volto rugoso. «Il gatto ti ha mangiato la lingua?»

«No gatto. Rane. Vieni?» Allungò la manina.

«Andiamo.» Herman prese la mano liscia del piccolo nella sua, grande e grinzosa. «È molto lontano?»

Il bambino rallentò per permettergli di stargli dietro. «No.» Indicò. «Acqua.»

«Acqua, eh? Sei sicuro che siano rane? Come fai a sapere che non sono cuccioli di alligatore?»

Alexander si girò rapidamente, lanciando un'occhiata alla madre.

«Sta scherzando, figliolo» disse Gina. «Come fa sempre anche il papà.»

Il bambino alzò lo sguardo verso il nonno, alto, grigio e leggermente curvo. «No, no.» Gli tirò la mano. «Rane. No alligatori. Faccio vedere.»

Ripresero a camminare.

«Cos'è?» Alexander indicò il bastone di Herman.

«Il mio bastone da passeggio. Per aiutarmi a camminare.»

«Oh» disse il piccolo. «Voglio.»

«Forse possiamo farne uno.»

«Sì. Facciamo subito.»

«Dopo, okay? So fare moltissime cose.»

«Oh?»

«Un tavolo. Sedie. Una panchina. Un capanno. Una casa.»
«Casa!» Alexander rise.
«Non sto scherzando.»
«Io costruisco casa» disse il bambino all'istante.
«Okay, te lo insegno. Ma prima possiamo pranzare?»
Alexander scosse la testa. Pareva molto deluso.
«Avremo bisogno di un martello, se vogliamo costruire un fortino per gli alligatori.»
«Cos'è martello?»
«Tuo padre non ti ha ancora fatto maneggiare un martello? Be', forse è una scelta saggia.»
«Cos'è martello?»
«Ti farò vedere.» Herman gli strinse la mano. «Oh, tuo padre era molto bravo con il martello quando era piccolo come te.»
«Io no piccolo. Io grande.»
«Sì, sei molto alto. Forse noi due possiamo andare in un negozio a prendere un po' di attrezzi.»
«Cosa sono attrezzi?»
«Martelli, pinze, una sega, una chiave inglese.»
Alexander scrollò il capo. «Io prendo banane, biscotti.»
«Sì, quelli si chiamano negozi da donne. Quando crescerai, dovrai imparare a starne lontano. Noi due andremo in un negozio da uomini. D'accordo?»
Alexander annuì vigorosamente, senza lasciargli la mano. «Subito. No rane. Andiamo subito.»
«Magari dopo aver mangiato un boccone. Tuo nonno sta morendo di fame.»
«No pranzo.»
«Per favore?»
Uscirono sotto il sole accecante.
Alexander mostrò a Herman lo stagno e le rane sotto le ninfee, le palme che lui e sua madre avevano piantato, i limoni, il boschetto di arance. Il molo con la barca e le lenze.
«Quella è la tua canna?»
Alexander annuì. «Io pesco. Papà pesca. Nonno pesca?»
«Io il pesce lo mangio. Però mi piace anche pescare. Io e tuo

padre uscivamo spesso in barca l'ultima volta che sono stato qui. Tu eri troppo piccolo. Ma forse questa volta possiamo andare tutti e tre.»

«Anche lo zio Salvo viene.»

«Come ho potuto dimenticarlo!» Herman gli arruffò i capelli. «Naturalmente viene anche lo zio Salvo.»

Gina li chiamò per il pranzo, ed entrambi arrancarono con riluttanza lungo il pendio verso il *lanai*.

Dopo mangiato, Alexander cominciò a fare i capricci. «No pisolino, pescare! No pisolino, pescare!» Continuò a urlare e a scalciare mentre Gina lo portava di sopra. Dopo il sonnellino che non ebbe mai luogo e prima di cena, però, Alexander, Herman e Harry si sedettero sul molo sotto il caldo sole del tramonto, con le gambe penzoloni, e gettarono le lenze nell'acqua. Quel giorno non presero nemmeno un pesce, ma ci riuscirono il successivo e quello dopo ancora.

Herman comprò un martello ad Alexander.

Alexander smise di fare il sonnellino pomeridiano.

«Cosa state guardando voi due?» domandò Gina. Herman ed Esther le davano le spalle. Poiché entrambi prestavano attenzione solo ad Alexander e alle sue attività, lei pensò che suo figlio stesse facendo qualcosa di speciale.

«Stiamo cercando di capire cosa sta combinando.» Esther si staccò leggermente dalla spalla del padre per permettere a Gina di sbirciare. Alexander stava facendo rotolare sassi dai bordi irregolari da un'estremità all'altra del prato.

Gina lo osservò. «Chiaramente sta costruendo un fortino.»

«Alexander, smettila!» urlò Harry dal tavolo vicino al molo, dove fino a un attimo prima era stato immerso nello *Scaramouche* di Sabatini, un romanzo ambientato durante la Rivoluzione francese. La narrativa era l'unica cosa che godeva della totale approvazione dell'agente Janke. La donna la considerava «innocua, perché inverosimile».

«La Janke non ha tutti i torti quando dice che è inverosimile» aveva fatto notare Gina al marito. «Come spiegare altrimenti che, in *Scaramouche*, Robespierre recita la parte di un romantico eroe d'azione?»

«Alexander! Cosa ti ho detto? Smettila.»

«Sì, papà.»

«Ma stai continuando!»

«Non smetto!»

«Sì invece» urlò Harry. «Subito!»

«Okay!»

Gina osservò il bambino. «Penso stia cercando di costruire due fortini ai lati opposti del prato per poi combattere una battaglia.»

«Una battaglia con cosa?» chiese Herman.

Gina scrollò le spalle. «Qualsiasi cosa. Due carote. Due banane. Il martello che gli avete comprato.»

«Non sapevo che fosse un combattente» disse Herman con malcelato orgoglio. «Ma è chiaro che tuo figlio è un costruttore.»

«E un combattente» aggiunse Esther, adorante.

«Alexander! Hai smesso?» Harry non alzò nemmeno lo sguardo dal volume.

«Sì, papà.»

Gina capiva quanto Harry apprezzasse un libro dalla frequenza con cui lo citava. *Era nato con la sensazione che il mondo fosse pazzo.* E dalla scarsa attenzione che prestava a tutto il resto.

Chiamò il marito. «Harry, tesoro. Ti dispiacerebbe alzare lo sguardo da Robespierre? Tuo figlio sta per salpare.»

Alexander che ridacchiava, che tentava di slegare la corda dal gancio sul molo, Harry che lasciava cadere il libro e si lanciava di corsa, Herman, Esther, Gina che ridevano, Harry che sollevava il bambino e lo faceva dondolare a testa in giù fingendo di gettarlo in acqua, Alexander che rideva, rideva, ancora, ancora, papà, ancora, ancora.

5

L'unica cosa che rovinava l'idillio erano gli occasionali battibecchi tra Herman e Harry, come il clima della Florida meridionale con i rimbombi quotidiani dei tuoni in lontananza. Gina aveva parlato con Esther del modo in cui padre e figlio continuavano a bisticciare per qualunque sciocchezza, e l'altra aveva riso. «Cara, quei due non bisticciano. È che sono cane e gatto. Se litigano, significa che va tutto bene. È quando non parlano che devi preoccuparti.»

Gina non era convinta. «Non sembra che stiano appianando le loro divergenze. Sembra piuttosto che le mettano in mostra. Nessuno dei due cede di un millimetro.»

Esther annuì. «Harry è figlio di suo padre in tutto e per tutto. Più non si arrende, e più il papà è orgoglioso.»

«Non credo che Harry lo sappia. Anzi, sono abbastanza certa di no.»

«Già, Harry non è mai stato bravo a vedere la verità.»

«Forse dovremmo chiedere a Salvo, il nostro nuovo esperto immobiliare, di far valutare Bellagrand» suggerì Herman una sera dopo una cena a base di aragosta. Gli adulti erano seduti nel *lanai* mentre Alexander, incurante delle mosche vicino allo stagno, cercava un pezzo di legno da usare come bastone da passeggio. «La banca aveva stimato il valore della casa quando ti ha concesso la linea di credito, Harry, ma è stato qualche anno fa. I prezzi sono schizzati alle stelle. Forse Salvo può aggiornarci, dirci qualcosa di concreto.»

«Sono sicura di sì» disse Gina, vedendo che Harry non rispondeva. «Sarà qui domani per la cena della domenica. Glielo chiederemo.»

Harry grugnì. «Come può aiutarci?» La domanda pareva rivolta a Herman, anche se Gina non avrebbe saputo dirlo con certezza. «Non c'è nulla di concreto nel prezzo di una casa.»

«Come hai detto?»

«Non importa.»

«Cosa intendi, figliolo?» domandò Herman. «Questa casa ha un valore. Quel valore è espresso dal prezzo. Come può esserci qualcosa di più concreto?»

«Più che concreti, i prezzi mi sembrano capricciosi.»

«Ci siamo» mormorò Gina, facendo cenno a Esther di aiutarla a sparecchiare. Quella sera avevano mandato Carmela a casa prima.

«Non ti seguo.» Herman si raddrizzò sulla sedia.

«I prezzi sono arbitrari» spiegò Harry. «Si possono tenere alti perché fruttino il massimo profitto al proprietario della casa.»

«Che sei tu.»

Harry scrollò le spalle. «Questo mi è indifferente, padre, come ben sapete. La casa è come un gingillo. Ma gli operai che l'hanno costruita non possono permettersi di comprarla. E questo non mi lascia indifferente.»

«Be', sì. Molte persone non possono comprare barche o anelli di diamanti. Questo cosa dimostra? Che non dovremmo avere barche o anelli di diamanti?»

Gina nascose la mano con l'anello. Harry sbatté le palpebre. «No, ma dimostra che il prezzo è fissato arbitrariamente.»

Herman ridacchiò. «Stai dicendo che nulla ha un valore intrinseco?»

«Niente affatto. Le cose a cui non si può dare un prezzo hanno un valore intrinseco. Come i bambini. Le cose a cui si può dare un prezzo hanno un valore arbitrario. Come le case.»

Come dargli torto? pensò Gina. Solo che a suo parere entrambe le cose avevano un valore.

«Hai mai visto un conto economico di un'azienda, Harry?» chiese Herman. «Magari nei ristoranti di Salvo? Credo che tu stia confondendo i termini.»

«Niente affatto.»

«Sì, invece. Confondi il prezzo con il costo. Non sono sinonimi.»

«Lo so. Il costo di questa casa è X. Il prezzo di questa casa è una Y capricciosa.»

Herman finì il Mojito e fece cenno a Gina di versargliene un altro. «Se i prezzi sono arbitrari, allora, secondo la tua logica, lo sono anche i salari.»

«Non è forse così?»

«Dici davvero? Perché il Wood Mill pagava a tua moglie X dollari la settimana? Perché non le pagava la metà di X? O un quarto di X?»

«Appunto! Perché non il doppio di X? O il triplo?»

«Ma perché una cifra così modesta, figliolo?» insistette Herman, divertito. «Perché non pagare Gina venti volte X per lavorare in sala rammendi?»

«Esatto. E sapete bene che qualcuno riceve venti volte X, ma non Gina.»

Herman si rivolse alla nuora. «Perché tuo fratello non pagava il pizzaiolo venti volte X?»

Lei stava preparando i drink al rum e alla menta accanto al tavolo. «Domandatelo a vostro figlio, non a me. Era lui a pagare il pizzaiolo venti volte X.»

«E qual è stato il risultato?»

«La bancarotta.»

«Precisamente. Perché Harry separava i prezzi dai costi, rendendo gli uni arbitrari e gli altri no. Per pagare il pizzaiolo venti volte X, avrebbe dovuto aumentare il prezzo della pizza a venti volte X.»

«Ma così saremmo falliti in cinque minuti.»

Herman annuì. «Cosa ho detto a proposito dei prezzi che esprimono il valore intrinseco delle cose?»

«Padre, state uscendo dal seminato. Stavamo parlando di Bellagrand» disse Harry contraendo i lineamenti. «Non si può far pagare venti volte X...»

«Non fissarti sul venti. Possono essere due. O trecentodue. Può essere un numero qualsiasi. Se pensi che il prezzo di un gingillo sia arbitrario, allora il salario per produrre quel gingillo può essere arbitrario.»

«Due cose diverse.»

«Riferite alla stessa identica cosa: il costo unitario del gingillo. Quando cerchi di regolare l'equilibrio tra prezzo e costo, soltanto le fluttuazioni del mercato possono dirti se stai facendo pagare troppo. Sai come? Nessuno comprerà il gingillo e tu finirai sul lastrico.» Con un cenno ringraziò Gina per il Mojito. «Chiedi quattro milioni di dollari per questa casa. O quaranta. Vediamo se qualcuno abbocca.»

«Oppure posso chiedere cinquanta dollari e abboccheranno tutti.»

«Ma poi come farai a pagare l'elettricista e il muratore venti volte X come desideri? Il salario del muratore e il prezzo della casa sono legati indissolubilmente. È come la forza di gravità in fisica. Più l'oggetto è pesante, e più viene attirato verso il terreno. Alleggeriscilo, e dovrai applicare dei pesi per evitare che voli in cielo.»

«Padre, tutto questo non c'entra con la mia tesi.»

«Bene» concesse Herman in tono affabile. «Parliamo di Bellagrand.»

«Sto dicendo che il divario tra ricchi e poveri si sta allargando perché il capitalismo è iniquo e inefficace, e una delle cose con cui viene espresso è il prezzo. Ma ora, per fare un confronto, guardiamo la Russia. Concentrare il potere nelle mani di un solo partito che si dedichi risolutamente a preservare i diritti fondamentali dell'uomo e a estendere la sua felicità, è questo che propugno con tutto il cuore.»

Seguì un silenzio sconcertato.

Harry si corresse. «Non più, intendo. Lo propugnavo. Stavo facendo l'avvocato del diavolo. Ora sono rinsavito, padre, vi prego, non preoccupatevi. Non vi deluderò.» Fece un sorriso forzato. «Sono ancora un bastian contrario, però. Questo potete accettarlo, no?»

Herman picchiettò bruscamente con le dita sul tavolo. «Se stai soltanto facendo l'avvocato del diavolo e il bastian contrario, non ti dispiace se replico, vero?»

«Quando mai non lo fate? Vi prego, continuate.»

«Due cose. Hai accennato alla felicità. Vogliamo ammettere che in Russia potrebbe essere troppo presto per parlarne? Perché, dal mio punto di vista, le due più grandi gioie del contadino russo, al di fuori del proprio corpo, sono il mercato e la Chiesa. E il tuo Vladimir Il'ič Lenin sembra dedicare la sua vita a privare il contadino di queste due basi.»

«Non è l'unica cosa che sta facendo» obiettò Harry.

Gina, turbata, lanciò un'occhiata a Esther, ma l'altra rimase imperturbabile, come se avesse già sentito quei discorsi in passato.

«Davvero?» disse Herman. «Perché a me sembra proprio di sì. Ma veniamo alla seconda cosa. Sostieni che il mercato è iniquo e inefficace. Permettimi di chiederti: il completo che indossi, come è arrivato sul tuo corpo? I fili che lo formano, il tessuto di cui è fatto, i telai e gli stabilimenti, il cotone o la lana da cui è derivato il filato, i campi su cui è cresciuto il cotone, dimmi, come hai fatto a indossare quel completo questa mattina? O, se è per questo, come facevi quando eri un uomo di città che viveva in una villa, o come fai ora che vivi nell'ozio in un piccolo centro, ad alzarti la mattina, tagliarti una fetta di pane e infilarla in bocca? Ti sei forse svegliato all'alba e hai cavalcato verso ovest, nell'Iowa, fino al tuo campo di frumento? L'hai trebbiato, macinato, sbiancato, hai ricavato la farina, l'hai unita alle uova delle tue galline, hai munto la tua mucca, fatto il burro e infine hai cotto il tutto in un forno costruito con le tue mani? E, se non è così, come è arrivato fino a te questo pane che è comparso miracolosamente davanti alla tua porta?»

«L'ha fatto Salvo.»

Gina ed Esther risero.

«E poi l'ha portato davanti alla mia porta.» Harry sorrise.

«Dove ha preso il frumento?» insistette Herman. «Sappiamo che non è stato Salvo a coltivarlo, dunque come è arrivato fino a lui? A bordo di un treno? Costruito da altri uomini? Le strade, le ferrovie, i vagoni, le trebbiatrici, i silos, tutti costruiti da altri uomini? Ieri sera hai dormito in un letto con lenzuola bianche e hai usato l'acqua corrente che scorre in un tubo. Da dove vengono quelle lenzuola? Come ha fatto il tubo a entrare in casa tua? E l'acqua?»

Harry lo ascoltò. «Padre, mi sto stancando. Cosa c'entra tutto questo con ciò di cui sto parlando io, con ciò di cui scriveva John Reed?» Harry fece una pausa. «Con ciò per cui combatteva e per cui è morto?»

Herman si piegò all'indietro, incrociando le braccia dietro la testa. «Non so per cosa sia morto il tuo John Reed. Per niente, credo. Si è ammalato ed è morto. Ma sto rispondendo alla tua lamentela iniziale. Hai detto che il capitalismo è iniquo e inefficace. Ho trovato la tua argomentazione errata e ti ho spiegato come il libero mercato sia il re dell'efficacia.»

«Sì, ma tutto ciò che menzionate è stato costruito grazie alla fatica dei lavoratori! È sempre stata questa la mia unica tesi.»

«Chi paga gli operai?»

«L'intera civiltà americana è costruita sulle spalle di Mimì e di Gina, mentre tutti i profitti finiscono nelle tasche di persone che non lavorano sui binari.»

«I profitti nelle tasche di persone come Henry Flagler?» Herman pronunciò il nome quasi senza battere ciglio. «Che profitto ha ricavato Flagler da questa casa? L'ha costruita più di trent'anni fa, ha investito i suoi soldi, usato i materiali migliori – come puoi vedere dall'ardesia sotto i tuoi piedi e dal marmo del tuo bagno –, ha pagato gli architetti e gli elettricisti, e poi... cosa? La casa è costata molto denaro. Io e Flagler spendevamo vere e proprie fortune, e certe volte non abbiamo guadagnato un centesimo.» Herman sorrise calorosamente. «In realtà, l'unico che sembra aver tratto profitto dall'investimento privato di Flagler sei tu.» Herman si abbandonò contro lo schienale. «È un po' seccante, vero, figlio mio?»

Harry si alzò, esasperato dal suo buon umore. «Voglio soltanto che Gina e Fernando vengano pagati meglio. È così irragionevole?»

«Senza capitale prima e senza introiti poi, non ci sono salari. Gina non può essere pagata. E nemmeno Fernando.»

«Anche lo Stato ha un capitale.» Harry andò a versarsi un whisky.

«Da dove prende i soldi lo Stato?»

Harry, esitante, non rispose.

«Ti ho fatto una domanda» continuò Herman. «Lo Stato dove trova i soldi per costruire qualcosa come Bellagrand?»

«Nello stesso posto in cui li ha trovati Flagler.»

«I risparmi, dunque? I rendimenti di iniziative rischiose lungo tutta la costa orientale?»

«Perché no?»

«In altre parole, i profitti?»

«Non sarebbero profitti, padre, se fosse lo Stato a tenere i cordoni della borsa.» Harry vuotò il bicchiere e lo riempì di nuovo. «Piuttosto, sarebbero profitti distribuiti equamente tra le persone che hanno costruito questa casa.»

«Anzitutto, per costruire questa casa nel 1890, è stato necessario pagare gli operai, eppure non esistono tutt'oggi profitti sull'immobile. Ma supponiamo che Flagler l'abbia venduta invece di regalarla alla signora X.» Nessuno diede segno di aver capito chi fosse la donna in questione. «Ipotizziamo che Flagler avesse bisogno di denaro e che l'abbia venduta. Se i profitti della vendita fossero stati distribuiti tra gli imbianchini e i serramentisti, da dove sarebbe venuto il capitale per costruire Whitehall dopo Bellagrand?»

«Perché dovrebbe interessarmi? A chi importa di Whitehall?»

«A me no di certo, ma anche Whitehall è stata costruita da operai salariati. Da dove veniva il capitale per erigere Bellagrand? Se Flagler avesse dato via i profitti ottenuti con le ferrovie e il petrolio, non ci sarebbe nessuna Bellagrand. Nessun reinvestimento né attività edilizia né sviluppo. Niente Palm Beach, St. Augustine, Miami o porto di Key West. Niente salari, niente profitti, niente affari. Niente investimenti uguale niente futuro.»

«Vi contraddicete da solo» disse Harry.

«In che senso?»

«Ci sarebbero molti altri soldi.»

«Da dove arriverebbero?»

«La Russia li ha, per esempio. Stanno facendo proprio ora, in questo momento, quello che voi considerate impossibile. Lo stanno facendo.»

«Harry, la Russia ha ripudiato tutto il suo debito estero. L'hanno definito illegittimo. Immagina se qualsiasi altro governo o azienda fossero gestiti in questo modo. È così che hanno reperito il capitale. Inoltre si sono impossessati con la forza di ciò che le imprese private avevano costruito con fondi privati. Si sono impossessati di proprietà e beni immobili – terreni, fattorie, fabbriche – che appartenevano al popolo russo, così come si sono impossessati di denaro straniero preso a prestito definendolo proprio. C'è un'altra parola per descrivere ciò che hanno fatto sia in Russia sia all'estero.» Herman lo fissò intensamente. «In questo istante mi sfugge.»

«Dite pure quel che volete contro la Russia, padre, ma il capitale privato è una cosa velenosa, a prescindere da Bellagrand, che non è nemmeno l'oggetto di questa discussione.»

«Siamo partiti da Bellagrand» disse Herman, «e ora non è più l'oggetto della discussione?»

«La Russia è ancora nel bel mezzo di una guerra civile! Dopo che avranno vinto il conflitto e il resto del mondo li avrà lasciati in pace, osserviamoli per un po' e vediamo cosa succede. Teniamo in sospeso il giudizio finché non assistiamo alla realizzazione del loro grande esperimento. Ora hanno il capitale, a prescindere da come l'abbiano acquisito, e possiedono i mezzi di produzione. Guardiamoli industrializzare, collettivizzare, organizzare. Finché non vedremo cosa accadrà all'economia russa sotto la nuova struttura di comando, nulla di ciò che potete dire, nessuna delle falsità che potete sbandierare, mi farà credere il contrario. Io so quale verità emergerà. La domanda è: perché voi no?»

Herman si alzò a fatica dal tavolo. «Caro ragazzo, ma se non ci fossero i capitalisti, chi demonizzereste?»

Girandosi verso Gina, pronunciò una frase preoccupante prima di darle il bacio della buonanotte e dirigersi al piano di sopra: «*Nessuno può presentare una faccia a se stesso e un'altra al volgo per un periodo abbastanza lungo, senza finir per restare abbagliato e ignorare quale sia quella vera*».

«Cosa voleva dire tuo padre?» chiese Gina più tardi, mentre andavano a letto.

«Credo che stesse parlando di se stesso, Gia.»

Lei scosse la testa. «Secondo me crede che tu stia nascondendo qualcosa.»

«Sono un libro aperto. Vieni qui. Ti mostro a quale pagina sono arrivato.»

Eppure, nonostante le obiezioni e la preoccupazione paterna di Herman per il futuro di Harry, come uccelli d'inverno che volano a sud per restare, vivevano tutti insieme nell'enorme casa, pescando, mangiando, nuotando e andando a Spanish City. Herman, Alexander e Harry costruirono insieme panchine, giardini, trampolini, stagni per le carpe koi e casse per i giocattoli. Gli adulti portarono il bambino all'allevamento di Alligator Joe sul Jungle Trail, dove consumarono un pranzo a base di ostriche mentre il proprietario mostrava i suoi esemplari più grandi all'impavido e affascinato Alexander. Una mattina, Herman andò con Salvo e il nipote a vendere case e a dare un'occhiata a come vivevano le altre persone sofisticate. Poi si incontrarono con Gina ed Esther e si spostarono in auto fino a Palm Beach, dove si sedettero nel dehors del Breakers e pranzarono nell'aria salmastra in riva all'oceano. Herman e Salvo portarono Alexander a nuotare fra le tenui onde dell'Atlantico, e Gina ed Esther li osservarono finché non iniziò a piovere. Alexander insegnò ai tre uomini a catturare uno di quei granchi che si arrampicavano sugli alberi. Salì da solo su una quercia muschiata e Salvo dovette andare a recuperarlo, anche se si offrì di lasciare le operazioni di salvataggio a Esther, che rifiutò educatamente, perché indossava una gonna, disse, e non sarebbe stato decoroso.

Per il secondo compleanno di Alexander mangiarono granchi dal guscio morbido, spiedini di gamberi e bistecche, e torta di fragole con panna montata. Herman insegnò al nipote ad accendere il fuoco e a nuotare nella grande piscina, illuminata per l'occasione. Nell'acqua, gli stava vicino, con le mani tese, e il bambino continuava a spingerlo via, urlando: «Posso farcela, nonno, posso farcela».

«Vuoi sentire la mia massima di Rose Hawthorne per oggi?» disse Gina a Harry. Erano seduti nel patio, su un dondolo di legno, stretti l'una all'altro e intenti a bere rum cubano e Coca-Cola mentre guardavano Herman e Alexander che si divertivano sotto le stelle e le luci. Lentamente passò uno sloop, ornato di scintille festose e di persone festose. La musica scandiva il ritmo del cuore calmo e beato di Gina. *In the morning, in the evening, ain't we got fun?*

«Oh, sono tornati i detti di Rose?» Harry sorrise. «Mi domandavo quando avrebbero rialzato la testa. Papà! Prendetelo!» Saltò su, con le mani tese. Alexander, senza salvagente, si era tuffato dal trampolino all'estremità più profonda della piscina.

Tutto a posto. Si risedette.

Gina lo tempestò di baci.
«Cosa ho fatto per meritarmeli?»
«L'hai chiamato "papà". Potrei piangere.»
Senza battere ciglio, Harry fissò le due sagome, grande e piccola, nell'acqua limpida della piscina. «Qual è la massima di Rose?»
«*Il creatore non avrebbe mai fatto giorni così incantevoli né ci avrebbe dato una sensibilità abbastanza profonda per goderne, al di sopra di ogni pensiero e oltre, se non fossimo destinati a essere immortali.*»

A giugno, dopo che Herman fu ripartito per Boston, Alexander pianse per due giorni.

13

La saggezza di Alexander Pope

1

Nell'autunno del 1921, qualche settimana prima di tornare a sud con Esther per l'inverno, Herman chiamò per parlare con Harry. Lui, però, era fuori in barca con Salvo, così fu Gina a scambiare qualche parola con il suocero e poi a passare il telefono ad Alexander, che non stava più nella pelle.

«Nonno, dove sei?»

«Bella domanda, caro. Tu dove sei?»

Il bambino ridacchiò. «Qui. Vieni presto?»

«Altra bella domanda. Mi piacerebbe molto.»

«La mamma dice che vieni presto.»

«Ci provo, piccolo.»

«Allevo alligatori, nonno!»

«Questo sì che è interessante. Alligatori veri?»

Alexander rise. «Ma nonno! Certo!»

«Meraviglioso. Cosa ne farai quando saranno cresciuti?»

«Avrò un allevamento come Alligator Joe.»

«Meraviglioso.»

«E poi li vendiamo. Siamo Alligator Alexander e Nonno.»

«Ottima idea! Ma io voglio essere Alligator Nonno. Tu puoi essere solo Alexander.»

Il bambino rise. «Ciao! Ti voglio bene!»

Herman cercò di aggiungere qualcosa, ma Alexander aveva già mollato il ricevitore ed era uscito saltando come un grillo.

«Scusate, Herman.» Gina riprese la cornetta. «Stiamo ancora lavorando sulle buone maniere. Volete che riferisca un messaggio a Harry?»

Ci fu una pausa. «Ho chiamato per un semplice saluto. Digli che il mondo è giovane.»

Quando Harry e Salvo tornarono con un'enorme quantità di pesce, entrambi sudati, felici, abbronzati, con gli stivaloni sporchi, e Gina disse al marito, ancora sulla barca, che Herman aveva chiamato, lui lasciò cadere la rete, saltò sul molo e si precipitò in casa senza un'altra parola.

Lei gli corse dietro. «Aspetta! Non con gli stivali! Per favore. Sembrava che stesse bene. Non ha detto che era urgente.»

«Sai quante volte nella mia vita mio padre mi ha chiamato per un semplice saluto?» Harry compose il numero di Barrington. «Una volta. Questa volta.»

Non rispose nessuno. Quando Harry riuscì a contattare Esther ore dopo, Herman era già morto.

2

Marito e moglie erano seduti fuori in una soleggiata mattina di fine ottobre. Harry beveva il caffè, tenendo la tazza con dita leggermente tremanti. Alexander era lì vicino, intento a scavare una grossa buca con una paletta. Gina lo osservava. Harry si mise a leggere il giornale.

«Riesci a crederci?» disse. «Big Bill ha violato la libertà vigilata.»

Gina si girò verso di lui. «Libertà vigilata? Pensavo che fosse in carcere per i prossimi vent'anni.»

«No, era fuori in attesa dell'appello. Che gli è stato negato. Così è fuggito.»

«Fuggito dove?»

«In Russia, naturalmente! Dove altrimenti, in Canada?»

«Oh, che liberazione.» Gina indicò Alexander. «Harry, guarda tuo figlio.» Il bambino correva avanti e indietro, con un secchiello in testa e la paletta tesa davanti a sé. Faceva anche degli strani versi, simili a spari.

«Alexander, cosa stai facendo?»

«Sparo ai cattivi, papà!»

Harry e Gina si scambiarono un'occhiata. «Perché hai un secchiello in testa?»

«È un elmo!»

Harry si alzò dal tavolo, si avvicinò all'acqua, tolse il secchiello dalla testa del bambino, gli sistemò il completo bianco e blu da marinaretto e gli diede un bacio. «Non sporcarti troppo, piccolo. Tua madre ti ha appena vestito. Dove hai imparato a fare questo?»

«Cosa?»

«A correre sparando con la paletta e a metterti un secchiello in testa.»

«Non lo so.»

«Hai visto una fotografia?»

«Quale fotografia?»

«Come fai a sapere cos'è una pistola?»

«Lo zio Salvo mi ha portato in una casa. Ce n'era una sul muro.»

«Una cosa?»

«Lo zio Salvo ha detto fucile. Era grande così, papà!»

Harry lo congedò agitando la mano.

«Di' a tuo fratello che non voglio più che Alexander vada con lui a vedere le case» disse a Gina quando tornò al tavolo. «È ridicolo portare con sé un bambino da estranei. Un fucile non è niente in confronto a ciò che potrebbe vedere accidentalmente.»

«Oh, non c'è problema. Alexander ama accompagnarlo. Salvo dice che il piccolo fa bene ai suoi affari.» Gina cambiò argomento. «Dovremmo prepararci e andare al tribunale di Seminole. Impugnare la decisione dell'agente Janke. Si è dimostrata del tutto irragionevole.»

Lui scosse la testa. «Non voglio impugnarla.»

«Sii serio.»

«Lo sono. Non voglio agitare le acque. Sono molto vicino alla fine. Mancano quattro mesi.» Harry era determinato. «No. Vai tu. Inoltre qualcuno deve stare con Alexander.»

«Non scherzare. C'è Salvo.»

Harry inarcò le sopracciglia, accennando ad Alexander, con il secchiello di nuovo in testa. Il bambino strisciava sull'erba, sparando da terra.

«Come può essere opera di Salvo?» si domandò Gina. «In vita mia non ho mai visto mio fratello trascinarsi sul terreno. Alexander! Smettila! Ti stai sporcando!»

«Non importa» continuò Harry. «Io rimango. Altrimenti, cosa penserà, se entrambi i suoi genitori spariscono? Non è mai stato da solo. Anche se l'agente Janke ci lasciasse partire, dovremmo portarlo con noi. E poi? Sono sicuro che tutti andranno alla villa dopo la sepoltura.» Scosse la testa. «Non intendo fargli questo. Non è abbastanza grande.»

«Harry...»

«Hai sentito l'agente Janke. Glielo abbiamo chiesto. Ha detto no. Specificamente no a Boston.»

«È immorale da parte sua. Ti ha dato il permesso di andare in chiesa per il battesimo.»

«Sì, a venti minuti da qui. Non è proprio come tornare a Boston.»

«Harry! Non puoi non andare al funerale di tuo padre.»

Lui aprì le mani come a dire: È così che stanno le cose. «Puoi essere la mia emissaria, rappresentare entrambi. Di' a tutti che sono bloccato qui per altri quattro mesi.»

Gina avrebbe voluto chiedergli cosa intendesse per «bloccato»... sull'erba sotto le palme. Cosa volesse dire con «altri quattro mesi...» come se significasse «solo quattro». «È tuo padre.»

«Non voglio rischiare un'impugnazione per niente.»

«Questo non è niente.» Lei corrugò la fronte.

«Insomma, impugnare e fallire. Oppure partire e avere un problema.» Harry scrollò il capo. «Manca pochissimo. E poi l'hai sentita. Per quanto sia riluttante, raccomanderà una riduzione della libertà vigilata per buona condotta.»

«Vuoi che vada al funerale di tuo padre da sola?» Gina era sbigottita.

«Oppure non andare, se non ti senti a tuo agio. Resta qui. Gli altri capiranno.» Mentre parlava, però, lui evitò di guardarla, continuando a leggere. «Ma riesci a crederci? Alla fuga di Big Bill in Russia?»

Gina non era sicura che gli altri avrebbero capito.

Esitante, fece un altro tentativo. «Harry... non vuoi parlarne?»

«Sì che voglio. Mi chiedo come abbia fatto a eludere le autorità. Non è facile.»

«Mi riferivo... a tuo padre.»

Lui non staccò gli occhi dal giornale. «Non è ovvio» disse con la voce rotta «che non voglio parlarne?»

Per Gina era impensabile che nessuno dei due presenziasse al funerale. Partì da sola.

3

A Boston, Esther, invecchiata dal dolore, salutò Gina sulla soglia, lanciò un'occhiata lungo il vialetto verso l'auto di Clarence, poi di nuovo alla cognata. «Non è venuto?»

«La Janke» furono le uniche parole che Gina riuscì a pronunciare prima che l'altra girasse bruscamente sui tacchi e si allontanasse nell'ingresso. Dopodiché non parlò più dell'assenza di Harry.

Il giorno del funerale, con Rosa e Gina che la affiancavano, Esther era composta e impeccabile nel suo tailleur di crêpe nero e la veletta davanti al viso. Camminava rigida, parlava a malapena, ma mantenne il contegno per tutta la cerimonia funebre e la sepoltura, durante le condoglianze e i discorsi. Il rinfresco si svolse a casa di Herman, come Harry aveva ipotizzato. «È quello che avrebbe voluto mio padre» disse Esther. «Tutti gli amici e i familiari – o quasi tutti – riuniti a casa per una festa in suo onore. Non so dove li metteremo. Ci saranno quattrocento persone.»

Nella chiesa affollata, Gina si allarmò vedendo Ben seduto in uno dei banchi in fondo. Inciampò nel bordo del tappeto e gli passò davanti, con gli occhi puntati sull'altare, senza guardare né a destra né a sinistra. Non si aspettava di vederlo. Da un lato sedeva sua madre, Ellen Shaw, che Gina non vedeva da anni, e dall'altro una donna dai tratti ispanici, senza dubbio sua moglie.

Alla fine della funzione, Gina, insolitamente nervosa, si mise in fila per ricevere le condoglianze accanto a Esther, temendo l'inevitabile incontro, ma sperando che, dato il numero di persone presenti, sarebbe stato breve.

Stavano aspettando che i portatori trasferissero la bara sul carro funebre per il trasporto fino al cimitero, quando Ben, sua madre e la sconosciuta si avvicinarono a Esther.

Lei passò più tempo con Ben che con chiunque altro. Lui la abbracciò, le diede qualche colpetto sulla schiena, la baciò. Parlarono a bassa voce. Ben le tenne le mani. Ormai era brizzolato. Appariva più vecchio, un po' appesantito. Ma sorrideva nello stesso modo, era vivace come prima. Era ancora Ben. Fece avanzare prima la moglie, poi la madre. Gina continuò a guardare dritto davanti a sé, sbattendo rapidamente le palpebre e notando con la coda dell'occhio i cenni di assenso, le strette di mano, le presentazioni sommesse. Strinse le labbra in quello che sperava fosse un sorriso educato e indifferente.

Ben, davanti a lei, aprì la bocca per dire qualcosa, ma Gina lo anticipò. «Grazie!»

«Mmh. Prego.»

«Condoglianze.» Ma non era la risposta giusta.

«No, condoglianze a te» disse Ben.

Per fortuna si spostò lungo la fila verso i tre imponenti cugini di Harry, le loro mogli e le loro quattro o cinque dozzine di figli adolescenti. La donna ispanica superò Gina salutandola con un cenno. Era palesemente incinta.

Ellen Shaw le si parò davanti. «Gina! Che sorpresa! È passata un'eternità.»

Lei le strinse la mano. «Condoglianze» ripeté. «Grazie. Grazie per essere venuta.»

Ellen era grigia, piccola, rotonda, più fragile di come la ricordasse, meno energica. «Ti trovo bene.» L'altra sorrise. «Splendida come sempre. La Florida ti piace? Come sta Harry?»

«Oh, benissimo. Cioè, no. È sconvolto, naturalmente, e si rammarica di non poter essere... È con...»

«Madre!» chiamò Ben, andando verso di loro e prendendola sottobraccio. «Non siamo a un ricevimento. Spero conosciate la differenza.» Allontanò Ellen da Gina con un fugace sguardo di scusa.

«Quando è tornato?» sussurrò Gina, chinandosi verso Esther. Sentiva di dover dire qualcosa.

«Lo scorso luglio» rispose l'altra, tirandosi indietro.

Erano passati molti anni dall'ultima volta che Gina l'aveva visto. Lì, sotto le guglie bianche della chiesa metodista di Barrington, tra una folla di persone, tutte adulte, uomini, donne, completi neri, vestiti neri, cappelli e borsette nere, ombrelli scuri, fiori bianchi, tutto era decoroso, assolutamente decoroso. Eppure, alla distanza di un battito di ciglia, Harry, Ben e Gina sono insieme in Essex Street, anch'essi in mezzo a una folla. Lei si è vestita come meglio poteva per sembrare civettuola e graziosa, per essere il tipo di ragazza che i due giovani potrebbero notare, soprattutto l'altro, quello che non parla, che si limita a fissarla con quegli occhi incolori facendole immaginare ogni sorta di mare in tempesta sotto il vetro placido. Loro vendono banane e distribuiscono volantini per promuovere gli scavi nell'America centrale, e lei serve limonata con troppo zucchero affinché, quando quei ragazzi di Boston la berranno, pensino che sia dolce e la gradiscano perché l'ha fatta lei.

Alla distanza di un altro battito di ciglia, vacillano sulle lame, solo Ben e Gina. Scivolano in cerchi bianchi nel profondo della valle del Fairyland Pond.

Erano passati sette anni dalle serate trascorse sugli stagni di ghiaccio nero. Sei da quando Ben si era inchinato per l'ultima volta in fondo ai gradini della veranda a Lawrence. Ventidue dalla limonata nauseante, dalle risate estive, dai volantini su Panama.

Gina si aggiustò il rossetto, si infilò dietro le orecchie le ciocche sfuggite all'acconciatura, si sistemò il cappello di crêpe nero, raddrizzò la schiena e, sbattendo rapidamente le palpebre, salì con Esther sulla limousine che le avrebbe portate a casa di Herman.

Durante il rinfresco evitò Ben. Ma non abbastanza. Con un drink in una mano e la donna ispanica all'altro braccio, lui attraversò il patio di pietra per raggiungere Esther e Gina, sedute lontano dagli ospiti. Tutti gli altri stavano mangiando, bevendo, parlando, socializzando. Esther non ne voleva sapere e Gina fu felice di restare al suo fianco per farle compagnia. Non conosceva nessuno e nessuno conosceva lei, tranne Ellen, che era andata via prima, e i cugini di Harry, che avevano sentito parlare di lei, ma non l'avevano mai incontrata. Avrebbe potuto essere la cameriera personale di Esther, come Rosa. Quando gli ospiti si avvicinavano per fare le condoglianze, Esther annuiva e Gina le dava un colpetto sulla schiena. Vuoi un fazzoletto, Esther? No, grazie. Un drink? No, grazie. Qualcosa da mangiare? No, grazie. Quando gli altri si allontanavano, Gina staccava la mano dalla schiena della cognata e smetteva con le domande.

Il pomeriggio rinfrescò e volse al termine, gli ospiti se ne andarono alla spicciolata.

Ora toccava a Ben avvicinarsi. Quando Gina lo vide avanzare con la moglie, fece un'espressione vacua e un sorriso formale. Era ottobre, il mese più caldo a Boston, e per qualche giorno, prima delle nevicate, l'aria frizzante era intrisa dell'odore pungente delle foglie d'acero in decomposizione e delle estati passate.

Dopo il sommesso ripetersi delle condoglianze, Ben disse (a Esther? A Gina?): «Volevo presentarvi mia moglie come si deve». La spinse avanti e sorrise. «Questa è Ingersol.»

Loro si alzarono come bambole di legno. Le strinsero la mano e annuirono, sorrisero, girarono la testa da una parte e dall'altra e dissero piacere, lieta di conoscerti, ti piace Boston, sì, non è bella, soprattutto in questo periodo dell'anno?

Ingersol era di nuovo incinta, «il nostro quarto figlio» informò felicemente le due donne in un inglese molto marcato. Questa volta speravano in un maschietto. Chi lo disse? Ben o Ingersol? Le piaceva Boston, disse lei, ma non avrebbe mai potuto vivere lì. «Non so davvero come facciate voi a sopportare il freddo e la neve.»

Gina mosse la testa su e giù come una marionetta. «Hai proprio ragione. Ora vivo in Florida. Ci sono il sole, l'aria salmastra, il caldo. È molto meglio.»

Ma a volte c'è un pizzico di magia.

Era stata Gina a dirlo? La marionetta sbatté le palpebre, con il Walden Pond ghiacciato che le ostruiva la visuale. Avevano camminato troppo e si erano persi nei boschi, tenendosi per mano, con i pattini ai piedi, scivolando sul ghiaccio fino alla riva lontana, forse una via d'uscita.

Un altro battito di ciglia. La marionetta annuì con la sua testa di legno. Da quando Gina era arrivata in America, divideva le persone in due categorie: quelle che amavano Boston e quelle che non la amavano. Era insieme delusa e contenta che Ben avesse sposato una ragazza che rientrava nel secondo gruppo. Questo le permetteva di avere una scarsa considerazione di sua moglie. Che fortuna.

«Magia in cosa?» chiese Ingersol, perplessa. Ben tacque.

Che disastro! «Nella neve, certe volte» balbettò Gina.

Ingersol era dotata di una vaga bellezza, di un'avvenenza indefinita. Ogni cosa era giusta, ma dimenticabile. Tranne il pancione. Quello era indimenticabile. Esther, pallida e indebolita, tornò a sedersi. Mentre Ben chiacchierava con lei, Gina rimase in piedi a conversare con Ingersol del tempo, della fiera delle zucche al Boston Common e della stagione delle vongole (fino a maggio). In quel momento, Ben le interruppe.

«Ma non delle ostriche?»

«No.» Il filo che muoveva le labbra di Gina si alzò e si abbassò. «Le ostriche adesso. Le ostriche solo nei mesi con la erre.»

Ridendo di come la marionetta potesse conoscere quel detto francese, gli altri due contarono i mesi dell'anno e si divertirono ancora un po', e persino la marionetta mosse la testa, come se stesse ridendo a sua volta. A dirglielo era stato Harry, che l'aveva imparato da sua madre. Frances Barrington era stata un'ottima padrona di casa. Sapeva sempre cosa servire e quando. Le ostriche, per esempio. La marionetta si domandò se ce ne fossero nel fiume Mystic durante un gelido dicembre. Arrivavano fin là, nuotando nei fiumi come i salmoni, cercando la strada di casa? Oh, ma che le saltava in mente? Cosa c'era di sbagliato in lei? Era una situazione straziante.

Ingersol si scusò per andare alla toilette. Ben e Gina rimasero soli, a mezzo metro da Esther. Gina strinse le labbra e, senza incontrare gli occhi di Ben, gli sorrise come avrebbe fatto con il postino. Dopotutto, sua cognata li stava osservando.

«Cos'è successo alla tua voce?» chiese lui. «Sembra rauca.»

Lei finse di tossire per fingere di schiarirsela. Non poteva dirgli che si era lacerata le corde vocali durante il parto. «Sono solo un po' fuori fase.»

«Dunque Harry non è venuto?»

«È agli arresti domiciliari fino a febbraio. Perciò, no.»

«Sì, sì, certo. Ma per il resto è andato tutto bene?»

«Sì, oh, benissimo. Perché non avrebbe dovuto? No, è andato tutto bene. Ottimamente, a dire il vero. E a te?»

«Benissimo. Non posso lamentarmi.»

«Esatto. Non posso lamentarmi.» Gina aveva paura di fare anche solo una domanda. «Sei tornato per una visita o...» Cercò altre parole. Le uniche che le vennero in mente furono «per sempre».

Lui sorrise. «Ingersol prega ogni giorno che sia solo una cosa temporanea. Vedremo. Un anno fa sono stato invitato come docente ospite a Harvard. È un grande onore. Non potevo rifiutare.»

«Oh, sì. Un grande onore. Harvard? Congratulazioni. Docente di cosa?»

«Dell'unica materia che conosco. Ingegneria civile.»

Gina non disse nulla. Era bloccata su canali, rocce ed esplosioni. Le detonazioni nella sua testa erano fortissime. Non riusciva a guardarlo in faccia.

«Dillo pure» la incoraggiò Ben.

Oh no! Lei spostò gli occhi da un punto all'altro della sua giacca. «Cosa?»

«Abbiamo bisogno di un altro canale da qualche parte?»

Ah. «No. Oppure sì? Certo che sì.»

Gina non lo domandò, ma Ben rispose ugualmente. «Ho un contratto triennale. Però non dirlo a mia moglie. Crede che ci fermeremo solo per un altro semestre.»

«Gli spagnoli non capiscono gli italiani, non preoccuparti. Ma tua moglie sa leggere l'ora, no?»

Ben rise. «Solo in base alla posizione del sole.»

«Allora non c'è da preoccuparsi. A Boston non c'è il sole fino a primavera.»

«Giusto.» La voce di Ben era quasi piatta. «Niente sole in inverno.»

Gina si sentì svuotata. Come faceva a respirare ancora? Si guardò intorno alla ricerca dello schienale di una sedia a cui aggrapparsi. «Non sono abituata a questi tacchi» disse vacillando. «Faccio un po' fatica a stare in piedi. Cammino scalza da molto tempo.»

«Ho sentito che hai avuto un bambino.»

«Sì, un maschio.»

«Congratulazioni. Io ho tre femmine.»

«Già. Ce l'ha detto tua moglie. Congratulazioni anche a te.»

«Ti ha accompagnata?»

Lei scosse la testa. «È troppo piccolo. Avrà tempo per i funerali in futuro.»

«Come si chiama?»

«Alexander.»

«Alessandro» disse Ben. «È un bravo bambino?»

«Bravissimo.» Per favore, cambiamo argomento! «Tua madre sembra stare bene.»

«Perché non dovrebbe? Le donne hanno il diritto di voto, gli uomini non possono bere, non siamo in guerra...»

«E suo figlio è tornato.»

Ben sorrise. «Anche. Come sta tua madre?»

Le lacrime spuntarono agli occhi della marionetta. Ben si avvicinò, dicendo «Cosa c'è?», e Ingersol tornò, risparmiando a Gina una risposta dolorosa.

Mettendo la mano sulla schiena della moglie, Ben fece un passo indietro. «Tutto a posto?»

«Sì, certo, tesoro.» La donna sorrise a Gina e a Esther. «Non so se voi due avete figli, ma alla fine è molto difficile muoversi. Non so cosa farei senza Benny.»

Benny. Gina fece un sorriso forzato.

Chinandosi, Ben baciò Esther sulla guancia e le diede un colpetto sulla spalla. «Fatti coraggio, Est. Animo. Che cosa ti ho detto?»

«Di farmi coraggio.»

«E lo stai facendo?»

Lei quasi sorrise.

«Herman sarebbe stato orgoglioso di te» continuò lui. «Guarda quanta gente è venuta. Sembra che ci sia tutta Boston. Gli hai organizzato un addio impeccabile. Proprio come meritava. Era un grande uomo. Hai superato te stessa.» Le diede un bacio sulla fronte. «Anche il cibo è eccellente. Meglio che al tuo matrimonio.»

Esther rise. «È questo il mio obiettivo. Che i funerali siano più memorabili dei matrimoni.»

Ben la imitò. «Come ho detto, hai superato te stessa.» Accennò al buffet. «Prendiamo ancora qualcosa prima di andare.»

Esther gli accarezzò il braccio. «Tutto quello che vuoi.»

«Ma poi ce ne andiamo, d'accordo? Ingersol è stanca.»

«Certo.»

«Ci vediamo la settimana prossima. Passo venerdì dopo il seminario. Vuoi che ti porti un altro po' della torta di mele di Crimson che hai apprezzato così tanto?»

«Magari.»

Dopo che Ben e Ingersol si furono allontanati, Gina si sedette al fianco della cognata e ingollò il drink posato lì accanto. Era forte e disgustoso, e non era nemmeno suo. D'un tratto si alzò, si scusò e si precipitò dentro la grande casa, inciampando nella gonna, mentre attraversava di corsa l'atrio imponente ed entrava in salotto.

Si mise alla finestra del bovindo, accanto alla tenda, e guardò Ben che aiutava la moglie a salire in auto. Ora aveva un'altra macchina, più bella. Lucida. Color crema. Dopo aver chiuso la portiera del passeggero, lui si raddrizzò e si voltò verso la casa. I suoi occhi scrutarono le finestre, come se cercassero Gina. Non sapendo cosa fare, lei si nascose per metà dietro la tenda bianca e semitrasparente.

Ma Ben la vide. Sorrise e alzò la mano in segno di saluto. Gina ricambiò il gesto. Lui girò intorno alla vettura, salì e si allontanò. Lei premette il palmo tremante contro il vetro. Addio, mio ex amante.

4

Dopo che gli ospiti se ne furono andati, Gina ed Esther si sedettero nello studio di Herman e, per commemorarlo, sorseggiarono il suo miglior brandy in calici di cristallo. Gina odiava il sapore degli alcolici, a eccezione del succo di guava selvatica dei fiumi cubani, addolcito con il miele, e dei Mojito diluiti. Quella sera bevve per tenere compagnia alla cognata.

Esther era parsa tesa, taciturna, brusca con tutti, soprattutto con Gina, ma anche con Rosa. Be', chi non lo sarebbe stato, ragionò Gina, nel giorno del funerale del proprio padre.

Esther non aveva mai lasciato la casa della sua infanzia, nemmeno quando aveva sposato Elmore. Avevano vissuto lì con Herman finché Elmore non era partito con la Croce Rossa durante la guerra.

L'edificio era silenzioso, a parte il crepitio della legna nel fuoco. Finalmente Esther parlò. «Una volta che questo liquore sarà finito, sarà finito. Il papà ha comprato questa bottiglia il giorno della mia nascita, il suo primo figlio. Ha detto che l'avremmo aperta quando avessi compiuto diciotto anni e che poi avremmo bevuto questo brandy per commemorare altri eventi importanti della mia vita.» Sollevò la bottiglia per mostrarle il livello del liquido. «Abbiamo bevuto al mio diciottesimo compleanno. Abbiamo bevuto quando Harry si è fidanzato con Alice. Quando mi sono sposata. Abbiamo bevuto diversi bicchieri quando è nato vostro figlio. E una settimana fa mio padre era seduto dove sei seduta tu questa sera, e abbiamo bevuto un bel po'. "È inutile risparmiarlo" mi ha detto. "Tanto vale gustare il miglior brandy che il denaro possa comprare."» Tenne la bottiglia un po' più in alto. «Eppure guarda quanto ce n'è ancora.»

Gina chinò il capo. «Il consiglio di Herman è azzeccato. Molto tempo fa mia madre ha comprato un servizio per quattro persone di porcellana pregiata. Ha detto che l'avremmo usato nelle occasioni speciali. L'ha conservato per vent'anni. L'abbiamo tirato fuori una sola volta.»

«Quando?»

Gina fece una pausa. «Quando ho portato Harry a casa dopo il matrimonio.»

«Interessante. Dunque a casa tua lo consideravano un motivo per festeggiare.»

Deglutendo, Gina si diede della stupida. «Quanto tempo è passato. Per molti versi sembra la vita di qualcun altro.»

«Tante cose tempo fa sono successe. D'altronde, alcune delle cose che hai fatto tempo fa continuano a costarmi care nel presente, no?» Non era una domanda.

Stupida. Assolutamente stupida. Gina fece un debole sorriso. «Devi essere stanca. Posso aiutarti a salire? È stata una giornata molto difficile. Ricordo quando mio padre è...»

«Comodo per te liquidare il passato come passato» la interruppe Esther. «Ma quanto può essere lontano, in realtà, se al funerale di mio padre, che si è tenuto oggi, non è presente il figlio a cui lui aveva dato la vita ieri? Ti prego, dimmelo.»

«Questo non ha niente a che fare con me. Harry non è libero di andare e venire. L'ho pregato di parlare di nuovo con l'agente Janke. Ma sai quanto è agguerrita. Non gli avrebbe permesso di tornare a Boston.»

«Quante volte ci ha provato?»

«Ci ha provato.» Gina si morsicò il labbro. «L'ho supplicato di farlo ancora.»

«Davvero?» Esther tacque. «Come l'hai supplicato di sposarti?»

«Cosa?» Le mani di Gina iniziarono a tremare. Sperava che fosse per colpa del brandy. «Certo che no. Non ho supplicato...» No, era inutile difendere quella scelta. Posò cautamente il calice sul tavolino vicino alla sedia. Non aveva senso tenerlo in mano. E se fosse caduto accidentalmente? Che piega avrebbe preso la conversazione? «Esther, qual è il problema? Perché vuoi parlare di questo proprio oggi?»

«Perché mio fratello non è qui, proprio oggi.»

«È terribile. Mi dispiace. So come ti senti...»

«Davvero? Ne hai veramente idea? A essere sincera, non ci credo.»

«Certo che sì.» Gina aggrottò le sopracciglia fissando la cognata. «Sai che anch'io ho perso mio padre. E non ero vicina ai cinquant'anni. Ne avevo solo quattordici. Ero ancora una bambina.»

«Sì, Gina, continui a ricordarmi che eri solo una bambina quando sono successe molte cose. Cose che hanno tutte te come comune denominatore, cose che hanno cambiato il corso della mia vita, di quella di mio padre, di mio fratello.» Esther prese fiato. «E di quella di Ben.»

«Ben?» Gina sarebbe voluta uscire di corsa dalla stanza. Oh no. Ecco di cosa si trattava. «Non incolpare me per lui. Ti prego.» Fissò un punto a sinistra del viso di Esther. «Incolpami per tuo fratello, d'accordo, ma...»

«È andato a Panama per allontanarsi da te.»

«Cosa?» Che stava succedendo? Gina impallidì, capace soltanto di scrollare il capo.

Esther annuì. «Sì. Oh, sì. Vuoi che conti quante volte l'hai costretto a fuggire per salvarsi? Tre.» Con orrore di Gina, l'altra alzò un dito. «La prima è stata nel 1900. Dopo aver scoperto che Harry ti aiutava di nascosto con i ristoranti di Salvo. Ha preso e se n'è andato.»

Gina scosse la testa così vigorosamente da avere le vertigini. «Avevo quindici anni, non avevo idea di nulla.»

«Di alcune cose ce l'avevi eccome.»

«Aveva sempre voluto partire.» Volantini! Limonata! Firme! Petizioni!

«Davvero? Come fai a saperlo? Credevo che non avessi idea di nulla.»

«Lo so perché non parlava d'altro che di Panama.»

«Con chi? Con te? Con una bambina siciliana immigrata che a malapena masticava l'inglese?»

«Ti prego...»

Esther alzò due dita. «Due: l'anno in cui tu e Harry siete sgattaiolati fuori di casa per le vostre nozze segrete. Hai notato che tutto quello che mio fratello faceva con te lo faceva di nascosto? Tutto. Sì, meglio non parlare di te e Harry. Ma Ben era tornato a Boston per fargli da testimone al suo vero matrimonio, al suo matrimonio reale, e non voleva tornare a Panama. Aveva problemi di lavoro. L'avevo quasi convinto a restare per sempre. Ma non appena ha saputo di te e Harry e del vostro appuntamento dal giudice di pace, si è dileguato.» La voce di Esther era misurata, trattenuta. Parlava lentamente e scandendo ogni sillaba. Era forte e fredda come il ghiaccio. Era spaventosa.

Gina aprì le mani. «Non ho neppure visto Ben quando io e Harry ci siamo sposati. A quel punto non lo vedevo da cinque anni.»

«Ben non è riuscito ad affrontare Harry per colpa tua. Nessuno ce l'avrebbe fatta dopo ciò che era successo. Ma Ben non poteva fingere, non poteva essere amico di Harry come prima. Per colpa tua.»

Gina fissò il bicchiere. Avrebbe voluto che il drink le piacesse di più, per poterne bere un mestolo e non solo un sorso, per non sentire così bene le parole di Esther, per dissolversi come vapore, per svanire. Era questo che voleva. Svanire.

Le bruciature erano ancora molto fresche. Ma Gina aveva le sue ferite di cui occuparsi, le sue profonde delusioni. Si era illusa che Bellagrand le avesse guarite, che avesse reso le cose ruvide lisce come raso. Sicuramente aveva avuto quell'effetto su di lei. Chi si ricordava delle vecchie bruciature quando ogni mattina si svegliava con la brezza che entrava dalla portafinestra e con il sole che sorgeva sull'oceano, sulla sua casa di marmo? Non c'era fango, solo marmo. Non c'era dolore quando passava le giornate sul prato a giocare alle costruzioni e a nascondino. Aveva una barca di nome *Gia*, un molo tutto suo, due forni. Padroneggiava le arti culinarie del suo Paese d'origine e di quello d'adozione, beveva vino inebriante e non riusciva a perdere i chili della gravidanza, era abbronzata come un monello siciliano che correva qua e là, scalzo e felice, e suo marito le sussurrava giorno e notte: «Tu sei tutta bella. Amica mia, tu sei tutta bella». Harry aveva imparato bene il Cantico dei Cantici in italiano. Tutti i suoi spigoli erano stati limati. Non era carta vetrata. Era splendido. Leggeva, mangiava i piatti cucinati da Gina, nuotava, aggiustava barche, piantava alberi, costruiva casette per Alexander e la amava. *Bellagrand.*

Tutte le altre B della sua vita le aveva quasi dimenticate. Belpasso. Boston. Ben.

Quella che Esther portò in superficie quella sera era l'altra Gina, non quella attuale, che, con tutto il rispetto per il suo amato padre, voleva soltanto dimenticare da dove veniva.

«Ti prego, Esther» disse. «Mi dispiace. Perdonami per tuo fratello. Ma ci vedi ora, ci hai visti a Bellagrand. Io e tuo fratello... fin dall'inizio tra me e Harry c'è stato un grande amore.»

«Sai almeno cos'è l'amore?»

Gina si raddrizzò, terrorizzata non tanto dalla domanda assurda quanto dall'intensità brutale della cognata. «Di che cosa stai parlando?» chiese con un filo di voce, tremando per l'angoscia. «Certo che lo so...»

Esther sollevò tre dita.

Gemendo, Gina alzò le mani in segno di resa. «Per favore» sussurrò. «Basta così!»

«L'hai usato.» Esther sbatté il calice vuoto sul tavolo di legno. «Hai usato Ben quando eri giovane, quando a tuo dire eri una bambina ingenua, e l'hai fatto di nuovo quando eri più grande e sapevi benissimo cosa stavi facendo. L'hai preso e l'hai spremuto come un limone. Per sfuggirti è dovuto scappare per la terza volta da questo continente.» Strinse i pugni, con le unghie lunghe e lucide che affondavano nei palmi. «Nel 1914, quando finalmente hanno aperto quel maledetto canale, ero felicissima del suo ritorno! Siamo sempre stati affiatati e avevo bisogno di lui quando Elmore è partito per l'Europa e poi quando si è ammalato ed è morto. Non so perché il mio povero marito sia dovuto morire. Era un uomo onesto e meritava una vita più lunga. In quel periodo, tuttavia, Ben è stato molto buono con me. Come sempre. Di grande conforto. D'un tratto, con un preavviso minimo, ha preso ed è ripartito... per Panama. Non si è fermato nemmeno per Natale. L'ho pregato di restare. Pensavo che avesse chiuso per sempre con Panama, mi aveva promesso che non se ne sarebbe più andato. E invece è fuggito! E solo oggi, quando vi ho visti insieme, ho capito il perché. È scappato da te.»

Gina aveva i polpastrelli intorpiditi. Il frastuono era insopportabile nello studio buio e silenzioso di Herman. «No, Esther.»

«Una volta, quando eri una *bambina*, l'hai usato per arrivare a

Harry» proseguì Esther con voce spezzata. «L'hai usato anche per vendicarti di lui? Quando mio fratello era in prigione, a leggere libri, a diventare un radicale, tu sei rimasta sola. Eri giovane. Ti consideravi piuttosto attraente, vero? Oh, sì, l'irresistibile bellezza siciliana! Gina questo e Gina quello. E tuo marito non c'era mai. Pensavi che l'universo fosse in debito con te, no?»

«Niente di quello che dici è vero. Dio non mi deve nulla. Sono io che...»

«Così l'hai masticato e, quando hai finito, l'hai sputato come una gomma stantia. Lui, l'uomo migliore che io conosca!» urlò Esther.

Gina strinse le mani in segno di supplica, di preghiera. «Di cosa stai parlando? Come avrei potuto usare Ben? Harry non è rimasto a casa, no? Se quello che dici è vero, allora i miei sforzi sono stati inutili, non trovi?»

«Sì, i tuoi sforzi sono stati inutili. Perché il tuo fascino ha dei limiti e non ha funzionato su mio fratello. Ma quello che dico è vero.»

«No invece.»

«Se non fosse stato per te, Ben non se ne sarebbe mai andato.»

«Ma era destino che partisse! Il canale di Panama doveva essere costruito.»

«Non nel 1915!»

Gina si accasciò contro lo schienale. Avrebbe voluto alzarsi e fuggire, ma sapeva che le sue gambe l'avrebbero tradita.

Esther, con gli occhi annebbiati dal brandy invecchiato di cinquant'anni, si piegò puntando lo sguardo su Gina, le pupille rancorose e taglienti come le parole che pronunciò quasi senza biascicare. «Non lo guardavi» sussurrò in tono straziante. «Non riuscivi a guardarlo! Continuava a cercare di catturare il tuo sguardo quando la moglie si allontanava. E tu non lo assecondavi. Inclinava la testa! E tu non ricambiavi il suo sguardo. Guardavi la sua cravatta! La sua camicia, l'erba, il bicchiere, tutto tranne il suo viso. Non c'era nulla di amichevole nella tua conversazione con lui oggi pomeriggio. Non è così che si comportano gli amici. È così che si comportano gli ex amanti. È innamorato di te, e tu distoglievi lo sguardo perché non sopportavi di leggerglielo in faccia.»

«Hai bevuto troppo.» Gina ansimava.

«Questo non cambia nulla.»

«Ti sbagli.»

L'altra scrollò il capo. «Su questo? Mai.»

«Mi dispiace che tu sia arrabbiata con me. Ma oggi è il giorno del funerale di tuo padre. Perché tiri fuori queste cose?»

«Perché mio fratello non è qui! L'unico figlio maschio di mio padre non è qui!»

Esther pianse. Gina pianse.

Sentendo di dovere qualcosa alla cognata, una parola, un accenno di confessione, un soffio di onestà, Gina chinò la testa, divorata da un pesante rimorso. Parlò a bassa voce. «Supponendo per un momento che le tue accuse siano fondate, non avresti la risposta sul perché tuo fratello non è qui?»

Esther era in preda ai conati. «Questo dovrebbe farmi sentire meglio?» ribatté con una voce piena di schegge di vetro. «Dovrebbe forse spingermi a capire? A perdonare il fatto che hai spezzato non solo il cuore di Ben, non solo il mio, quello di mio padre e quello di Alice, ma anche quello di mio fratello?»

«Non dire così!»

«Non appena sei scesa da quella nave, non appena la tua vita ha incrociato la nostra, hai causato soltanto infelicità a tutti noi!»

Anche Gina era scossa dai conati. «Come puoi dire questo... Cosa mi dici di Alexander e di Bellagrand...»

Esther singhiozzò. «Sì, sì, sì. So che il mio cuore è profondamente diviso. Con una mano dai Alexander, ma cosa togli con l'altra? Dopo la morte di mia madre, mio fratello e mio padre erano tutto ciò che avevo. Hai distrutto la nostra piccola famiglia, il nostro nucleo spezzato ma solido. Hai separato mio padre e mio fratello per la maggior parte della loro vita adulta e della mia. Hai separato padre e figlio. Pensaci. Hai portato via un figlio a mio padre! E ora è troppo tardi. Gli anni sono volati via, spariti. Hai diviso questa famiglia solo per avere ciò che volevi. E poi, dato che non ti bastava, ti sei presa anche Ben!» Esther si coprì il volto, urlando tra i palmi. «Non so come riesco a guardarti, come riesco a parlarti. Mi hai rovinato. Guardami.»

Gina ammutolì. Esther, disse muovendo soltanto la bocca, pentendosi sull'ineffabile altare della sofferenza altrui, ti prego, perdonami...

«L'hai strappato dalla mia vita e da quella di Harry. Mio fratello ha mai avuto un amico come Ben? No, mai. E tu, come una bambina ottusa, mi hai consigliato di vendere i gioielli di mia madre. Hai detto che capivi. Oddio. Non capisci un bel niente!» Esther alzò le mani e le abbassò come un uccello ferito a morte che cade inconsolabile dal cielo. «Non capisci che Ben è l'amore della mia vita? Lo amo da quando avevo quindici anni, dal giorno in cui Harry l'ha portato a casa per la prima volta. Mi ha fatto sorridere allora e non ha mai smesso. Segreto, sì, non corrisposto, sì, ma il mio desiderio più profondo, il desiderio più profondo del mio cuore. E tu hai ucciso anche quello. La mia famiglia, mio fratello, il mio amato. Cosa mi resta, Gina Attaviano?» domandò disperata. «Vorresti la mia casa? Rosa? Cos'altro hai da rubarmi, da portare via nella tua valigia elegante, comprata con i soldi della mia defunta madre?»

Fu così che finì, il giorno in cui il padre di Harry venne sepolto. Esther sola e accasciata su una sedia accanto al fuoco, affranta, svuotata, con Gina che non riusciva a trovare una parola di conforto se non «mi dispiace».

5

Harry era sull'erba accanto alla piscina quando Fernando la accompagnò a casa dalla stazione ferroviaria. Stranamente stava insegnando ad Alexander a tirare di boxe. All'inizio Gina pensò che stessero ballando, ma non era così. Con le braccia alzate, giravano l'uno intorno all'altro, uno minuscolo, l'altro grande, come due guerrieri a torso nudo, magri e abbronzati, soprattutto Alexander. Era stata via solo due settimane, ma il bambino pareva cresciuto, più alto. Le andò incontro saltando. «Mamma, mamma, dove sei stata? Mi sei mancata.» Harry non tardò a raggiungerli.

«Sono andata a Boston per fare alcune cose.» Gina strinse il corpicino esile, tempestandogli il viso di baci. «Ti ho portato il modellino di uno sloop. Magari tu e tuo padre potete costruirlo?»

«Magari.» Alexander si liberò dalla stretta. «Il papà mi insegna a tirare di boxe. Guarda, mamma.» Alzò i pugni.

«Aspetta, piccolo.» Harry gli posò una mano sulla testa. «Fammi parlare un attimo con tua madre.» Si abbracciarono, si baciarono. Lui le versò della limonata. «Ho provato a farla come la tua, ma non è abbastanza dolce, anche se ci ho messo mezzo chilo di zucchero. Tu quanto ne usi?»

«Di più.»

«Ebbene?» Harry la studiò. «Com'è andata?»

Dopo cinque giorni di treno, Gina sperava che la sua espressione fosse indecifrabile, uno spazio vuoto e pallido. «Non bene.» Fece una pausa. «Hai chiamato tua sorella?»

«Sì. Non è venuta al telefono.»

«Mmh.»

«Cosa c'è? Rosa ha detto che non si sentiva bene.»

«Già.» Che parola ambigua! Ma cos'altro poteva dire? Non poteva raccontargli ciò che era accaduto tra lei ed Esther.

Harry avvicinò la sedia alla sua. «Perché sembri turbata?» Le posò le mani sulle gambe. «È successo qualcosa?»

«Non sono turbata, amore mio. Sono esausta. Felice di essere tornata.» Inclinando la testa verso il sole, chiuse gli occhi.

Lui tacque. «C'era qualcuno che conosco al funerale?»

Lei evitò di guardarlo. «Probabilmente tutti quelli che conosci.»

Silenzio.

«Sì, c'era anche Ben.» Era questo che voleva sentire? «Con sua moglie, molto incinta. Il bambino numero quattro. Sperano in un maschietto, credo.»

Harry si alzò, facendo scricchiolare la sedia sul pavimento del patio. «Ha portato sua moglie? Esther sarà stata contenta.»

«Esther era arrabbiata per molte cose al funerale di tuo padre, soprattutto per le due più ovvie. Dovresti provare a richiamarla.»

«L'ho chiamata due volte al giorno per una settimana. Rosa

continua a dire che non sta abbastanza bene da venire al telefono. È successo qualcosa?» Fece una pausa. «Qualcos'altro, intendo.»

Ancora provata dallo scontro con la cognata, Gina scrollò il capo. Temeva che ogni parola uscita dalla bocca contratta di Esther fosse vera. Non poteva riferire nulla a Harry. Tranne: «Saresti dovuto venire».

«Non mi è permesso uscire da questa casa. Perché tutti continuano a dimenticarlo?» Tacque e, quando lei aprì gli occhi, se n'era andato, era già sul molo con Alexander. Gina scese lentamente verso di loro. Era stanca, stanca in tutto il corpo, ma voleva restare sveglia, andare a nuotare, prendere un pesce. Li osservò in silenzio.

«Guarda e impara, Alexander.» Harry girò intorno al figlio. «Questo è un corto diretto. Questo è un gancio. Forza, dimostrami di conoscere la differenza.»

Alexander si precipitò verso di lui e lo colpì alle costole con il suo piccolo pugno. «Questo era un gancio, papà.»

Harry si strofinò il fianco dolorante. «No, figliolo. Era un montante.» Gli arruffò i capelli. «Mi servono dieci minuti per riprendermi.»

«Okay. Vado dai cuccioli di alligatore.»

Harry e Gina si sedettero sulla panchina accanto al molo, fissando l'acqua e Alexander, immerso fino ai gomiti nello stagno.

«Vorrei che stesse scherzando» disse Gina.

«Aspetta che non siano più cuccioli.»

«Divertente. Grazie.» Lei fece il sorriso benevolo di una persona che riceve conforto. «Non sapevo che tirassi di boxe, caro.»

«Me l'ha insegnato Roy. In prigione si imparano cose assurde.»

Gina non faticava a crederci.

«Vuoi portare fuori la barca?» chiese Harry.

«Sì, molto volentieri. Dopo un bagno e un pisolino.»

«Posso aiutarti con entrambi.» Lui tese le mani verso le sue braccia, il suo collo.

Si domandarono cosa fare con Alexander in quel pomeriggio senza pisolino. «Quando ci sarà la lettura del testamento?» chiese Gina.

Harry scrollò le spalle. «Non lo so. Due settimane. Ma cosa c'entra con me?»

«Che vuoi dire?»

Lui mise la mano sulla sua e, chinandosi, le diede un bacio affettuoso. «Ti amo. Tra due settimane capirai cosa intendo. Alexander! Ehi, piccolo, ti va di fare un pisolino? La mamma e il papà vogliono riposare.» La baciò di nuovo. «Un pisolino insonne.»

Esther non chiamò né prima né durante né dopo la lettura del testamento. Le ultime volontà di Herman furono aperte e lette, e i dettagli apparvero sul «Boston Globe», che veniva consegnato con l'abbonamento una settimana dopo. A parte la «Palm Beach Gazette», era così che apprendevano le notizie da tre anni. Con un ritardo di sette giorni. Herman Barrington aveva lasciato a Esther metà del patrimonio, insieme alla proprietà principale a Barrington, quella secondaria a Newburyport, le auto, le due barche e tutti i suoi beni materiali. Aveva destinato un quarto della sua fortuna al reparto di cardiologia del Boston Memorial Hospital, che l'aveva tenuto in vita per altri dieci anni, in memoria di Elmore Lassiter, suo genero e cardiologo. Il resto sarebbe stato distribuito tra i vari enti di beneficenza sostenuti dalla fondazione di Esther. Herman aveva stabilito che sua figlia provvedesse all'istruzione di Alexander finché il nipote ne avesse avuto bisogno, e solo a quella. A Harry non aveva lasciato nulla. Non aveva neppure menzionato il suo nome, come se non avesse un figlio. L'unico riferimento che forse alludeva a lui era la criptica conclusione: «*Benedetti sono coloro che non si aspettano niente, perché non saranno mai delusi. Questa è la nona beatitudine*».

«È per te?» chiese Gina. «L'ultima parte, intendo?»

Senza rispondere, Harry si versò l'ultimo sorso di spremuta d'arancia fresca.

«Sì!» esclamò lei, ricordando. «Risale a molto tempo fa. Quando ci siamo incontrati per la prima volta, tu e...» Decise di non pronunciare il nome di Ben ad alta voce. «Come bisticciavate sul significato di quelle parole. Oh, Harry.» Cosa aveva fatto? Cosa avevano fatto?

Lui sorrise. I suoi occhi grigi erano limpidi, non spenti. Pareva a proprio agio, forse fingeva, ma Gina non poteva esserne certa. «Gia, non sono arrabbiato proprio grazie ad Alexander Pope e alla sua nona beatitudine.» Tirò fuori un coltello per tagliare altre arance. «Conosco mio padre.» Passò un po' di tempo prima che parlasse di nuovo. Lei lo guardò spremere i frutti tagliati a metà. «Non mi aspettavo nulla. Non meritavo nulla. Non sono deluso.»

«Perché dici che non meritavi nulla? Sei il suo unico figlio maschio.»

Harry agitò la mano. «Sei così siciliana.»

«Non si tratta di essere siciliani. Si tratta di padri e figli.» Era lontana dal ripiano, e da lui.

«Non questo padre e questo figlio.» Harry era concentrato sulle arance, come se non le prestasse attenzione.

«Ma non capisco.» Gina cominciò a camminare avanti e indietro. «Andavate molto d'accordo. Era felice.» Si torse le mani.

Harry la guardò con affetto, con le dita coperte di polpa. «Gia... sei adorabilmente esagerata.»

«E la tua eredità?»

«Quale eredità? L'azienda che la nostra famiglia aveva costruito e che mio padre aveva ampliato è stata ceduta ai figli dello zio Hank. Ora sono loro a gestirla. Come pensi che si sentisse mio padre all'idea che suo fratello avesse dei figli in grado di portare avanti la centenaria attività di famiglia, mentre lui ne aveva uno rinchiuso in prigione? Io e lui non riuscivamo nemmeno a parlarne. Certo, parlavamo di altre cose. Rimesse e sedie, barche e gli alligatori di Alexander. John Reed. Questa casa. Ma tutto ciò è secondario rispetto al nocciolo della questione, cioè il fatto che ho voltato le spalle a mio padre. È così che la pensava, ed è inutile negarlo. Si è comportato esattamente come immaginavo.» Harry annuì. «Lo rispetto per questo. Mi sarei vergognato di trarre profitto dai frutti della sua fatica dopo essere stato così sprezzante nei confronti del suo lavoro.» Sembrava noncurante e privo di rimorsi. Gina avrebbe voluto chiamare Esther e pretendere di sapere perché non chiedeva conto a suo fratello di nulla. Perché la colpa ricadeva sempre sulla donna e mai sull'uomo?

«Mio padre conosceva la mia apatia verso i suoi soldi» proseguì Harry, «e poi la mia antipatia. Non gliel'ho mai nascosta.» Gettò via le metà delle arance spremute. «Ho fame. Puoi preparare delle uova? Magari una frittata?»

Sconfortata, Gina si avvicinò all'armadietto per tirare fuori le padelle. «Tua sorella ti aiuterà?»

«Non risponde nemmeno alle mie telefonate.»

«Saresti dovuto venire al funerale» ripeté lei, un ritornello di vergogna.

«Penso che ormai fosse troppo tardi per cambiare il testamento, non credi? Mio padre era già morto.»

«Non è divertente.»

Rimasero immobili. Si guardarono in faccia.

Dall'altra parte della cucina, Harry parlò. «Si paga un prezzo per la propria posizione. Continuo a dirtelo, ma ti rifiuti di ascoltare. Noi due ci siamo scavati la fossa da soli. Abbiamo scelto il nostro posto. Ci siamo detti che non avremmo vissuto la mia vita né la tua, ma una nuova.»

«Sicuramente non abbiamo vissuto la tua.» Lei abbassò il capo. «Finora.» Anche se avevano vissuto gran parte della sua. «Ma tu sei cresciuto con qualcosa che io non ho mai avuto.»

«E sarebbe?»

Gina provò a definirlo. Cosa aveva ottenuto Harry, in una parola, dal rifiuto della ricchezza? «La libertà.»

«La schiavitù, vorrai dire.»

Uno dei due doveva uscire dall'impasse. Toccava sempre a lei. «Credo dipenda dalla posizione in cui ti trovi quando esprimi il voto.»

«Suppongo di sì.»

Gina sapeva che l'aveva detto per chiudere la discussione, non per dare peso alla sua opinione. Corrugando la fronte, tornò alla carica. «Ma Harry, schiavitù è il nome che davi alla necessità di lavorare ogni giorno per pagare l'affitto e sfamarci. Te lo ricordi?»

Per tutta risposta, lui aggrottò le sopracciglia e insistette a sua volta. «Allora?»

«Come puoi definire nello stesso modo due concetti opposti? Io lavoravo per mangiare. Tu hai rifiutato quella vita. Ma tu non eri costretto a lavorare, se non a ciò che desideravi, e hai rifiutato anche quella vita. Come possono essere entrambe una schiavitù? Oltre a queste due opzioni, cos'altro c'è?»

Lui rimase in silenzio, immobile tranne che per una brusca scrollata di spalle. Come mai Gina aveva la sensazione che si comportasse così non perché non aveva una risposta, ma perché ne aveva una che non voleva condividere con lei?

Aspettò invano che lui parlasse, quindi aprì la bocca e continuò. «Fino a poco tempo fa non sapevo nemmeno quali fossero le cose che tu davi per scontate. Quelle a cui avevi voltato le spalle.»

«Avrò anche voltato le spalle, ma cosa guardavo?» Indicò lei.

«Non so se ci abbiamo riflettuto bene.» Gina si incurvò.

«Voglio dirti due cose. Uno, spero che tu non mi abbia sposato per i miei soldi.»

«Sarei stata una stupida a farlo.»

«Appunto. Due, non agitarti così tanto. Non siamo rimasti senza niente. Non è come prima.» Harry fece un gesto ad abbracciare il prato, il cielo e le acque scintillanti. «Abbiamo tutto quello che ci serve. Questo è il nostro posto, il prezzo del nostro matrimonio. Vivere in un paradiso vicino al mare. E presto sarò libero.»

«Sì» sussurrò Gina, ansimando. Perché la gola le si era chiusa all'improvviso? Perché faticava a respirare, tanto da libera quanto da schiava?

14

Spanish City

1

«Harry Barrington, non credevo che l'avrei mai detto, ma sono orgogliosa di voi.»

«Anch'io non riesco a credere che l'abbiate detto. Volete un po' di vino per festeggiare?»

«Sono in servizio, perciò no. Ma voi fate pure.»

«Volete che beva da solo? Carina. Vi permettono di bere spremuta d'arancia in servizio?» Le versò un bicchiere. «Abbiamo gli alberi qui dietro.»

Dopo averla assaggiata, lei si profuse in elogi. «Deliziosa. Freschissima. Sarò sincera, signor Barrington. Non pensavo che ce l'avreste fatta.»

«A coltivare le arance? Non è così difficile.»

«A resistere. A rispettare il programma. A rigare dritto. A cambiare mentalità.»

«Forse sarebbe meglio un approccio meno sincero?»

«Pensavo davvero che avreste fallito. Mi aspettavo che falliste.»

«Mi dispiace avervi deluso.»

«Mi avete sorpreso.»

«Piacevolmente, spero.»

«Senza dubbio. Sono sicura che la vostra famiglia è sollevata.»

«Me lo auguro. Non credo volessero che fallissi.»

«Io non volevo che falliste. Solo mi aspettavo che lo faceste.»

«Donna di poca fede.» Harry sorrise.

«Be', non importa. Eccoci qui. Al momento per cui avete lavorato. E avete davvero lavorato sodo. Siete stato esemplare. Siete stato schietto con me, non avete infranto la legge.»

«Che voi sappiate.» Lui mantenne un'espressione seria.

«Siete sempre stato qui, dove dovevate essere, e mi avete accolto anche quando facevo visite a sorpresa.»

«Rappresentavate la totalità della mia cerchia sociale. Spesso le vostre visite erano il momento clou della mia settimana.»

«Certe volte non capisco se scherzate, signor Barrington.»

«Non scherzerei mai su una cosa del genere.»

«Bene. Perché mi ha fatto piacere conoscere voi e la vostra famiglia.»

«Lo stesso vale per loro. Soprattutto per mio cognato Salvatore.»

«Davvero?» L'agente Janke si chinò e abbassò la voce. «Devo confessarvi una cosa: non mi è mai piaciuto. Ma vi prego di non dire nulla.»

«Non lo farei mai.»

«Mi sembra ambiguo.»

«Ma va?»

«A differenza di voi. Nel vostro caso, ciò che vedo è ciò che ottengo. All'inizio non ne ero così sicura. Ma ora sì.» La Janke chiuse il suo taccuino. «Avete molte decisioni da prendere. Decisioni importanti. Dopotutto, ora che potete andare ovunque e fare qualsiasi cosa, dovete decidere dove volete andare e cosa volete fare.»

«Avete ragione, è davvero una decisione importante.»

«Ma anche gratificante. Da un lato potete essere come vostro cognato, che cambia idea come un bambino capriccioso...»

«Sì.»

«Oppure potete essere come vostro padre. Solido come una roccia fino alla fine, un uomo a cui le altre persone possono aggrapparsi.»

«Persone diverse da me.»

«Oppure potete essere una via di mezzo.»

«Una cosa nuova, forse?» Harry sorrise.

«Sì! Una cosa nuova.» La Janke si alzò per andarsene. «Ricordate: senza lavoro, l'uomo non ha significato. La vita non ha significato.» Recuperò i documenti. «Dunque, qual è la prima cosa che farete da uomo libero?»

Lui alzò gli occhi al cielo. «A quanto pare, ho in programma di portare mia moglie e mio figlio al mercato. Mi ripetono da tre anni che è imperdibile.»

«Hanno ragione, è meraviglioso. Vi piacerà. Se andate la prossima settimana, sarà ancora meglio. Un luna park si fermerà in città per qualche giorno. Vostro figlio ne sarà entusiasta.»

«Forse ci torneremo. Perché non credo che il bambino riesca ad aspettare.»

Entrambi lanciarono un'occhiata verso il prato, dove madre e figlio stavano giocando a pallavolo o, come si chiamava in casa Barrington, «va' tra i cespugli e prendi la palla».

«Per favore, state attento. Fate una vita ritirata. Tenetevi lontano dai guai. Libertà vigilata non significa che potete fare quello che volete.»

«Certo che no.»

«Libertà vigilata significa che non dovete più restare rinchiuso tra le mura di questa casa. Potete andare dove preferite. Tranne che alla sede del Partito comunista.»

«E chi vorrebbe andarci?»

«Appunto.» Si strinsero la mano. «Ve la caverete benissimo» disse la Janke. «Qualunque strada decidiate di intraprendere, sono certa che avrete molto successo.»

«Perché? Per il modo in cui ho rispettato le condizioni della condanna, agente Janke?»

«Sì, signor Barrington. Avete imparato a vivere secondo le regole. È molto importante per tutti gli uomini adulti. È sufficiente guardare vostro cognato per avere l'esempio opposto.»

«Lui non è ancora adulto, ecco perché. Addio, ispettore Javert.»

«Mi avete chiamato così diverse volte nel corso degli anni, signor Barrington. Sapete che non è il mio nome, vero?»

«Sì, Margaret.» Harry sorrise. Aprì la pesante porta d'ingresso per farla uscire. «Odio ammetterlo, ma mi mancherete. Le vostre pungenti affermazioni, la vostra natura intimidatoria, i vostri modi formali. Non si incontra tutti i giorni una persona come voi.»

«Allora forse possiamo fare in modo che continuiate a vedermi, Jean Valjean.» Lei scese i gradini di marmo, agitando la mano con un gesto sbarazzino.

Harry rise. «Siete umana, dunque!» esclamò. «Per tutti questi anni non ne ho mai avuto la certezza.»

Così, per la prima volta dopo tre anni, i tre salirono sulla Packard. Gina guidò fino a Tequesta, dall'altra parte della baia, dove parcheggiarono e passeggiarono tra la folla mentre Alexander correva attraverso il mercato in direzione del luna park. A malapena riuscivano a stargli dietro. Alle bancarelle, i venditori lo conoscevano tutti; gli regalavano mango, caramelle, dolcetti e giocattoli. Tornò dai genitori con le braccia piene.

«È sempre così?» domandò Harry. «Lui passa di corsa e loro gli danno le cose?»

«Be', guardalo» disse Gina. Lei stessa era una visione, elegante e castana, con il vestito morbido, il cappello di seta e il braccio intrecciato a quello di Harry.

«So che aspetto ha. Ma perché importa a loro?»

Gina gli strinse il braccio. «Non vuoi che gli altri notino tuo figlio, amore mio?»

«Non capisco perché dovrebbero, tutto qui. Alexander! Non allontanarti! Resta vicino.»

Gina, divertita, nota l'espressione irritata di suo marito. Harry aggrotta le sopracciglia quando Alexander abbraccia una donna che lui non conosce. Come se il bambino fosse suo figlio, la sconosciuta gli regala un camioncino, pastelli a cera e una tavoletta di cioccolato. Harry si incupisce. Chiede se ci sia qualcuno, chiunque, per cui Alexander non provi una simpatia immediata. Gina risponde di no. Non riesce a inculcargli il concetto di estraneo. Per il piccolo, replica Harry in tono sgarbato, un estraneo è un amico di cui non conosce ancora il nome.

«Lo trovo delizioso» osserva Gina.

«Non stento a crederlo» la rimbecca Harry. «Perché l'hai messo su un piedistallo il giorno in cui è nato, e da allora il resto di noi vive ai suoi piedi.»

«E perché questo ti infastidisce?»

«Guarda!»

Alexander corre e salta tra le braccia di un uomo appariscente con un completo elegante. Harry si rabbuia, apre la bocca e sta per urlare quando...

«Ciao, Salvo.»

Era dal collo ingioiellato di Salvo che il bambino pendeva come una scimmietta. Nel 1922 Salvo era ormai quasi irriconoscibile. Dopo aver fatto soldi a palate con le provvigioni immobiliari, sufficienti per tre auto, una casa nuova di zecca, una barca e una quota di minoranza nel ristorante cubano-italiano inaugurato di recente, camminava per Tequesta come se fosse il proprietario di tutta la città, non solo di una bettola vicino al porto. Non si comportava come l'uomo che si limitava a mettere a disposizione denaro e competenze nella preparazione della pizza mentre qualcun altro contava i profitti e tirava la pasta. Pareva un uomo che aveva il controllo di ogni cosa, anche del proprio destino.

Gina comprò un gelato per sé e per Alexander. Gli uomini rifiutarono. I quattro passeggiarono sotto le querce muschiate lungo i vialetti tropicali incolti vicino al porticciolo.

«Che effetto ti fa, fratello mio?» chiese Salvo a Harry, dandogli una pacca sulla schiena. «Essere libero di camminare tra noi, orde di popolani?»

«Sopravvalutato.»

Salvo rise.

«Dai, Alexander, scendi» disse Harry. «Stai facendo gocciolare il gelato sul completo dello zio Salvo.»

«Non importa.» Salvo tempestò di baci il nipote appiccicoso. «Vero, campione? Sei l'unico bambino legato a me da vincoli di sangue. Sgocciolami pure addosso. In macchina ho due camicie bianche di scorta proprio per queste evenienze.»

Alexander gli premette il cono contro la guancia, rise e leccò via la chiazza di gelato. «Vuoi che lo faccia anche a te, papà?»

«No, grazie, figliolo.»

Gina continuò a sorridere mentre osservava i tre uomini che amava di più.

Il cielo è di un azzurro limpido, il sole luminoso, anche a febbraio. È tutto molto semplice, molto facile. Gina cammina e guarda ogni cosa, un acquerello su cui cade la pioggia.

2

La Janke era uscita dalla loro vita da un mese quando Harry affrontò la questione.

Erano giù al molo, intorno al tavolo mosaicato, a mangiare cialde e fragole, con l'acqua tranquilla profumata e bellissima. Fernando, nascosto da qualche parte, suonava *La Bruja* con la chitarra. L'aveva scelta per Gina, perché sapeva che le piaceva. Ora che Harry era un uomo libero, Fernando non era più sul libro paga del personale di sicurezza di Herman, ma Harry e Gina avevano deciso di tenerlo come autista (e trovatore) e l'avevano invitato a vivere nelle scuderie senza pretendere l'affitto. Gina si era sentita molto sollevata quando il cubano aveva accettato. Alexander adorava lui e la sua chitarra. Lei non voleva che un'altra persona sparisse senza lasciare traccia nella vita di suo figlio. Anche se Esther non aveva fatto passare il Natale prima di chiamare per parlare con il nipote. «Te l'avevo detto, non sarebbe riuscita a rimanere arrabbiata a lungo» aveva commentato Harry. «Non riesce a stare lontana da quel bambino. Lui è la nostra arma segreta.»

Abbiamo bisogno di un'arma? avrebbe voluto chiedere Gina.

Dopo colazione, Harry stava infilando i vermi sugli ami, pronto per andare a pescare con Alexander. «Allora, che ne pensi?» domandò alla moglie. «Cosa dovremmo fare?»

«Dovremmo?» Lei sorrise. «Salvo ha promesso di venire a pranzo. Io preparo le *quesadillas* e rammendo metà del guardaroba di Alexander. Nuotiamo. Viviamo. Come prima.»

«Intendevo dire noi. Qual è il nostro progetto di vita, per te e per me, per Alexander?»

«Dobbiamo averne uno?»

«È come chiedere se dobbiamo avere un futuro.»

«Be', tesoro, per tre anni hai detto alla Janke che ti stavi preparando per questo momento, in modo da essere pronto quando fosse arrivato.» Gina sorrise amorevolmente. «Sei pronto?»

«E tu?»

Trascorse un momento. «Apriamo una libreria» suggerì lei. «La città ne ha un gran bisogno.»

«Quella città ha bisogno di una libreria?» Harry fece una smorfia. «Ma almeno sanno leggere?»

«Molto spiritoso. Da quando sei così snob e borghese? Pensavo che fossi un popolano. Diventalo. Vendi loro arance e libri.»

«Vuoi che io apra e gestisca un'attività.» Sembrava incredulo.

«Una libreria. Il miglior tipo di attività dopo una pizzeria.»

Harry scosse la testa.

«Preferisci lavorare per qualcun altro?»

«Non fa per me. Non mi piace prendere ordini.»

«Tutti devono prendere ordini da qualcuno, amore mio. Anche i comunisti prendono ordini.»

«Non posso essere comunista, sono in libertà vigilata.» Si fissarono. «Sto scherzando.» Harry pizzicò le lenze come se fossero le corde di una chitarra. «Dov'è finito il tuo senso dell'umorismo?»

«Non capisco perché tu sia contrario a una libreria. Saremo solo noi due. Non dovrai assumere personale, perciò non sfrutterai nessuno. Soltanto me.» Gina sorrise. «E io voglio essere sfruttata.»

«Okay, siamo solo a metà della mattinata. Non provocarmi. Anche se...» Mise giù gli ami e le lenze, si chinò e la baciò con tanto trasporto che la piccola sedia di metallo si rovesciò. Gina lanciò un urlo.

«Ma tornando alla libreria» disse Harry tirandola su, «se avremo anche solo un po' di successo, dovremo assumere qualcun altro, no?»

«Oh, tesoro. Faremo in modo di non avere successo. Giuriamo fin d'ora di non fare un solo dollaro di profitto con il nostro negozietto di libri.»

Lui portò le lenze al molo. «Non mi farò deridere da te.»

Lei lo seguì. «Non ti sto deridendo, mio caro. Ti sto stuzzicando.»

«Be', tutti i tuoi sogni stuzzicanti si basano sulla nostra permanenza a Bellagrand.»

Quando le lanciò un'occhiata, notò che era impallidita.

«Non ti sto deridendo, mia cara. Ti sto stuzzicando.»

Smisero di parlare di tutto tranne che di Alexander e di cosa mangiare. Un marzo ventoso cedette silenziosamente il passo ad aprile. Per fortuna le giornate sempre più calde rimasero asciutte. Gina si chiese cosa Harry stesse aspettando, finché una mattina lo sentì al telefono con sua sorella mentre diceva: «Be', quanto presto? Sono passati mesi. Perché ci vuole così tanto?». Seguì una pausa mentre Esther rispondeva. «Quanto durerà questa maledetta omologazione del testamento?»

Aspettava che l'atto venisse trasferito dal fondo fiduciario al suo conto corrente. Gina gli guardò le spalle mentre preparava la limonata. Ma perché? Che importanza aveva per la loro vita?

Dopo che Harry ebbe riattaccato, avrebbe voluto chiederglielo, ma lui si concentrò sul giornale. Lei sbirciò l'articolo che stava leggendo con estrema attenzione. I tedeschi e i russi avevano firmato un accordo segreto in barba al trattato di Versailles e alla Società delle nazioni. Entrambi i ministri degli Esteri avevano dichiarato che era solo un patto di sviluppo economico. Tutti sapevano che in realtà era un'alleanza militare.

«Perché hai chiesto a Esther dell'omologazione del testamento?»

«Solo per curiosità.» Lui non alzò la testa.

Gina avrebbe voluto strappargli di mano il giornale. Non se ne separava da giorni. Lo leggeva come gli altri leggono la Bibbia.

«Cosa vuoi che ti dica?» Harry allontanò leggermente il gomito della moglie dalla propria testa. «In questo momento vorrei essere lasciato in pace.» Gli alleati si stavano unendo contro la Russia: niente riconoscimento diplomatico finché non avesse saldato il debito che si era rifiutata di ammettere quattro anni prima.

«Ti lasciavano in pace quando eri in carcere?» Gina gli diede una gomitata, restandogli vicina e chinandosi su di lui, irritata da quelle maledette notizie.

«Apprezzo sempre i tuoi paragoni azzeccati.»

«Cosa mi dici delle tue nobili conversazioni con l'agente Janke? Erano solo una facciata?»

«No. Quali conversazioni? Oh. Il lavoro? Sì, cercavo di tenerla a bada.»

«Come stai tenendo a bada me in questo istante?»

«Con scarsi risultati, vero?»

«Perché l'omologazione? Cosa te ne importa? Hai detto che non ti interessa. Allora perché?»

Lui non rispose. Era assorto nel debito di guerra della Russia. Forse non l'aveva nemmeno sentita.

«Harry!»

«Oddio...» Lui mise le mani sul giornale e finalmente alzò lo sguardo, con occhi stanchi e affettuosi. «Gina» disse dolcemente. «Facciamo un patto. Finisco il giornale, poi ti porto a pranzo in città e facciamo una vera conversazione. Dove vorresti andare? Al Breakers? Ti va di guidare fino a Palm Beach?»

«Oggi pomeriggio Alexander accompagnerà Salvo in giro per case, ma mio fratello ha un impegno alle tre e deve riportarlo qui. Magari rimandiamo Palm Beach a un'altra volta? Quando potremo stare fuori tutta la giornata.»

«Okay. Oggi andiamo a Seaside. Ora posso finire l'articolo che cerco di terminare da venti minuti?»

La portò a pranzo al porto di Seaside, in un ristorante famoso per i frutti di mare.

Lei chiacchierò del più e del meno. Hai visto che sono nati i piccoli di airone?

Sì, rispose Harry.

Ti sono piaciuti i delfini all'alba, questa mattina? Finalmente sono ricomparsi nell'oceano. L'estate è vicina.

Sì, disse lui. È stato bello camminare sulla spiaggia deserta la mattina presto e vederli giocare.

Ma alla fine passarono ad argomenti più seri.

«Sai» esordì Harry, «con l'omologazione quasi conclusa, i documenti che stavamo aspettando sono stati finalmente redatti. Arriveranno la settimana prossima. I documenti per il trasferimento del beneficiario. Andremo in banca insieme. Ho chiesto a Jenkins di mettere entrambi i nostri nomi sull'atto di proprietà. Così Bellagrand sarà in ugual misura di tutti e due.»

«Bene. Chi è Jenkins?»

«Trevor Jenkins, il direttore della banca.»

«Oh.»

Harry le prese la mano. «Sei contenta?»

Qual era la risposta giusta? «Sì, amore mio. Certo che sì.»

Gina aspettò, aspettò, aspettò...

«E se ti dicessi che voglio tornare all'università per finire il dottorato?» riprese Harry davanti al *ceviche* di gamberi che avevano ordinato come antipasto.

Ecco. Gina guardò pensosamente la sua bibita. «Non sapevo che ci fosse un'università a Jupiter. Credevo che la più vicina fosse a Miami.»

«Non a Miami. A Cambridge.»

Avrebbe voluto puntargli lo sguardo addosso, ma non ci riuscì. Aveva la vista appannata.

Continuò a fissare la bibita. «Harvard?»

«Gia, guardami.»

In qualche modo lo accontentò.

Lui le prese la mano come se le stesse facendo una proposta di matrimonio. Mancava solo che si inginocchiasse. «E se ti dicessi che voglio tornare a Boston?»

Per un attimo, Gina non riuscì a parlare perché faticava a respirare, come se i suoi polmoni si fossero sgonfiati. E pensare che si era illusa che il problema fosse la scelta della professione! Ahimè. Aveva preso un granchio bello grosso.

Harry continuò a tenerle le mani sulla tovaglia bianca. «Non arrabbiarti. Prima ascoltami.»

«Ti ascolto e poi mi arrabbio?»

«E se ci trasferissimo e comprassimo una villa a Beacon Hill? Hai sempre voluto vivere lì. Dove vivono le persone raffinate.»

Harry sorrise. «Alexander potrebbe giocare ogni giorno al Boston Common.»

Lei ritirò le mani, facendo appello a tutto il suo addestramento protestante per non strapparle via. «Sognavo Beacon Hill» rispose, sforzandosi di non alzare la voce, «molto tempo fa. Prima di posare gli occhi su Bellagrand. Sai che non voglio vivere da nessun'altra parte.»

«Dai. Sei sempre stata una ragazza di città.» Harry inclinò la testa, affascinante e disinvolto. «Saresti bellissima con i vestiti da giorno e le décolleté, i cappelli a tamburello e i lunghi guanti di seta. Potresti unirti alle Figlie della rivoluzione. Potresti trovare lavoro alla Boston Library a Back Bay. Organizzare tour storici di Beacon Hill. Dimmi che non ti piacerebbe.» Parlava come se stesse sognando al suo posto.

«Oh, dunque lavorerei.»

«No, no. Potresti tornare a studiare anche tu. Laurearti al Simmons. So quanto lo desideravi una volta. Posso restituirti quello che ti ho tolto. Forse potresti diventare un'insegnante.»

Gina cercò di non muovere i muscoli del viso. «E di cosa vivremmo?»

Alzando la mano, lui indicò la sponda opposta delle acque splendenti. «Della stessa cosa di cui viviamo ora. Bellagrand.»

Lei rimase muta.

«Avremmo due case?»

«Venderemmo questa.»

Gina sentì la gola indurirsi come cemento. A malapena riuscì a scuotere la testa. Aveva ancora difficoltà a respirare.

«La venderemmo» proseguì Harry come se non si fosse accorto della sua angoscia «e con il ricavato torneremmo a Boston e vivremmo da gran signori in Mt. Vernon Street.»

Nonostante gli sforzi, lei cominciò ad ansimare. «L'atto non è ancora a nostro nome» disse con voce gracchiante. «L'inchiostro è ancora nel calamaio in attesa delle nostre firme. E tu vuoi già vendere Bellagrand?»

«Se lo scopo è tornare a Boston da conquistatori...»

Gina provò a fare un respiro, ma invano.

Harry le afferrò le mani tremanti. «Adesso ascoltami, mia amata moglie. Desidero che tu abbia la vita che hai sempre sognato.»

Lei cercò di ritrarsi, ma lui non glielo permise. «Ho già la vita che voglio.»

«Hai idea di quanto possa valere questa casa? Non l'abbiamo fatta valutare bene, come ci aveva consigliato mio padre. Ma lo faremo ora. Salvo può aiutarci. Quando Flagler l'ha costruita, valeva già un bel po'. Ma adesso? Gia, mio padre aveva ragione, potremmo essere seduti su una miniera d'oro!»

Lei evitò di alzare gli occhi. «E se invece fosse un campo del vasaio?»

«Un cosa?»

«Non importa.» Gina ammirava il suo entusiasmo, ma perché la sua euforia comportava invariabilmente una perdita per lei? Perché sentiva il torpore pervaderle il corpo come una fredda colata di lava? Perché era terrorizzata anziché affascinata? Scrollò il capo. «Harold, non voglio vendere Bellagrand.»

Lasciandola andare, lui si appoggiò allo schienale. «Mi hai appena chiamato "Harold"?»

«È il tuo nome, no? Non ti ho cambiato nome, vero?» Come invece ho cambiato il mio. Persino Dio non mi riconoscerebbe, non mi troverebbe più.

«Vuoi continuare a vivere qui come abbiamo fatto finora?»

«Non desidero altro.»

«Ma io voglio tornare a Boston. Voglio conseguire il dottorato a Harvard. E... vorrei essere più vicino a mia sorella. È l'unica famiglia che mi è rimasta.»

«E io voglio restare vicino a mio fratello. È l'unica famiglia che mi è rimasta.» Non poteva confessargli che lei ed Esther non erano in buoni rapporti e che forse non lo sarebbero mai più state. Quello che era successo tra loro pareva irrimediabile.

«So che è stata dura con te. Si sta riprendendo. È difficile per lei non avere mio padre al suo fianco. E le manca disperatamente Alexander. Tuo fratello è un vagabondo. Si è trasferito qui per capriccio, si ritrasferirà per capriccio. Suvvia, sii ragionevole. Mia sorella non lascerà mai Boston e noi siamo tutto ciò che ha. Ci vuole vicini. Soprattutto Alexander.»

«Solo Alexander.»

«Okay.»

«Nostro figlio trae beneficio dalla vicinanza dello zio.» Tartine ai cetrioli, insalata di mare, zuppa di granchio, assaggiate a malapena, guardate a malapena. «Esther può venire a stare da noi quando vuole» disse Gina. «Come prima.»

«Non è la stessa cosa. Non mi stai ascoltando.»

«E tu non stai ascoltando me.»

«Ma abbiamo già vissuto a modo tuo per più di tre anni, Gia. Ora non possiamo fare a modo mio?»

«Abbiamo vissuto a modo tuo per quattordici anni.» Era davvero necessario ricordarglielo?

Harry scoppiò in una finta risata. «Lawrence sarebbe stato il mio modo?»

«Certo» rispose Gina con calma. «Di chi altri? Il mio?»

«Okay, okay. Ma ora non possiamo vivere l'altra vita che volevi?»

Lei scosse la testa.

«Io sono bostoniano. Forse tu puoi essere trapiantata come una mangrovia, ma io no.»

«Non sono una mangrovia» ribatté Gina. «Sono un'immigrata. Mi sono già trapiantata. Mi sono già trasformata in qualcosa di nuovo. In un'americana.»

«Sono americano, ma non voglio vivere in Florida. Per me questo sarà sempre un ripiego. Non mi sentirò mai a casa. Perché non lo capisci?»

Gina guardò oltre l'acqua. Da qualche parte, sull'altra riva, sorgeva la loro casa. Se strizzava gli occhi, riusciva quasi a distinguere i muri intonacati di bianco.

«Perché venderla?» domandò. «Perché non possiamo continuare a usarla per garantire i prestiti, come abbiamo fatto finora?»

«Come possiamo essere liberi con un simile cappio al collo?»

«Bellagrand non è un cappio al collo. È la libertà.» Gina distolse lo sguardo. Non voleva che lui vedesse la sua espressione, in quel momento era come un estraneo. Come poteva Harry provare sentimenti così diversi dai suoi nei confronti di Bellagrand?

«Permettimi di dissentire» obiettò lui, «dato che ho appena scontato una pena tra le mura di quella fortezza. Inoltre ricordi cosa ci ha detto Esther? Alla fine dovremo restituire i soldi o vendere la casa. Non potremo continuare a chiedere prestiti all'infinito.»

«Sì, se il valore continua a salire.» Avrebbe preferito quell'opzione alla vendita. O all'eventualità peggiore: la vendita e il trasferimento.

«Se il valore continua a salire? Uno di questi giorni ricordami di farti una lezione sul capitalismo.» Harry fece segno al cameriere di portare il conto. «Nulla sale senza essere destinato a crollare prima o poi.»

Gina si alzò dal tavolo. «Non è quello che hai detto a Esther all'inizio, quando ti ha rammentato che c'è una fine per tutto.»

Harry la prese per il gomito. «Gia, chi poteva saperlo... Ma mia sorella aveva ragione. C'è una fine per tutto.»

Pagarono e se ne andarono in silenzio.

3

Passò un giorno. Poi un altro.

«Non ti piace qui?» Erano a letto nel cuore della notte, entrambi fragili e nudi.

Lui scrollò le spalle, parlando in tono conciliante. «Mi piace. Mi piace perché piace a te. Ma a te piace di più. Il sole caldo, la spiaggia... io ne posso fare a meno. Non considererò mai Jupiter casa mia. Non sono un ragazzo di campagna. E nemmeno Alexander. E anche se lo è, non voglio che lo sia. Voglio che cresca cosmopolita e raffinato.»

«Come te?»

Harry la strinse. «Sì, il padre vuole che il figlio cresca come lui. Notizia dell'ultima ora.»

«Come tuo padre voleva che tu fossi come lui?»

Harry inspirò a fondo prima di parlare. «Gia, cosa c'entra la

Florida con noi? Come crescerà Alexander? Qui non c'è nulla da fare per lui. Né per lui né per me.»

«Flagler ha trovato qualcosa da fare. Qui ha cambiato il mondo.»

«Costruendo qualche casa?»

«Perché usi quel tono di scherno? Sì, come tuo padre a Boston, costruendo qualche casa – questa, per esempio – e poi una ferrovia, e St. Augustine, e Palm Beach, e Miami. Passando gli ultimi dieci anni della sua vita a costruire un ponte impossibile fino a Key West, un ponte che si allunga per circa duecentoquaranta chilometri sopra l'acqua, rendendo la città il porto americano più vicino al canale di Panama.»

Harry si tese visibilmente. Gina si pentì di aver elencato le imprese di Flagler iniziando e finendo con le peggiori. Ma perché suo marito doveva essere così sprezzante?

«Be', la ferrovia e il canale sono già stati costruiti» osservò Harry. «Non c'è altro da fare per me su quel fronte. Ma non sto parlando solo di me.» Si staccò da lei e si ritirò nel suo angolo del letto. Gina lo imitò. «Sto parlando di nostro figlio, Gia. Cosa farà in Florida? Non fa altro che costruire rifugi per rane, uccelli e alligatori. Non fa altro che pescare, nuotare e correre sul campo da tennis. So che ora sembra divertente, perché è ancora piccolo. Ma che tipo di vita avrà a lungo termine? Alexander è troppo intelligente per la Florida. Lo sai anche tu. Può diventare qualunque cosa voglia.»

«Evidentemente non gli hai chiesto cosa vuole diventare.»

Lui girò la testa per fissarla con vacua incredulità. «Se ho chiesto a un bambino di tre anni cosa vuole fare da grande? No, non abbiamo ancora affrontato quel particolare discorso tra padre e figlio.»

«Dovresti deciderti a farlo. Perché lui è già pronto.»

Harry si avvicinò e l'abbracciò come se gli avesse raccontato una barzelletta spassosa. «Gina! Questo posto è un vicolo cieco per un bambino sveglio come lui. Da grande può diventare sindaco. Governatore. Presidente. Tutti coloro che lo incontrano – con mia grande irritazione, lo ammetto – vedono che è un bambino straordinario. Non tarpare la sua natura. Lascialo crescere in un luogo dove i suoi più grandi talenti, il suo più grande potenziale, possano realizzarsi.»

Gina cercò di non piangere. «Qui c'è solo bellezza.»

«Anche i visitatori dell'Attica pensano che lì ci sia solo bellezza. Ma io sono stato in esilio.»

Non voglio vendere la casa, continuava a ripetere Gina come una poesia, come un auspicio.

Ma dobbiamo farlo, continuava a ripetere Harry, se vogliamo avere il tipo di vita che desideriamo.

«Non voglio un'altra vita. Solo questa.»

«Davvero?»

Sì, il suo cuore piangeva mentre le sue labbra tacevano. «Vivere la vita voltando le spalle alla verità significa viverla all'inferno.»

«La verità non è a Bellagrand!»

«Sì invece.»

«Dov'è la mia sofisticata ragazza del Simmons?» sussurrò Harry nel buio. «La giovane tutta velluto e chignon è ora una donna nel fiore degli anni. Non vuoi indossare guanti bianchi mentre passeggi lungo Beacon Street?»

«Invece di un prendisole in Fiesta Avenue?» Gina fece una pausa, cambiando tattica. «Cosa vorrebbe tua madre? È stata lei a lasciarti questa casa. Quale pensi che sarebbe il suo desiderio?»

«Chi può dirlo?»

«Tu. Rileggi il biglietto che conservi nel comodino. "Una casa tale da non fargli mai dimenticare l'avventura romantica della giovinezza."»

«Dato che ha rifiutato la sua unica e sola vita, ha perso il diritto di dire la sua su qualsiasi argomento.»

L'indomani mattina Harry chiamò Alexander mentre lui e Gina passeggiavano sulla spiaggia sottobraccio, tutti e tre scalzi per poter camminare tra le onde. «Figliolo, cosa vuoi fare da grande?»

«Il costruttore» rispose il bambino. «Come il nonno.»

Gina diede un calcio alla spuma senza fare commenti.

«Tutto qui, il costruttore?» disse Harry. «Nient'altro? Non hai una scelta numero due?»

«Se non posso fare il costruttore, allora il soldato.»

«Il soldato!» Harry cercò di catturare lo sguardo di Gina, ma lei lo ignorò. «Perché il soldato, figliolo?»

Alexander continuava a cercare di correre via nella corrente. «Papà, lasciami andare. Non so il perché. Per avere la pistola? Non lo so, papà. Non lo so.»

«Sei stata tu a mettergli in bocca quelle parole.» Harry la raggiunse e la spinse tra le onde.

«Come se fosse facile mettergli in bocca delle parole.»

Gina continuò a essere palesemente poco convinta. Harry fece del suo meglio. Andò in città con Alexander, le comprò un cappello bianco. La portò fuori in barca, gettò l'ancora e pranzarono insieme. La rassicurò con storie di un futuro luminoso e sereno, con belle parole e lunghi baci languidi. Alzò la posta al massimo.

Gina si ritirò a Bellagrand e in se stessa, osservando Alexander giocare con le rane e i granchi mentre lei esplorava i suoi torbidi stagni di carpe koi. Cos'era meglio per il suo piccolo pugile saltellante? Non era sicura che fosse Boston, ma nemmeno che non lo fosse.

Harry era convinto che la risposta si trovasse in una città trafficata. «Ogni giorno potrebbe giocare a calcio nel Common» continuava a ripetere. «Potrebbe imparare a giocare a hockey, come me. Forse anche a pattinare sul ghiaccio come te?»

Gina lo ignorò risolutamente.

«Imparerebbe a essere indipendente» insistette Harry. «Frequenterebbe le scuole migliori. Andrebbe a Harvard, come tutti i Barrington prima di lui. Forse potrei essere il suo professore, se le cose vanno come vorrei. Che ricchezza di esperienze, che infanzia completa. Non puoi pensare solo a te stessa, Gina. Devi pensare ad Alexander.»

«Cosa diavolo vuoi dire? Lui è quasi il mio unico pensiero, ma non voglio comunque vendere la casa.»

«Consideralo come l'unico sacrificio che devi fare» disse Harry in un altro lungo pomeriggio davanti a una *sangria* troppo forte. Dentro c'erano rum, frutta, zucchero e vino. Presto le chiacchiere sarebbero cessate, cedendo il passo ad altri discorsi. Per il momento se ne stavano seduti con l'alcol che scorreva loro nel sangue.

«Non voglio vendere la casa.»

«Prenderemo un'altra casa per le vacanze, più vicina a Boston. La compreremo a Cape Cod, come ha fatto di recente mia sorella.» Harry sorrise, la afferrò e la tirò su dalla sedia, fingendo di voler ballare con lei sulla veranda, con le barche a vela appena visibili nel crepuscolo.

«L'acqua di Cape Cod è fredda» disse Gina, impassibile, anche se commossa. «Non è come qui.» Niente era come lì.

Ballarono un valzer girando senza sosta intorno a Bellagrand. *Danza con me, vieni con me, parti con me, vendi con me...* Lui blandiva e pontificava mentre lei vagava nel fango viscoso.

«La casa aumenta di valore da trent'anni» disse Gina. «Valore che, come hai detto a tuo padre – che riposi in pace – è arbitrario. Ora non sembra più così arbitrario, vero? Se teniamo la casa, il suo valore continuerà a crescere. Ma se la vendiamo, cosa faremo a Boston quando i soldi finiranno?»

«Se la vendiamo, i soldi non finiranno mai» le assicurò Harry. «Ma non possiamo tenere una casa qui e un'altra a Boston. Non possiamo continuare a gestire due immobili di queste dimensioni. Sarebbe uno spreco. Se facciamo a modo mio, siamo a posto per tutta la vita, angelo. Vendiamo, prendiamo i soldi, li mettiamo in banca e viviamo di rendita. Se facciamo a modo mio, niente più stabilimenti, macchine da cucire, pulizie in casa d'altri. Se invece facciamo a modo tuo, continuiamo a indebitarci con la banca, pagando due case anziché una. Se facciamo a modo tuo, tra dieci anni saremo al verde. Se facciamo a modo mio, non succederà mai.»

«Vivere di rendita. Bel modo di parlare per un ex comunista.»

Harry sbatté le palpebre e rifletté in silenzio. Non poteva farsi strada fino a un vagone di argomentazioni convincenti basate sull'economia pianificata. Poteva affidarsi soltanto alla carrozza sgangherata del libero mercato.

«A Boston» disse, facendo un altro passo avanti, un lungo balzo, «nella remota ipotesi in cui fossimo in difficoltà, potrei trovare lavoro facilmente. Anzi, ci conto. Conseguirò il dottorato. Voglio ricominciare a insegnare. Ma cosa farò qui?»

Gina tacque, e lui lo interpretò come un segno di cedimento. «Insomma, pensaci. Se restiamo, cosa farò? Hai sentito l'agente Janke. L'uomo senza lavoro non ha significato. E qui non c'è lavoro per un uomo come me. Ti prego. Ragiona dal mio punto di vista. La mia soluzione ha molti vantaggi. Per me, per te, per Alexander, per Esther. È proficua per tutti. La tua, solo per te.»

La tua soluzione ha tutto tranne Bellagrand. Gina stava parlando con Harry o rivolgendo una supplica a Dio?

«Non puoi tenere il piede in due Stati, in due vite» ricominciò lui. «Bellagrand ti comprerà una vita a Boston. Finalmente sarai quello che sognavi, la ricca moglie di Harold Barrington. Tutti ti chiameranno Jane Barrington.»

«Dio non saprà chi sono se cambio nome.» La voce di Gina era flebile.

«Hai già cambiato nome, mia cara studentessa del Simmons. Molto prima di me.»

Lei evitò di precisare che l'aveva fatto solo per lui. Ormai quelle confessioni non servivano a niente.

Gina vacillò. Ondeggiò. Lui la prese al volo quando stava per cadere, la corteggiò, disse e fece cose per indebolire la sua determinazione, per dissipare la paura.

Harry continuò a far leva sulla passione dentro di lei, sul suo desiderio più elementare di trasformarsi da povera contadina in castellana. Mentre lo ascoltava, vivere a Beacon Hill diventò una prospettiva allettante. Una donna facoltosa con un adorabile bambino perfettamente educato, un marito bello e ricco di famiglia, scarpe di vernice lucida e borsette di alligatore, ricavate da altri alligatori, naturalmente, non da quelli di suo figlio.

Avrebbe potuto pranzare all'Harvard Club con le sue amiche raffinate e, nei fine settimana, organizzare feste sfarzose ed eventi di beneficenza, come faceva Alice un tempo. Avrebbe potuto essere la mecenate di una chiesa o di un parco. Accompagnare Alexander a scuola e poi tornare a prenderlo, tenendolo per mano in Charles Street. Andare a ballare e fare compere, acquistare i cosmetici migliori e le gonne all'ultimo grido. La moda femminile era diventata così leggera, così attraente, così sensuale. Chi non si sarebbe lasciato sedurre? Chi non avrebbe ceduto alla tentazione?

Gina premeva i tasti d'avorio mentre attraversava la casa, sforzandosi di ricordare la malinconica *Träumerei* di Schumann. Seduta al pianoforte, immaginava di lasciare ogni cosa, di rinunciare a tutto, a quella cosa solida e concreta con muri e finestre, barattandola con pochi invisibili spiccioli in banca. Ma gli spiccioli avrebbero significato Beacon Hill, Harvard e amiche raffinate. Ristoranti, teatri dell'opera e balli dell'alta società. Si sdraiò sul pavimento di noce lucido. Un tempo una casa, ma di lì a poco solo denaro incorporeo dentro il caveau di una banca, con una ruota al posto della serratura. Ora: erba, oceano, rane, palme, una barca. La vita. Di lì a poco: Boston, treni, rumore, Alexander che giocava a calcio. Vita anche quella...

C'era romanticismo in entrambe, desiderio per entrambe. Ma l'assenza di una delle due cose le riempiva le viscere di un terrore intorpidito mentre immaginava se stessa senza quella casa nel suo futuro, senza quella vista, senza la passeggiata a piedi nudi sulla spiaggia la mattina presto, quando i delfini si tuffavano vicino alla riva, la serenità più profonda, Fernando e la sua chitarra che suonava *El rosario de mi madre* mentre lei era seduta fuori di notte, sorseggiando Bellini e Appletini. *Esta será la última cita de los dos... questa sarà l'ultima volta per noi due.*

Anche quella parte era già relegata al passato. Esther non sarebbe tornata, e neppure Rosa. Herman era morto. Salvo, più indaffarato che mai, si faceva vivo raramente. L'avevano appena vissuta, e si stava già dissolvendo nella rosea oscurità davanti ai suoi occhi.

Vagando per le stanze cavernose, Gina ricordò di aver assistito a una conferenza di Emma Goldman nel 1908. Harry aveva ormai smesso di accompagnarla. Ci era andata con Angela. Il discorso, intitolato *Ciò in cui credo*, parlava della proprietà. «*La proprietà non è solo un ostacolo al benessere umano*» aveva detto l'oratrice, «*ma anche un ostacolo, una barriera micidiale, a qualsiasi progresso. La proprietà condanna milioni di persone a essere mere nullità, ca-*

daveri viventi, macchine di carne e sangue, che accumulano montagne di ricchezza per gli altri e pagano con un'esistenza grigia, monotona e miserabile per se stessi.»

Io sono una degli altri? si domandò Gina mentre vagava, toccando le pareti intonacate, i lavabi di marmo, le porte di palissandro. Le finestre erano aperte e la brezza salmastra era molto delicata nel tardo pomeriggio. Erano anni che non pensava a Emma e ai suoi diritti di proprietà. La donna era stata deportata in Russia sulla *Buford* due anni prima. Come se l'erano passata gli anarchici e i comunisti sulla *Soviet Ark*? Di sicuro Harry lo sapeva. Avrebbe voluto chiederglielo, ma non le importava. Ora, ricordando la sua eroina mentre si trovava al centro di Bellagrand, ebbe la sensazione che Emma Goldman si fosse sbagliata. La loro esistenza non era freddo e umido sconvolgimento. Era grazia splendente.

Cosa provava Harry mentre perorava la causa della vendita? Per lui tenere Bellagrand significava forse svendere i suoi principi più profondi? Gina temeva la risposta.

«Devi decidere cosa vuoi» disse Harry. «Non possiamo continuare a cavalcare le onde dell'oceano e a mangiare *ceviche*.»

«Io e te vogliamo cose diverse» replicò lei con voce strozzata.

«Ma non è vero! Anche tu vuoi la raffinatezza urbana. L'hai sempre voluta. E sei ancora la stessa ragazza che ho sposato, la stessa ragazza impetuosa, selvaggia, intelligente, piena di vita. Dai» le sussurrò nel collo, nel cuore, tra i seni. «Non vuoi essere di nuovo giovane, colorata, sfavillante? Non vuoi essere te stessa?»

La voce rotta di Frances Barrington si affievolì, bisbigliando senza lacrime dell'«avventura romantica della giovinezza», e si affievolì anche la voce di suo padre, che la esortava a non dimenticare mai da dove veniva. Gina chiuse il cuore alla paura, negò lo spettro del terrore profetico dentro di sé e accettò di tornare a Boston.

4

Prima che Gina potesse cambiare idea, Harry chiamò Salvo per chiedergli di mettere la casa sul mercato. Lei disse al marito che gli avrebbe concesso due mesi. Se Bellagrand non fosse stata venduta entro quel termine, avrebbe avuto la certezza che non dovesse lasciare le loro mani.

La proprietà fu venduta nel giro di un pigro pomeriggio. Salvo portò l'uomo in giacca e cravatta alle tre, l'ora durante la quale gli altri facevano la siesta. Lo sconosciuto, Jon Turner, disse di avere una moglie, ma non la consultò. Dopo un giro della villa non provò neppure a contrattare. Salvo fissò un prezzo; Turner accettò di pagarlo prima di scendere i gradini dell'ingresso verso l'Afrodite nuda.

Gina protestò. Disse che la cifra era troppo bassa. Ecco perché la trattativa si era conclusa così rapidamente.

Harry non era d'accordo. «Abbiamo chiesto un prezzo equo. Mio padre aveva stimato che questa casa valesse centomila dollari. Quel tipo ci ha offerto il doppio.»

«È proprio questo il punto» disse Gina. «In tre anni il prezzo è raddoppiato. Tra altri tre, la casa varrà mezzo milione.»

«Non saremo qui a vederlo. E se il mercato immobiliare dovesse crollare? Non saremo qui a vedere nemmeno quello.»

Salvo fece un sorriso compiaciuto. «Harry, certe volte dici delle vere e proprie assurdità. Quest'area è il mercato immobiliare più redditizio degli Stati Uniti.» Lui e Alexander stavano succhiando la polpa delle arance portandosi gli spicchi alle labbra e sfidandosi a chi lo faceva più velocemente. Stavano sporcando tutta la cucina.

«Sì, sì» disse Harry, spazientito. «Ora la situazione è favorevole, un mercato al rialzo. Ma non durerà.»

«Il mercato è molto stabile» obiettò Salvo con la bocca piena.

«Se per stabile intendi volatile, allora hai ragione. Se siamo costretti a vendere più avanti, su un mercato al ribasso, perderemo soldi invece di guadagnarne. Come può essere una cosa intelligente?»

«La mia domanda è se sia intelligente vendere ora» intervenne Gina.

«Molto, molto stupido» disse Trevor Jenkins, il direttore della Tequesta National Bank, che due mattine dopo era sulla soglia di

Bellagrand, ammirando la porta di palissandro. Aveva deciso di far loro una visita a domicilio. Gina rimase colpita.

«Voi siete il signor Jenkins? Piacere di conoscervi, finalmente.»

«Come sarebbe a dire, signora Barrington? Ci siamo già conosciuti. Venite nella mia banca due volte la settimana. Avete firmato l'atto nel mio ufficio.»

«Certo.» Gina non si ricordava di lui. «Non volete entrare? Gradite un po' di limonata? L'ho fatta fresca questa mattina. Coltiviamo i limoni con le nostre mani.»

Harry entrò nella sala grande e strinse la mano all'ospite. «Signor Jenkins, venite ad assaggiare la mia spremuta d'arancia.» Sorrise. «È talmente buona che dovrei metter su un'azienda. Giusto, Gia?»

«Giusto, Harry.» Un po' più lentamente, lei seguì entrambi gli uomini in cucina, dove Salvo era sul pavimento con Alexander, che stava costruendo un muro di mattoncini di legno incredibilmente alto, come una termite che costruisce un tumulo cento volte più grande di lei. Dovette salire sul tavolo per raggiungere la sommità.

«Salvo, fa' scendere il bambino dal tavolo.» Harry prese un bicchiere. «Cosa ne pensate della nostra casa, signor Jenkins?»

Tra le braccia di Salvo, Alexander stava aggiungendo gli ultimi mattoncini alla torre.

Jenkins si profuse in elogi per la spaziosità, i colori chiari della cucina, il prato e persino Alexander.

«Digli che il bambino non è in vendita insieme alla casa» sussurrò Gina a Harry mentre lui versava il succo d'arancia per il direttore della banca. Jenkins bevve, poi tessé le lodi della spremuta.

«D'accordo, signor Jenkins. Grazie. Ma ora diteci: a cosa dobbiamo la vostra visita inaspettata?»

L'altro si pulì la bocca. «Posso parlare liberamente?» Lanciò un'occhiata ad Alexander e guardò in cagnesco Salvo, che fece un gran sorriso e un inchino beffardo.

«Certo» rispose Harry.

«Con tutto il rispetto, signori Barrington, credo che il signor

Attaviano vi abbia consigliato male. Molto male. Non è il momento di vendere. Di sicuro non al prezzo che avete concordato.» Tese la mano sudaticcia a Gina, stringendo delicatamente la sua. «Signora Barrington, voi siete una delle nostre migliori clienti.»

«Grazie, signor Jenkins» disse lei.

Harry sorrise.

«Sì, sicuramente preferiremmo che non trasferiste il conto in una banca di Boston, ma per la mia stima personale nei confronti della vostra famiglia vorrei darvi un consiglio prezioso, spiegarvi alcune cose. Posso sedermi?» Jenkins si lasciò cadere su una sedia accanto al tavolo, facendo tremolare i mattoncini. Alexander lo fulminò con lo sguardo. Gina si appollaiò vicino al piccolo, ma Harry rimase in piedi.

«Salvo.» Prese in braccio Alexander e lo porse al cognato. «Per favore, portalo a nuotare. Voglio ascoltare senza interruzioni quello che il signor Jenkins ha da dire. Non preoccuparti, figliolo, non toccheremo la tua piramide egizia. Ora andate.»

«Sarà una giornata torrida» disse Jenkins quando zio e nipote furono usciti. «Siete fortunati, vostro figlio può passare tutto il tempo in piscina.» Un sorriso untuoso. «A Boston non potrà più farlo, vero? La settimana scorsa ha fatto molto freddo. L'ho letto sui giornali. Il 15 giugno c'erano undici gradi e pioveva.»

«Diteci quello che dovete, signor Jenkins» disse Harry, formale, asciutto, vestito con un completo elegante più adatto a Boston che a Bellagrand. «Non abbiamo tutto il giorno. I Turner aspettano una risposta.»

«Vi consiglio caldamente di rifiutare. Vi spiego il perché.» L'uomo tossicchiò. «Avete sottovalutato notevolmente la casa nelle attuali condizioni di mercato. Oh, non sto dicendo che la villa non valga quella cifra. Voglio solo dire che non è quello il valore della vostra proprietà e di tutte le altre lungo la costa da Miami a Daytona. Qui gli immobili sono molto richiesti. State vendendo a un prezzo troppo basso e in modo troppo precipitoso.» Jenkins annuì, asciugandosi la fronte. «Ma non vi sto suggerendo di alzare il prezzo. Al contrario. Vi sto consigliando di aspettare.»

Gina lanciò un'occhiata trionfale a Harry, ma il trionfo scomparve quando vide la sua espressione irremovibile. Per qualche ragione, suo marito non credeva alle parole del direttore.

«Nel 1919» raccontò Jenkins «un uomo ha comprato un terreno non edificato affacciato sull'oceano, mille metri quadrati circa, venticinque miglia a sud di qui. Sono venticinque centesimi all'acro, signori. L'ha appena venduto a oltre un milione di dollari. Non l'avete letto? Era su tutti i giornali.»

«Dobbiamo essercelo perso» disse cupamente Harry.

«Da venticinque centesimi nel 1919 a un milione di dollari nel 1922. Un minuscolo lotto a Miami, comprato sei anni fa a venticinque dollari, è stato appena venduto a centocinquantamila. Non avete sentito che il "Miami Herald" è diventato il giornale più pesante del mondo grazie alle inserzioni immobiliari? Avete uno dei lotti più rari della regione, una casa con due affacci sull'acqua, entrambi su una spiaggia privata. Avete oltre due acri di proprietà, una villa ben costruita e ammodernata. Vi garantisco, vi *garantisco*» ripeté Jenkins per dare enfasi alle parole «che questo immobile tra due anni varrà cinque milioni di dollari. Come minimo.» Annuì notando l'espressione sbalordita di Gina. «E, per dimostrarvi quanto sono certo della traiettoria ascendente di questa casa unica nel suo genere, ho già abbassato il tasso della vostra linea di credito dal sei al tre per cento e rinuncerò al pagamento di tutti gli interessi per i prossimi dodici mesi. Esatto. Inoltre» si affrettò ad aggiungere, intuendo dalla faccia di Harry che non l'aveva affatto convinto, «estenderò la linea di credito dall'attuale valore di stima aggiornato, che è quello a cui il signor Attaviano sta cercando di vendere la casa, all'ottanta per cento di quello che la villa avrà, diciamo, nel 1925. Vi darò subito tre milioni di dollari di credito da usare come conto corrente personale. Oh e, signora Barrington, per evitare che vostro fratello subisca un danno gli pagherò la provvigione sulla vendita persa, attingendo dagli oneri regolamentari della banca.»

Gina, emozionata, guardò Harry, che rimase in silenzio. Aveva sentito bene? Il direttore aveva appena detto...

«Fatemi capire» disse Harry. «Ci presterete...»

«A fronte del valore della casa, naturalmente.»

«Naturalmente. Ci presterete tre milioni di dollari, dimezzerete il tasso d'interesse, rinuncerete agli interessi per un anno e pagherete di tasca vostra la generosa provvigione di Salvo su una vendita inesistente.» Harry fece una faccia scettica. «Perché dovreste farlo?»

«Siete tra i nostri migliori clienti» ripeté Jenkins. «Vorrei che le cose restassero così. Forse ho dimenticato di dirlo» aggiunse, «ma stiamo vivendo un boom inimmaginabile, signor Barrington.»

«Insostenibile, avete detto?» fece Harry, asciutto.

«No, no.» Jenkins parlò più piano. «Ho detto i-nim-ma-gi-na-bi-le.»

«Oh. Grazie per averlo scandito.»

«Non c'è di che, signore. Farò tutto il possibile per conservare il vostro conto e impedirvi di commettere un errore madornale. La scelta è vostra, naturalmente.»

«Grazie.»

«Discutetene pure tra voi. Posso avere un bicchiere di limonata mentre aspetto, signora? Sembra che a vostro figlio piaccia molto.»

Harry prese la caraffa. «Non abbiamo bisogno di discuterne, signor Jenkins.» Riempì rapidamente un bicchiere.

«No?» chiese Gina.

«La limonata è squisitamente dolce, signora. Vostro figlio ha ragione.» Il direttore sorrise a Gina.

«Non abbiamo bisogno di discuterne» riprese Harry «perché abbiamo accettato di vendere la casa a Jon Turner. La sua offerta è già generosa. Il vostro approccio, signor Jenkins, perdonatemi se lo dico, serve soltanto a far perdere alle persone i risparmi di una vita. Con l'avidità, con l'inclinazione a volere di più. Niente è mai abbastanza. Be', non ci serve altro. Il prezzo di vendita è più che sufficiente per noi.»

Gina alzò le mani per impedirgli di proseguire. «Harry... aspetta...»

«Signor Jenkins, non avete la sfera di cristallo, vero?» continuò Harry. «Non potete predire il futuro, no? Perché sarebbe una bella impresa se ne foste in grado. Ma non potete promettermi che il mercato immobiliare non subirà gli effetti di una bolla.» Bevve un bicchiere di spremuta. «Non potete metterci la firma, giusto? Il tratto distintivo del mercato, come ben sapete, sono le fluttuazioni. Provate a immaginare, signor Jenkins», aggiunse freddamente, «se io e mia moglie usassimo la vostra generosa offerta per finanziare la nostra nuova vita a Boston. Compriamo una casa, una o due barche, vestiti eleganti, qualche automobile. Magari persino una Rolls-Royce. Perché no? Abbiamo tre milioni di dollari. Siamo come mio figlio in un negozio di caramelle. E cosa succede se il mercato crolla e ci ritroviamo in debito con la banca di un milione, o forse addirittura due? Dove prenderemmo i soldi per ripagarvi?»

«Be', vendereste la casa, naturalmente, signor Barrington» rispose l'altro, condiscendente.

«Davvero, signor Jenkins?» Ora era il turno di Harry di essere condiscendente. «E cosa succede se non riesco a venderla? Se non ci sono acquirenti? E se il debito che abbiamo nei vostri confronti superasse il valore della casa? Avete considerato questa possibilità?»

Il direttore rise. «Ci sono persone che dormono sulle spiagge, in attesa che si liberi una casa in questa zona! Non so di cosa stiate parlando.»

«Sto parlando di una bolla immobiliare.»

«Perché dovrebbe esserci una bolla immobiliare?»

Harry lanciò un'occhiata interrogativa a Gina, imbronciata e riluttante.

«Quello che dite non ha senso» replicò Jenkins. «Ammetto che talvolta il mercato si corregge leggermente, ma non precipita nel vuoto.»

«Capisco.» Harry scosse la testa. «È un rischio che io e mia moglie non siamo disposti a correre. Vero, Gina?»

Cosa poteva dire? Aveva la sfera di cristallo? Era in grado di predire il futuro? Salvo impeccabilmente vestito di seta! La casa che riceveva un'offerta dal primo acquirente! Jenkins che concedeva loro una linea di credito di tre milioni di dollari, quasi il prodotto interno lordo della Sicilia. Considerando tutti quegli elementi, sembrava impossibile che Harry potesse avere ragione. Eppure vivere di denaro preso a prestito era per lei un anatema. La vita era imprevedibile. In cuor suo aveva paura di tutto.

«Hai ragione, Harry» disse Gina con un sussurro incerto.

Harry tese la mano al direttore, sudato e perplesso. «Grazie mille per essere venuto fin qui, signor Jenkins. Mi dispiace che abbiate fatto un viaggio a vuoto.» Tutti e tre guardarono fuori, verso il prato, dove Alexander stava insegnando a Salvo a catturare un tarabuso timido. «È vero, il bambino si trova molto bene qui» disse Harry. «Ma è piccolo, e presto inizierà la scuola. Ha bisogno di una vita diversa. Questa sarà un'ottima casa per un'altra famiglia. Non vi tratterrò un momento di più.»

Dopo averlo accompagnato all'uscita, si fermarono sulla veranda che dava sul viale di pietra sbiancata e annusarono l'aria dell'oceano dall'altra parte della strada. Gina si sforzò di mantenere la mente vuota e l'espressione placida. Harry le prese la mano. Disse che in primavera aveva l'abitudine di mettersi davanti alla porta della casa di Herman a Barrington e di respirare il vento che arrivava dallo sconfinato Atlantico a sedici chilometri di distanza. Le brezze salmastre che soffiavano da oriente annunciavano che l'estate era alle porte.

5

Abbiamo vissuto in paradiso abbastanza a lungo, pensò mestamente Gina mentre mostrava ai traslocatori come imballare e contrassegnare le casse e gli scatoloni. Ecco fino a che punto erano diventati benestanti. Non imballava più le sue cose da sola. Assumeva uomini che lo facessero al suo posto.

L'attesa del cambiamento imminente superò altre preoccupazioni, come le sudorazioni notturne di cui iniziò a soffrire a mano a mano che la partenza si avvicinava. L'Eldorado era ciò che portava dentro di sé, ripeteva a se stessa per calmarsi. Ovunque fossero andati, purché restassero insieme, l'avrebbero ritrovato. Lo diceva, sì, ma si svegliava di notte, ansimando, incapace di riaddormentarsi. Cosa c'è? chiedeva Harry. Cosa stai sognando? Lei non se lo ricordava. Si vedeva seduta dietro un tavolo in una stanza vuota.

«Be', non sembra molto spaventoso» la rassicurò Harry una notte. «Ti siedi dietro un tavolo tre volte al giorno quando mangi. Chi c'è nella stanza con te?»

«Nessuno. È come se stessi aspettando l'arrivo di qualcuno di terribile.»

«Dove sono io? Dov'è Alexander?»

«È questo il problema.» Gina pianse con il viso tra le mani. «Non lo so. Mi siedo al tavolo e non so dove siano gli altri. Ho la sensazione che se ne siano andati tutti.»

«E poi cosa succede?»

«Cosa succede? Mi sveglio. Come ora.»

«Perché non dormi ancora un po', tanto per scoprire dove ti trovi? Così non avrai più paura.»

«Non ci riesco. Provo un terrore così nero che non ci riesco.»

Harry la tirò a sé, le massaggiò la schiena, la baciò sui capelli, mormorò parole dolci. «I tavoli possono essere molto spaventosi, amore mio. Lo capisco. Sst.»

Imballarono le loro cose e vendettero le auto. Arrivarono due taxi per portarli alla stazione. Fernando rimase composto mentre abbracciava Alexander. «Ometto, farai furore a Boston. Vuoi scherzare? Ti divertirai moltissimo. Le grandi città sono divertenti, *mi amigo*. Vedrai. La amerai quanto io amo Miami. Nella grande città accade tutto in una volta sola.»

Sul treno diretto verso nord, Harry prese la mano di Gina. «Tutto bene?»

«Tutto bene.» Un sorriso forzato.

«Non credi che sia stata la scelta più giusta?»

Annuendo, lei premette le labbra sulla nuca di Alexander e guardò fuori dal finestrino, con il bambino sulle ginocchia, mentre il treno prendeva velocità, sfrecciando tra i due mari, con le palme che brillavano, il sole che splendeva, la gente già sulle barche, due ragazzini che facevano volare un aquilone, le bromelie, i cipressi calvi, la frontiera della giungla americana che scompariva alla vista. Salvo aveva pianto quando si erano salutati la sera prima. Gina gli aveva chiesto di cantare, ma non ci era riuscito perché aveva la voce rotta. Lei l'aveva pregato di eseguire *E lucevan le stelle*, il suo brano preferito della *Tosca*. Di solito la cantava per trafiggere i cuori, con il suo splendido tenore dall'estensione straordinaria che raggiungeva Tequesta al di là della baia, come se fosse lui lo sfortunato amante della protagonista. Ma la sera prima non era stato così. Salvo aveva steccato per tutta la canzone e non era riuscito ad andare oltre *svanì per sempre*. Gina non vedeva suo fratello piangere dai tempi della Sicilia, da quando era morto Alessandro. Non riuscì a pensarci ora, mentre stringeva Alexander, che bussava rumorosamente sul finestrino, cercando di attirare l'attenzione delle signore sulle barche sotto il treno in corsa. Perché Salvo era arrabbiato? Forse perché il suo adorato nipote stava partendo? O c'era un presagio nel suo dolore? Temeva forse di non rivedere più la sorella e la sua famiglia? Si era rifiutato di rispondere quando lei glielo aveva chiesto. Verrai per Natale, aveva detto Gina, piena di rassicurazioni vuote, e noi torneremo a trovarti, siamo solo qualche Stato più a nord, non siamo in un altro Paese.

Come la Russia.

Come Panama.

«So che pensavi fosse Shangri-La» disse Harry sul treno, cingendola con il braccio, baciandola, baciando Alexander. «Ora Beacon Hill la sostituirà. Figliolo, per favore, non bussare così forte sul vetro. Il controllore dice che potresti romperlo. E comunque le signore non possono sentirti.»

Gina non voleva correggere il suo marito americano; dopotutto, si era laureato con il massimo dei voti a Harvard, mentre lei non aveva neppure completato gli studi al modesto Simmons College. Così non precisò che Shangri-La era una fantasia, un luogo che esisteva soltanto nei romanzi e nella mente del cuore. Non era reale. Invece non c'era nulla di immaginario in Bellagrand, tranne il fatto che ora apparteneva totalmente al passato, e niente lo rendeva più chiaro dello scompartimento di prima classe su un treno che sferragliava verso nord, allontanandosi da ciò che era stato e che non sarebbe mai più esistito per andare verso cose che non c'erano ancora ma che sarebbero esistite molto presto. Il convoglio era il momento di sospensione vertiginosa tra due mondi. Era il transatlantico da Napoli a Boston. Era il treno da Boston a Lawrence. Il treno da Boston a Spanish City. Come le era parsa graziosa anni addietro, prima che Alexander nascesse. Come le era sembrata piena di promesse mai mantenute. C'era stato un luna park in periferia, l'aveva osservato dall'alto, dal finestrino del treno. Lo cercò ora, la ruota panoramica, le attrazioni. Ricordò Alexander seduto sulla giostra, su un cavallo bianco, aggrappato alle redini e al palo, un cavaliere in miniatura che girava intorno al cerchio della gioia al ritmo allegro e ripetitivo della musica vivace.

Come tirare fuori la massima di Blaise Pascal che Gina aveva trovato trascritta come ultima voce del diario aperto e sconnesso di Harry, copiata con la sua grafia precisa e attenta. L'aveva letta mentre facevano i bagagli.

La nostra natura sta nel movimento; il completo riposo è la morte. Niente è tanto insopportabile per l'uomo come il rimanere in un riposo assoluto, senza passione, senza affari, senza divertimento, senza applicarsi. Allora avverte il proprio nulla, l'abbandono, l'insufficienza, la dipendenza, l'impotenza, il vuoto. Dal fondo della sua anima uscirà quanto prima la noia, l'orrore, la tristezza, il dolore, il dispetto, la disperazione.

L'ispettore Javert non poteva avere ragione, vero?

Shangri-La.

Ci sono luna park a Boston? chiese con la voce che si affievoliva, come quella di Frances Barrington, come quella di Alessandro Attaviano.

Uno ogni giorno, tesoro, rispose Harry.

Parte Terza

L'UOMO SENZA UNA PATRIA

1922-1929

La pioggia scrosciava,
la luna splendeva luminosa,
e tutto ciò che si poteva vedere
era nascosto alla vista.
ANONIMO

Dov'è fuggito il barlume visionario?
Dove sono ora, la gloria e il sogno?
WILLIAM WORDSWORTH

15

Isadora e Sergej

1

Affittarono una vecchia e imponente casa di arenaria in Mt. Vernon Street, la più bella via di Beacon Hill, a pochi passi dalla dimora del senatore Henry Cabot Lodge. L'edificio era spazioso, anche se un tantino ammuffito, ma la cucina era stata ristrutturata e le pareti e i tappeti dalle tonalità chiare indicavano l'uso dell'elettricità anziché del carbone, la cui fuliggine rendeva ogni cosa più scura e umida. La casa era piena di luce. Non era bianca, a differenza dell'altra. Alcune pareti divisorie erano state abbattute, creando l'illusione dello spazio. Harry e Gina avrebbero voluto comprare l'immobile, ma i proprietari non volevano vendere. Era la residenza della famiglia di sua moglie fin dall'inizio dell'Ottocento, spiegò stancamente il marito. Non vivevano più lì perché gli inverni erano troppo freddi, così si erano trasferiti – guarda caso – nel Sud della Florida. Volevano una famiglia tranquilla e rispettabile che si prendesse cura della preziosa proprietà di Beacon Hill. I Barrington, con un marito professore, nonché bramino di Boston, e un unico figlio, sembravano i candidati ideali.

Harry disse a Gina di non preoccuparsi. Si sarebbero trasferiti e avrebbero cercato con calma la casa perfetta da acquistare.

Avevano lasciato Bellagrand ai primi di agosto, nel periodo più afoso, ma Boston non era molto più fresca. La città era opprimente e soffocante e, come Gina fece notare a Harry suscitando soltanto la sua indifferenza, il più caldo degli oceani non era più a venti metri dall'altra parte della strada.

Il ricongiungimento di Esther con Alexander fu un lungo abbraccio lacrimoso. Se Salvo aveva pianto quando aveva detto addio al nipote, Esther pianse quando lo rivide. «Sono così felice che tu sia qui» continuava a ripetere al bambino, felice ma confuso. Si offrì di portarlo nel cottage che aveva appena comprato a Truro, per dare a Harry e Gina un mese tutto per loro, affinché potessero cercare casa, comprare i mobili, iscriversi a Harvard, sistemarsi, farsi degli amici, assumere qualche domestico, e tutto senza doversi preoccupare di cosa fare con un bambino in città. Io e Rosa lo porteremo a pescare le vongole, disse Esther. I pescatori sarebbero lieti di insegnarglielo. Alexander non sapeva cosa fosse la pesca delle vongole, ma era ugualmente entusiasta. Le due cognate erano formali l'una con l'altra, come se si fossero appena conosciute.

«Alexander, volevo portarti a pranzo.» Esther lo condusse verso l'auto, dove li aspettava Clarence. «Ma come sei pesante! Cosa ti danno da mangiare?»

«Sono grande per la mia età, dice la mamma.»

«Tua madre ha ragione. Allora forse oggi niente pranzo? Sembra che tu abbia già mangiato molto.»

«Zia, sto morendo di fame. Lo zio Salvo mi dà sempre molte cose da mangiare.»

«Davvero? Be', allora io dovrò dartene ancora di più. Ti offriva il gelato?»

«Due palline con il caramello.»

«Conosco un posto dove ti danno tre palline, il caramello e la panna montata. Andiamoci subito.» Esther non si voltò indietro mentre si affrettavano lungo Mt. Vernon Street.

Gina e Harry passarono il mese successivo a patire il caldo e a comprare mobili. Si erano lasciati alle spalle ogni cosa, persino il tavolo di malachite preferito di Harry e quello mosaicato che lui aveva fatto con le sue mani.

Ingaggiarono un agente immobiliare privo di charme ma altamente raccomandato, che non indossava completi di seta né portava con sé bambini piccoli, ma li accompagnò a vedere le proprietà disponibili nella zona. Le case erano costose e nessuna vantava una posizione magnifica come quella dell'imponente edificio di arenaria. Decisero di non spostarsi. Gina trovò ad Alexander un gruppo di gioco in Byron Street, frequentato da tutti i bambini in età prescolare di Beacon Hill. Al piccolo avrebbe fatto bene giocare con i suoi coetanei e lei avrebbe potuto fare amicizia con altre mamme.

A settembre, quando cominciò a portarlo, scoprì tuttavia che ad accompagnare i bambini non erano le madri, bensì le tate. Le madri erano impegnate con recital e riunioni per la conservazione dei beni paesaggistici, pranzi per la raccolta di fondi, acquisti di opere d'arte per il Boston Museum e inaugurazioni di ali dell'ospedale. Gina avrebbe voluto presentarsi, ma sapeva che socializzare con le tate non era appropriato. Cercò la sua vecchia amica Verity, che un tempo viveva a Back Bay, ma restò delusa quando scoprì che era tornata a Lawrence con il marito e i sette figli. Sette! Più che sufficienti per una squadra di pallavolo. Si ripromise di andare a trovarla.

A pochi isolati da Mt. Vernon Street, in Louisburg Square, viveva una donna bellissima e vivace di nome Meredith, moglie di un finanziere e madre di due figli, uno dei quali dell'età di Alexander. Aveva tutte le carte in regola per diventare un'amica e Gina si sforzò di trovare un terreno comune con quella signora elegante e dotata di una buona rete di contatti. Meredith pareva conoscere bene le complessità del calendario sociale e i doveri delle mogli di Beacon Hill.

La prima cosa che fece fu consigliare a Gina di assumere una tata a tempo pieno, senza la quale, aggiunse la giovane donna, sarebbe stato difficile rispettare una tabella di marcia adeguata. Occorreva spendere molto denaro per rendere Boston più moderna, più letteraria, più progressista. Le sinfonie, i concerti e le cene sontuose non si organizzavano da soli. Gina ignorò il consiglio il più a lungo possibile, cambiando argomento e persino scoppiando a ridere. «Sei molto spiritosa» diceva.

«Ma non sto cercando di essere spiritosa, Jane» rispondeva Meredith.

«Lo so. È per questo che lo sei.»

Gina propose attività che avrebbero potuto fare insieme ai loro figli, come passeggiare nel Public Garden o andare ai Freedom Docks, alcune parti dei quali erano state trasformate in un museo degli immigrati. Meredith rifletté per un istante. «Vuoi dire noi due, con i bambini e la tata?»

«Pensavo senza tata.»

«Senza tata? Ma se i bambini avessero bisogno di qualcosa?»

Gina spostò il peso del corpo da un piede all'altro davanti alla porta d'ingresso dell'amica. «Di cosa potrebbero aver bisogno? Di un gelato, per esempio?»

«Non saprei. Ma so che hanno delle esigenze, perché Gemma va continuamente a prendere una cosa o l'altra.»

Gina la tirò per la manica. «Dai. È uno splendido pomeriggio.» Al suo fianco c'era Alexander, quasi in silenzio, con un pallone in mano. Di tanto in tanto sussurrava: «Mamma, andiamo, mamma, andiamo, andiamo, andiamo, mamma».

«Cara» disse Meredith, con un'occhiata di disapprovazione sia alla madre sia al figlio, «devi assolutamente assumere una tata. Ti renderà la vita molto più facile.»

«La mia vita non è così dura. Non faccio altro che giocare con il mio bambino.»

«È quello che intendo.» Meredith inarcò le sopracciglia perfette.

Gina impiegò un mese per convincerla ad accompagnarli al Public Garden per una passeggiata «veloce», inserita controvoglia prima di un cocktail pre-opera, un invito che Gina e Harry avevano educatamente declinato.

«Perché andiamo al Public Garden?» borbottò Meredith. «Non è domenica. Passeggerò lì con te domenica. È allora che le mamme portano a spasso i bambini, dopo la messa e il brunch pomeridiano.»

«Possiamo andarci anche domenica» disse Gina. «Ma oggi Alexander e Walter vogliono giocare a pallone.»

«Cara, ti prego, non dirmi che non hai ancora seguito il mio consiglio di assumere qualcuno. I bravi domestici sono l'unico vero metro di misura di una famiglia rispettabile.»

«Ho una governante, se è questo che intendi. È molto brava.»
«Non è quello che intendo.» Meredith spostò lo sguardo su Alexander, che stava correndo avanti con Walter e la sua sorellina Mabel.
Gina annuì. «Il problema è che mi ci è voluto molto tempo per avere il mio unico figlio, e non voglio che sia qualcun altro ad accudirlo. Voglio essere io a prendermi cura di lui.»
«Ma non è così che si fa, cara. Semplicemente no. Da dove vieni?»
«Dalla Sicilia.»
«Dalla Sicilia? Davvero? Devi dirlo a Edward. Resterà affascinato. Ha studiato le culture africane alla Brown. Gli farà piacere parlarne con te. Quando siete liberi per cena?»
«A volte la sorella di Harry tiene Alexander nei fine settimana. Potrebbe andare bene?»
Harry trovava Edward di una noia mortale e i quattro non si vedevano così spesso come avrebbe voluto Gina.
Era un peccato, perché lei desiderava instaurare un'amicizia.
Harry ogni tanto provava a consolarla. «Che cosa posso dirti? Forse può trovarsi un marito più brillante. Se sento un'altra parola sulla tassidermia delle gazzelle, giuro che impaglio lui. E tu, assumi una tata e riuscirai a integrarti. Le padrone di casa non cucinano.»
«E non si prendono cura dei figli.»
Una scrollata di spalle. «In Florida pestavi i piedi a Emilio invadendo la sua cucina...»
«La mia cucina, vorrai dire.»
«Lui l'ha accettato di buon grado. Ma qui non funziona così. Le governanti spettegolano. Le loro padrone spettegoleranno. E poi gli uomini spettegoleranno su di me.»
«Sempre meglio di un altro sproloquio sulle antilopi.»
Lui rise, abbracciandola. «Già. Ma vuoi davvero socializzare con persone che hanno bisogno di una lezione di geografia mentre sorseggiano i loro cocktail? Continui a spiegare loro che la Sicilia non è in Africa, ma non lo capiscono.»
«Forse dipende dalla barriera linguistica. È come Babele.»

Mentre Gina si abituava alla nuova routine, Harry cercò di ambientarsi a sua volta. Impiegò molto tempo per iscriversi al programma di dottorato di Harvard. Si erano trasferiti troppo tardi perché potesse frequentare il semestre autunnale, ma aveva deciso di iniziare in primavera, approfittando dell'intervallo per svolgere ricerche su alcuni argomenti per la tesi.

Durante il loro primo autunno a Boston, Harry apparve calmo e soddisfatto, tranne in una mattina di ottobre del 1922, quando si adirò più del solito dopo aver dato un'occhiata al giornale.

«Hai visto come l'hanno trattata?» sbottò. «È vergognoso. Semplicemente vergognoso.»

«Chi?»

«Pensavo che avessi letto i giornali.»

Il più delle volte, Gina si alzava prima di lui e dava una scorsa alle notizie mentre preparava la colazione e si apprestava ad affrontare la giornata. «Senza molta attenzione, evidentemente. Cos'è successo?»

Harry, disgustato, gettò via il giornale e salì al piano di sopra. Gina sfogliò le prime pagine. Non trovò nulla, ma nella rubrica di arte c'era un breve articolo sullo spettacolo di danza di Isadora Duncan la sera prima al Boston Theater. Il sindaco aveva vietato all'artista di esibirsi di nuovo in città dopo che aveva mostrato i seni al pubblico urlando: «La vita non è reale qui!».

C'era anche qualcos'altro. La danzatrice aveva agitato una morbida sciarpa rossa e proclamato che quello era il colore della vita e del vigore. «Questa è rossa» aveva gridato. «E anch'io!»

«Pensi che il sindaco sia irragionevole?» chiese Gina a Harry quando lui tornò di sotto.

«Irragionevole? È ripugnante. Dov'è Alexander? Sto andando all'Athenaeum. Voglio salutarlo.»

«Sta ancora dormendo, ma puoi svegliarlo.» Gina studiò pensosamente il marito. «Non sapevo che fossi un appassionato di Isadora. Saremmo dovuti andare alla sua esibizione.»

«Non sono affatto un appassionato. Inoltre i biglietti erano esauriti. Ma quella donna viene in tournée nella nostra città e i funzionari la trattano con disprezzo.»

Gina mescolò il caffè. «Ora non è forse cittadina russa?»

«Cosa c'entra? Il sindaco è un allarmista.»

«Può darsi. Ma cosa te ne importa?»

«Non mi importa. Penso solo che sia vergognoso.» Harry si chinò a baciarla. «Vado a svegliarlo. Gli ho promesso che oggi l'avrei portato a una partita di calcio. Che impegni hai?»

«Nessuno.» Gina fece una pausa. «Pensavo di andare a Lawrence a trovare Verity.»

Lui rise. «Sì, okay, ma nella remota ipotesi che tu non vada, dove possiamo incontrarci? Sento che sono vicino a scegliere un nuovo argomento. Voglio giocare con Alexander, ma allo stesso tempo non vedo l'ora di parlarne con te.»

Harry aveva dedicato quasi un anno alla scelta dell'argomento della tesi. Non riusciva a trovarne uno degno del suo interesse. Ogni mattina usciva di casa vestito di tutto punto, come se dovesse andare a lavorare in banca, e percorreva la strada fino all'Athenaeum, subito dopo il municipio dove si erano sposati. L'Athenaeum era la più antica biblioteca degli Stati Uniti, con ingresso riservato a pochi soci selezionati. Non era aperta al pubblico. L'accesso era un vantaggio dell'appartenenza all'esclusivo Beacon Hill Club. Harry amava andarci non solo perché le postazioni di studio erano appartate, ma anche perché i materiali di ricerca erano molto approfonditi. Diceva di non aver mai lavorato così duramente in vita sua. Trascorreva lunghe giornate in biblioteca. All'inizio voleva scegliere un argomento che riguardasse la letteratura o la poesia russa, ma Gina l'aveva dissuaso. Pensava che dovesse stare lontano da tutto ciò che era russo. Kenneth Femmer, l'agente della libertà vigilata, non avrebbe approvato, aveva detto. Harry le aveva dato ragione.

Dopo un autunno e una primavera passati a studiare, leggere, fare ricerche e discutere dei suoi progetti con Gina, Harry cambiò idea quando arrivò il momento di iscriversi a Harvard. Di lì a un paio di settimane annunciò che non si sarebbe sentito a suo agio e che stava pensando di conseguire il dottorato in un'altra università.

Gina fu colta di sorpresa. «Pensavo che lo scopo fosse andare a Harvard, la tua *alma mater*. Non è quello che mi hai detto a Jupiter?»

«Appunto. È proprio questa la parte che non mi piace più. Non immaginavo che mi sarei sentito così, ma ho troppi brutti ricordi del trattamento ingiusto ricevuto dalla facoltà di Economia, dai miei colleghi – quelli che consideravo amici – e anche dagli studenti. Il loro senso di diritto è pari solo alla loro arroganza. Non sono a mio agio all'idea di tornare.» Harry si strinse nelle spalle. «Si impara dall'esperienza. Trovo quel posto ripugnante, a essere sincero fino in fondo. Spero di non mettere mai più piede in quel campus.»

Lei non sapeva cosa dire. Non disse nulla.

«Non è un problema, Gia. Mi è permesso frequentare un'università diversa da Harvard durante la libertà vigilata.»

«Non ho detto niente.»

«Voglio solo un ambiente intellettuale diverso. Voglio nuovi amici e rispetto. Un nuovo inizio. Ne parlerò con Femmer. Sono sicuro che non sarà un problema per me andare a Medford.»

«Cosa c'è a Medford?»

«La Tufts.»

«È lì che vuoi iscriverti?»

«Sì. Quella scuola ha un'ottima reputazione.»

Gina cercò di calcolare mentalmente la distanza. «Penso sia troppo lontana.»

«Troppo lontana da cosa? Non è nemmeno lontana quanto Barrington.»

«Tu non vai a Barrington.» Non ci era mai stato da quando si erano trasferiti a Boston.

«Non è nemmeno lontana quanto Lawrence.»

Gina non ci era mai stata da quando si erano trasferiti a Boston.

«Userò la macchina» disse Harry. «Non sarà un impegno molto gravoso. Non starò fuori a lungo. Cercherò di non tenere troppi seminari serali.»

«Troppi? Cosa ne dici di nessuno? E poi non abbiamo una macchina.»

Lui fece un gran sorriso. «Allora dovremo comprarne una, no?»

Presentò la domanda di ammissione alla Tufts e fu accettato. La libertà vigilata sarebbe finita all'inizio del 1924, con un anno di anticipo. Era contento. Non aveva alcun rapporto con Ken Femmer, un anziano signore che faceva quel lavoro da quarant'anni. Parlava spesso di quanto gli mancasse Margaret Janke.

«Perché è quello che vuoi» disse Gina. «Una relazione assidua con le guardie che ti sorvegliano.» Ma in realtà si stupì che l'unica cosa di cui Harry diceva di avere nostalgia della loro vita in Florida fosse Margaret Janke.

Comprarono un'automobile di lusso, una Mercedes nera potente e costosa. Dovettero affittare un posteggio, perché ormai Boston era così piena di auto che parcheggiare sulle strade era impossibile. Trovarono una rimessa per carrozze, dove, meno di vent'anni prima, i bostoniani facoltosi tenevano i cavalli.

2

Boston è una città straordinaria. Gina l'aveva sempre adorata. Vivere in una metropoli – con negozi e marciapiedi, parchi e persone – era diverso dal vedere ogni giorno soltanto acqua e cielo, palme e rane, mangrovie e querce muschiate, barche da diporto, orchidee. Non migliore. Solo diverso.

A Boston amava mettersi in ghingheri e passeggiare con la sua famiglia al Public Garden la domenica pomeriggio, quando tutti uscivano con i bambini e i parasole, sorridendo, chiacchierando amabilmente. Gli ambulanti vendevano gelati e bibite in Charles Street e il Park Avenue Hotel serviva un brunch delizioso. Gina quasi non sentiva la mancanza di Emilio e dei suoi piatti relativamente banali. Alexander li precedeva mentre loro due camminavano sottobraccio. Harry si toccava il cappello ogni cinque minuti, Gina annuiva e sorrideva.

«Siamo molto ben addestrati» disse Harry.

«Come burattini» concordò Gina. «Toccati il cappello, annuisci, sorridi, va' avanti, toccati il cappello, annuisci, sorridi.»

«E urla: "Alexander, non così lontano!".»

«Alexander, non così lontano!»

Toccati il cappello, annuisci, sorridi.

L'unica cosa su cui non riuscivano a trovare un punto d'incontro era la funzione religiosa a cui assistere. A Tequesta erano tutti cattolici e, in ogni caso, Harry non aveva il permesso di uscire di casa neppure per la messa settimanale. Perciò, a prescindere dalla volontà del marito, ogni domenica Gina portava Alexander alla chiesa di Santo Domingo Ibáñez con Fernando e Salvo, che spesso era sbronzo, ma sempre pentito. A Boston, però, l'unica chiesa cattolica che voleva frequentare era quella di San Leonardo nel North End, e Harry non aveva alcun interesse ad andarci. Se proprio doveva presenziare alla funzione, disse, l'avrebbe fatto nella Park Avenue Congregational Church. Gina provò ad accompagnarlo, una volta. Ma si sentì un pesce fuor d'acqua dall'inizio alla fine. «Perché non recitano il *Padre nostro*?» domandò a Harry mentre uscivano.

«Non lo so.»

«È strano non recitarlo.»

«Non so perché non lo facciano.»

«Sì, me l'hai già detto. Ma perché non c'è stata la comunione?»

«Non c'è mai.»

«Ma perché?»

«Non lo so.»

«Sì, me l'hai già detto.»

Così ogni domenica Harry restava a casa a lavorare e Gina portava Alexander alla San Leonardo.

Certe volte, di pomeriggio, Esther andava a Beacon Hill per cenare con loro. Sempre educata, si complimentava con Gina per la casa e per i mobili, mangiava come un uccellino, ma elogiava qualunque piatto italiano la cognata le mettesse davanti, giocava con Alexander, lo portava al parco, parlava con il fratello, e infine se ne andava prima che il bambino si coricasse. Civile e disinvolta. Gina e Harry non cenarono nemmeno una volta a Barrington, nella casa di Herman, che ora apparteneva a Esther.

Gina chiese spiegazioni al marito e all'inizio lui disse che era più comodo così, un'argomentazione che lei non poté contestare, ma che non rispondeva alla sua domanda. Quando insistette, Harry ammise di non sentirsi più a suo agio a Barrington. Perciò lei smise di assillarlo e non ci andarono mai. Un venerdì pomeriggio sì e uno no, Esther si faceva accompagnare da Clarence a Boston, poi andavano a prendere Alexander e lo portavano a Barrington per il fine settimana.

Questo permetteva a Gina e Harry di passare un po' di tempo da soli, di andare a ballare vestiti di tutto punto, di ascoltare jazz, di cenare dai loro nuovi amici. Ballare era piacevole, molto più delle cene, che lei trovava noiose, anche se non riusciva a capire il perché. In previsione di quelle serate, faceva compere in Newbury Street, dove acquistava bellissimi vestiti, gonne di seta, scarpe di camoscio, cappelli di crêpe, guanti bianchi. Si faceva tingere e acconciare i ricci indisciplinati e leggermente ingrigiti. Dopo aver indossato raffinati abiti da sera, lei e Harry uscivano, magari per andare da Meredith e Edward, o da Barnaby, che aveva appena perso la moglie a causa di una malattia sconosciuta e aveva un gran bisogno di compagnia, oppure da William e Nancy, una giovane e attraente coppia newyorkese che viveva in una casa affacciata sul Boston Common in Beacon Street, dove avevano vissuto re e ambasciatori. Gina amava camminare in discesa fin là, anche se un po' meno inerpicarsi lungo la salita alla fine della serata.

Ma il fatto era questo: le riunioni e le cene nelle case lussuose e ben arredate sembravano meno riuscite nella realtà che nelle sue rappresentazioni mentali. Il problema era Harry. Si comportava da pantofolaio. Mentre gli altri parlavano di biblioteche, parchi e fiere autunnali, di industria, economia, politica e finanza, di chi, quanto, dove e cosa andasse bene e del perché qualcos'altro sarebbe andato bene di lì a due mesi, lui se ne stava seduto con un bicchiere di vino in mano. Quando gli uomini intorno al tavolo gli chiedevano cosa pensasse dell'aumento del valore degli immobili, dei prezzi delle fattorie, della sovrapproduzione delle fabbriche, della morte improvvisa di Harding, dell'ascesa di Coolidge o della guerra civile in Russia, Harry borbottava – borbottava letteralmente – una risposta vaga e girava il quesito all'interlocutore. Non discuteva, non obiettava, non si lasciava coinvolgere. Non era più il bastian contrario, bensì faceva tappezzeria. A volte la sua impacciata mancanza di partecipazione spingeva Gina verso un litigio indesiderato, anziché verso un amore alticcio alla fine della serata.

«La maggior parte delle coppie litiga per gelosia dopo aver fatto baldoria» disse Harry una notte mentre risalivano ansimando la ripida Charles Street e Gina faceva di tutto per bisticciare. «Non noi.»

«Non sto litigando. Mi sto sforzando di capire.»

«Davvero? Cosa c'è di incomprensibile? Non mi interessano le cose di cui parlano. Non ho un'opinione.»

«Ma, caro, questa sera Edward, invece dei soliti sproloqui sulla savana, ha tirato fuori il recente processo Scopes e William Jennings Bryan. Tu adori questo argomento.»

«Non esattamente. Ho provato interesse per cinque minuti quando Scopes è stato arrestato.»

«Stavi pensando di tenere un seminario su questo tema. Eppure non hai aperto bocca.»

«Questa sera non avevo nulla da dire al riguardo. Bryan e Darrow si sono affrontati in tribunale, da nemici mortali quali erano. È quello che aspettavamo tutti. Bryan ha dato il massimo ed è morto di emorragia cerebrale cinque giorni dopo. Le ottime capacità oratorie di Darrow non sono bastate. Scopes è stato ugualmente condannato da un tribunale irregolare. Multato di cento dollari. Cosa c'è da discutere?»

«Avresti potuto dire tutto questo.»

«A cosa sarebbe servito? Considerano Darrow un eroe.»

«Credevo che ti piacesse convincere chi non è d'accordo con te a sposare la tua opinione.»

«Non mi importa più di cosa pensano o credono gli altri.»

Questo era quanto. C'era un che di altezzoso nel suo rifiuto delle conversazioni amichevoli con gli altri. Era come se li considerasse poco più che formiche litigiose.

«La settimana scorsa Meredith ha menzionato lo scandalo Teapot Dome» disse Gina, «e so quanto ti piaccia discutere di corruzione e cospirazione nelle alte sfere delle compagnie petrolifere.»

«Non la settimana scorsa» replicò Harry, «e non con una donna. Cosa devo fare? Litigare con una donna a casa sua durante la cena che mi ha fatto preparare da una cuoca gentile? Non è nel mio stile.»

«Capisco. Ma Barnaby, che vuole tanto essere tuo amico, stava disperatamente cercando di coinvolgerti in una conversazione sulla nuova Chrysler da millecinquecento dollari, di cui hai tessuto le lodi, e sulla riduzione dell'orario di lavoro alla U.S. Steel, e tu...»

«E io mi sono rifiutato di lasciarmi coinvolgere?» Harry annuì. «Non mi interessa. Alla Tufts studio cose ben diverse. La mia tesi è sulle Termopili.»

«Lo so.» Gina fece una pausa. Aveva qualcosa da dire anche su quel punto. «Non è una cosa diversa. È metaforicamente significativa.»

«Solo per te. A me interessa la vera storia.»

«A proposito, come procede?» Pareva che avesse dedicato anni a scrivere la tesi e che non l'avesse ancora finita.

«Sta prendendo forma.» Harry scrollò le spalle. «Lentamente, devo ammetterlo. Sto cercando di farla per bene. L'argomento è complesso. Ti ho raccontato la cosa incredibile che il re greco Leonida disse a Serse, davanti alle "porte calde" del passo, quando il persiano pretese la consegna delle armi di Sparta?»

«Sì. "Vieni a prenderle."»

«Non è incredibile?»

«Sai cos'è incredibile?» Gina era irritata e agitata. «Che un uomo che ha passato vent'anni della sua vita a tenere discorsi e a manifestare contro qualsiasi tipo di azione militare, finendo persino in prigione per le sue convinzioni – la colomba più bianca di Wilson, se vuoi –, scriva una tesi di dottorato sulla battaglia più sanguinosa e brutale di tutte.»

«Mi interessano molte cose.» Riecco il tono altezzoso. «Perché ti sorprende?»

«Sì, molte cose. Non Clarence Darrow, non la Chrysler, e nemmeno Theodore Dreiser.»

«Altre cose.»

Era la sua immaginazione o Harry si era svincolato dal tran tran quotidiano? Studiava moltissimo a casa e all'Athenaeum, leggendo, scrivendo, mormorando sottovoce, andando e venendo dalla Tufts, indaffarato, indaffarato, indaffarato con tutto tranne che con lei. *I fiori scarlatti della passione par che crescano nello stesso campo dei papaveri dell'oblio.*

Chi l'aveva detto? Di nuovo quel burlone di Oscar Wilde?

Smisero di parlare mentre risalivano verso Mt. Vernon Street.

Sì, Boston è una città meravigliosa. Tutto ciò che una città dovrebbe avere, Boston ce l'ha in abbondanza. È una città da girare a piedi, dunque è intima pur essendo grande. È tecnologicamente avanzata. È esteticamente bellissima. Sorge su un vasto oceano, appollaiata sulle sponde di un fiume serpeggiante, non troppo largo. Vanta università, biblioteche e parchi. Negozi e locali notturni, ristoranti e teatri dell'opera. È popolata da persone belle e benestanti, ragionevoli e cortesi, eleganti e beneducate.

Non c'è altro luogo in cui Gina vorrebbe vivere. E abita nella parte più suggestiva di Boston, in una casa arroccata su una collina che dà su un parco e sul profilo della città. Il profumo salmastro dell'oceano poco lontano arriva sulle ali della brezza. Cosa potrebbe esserci di meglio? Si veste con eleganza, come una signora, e tutti lo vedono. Suo figlio è splendido, e tutti lo vedono, e la ammirano perché ha un bambino come lui. Che brava madre, che donna di talento deve essere per avere un figlio alto, attraente e beneducato. La grandezza di Alexander è la gloria riflessa di Gina.

Suo marito è colto, erudito e (perlopiù) amabile, impegnato a studiare (e studiare e studiare) per diventare dottore in Lettere, in modo da poter esercitare la professione più rispettata, quella del docente universitario. Dopo anni passati a faticare per pochi spiccioli, Gina non è più costretta a lavorare. Che fortuna! Entra a far parte di un club del libro, di un circolo per genitori, di un comitato per la conservazione dei parchi. Diventa socia fondatrice delle Figlie di Boston, raccogliendo fondi per tutte le cause giuste. Fa la volontaria alla Boston Library in Copley Square. Compra una macchina da cucire e confeziona vestiti e gonne da donare alla sede locale della San Vincenzo, dove lavora anche da volontaria. Come in passato, a Lawrence, questo impegno inizia ad assorbire le ore della sua giornata, perché c'è moltissimo da fare. Ma Gina ce la fa. Porta Alexander con sé ovunque. Si separano raramente, solo quando il bambino è a scuola o quando Harry gioca a calcio con lui al parco.

Alexander non ha sofferto come lei temeva. È sbocciato. Adora i fine settimana con la zia; si è fatto degli amici a Barrington, un certo Teddy e una certa Belinda. Esther scherza dicendo che ha difficoltà a chiamarlo per il tè perché i tre sono sempre in giardino, nel bosco, vicino al ruscello. A volte, in quell'istante, il suo viso sorridente si incupisce, come se volesse aggiungere «come Harry e Ben», ma naturalmente non lo fa, e in ogni caso Harry se n'è già andato in un'altra stanza.

Gina legge, cucina, fa la spesa e pulisce. Quando Alexander è abbastanza grande per frequentare l'asilo, si tiene occupata finché non passano le ore e non arriva il momento di andare a prenderlo. Quando lui inizia le elementari alla Park Street Kids in Brimmer Street, lo accompagna ogni mattina, mano nella mano. Fa la mamma e la casalinga a tempo pieno, mettendocela tutta per essere una moglie buona e amorevole. Se qualcuno le chiedesse di descriversi, direbbe senza esitazione: Sono Jane Barrington e sono la madre di Alexander.

Ma è anche la moglie di Harry.

La guerra civile russa è finita, l'Unione delle Repubbliche socialiste sovietiche ha visto la luce, Lenin è morto di emorragia cerebrale, *Il grande Gatsby* va per la maggiore.

Alexander ha quattro anni, cinque, sei, usa i bastoni a mo' di fucili, le rane a mo' di bombe, i palloni a mo' di palle da cannone. Tutto ciò che ha tra le mani lo trasforma in un'arma.

1923, 1924, 1925. Gli anni volano via come secondi.

Perché le parole di Isadora Duncan tornano a ossessionarla nei momenti più strani? Perché Gina si ricorda di quella donna particolare, una sensualista che ha perso i figli in una tragedia, che ha danzato con abbandono a Boston durante la sua ultima tournée negli Stati Uniti, che ha sposato Sergej Esenin, un poeta russo di diciotto anni più giovane, destinato a lasciarla e poi a impiccarsi? «La vita non è reale qui!»

Addio, amica mia, addio, aveva scritto Esenin con il proprio sangue prima di morire. *Non c'è nulla di nuovo nel morire, ma anche il vivere non è più nuovo.*

La vita non è reale qui.

16

Fort Wagner

1

«Alexander, ti ho mai raccontato la storia di un certo Samuel Sebastiani?»

«No. Raccontamela adesso.»

Stavano passeggiando al Public Garden. Era l'estate del 1926. Gina gli prese la mano. Alexander glielo permise. A sette anni era ancora abbastanza piccolo da non vergognarsi della madre. Lei indossava un copricapo bianco a tesa larga con un nastro di seta viola, lui un cappello di paglia leggero, che faceva sembrare i suoi capelli quasi neri. Erano bellissimi mentre camminavano insieme lungo i vialetti fioriti. Forse avrebbero avuto il tempo di mangiare un gelato prima che Gina dovesse rientrare per preparare la cena.

«Samuel è nato in Italia.»

«Come te.»

«Sì, ma in Toscana.»

«Diversamente da te.»

«Giusto. In Toscana, la sua famiglia coltivava uva e produceva vino. È venuto in America a diciotto anni. Non aveva un soldo.»

«Ancora una volta, diversamente da te. Tu ne avevi quattordici.»

«Giusto. Samuel è andato a San Francisco.»

«Diversamente da...»

«Alexander.» Gina gli posò affettuosamente la mano sulla spalla. «Non devi sottolineare ogni differenza tra la mia storia e quella di Samuel. Non stiamo giocando a individuare le differenze. Stiamo giocando ad ascoltare.»

«Come si gioca?»

«Io parlo, tu ascolti.»

«Oh.»

«Allora, dov'ero rimasta?»

«Era senza un soldo a San Francisco.»

«Esatto. Ha lavorato per tre anni in una cava nella contea di Sonoma, tagliando ciottoli.»

Alexander alzò la mano.

«Non devi alzare la mano, figlio mio. Cosa c'è?»

«Cos'è una cava?»

Gina resistette all'impulso di coprirlo di baci in pubblico. «È un grande pozzo polveroso nel terreno, che viene scavato per estrarre rocce e pietre.»

«Oh.»

Come la cava di granito in cui io e tuo padre ci siamo intrufolati da soli, per cinque minuti, io con un vaporoso vestito rosa trasparente, simile a una gomma da masticare, lui in giacca e cravatta, con tutta la vita davanti, più felici di quanto avessimo il diritto di essere, desiderando soltanto stare insieme. La parola inglese *quarry*, però, non significa solo «cava», ma anche «preda». Spero che questa accezione non valga per me e tuo padre.

«Nel 1896» continuò, «Samuel ha comprato un carro con quattro cavalli, l'ha caricato di ciottoli e li ha portati a San Francisco, dove ha cominciato a rifornire la città del materiale da costruzione di cui aveva bisogno. Passano alcuni anni. Samuel ha fatto soldi a palate, guadagnando abbastanza per comprare la cava.»

«Doveva essere ricco.»

Lei annuì. «Ha risparmiato. È stato bravo. Le pietre della sua cava sono state usate per costruire il municipio di Sonoma.»

«Cos'è un municipio?»

Gina indicò l'estremità opposta del Boston Common, fino alla splendente cupola d'oro in cima a Beacon Hill. «Quello è il nostro municipio. Un grande edificio governativo. Tra l'altro, è il luogo in cui io e tuo padre ci siamo sposati, ma questo non è importante. Nel 1904 Samuel aveva risparmiato abbastanza da comprare un po' di terreno per coltivare l'uva. Ha comprato e comprato, coltivato e coltivato, come faceva la sua famiglia in Toscana. Ha trasformato l'uva in vino. Ha costruito la valle di Sonoma, dove è nata l'industria del vino negli Stati Uniti.»

Alexander tacque. Gina aspettò. «Ebbene?»

«Tu e papà vi siete sposati in un palazzo del governo?»

«Madre di Dio! È tutto quello che hai da dire?»

«Cos'è il vino?»

«Una cosa che i grandi non possono più bere. È una deliziosa bevanda per adulti.»

«Perché non si può bere?»

Gina sorrise. «Se esageri, ti fa venire idee sciocche. Il governo ha deciso che non voleva che ne avessimo. Così l'ha messo fuori legge.»

«Cos'è il vino fuorilegge?»

Gina rise.

«Mamma...» Alexander corrugò la fronte. «Cosa c'entra con me?»

«Ogni storia c'entra con te, figliolo.»

«Continui a dirlo. Ma cosa c'entra questa?»

«Be', pensaci e poi mi dirai.»

Lui rifletté. «Non voglio sposarmi, puah... ma se mai lo facessi, vorrei sposarmi in chiesa, come la zia Esther.»

Gina scosse la testa, esasperata. «No, cuore mio. Samuel è il tipo di uomo che voglio che tu sia. Se il buon Dio ti dà cinque sassi, falli diventare dieci. Se te ne dà cinquanta, falli diventare cento. Te ne dà uno? Falli diventare due. Lavora come Samuel. Trasforma le pietre in vino. Hai capito?»

«Vuoi che scavi in cerca di pietre?»

«No...»

«Che guidi un carro?»

«No.»

«Che trasformi i cavalli in vino?»

«No...» Il sole le picchiava sulla testa. «Perché devi essere così letterale?»

«Cosa significa letterale?»

Rimasero in silenzio. Dall'altra parte di Charles Street, nel Boston Common, arrivò una voce lontana e tonante. Aspettarono che le auto passassero. Attraversarono la strada. C'era una folla radunata sull'erba.

Ma la voce! Suonava familiare in modo preoccupante. Un ago si conficcò nel cuore di Gina. Avanzò, tenendo Alexander per mano. «Non aver paura, figliolo. Sono un po' chiassosi.»

«Non ho paura» replicò il bambino con calma.

Lei si fece largo tra la folla, alzandosi in punta di piedi, cercando di vedere l'oratore.

«Sembra il papà, vero, mamma?»

Gina gli strinse la mano.

«Mamma, lasciami andare. Ahi.»

«Scusa.»

La voce era così intensa! Ma Harry non parlava in quel modo. Era misurato, riflessivo, equilibrato. Era raro che Gina udisse la sua voce non modulata. Eppure era lì, e in pubblico. Lei non prestò attenzione al contenuto del discorso mentre si faceva strada tra gli ascoltatori, borbottando parole di scusa ai vecchi e alle giovani donne, permesso, permesso, trascinandosi dietro Alexander.

La folla pendeva dalle labbra dell'oratore. Si levarono acclamazioni e applausi. Alcuni fischiavano o urlavano, ma erano tutti assorbiti, tutti infiammati.

Alla fine Gina e Alexander avanzarono nell'area aperta davanti all'oratore. Non può essere lui, pensò lei, impallidendo, mentre il mondo di Beacon Hill svaniva, spazzato via dall'alta marea, di punto in bianco, sotto i suoi occhi.

«Viva il proletariato che va a rinnovare il mondo intero! Viva i lavoratori e le lavoratrici di ogni dove! Con la forza delle loro mani hanno costruito la ricchezza delle nazioni! Ora faticano per creare nuova vita! Viva il socialismo, la religione del futuro! Un saluto ai combattenti, ai lavoratori di tutti i Paesi! Confidate nella vittoria della verità, nella vittoria della giustizia! Viva l'umanità, fraternamente unita nei grandi ideali dell'uguaglianza e della libertà!»

«Guarda, è il papà» disse Alexander.

2

Harry li vide dalla struttura improvvisata, una cassa di legno, il suo pulpito angusto. A malapena si fermò per salutarli. Uno sguardo alla moglie, uno al figlio, poi la sua attenzione tornò subito sugli ascoltatori.

«Perché il papà sta urlando?» domandò Alexander a Gina.

«Non lo so, figliolo.» Pervasa da un torpore gelido, rabbrividì, continuando a stringergli la mano. «Non sono sicura che sia il papà.»

«Papà!» Alexander agitò la mano.

Harry ricambiò il saluto.

Il piccolo girò il viso verso la madre. «È lui.»

Gina si aprì un varco tra la folla e, sulle gambe tremanti, si affrettò a tornare a casa con Alexander. La sua mente era vuota di pensieri. Il suo cuore era vuoto di sentimenti. Era come se fosse stata anestetizzata, corpo e anima.

Alexander si tenne occupato leggendo e provando ad accendere un fuoco con due sassi che aveva trovato nel parco. Lei preparando i ravioli al pesto.

La porta d'ingresso si aprì e si chiuse.

Harry entrò in cucina.

Gina temeva che la voce la abbandonasse, come il suo corpo paralizzato. Invece no.

«Com'è andata la giornata alla Tufts, caro? La tesi procede bene? È quasi finita?»

Lui tacque.

Lei tacque.

«Non essere arrabbiata.»

«Non credi che dovrei esserlo?»

«Non ho detto questo. Ti sto chiedendo di non esserlo.»

«Non dovrei?»

«Non ho detto questo.»

«Ci sono molte cose che non dici. Silenzioso come un muto. Qual è il problema? Hai dato tutto sopra la cassa delle mele?»

«Ricordi cosa ti ho detto su Oscar Wilde e sulle donne con il senso dell'umorismo?»

Gina si pulì le mani con uno strofinaccio. «Ti sembra forse che stia scherzando?»

«Non essere arrabbiata.»

«Okay. Come preferisci. È stato semplice, no?»

Cenarono tutti e tre insieme, come sempre.

«Papà, perché urlavi oggi pomeriggio?»

«Non stavo urlando, figliolo. Stavo parlando appassionatamente delle cose in cui credo.»

Alexander inghiottì un raviolo. «A me sembrava che urlassi.»

«Magari la prossima volta puoi venire anche tu. Tenermi gli appunti, le penne, la borsa con gli opuscoli.»

«Quando? Perché venerdì vado dalla zia Esther.»

Gina si alzò di scatto. «Tesoro, se hai finito di mangiare, va' in camera tua a leggere o ad accendere il fuoco, per favore.»

«Non ho finito di mangiare.»

«Vedo che parli molto, ma mangi poco.» Lei non si risedette. Faticava a tenere a freno la lingua.

Finalmente, dopo la tortura cinese della finta civiltà, rimasero soli al piano di sotto.

«Cosa stai facendo, Harry?» Erano in salotto, con la porta chiusa, lontani l'uno dall'altra, separati dalla lunghezza del divano. Gina non sapeva dove guardare. Non riusciva a guardare suo marito.

«Quello che ho sempre fatto.»

A malapena lei fu in grado di trovare le parole. «Pensavo che avessi smesso di convincere le altre persone a sposare le tue idee. Non è quello che mi avevi detto?»

«Ho smesso di provare a convincere la borghesia con la quale conviviamo. Non mi interessa conquistare i loro cuori e le loro menti. Su questo sono d'accordo con la tua Emma. "Ciò che gli altri considerano un successo – l'acquisizione di ricchezza, potere, status sociale –, io lo considero il più penoso dei fallimenti."»

La delusione doveva essere chiaramente leggibile sul viso di Gina. Lui fece un passo indietro, premendo la schiena contro la libreria.

«Non infuriarti perché non puoi trasformarmi nell'uomo che

vorresti. Non riesci a trasformare nemmeno te stessa nella donna che vorresti essere.»

«Ti sbagli anche su questo. Io sono come desidero essere. Mi sono già trasformata.» Deglutì, con la gola secca. «Pensavo che avessi chiuso con questa storia.»

«Cosa te l'ha fatto credere?»

«Quello che mi avevi detto. Era una cosa del passato. Basta con le stupidaggini giovanili.»

«È questo che è stato per te? Una stupidaggine?» Ora era lui a sembrare deluso.

«No. Eravamo giovani.» Gina dovette fare uno sforzo titanico per non lanciargli addosso il bicchiere vuoto che stringeva tra le dita. Agitò le mani verso l'ignoto, verso il grande oltre. La maggior parte delle cose nell'universo era completamente al di fuori della sua comprensione. «Dal 1919, quando tuo padre ti ha salvato da dieci anni di prigione, prometti a tutti noi di aver chiuso con le cose che ti avevano fatto finire dietro le sbarre.»

«E tu mi hai creduto?»

«Io sì. Tuo padre no. Non sei riuscito a nasconderglielo. Lo sapeva! L'ha sempre saputo. Continuava a cercare di avvertirmi. Me l'ha detto chiaro e tondo. Non gli ho dato retta. Ma dimmi, mi avresti mai mostrato il volto che stavi nascondendo?»

Harry rifletté, o fece finta di riflettere. «Non lo so» ammise. «Eri molto felice. Non volevo rovinare tutto.»

«Rovinare tutto. Felice di cosa? Di un imbroglio?»

«Felice di me. E non ti stavo ingannando. Non proprio. Ti accontentavi di guardare dall'altra parte.»

«Ero ignara» disse Gina, demoralizzata. «Non è la stessa cosa. Non stavo guardando dall'altra parte.» Però non riusciva a guardarlo direttamente neppure in quel momento.

«Suppongo di sì» disse Harry, come se non ci credesse. Come se non credesse di essere stato così bravo a nascondersi. Come se volesse rimproverarla per non aver prestato maggiore attenzione. Si avvicinò al suo lato del divano. Lei rimase in silenzio, con le spalle curve. Si sentiva sconfitta. Lui le prese le mani. «Gia... ascoltami» mormorò. «È giusto che noi idealisti, che abbiamo smesso di credere in Dio, cerchiamo un altro modo per trasformare la terra in un paradiso, gli uomini e le donne in angeli terrestri, in individui altruisti, laboriosi, risoluti, forti.»

Gina ritirò le mani. «Non rispecchio il tuo modello della socialista perfetta. Non sono un'idealista come te. Mi hai frainteso. Non ho smesso di credere in Dio.»

Harry scosse la testa, tenace. «Sì che sei un'idealista.»

Lei negò con veemenza. «No. Gli idealisti vedono il mondo così com'è, lo trovano difettoso e poi si sforzano di ricostruirlo come pensano che dovrebbe essere.»

«Sì!» esclamò lui, come se fossero in totale accordo.

«Io non sono così. Non sono mai stata così. Sono favorevole al miglioramento, naturalmente...» Fece una pausa. «Come una cristiana. Sapendo che fallirò, mi sforzo di essere migliore. Faccio il possibile per essere buona. Ma non sono un'idealista. Vedo il mondo per quello che è, ma penso che potrebbe essere un po' migliore.»

«Come fai con me?» Sorrise. «Mi vedi per quello che sono, per quello che sono sempre stato, per quello di cui ti sei innamorata, e mi accetti ugualmente?»

Lei avrebbe voluto sussurrare un sì, ma non ci riuscì.

Harry tornò serio. «Allora come lo definisci? Come definisci te stessa?»

«Una romantica.»

Rimasero lontani come se fossero su fronti separati. Lui, irriducibile, si comportava come se non avesse fatto nulla di male e fosse stata lei a trasgredire.

«Come hai fatto a fare tutto questo e ad andare all'università?» Gina impallidì. «È per questo che ci stai mettendo così tanto a finire la tesi?»

Harry non rispose, ma parve rimuginare sulla verità.

«È per questo che hai scelto la Tufts invece della tua *alma mater*, invece del luogo che istruisce la tua famiglia da dieci generazioni? Perché sarebbe stato più facile portare avanti questo vergognoso inganno?»

«No.» Il suo tono si fece freddo. «Ho scelto la Tufts per evitare di essere trascinato in piazza e linciato nell'università in cui insegna il tuo scavafossi panamense. Perché non mi hai detto che era a Harvard?»

Per un attimo, Gina rimase senza parole. «Cosa c'entra questo?» Ora fu lei a diventare irriducibile. «Cosa c'entra con te? Vuoi usare Ben come scusa? Non intendi conseguire un dottorato in Ingegneria, vero?»

«Fa lo stesso.»

«Lo stesso un corno! Avresti dovuto finire entro un anno. Avresti potuto farlo in nove mesi, senza mai dover posare gli occhi su di lui.»

«Ho cominciato da zero. Due anni, volevi dire. Ed è questo che speravi? Che non l'avrei mai incontrato?»

«Non speravo nulla. Non ci ho pensato.»

L'atteggiamento e lo sguardo di Harry rimasero accusatori. «Non ti credo.»

«Pazienza.»

«Be', immagina la mia profonda umiliazione quando l'ho incontrato per caso il secondo o il terzo giorno, mentre passeggiavo nel cortile. Anche lui era molto sorpreso.»

«Di vederti?»

Harry fece un sorriso sprezzante. «Che non mi avessi detto della sua presenza. Ora insegna lì. Gli hanno offerto una cattedra e ha deciso di accettare. Che faccia tosta quell'uomo! Ha avuto la sfrontatezza di dirmi che se avessi avuto bisogno di qualcosa, di qualsiasi cosa, non avrei dovuto esitare a chiedergli aiuto. Pensa un po'!»

Lei si coprì il viso. Non per la vergogna, ma per impedirsi di urlare.

«Cosa c'entra Ben con quello che ti ho visto fare oggi pomeriggio?» Gina fu assalita da una terribile consapevolezza. «Dimmi, frequenti la Tufts oppure no?»

Harry tacque. «No» confessò alla fine.

«Non ci sei mai andato?» Si aggrappò alla sedia.

«No.»

«E l'Athenaeum...»

«Ci vado per lavorare. È un posto straordinario. Mi lasciano in pace. Riesco a fare moltissime cose.»

«Di quale lavoro stai parlando?» La rabbia la spinse a raddrizzare la schiena. «Hai mentito a me, a tuo figlio e a tua sorella per anni. Il dottorato, le Termopili, i greci, il re Leonida, tutte stronzate! Mi hai mentito sul fatto di esserti lasciato alle spalle il radicalismo, su quello che fai ogni santo giorno quando sei lontano da casa, e tiri fuori Ben a Harvard?» Provò un senso di oppressione al petto. Panico. Non riusciva a respirare abbastanza profondamente per continuare a parlare.

«Smettila di urlare! Non siamo in Sicilia. Vuoi che Alexander ti senta?»

Lei abbassò la voce. Era molto bravo con le parole, le brandiva come un martello sopra l'incudine. «Cos'altro mi nascondi oltre al tuo comunismo?»

«Non essere ridicola.» Si picchiettò un dito sul cuore. «Il comunismo è la mia unica amante. Mi sono iscritto al Partito dei lavoratori.» Quello era il nuovo nome del Partito comunista degli Stati Uniti d'America, costretto a muoversi nella clandestinità dalla Paura rossa del 1919, l'anno in cui era nato Alexander. Che anno indimenticabile era stato!

«Ma cosa hai fatto finora?» Gina riempì d'aria i polmoni che si stavano chiudendo. «Tre anni di cosa?»

«Tre anni di rivoluzione in segreto. Nemmeno tu potevi saperlo. Tre anni di traduzioni di opuscoli sovietici in inglese. Ecco fino a che punto è buono il mio russo ora» disse orgoglioso. «L'ho studiato mentre ero in prigione e l'ho messo a frutto.»

«Traduzioni.»

«Sì. Sono il redattore generale del "Daily Worker" per Boston. Scrivo e curo molti degli articoli più lunghi che pubblichiamo. E come la madre di Ben, Ellen, molte lune fa, sto fondando una nuova organizzazione. Si chiama Unione di lotta per l'emancipazione della classe operaia. Ho appena terminato uno studio di un mese sulla disoccupazione e su come combatterla.»

«Non lo trovi ironico?»

«Non mi farò tormentare da te.»

«No?»

«No. Vuoi sapere cosa ho fatto del mio tempo? Te lo dico subito. Sono stato straordinariamente occupato. Sono fiero di poter dire che ho aiutato James Cannon con le ricerche per la sua opera monumentale, *The Fifth Year of the Russian Revolution*, uno degli opuscoli più influenti che il Partito dei lavoratori abbia mai prodotto.»

Lei ammutolì. Lui si alzò ed enumerò i suoi successi contandoli sulle dita.

«Dopo la morte di Lenin, ho scritto un pezzo di diecimila parole sulla sua vita e sulla sua produzione. Sono stato io a scrivere la famosa lettera dell'Internazionale al Partito comunista messicano, che è stata citata di recente da tutti i giornali americani. Curo la rubrica di arte e ho curato l'antologia *Poems for Workers*. Ne sono molto orgoglioso. E peroro pubblicamente la causa del Partito dei lavoratori, spiegando ciò che rappresenta e perché tutti dovrebbero iscriversi, come mi hai visto fare oggi.»

«Hai finito?»

«No. Il punto è che nei tre anni precedenti a questi tre anni non ho fatto un cazzo di niente. Mi sono gingillato in un bungalow sulla spiaggia. Ma in questi tre anni mi sono sentito vivo!»

Le ginocchia di Gina si rifiutarono di cedere. L'incredulità la rendeva densa come un blocco di cemento.

«E l'ho fatto senza che nessuno venisse a saperlo» proseguì Harry, tronfio come un pavone. «Non solo tu, ma soprattutto Femmer. Il mio obiettivo era lavorare sottotraccia. Ora che quel tipo è fuori dalla mia vita, non dobbiamo preoccuparci.»

«Devi andare molto fiero di te stesso. A giudicare da come ti sei comportato oggi in un luogo pubblico, è solo questione di tempo prima che ti scoprano. La Paura rossa non è passata.» È proprio qui in Mt. Vernon Street, avrebbe voluto aggiungere. «Pensi che non ci sarà un giro di vite? Ti illudi di poter continuare a vivere così?»

Harry annuì.

«E la promessa che mi hai fatto nel bungalow sulla spiaggia? Quando hai detto che ti saresti comportato correttamente con me, con Alexander, che saresti stato accanto alla tua famiglia?»

«Sono accanto alla mia famiglia. Resta da vedere se la mia famiglia è devota e fedele nei miei confronti.»

Gina strinse il bicchiere così forte da mandarlo in frantumi e tagliarsi le dita e il palmo prima che cadesse sul pavimento. Harry fece un passo avanti per aiutarla, ma lei spalancò le braccia per bloccarlo, con le gocce di sangue cremisi che volavano tra loro.

«Avevi detto che avresti conseguito il dottorato» disse con voce rotta. «Che avresti trovato un lavoro rispettabile, che saresti diventato docente universitario, che saresti diventato qualcosa.»

«Perché esageri così?» sbottò Harry. «Cos'è cambiato? Sono lo stesso uomo di sempre.»

«Ma credevo che saresti diventato un uomo nuovo!» Gina parlava a fatica. «Qual è il tuo piano? Urlare, protestare per le strade di Boston? Tradurre la propaganda sovietica per il "Daily Worker"? È questa la tua strategia permanente? Scrivere articoli sulle differenze tra leninismo e trockismo? Ti pagano almeno?» Vedendo la sua espressione, rise amaramente. «Lo immaginavo. Stai per compiere cinquant'anni. Hai intenzione di continuare così? Demolendo ogni cosa a poco a poco?»

«Non a poco a poco. Le azioni di crumiraggio e distruzione sindacale della democrazia americana proseguono senza sosta. Vanno fermate. Passaic, nel New Jersey, è in lotta contro i salari da fame...»

«Oddio! Smettila! Smettila di parlare!»

«E tu smettila di urlare!»

«Chi ti salverà questa volta?» sussurrò Gina, avvolgendosi l'orlo della gonna intorno alla mano ferita. «Chi è rimasto a salvarti?»

«Non ho bisogno di nessuno che mi salvi. Non ho bisogno di essere salvato.»

Ma chi salverà me? avrebbe voluto domandare lei mentre usciva dalla stanza come un ferito di guerra. Chi salverà tuo figlio?

3

Gina rimase intorpidita per due giorni, con lo shock che si consumava lentamente, la mano che si cicatrizzava insieme al cuore, ma, quando la nebbia nella sua testa si diradò e la ferita guarì, cominciò a fare preparativi silenziosi per partire con Alexander e andare a Tequesta da Salvo finché la situazione non si fosse chiarita. Nella vita reale si incontrava ancora con Meredith e le altre amiche, aiutava alla San Vincenzo, preparava la cena, andava a prendere Alexander a scuola e lo aiutava a fare i compiti, intratteneva persino Esther la domenica. Dentro di sé, però, rimuginava su come andarsene nel migliore dei modi. Sospettava che, se avesse informato Harry dei suoi piani, lui avrebbe potuto fermarla o, peggio ancora, impedirle di portare con sé Alexander, perché sapeva che senza suo figlio non si sarebbe mai trasferita in pianta stabile. Ma come avrebbe potuto strappare Alexander a suo padre senza un addio?

Era impossibile.

Le settimane passarono mentre assisteva alla felicità di suo figlio, mentre lo vedeva divertirsi con il padre, mentre osservava Harry a casa, lo stesso di sempre: ironico, sobriamente affettuoso, calmo, determinato, affabile, impeccabile dal punto di vista educativo. Dopo aver ribollito di rabbia in segreto, ben presto cominciò a mettere in dubbio l'assennatezza delle proprie azioni. Iniziò a domandarsi se Harry non avesse ragione, se la sua reazione non fosse stata eccessiva. Aveva davvero intenzione di costringerlo a mantenere le promesse fatte all'agente Janke quando era agli arresti domiciliari? Allo stesso tempo, ogni volta che il marito usciva di casa la mattina, si sentiva pervadere da una paura angosciante fino al suo ritorno. Temeva che lo arrestassero sulla strada come un volgare criminale e che sarebbe stata lei a dover spiegare ad Alexander le ragioni di quell'evento. Non era facile scegliere tra le due opzioni: portare il bambino in Florida per prendersi una pausa di riflessione, oppure restare a Boston e vedere Harry, nientemeno che un Barrington, un bramino bostoniano, un residente di Beacon Hill, dietro le sbarre per le sue idee comuniste? Lei e Alexander non avrebbero più potuto farsi vedere in giro per la città, né a scuola, né al parco, né nei negozi in Charles Street e in Newbury Street, dove tutti li conoscevano.

Smise di dormire nel letto matrimoniale. Per due settimane,

poi per tre, si rifugiò in una delle camere degli ospiti. Harry non entrò, non la supplicò di tornare, non le chiese cosa stesse facendo. Di notte leggeva e lavorava al tavolo rotondo accanto alla finestra e, quando era stanco, si coricava. La mattina scendeva a fare colazione in giacca e cravatta, pronto per affrontare la giornata, e consumava pane, uova e un sorso di tè prima di andarsene.

Lui restava fuori casa per tutto il giorno. Lei restava fuori dal letto coniugale per tutta la notte.

Una volta Alexander domandò a Harry cosa avrebbe fatto quel giorno e lui, dopo un'occhiata fugace a Gina, rispose: «Sto scrivendo un lungo articolo, figliolo, su come l'imperialismo americano sia la più grande minaccia del mondo capitalista».

«Cos'è una minaccia?»

«Alexander» intervenne Gina, «lascia andare tuo padre. Non vedi che è in ritardo?»

Che credulona era stata! Tre anni per conseguire il dottorato! Lui le aveva propinato le sue menzogne e lei le aveva ingoiate come una pecora, senza neanche un belato. Era stata punita per i suoi peccati. Era così che doveva essersi sentita Alice vent'anni prima. Harry era stato sul punto di finire il dottorato e poi era andato a sbattere contro Gina davanti all'angusto passo tra le porte di Harvard. Mentre Alice era impegnata a organizzare le nozze e la luna di miele in Europa, Harry era sotto le bianche lenzuola inamidate con Gina, dopo che entrambi avevano consegnato tutte le armi. Beatamente ignara di ogni cosa, Alice si era preparata al futuro senza rendersi conto che la sua vita era un miraggio e il suo fidanzato un'illusione.

Era così che si sentiva Gina ora.

Per questo motivo non indagava mai. Chiudeva il cuore e gli occhi, fingeva che andasse tutto bene. Harry aveva ragione. Preferiva non sapere. Perché nella luce cruda aveva solo due opzioni: partire o restare.

L'estate passò tra mille dubbi. Cape Cod con Esther, scout, pesca delle vongole.

Gina continuò a vivere, paralizzata, immobile, congelata sul posto.

Sapeva che tipo di madre era, ma che tipo di donna era? Che tipo di moglie? Cucinava e puliva per Harry, ma si rifiutava di toccarlo, di stendersi al suo fianco. Alla fine gli avrebbe forzato la mano e lui l'avrebbe piantata, per cercare altrove ciò che lei non gli offriva più, ciò che da lei non otteneva più.

Con chi poteva parlarne? Perché il comunismo di suo marito la isolava dagli altri? Perché la filosofia della fratellanza, dell'etica collettiva, della comunità fraterna la alienava dal resto del mondo più di qualsiasi forma di segregazione? Forse avrebbe potuto scrivere un articolo sull'argomento per il «Daily Worker», naturalmente gratis, perché era chiaro che non avevano soldi per pagarla. Il comunismo come la più grande forza di alienazione del mondo moderno.

A chi poteva rivolgersi?

A sua cognata? Lei ed Esther erano come una coppia divorziata. Cortesi per il bene del bambino che amavano entrambe, ma niente di più, anche quando si riunivano a Truro. Gina si comportava come se fosse sempre sul punto di partire. Meredith? La donna che non capiva perché Walter e Alexander volessero giocare a palla nel parco dopo la scuola? Lei e le altre parlavano di vestiti e musei, non di problemi coniugali. Gina era la moglie di un uomo che annunciava ai bostoniani la fine imminente dell'agiata vita di Boston! Le sue amiche sarebbero inorridite se avesse raccontato loro la verità su suo marito, l'uomo garbato che il sabato sera si accomodava nei loro salotti e lasciava sobbollire la sua contrarietà a fuoco lento mentre le acque politiche si surriscaldavano agitandosi tutt'intorno.

Verity, con uno stuolo di bambini in una casa rumorosa? Per parlare con lei, Gina sarebbe dovuta andare a Lawrence.

Non avrebbe potuto essere schietta con Salvo, il cui unico consiglio sarebbe stato quello di mollare Harry all'istante.

Ben?

Santo cielo.

Rose Hawthorne non stava bene e, in ogni caso, ora viveva a New York. Gina non l'aveva ancora vista da quando erano tornati in città. Niente puntatine a Concord per chiedere all'amica una pillola di saggezza.

Vedendo diminuire le opzioni a sua disposizione, Gina tornò nel letto di Harry. Lui si mostrò intimo e appassionato come sempre. «Sono così contento che tu sia qui con me» sussurrò. «Che tu abbia finalmente capito che è solo una tempesta in un bicchier d'acqua.»

Lei pianse.

Dopo, questa fu la conversazione tra loro.

«Gia, ci rifiutiamo ancora di riconoscere l'Unione Sovietica!»

«Forse pensiamo che se la ignoriamo sparirà.»

«La Russia non andrà da nessuna parte. Non è il capitalismo, Gia. Non si mangia da sola.»

«Forse sperano che lo faccia. Che si mangi da sola.»

«Chi lo spera?» Era troppo agitato per tenerla tra le braccia. «Questo viene nientemeno che dall'AFL, l'American Federation of Labor! Hai letto il "Globe" oggi?»

Gina si tirò la coperta sul corpo, cercando di riscaldarsi. Per poco non si coprì fin sopra la testa.

«Sono proprio dei codardi.» Harry batté i pugni sul materasso. «Maledetto Green.» William Green era diventato il nuovo capo dell'American Federation of Labor dopo la morte di Sam Gompers.

«Sst!» Gina non voleva che Alexander si svegliasse e li sentisse. Dormiva nella camera attigua. E se, non volesse il cielo, avesse iniziato a parlare in quel modo? Lei gli stava insegnando a essere un vero bostoniano, sempre educato.

«Di chi hanno paura? Hai letto le bugie che scrivono?» Harry, steso su un fianco, le tamburellò con le dita sulla schiena, scoperto ma riscaldato dalle sue convinzioni. «"Crediamo nel diritto del popolo di scegliere liberamente il proprio governo con mezzi costituzionali. Ci opponiamo a qualsiasi tipo di rivoluzione." Certo, come no!»

«Non credi che Green lo pensi davvero?» Gina fissò la finestra. Le tende erano tirate. Niente portefinestre da aprire, niente aria tiepida della notte.

«L'AFL è un branco di ipocriti disonesti. Questo Paese è stato creato dalla rivoluzione! Ora non avremmo un Paese se le persone coraggiose di allora avessero ragionato come ragiona Green.»

«Sì, ma forse ora amano il loro Paese così com'è.»

«Perché sono dei codardi.» Le baciò la spalla. «Sono contento che abbiamo ricominciato a parlare, che tu sia tornata nel nostro letto, ma non schierarti dalla parte dei codardi.»

«Non mi sto schierando dalla parte di nessuno, sto solo ripetendo. L'AFL denuncia l'idea comunista. È energicamente contraria ai mezzi violenti per cambiare il governo.»

«Come possono essere energicamente contrari a qualcosa, se non hanno spina dorsale?» obiettò Harry. «Gli invertebrati non possono essere né pro né contro un bel niente.»

«Forse hai ragione» mormorò Gina nel cuscino, nel modo in cui alcune persone mormorano dolci parole come «ti amo».

«Essere governati da individui poco illuminati...» Harry si coprì mentre si spostava verso di lei per cingerla con le braccia. «Che fardello.»

4

Rose Hawthorne morì nell'estate del 1926, a settantacinque anni. La salma fu trasferita nel Nord e sepolta con gli Hawthorne e i Peabody a Concord. Gina non partecipò al funerale. Lesse la notizia sul giornale, con le lacrime che cadevano sulla pagina.

Fu nelle parole di Nathaniel Hawthorne, citate nel necrologio della figlia, che finalmente trovò il consiglio di cui aveva disperatamente bisogno: «*È solo per un istante che una cosa appare strana o sorprendente; verità, questa, dal sapore dolceamaro*».

La sua nuova esistenza, con la sua verità sgradita, cominciò ben presto ad assomigliare alla sua vecchia esistenza senza verità. Vecchia: Harry sarebbe cambiato, conseguendo il dottorato e diventando un docente universitario. Nuova: Harry non avrebbe conseguito il dottorato e non sarebbe diventato un docente universitario.

Nel giro di pochi mesi, l'impossibile iniziò a sembrare così normale da essere banale.

E poi scoppiò una vera tempesta.

5

Dopo, in tanti dissero che i semi della rovina della Florida meridionale erano stati piantati molto tempo prima. L'anno per raccoglierli fu il 1926. Fin dall'inizio del 1925 c'erano stati segnali, articoli che spuntavano qua e là, editoriali che avvertivano del crollo imminente. Un boom basato solo sulla speculazione selvaggia non poteva continuare all'infinito. Il mercato non poteva sostenersi se il prezzo di ciò che veniva comprato e venduto non aveva alcuna relazione con il suo valore intrinseco. Era come se Herman stesse parlando dalla tomba. Chiunque potrebbe vendervi un ombrello sotto la pioggia, ma sareste sciocchi se lo compraste a mille dollari. Che l'ombrello non valesse mille dollari era evidente anche per un idiota.

Così fu anche per il mercato immobiliare della Florida meridionale. I terreni, a parte la vicinanza all'oceano, avevano scarso valore intrinseco, e le case e i relativi prezzi erano costruiti non sulla realtà, ma letteralmente sulla sabbia. C'erano stati un embargo ferroviario di qualche tipo, un ingorgo che aveva paralizzato la regione e una nave che si era ribaltata, o almeno così Gina ricordava vagamente di aver letto.

Nel settembre del 1926 parlò con Salvo ed era tutto normale, ma di lì a qualche giorno lesse di un uragano a pagina 7. D'un tratto i resoconti delle conseguenze di quell'evento passarono in prima pagina, quando emerse che Miami aveva subito danni che nessuno aveva mai visto, se non dopo il terremoto a San Francisco del 1906. Quando Gina chiamò Salvo per assicurarsi che stesse bene, non rispose nessuno.

«Probabilmente le linee telefoniche sono fuori uso» ipotizzò Harry quando venne a saperlo. «Succede, dopo una tempesta. Non c'è nulla di cui preoccuparsi. Tequesta è centocinquanta chilometri a nord di Miami. Riprova domani.»

Ma non ci fu nessun domani. I giornali di Boston riferivano dettagli spaventosi: un uragano aveva imperversato da Miami attraverso il Sud della Florida fino al golfo del Messico e a Sanibel Island, distruggendo una fascia di civiltà al suo passaggio. Le immagini erano inequivocabili. Dove un tempo sorgevano le case, ora c'erano cumuli di legname trasportato dalla corrente.

Gina non riuscì a contattare né Salvo né Fernando né Carmela né Chuck e Karen. Le linee telefoniche sono interrotte, continuava a ripetere Harry. Non angustiarti. Conosci tuo fratello. Non ricordi l'esplosione nello stabilimento di melassa? Abbiamo vissuto tutti nell'angoscia per giorni, e lui se la stava dormendo a casa della sua amata. È nel suo stile non contattarti. E in ogni caso non può farlo. I telefoni non funzionano.

Dopo che Gina non ebbe chiuso occhio per una settimana, furono ripristinati i collegamenti telefonici con il municipio di Tequesta. A rispondere fu un impiegato esausto che non aveva informazioni e che riagganciò, ma non prima di dire: «Non sapete cos'è successo? Non riusciamo a rintracciare nessuno».

Gina non credeva alle coincidenze. Aveva meditato a lungo di prendere Alexander e fuggire a Tequesta da suo fratello.

E se fosse successo qualcosa di terribile? Avrebbero potuto essere laggiù, anzi ci sarebbero stati sicuramente, se fosse partita come previsto. Lo considerò un monito e un insegnamento. Se non fosse stato per la grazia di Dio, lei, e soprattutto Alexander, sarebbero stati in Florida. Questo la convinse che aveva fatto bene a non piantare in asso suo marito.

Era stata avvisata o salvata?

E, se era stata salvata, a quale scopo?

La soddisfazione per la sua scelta fu messa in ombra dall'ansia implacabile per il silenzio di Salvo. All'inizio era arrabbiata con lui. Suo fratello sapeva quanto si sarebbe preoccupata.

A meno che...

I giorni diventarono settimane e i corpi continuavano a spuntare dalle macerie.

Ancora nessuna notizia di Salvo.

Fernando chiamò. Gina scoppiò in lacrime quando alzò la cornetta e udì la sua voce. Era stato in ospedale per settimane con una commozione cerebrale e diverse costole rotte. Sembrava ancora stordito, molto diverso dall'uomo di un tempo. Non sapeva nulla di Salvo. L'incertezza era la cosa peggiore.

Gina ricordava vagamente l'ultima conversazione che aveva avuto con il fratello. Una chiacchierata banale, eppure si lasciò ossessionare da ogni parola impressa nella sua mente, cercando un indizio. Lui aveva accennato a un viaggio in auto da qualche parte. Lei aveva il ricordo sfocato di un luogo...

Tirò fuori un atlante, individuò la Florida, esaminò le città vicino a Tequesta, Palm Beach, Fort Lauderdale e Miami.

Eccola! Coral Gables! Che strano nome. Era lì che Salvo aveva detto di essere diretto. A sud di Miami Beach, di fronte a Key Biscayne.

Gina chiamò le autorità sanitarie di Miami, il dipartimento di polizia di Miami, gli ospedali di Miami. Niente di niente.

Fernando si stava stancando di rispondere alle sue domande sempre uguali. Al telefono non si concludeva nulla. Alla fine, a ottobre, Gina lasciò Alexander e Harry e prese un treno per Miami per andare a cercare il fratello. Harry disse che non avrebbe avuto problemi a occuparsi del bambino. Se avesse avuto bisogno di aiuto, avrebbe sempre potuto chiamare Esther.

Tornerai per il Ringraziamento? chiese quando la portò alla South Station.

Lei avrebbe voluto dire di sì. Ma non lo sapeva. Avrebbe voluto dire che sarebbe tornata quando avesse trovato Salvo. Non poteva dire neppure questo. Quel che disse fu: Sì, a Dio piacendo.

Lui alzò gli occhi al cielo e la discussione finì lì.

Alexander si era stupito di trovare la madre che faceva i bagagli. «Chi è Salvo?» La guardò chiudere la valigia.

Gina si raddrizzò. «Come sarebbe a dire, caro? Salvo è mio fratello. Lo zio Salvo. Ti ricordi di lui, vero?»

Alexander scrollò le spalle. «Non sapevo che avessi un fratello, mamma. Pensavo che, come me, fossi figlia unica.»

«Perché sei arrivato a questa conclusione? Parlo sempre dello zio Salvo.»

«Credevo fosse tuo zio.»

«Non ti ricordi di Salvo?»

«Non mi ricordo neanche della settimana scorsa.»

«Non ti ricordi della Florida?»

«Mamma, ero solo un bambino. No, non mi ricordo.»

Gina studiò suo figlio come faceva sempre, con estrema attenzione.

Com'era abituato a fare quando si sentiva lo sguardo fermo della madre puntato addosso, Alexander alzò gli occhi al cielo e si concentrò sulle proprie occupazioni. Lei continuò a guardarlo.

E se non fossi io quella che Dio ha cercato di salvare? Gina allungò la mano per toccargli i capelli neri, ma il bambino si era già allontanato, sdraiandosi sul pavimento della camera con i suoi soldatini. E, se il buon Dio aveva voluto salvare Alexander, a quale scopo l'aveva fatto?

6

Per concedere a Harry un po' di pace e di tempo per sé, Esther si occupò di Alexander ogni fine settimana dopo la partenza di Gina per la Florida. Un sabato pomeriggio, dopo essere andata a prenderlo a casa, dove si annoiava tutto solo, lo prese per mano e, invece di farlo salire su un'auto con Clarence al volante, disse che sarebbero andati a fare una passeggiata al Common.

«Al Common? Zia Esther, io vivo vicino al Common. Gioco lì tutti i giorni.»

«Hai mai visto le attrazioni turistiche?»

«Quali attrazioni turistiche? Gli stupidi fiori?»

«Non essere sfacciato. Sono sicura che non hai mai visto quello che sto per mostrarti.»

«Non sono sfacciato. Dico la verità, tutto qui.»

«Be', voglio presentarti un mio caro amico. Sua madre non si sente bene e ho alcuni libri che vorrei regalarle.»

«Non vedo nessun libro.»

«Sono in macchina. Ne ho molti e sono pesanti. Noi due faremo una breve passeggiata con il mio amico e poi lo accompagneremo da sua madre in macchina. Non ti dispiace fare due passi, vero? È una giornata mite.» Esther si legò sotto il mento l'antiquata cuffietta che si ostinava a indossare. «Per essere novembre, è meraviglioso. Quindici gradi. Come a Jupiter, vero?»

«Dove?»

«Non importa.» Gli diede un colpetto sulla spalla. «Non avremo altre giornate come questa.»

«Chi è il tuo amico?»

«Lo vedrai.»

In Beacon Street, aspettarono accanto al cancello di ferro battuto davanti alla State House. Alla fine si avvicinò un uomo che agitava la mano in segno di saluto e portava un sacchetto. In giacca, cravatta e cappello, aveva un'aria seria, un portamento eretto e gli occhi scuri. «Scusa il ritardo, Est. Siete qui da molto?»

«No, solo da qualche minuto.»

Erano lì da mezz'ora! Alexander guardò la zia, domandandosi perché avesse mentito.

I due adulti parevano conoscersi bene. Se il bambino non avesse saputo che erano amici, avrebbe ipotizzato che fossero parenti. La zia era in confidenza con lo sconosciuto tanto quanto lo era con lui. Si sporse per dargli un bacio sulla guancia e stringergli il braccio, sorrise, scambiò qualche parola e infine si chinò verso il nipote, che stava ancora tenendo per mano.

«Alexander, questo è il mio vecchio amico Ben Shaw.»

«Non sono così vecchio, Esther, parla per te.» Ben tese la mano al bambino. Alexander gliela strinse, studiandolo. «Piacere di conoscerti.»

«Piacere mio, signor Shaw.»

«Per favore, non chiamarmi "signor Shaw". Conosco tuo padre e tua zia Esther da quasi tutta la vita. Chiamami Ben.»

«No, Ben» intervenne Esther. «Stiamo cercando di insegnargli le buone maniere. Se ti chiama Ben, inizierà a chiamare Ben anche i maestri, e poi che fine faremo?»

Ben si piegò verso il bambino. «Non è così, vero?»

Alexander guardò il suo viso simpatico e scosse il capo. «Non ho maestri di nome Ben.»

«Molto bene! Proprio come tuo padre.» Sorridendo, l'uomo gli accarezzò la testa. «Ho una cosa per te. Un piccolo regalo.» Gli porse il sacchetto. «Tua zia mi ha detto che ti piace giocare alla guerra.»

Alexander diede un'occhiata all'interno, poi si girò rapidamente verso Esther, per assicurarsi che fosse giusto accettare doni dallo sconosciuto.

Lei gli diede una gomitata. «Coraggio, caro. Ben ti ha portato un regalo. Cosa diciamo quando riceviamo dei regali?»

«Grazie.» Infilando la mano nel sacchetto, Alexander tirò fuori la riproduzione di un coltello da caccia in un fodero di cuoio nero con una stella sopra, e la riproduzione di una Colt, pesante e argentata e con la stessa stella sulla canna. «Grazie mille!» Il revolver era la cosa più straordinaria che avesse mai visto. Anche il coltello non era male. Ma la Colt... Fece girare il cilindro. «Dove l'avete presa?»

«Una nostra cara amica vive in Texas e ci ha fatto un favore quando le ho chiesto di aiutarmi a trovare un regalo per un bambino appassionato di armi.»

«Ringraziatela molto da parte mia.»

«Lo farò. Vorrei poterla dare ai miei figli, ma ho quattro bambine. Non sono interessate a coltelli e pistole come te.»

«Sono contento che abbiate solo figlie femmine» disse Alexander. «Cos'è questa stella?»

«È la stella del Texas. La Stella Solitaria.»

«Questa pistola sembra vera.» Alexander si rigirò il revolver tra le mani, soppesandolo. Si era già messo il coltello sotto il braccio. «Ci sono dei proiettili?»

Gli altri due sorrisero. «Non è una pistola vera» disse Ben.

«D'accordo. Ci sono dei proiettili finti?»

«Facciamo un patto» disse Esther. «Terremo i regali a casa mia, e potrai giocarci quando verrai a trovarmi. Non vogliamo far arrabbiare tuo padre.»

Alexander sembrava molto deluso. Era pronto a dormire con i due doni sotto il cuscino. «Uffa, ma... no, hai ragione.» Sospirò. «Mio padre non ama le armi.»

«Facciamo due passi?» suggerì Ben. «O vogliamo giocare con i tuoi nuovi regali?»

«Volete giocare?» chiese Alexander, speranzoso. «Potete usare il coltello.»

«Vuoi che porti un coltello in uno scontro a fuoco?» Ben schioccò la lingua. «Farò una brutta fine.»

«Be', dipende» disse Alexander. «Quanto siete bravo con il coltello?»

Ben rise. «Ottima osservazione. Meglio fare una passeggiata. Magari giochiamo più tardi, se avremo tempo.»

Si incamminarono lungo il vialetto del Boston Common che costeggiava Beacon Street, con Alexander che saltellava tra i due adulti. «Teddy morirà di invidia!» esclamò senza staccare gli occhi dal revolver.

«Forse puoi prestargli il coltello quando giocate.»

«No, mai. Non me lo restituirebbe.» Studiò Ben. «Cosa fate, signor Shaw? Siete un soldato?»

«No.»

«Ben è un ingegnere dello United States Army Corps.»

«Non più, Esther. Ora insegno e basta.»

«Sì, a Harvard. Ben ha costruito il canale di Panama!» aggiunse Esther.

Ben scosse la testa. «Tua zia è incline a esagerare. Non l'ho costruito» precisò. «Ma ho aiutato con gli scavi.»

«Non ascoltarlo, Alexander. L'ha progettato, pianificato, difeso, costruito. Il suo nome è passato agli annali della storia.»

«Esther!»

«Lavorate per l'esercito, signor Shaw? Siete sicuro di non essere un soldato?»

«Sì, ma sono parente di un soldato. Conta qualcosa?»

«Oh, sì!» Alexander fece una pausa. «Noi siamo... parenti?» chiese con desiderio. Avrebbe tanto voluto essere imparentato con un soldato.

«È come se lo fossimo.» L'altro sorrise. «Io e tuo padre eravamo molto amici quando eravamo poco più grandi di te. Lo siamo stati per tanti anni.»

«E adesso?»

«Non lo vedo da molto tempo.»

«Questa mattina era a casa. Poi è dovuto uscire.»

«Dov'è andato?»

«All'università, credo. O in biblioteca. Sta scrivendo canzoni per un'operetta. È un'opera breve, che si intitola *The Last Revolution*. Sta anche studiando per prendere il dottorato. Non gli piacciono le armi, ma studia le guerre greche. Ne sapete qualcosa?»

«Non molto.» Ben sorrise. «Tuo padre ha sempre amato i libri più di chiunque altro io conosca. È molto intelligente. A te piacciono i libri?»

«Mmh.» Alexander non voleva mentire. «Preferisco giocare.»

«Be', chi potrebbe darti torto?»

«Mio padre. Lui preferisce i libri. Anche se certe volte gli piace il baseball. Conoscete anche mia madre?»

Esther lo urtò, scusandosi per la propria sbadataggine.

«Sì» rispose Ben, laconico. «Conoscevo anche lei. Come sta?»

«Bene. Ma c'è stato un uragano e suo fratello è scomparso. Non sapevo che avesse un fratello. Credo che sia andata a cercarlo.»

Esther, sgomenta, abbassò lo sguardo su di lui. «Non ti ricordi dello zio Salvo?»

«No, zia Esther. Me l'ha chiesto anche la mamma. Ero piccolo.»

«E adesso?»

«Ora sono grande. Dove stiamo andando?»

«Ben vuole mostrarti un monumento commemorativo dedicato a suo zio.»

«Chi è vostro zio?»

«Mio zio Robert era un colonnello dell'esercito di Ulysses Grant durante la Guerra di secessione. Hai detto che ti piacciono i soldati. Ho pensato che saresti stato felice di scoprire qualcosa sul suo conto.»

Alexander andò in visibilio. Adorava le storie di soldati. A casa non ne sentiva abbastanza. Tra le centinaia di libri che possedevano, gli unici due che era riuscito a trovare sull'argomento erano *Il segno rosso del coraggio*, che gli era piaciuto molto, e *L'uomo senza una patria*, che, secondo la mamma, suo padre aveva apprezzato da giovane. Il bambino l'aveva letto, non senza perplessità. Siccome era piaciuto a suo padre, aveva cercato di farselo piacere, ma la trama non aveva nulla di neanche lontanamente affascinante. Se doveva essere sincero fino in fondo, aveva un tono cupo e non raccontava affatto la storia di un bravo soldato, soprattutto perché narrava di un certo Philip Nolan, un piagnone che non voleva arruolarsi! Anzi, che non voleva nemmeno essere americano. Alexander non riusciva a capire perché suo padre fosse rimasto colpito da quel libro.

Sperava che lo zio di quell'uomo avesse una storia migliore.

«Cosa fate insieme tu e tuo padre, Alexander? Non giocate alla guerra...»

«No. Mi porta in vari posti.»

«Che tipo di posti? Parchi?»

«Sì, certe volte. Tiriamo qualche calcio al pallone. Mi lancia la palla da baseball. Ci siamo iscritti a una squadra di softball per padri e figli. Ma iniziamo solo in primavera. La settimana scorsa mi ha portato a una partita di hockey dei Bruins. Mi è piaciuta molto. Mi porta con sé ovunque. Ogni tanto la mamma è severa. Al papà non interessa a che ora vado a letto o cosa mangio a colazione.» Alexander ridacchiò. «A volte non faccio colazione e lui non fa storie.»

«Ne sono certa.» Esther scosse la testa, indispettita. «Dove altro ti ha portato?»

«Non lo so. Intorno a Boston. Distribuiamo foglietti. E a volte parla con le persone, quasi urlando.»

«Quali foglietti?» insistette Esther. «Quali persone? Tuo padre non urla.»

«Io lo chiamo urlare. Lui dice che parla delle cose in cui crede. Qualcosa che riguarda i lavoratori. Forse il denaro.»

«Questi foglietti...»

«"Lavoratori del mondo, unitevi"» disse Alexander. «O qualcosa del genere.»

Non gli sfuggirono le espressioni accigliate che attraversarono i volti degli adulti.

«Oh, e l'altro giorno è venuta la polizia!» continuò, pronto a rivelare le cose che si teneva dentro. «Hanno detto alle persone che ascoltavano il papà di andarsene, e poi hanno detto di andarsene anche al papà. Ma noi non abbiamo obbedito, così hanno detto che l'avrebbero arrestato se non fosse andato via entro cinque secondi, e lui ha risposto: "Ho con me mio figlio", e loro hanno detto che avrebbero arrestato anche me!» Era come se si sentisse profondamente deluso. «Ce ne siamo andati, ma il papà non voleva.» Fece una pausa, notando lo scambio di occhiate silenziose tra gli altri due. «Zia Esther? Cos'è l'arresto?»

«Quando la polizia ti dice di fare qualcosa, devi obbedire, altrimenti ti ammanettano e ti portano in centrale, dove ti accusano di aver commesso un reato.»

«Ma il papà stava solo parlando.»

«Fai qualcos'altro con tuo padre, oltre a rischiare di farti arrestare?» chiese Ben.

Alexander rise. «L'anno scorso lui e la mamma mi hanno insegnato a pattinare sul ghiaccio qui sul Frog Pond.»

«Oh, guarda» lo interruppe Ben, precedendolo. «Eccoci arrivati.»

Come sono strani gli adulti, pensò Alexander. Perché fare una domanda se non si vuole sentire la risposta? Strinse forte il revolver nell'eventualità di aver detto qualcosa di sbagliato e che quell'uomo gentile decidesse di riprendersi i regali.

Si fermarono in silenzio davanti a un bassorilievo di bronzo scuro raffigurante un uomo a cavallo, circondato da fanti.

«Quello è vostro zio?»

«Sì. Il colonnello Robert Gould Shaw.»

«Lo vedete spesso?»

«È morto prima che io nascessi. Ma era un grande uomo. Mi sarebbe piaciuto conoscerlo.»

«Io vorrei conoscere lo zio Salvo, ma non credo che faccia il soldato.»

«No» disse Esther. «Ma è il miglior cantante che io abbia mai sentito. È divertente. E tutte le ragazze lo adorano.» Gli diede un bacio sulla testa e sussurrò: «Come adoreranno te, un giorno».

«Zia Esther...» Alexander, imbarazzato, si spostò verso Ben. Fissarono il monumento. «Perché vostro zio è grande, signor Shaw?»

«Perché era un vero eroe.»

«Davvero?» Alexander rizzò le orecchie. «Cos'ha fatto?»

«Ha guidato un plotone di neri in battaglia contro l'esercito confederato. Il suo era l'unico plotone di neri in tutto il Nord. Nessuno voleva guidarli. Ma mio zio l'ha fatto. Hanno combattuto, mangiato e dormito fianco a fianco in Virginia e nella Carolina del Nord. Nessun altro l'avrebbe fatto, ma lui sì. Quando gli altri comandanti gli hanno chiesto come ci fosse riuscito, ha risposto che sapeva con assoluta certezza che i suoi soldati erano uomini migliori di lui perché più coraggiosi. Era convinto, ha detto, che Dio avrebbe preferito i suoi fanti a lui.»

Alexander scrollò il capo. «Dio non fa favoritismi come il signor Duncan, vero?» Il signor Duncan era il suo maestro di grammatica e non aveva la minima preferenza per lui.

«Mio zio pensava di sì.»

Passeggiarono intorno al bassorilievo mentre Ben continuava a parlare. «Questo monumento è stato inaugurato nel 1897, un paio di anni prima che tua madre arrivasse in America. Io e tuo padre eravamo dove sei tu ora. Avevamo meno di vent'anni. Riferendosi a mio zio, William James l'ha definito un figlio della fortuna dagli occhi azzurri, alla cui felice giovinezza ogni divinità aveva sorriso.» Ben sorrise a sua volta. Prese la mano libera del bambino e la strinse. «Da questo punto di vista era un po' come te, no?»

Alexander era perplesso. Perché quell'uomo che sembrava così in confidenza con Esther, così disinvolto con lei e per nulla severo, guardava lui, un ragazzino che conosceva a malapena, con tanto affetto, dicendo cose senza senso? «Io non ho gli occhi azzurri» obiettò, indicando una delle sue iridi color caramello. «Vedete?»

«Dicevo in senso figurato. Come William James. Credo che nemmeno mio zio avesse gli occhi azzurri.»

Alexander cercò di non aggrottare le sopracciglia. Perché gli adulti erano così difficili da capire? Perché non potevano semplicemente dire quello che intendevano? «Era vecchio?»

«Aveva venticinque anni» rispose Ben. «Era vecchio, secondo te?»

Alexander annuì. «Molto.»
Sorridendo, l'altro continuò. «Lui e i suoi uomini stavano difendendo Fort Wagner, nella Carolina del Sud, ma il nemico era in superiorità numerica e aveva una maggiore potenza di fuoco.»
«Avevano pistole come questa?» Alexander cullò il suo trofeo.
«Sì. Solo che erano vere. E più grandi.»
«Di che tipo?»
«Non lo so. Moschetti, probabilmente. Fucili. Cannoni.»
«Un cannone non è una pistola.»
«Hai ragione. Avevano molte armi e le stavano usando tutte.»
«Mi piacciono le armi...» disse Alexander, sognante. «Parlatemi della battaglia.»
«Mio zio ha guidato la carica, ma è stato ucciso...»
«Come?»
«Gli hanno sparato.»
«Subito dopo l'inizio?»
«Quasi. Te l'ho detto, erano in netta inferiorità numerica.»
Alexander era deluso. Avrebbe voluto che la battaglia fosse durata di più. Come Gettysburg. Quella si era protratta per tre terribili giorni.
«Dopo un combattimento corpo a corpo sono stati uccisi anche gli uomini della sua fanteria.»
«Corpo a corpo?»
«Con coltelli come il tuo. Con le baionette.»
«Quanti?»
«Quanti cosa?»
«Quanti soldati sono morti?»
«Tutti. Sono morti tutti.»
Alexander abbassò la testa. Che cosa triste. «Come ad Alamo.»
«Sì, come ad Alamo. Per questo motivo ho pensato che il revolver con la Stella Solitaria potesse piacerti. Il generale confederato al comando dell'esercito avversario era così arrabbiato che mio zio avesse guidato una carica contro il Sud con uomini neri che si rifiutò di restituire il corpo ai miei nonni, facendolo seppellire invece in una fossa comune con i neri caduti.»
Alexander si stupì. «Non è sepolto qui, dunque?»

«No, qui c'è solo il monumento.»
Il bambino fischiò. «Vostro nonno deve essere andato su tutte le furie.»
«Al contrario. Ha detto che suo figlio non avrebbe potuto avere onore più grande che essere sepolto con i suoi uomini, o "luogo più santo" in cui giacere.»
Alexander strinse la pistola nel palmo. Quella storia era molto migliore di quella di Philip Nolan. «Questo deve aver fatto davvero arrabbiare il generale confederato. Come si chiamava?»
«Non me lo ricordo.»
«Non era il generale Hagood?» intervenne Esther.
«Come fai a saperlo, Est?»
Lei alzò le spalle. «Forse me l'hai detto tu. Oppure l'ho letto.»
Alexander posò il palmo caldo sul monumento fresco. «Generale "Ha*bad*" sarebbe più adatto.»
Ben rise. «Sì, hai ragione.»
Dopo che ebbero lasciato Ben e i libri da sua madre, Alexander rimase in silenzio lungo il breve tragitto fino a Barrington, stringendo il revolver e il coltello e guardando fuori dal finestrino.
«Che te ne pare?» domandò Esther.
«Di cosa?»
«Del mio amico Ben.»
«È simpatico. È stato molto gentile a portarmi i regali. Mi piace suo zio.»
Quando Alexander gli raccontò di quel pomeriggio, Harry si mostrò poco interessato alla storia di Ben, Esther e Robert Gould Shaw. Quella sera, però, il bambino lo sentì parlare aspramente al telefono con la zia di armi, colonnelli e dei mali della guerra. Da quel momento in poi non vide più l'amico di Esther, anche se chiese con insistenza di passare un altro pomeriggio con lui per ascoltare nuove storie di guerra. Forse avrebbe potuto chiedere alla mamma di intercedere per lui quando fosse tornata a casa. Non vedeva l'ora di raccontarle di Fort Wagner.

17

La *Prinz Valdemar*

1

«Praticamente nessun rischio di tempeste estive» proclamavano gli opuscoli fin dal 1912, attirando turisti e residenti nel Sud della Florida. Ci avevano creduto tutti. Nessuno era stato evacuato prima della tempesta che ora chiamavano il Grande uragano di Miami. Vero, il National Weather Bureau aveva emesso un avviso per una violenta tempesta al largo dei Caraibi ma, più che restare inascoltato, l'avvertimento non era stato compreso. Gli opuscoli indicavano chiaramente e a caratteri cubitali che non c'era *praticamente* alcun rischio di tempeste estive.

Così il 17 settembre 1926 tutti rimasero nelle loro case. Il 18 non c'erano quasi più case. Cinquantamila senzatetto, quattrocento morti. Migliaia di dispersi, tra cui il fratello di Gina.

I venti a centodieci chilometri orari arrivarono con la pioggia nel cuore della notte, ma all'alba Miami era ancora perlopiù intatta. Sollevati, gli abitanti si riversarono sulle strade e sui ponti per guardare i possenti cavalloni nell'oceano. Visto? dissero tutti. Guardate com'è calmo. È arrivata e se n'è andata. Avevamo ragione. C'è stato un gran frastuono, ma zero pericoli.

Non sapevano di essere proprio nell'occhio del ciclone. Quaranta minuti dopo, la coda dell'uragano si abbatté su Miami. I venti toccarono i duecento chilometri orari, con onde alte quattro metri e mezzo. In seguito, riferendosi a Miami Beach, il sindaco disse che la città, costruita su un'isola barriera separata dalla terraferma da una stretta strada rialzata, era circondata su tutti e quattro i lati «da una distesa di furiosa acqua bianca».

La distruzione delle proprietà era sbalorditiva. «Signora, tutti e tutto a Miami Beach sono stati trascinati in mare» disse a Gina un marinaio nei bacini di carenaggio, mutilati dai forti venti. Lungo Collins Avenue, gli hotel grandiosi e le lussuose case di villeggiatura parevano due o tre piani più vicini al suolo. La sabbia della spiaggia aveva invaso gli imponenti atri di marmo. Non c'era elettricità e l'unica acqua corrente veniva dalle maree. Gli edifici abbandonati erano usati come ospedali.

«Ma mio fratello non era a Miami Beach» replicò lei, speranzosa. «Si trovava a Coral Gables.»

L'uomo si tolse il cappello e si fece il segno della croce. «Mi dispiace molto, ma Coral Gables era l'approdo.»

Impiegò parecchio tempo per trovare un taxi che la portasse a Coral Gables per presentare una denuncia di scomparsa, per cercare Salvo tra le rovine. Nella baia di Biscayne, un'enorme nave, lunga quasi ottanta metri, era ribaltata su un fianco e bloccava il porto di Miami in entrata e in uscita.

«È stato l'uragano?» chiese Gina a un portuale.

«No. Quella è la *Prinz Valdemar*. Dieci mesi fa, a gennaio, stava navigando verso il porto per essere adibita a hotel galleggiante per i turisti, quando si è ribaltata ed è affondata, interrompendo tutti i commerci via mare.»

«Perché è affondata?»

«Non si sa. È un mistero.»

«C'è stato un uragano?»

«Ve l'ho detto, non è successo niente. Soltanto una nave, ribaltata all'improvviso, che ha bloccato l'intera città. Stavamo pensando di rimorchiarla verso un porto vicino quando è arrivata la tempesta.»

«E ora cosa ne farete?»

«Non si sa. Chi se ne importa?»

Gina trovò una camera in un alberghetto dell'entroterra. Si fermò una settimana, parlando con la polizia, i marinai e le squadre di recupero, sfogliando ogni giorno i registri dei dispersi, camminando per le strade diroccate nella speranza di vedere Salvo, di udire la sua voce.

Alla fine chiamò Fernando, che la raggiunse a Miami e la portò a Tequesta. Il cubano, che aveva smesso di tingersi i capelli, era ormai completamente grigio. Anche lui sembrava distrutto, turbato, scosso. Non sorrise quando la abbracciò, mentre cercavano entrambi di non piangere. Lui si muoveva lentamente, a fatica. Dal suo atteggiamento insolitamente cupo, Gina intuì che si stava rassegnando al peggio.

Ma non lei!

L'unica chiacchierata che riuscirono a fare fu quando Fernando le aprì per la prima volta la portiera dell'auto e diede un'occhiata alla sua corporatura sotto il vestito da *flapper* di cotone a maniche corte. «Siete molto dimagrita, mia *señora*. Non vi ho mai vista così. Non siete malata, vero? Non vi danno da mangiare a Boston?»

In macchina parlarono della devastazione. «Non siamo stati colpiti come a Miami» disse Fernando. «Tuttavia sono rimasto ferito, come potete vedere. Sono ancora ferito. Pensavo che la nostra situazione fosse terribile, ma ora che ho visto Miami...» La sua voce sfumò. «In confronto, la tragedia ci ha soltanto sfiorato.»

Eppure a Tequesta le fronde delle palme erano sul terreno, sulle recinzioni, sulle case.

Il conto corrente di Salvo era intatto. Jenkins, ambiguo e sudaticcio come prima, disse a Gina che non c'erano né prelievi né depositi né assegni incassati dal 16 settembre 1926, il giorno prima dell'uragano. A parte la mancanza di operazioni, Gina si stupì, anche se si sforzò di non darlo a vedere, di quanto poco denaro fosse rimasto a nome di Salvo. Il mercato immobiliare era andato a gonfie vele per tutti gli anni in cui lui era stato un agente di vendita, eppure le provvigioni non erano arrivate sul suo conto. Quando affrontò l'argomento con Jenkins nel tono meno conflittuale possibile (di cosa aveva paura? Che Jenkins si fosse appropriato indebitamente dei soldi di suo fratello?), l'uomo fece un sorriso compiaciuto. «Il signor Attaviano non sarà ricco di risparmi, signora Barrington, ma è ricco di vita. Spaventosamente ricco.

Vostro fratello spendeva il denaro con la stessa rapidità con cui lo guadagnava, che Dio lo benedica. E guadagnava molto. Spendeva molto. Guidava una costosissima Duesenberg.»

Gina lo sapeva. Pochi giorni prima, le squadre di recupero avevano trovato la lussuosa Model A rosso fuoco nelle acque al largo di Key Biscayne e l'avevano rimorchiata da un canale vicino a Coral Gables. Salvo non era a bordo.

«Già, si godeva la vita, signora Barrington. Siete stata a casa sua?»

Sì, ci era stata. Fernando l'aveva portata lì per prima cosa. Salvo si era costruito una bellissima *hacienda* bianca sul lato di Hobe Sound, praticamente affacciata su Bellagrand. Dell'edificio non era rimasto molto. Il tetto era stato scoperchiato e le tegole rosse si erano sparpagliate come lava in tutto il giardino. La casa era vuota, una conchiglia abbandonata dal mollusco. Le finestre erano andate in frantumi, le porte erano state divelte, la veranda era ridotta a un mucchio di frammenti. Detriti e rifiuti erano sparsi su tutto il prato anteriore. La recinzione era sparita. Gina non riusciva a respirare, con il panico che tornava ad assalirla mentre faceva la stima dei danni.

Fernando chiese se volesse attraversare il ponte per vedere Bellagrand. Era certo che non fosse stata gravemente danneggiata. Aveva visto il cancello dalla strada, ancora tutto intero, e voleva che Gina se ne accertasse, che si sentisse confortata. Lei lo guardò come se le stesse proponendo un viaggio oltre le porte dell'Ade.

«Perché dovrei andarci? Perché dovrei tormentarmi? Non sai che mi procurerebbe soltanto dolore?»

Voltò le spalle al cubano benintenzionato perché non la vedesse piangere. Ma il profumo dell'oceano, le case demolite, l'assenza del fratello erano troppo per lei. Scoppiò in singhiozzi. Rimpianse di non essere rimasta a Boston.

Salvo: un capraio, boscaiolo, straccivendolo, spazzino, panettiere, cantante, venditore, amante, che viveva in una casa in stile revival spagnolo, guidava una Duesenberg rosso fuoco e indossava completi di seta. «Vado a Miami, mia cara Gia», aveva annunciato al telefono con un'allegra cantilena il giorno prima dell'uragano. «C'è una ragazza a Coral Gables... sembra una canzone, vero? Una ragazza a Coral Gables, la raggiungo, la porto fuori a cena, le compro dei bei fiori, vado a ballare in città. Si chiama Stella. Un nome bellissimo. Una ragazza bellissima. Stasera sarò suo e lei sarà mia. Stella.»

Salvo, dissolto nell'aria, nel nulla. Piegata in due, Gina si asciugò le lacrime dal viso.

Fernando, impotente, le diede dei colpetti sulla schiena curva e ossuta.

Dopo alcune inutili settimane a Miami, Gina tornò alla National Bank per controllare il conto di Salvo. Non risultavano né prelievi né versamenti. Prima di andarsene chiese a Jenkins quanto valesse ora Bellagrand.

Lui tentennò. Disse che c'erano troppi beni inventariati prima dell'uragano. C'erano stati anche un ingorgo ferroviario e un successivo embargo da parte di molte aziende che non riuscivano a trasferire i loro prodotti nella regione. Una stampa esageratamente negativa non aveva aiutato. I prezzi si erano abbassati.

«Ma adesso non saliranno?» domandò Gina. «Sembra che siano rimaste poche proprietà intatte.» Deglutì. Non menzionò Bellagrand.

«Si spera che il valore delle case aumenti, signora Barrington. Ma, sapete, abbiamo toccato un massimo storico...»

Lo interruppe. Non le interessava il passato. Le interessava il presente.

«La vostra vecchia casa?» Jenkins sfogliò il catalogo dei beni inventariati. O fece finta di sfogliarlo. «Suppongo che, se i nuovi proprietari sono venditori determinati e il prezzo è corretto, potrei trovare un acquirente sicuro entro tre mesi per...» Riflettè. «Cinquantamila dollari.»

«Cosa?»

«Sì, sì. Almeno.»

«Cinquantamila, avete detto?»

Lui chiuse il libro. «Avete visto le proprietà distrutte da queste parti, signora Barrington? Avete fatto un sopralluogo di persona, giusto?»

«Gli uragani fanno crollare il valore delle case da quattro milioni a cinquantamila dollari in due mesi?»

«Chi ha parlato di quattro milioni?»

«Voi, signor Jenkins. A me e a mio marito. Nel 1922 vi siete presentato nella nostra cucina e ci avete offerto una linea di credito di tre milioni di dollari a fronte del valore della casa. Ve lo ricordate?»

L'uomo agitò vivacemente la mano. «I mercati salgono e scendono, ogni cosa attraversa un ciclo di crescita e declino. Lo ammetto, siamo in un periodo di magra. Una casa è un investimento a lungo termine, signora Barrington. Non potete stare in ansia per ogni calo di prezzo.»

«Questo non è un calo di prezzo, signor Jenkins» protestò Gina debolmente. «Non so come lo chiamiate. Azzeramento del prezzo?»

«Il lato positivo è che, se voleste comprare una casa ora, il mercato sarebbe al ribasso. Il momento ideale per acquistare.»

«Ci scommetto. State regalando gli immobili.»

«Niente affatto...»

«Permettetemi di farvi una domanda. Se avessimo accettato la vostra offerta e la vostra generosa linea di credito... cosa ne sarebbe ora? Cosa ne sarebbe di noi?»

«Non siete vostro fratello, vero?» Jenkins ridacchiò. «Non avevate intenzione di esaurire tutti e tre i milioni di credito, dico bene?»

«Immaginiamo di sì. Immaginiamo che li abbiamo esauriti.»

Lui batté le mani. «Ma non l'avete fatto. Dunque... quel disastro è stato evitato. Non c'è niente da aggiungere. Abbiamo un sacco di altri disastri da queste parti. Ora... c'è qualcos'altro che posso fare per voi?»

Gina uscì dalla banca e incespicò sulla strada dove Fernando la stava aspettando per riportarla a Miami.

«Qual è il problema, *señora*? Siete bianca come un lenzuolo.»

«Niente. Andiamo.»

«Avete chiuso il conto di vostro fratello?»

Gina sospirò. «Non ci riesco, *mi amigo*. Ancora una settimana. Lo cercherò ancora una settimana.»

Raggiunsero la casa di Salvo e rimasero fuori per qualche minuto, senza guardare l'edificio abbandonato.

«Cosa ne pensi?» sussurrò Gina. «Temi che non torni?»

Fernando pianse. «È stato il miglior amico che abbia mai avuto. Era come un fratello.»

In silenzio la riaccompagnò a Miami e la lasciò davanti all'alberghetto. Si offrì di tornare di lì a una settimana per fare un altro tentativo.

Lei lo attirò a sé e lo abbracciò. «Va bene così, caro Fernando. Hai fatto tutto quello che potevi. Ti lascio in pace.»

«Non so cosa sia peggio. Riprovarci o non riprovarci.»

«Chiaramente non riprovarci» rispose Gina al fedele domestico e amico di suo fratello.

Dalla hall dell'albergo chiamò Harry per aggiornarlo. Parlarono a lungo, più di quanto facessero da mesi. Si riavvicinarono, si sentirono di nuovo uniti. Gina era gravata da una croce troppo pesante per lei, e lui la aiutò a portarla. La confortò. Disse che gli dispiaceva molto per Salvo. Si dimostrò premuroso con lei. Chiacchierarono il giorno dopo e quello dopo ancora. Gina gli parlò del mercato immobiliare. Entrambi concordarono sul fatto che avevano evitato per un soffio il destino più nero. Si congratularono l'una con l'altro per la loro preveggenza e saggezza, ridacchiarono, si scambiarono metaforicamente una pacca sulla spalla. Chissà che cosa sarebbe successo se si fossero lasciati sedurre dalle promesse di Jenkins e avessero accettato il suo prestito multimilionario!

«È un'ipotesi troppo terribile per prenderla in considerazione» osservò Gina.

Durante la telefonata successiva, Harry confessò di essere così turbato dalle loro conversazioni che stava meditando di vendere la potentissima Mercedes. Non avevano bisogno di un'auto tanto costosa. Anzi, si corresse, non avevano affatto bisogno di un'auto.

Meglio vivere più modestamente. Guarda cos'è successo a Jupiter, a Miami. Poteva succedere anche a noi.

«Ma a Boston non ci sono uragani» obiettò Gina.

Harry accennò alla possibilità di trasferirsi in una casa più piccola. Quella in Mt. Vernon Street sembrava troppo grande per loro tre. A cosa servivano sei camere, due sale da pranzo, due scaloni, gli alloggi di servizio? Era assurdo avere qualcosa di così dispendioso. Era sconveniente, commentò. Si stava guardando intorno. Avrebbero dovuto discuterne al suo rientro.

Lei accettò.

Gina sarebbe potuta rimanere a Miami finché non avesse trovato suo fratello, cioè indefinitamente, ma una settimana prima del Ringraziamento il direttore dell'albergo bussò alla sua porta per chiederle di scendere nella hall. C'era sua cognata al telefono.

«È ora che tu torni» disse Esther. «Hanno arrestato tuo marito e tuo figlio.»

«Di cosa stai parlando?» Gina si appoggiò al bancone.

«Perché non mi hai detto che ne stava combinando di nuovo una delle sue? Perché ho dovuto scoprirlo tramite Alexander? È una cosa che merito di sapere, non credi?»

«Come potevo dirtelo, se fino a cinque minuti fa non lo sapevo neppure io? Cos'è successo?»

«Cosa vuoi che sia successo? Harry ha fomentato una rivolta rivoluzionaria.»

«Cosa c'entra Alexander?» Gina si sforzò di non urlare.

«Con chi pensi che stia il bambino mentre tu sei in vacanza in Florida?»

«Non sono in vacanza. Sto cercando mio fratello.»

«Benvenuta nel club, sorella.»

Gina non aveva altra scelta se non tornare immediatamente a Boston. La sua unica dimostrazione di fede fu evitare di chiudere il conto corrente di Salvo. Era rimasto intatto dal giorno prima che un vento impetuoso e una forte pioggia spazzassero via il Sud della Florida e portassero suo fratello chissà dove.

2

Harry e Alexander la aspettavano alla South Station. Avere Alexander a cui aggrapparsi le impedì di parlare di questioni delicate con Harry. Era grata di aver tenuto a freno la lingua su cose come l'arresto, i problemi legali, la minaccia della prigione, perché Alexander, ancora attaccato al suo braccio, annunciò: «Mamma, ci siamo trasferiti».

«Come sarebbe a dire?»

«Abbiamo cambiato casa. Ora viviamo in Spruce Street.»

Gina si fermò di colpo. Harry, con la valigia in mano, se la tirò dietro. «Dai, non indugiare, chiamiamo un taxi.»

«Dov'è la macchina?»

«Te l'ho detto. L'ho venduta.»

«No» disse lentamente, «non mi hai detto di averla venduta. Mi hai detto che stavi pensando di venderla. Mi hai chiesto se la trovassi una buona idea. Io ho tentennato. Suppongo che tu mi abbia detto anche che ci stavamo trasferendo.»

«L'avrei fatto, ma ho trovato la casa in Spruce Street molto rapidamente, e c'erano altre cinque persone interessate. Avevo paura di perderla se avessi aspettato un altro secondo. Ho colto l'occasione. Sono sicuro che ti piacerà. È meglio così.»

«Non ci sono i mobili, mamma» disse Alexander.

«Dove sono finiti?»

«Li ho venduti» rispose Harry. «Erano troppo ingombranti per la casa nuova.»

L'appartamento era al quinto piano di una palazzina angusta in una strada angusta. Uguale a quella in cui gli Attaviano avevano alloggiato quando erano arrivati via mare dalla Sicilia un quarto di secolo prima.

«Non proprio» disse Harry. «Quello era un caseggiato popolare nel ghetto del North End. Questo è sul Boston Common, a Beacon Hill. Una bella differenza, non credi?»

Gina non era minimamente d'accordo. I due alloggi le parevano identici.

Posò i guanti, la borsetta e il cappello e fece il giro della casa, o «il tour», come lo chiamò Alexander. Impiegò due minuti. C'erano un bagno, due camere, una cucina, un salotto, una sala da pranzo. Un camino. Le stanze erano piccole, buie, fuligginose, come se il riscaldamento a vapore non fosse arrivato al quinto piano. Gli scatoloni erano ancora pieni, in attesa che lei li svuotasse.

«Allora, cosa ne pensi?» continuava a chiedere Harry, di ottimo umore.

Gina era meno entusiasta. «Dov'è il resto?»

«È tutto qui, mamma» disse Alexander. «Non ci sono altre parti, come una sala per ballare.»

«Non sei mai stato un gran ballerino, figliolo» intervenne Harry. «Usavi la sala da ballo per inscenare finti scontri a fuoco. Puoi farlo al Common. È proprio qui di fronte.»

«Al Common non ci sono le rane.» Alexander mise il broncio.

«C'erano rane nella sala da ballo? E come sarebbe a dire che non ci sono rane al Common? Altrimenti perché lo stagno si chiama Frog Pond?» Harry condusse il bambino verso la finestra per mostrargli lo specchio d'acqua nera che si vedeva dall'altra parte della strada, oltre un cancello di pietra.

«Non vedo rane.»

«Va bene, basta così.» Harry lo spinse leggermente. «Va' a prepararti per andare a letto. Lasciami parlare con tua madre.»

Gina stava ispezionando i pensili della cucina in cerca di vasi, pentole e cucchiai.

Alexander la abbracciò. «Non preoccuparti, mamma. Ci vuole poco per trovare le cose. Il papà ha venduto quasi tutto.»

«Ho venduto le cose che non ci servono» spiegò Harry. «Ho tenuto il nostro letto» inarcò le sopracciglia, «il letto di Alexander. Il divano.»

«Avresti dovuto tenere il tavolo di malachite.» Gina indicò la finestra accanto alla quale troneggiava un vecchio e brutto tavolo con piedistallo. «Avresti ricavato abbastanza soldi per pagare la cauzione per un anno.»

«Ti ho detto più volte cosa penso delle donne che credono di essere divertenti.»

«Ancora qualche trasloco, e saremo di nuovo nel North End.» Gina girò lo sguardo sullo spazio angusto. «Opportuno chiudere il cerchio così, no?»

«Non credo che tu conosca la definizione di cerchio. Per te, un cerchio sarebbe finire in Sicilia. Per me, a Barrington. Capisci come funziona?»

Gina aveva visto come funzionava.

«Siamo a corto di soldi?» domandò cautamente.

«Certo che no.»

«È per questo che ci siamo trasferiti?»

«Certo che no. Ne abbiamo più che a sufficienza. Ci siamo trasferiti perché non voglio dilapidare stupidamente il nostro denaro. Credevo che non lo volessi nemmeno tu.»

«Non lo voglio.»

«Bene. Allora vogliamo entrambi la stessa cosa.»

Dove sarebbe andata ora? Salvo non c'era più.

Che Ringraziamento ingrato!

3

«Puoi sforzarti di non avercela con me per tutto il giorno?» chiese Harry una sera di dicembre, mentre Gina sparecchiava rabbiosamente dopo che Alexander era andato a letto.

«Non sto pensando a te in questo preciso momento. Mio fratello è morto.»

«Mi dispiace molto. Anzi moltissimo...»

«Ma forse, se smettessi di trascinare nostro figlio nelle tue violente rivolte pacifiste, mi faresti arrabbiare di meno.»

«Non sto perorando la causa della pace, bensì quella della rivoluzione.»

«Questo spiega perché continuo a essere arrabbiata.»

Gina passava il tempo a nascondersi dagli altri: le amiche, la cognata. Come poteva sopportarlo? Voleva soltanto urlare. Lei e Harry avevano raggiunto una tregua, una parentesi di affinità, una sospensione del disaccordo, quando si erano lodati a vicenda per aver venduto Bellagrand e non essersi rovinati la vita con i finti milioni di Jenkins. Quanto era stata effimera quella tregua! Come la gioia. Come ogni cosa.

«Da quando sei diventato così ideologicamente inflessibile?» chiese Gina trovandolo sepolto in alcuni libri russi vicino alla finestra mentre lei, come la paziente di un manicomio, puliva e ripuliva lo stesso tavolino di legno cercando di farlo brillare.

«Come sarebbe a dire? Sono sempre stato così.»

Gina fece un'espressione scettica, ma si domandò se fosse vero. Era sempre stato così, e lei non se n'era mai accorta?

«Sapevi che mia sorella ha portato Alexander a fare delle escursioni a Boston con il nostro vecchio amico Ben?»

Lo sapeva, ma non aveva voglia di parlarne. Perché Esther avrebbe dovuto farlo? Perché avrebbe dovuto presentare Alexander a Ben? A quale scopo? Per creare problemi? Ma c'erano così tanti dettagli a chiuderle lo stomaco che quel mistero era rimasto irrisolto. Non aveva chiesto spiegazioni a Esther. Non le importava.

«Alexander l'ha invitato a cena» disse Harry.

«Oh. Quando viene?»

«Vuoi scherzare, vero?»

«Sì.»

«Be', smettila. Non sei divertente.»

«Ma ci sono molte ragioni per scherzare. Vedo come hai gestito le cose mentre cercavo mio fratello. Lasciando nostro figlio di sette anni da solo a casa. Facendoti arrestare con lui per aver commesso un reato. È tutto molto divertente.»

Harry parlò in tono sprezzante. «Non sono preoccupato. La guerra è finita. Troverò un bravo avvocato prima dell'udienza del mese prossimo. Andrà tutto bene.»

«E poi? Smetterai?»

«Smettere di fare cosa? La missione della mia vita? No, neanche per sogno.»

Gina gettò via lo straccio, prese un libro e si diresse verso la camera. «Allora forse è il caso di dare all'avvocato un acconto sull'onorario.»

Si appollaiò sul letto accanto ad Alexander. Il bambino era rannicchiato sotto le coperte pesanti, al calduccio. Stava dormendo? Aprì gli occhi e la fissò, senza sbattere le palpebre nella luce fioca che filtrava dalla strada.

«Da quanto tempo mi guardi, mamma?»

«Da quasi otto anni, caro.»

Lui si alzò a sedere e la abbracciò. «Non essere triste per tuo fratello. Per favore. Mi prometti che non sarai più triste?»

Lei si asciugò il viso di nascosto. «Okay, raggio di sole, amore mio, mio amato figlio.» Lo strinse e gli diede un bacio sulla testa, ma fu Alexander a darle dei colpetti sulla schiena per consolarla. «Hai aiutato tuo padre mentre ero via?» Gli accarezzò la guancia. «E hai fatto il bravo con la zia Esther?»

«Certo. Non dirlo a papà, ma...» Alexander abbassò la voce. «Ben, l'amico della zia, mi ha regalato un revolver, mamma! Un revolver!»

«Sì, me l'ha detto. Lascialo a Barrington.»

«Lo so. D'accordo. Ma sai cosa abbiamo fatto io e il papà mentre tu non c'eri? Mi ha insegnato a giocare a hockey!»

«Davvero?»

«Sì. Non ci siamo solo fatti arrestare, sai. Anche se è stato interessante. Ma io sapevo già pattinare, e poi il papà ha comprato due mazze da hockey e un disco e siamo andati alla Matthews Arena. È stato molto divertente! Devi venire a guardarmi. Dice che sono bravo. Dovrei entrare nella squadra di hockey quando vado al liceo. Potrei diventare bravo come i canadesi.»

«Anche di più, spero.»

«I Bruins giocano di nuovo la settimana prossima. Vuoi venire a vedere una partita con noi? Potrebbe essere violenta. Certe volte c'è del sangue. È un problema per te?»

«Me la caverò.»

«Sai cosa mi ha detto il papà?»

«No, cuore mio.» Gli spostò i capelli dal viso. «Cosa ti ha detto tuo padre?»

«Che gli svedesi saranno la squadra da battere alle Olimpiadi del 1928, che sono bravi quasi quanto i canadesi.»

«Allora devono esserlo davvero.» Lo spinse delicatamente giù e lo coprì. «Ora dormi. Non so perché sei ancora sveglio.»

«Perché sei entrata in camera mia e mi hai fissato finché non mi sono svegliato e non ho parlato con te.»

Gina si chinò su di lui. «Chi è il mio amore?»

«Io, io. Ma mamma, non essere arrabbiata con il papà per l'arresto. È stato grande, urlava contro la polizia. È stato coraggioso. Non aveva per niente paura.» Sorridendo a quel ricordo, Alexander si tirò le coperte fino al collo. «Sembrava un soldato.»

4

Non vedendo di buon occhio le parole urlate da Harry, la polizia ordinò ai presenti di disperdersi. Lui li incitò a disobbedire. Gridò che la superiorità numerica era a loro favore. Così fu arrestato e trattenuto insieme ad Alexander. Dopo essere stato messo in custodia con la forza, fu accusato non solo di sedizione e disturbo della quiete pubblica, ma anche di resistenza a pubblico ufficiale. Trovò un ottimo avvocato che era un membro clandestino dello United Front. Il legale accettò l'incarico, ma qualche settimana dopo abbandonò il suo assistito senza alcuna spiegazione, restituendo l'anticipo sull'onorario con una lettera laconica.

Quando Harry lo affrontò, andando nientemeno che a casa sua, l'uomo disse che, negli ambienti professionali, difendere Harold Barrington equivaleva ad appuntarsi la tessera del partito sul bavero della giacca. Aveva già perso sei clienti e il suo studio aveva ricevuto un'altra decina di lettere rabbiose da parte di persone che minacciavano di affidarsi a qualcun altro. Se avesse continuato a difendere Harry, avrebbe dovuto cessare l'attività. Nonostante le simpatie comuniste non poteva proseguire il rapporto con lui. Era dispiaciuto. Quando Harry gli fece visita, indossava un cappotto da sera su misura, gemelli d'oro e scarpe appena lucidate. Viveva in uno spazioso palazzo in Newbury Street, più grande persino della precedente dimora di Harry.

Dopo settimane di ricerche, lui confessò a Gina che era incappato in alcuni ostacoli imprevisti. Non aveva immaginato, disse, quanto sarebbe stato difficile trovare un legale le cui virtù socialiste fossero abbastanza solide da resistere alle ansie superficiali della borghesia.

Gina, che si ostinava a pulire il tavolino e a spolverare gli scaffali, gli suggerì di non darsi per vinto.

Harry ci provò. A chiunque si rivolgesse, riceveva un due di picche. I problemi che si portava dietro erano l'ultima cosa di cui avevano bisogno, rispondevano tutti. «Da quando siete diventato così cauto?» chiese in tono accusatorio al settimo avvocato che gli aveva detto no.

«Ho una bella vita» disse l'altro. «Perché dovrei rischiare? Trovate qualcuno la cui vita sia a soqquadro, come la vostra.»

«La mia vita non è a soqquadro» ribatté Harry, colto alla sprovvista.

«Davvero? Bussate alla mia porta di notte. Perché non venite nel mio studio durante l'orario di lavoro?»

«Non voglio turbare i vostri capi. Non voglio che facciano pressione su di voi perché rifiutiate.»

«Ma prima o poi scopriranno che vi sto difendendo, no? Qualcuno vedrà il vostro nome accanto al mio nel registro del tribunale.»

«Non si tratta solo di difendere me, ma anche i diritti dell'uomo.»

«Potrei crederci al circolo.» L'uomo rientrò in casa. «Ma non sul mio assegno paga.»

5

Alla fine fu Gina a venire in aiuto di Harry. Prese il treno per Cambridge, andò al dipartimento di Ingegneria del campus di Harvard e chiese di vedere Ben Shaw.

Lui non si mostrò né contrariato né totalmente sorpreso. Lasciò il suo ufficio e uscirono insieme nell'aria gelida. Era gennaio, un brutto mese da passare a Boston.

«Non dobbiamo camminare per forza, Ben. Possiamo restare nell'ingresso.» Gina rabbrividì.

«No, facciamo due passi.»
«Almeno non nevica.»
«Sì, ma la neve rende tutto nuovo.»
Lei tacque mentre attraversavano Cambridge Street ed entravano nell'Harvard Yard.
Poi cambiò discorso. «Allora, ho saputo della tua escursione con Esther e Alexander.»
«Non è stata un'escursione. Eravamo di fronte a casa vostra.» Ben fece una pausa. «Harry si è arrabbiato?»
Lei annuì. «Se l'è presa con te, con Esther, con Alexander... e sicuramente con me, anche se ero a duemilacinquecento chilometri di distanza.»
«Forse, se fossi stata nei paraggi, non sarebbe successo.»
«È proprio quello che ha detto Harry.»
Proseguirono in silenzio per qualche istante.
«Pensavo che il tuo contratto durasse tre anni» riprese Gina. «Hai deciso di restare?»
Ben scrollò le spalle. «La cattedra di Harvard non è cosa da poco. Ingersol si è abituata a vivere qui. In inverno mi lascia per quattro mesi e torna a Colón con le bambine.»
«Ti lascia solo per Natale?»
«Non è molto corretto da parte sua, vero?»
«Direi di no. Ora è a Panama?»
«Fino a marzo.»
Gina sperava che non le si ritorcesse contro, essere andata a trovare Ben mentre sua moglie e le sue figlie erano via.
«Allora, cosa succede, Gia... Gina?» si affrettò a correggersi. «Va tutto bene?»
Lei gli espose i problemi che l'avevano condotta a Harvard. «Harry ha esaurito tutte le opzioni. Mi rincresce disturbarti con questa storia. È da quasi due mesi che cerca di assumere un avvocato, ma non trova nessuno che voglia rappresentarlo, e l'udienza è la settimana prossima. Abbiamo già rinviato due volte, ma è l'unico atto di benevolenza natalizia che ci è stato concesso. Tra sette giorni dovrà presentarsi in tribunale. Cosa farà, si difenderà da solo?»

«Sa che sei qui? Gli avevo detto di venire da me se avesse avuto bisogno di qualcosa.»

Gina scrollò il capo. «Sai che il suo orgoglio non glielo permetterebbe mai.»

«È quello che pensavo.» Ben si zittì per un istante. «Non è riuscito a trovare nessuno che accettasse il suo caso, a prescindere dall'onorario offerto?»

«È la prospettiva del suicidio professionale a spaventare gli avvocati. Dovremmo pagarli a vita se perdessero i clienti a causa sua e non trovassero più lavoro. Sarebbe come il racket di protezione di Cosa nostra.»

Ben rise. «Fai sempre paragoni molto azzeccati. Ma cosa ti fa pensare che un costruttore di canali e professore di Harvard conosca un avvocato abbastanza avido o spregiudicato da accettare un caso come questo, senza curarsi delle conseguenze per la propria reputazione?»

«Un uomo che spacca le montagne in due?» Gina sorrise. «A chi altri potrei mai rivolgermi?»

Lui annuì. Sembrava riconoscente di essere stato interpellato. «Capisco il problema di Harry. Ma se vuole che qualcuno lo rappresenti, deve trovare un uomo che non sappia nulla di lui o che abbia un disperato bisogno di soldi. Preferibilmente entrambe le cose.» Le diede il nome di James Domarind. «Si è laureato al Boston College. Studiava Scienze biologiche ma, quando sua madre è morta, non ha più voluto avere a che fare con la medicina o le provette. Così si è iscritto alla facoltà di Giurisprudenza di Harvard. Ha seguito un corso di Ingegneria con me per soddisfare i requisiti di laurea.»

«Cosa ti fa pensare che possa aiutarci?»

«Be', era ancora al primo anno quando ha iniziato a distribuire biglietti da visita plastificati. Ho pensato che fosse una dimostrazione di audacia. Ne ho uno qui nel portafogli. Mi ha colpito.» Ben lo tirò fuori e glielo porse. «Lavora in un ufficetto in Boylston Street. È specializzato in diritto di famiglia, ma credo che il tuo caso possa rientrare in questo ambito.»

«Sì. Cerco di tenere insieme una famiglia.»

«Appunto.» Ben fece una pausa, come se soppesasse le parole successive.

Ora che Gina aveva un nome, avrebbe voluto salutarlo e correre via per evitare che qualche conoscente di Harry la vedesse. Ma Ben voleva dirle una cosa.

«Sono andato ad ascoltarlo qualche settimana fa. Era qui a Cambridge, a sobillare la folla. Era determinato nonostante il freddo. E ha ricevuto un'ottima reazione dal pubblico.»

«Ti ha visto?»

«No, ero nelle ultime file. Dopo, avrei voluto salutarlo, ma...» Ben sospirò. «Non sembrava pronto a incontrarmi.»

«Ebbene, cosa ne pensi?»

«Di cosa?»

«Di Harry. Del fatto che voglia diventare come Eugene Debs. Facendo proselitismo agli angoli delle strade.»

All'inizio lui non rispose. «Gli è successo qualcosa» disse alla fine. «È sempre stato affascinante, e lo è ancora. Ma una volta era bonario, accomodante, calmo. Ora ho percepito solo disprezzo. Un po' noioso da ascoltare, se devo essere sincero. Anche se si è d'accordo con lui, si desidera soltanto che stia zitto. Parla per luoghi comuni. Gli affari sono cattivi, il profitto è cattivo, il denaro è cattivo, il materialismo, la ricerca della ricchezza. Le persone hanno difficoltà a sostenerlo, anche gli studenti universitari che, come sai, sono disposti a sostenere qualsiasi cosa. Un tempo era spiritoso. Autoironico.»

«Ormai non più.» Gina abbassò la testa. Non da quando erano tornati a Boston.

«Be', la sua aria arcigna è piuttosto scoraggiante. Il sistema non funziona, continua a ripetere. Eppure la maggior parte delle persone a cui lo dice ha un lavoro!»

«Non il pubblico di Harvard.» Lei allungò il passo.

«Gli studenti, d'accordo, ma gli altri? Banchieri, piccoli imprenditori, direttori d'albergo, contabili, ingegneri. Docenti. Boston sta prosperando, investendo, ricostruendo. Tutti hanno un'auto nuova, un cottage in campagna, biciclette argentate, divani di cuoio. Mandiamo i nostri figli in scuole private. Andiamo a Cape Cod per Natale e per le vacanze estive. Balliamo. L'unico neo per il resto di noi sono le leggi sugli alcolici. Il proibizionismo e Harry, due cose che smorzano il nostro entusiasmo, ed entrambe per lo stesso motivo: sono prive di gioia.»

Gina avrebbe voluto ridere, ma si trattenne. Non poteva dargli ragione – non poteva schierarsi proprio con Ben contro suo marito, a cui dopotutto stava cercando di dare una mano –, ma non poteva neppure dargli torto.

«C'è mai stata gioia nella rivoluzione?» chiese.

«Non ha importanza. È solo una mia opinione. Consigliagli di prendere le cose più alla leggera, se può. Rimedieremo alla sua situazione attuale. Ti garantisco che Domarind accetterà l'incarico. È il candidato perfetto.»

«Perché ne sei così sicuro?»

«Perché il suo unico scrupolo è se stesso. Al di là di questo, non gli importa nulla degli attaccamenti umani. Senza dubbio Harry ti dirà, e senza dubbio ti ha già detto, che la sede della coscienza capitalista non è il cuore, ma il portafogli.»

«Sì, me l'ha detto.»

«Il capitalismo è un sistema che trae profitto dalla sofferenza di milioni di persone.»

«Ho sentito dire anche questo.»

«L'ironia» concluse Ben, fermando Gina alla stazione ferroviaria in Harvard Square e togliendosi il cappello per salutarla, «è che sarà proprio questo sistema a tenere Harry fuori di prigione. Perché James Domarind sta per trarre profitto dalla sofferenza di tuo marito.»

6

Ben aveva ragione. Domarind, un uomo grosso e sgraziato, con il ventre prominente e i capelli radi meticolosamente appiattiti in un riporto verso destra, non chiese della rivoluzione né del materialismo dialettico né dell'economia di comando. Quando Gina e Harry gli fecero visita nello studio angusto e squallido che puzzava di chiuso, sopra un elegante negozio di scarpe in Boylston Street, esaminò attentamente il verbale della polizia. Sviscerò ogni minimo dettaglio con Harry mentre Gina se ne stava seduta in silenzio, sforzandosi di non pensare alle belle scoperte che avrebbe potuto fare al piano di sotto. Aveva adocchiato un paio di décolleté scamosciate verdi con le fibbie. Chissà se avevano il suo numero. Poteva scusarsi e dire che sarebbe tornata subito?

Domarind indossava un completo che era stato stirato una o due settimane prima e le sue scarpe, che evidentemente non erano state comprate al piano di sotto, parevano tutt'al più lucidate alla lontana. La scrivania era ingombra di pile di documenti e cartelline alte quasi un metro.

La prima cosa che Harry disse dopo le presentazioni fu: «Tutti hanno paura, signor Domarind, perché la Rivoluzione russa ha suonato le campane a morto del vecchio ordine».

«Forse è per questo che cercano in ogni modo di sbattervi in prigione, signor Barrington. Vorrebbero rimanere in vita ancora un po'.»

Dopo aver letto la denuncia contro Harry e ascoltato la sua versione dei fatti, l'avvocato domandò: «È tutto? Ci sono altri incidenti di cui dovrei essere a conoscenza?».

«È tutto.»

Domarind mordicchiò la matita. Non guardò né Harry né Gina, solo i fascicoli lì davanti. «Ecco come stanno le cose. Dopo la vostra telefonata di qualche giorno fa, ho deciso di informarmi meglio sull'uomo che stavo per conoscere, così mi sono preso la libertà di chiedere alla polizia di Boston se avessero altri verbali su di voi.» Tossicchiò. «Sono rimasto piuttosto stupito, come potete immaginare, dall'ampia documentazione sulle vostra attività che mi è stata spedita dalla polizia, dall'ufficio del procuratore e dal tribunale distrettuale. Attività che risalgono a quasi quindici anni fa e che si sono svolte in un'altra città.»

«È acqua passata.» Gina smise di pensare alle scarpe. «Sono notizie vecchie.»

Domarind annuì. «Certo, signora Barrington. Può darsi. Solo che...» L'uomo tossicchiò di nuovo, continuando a non alzare lo sguardo. «Quella che non è una notizia vecchia è il piccolo incidente del 1923, mentre il signor Barrington era in libertà vigilata per un reato grave ai sensi dell'Espionage Act, quando l'hanno accusato di distribuire volantini...»

«No, non è possibile» lo interruppe Gina. «Harry non ha commesso violazioni da quando siamo tornati a Boston.»

Suo marito tacque.

«Harry?»

«Era soltanto una stronzata!» esclamò lui.

Gina vacillò sulla sedia.

«Sono d'accordo» disse Domarind. «Se non fosse che le condizioni della libertà vigilata stabilivano chiaramente che non erano ammesse violazioni, nemmeno per il volantinaggio.» Aprì le mani con espressione interrogativa. «Dunque ditemi: come avete fatto a restare fuori dalla prigione?»

Harry era palesemente riluttante a confessare. «Ho pagato due poliziotti perché insabbiassero le accuse» ammise alla fine. «Non ricordo esattamente, ma è possibile che abbiano fatto una lunga vacanza alle Barbados o a Saint Croix proprio nel periodo dell'udienza, e senza di loro non c'era nessun caso.»

«Bravo.» Domarind annuì in segno di approvazione. «Una vacanza ai tropici per due, e niente caso. Purtroppo, però, c'è un fascicolo chilometrico. E il procuratore l'ha trovato. Non ha neppure dovuto cercare a lungo.»

«Cosa significa?» domandò Gina.

«Che la semplice causa contro vostro marito per disturbo della quiete pubblica si è complicata un po'. Se fosse rimasto lontano dai guai, l'incidente del 1923 sarebbe passato in secondo piano. Ma ora è un grave precedente. Attualmente siete già accusato di un reato ai sensi dell'Espionage Act per aver propugnato il rovesciamento del governo degli Stati Uniti.»

«Non lo stavo propugnando. Lo stavo raccomandando.»

«Dopo aver commesso un reato violando la libertà vigilata, avete deciso di raccomandare a una folla di civili di prendere le armi contro il governo degli Stati Uniti? In altre parole, di far scoppiare una rivoluzione?»

«Non preoccupatevi» lo rassicurò Harry. «D'ora in poi ci andrò piano con la rivoluzione.»

Dimenticando per sempre le scarpe verdi, Gina fu inghiottita dal frastuono dell'oceano. Ebbe la sensazione che il vento avesse soffiato via il tetto di casa sua. L'uragano era stato alle sue spalle per tutto il tempo, e lei non se n'era nemmeno accorta.

Sentì Domarind promettere che avrebbe fatto il possibile. Guardò Harry firmare un assegno per l'anticipo sull'onorario.

Si avviarono verso casa in silenzio. Alla fine fu Harry a parlare. «Di mattina consegno i giornali. Per arrotondare.»

«Siamo caduti così in basso? Davvero abbiamo bisogno dei soldi guadagnati consegnando i giornali?»

«È solo un piccolo extra. Per le spese accessorie.»

«Quale giornale? Il "Globe"?»

Lui esitò per un attimo. «Il "Daily Worker".»

«Il "Daily Worker"» gli fece eco. «Ti hanno accusato di sedizione, insurrezione e forse addirittura tradimento, e vendi il giornale del Partito comunista per dimostrare che non hanno prove contro di te?»

«Non sono prove solide. Credo che la libertà di stampa sia ancora un diritto tutelato. Ascolta, ti prego di non preoccuparti. Per favore. Le cose non stanno così. Negli ultimi anni il Partito dei lavoratori si è riorganizzato. Abbiamo smesso di chiedere apertamente un rovesciamento. Abbiamo spostato l'accento sul reclutamento di nuovi membri, non sulla campagna per un cambiamento immediato. È più sicuro. Va tutto bene. Perciò non angosciarti troppo, okay?» La baciò. «Vado in biblioteca.»

Gina tornò a casa e pulì ossessivamente l'appartamento finché non fu ora di andare a prendere Alexander a scuola.

Domarind chiese un rinvio dopo l'altro finché non trovò un giudice oberato di lavoro e prossimo alla pensione. L'avvocato citò il Primo e il Quarto emendamento a sostegno della propria tesi, secondo cui il caso contro il suo assistito avrebbe dovuto essere archiviato. Miracolosamente il giudice accettò. Il caso fu archiviato. «Non c'è di che» disse Domarind a Harry sui gradini del tribunale. «Ma avete sentito il venerando giudice Dockery. Dovete stare lontano dalla pubblica piazza. Gli animi sono surriscaldati per questa storia dei comunisti.»

«Naturalmente. Avete ragione.»

Due mesi dopo, Harry fu arrestato di nuovo per aver incitato alla violenza in un articolo che aveva scritto per il «Daily Worker».

«Non ho incitato alla violenza» si giustificò con Domarind. Era andato nel suo studio da solo.

«Avete citato oppure no Berkman e Goldman?»

«Sì, ma...»

«Avete affermato oppure no che i cambiamenti significativi si possono ottenere solo con la forza?»

«Erano citazioni! Non parole mie.»

«Per favore. Non avete ingannato neppure vostra moglie che, a quanto vedo, oggi non è al vostro fianco.»

«È impegnata con nostro figlio.»

«Non ingannerete il tribunale.»

«Fate assegnare il caso al giudice dell'altra volta.»

«Purtroppo Dockery è stato trasferito a Boise.»

«A Boise... nell'Idaho?»

«Ce n'è forse un'altra?»

«State parlando in codice?»

«Sì, Dockery è andato in pensione.»

«Allora trovatemi un giudice socialista!»

«Perché abbondano qui a Boston...»

«Sapete che è così. Max Eastman non ha scontato la pena per le sue violazioni del Primo emendamento quando scriveva per "The Masses". Chi era il suo avvocato?»

Domarind non raccolse la provocazione. «Max Eastman era in libertà vigilata?»

«Io non sono in libertà vigilata!»

«Sì che lo siete. Dockery aveva archiviato l'ultimo caso contro di voi senza pregiudizio.»

«Giusto. Pensavo significasse che non si può riaprire.»

«Una conoscenza vaga è una cosa pericolosa. Avreste dovuto

ascoltare meglio. Significa l'esatto contrario. "Senza pregiudizio" vuol dire che possono riaprire il caso in qualsiasi momento, se c'è un'altra violazione. E ora c'è stata. Riaprono il vecchio procedimento, vanno avanti con il nuovo. Più la violazione della libertà vigilata, più una fedina penale lunga un chilometro. Le accuse si accumulano senza sosta.»

«Okay, un piccolo errore da parte mia. Cosa facciamo adesso?»

Domarind sembrava esausto. «Quando andrete all'udienza, assicuratevi che vostra moglie non sia occupata con vostro figlio, ma che vi accompagni. Non si fa bella figura se si è sposati e ci si presenta da soli. Anzi, si fa una pessima impressione.»

«Capisco.»

«Ovunque andiate, portatela con voi. Chiaro? Ogni volta che pronuncerete una singola parola in pubblico, accertatevi che sia al vostro fianco, che vi tenga sottobraccio, che sembri un'elegante principessa di Beacon Hill.»

«Ho detto che ho capito.»

Gina accettò di stargli vicino, ma prima dell'udienza successiva furono arrestati tutti: Harry, Gina e Alexander. Erano a Washington, impegnati a protestare davanti alla Casa Bianca. Harry si era rifiutato di lasciare Lafayette Park, e Gina e Alexander, che erano con lui, erano stati un danno collaterale.

«Non è nella stessa giurisdizione» disse Harry a Domarind. «Come può essere considerato un marchio contro di me?»

«Andate a dirlo a Frank e Jesse James.»

«Non credo che la legge sia arrivata a nessuno dei due» borbottò Harry.

Domarind sbatté le palpebre. «Giusto, l'avevo dimenticato. Okay, allora sarete la persona più intelligente del carcere di Liberty. È questo che volete? L'ultima parola spetta a voi.»

«È chiaro che non voglio finire in prigione.»

«Non è così chiaro. E vostra moglie?»

«Lei non deve andare in prigione in nessun caso.»

Dopo mesi di macchinazioni legali, Domarind convinse il procuratore distrettuale ad accettare un patteggiamento. Harry ricevette una condanna a due anni con sospensione della pena, sei mesi di libertà vigilata e quattrocento ore di servizi socialmente utili, durante le quali avrebbe contribuito a tenere pulito il parco. Ricorse in appello soltanto per l'ultimo punto, dicendo che gli sarebbe stato impossibile lavorare e scontare le quattrocento ore. Quando gli chiesero cosa facesse per vivere, rispose che si occupava di suo figlio mentre la moglie lavorava alla Boston Library e alla San Vincenzo de Paoli. Nell'interesse di Alexander, il giudice ridusse i servizi socialmente utili a cento ore, da svolgere nei fine settimana, quando la moglie era a casa. Nessuno verificò se Gina lavorasse davvero in biblioteca o facesse volontariato alla San Vincenzo.

«Ora menti anche in tribunale, Harry?» disse Gina mentre tornavano a casa. «Non c'è un nome per questo?»

«Devo correggere e sintetizzare *Teoria e pratica del bolscevismo* di Bertrand Russell per un pezzo che pubblicheremo nel corso delle prossime otto settimane. Non posso perdere tempo a scopare rifiuti.»

Meno di tre mesi dopo lo arrestarono di nuovo per aver tenuto in mano un cartello e aver urlato slogan. Il cartello diceva: LAVORATORI DEL MONDO, UNITEVI!

Domarind mise al tappeto la città di Boston, basando le sue argomentazioni chiassose e inebrianti sul Primo emendamento. Al diavolo l'Espionage Act, il Sedition Act e *Schenck vs Stati Uniti*. Il Paese non era in guerra. E lo scopo del Primo emendamento non era proteggere i discorsi che si approvavano, proclamò l'avvocato dal suo podio in aula, bensì i discorsi che non si approvavano. Non c'era stata nessuna rivoluzione, nessun tradimento. Harry stava solo mostrando le parole innocenti della Terza Internazionale. Lui e Gina speravano ardentemente che nessuno in tribunale sapesse cosa fosse la Terza Internazionale o Comintern: un apparato di controllo sovietico sul movimento comunista internazionale. «Unitevi» era una parola bellissima. Non era incendiaria! Aveva molte connotazioni positive. Anzi, persino gli Stati Uniti d'America erano uniti!

Il giudice di Boston rimproverò Domarind per oltraggio alla corte e respinse la richiesta di archiviazione. L'avvocato portò il caso di Harry davanti alla Corte d'appello distrettuale e poi alla Corte d'appello federale per il distretto del Massachusetts. Dopodiché sarebbe toccato alla Corte suprema, e Domarind era pronto a infiammarsi come un vulcano. Ma la Corte federale ribaltò la sentenza originale, rinunciando all'accusa di sedizione e stabilendo che il semplice fatto che Harry fosse in libertà vigilata non comportava la possibilità di calpestare i suoi diritti garantiti dal Primo emendamento.

Gina tirò un momentaneo sospiro di sollievo.

7

Smisero di ricevere inviti a cena e a eventi sociali come matrimoni e fidanzamenti. Quanto era stata breve la sua esistenza in guanti bianchi, pensava Gina tutte le mattine, mentre accompagnava Alexander alla Park Street School.

I pranzi con Meredith diventarono sporadici e poi cessarono del tutto. La donna si giustificava menzionando altri impegni e incombenze ma, durante un pomeriggio in cui avrebbero dovuto vedersi, Gina stava camminando lungo Beacon Street quando scorse l'amica seduta fuori da un caffè, intenta a ridere e a bere il tè con un'altra signora di Beacon Hill. Gina le superò a testa alta, sorridendo come se fosse lei a divertirsi.

Quando lo raccontò a Harry, lui scoppiò in una risata. Che liberazione, disse. Chi ha bisogno di loro? Non mi sono mai piaciuti.

I loro fine settimana erano liberi, i sabati sera anche.

Poi una mattina, mentre Gina percorreva Beacon Street dopo aver accompagnato Alexander, vide due conoscenti che camminavano nella sua direzione, ancora a una certa distanza, chiacchierando tra loro, e le guardò sconcertata mentre, senza rallentare, attraversavano la strada per evitare l'imbarazzo di riconoscerla o addirittura di passarle accanto.

«Te lo sei immaginato» disse Harry. «Stai esagerando.»

Successe una volta dopo l'altra. Successe con disinvolta noncuranza e in tutti gli ambienti sociali: giovani e vecchi, ricchi e operai, uomini e donne, tutti la misero al bando. Alla scuola di Alexander, le altre madri smisero di rivolgerle la parola. Certo, annuivano quando le salutava, alcune addirittura sorridevano, e poi si affrettavano come se fossero molto indaffarate o si fossero ricordate di una commissione improrogabile. Era come se avesse una lettera scarlatta appuntata sul petto, o forse quattro. M di C. Moglie di un Comunista.

«È la tua immaginazione» disse Harry. «Non essere paranoica.»

Gina ideò un test. Per un mese, a scuola, non parlò con nessuno. E in quel periodo nemmeno una persona attaccò discorso con lei, neppure due chiacchiere sul tempo.

Alexander non fu più invitato a casa degli altri bambini; niente più feste di compleanno, prime comunioni, pomeriggi passati a fare i biscotti, giochi al parco. Nel maggio del 1928, quando Gina spedì dodici inviti per il nono compleanno di suo figlio, tutti e dodici tornarono al mittente con parole di scusa. Così portarono Alexander, Teddy e Belinda in campeggio sulle White Mountains. Si divertirono un mondo. E Harry rimase imperturbabile. «Volevi essere loro amica?»

«Volevo essere amica di qualcuno.» Lei sentiva la mancanza degli incontri sociali, dei balli, delle raccolte fondi, delle inaugurazioni di ali d'ospedale.

Vedendo che continuava a lamentarsi, Harry la guardò con disapprovazione. «I nostri desideri sono davvero diventati così privi di significato?»

Gina l'aveva solo immaginato, o anche il pubblico dei suoi comizi stava diminuendo?

Ben aveva ragione. Harry era un oratore di talento, un ottimo relatore retorico, ma stava perdendo il suo seguito. Il sistema andava ricostruito dalle fondamenta, insisteva. Già, ma la maggior parte delle persone non voleva farlo, nemmeno al parco il sabato. Così si allontanò da Boston: Medford, Gloucester, Lexington, Arlington Heights. Gina e Alexander andavano con lui, sperando di risparmiargli l'arresto. Per qualche ragione, la sua retorica pungente infastidiva meno la polizia se al suo fianco c'erano una moglie elegante e un figlio irresistibile.

Ben presto anche le folle fuori città persero entusiasmo. C'era forse da meravigliarsi? Harry diceva agli ascoltatori che dovevano soffrire per avere ciò di cui avevano bisogno, ma non era in grado di rispondere alle loro domande sulla durata della sofferenza.

«Ti stai alienando il pubblico» disse Gina dopo un fiasco particolarmente bruciante. Solo il pubblico, giusto?

«Non mi importa. So di dire cose scomode. Rinsaviranno.»

Lei si morsicò la lingua. «Alexander! Scendi dall'altalena. So di dire cose scomode, ma l'autobus sta aspettando.»

«I bei tempi finiranno» urlò Harry durante un altro comizio, un sabato mattina al Common di Watertown. «E poi? Sì, ora va tutto bene. Ma non sarà sempre così. Guardate Miami. Avete visto cos'è successo? Succederà ovunque. Cosa farete quando non ci saranno più soldi? A chi vi rivolgerete? Chi vi aiuterà?»

«È un ciclo» gridò qualcuno. C'era sempre qualcuno che rispondeva. «Se facciamo a modo tuo, i bei tempi finiranno per sempre.»

«Un boom economico non può durare all'infinito» tuonò Harry. «Se la storia ci ha insegnato qualcosa, è proprio questo.»

«Se facciamo a modo tuo, non avremo mai più un boom economico.»

«Non è vero. Sarà la fine dell'ingiustizia! La fine della schiavitù economica! La fine della guerra! Raccoglierete i frutti del vostro duro lavoro. Non patirete la fame.»

Il disturbatore non si arrese. «Non sarò neppure libero.»

«Cosa preferisci, il pane o la libertà?»

«Non di solo pane vivrà l'uomo!» urlò una donna. Iniziavano a far fronte comune, diventando spavaldi. Gina si alzò in punta di piedi per individuare colei che aveva pronunciato quella frase. La voce assomigliava alla sua, e anche le parole sarebbero potute uscire dalla sua bocca.

Harry fece una pausa prima di rispondere. «Cosa farete quando il pane sarà finito?» gridò.

«Buttati giù dal dirupo su cui ti trovi» lo rimbeccò la donna. «Mostraci in che modo lo Stato è pronto ad aiutarti.»

«Posso buttarmi giù dal dirupo fino alle calende greche, ma voi resterete ugualmente senza lavoro e senza nessuno a cui rivolgervi. Su chi potrete contare quando non ci sarà più lavoro in questa città? Non avrete nessuno a cui rivolgervi, se non voi stessi. È questo il tipo di Paese in cui volete vivere? Non è questa l'America in cui credo!»

«Nelle fogne» urlò un uomo, evidentemente anch'egli dotato di qualche capacità retorica, «e porterai con te milioni di persone! Se facessimo a modo tuo, vivremmo sotto un giogo. Chi lo vorrebbe?»

«Avrete il pane!»

«Preferiamo morire che vivere sotto un giogo. Preferiamo fare la fame.»

La folla mormorava irrequieta.

Harry non riusciva a comunicare con gli ascoltatori.

«Sai perché non riesci a trasmettere il tuo messaggio?» disse Gina sull'autobus mentre tornavano a casa, con Alexander che dormiva tra le sue braccia. Anche lei avrebbe voluto riposare serenamente ovunque, come il suo bambino.

«Non sono pronti a riceverlo» rispose stancamente Harry.

«No. Perché i tuoi sono sogni totalitari. Non è il modello giusto per l'America. Questo non è il Paese adatto.» Per addolcire le sue parole, aggiunse: «Forse un altro Paese. Forse la Russia».

«Sì!» esclamò Harry, come se l'idea gli fosse venuta in mente solo in quel momento.

«Stavo facendo dell'ironia.» Gina aggrottò le sopracciglia. «Come fanno a tenere insieme l'Unione Sovietica? Sono stati decimati dalla guerra civile. Si sono tirati fuori dalla Grande guerra solo per perdere milioni di persone sul loro stesso territorio. La Russia si sta sfaldando. Per quanto ancora verrà tenuta insieme dal giogo?»

«Per tutto il tempo necessario.»

«Oh, Harry.» Gina era molto delusa. «Persino i tuoi sogni utopici sono diventati mussoliniani nella loro esecuzione.»

«Vale a dire?»

«Sei fascista anche nelle tue fantasticherie.»

«Non capisci niente.» Si passò una mano sul viso sudato.

«Forse potrai spiegarlo meglio a Roxbury sabato prossimo. Perché sembra che neppure gli altri ti capiscano.» Strofinò il naso contro la testa di Alexander e si voltò verso il finestrino.

«Che speranza c'è, se non riesco a comunicare nemmeno con mia moglie?»

Gina rispose con un silenzio eloquente. Lui cambiò argomento. «Dove ho sentito la frase *Non di solo pane vivrà l'uomo*? Continuano a gridarmela durante i discorsi e io non so cosa rispondere. Sento di dovermi preparare.»

Gina sorrise benevolmente. «Ci sono moltissime cose che non sai. E non sai neppure di non saperle. Vuoi una risposta adeguata a questa frase?»

«Sì.»

«La prossima volta di': *È vero, non di solo pane vivrà l'uomo, ma di ogni parola che esce dalla bocca di Dio*.»

Harry gemette. «Oh no. È tratta dalla Bibbia?»

«Dai quaranta giorni di Cristo nel deserto. Dalla sua chiacchierata con il diavolo sui miracoli e sul perché egli si rifiutò di farli.»

«Ma com'è possibile? Ogni cosa che dico la rigiri contro di me.»

«Rispondi» continuò dolcemente Gina «che Cristo è il pane della vita.»

«Santo cielo. Smettila.»

Lei obbedì.

«Le speranze che ispirano il comunismo» disse Harry «sono perlopiù ammirevoli quanto quelle instillate dal discorso della montagna.»

«Allora dillo al tuo pubblico. Non frenarti. Comincia la prossima settimana a Roxbury, prima di abbandonarti alla sofferenza.»

8

Un venerdì mattina alla fine di settembre del 1929, Gina alzò il ricevitore del telefono per chiamare Esther e chiederle se preferisse andare a prendere Alexander a casa o a scuola, e scoprì che la linea era muta.

Non sapeva cosa fare. Perché il telefono non funzionava? Frugò tra i documenti nella scrivania di Harry per cercare l'indirizzo della compagnia telefonica, ma non trovò nessuna bolletta. Cercò il libretto degli assegni, ma non trovò neanche quello.

Harry era già uscito; ormai non gli domandava più dove fosse diretto, perché non voleva saperlo, e lui non glielo diceva più, perché affermava di volerla proteggere. Alexander era a scuola. Gina non aveva tutto il tempo del mondo. Aveva programmato di andare alla San Vincenzo. Invece si mise cappello e cappotto e si avviò verso la banca.

In seguito avrebbe potuto incespicare nella direzione opposta a quella di casa, verso l'acqua, i moli, le navi, verso terre remote, verso un luogo lontano.

Altrove.

In qualsiasi altro posto.

Era Miami, un ex paradiso tropicale, isolato in un mare di furiose acque bianche. Le ferrovie bloccate e sotto embargo a sinistra, la *Prinz Valdemar* ribaltata e affondata nel porto a destra, a impedire l'arrivo dei materiali per la ricostruzione e la partenza di eventuali turisti malconci. Nessuna via d'uscita, né per terra né per mare. Solo Gina, Alexander e Harry, sul lastrico e intrappolati con l'inestinguibile e indistruttibile moscerino mediterraneo della frutta.

18

I terroristi bianchi chiedono la grazia

1

Era rannicchiata sul pavimento della cucina, con la testa tra le mani. Harry, in piedi lì davanti, cercava di spiegare quello che non riusciva a spiegare, come durante un sabato a Roxbury.

«Ci sono meno soldi di quanti sperassi.»

«Quando dici meno, intendi niente. Giusto? Perché è questo che c'è. Niente.»

«Non niente.»

«Niente.»

Non c'era nulla da dire.

«Dov'è?»

«Cosa?»

«Dov'è il nostro denaro?»

«Dove credi che sia? L'abbiamo speso.»

«Per cosa?»

«Per vivere. Tu non hai forse scarpe e vestiti? Io non ho forse dei libri?»

«Sono le uniche cose che abbiamo. E anche le mie scarpe e i miei vestiti scarseggiano. Tre anni fa li ho donati quasi tutti alla San Vincenzo in conto deposito. Dov'è il nostro denaro?»

«Boston è costosa. Ora capisci perché volevo trasferirmi dalla casa in Mt. Vernon Street? Ha prosciugato le nostre risorse. Non avremmo mai dovuto vivere lì. Avremmo dovuto affittare una casa più piccola fin dall'inizio.»

Gina non riuscì a guardarlo. Cosa avrebbe fatto quando Alexander fosse uscito dalla sua camera per la cena? Niente cibo e sua madre sul pavimento. Per il bene del bambino, doveva ricomporsi. «A Jupiter vivevamo come pascià.» Si alzò a fatica, rifiutando la mano tesa di Harry. «Non ci mancava nulla. Avevamo una vera casa, non il tugurio che hai affittato in Mt. Vernon Street. Avevamo dei domestici. Pagavamo un contrabbandiere perché portasse il rum da Cuba nelle nostre cantine. Avevamo due automobili. Avevamo una barca. Abbiamo speso meno di ventimila dollari per quella vita idilliaca e straordinaria.»

«Pensavo di più.»

«No. Siamo venuti a Boston con soldi sufficienti per quarant'anni di bella vita. So quanto avevamo. E mi stai dicendo che sette anni dopo non abbiamo il necessario per pagare la bolletta del telefono di giugno? A settembre?»

«Lo so.» Harry era a disagio. «Non riesco a credere che il denaro sia finito così velocemente. Vorrei quasi che fossi ancora tu a gestirlo, come facevi a Lawrence e a Bellagrand. Era molto più facile.»

«Più facile!»

«Sì. Perché mi guardi così?»

«Perché non so chi sei. Non so con chi dormo ogni notte.»

«Ti prego, non torcerti le mani in quel modo. Rischi di romperti qualcosa. Mi stai spaventando.»

«Io spavento te? Dio mio!» urlò Gina. «Dio mio! Rimane qualcosa per cui gioire?» Disperarsi era peccato, ma Gina non poté farne a meno. Stava perdendo ogni speranza.

«Rimane la mia lotta contro la disuguaglianza.»

«Non ci sono più soldi per la tua disuguaglianza!»

«Ce ne sono sempre da qualche parte.»

Lei scosse la testa.

«Non preoccuparti per l'affitto, te l'ho già detto. Ed Esther si prenderà cura di Alexander.»

Gina non osò alzare gli occhi per paura che Harry vi leggesse il suo profondo sdegno. «Sei così sprezzante nei confronti del denaro, eppure così sicuro della sua disponibilità. Vi fai affidamento nel momento stesso in cui lo rifiuti. Sai benissimo che qualcuno là fuori deve fare soldi perché tu possa essere comunista.»

«E chi sarebbe questo qualcuno? Mia sorella? Non le manca niente. Non ha lavorato neppure un giorno in vita sua.»

«Tua sorella passa le giornate facendo volontariato negli ospedali di Boston e raccogliendo fondi per gli indigenti, per assicurare loro pasti caldi e vestiti pesanti. Con Rosa, porta la cena alla casa di cura per malati terminali ogni domenica. Dedica ore a leggere libri ai moribondi. Gli unici privilegi di cui gode tuo figlio vengono dalla sua generosità. Le biciclette, i pattini da hockey, le scarpe, i vestiti, i libri, la scuola privata sono tutti pagati da lei.» Gina non riuscì ad allontanarsi abbastanza da suo marito. Se stava difendendo Esther da Harry, le dieci piaghe dovevano proprio essere scese sull'Egitto.

«Non voglio altre cose materiali.»

«È sempre saggio non desiderare ciò che non si ha.»

«Non fare l'insolente, Gia. Perché non ti fidi di me? Andrà tutto bene. Le cose si risolvono sempre, e succederà anche questa volta.»

«Come?»

«Non lo so. Ma si risolveranno. Te lo prometto. Si risolveranno.»

«Dov'è? Dov'è il nostro denaro?»

«Non lo so.»

«Sì che lo sai.»

Lui tacque.

Gina voleva che glielo dicesse, che non avesse paura di pronunciarlo ad alta voce. Il solerte direttore della banca l'aveva già informata dei sacchi di denaro che erano stati portati via con le carriole per i garanti della cauzione, le sanzioni, le spese legali e processuali. Bustarelle per pagare la polizia e gli umili assistenti dell'ufficio del procuratore, che inspiegabilmente avrebbero smarrito fascicoli, prove, nomi di testimoni rilevanti. Domarind. I conti tornavano eccome. Per non parlare dei fiumi di dollari che scorrevano verso le sedi del «Daily Worker» e del Partito dei lavoratori a Boston.

Ecco dove erano finiti i loro soldi. I comunisti avevano tratto un bel profitto dalla sua sofferenza.

«È colpa di Domarind» disse Harry. «È un avvoltoio. È un disonesto. Un ladro. Mi addebita una cifra eccessiva per ogni minuto che dedica al mio caso. Ogni volta che va in tribunale per cinque minuti a presentare una mozione, mi costa cento dollari. È spietato con le parcelle. È terribile. Chi ce l'ha raccomandato? Non avremmo potuto trovare di peggio nemmeno se la persona che ci ha mandato da lui mi odiasse e volesse soltanto danneggiarmi.»

«Di cosa stai parlando? Domarind ti ha tenuto fuori dal carcere per tre anni.»

«È colpa mia se mi fa pagare troppo?»

Gina sbatté contro il tavolo, inciampando nella cintura del vestito da casa beige. Per poco non cadde. Non capiva le parole che gli uscivano dalla bocca. Era come se fosse tornata al linguaggio dell'infanzia. Tutto ciò che Harry diceva sembrava incomprensibile. Be', in quel momento aveva detto qualcosa di così irrazionale da farle dubitare di aver capito bene. Per un attimo pensò che Harry avesse detto che non era colpa sua se tutti i soldi di Bellagrand erano finiti nelle tasche dell'avvocato.

La sua espressione doveva essere molto eloquente.

«Okay, okay.» Harry inclinò il capo con fare conciliante. «Lo confesso, una piccola parte è andata al Partito comunista degli Stati Uniti. Quote associative, modesti contributi, donazioni al "Daily Worker". È una questione operativa. I costi di stampa, l'inchiostro, la carta da giornale, la distribuzione... sono tutte cose dispendiose. È come la parrocchia, Gia. Tua madre non pagava forse la decima alla chiesa di Santa Maria? Tu non paghi forse la decima alla San Leonardo? Va bene se tu dai alla Chiesa cattolica, ma non va bene se io do ai comunisti?»

Gina si tappò le orecchie per non ascoltarlo più. Se mi butto dalla finestra, smetterò di sentirlo per sempre, pensò per un angosciante secondo.

«Cosa succederà ora?» sussurrò. «Abbiamo toccato il fondo. E adesso?»

«Assecondami ancora per qualche settimana. Sto lavorando a un piano.»

Quanto era lontana la finestra?
«Perché non ti fidi di me? Si risolverà tutto.»
Come mai riusciva ancora a sentirlo mentre si stringeva la testa tra i palmi come in una morsa?

Il giorno seguente avrebbe dovuto accompagnare Alexander a scuola, ma alle sei del mattino erano già nel North End, alla San Leonardo. La messa era ormai finita, ma Gina rimase inginocchiata nel banco, con il capo chino e le mani giunte.
«Mamma, cosa stai facendo?» bisbigliò Alexander.
«Sto pregando.»
«Lo so. È da molto tempo che sei in ginocchio.»
Come mai ho il sospetto che sia troppo poco?
«Perché continui a pregare, mamma? Dobbiamo andare. Farò di nuovo tardi. Sono già arrivato in ritardo quattro volte.»
Sto pregando per te, figlio mio. Ormai sei l'unica cosa per cui prego.
Solo per te.
«Ti sta rispondendo?»
«Chi?»
«Dio.»
«Non lo so, caro. Sto cercando di ascoltare, ma continuo a sentire soltanto te.»
Alexander rifletté per un momento. «È perché Gesù non ha altri posti dove andare» sussurrò, «ma io ho un compito in classe di matematica alla prima ora, mamma. La strada è molto lunga...»
«Prenderemo un taxi.»
Gina si tirò su e lo prese per mano.
«Allora? Ti ha risposto?»
Con il braccio intorno alle spalle del bambino, lei cercò un taxi in Salem Street, ma invano. Il povero e fedele Flaminio l'avrebbe portata gratis fino a Park Street. «Sì. Con il suo silenzio, forse l'ha fatto.»
«È un buon segno quando Dio tace?» Alexander la guardò come se fosse pazza.
«Certo, piccolo mio. Significa che le cose non sono ancora così

gravi da costringerlo a risponderti. Significa che è impegnato a prendersi cura di chi ha più bisogno di lui.»

2

Settimane che parevano anni passarono in un silenzio plumbeo. Il telefono rimase staccato. Gina sperava che la cognata si sarebbe offerta di pagare le bollette in sospeso quando avesse scoperto di non poter contattare Alexander. Ma non fu così. Le cose continuarono come sempre. Un venerdì sì e uno no, Esther arrivava da Barrington, andava a prendere il nipote a scuola e lo portava a casa sua per il fine settimana. Non avevano bisogno di parlare al telefono, perché vivevano insieme tre giorni su quattordici.

La bolla di negazione in cui Gina si era rifugiata esplose di lì a poco, quando James Domarind le inviò una lettera.

Cara signora Barrington,
da tre settimane tento di contattarvi al telefono, ma invano. Vi scrivo perché è della massima importanza che mi chiamiate immediatamente e che fissiate un appuntamento per venire da me il prima possibile. Nel procedimento legale in corso contro vostro marito ci sono gravi complicazioni che vi riguardano da vicino e che devo discutere con voi al più presto.

Distinti saluti,
avvocato James Domarind

P.S. In via subordinata, la mia segretaria mi informa che gli ultimi quattro assegni firmati da vostro marito per il mio onorario, relativi ai mesi di giugno, luglio, agosto e settembre, sono stati respinti dalla vostra banca per insufficienza di fondi. Sono certo che si tratti di una svista, ma vi prego cortesemente di portare con voi il pagamento quando verrete nel mio studio.

Gina avrebbe voluto chiudere gli occhi, svegliarsi e scoprire che era già l'indomani mattina.

O forse un giorno più lontano.
Ma quanto lontano?
Non avrebbe saputo dirlo.
Non serve a nulla desiderarlo, decise. Ogni domani conduce soltanto verso la fine. E quella sarebbe arrivata presto. La situazione pareva diversa da altre crisi, altri problemi, altre avversità. C'era qualcosa di definitivo in quei giorni sul finire dell'estate di san Martino. Come se non ci fosse via d'uscita.

Non chiamò Domarind, non prese appuntamento con lui. Non poteva pagarlo, dunque che senso avrebbe avuto? Se non avevano i soldi per la bolletta del telefono, l'avvocato non avrebbe ricevuto neppure un centesimo.

Qualche giorno dopo l'arrivo dell'odiosa lettera, la mattina di un martedì insolitamente caldo, qualcuno bussò alla porta. Harry era già uscito; non sopportava di restare con lei nell'appartamento claustrofobico. Quando andò ad aprire con il suo vestito da casa sbrindellato, sulla soglia c'era James Domarind, ansimante dopo aver salito cinque rampe di scale. Si toccò il cappello.

«Buongiorno, signora Barrington.»

«Buongiorno, signor Domarind.» Gina cercò di calmare il battito impazzito del suo cuore. «A cosa devo il piacere della vostra visita?»

«Non è un piacere, signora Barrington. Ma non avete risposto al mio invito a presentarvi nel mio studio. Non avevo altra scelta se non venire di persona.»

«Vi chiedo scusa. Non ho ricevuto nessuna lettera.»

Lui rimase in silenzio per un istante. «Perché state mentendo?»

«Non sto mentendo.»

«L'ultima lettera che ho spedito era una raccomandata. L'avete ritirata personalmente. Ho la ricevuta firmata.»

Lei uscì sul pianerottolo. «Sì, sì, ora ricordo di aver ricevuto qualcosa.» Tenne la porta quasi chiusa dietro di sé. «Ma siete l'avvocato di mio marito. L'ho data a lui. Non so cosa ne abbia fatto. Sarà qui nel pomeriggio. Vi dispiacerebbe tornare più tardi?»

Domarind scosse la grossa testa lucida. «Sono venuto per voi. È con voi che devo parlare.»

Riluttante, Gina lo fece entrare, dandosi della stupida per non aver trovato un pretesto per mandarlo via. Lo pregò di aspettare e si affrettò a indossare un vestito da passeggio autunnale color ruggine con la gonna svasata e plissettata, la vita bassa e lacci laterali di velluto. Raccolse i capelli in uno chignon austero e si pizzicò le guance per farle sembrare meno spente.

Avrebbe voluto offrirgli un caffè, ma non ne aveva. Avrebbe voluto offrirgli un dolce, ma era passato molto tempo dall'ultima volta che ne aveva preparato o comprato uno.

Lui doveva aver notato il suo disagio, perché si mostrò compassionevole. «Sono a posto. Non sono venuto per mangiare. Questa non è una festa. Siete nei guai, signora Barrington.»

Si sedettero l'uno di fronte all'altra in salotto. Lei si accomodò accanto alla finestra, sulla dura sedia di Harry. Domarind scelse il divano morbido. Quando Gina sentiva il bisogno di distogliere lo sguardo dal suo viso duro e intransigente, cosa che accadeva di continuo, guardava verso destra e vedeva il Common su uno sfondo abbagliante di fronde dai colori infuocati. Si chiese se quel giorno Harry avrebbe tenuto uno dei suoi comizi. O se stesse analizzando le impercettibili differenze tra leninismo e trockismo in un articolo di diecimila parole per il «Daily Worker». Staccò gli occhi dal parco. Non sapeva dove guardare, cosa fare. Si fissò le mani.

«Sarò breve e schietto» riprese Domarind, «perché il tempo a disposizione è scaduto. Avete sentito parlare dell'Immigration Act del 1903?»

«Vagamente. Perché?»

«E dell'Immigration Act del 1917?»

«Mi pare di sì.»

«E dell'Immigration and Sedition Act del 1918?»

«Signor Domarind...»

«Vi spiego subito.» Tirò fuori dalla tasca un foglio e lo aprì. «Nel 1903 il governo ha stabilito che l'ingresso negli Stati Uniti fosse vietato a quattro categorie di persone indesiderabili. Anarchici, epilettici, mendicanti e sfruttatori della prostituzione.» Tossicchiò come per dare enfasi alle parole. «Ma innanzitutto gli anarchici, signora Barrington.»

«Signor Domarind, la legge non mi riguarda. Francamente, non capisco perché abbiate tirato fuori l'argomento. Non sto chiedendo di entrare negli Stati Uniti. Nel caso non lo sapeste, sono già negli Stati Uniti. A Boston, per essere precisi. Seduta di fronte a voi.»

Lui proseguì. «La legge del 1903 è stata emendata nel 1917 dopo tutti i problemi della Grande guerra, problemi che sono certo conosciate personalmente. Poi – e questa è la parte che vi interessa – la legge è stata emendata per la terza e ultima volta nel 1918 e ha preso il nome di Immigration Act. Il nuovo testo ha aumentato enormemente i poteri dei dipartimenti di Giustizia e dell'Immigrazione, che hanno facoltà di deportare qualsiasi persona indesiderabile con un semplice atto amministrativo, senza sottigliezze processuali come le udienze per la deportazione.»

«Signor Domarind, questo non ha nulla a che fare con me.»

«Temo che vi sbagliate. Secondo le disposizioni della legge, tutti gli stranieri che sono membri o associati a membri, organizzazioni, gruppi o persone che divulghino, diffondano, propaghino, stampino, mostrino o sostengano, tra le altre cose, il rovesciamento del governo degli Stati Uniti con la forza, o qualsiasi altro tipo di sabotaggio, possono essere deportati e lo saranno.»

«Non sono straniera» sussurrò Gina.

«Ci arriveremo. A parte il dannoso legame con vostro marito, che è un membro infervorato e impenitente del Partito comunista degli Stati Uniti, pagate una quota associativa alla Free Society, no? Avete un abbonamento a vita a "Mother Earth". Questi, signora Barrington, sono esborsi che non saranno facili da giustificare al dipartimento di Giustizia, una volta constatato che non potete pagare le bollette del telefono o le spese legali.»

«Mio marito è un cane che abbaia ma non morde. E cancellerò l'iscrizione alla Free Society, se vi fa piacere.» Se ne era dimenticata. Harry doveva aver rinnovato la sua adesione.

«Troppo tardi» disse l'avvocato, sbrigativo. «Conoscete meglio di me la fedina penale di vostro marito; non occorre che ve la riassuma. Il numero di volte in cui è stato arrestato per aver intralciato il lavoro delle stazioni di reclutamento, per aggressione violenta, per incitamento alla violenza, per disturbo della quiete pubblica, per aver messo in pericolo un minore – vostro figlio – e per aver sostenuto sia il rovesciamento del governo con qualsiasi mezzo necessario, sia l'instaurazione, qui negli Stati Uniti, di una dittatura comunista simile a quella dell'Unione Sovietica, ha dell'incredibile.»

«Se non occorre riassumerla, perché lo fate, signor Domarind? E se non siete all'altezza dell'incarico...»

«Non c'è avvocato in questo Paese che sia all'altezza dell'incarico, signora. E, se ci fosse, non avreste comunque i soldi per pagarlo. Pensate che un avvocato d'ufficio possa fare di meglio per vostro marito?» Domarind sospirò. «Ascoltate, lo scopo della mia visita non è discutere di Harry, ma di voi. Dovrete prendere le distanze da lui, se volete salvarvi.»

Gina si preparò alla batosta in arrivo.

«Perché vi deporteranno.»

Lei cercò di fare un respiro profondo, ma non riuscì nemmeno a farne uno superficiale. «Non è possibile. Sono cittadina americana.»

«Ci stavo arrivando.» Lui tirò fuori un fazzoletto e si asciugò la fronte, anche se la stanza era fresca. «Siete cittadina americana perché avete sposato Harold Barrington. Non è così? Be', vostro marito è stato privato della cittadinanza nel 1928. Perciò, indovinate cosa sta per succedervi?»

«No, non è vero. È una menzogna.»

«Non solo non è una menzogna, ma lui stesso ha accettato questa condizione l'ultima volta che ha patteggiato. Non avete presenziato a quella particolare udienza? Non ve ne faccio una colpa. Avevate fatto trenta, potevate fare trentuno, a mio parere. Comunque, tra le condizioni del rilascio di vostro marito figurava la revoca della cittadinanza. Ha detto alla corte che non desiderava essere cittadino di un Paese incline a opprimere il popolo come gli Stati Uniti.»

«Avrà perso le staffe» borbottò Gina.

«Può darsi. Ma questo preclude forse la comprensione dell'ordinanza del giudice? Gli hanno spiegato chiaramente che, non essendo più cittadino americano, avrebbe potuto essere deportato per qualsiasi trasgressione. Avete vissuto entrambi alla mercé del dipartimento di Giustizia. E allora cosa ha fatto vostro marito? Anziché tenere un basso profilo e rigare dritto, è caduto preda di una furia distruttiva e ha cominciato a diffondere clandestinamente, con tutti i mezzi a sua disposizione, i cablogrammi sovietici tra i membri del Partito comunista degli Stati Uniti.»

«Non può essere, signor Domarind.»

«Invece sì, signora Barrington. Gli hanno detto cosa sarebbe successo e lui ha mostrato loro il dito medio.»

«È un errore. È...»

«Ammetto che ha agito d'impulso. Ma sapeva cosa avrebbe comportato. Solo che non immaginava quali sarebbero state le conseguenze per voi. O per vostro figlio.» Domarind fece una pausa. «O forse sì?»

Sentendo menzionare Alexander, Gina ebbe l'impressione che nell'appartamento scendesse l'oscurità, come se fosse calata la notte a metà mattina. Forse aveva perso i sensi mentre era lì seduta, dritta come un fuso. Quando rinvenne, era accasciata sulla sedia, Domarind era ancora accomodato sul divano, gli alberi dai colori infuocati erano fuori dalla finestra e Harry era in piedi sulla soglia, con un sacchetto di carta in mano.

I tre si guardarono. Gina cercò di riprendersi. Harry chiuse la porta. «Perché siete qui? Perché tormentate mia moglie? Ve l'ho detto la settimana scorsa, vi pagherò presto.»

Domarind si alzò. «Non vi credo. Ma non è per questo che sono qui.»

«Allora perché?»

«Perché da tre anni vi esorto a considerare le inevitabili ripercussioni delle vostre azioni sulla vostra famiglia. Vi siete rifiutato di ascoltare. E non siete stato sincero con vostra moglie. Non sa neppure cosa stia succedendo.»

«Uscite.»

«L'ho saputo direttamente dal procuratore distrettuale quattro giorni fa: verrete deportato. Vi avevo detto cosa sarebbe successo se aveste infranto la legge un'altra volta. Mi avete ignorato. Come sempre.»

«Uscite, ho detto.»

«Gli Stati Uniti stanno per chiudere le porte.» Domarind rivolse l'attenzione a Gina. «O l'Italia o l'Unione Sovietica, signora Barrington. Ma vi avverto che l'Italia non è più accogliente come un tempo. Mussolini ha preso severi provvedimenti contro gli anarchici che vivono nel Paese e, quando dico severi provvedimenti, non intendo quelli adottati dal nostro tollerante sistema giudiziario, che ha dato a vostro marito una serie infinita di possibilità. Oh, no. Mussolini mette gli anarchici al muro e li fa fucilare in piazza. Leggete i giornali. Credetemi, anche se poteste, non vi conviene andare in Italia.»

«Non sono un'anarchica» disse Gina.

«Domarind, uscite» ripeté Harry. «Ci sarà un'udienza per la deportazione.»

«Vorrei che per una volta deste retta a qualcuno di diverso da voi stesso. Ve l'ho detto io, ve l'ha detto il procuratore, ve l'ha detto il giudice, niente udienze per la deportazione. È sufficiente la firma ordinata dal tribunale. E, se volete scusarmi, da oggi mi dimetto rispettosamente dall'incarico di vostro rappresentante legale.»

«Voi siete un nemico legale, ecco cosa siete. Non mi avete mai aiutato.»

«È vero. È tutta colpa mia. Bla bla bla. L'unica cosa che J. Edgar sente è che continuate a sostenere attivamente l'Unione Sovietica contro gli Stati Uniti. Secondo i vostri criteri, è libertà. Secondo i suoi, tradimento. E, su questo, l'ultima parola spetta a lui, non a voi. Perciò fate le valigie.» Domarind si rivolse a Gina. «Signora Barrington» concluse in tono implorante, «avete una sola possibilità di salvare vostro figlio. Lasciatelo alla zia.»

«Domarind! Andatevene, cazzo!»

«Avete sentito mio marito. Fuori!» urlò Gina. «Uscite, uscite, uscite!»

Lo spinse con le mani, attraverso l'appartamento, sul pianerottolo, e sbatté la porta così forte che lo stipite di legno si scheggiò e si ruppe.

Ansimando, si girò verso Harry.

3

Non parlò. La fossa di terrore nero la rese muta. Lui non era mai stato il tipo da amare le parole, a meno che qualcuno non fosse oppresso. Tirò fuori dal sacchetto due panini e un barattolo di zuppa. «Li ho presi alla Trinity Church» disse, come se avessero appena finito di giocare a carte. «Li regalavano.»

«È bello sapere di poter contare sulla Chiesa nei momenti di difficoltà.»

«Questo non è un momento di difficoltà, mia cara. Questo è un momento di opportunità.»

Gina lo guardò dall'altra parte della stanza. «Perché non mi hai detto di aver rinunciato alla cittadinanza?» chiese a bassa voce. Si mise le mani sul petto. C'era qualcosa che non andava in lei. Non riusciva a respirare a pieni polmoni senza provare dolore.

«Non volevo che ti preoccupassi. Guarda cosa ti succede. È per questo che non ti dico la metà di ciò che accade. Ti fai prendere dall'ansia, e il più delle volte si risolve tutto.»

«Questo si risolverà?»

Non era stressato. Era gioioso, vivace. «Gia.» Si avvicinò girando intorno al tavolo da pranzo. «Non fraintendere quello che la vita ci sta offrendo. Non ci sta chiudendo una porta. Ci sta aprendo il futuro.»

«Sapevi che avremmo rischiato la deportazione, se ci fosse stata un'altra accusa contro di te? Lo sapevi dall'anno scorso?» Lo sapevi e hai continuato ugualmente, tra pulpiti, opuscoli e promesse?

«Sapevo che minacciavano di deportarci» rispose noncurante. «Ora ascoltami...» Prendendola per mano, le mise il braccio intorno alla vita, come se stessero danzando. «Vieni con me.» Baciandole l'interno del polso, la trascinò verso la porta aperta della camera.

Lei ritirò le dita. «Sei impazzito? Non c'è pace dentro di me.»

«Ti sbagli, dentro c'è sempre pace» sussurrò Harry, provando a catturarle la bocca con un bacio, ma accontentandosi dei polsi e dei palmi. «Lo so per certo. Anche quando fuori c'è una tempesta. Come adesso.»

Senza lasciarsi sedurre, Gina si staccò. Quando lui tese di nuovo la mano, fece una finta, prima da una parte, poi dall'altra. Harry avanzò di un passo, lei indietreggiò di due.

«Sapevi che stavi esponendo la nostra famiglia a questo rischio e l'hai fatto ugualmente?»

Lui abbassò le braccia lungo i fianchi. Rimasero in silenzio.

«Finalmente ti hanno ascoltato, Philip Nolan» ricominciò Gina. «Mio caro uomo senza una patria. Desideravi non sentir più nominare gli Stati Uniti. Ora il tuo desiderio sta per avverarsi.»

Harry si mordicchiò il labbro, ruotando la testa da una parte all'altra. «Se vogliamo, ho un uomo che può sistemare le cose. Che può sistemarle meglio di Domarind.»

«Chi lo pagherà?»

«Forse Esther. Non credi che pagherà per tenere Alexander qui?»

Gina alzò il mento. «Stai ricorrendo di nuovo ai soldi di tuo padre» osservò sprezzante. «Nulla è mai reale, nemmeno questo, perché credi che ci sarà sempre una via d'uscita.»

«Ma è proprio questo il punto!» Si lanciò in avanti. «Non voglio una via d'uscita. Voglio una via d'ingresso.» Alzò le mani verso la finestra. «Per l'Unione Sovietica.»

«Stai delirando.» Il sangue le era defluito dalle dita bianche.

«È il mio desiderio più grande. Lo sai benissimo. In vita mia non ho mai desiderato nulla più di questo.»

«Nulla?»

Harry la afferrò, cingendola con le mani, avvicinandola, ignorando il suo viso sconvolto dall'orrore. «Tu sei il mio amore e la mia vita. Hai percorso le strade per mesi, come ho fatto io? Hai esposto le argomentazioni favorevoli e contrarie, come ho fatto io?»

«Favorevoli e contrarie a restare con te? A lasciarti? A fuggire urlando? Oh sì, l'ho fatto eccome.»

«Smettila.» La lasciò andare, si calmò. «Smettila di essere crudele con me quando mi sto sforzando di essere amorevole.»

«Avresti dovuto parlarmi dei tuoi desideri segreti. Condividere con me alcune di queste riflessioni. Con me, con Margaret Janke, Kenneth Femmer, tuo padre, la commissione per la libertà vigilata, il procuratore distrettuale.»

«La Russia, Gina! Oltre l'ombra del mio nome e della mia posizione. Dove nessuno mi conosce, o ci conosce. Non come a Boston, dove non puoi percorrere l'isolato per comprare un giornale senza che qualche idiota ti giudichi. In Russia possiamo essere come tutti gli altri.»

«Chi sono questi "noi"?»

«Io, te. Alexander.»

«Vuoi che Alexander vada in Unione Sovietica?» Gina scoppiò in una risata sarcastica.

«Perché ridi? Non possiamo lasciarlo qui.»

«Non possiamo?»

Fu allora che si allontanò da lei. Fu allora che perse il buon umore. Finalmente.

«Stai scherzando di nuovo? Perché...»

«Ti sembra che stia scherzando?»

«Vuoi lasciare nostro figlio in America mentre noi ci trasferiamo in Unione Sovietica?»

«Non voglio trasferirmi in Unione Sovietica!»

«Ma c'è la possibilità di doverlo fare.» Harry fece una pausa. «Una buona possibilità.»

«Hai appena detto che conosci un uomo che può sistemare le cose.»

«Ho mentito! Non possiamo sistemare un bel niente, okay? Ci deporteranno.»

«Cosa hai fatto?» Gina tremava. «Non Alexander. Non deporteranno anche lui.»

«Ma ti stai ascoltando?»

«E tu ti ascolti? È l'Unione Sovietica!»

«È nostro figlio!»

«Lo so!» urlò Gina. «Avresti dovuto pensare a lui mentre percorrevi le strade delle tue fantasticherie!»

«L'ho fatto! Non mi è venuto in mente neanche per un attimo di lasciarlo qui.»

«Non possiamo portarlo in Russia!»

Harry rimase a bocca aperta. I suoi occhi persero colore. La fissò incredulo. «Vuoi abbandonare Alexander?»

«Non ho detto questo!»

«Allora che cosa hai detto? Perché è proprio quello che ho sentito.»

«Non voglio che vada in Unione Sovietica» sospirò Gina.

«È proprio per lui che voglio andarci. Soprattutto per lui. Vuoi che cresca debole come me? Vuoi che le aspettative impossibili soffochino anche lui?»

«Vuoi che vada in Unione Sovietica affinché nessuno si aspetti niente da lui?» Fece una risata stridula.

«In Russia, Alexander non avrà niente su cui contare se non se stesso. Sarà per sempre libero dal nome di mio padre e dal suo denaro.»

«È questo che vuoi per lui? Che non abbia nulla?»

«Non nulla!» gridò Harry. «Che abbia se stesso. È più importante del potere, dello status, della ricchezza o di Dio. È più importante di qualsiasi cosa.»

«Se vuoi che non abbia nulla, sei stato bravissimo a fare in modo che succedesse qui. Perché dovrebbe andare fino in Russia?»

«Perché i suoi genitori ci andranno.»

«Trova un altro avvocato.» Gina ricominciò ad ansimare. «Salvaci. Fermaci.»

«Salvarci per cosa? Non abbiamo soldi. Non posso scrivere una parola per un giornale senza che il procuratore distrettuale minacci praticamente di giustiziarmi!»

«E allora? Non guadagnavi un centesimo con il tuo giornale rosso!»

«Non possiamo più vivere qui. E inoltre qui nostro figlio sarà sempre un Barrington. Non sei uscita di recente? È un abominio. Non riesco a comprare il latte al supermercato senza che mi guardino in cagnesco.»

«Ti prego!» Gina giunse le mani in segno di supplica. «Ho trascinato Alexander con noi ovunque, per pagarti la cauzione, per stare al tuo fianco, per parlare con i tuoi avvocati, per presenziare alle udienze in tribunale, per proclamare la nostra solidarietà. Siamo venuti con te ovunque, ma non puoi fare sul serio riguardo alla Russia.»

«Dal 1917.» Harry annuì. «E in Russia lavoreremo per noi stessi.»

«Avremmo potuto lavorare per noi stessi a Spanish City. Avremmo potuto vendere i libri che ami, coltivare arance.»

«In Russia cambieremo il modo di pensare dell'uomo.»

Gina non si sarebbe lasciata portare via le parole come si era lasciata portare via la possibilità di scegliere. Avrebbe usato tutto l'inglese a sua disposizione per dimostrargli che era pazzo.

«Non hai letto cosa ha scritto Emma Goldman dopo essere tornata dalla Russia?» domandò. «Ha pubblicato un libro feroce su ciò che sta accadendo laggiù.»

Harry liquidò la sua osservazione agitando la mano. «Anzitutto, quando lei era lì, combattevano per la sopravvivenza. È stata mandata in Russia durante la guerra civile. È stata una sciagura. Ora va meglio.»

«Ha scritto che non c'era libertà.»

«Qui c'è invece?»

«Sì! Hai vissuto tutta la vita qui e non hai mai lavorato. Hai passato i pomeriggi al parco urlando ai passanti quanto sia terribile l'America. Ti illudi di poterlo fare anche in Russia?»

«In Russia non vorrei nemmeno farlo. E siamo al verde perché non sono libero di dire quello che penso, di fare quello che voglio.»

«Siamo al verde perché non hai mai lavorato e hai speso i soldi di tua madre e di tuo padre!»

«Credi di essere libera? Ti hanno tolto uno dei tuoi diritti fondamentali: il diritto di bere quello che vuoi. La tua libertà di bere alcolici come una donna libera ti è stata strappata dai ficcanaso di Washington, perché hanno deciso che non hai diritto al tuo corpo.»

«È una legge detestabile. Ma verrà abrogata.»

«Sì, ma capisci il concetto di un uomo in giacca e cravatta che ti sottrae il potere sulla tua stessa vita?»

«Emma Goldman dice che in Russia i comunisti hanno portato via ogni cosa! Sì, il proibizionismo è un grande esempio di corruzione del significato stesso di governo. Ma in Russia quel potere corrotto è incontrollato. Non ci sarebbe nemmeno la possibilità di un'abrogazione. Hanno tolto alle persone il diritto di riunirsi con gli amici, di stampare cose, di fare copie delle cose stampate, di distribuirle agli angoli delle strade come Emma Goldman distribuiva "Mother Earth". Hanno portato via il diritto di esprimere la propria opinione in pubblico. Non è più permesso usare il metodo dialettico di Marx per arrivare alla verità.»

«Perché Lenin credeva che ci fossero già arrivati. Stavano combattendo una guerra civile. Quante volte devo ripetertelo? Ora va meglio. Dove hai letto questa propaganda?»

«Emma Goldman. Non è più in Russia. Sta scrivendo la sua propaganda dalla Germania.»

«Dunque è stata libera di andarsene?»

«Il suo soggiorno non è stato un'esperienza molto piacevole. Leggi il suo libro.»

«Non voglio leggere quel maledetto libro! Leggo da una vita. Non voglio più leggere. Voglio andare e agire.»

«Andare e agire in Unione Sovietica?»

«Sì! Voglio vivere come piace a me, a modo mio. Voglio che Alexander impari a vivere a modo suo.»

«Non si tratta di Alexander. Smettila. Si tratta di te.»

«E di lui. Voglio che abbia una nuova coscienza. Voglio che sia un uomo nuovo.»

«Sì. Ma sarà un uomo libero? Potrà scegliere quale lavoro fare, terrà per sé i frutti di quel lavoro? Non mi interessa se farà il ciabattino o il poeta, ma mi interessa questo: vivrà in schiavitù? Sarà un servo della gleba?»

«Smetti di fare l'eco agli anarchici. Ragiona con la tua testa. Tutta questa storia della libertà è molto borghese. È così che gli americani ti fanno il lavaggio del cervello, facendoti credere che sia il bene più grande.»

«Non lo è?»

«No! Il bene più grande è l'uguaglianza. La giustizia. La comunità.»

Gina lo fissò, sconcertata. Ci riprovò. «Big Bill Haywood, il tuo vecchio amico e datore di lavoro. Sai dove si trova?»

«In Unione Sovietica.»

«Be', no. È morto. Come, non l'hai saputo? Sì, è morto l'anno scorso. Probabilmente proprio nel periodo in cui tu rinunciavi alla tua cittadinanza americana e alla mia. Ha bevuto fino a morire in una minuscola camera a Mosca, completamente emarginato dopo la morte di Lenin. Nel 1925 aveva chiesto agli Stati Uniti di permettergli di tornare in patria.»

Harry la guardò con palese ostilità. Gina ne fu contenta. Se non altro rispecchiava i suoi sentimenti. Avevano smesso di muoversi al ritmo del loro *pas de deux* antagonistico. «Dove vuoi arrivare?»

«Li ha implorati di lasciarlo tornare a casa! Ma aveva evitato una condanna a vent'anni, perciò gli americani non erano disposti a riaccoglierlo.»

«Dove. Cazzo. Vuoi. Arrivare.»

«Tutti i tuoi vecchi colleghi che sono andati in Russia tornano raccontando storie dell'orrore! Ecco dove voglio arrivare. Hai intenzione di ascoltarli?»

«No! Noi creeremo la nostra storia.»

Gina ansimò, spremendosi le meningi. «Hanno ucciso lo zar.»

«Sono supposizioni. Nessuno lo sa con certezza.»

«Hanno sparato allo zar» ripeté lei più lentamente, come se Harry non avesse sentito bene, «e a tutta la sua famiglia. Li hanno uccisi nel cuore della notte, in una stanzetta più piccola di questa, con le mitragliatrici.»

«Congetture. Non lo sai per certo.»

«Harry Barrington, se è così che i bolscevichi trattano l'aristocrazia, cosa credi che ne sarà di te?»

«Emma Goldman stava benissimo. Big Bill stava benissimo.»

«Lei è fuggita in Germania e lui si è ubriacato fino alla morte! Ha passato la vita a sostenere un cambiamento radicale e, dopo aver visto com'era, si è suicidato!»

«Ecco, questo ti dà la certezza che staremo bene» replicò Harry con finta calma. «Perché io odio i tedeschi e tu non bevi.»

Si ritirarono ciascuno nel proprio angolo per riprendere fiato tra un round e l'altro. Tremando, Gina bevve un sorso d'acqua. Harry si tolse la giacca e la cravatta, si sbottonò la camicia. Stava sudando.

«Cosa c'è?» domandò. «L'Unione Sovietica è l'unica cosa su cui hai deciso di diventare scettica?»

«Sì.»

«Per tutta la vita hai visto tutto attraverso un paio di occhiali rosa. Le difficoltà tra di noi, Lawrence, le tue radici di immigrata, la tua esistenza difficile, mio padre, tuo fratello. Hai indorato ogni pillola. Per trent'anni mi hai cullato con la tua visione rosea. E poni un limite proprio ora?»

Gina non sapeva cosa rispondere. Aveva ragione lui? No, niente affatto. Non aveva ragione. «Sì. È qui che pongo un limite. Avrei dovuto farlo a Bellagrand. L'esperienza insegna. Tutti devono porre un limite da qualche parte, e io ho posto il mio.»

«Vuoi porlo esattamente tra quello che voglio io e quello che vuoi tu.»

Lei chiuse i pugni e serrò la mascella. «Cosa intendi?» chiese a bassa voce, cercando di tenere a bada il suo temperamento siciliano, anche se dentro di lei il vulcano sputava vapore. «Non ho fatto altro che seguirti in ogni cosa.»

«Non in questa.»

«In tutto il resto.»

«No di certo.»

Lei uscì dal suo angolo, girò intorno al divano e si avvicinò a lunghi passi.

«Volevi leggere, diventare intelligente, trovare la tua strada?» lo schernì. «Non volevi lavorare per un salario da fame? Io l'ho fatto. Ci ero abituata, pensavo. Avevi già rinunciato a molto. Non aveva senso che sacrificassi le cose che amavi di più: leggere e sognare. Sono stata io a dartele!»

«Se davvero volevi questo per me, mi avresti lasciato in prigione.»

«Ti avevo detto di restarci!» Era un urlo, arrivato direttamente da Belpasso. Rossa in viso, Gina era agitata e incline ad alzare la voce. «Ti ho dato la possibilità di scegliere! O me o la *Buford*! O me o la prigione. Ti sarebbe bastato dire una parola. Una parola! E avresti avuto quello che volevi.» Ora era troppo vicina a lui, e non avevano un posto in cui andare.

«Ero certo che non dicessi sul serio.»

«Altroché se dicevo sul serio! E lo faccio tuttora... Va' via subito! Vattene! Nessuno ti impedirà di realizzare il tuo desiderio più profondo, io meno che mai. Vattene!» Il vapore le usciva dalla bocca, dalle orecchie, dai pori. Si scagliò contro di lui, colpendolo con le braccia, vibrando colpi disperati alla sua testa, alle sue spalle.

Harry le afferrò i polsi. «E tu cosa farai?»

«Non preoccuparti per me!» Tentò di divincolarsi, ma lui non la lasciò. Lottarono, al centro del salotto, a metà mattina, con il sole fuori, il Boston Common, i tram che si fermavano stridendo sotto le finestre. «Di cosa hai paura?» ansimò. «Chi ti ferma? Va' in Russia. Va' con Dio.»

«Se parto, porto con me Alexander. Non resterà con te.»

Lei urlò disperata. E lui continuò a stringerla.

«Quello che voglio» disse, ansimando a sua volta, «è ciò che desidero di più al mondo e che ho sempre desiderato. Che io e te fossimo una cosa sola. Che condividessimo lo stesso sogno, noi due e il nostro bambino.»

«Lasciami andare.»

Harry la accontentò. Gina fece un passo indietro.

«Lo ammetto» proseguì lui, «all'epoca non volevo andare in Russia da solo. Nemmeno ora. Voglio che ci andiamo insieme. Come una famiglia.»

«No.»

«Voglio soltanto che la mia vita abbia un senso.»

«Sogna un sogno diverso.» Gina, in iperventilazione, si strofinò i polsi senza guardarlo.

Harry avanzò nella sua direzione.

Lei arretrò vacillando. «Lasciami in pace.»

«Non volevo lavorare con mio padre perché non voglio costruire le solite vecchie cose! Voglio costruire qualcosa che non è mai stato costruito!» Si piegò sotto l'intensità eccessiva, incapace di continuare.

Come Panama. Gina si raddrizzò. Il cuore le batteva forte, ma studiò freddamente il marito, nonostante le sue richieste appassionate. Le si velarono gli occhi. Tornò indietro con la memoria, ricordando un'altra occasione in cui aveva avuto la stessa identica discussione su quell'aspetto cruciale della vita: qual era il prezzo che si era disposti a pagare per la cosa che si desiderava di più al mondo?

Il suo sguardo si addolcì. Una volta era lei ciò che Harry desiderava di più.

Cercò altre parole convincenti. «John Reed, Max Eastman. Hai letto i loro testi da quando sono tornati dall'Unione Sovietica? Non sono solo io. Tutti sono diventati scettici, tutti si sono trasformati in miscredenti, hanno cambiato opinione e bandiera.»

«Si sbagliano. Inoltre non ho intenzione di fidarmi della loro parola.»

«Perché no? Prima ti fidavi ciecamente.»

Una scrollata di capo. «Non è vero. Li approvavo perché loro erano d'accordo con me. Non perché io fossi d'accordo con loro. Ora non mi servono più.»

Gina si piazzò davanti a lui, con le spalle curve e le braccia penzoloni. «Io ti servo ancora?»

Harry aprì le mani. «Cosa sono senza di te?» sussurrò. «Cosa sono senza Alexander?»

Lei imitò il suo gesto.

«Non posso partire senza di te. I sovietici non mi lasceranno entrare senza la mia famiglia. Sono in contatto con loro attraverso il Comintern.» Chinò la testa, pentito. «Mi dispiace. Dopo aver perso la cittadinanza, ho dovuto iniziare a pianificare il nostro futuro. Ci accoglieranno, ma solo se siamo insieme. Come Big Bill, non vogliono che la mia fedeltà sia divisa. Io lì, la mia famiglia qui.»

«La tua fedeltà sarebbe divisa? Oppure...» Le si incrinò la voce. «Sarebbe tutta per loro?»

«Certo che sarebbe divisa. In ogni caso, loro crederanno che lo sia.»

«Puoi sempre divorziare da me per rabbonirli.»

«Non voglio divorziare da te, cosa stai dicendo? Non vogliono un uomo single. Le famiglie sono il fondamento della nuova società sovietica. Tutte le generazioni, i giovani e i vecchi, conoscono una rinascita.»

Nella testa di Gina regnava la confusione. «Assomiglia molto all'evangelizzazione. Usa persino lo stesso linguaggio.»

«Perché stiamo litigando? Questa è la persona che hai sposato. Questa è la persona che ero trent'anni fa. Questo è ciò che sono ora. Pensavi che fosse tutta una posa?»

Harry si avvicinò così tanto da toccarle quasi i seni con il petto. Gina rimase lì come un pilastro, lasciandosi toccare, lasciandosi accarezzare.

«Lo era per me» mormorò.

«Cosa?» Le passò i palmi sulle braccia.

«Una posa.»

«Di che stai parlando?»

«Non capisci?» Si sottrasse alle sue carezze. Erano di nuovo separati. «Quanto sei cieco. Eternamente cieco. Non mi importa nulla di tutto questo. Non me ne è mai importato.»

«Un tempo sì.»

Gina scosse la testa. «No, mai. Mi hai totalmente frainteso.»

«A differenza di altri uomini, forse, che avrebbero potuto capirti meglio?»

Lei si portò le mani al cuore, lanciando un grido angosciato. «Non ci sono altri uomini! Ci sei stato solo tu. Dal momento in cui sono scesa dalla nave, il mio cuore è stato soltanto tuo. Ero solo una ragazzina sciocca e tu mi snobbavi, così sono cambiata per te. Per te ho finito le superiori, per te ho imparato a lavorare e per te ho letto stupidi libri a cui non ero affatto interessata. Ho imparato a parlare di politica, anarchia e socialismo, ho studiato il russo per poter leggere Bakunin, ho letto Marx, ho finto di essere femminista, di non avere a cuore la religione o i bambini... e tutto questo per te!» Singhiozzò dal profondo della sua anima disperata. «Indossavo i guanti di seta perché mi piacevano, sì, ma soprattutto perché indossandoli mi trasformavo nel tipo di donna che pensavo tu potessi amare. Nel tipo di donna che la tua famiglia avrebbe accettato. Perché credevo fosse quello che volevi. Una donna del tuo stesso livello.»

«Era quello che volevo» ribatté Harry, stupito.

«Lo so! Così te l'ho dato. Volevi il progressismo? Ti ho dato una versione moderna della ragazza che non ho mai voluto essere. Volevo gestire il ristorante con mio fratello e mia madre, avere una casa, avere un bambino con te, cinque bambini! Forse sognavo di diventare la moglie di un docente di Harvard, ma non volevo marciare lungo le strade o essere una Wobbly. Non volevo che Angela morisse o che tu finissi in prigione, non volevo i sindacati o i sindacalisti. Tutto questo mi faceva orrore!»

«Tu mi fai orrore. Cosa volevi?»

«Niente.» Gina pianse. «Soltanto te. Ti ho amato. Ecco tutto. Mi sono innamorata di te non appena ti ho conosciuto. Sono stata al tuo fianco. Sono andata al Simmons College per te e mi sono data arie da radicale per te. Ho finto di essere interessata ad altri ragazzi per convincerti che credevo nell'amore libero, perché era quello in cui credevano i socialisti, quello in cui credeva Emma.»

«Era la cosa meno affascinante dei suoi sermoni.»

«Lo dici ora, perché sono tua moglie. *L'amore ha il potere di fare di un mendicante un re.* Ti ricordi? Quanto ti piaceva svegliarti accanto alla donna che credeva nell'amore libero sulla spiaggia di Revere.»

«A chi non piacerebbe? Persino un moscerino della frutta si sarebbe svegliato innamorato accanto a te.»

Non riuscivano a guardarsi, ricordando le sabbie dell'oceano a Hampton, quando avevano tutta la vita davanti.

«Ti prego» sussurrò Gina, con la voce che si spezzava a ogni sillaba. «Non chiedermi di seguirti in Russia. Non chiedere ad Alexander di seguirti in Russia.»

«Gia, non abbandonerò mai mio figlio. Mai.»

«Nemmeno io.»

«Allora perché dici di volerlo fare?»

«Perché non voglio partire!»

«Si può vivere una vita sola. Tutti dobbiamo scegliere. Come prima. O Boston o Bellagrand. O l'una o l'altra. Non si possono avere entrambe.»

Il rancore prese a scorrere dentro di lei sugli argini asciutti dei suoi fiumi vuoti. «E ora, come punizione finale, non avrò nessuna delle due.»

Le ore passarono. La giornata arrivò a un punto morto. Alexander, l'oggetto del contendere, sarebbe tornato a casa di lì a poco. Senza aver mangiato, senza aver bevuto, senza aver risolto nulla, Harry e Gina si svestirono e, a letto, cercarono di mangiare, di bere e di risolvere. Avevano sempre quella cosa su cui ripiegare, le lenzuola bianche e sgualcite dall'ardore reciproco. Quando Harry era a casa anziché all'Athenaeum a tradurre *Teoria e pratica del leninismo* di Stalin, tendeva ancora la mano verso Gina con desiderio, le sussurrava ancora le parole audaci che lei desiderava sentire, le sottraeva ancora i resti della sua passione siciliana. «*L'uomo è povero e desolato, se l'amore gli passa accanto senza fermarsi*» bisbigliava, baciandole le labbra. «*E se si ferma, il più umile dei tuguri irradia calore, vita e colori...*»

«Emma Goldman è leggermente migliore di Green» mormorò Gina, con gli occhi chiusi, assaporando le sue languide carezze. «Ma dobbiamo proprio prendere alla lettera l'ultima parte?»

«*L'uomo è del tutto impotente dinanzi all'amore*» le sussurrò contro la gola umida, avviluppandola con il proprio corpo, stendendosi sopra di lei, tenendole il viso tra le mani. «Del tutto impotente dinanzi a te. Tu mi hai rapito il cuore. Non è questo che mi dicevi sempre?»

Stremati, rimasero distesi, nudi ed esausti, contando i minuti che mancavano al momento in cui il loro bambino sarebbe salito dalla strada.

Harry era sdraiato sulla schiena, con gli occhi chiusi. «È da tanto che non mi sussurri parole in italiano. Non ricordo l'ultima volta.»

Era vero. Le carezze verbali italiane erano scomparse. Gina, girata su un fianco con gli occhi aperti, lo fissò. «E se ti sbagliassi sulla Russia?»

Lui sospirò. Con le palpebre ancora abbassate, allungò il braccio verso di lei, le accarezzò la schiena, si chinò a baciarle il viso, la strinse a sé cullandola. «Non mi sbaglio.»

«Il prezzo che paghi per aver sbagliato è troppo alto.» Non voleva dirlo. Non voleva pagarlo. Non voleva ammettere quanto fosse in ansia per Alexander.

«Di cosa hai paura?»

«Che i fatti diano ragione a persone più intelligenti di te.»
«Chi conosci che sia più intelligente di me?»
«Max Eastman.»
«Non ascoltarlo. Quell'uomo è di cattivo umore da dieci anni.»
Gina saltò su, andò al comò, tirò fuori un articolo che aveva ritagliato e conservato, quindi tornò a sdraiarsi sul letto, strizzando gli occhi verso la pagina. Presto avrebbe avuto bisogno di un paio di occhiali.

«*L'universo del materialismo dialettico*» lesse ad alta voce «*è un dio panteista che si traveste da materia e si permette forme di comportamento pari, se non superiori, a quelle dei cannibali di Cartagine.*»

«L'ha scritto Eastman?» Harry fece un sorriso compiaciuto. «Ha proprio abbandonato il collettivo, vero?»

«Sì, l'ha lasciato dopo essere andato in Russia.»

Harry scrollò le spalle, fingendo di essere deluso. «Era un socialista così bravo.»

«Ascolta questo...»

Lui le tolse l'articolo dalle mani e lo gettò a terra. «È tornato negli Stati Uniti?»

«Sì.»

«Dunque scrive assurdità come quella che hai appena letto, eppure è tornato in America vivo e vegeto?»

«Sì.»

«Cannibali di Cartagine.» Harry rise. «Cosa pensi che ci succederà?»

«Non lo so. Ci sbatteranno in prigione?»

«Cara, perché dovrebbero farlo? Rifletti su quello che stai dicendo.»

«E le storie di brutale soppressione?»

«Menzogne.»

«Menzogne. Tutte quante? Hai letto le lettere che Max ha spedito a casa? I bolscevichi non permettono il minimo scostamento dal bolscevismo.» Ridacchiò. «Il loro motto dovrebbe essere "Ingresso vietato ai socialisti".»

«Anche tu ti sei bevuta la propaganda. Ti facevo più intelligente.»

«Non sono più intelligente di Max Eastman. L'uomo che è andato in Russia per vivere il sogno utopico ora scrive che per aspirare a un simile sogno dobbiamo accantonare tutti i nostri principi morali e sostenere invece il fratricidio. Il fratricidio! Non parla di carcere. Oh no. Parla di omicidio. Caino che uccide Abele perché ora uccidere Abele è la cosa giusta da fare.»

«Gina, Gina, amore mio. Per favore.» Harry si strofinò il viso. «Non vedi? Ora le persone che sono in carcere in Russia si definiscono "socialisti" ma, meno di cinque minuti fa, le armi erano ancora calde nelle loro mani mentre combattevano i bolscevichi fino alla morte durante la guerra civile. Ecco cosa ha visto Max. Una guerra civile, Gia, non un fratricidio! Quelli non sono socialisti. Sono terroristi bianchi. Ho scritto di loro non molto tempo fa sul "Daily Worker". So tutto di loro. Ora usano semplicemente quel termine, "socialisti", per ottenere la grazia. Sono pietosi.»

«Vuoi dire che meritano la nostra pietà? E se tu diventassi una di quelle persone?» Oppure io? O Alexander. Non riuscì a pronunciare il nome di suo figlio ad alta voce.

«Non andremo nella Russia sovietica a combattere contro i bolscevichi!» esclamò Harry. «Perché dovremmo fare una cosa così stupida? Perché mai partire, allora?»

«Bella domanda.»

«Partiamo per sostenerli. Per aiutarli.»

Gina si lasciò cadere sul cuscino. «È come se leggessi il giornale, ma non lo leggi.»

«Non capisco cosa intendi.» La provocazione lo spinse ad allontanarsi da lei. Erano troppo nudi e indifesi, sdraiati così vicini l'uno all'altra.

«Il "Globe" pubblica ogni settimana articoli sui controrivoluzionari che si annidano nelle prigioni politiche sovietiche» disse Gina.

«È propaganda capitalista. Non leggo il "Globe".»

«Lo so, lo so. Tu leggi il "Daily Worker". Propaganda sovietica.»

«Non lo leggo. Lo scrivo.»

«Max Eastman, l'uomo che ti ha assunto a "The Masses", l'ex

fervente comunista, ora scrive che la parola "capitalismo" è stata calunniata, resa deliberatamente sinistra. Dice che è soltanto un sostantivo astratto. Eppure questa entità impersonale non coordinata è stata demonizzata. È solo un gioco di parole, scrive, per trasformare la nebbia in un nemico mortale.»

«Non voglio più sentir parlare di Max! È un voltagabbana.»

«Lo idolatravi.»

«Sì, finché non ha iniziato a tradirci. E dovresti smettere di leggere il "Globe". Non farti influenzare così tanto. Devi leggere con senso critico. Dio! Cos'altro diranno? Non riconoscono nemmeno l'Unione Sovietica. Non diranno mai che laggiù va tutto a gonfie vele.»

«Perché no? Se è vero, perché non dovrebbero farlo?»

«Perché questo metterebbe in pericolo tutto il loro sistema di credenze. Hai sentito Domarind. Chi vuole sentir suonare la campana a morto del proprio stile di vita?»

«Pensi che sia così? Che gli americani abbiano paura di quanto siano fantastiche le cose in Russia?»

«Dovresti leggere Walter Duranty, se vuoi davvero la verità su quello che sta succedendo laggiù» disse Harry. «È vero, un manipolo di controrivoluzionari è stato arrestato in un Paese di centocinquanta milioni di abitanti. Ora ce ne sono circa cinquecento in prigione. Ti sembrano molti, quando qui ne vengono imprigionati decine di migliaia per aver parlato contro la nebbia che chiami capitalismo? E sai dove sono ospitati quei cinquecento? Molti di loro sono a Solovki, un antico ex monastero. Sai dov'è? Su un'isola nel mezzo del Mar Bianco. Paesaggio splendido, clima ideale. Leggi anche Maksim Gor'kij. Di recente ho tradotto il saggio che ha scritto su questa cosiddetta prigione.» Harry si alzò a sedere sul letto, smanioso ed euforico. «Il regime quotidiano consiste in vita sana e buon cibo. È così che i sovietici trattano i nemici. Non me lo sto inventando. I prigionieri, francesi, tedeschi, italiani, scrivono lettere a casa. Maksim Gor'kij ha visto l'isola con i suoi occhi. Fanno passeggiate due volte al giorno in un boschetto di alberi da frutto.»

«Simile agli aranceti?»

«Quasi!» Harry rise. «Hanno latte, tè, zucchero, sigarette, zuppa, carne, patate. Gia, mangiano meglio di noi.»

«I poveri a cui servivo il cibo nel seminterrato della Holy Lazarus mangiano meglio di noi.»

La accarezzò affettuosamente. «Pescano, conversano animatamente davanti a tè e marmellata. Non ci sono serrature alle porte o alle finestre.»

«Hai detto che Solovki è un'isola in mezzo al Mar Bianco? Probabilmente non c'è bisogno di serrature. La fuga pare improbabile.»

«Non sembra un carcere, è questo che intendo. È più simile al campo scout in cui abbiamo mandato Alexander.»

«Dunque non è affatto come una prigione?»

«Esatto!»

«Come Bellagrand, quindi?»

Harry rimase senza respiro per un attimo. «Vedo» disse in tono deciso, alzandosi dal letto, «che ti rifiuti di avere una conversazione seria. Ti dico verità che dovrebbero confortarti, e tu fai analogie senza senso. Perché prendersi il disturbo di parlare? Dov'ero rimasto?»

«Credo mi stessi spiegando quanto vivremo bene in un carcere sovietico.»

«No! Ti stavo spiegando come un Paese civile tratta il suo manipolo di prigionieri politici. Categoria di cui non faremo parte. A meno che tu non intenda andare laggiù a fare agitazioni.»

«Adesso l'agitatrice sarei io?»

«Mi fai ancora ribollire il sangue. Agiti me, il più calmo degli uomini, fino a farmi perdere il controllo.»

Gina aprì le braccia. Lui la guardò per un istante, poi tornò da lei. Si tennero stretti, senza muoversi.

«Il comunismo è il futuro» le cantilenò all'orecchio, come una canzone d'amore. «Ricordi com'eri affascinata da Ben» fece volutamente una pausa «quando continuava a ripetere che Panama era il futuro? Puoi concedere a me, tuo marito, una minuscola frazione del sostegno che un tempo hai concesso a lui?»

Ben.

Era stato con Ben che Gina aveva parlato di desiderio e sacrificio quindici anni prima.

«È arrivato il momento, moglie mia» riprese Harry. «Parliamo di andare in Russia dalla Rivoluzione d'ottobre, quando l'idea è diventata realtà. Quando l'impossibile è diventato possibile.»

«Un po' come "il Verbo si fece carne"?»

«Immagino di sì.» Come se non avesse idea di cosa stesse parlando. Gina non diede spiegazioni. «È ora di andare a presidiare le barricate» aggiunse Harry.

«Ci risiamo, inserisci il linguaggio della guerra nelle relazioni degli uomini in tempo di pace.»

«Basta!»

«Basta tu» sussurrò lei.

Il loro tango coniugale arrivò a un punto morto.

Alexander stava rientrando da scuola. Domarind era tornato nel suo studio. Il dipartimento di Giustizia stava preparando i documenti per la deportazione. Non c'era altro da dire. Gina si vestì, si raccolse i capelli, indossò il cappotto pesante e il cappello.

«Alzati» ordinò. «Alexander sarà qui da un momento all'altro. Non dimenticare di portarlo agli allenamenti di hockey alle quattro.»

«Dove stai andando? Volevo leggere qualcosa.»

«Puoi leggere alla pista di ghiaccio. Io esco. Voglio schiarirmi le idee e ho bisogno di riflettere.»

«Quando tornerai avrai una risposta da darmi?»

Lei promise di sì.

«Voglio sapere solo una cosa» disse prima di uscire. «Noi due imploreremo la grazia?»

«Mai. Non saremo mai come quei terroristi bianchi.»

19

Il salmo 91

1

Cambridge, con la gemma dell'università di Harvard, è più bella in autunno. Gina l'aveva sempre pensato. L'infiammata bellezza vermiglia le fermava il cuore. Le toglieva il respiro, la spingeva a posarsi la mano sul petto. La percepì con particolare intensità quel giorno, quando scese dall'autobus in Oxford Street e si attardò un poco, camminando lentamente verso il Science Center. Oltre la staccionata bianca, le lanterne giapponesi brillavano in lontananza con la promessa di un momento successivo, quando sarebbero state l'unica luce nell'oscurità, ma ora gli aceri, i frassini, le querce e i salici – zucchero sciropposo, fuoco, oro e giallo – erano tutti in fiamme. Procedette con il mento sollevato e le spalle dritte. Forse Harvard la commuoveva particolarmente perché sospettava che non l'avrebbe rivista mai più. Come, quando avevano saputo che avrebbero lasciato Belpasso, ogni baracca diroccata, ogni recinzione fatiscente, le strade sterrate, l'azzurro più intenso del mare, oltre il minaccioso Etna che incombeva sulla città, avevano fatto piangere lei e Salvo. Speravano con tutto il cuore, avevano detto, che il luogo verso cui stavano per salpare avesse anche solo un decimo della bellezza davanti ai loro occhi.

Ed era stato così. L'America si era rivelata all'altezza delle aspettative.

Al secondo piano del Science Center, bussò con esitazione all'ufficio di Ben e attese. La porta si aprì. Lui comparve con un completo doppiopetto, curato ma leggermente sgualcito, come se le apparenze fossero meno importanti dei libri di testo e dei saggi impilati sulla scrivania. o dello studente con la giacca di tweed che, ansioso e pallido, si agitava su una sedia.

«Gina, come stai? Va tutto bene?»

«Sì, certo, non voglio disturbare...» Storse la bocca. «Hai un momento?»

Ben lanciò un'occhiata allo studente nervoso.

Lei fece un passo indietro. «Un'altra volta, magari. Ci mancherebbe. Continua pure.»

«Puoi aspettare? Ho lui, poi altri due.»

«Aspetterò.»

«Sicura? Potrebbe volerci...»

«Il tempo che ci vorrà. Mi trovi in cortile.»

«Vengo a cercarti. Goditi la giornata autunnale. Nevicherà per i prossimi tre mesi.»

«Oh, non ho dubbi.»

Quaranta minuti dopo, Ben la trovò seduta sui gradini della Memorial Church, avvolta nel cappotto di lana.

«Mi dispiace averci messo così tanto. Le consulenze accademiche durano un'eternità. Hai freddo?»

«Per niente.» Allora perché stava rabbrividendo? «Sono contenta che tu sia riuscito a liberarti.»

«Ho una lezione alle sei.» Ben si sedette sui gradini di marmo lì accanto. «Ti sei stancata di camminare?»

«Non ho camminato. Mi sono seduta qui a godermi il panorama.» Insieme guardarono l'Harvard Yard, con la Widener Library che si ergeva oltre gli aceri color magenta e le querce dorate. Era quasi il crepuscolo. Le lanterne si sarebbero accese di lì a poco. Provò una fitta al cuore.

«Sai» disse lui, «è qui che aspettavo che tuo marito finisse le lezioni.»

«Lo so. Me l'ha detto.» Entrambi osservarono le persone – giovani come lo erano stati loro un tempo – che si affrettavano per andare a cena con gli amici, a scrivere una tesina, a seguire un corso serale, a vivere.

Ben le tese la mano per aiutarla ad alzarsi. «Facciamo due passi. Per riscaldarci.» Non si toccarono mentre passeggiavano sotto il rado e brillante baldacchino dell'ultima fioritura autunnale. Lei non lo prese sottobraccio. Non erano a Concord nel 1914. Non c'erano fiere della zucca ad attenderli oltre le arcate storiche alla fine della giornata.

Gina chiacchierò del più e del meno: gli ultimi avvenimenti (il Dow Jones Industrial Average che aveva raggiunto il massimo storico di 381), il programma di insegnamento di Ben («Con quattro corsi da tenere, non c'è tempo per progettare l'indispensabile ampliamento di Mass Avenue»), il talento di Alexander nell'hockey (prodigioso), il tempo (variabile), Ingersol (stava benissimo), Esther (stava benissimo) e Harry (silenzio).

«Allora, cosa succede? Come posso aiutarti? Tuo marito è di nuovo nei guai? Ho sentito che ha licenziato Domarind» disse Ben.

Lei fece un respiro profondo. Gli riferì l'incontro con l'avvocato e tutto il resto. Avevano dilapidato i loro soldi in spese legali e processuali e in altre cose. La natura di quelle altre cose era più di quanto Gina volesse confessare. Non era rimasto più nulla, affermò, e i dipartimenti di Giustizia e di Stato ne avevano piene le tasche. Non volevano Harry in una prigione federale. Volevano soltanto che se ne andasse. Il che era un bene, perché era l'unica cosa che lui desiderava. «Temo che non abbiamo molta scelta» concluse, ma in tono interrogativo, come se si aspettasse una smentita o una conferma da parte di Ben.

«Allora lascialo andare» suggerì lui. «Tu rimani. Resta qui con Alexander.»

Gina si sentì piccola come una bambina quando scosse la testa.

«Non starai pensando seriamente di andare in Unione Sovietica? Stai solo facendo l'avvocato del diavolo, vero?»

Lei non rispose. Non perché non volesse, ma perché non riusciva a pronunciare ad alta voce le parole impossibili. Abbiamo perso la cittadinanza americana. Verremo deportati.

Alla fine glielo disse, seppure con riluttanza.

Lui smise di camminare. «È terribile. Esther lo sa?»

«Non voglio informarla finché non saremo certi di cosa succederà. Ti prego, non dire niente. Per favore. Promettimelo.»
«D'accordo.» Ma non sembrava convinto.
Ripresero il loro angoscioso vagabondaggio tra la folla del pomeriggio.
«Ti prego. So che tu ed Esther parlate. Lei non deve saperlo. Non prima di averne la certezza.»
«Ma può aiutarvi.»
«No. Peggiorerà soltanto le cose. Credimi.»
«Come potrebbe peggiorarle?»
«Alexander le fa perdere la ragione. Si offrirà di tenerlo.»
Ben annuì.
«Non annuire! Non può averlo. Se dobbiamo partire, lui viene con noi. Né io né Harry possiamo o vogliamo fare diversamente. Non lo lasceremo qui. Esther non capirà, ma tu sì, vero?»
Lui tacque. Girarono intorno a tutta la Widener prima che parlasse di nuovo. L'erba tra i vialetti era coperta di foglie in decomposizione.
«Può aiutarti a rimanere qui.»
«Ti prego... tu non capisci e io non posso spiegare.»
«Bene.» Lui si chiuse il cappotto. «Allora, qual è la tua domanda per me?»
Turbata, Gina abbassò la testa. Le opzioni a sua disposizione erano così limitate che era come provare a infilare uno spago nella capocchia di uno spillo. «Non è possibile che nella vita tutte le decisioni debbano essere così dolorose.»
«No. Solo le più difficili.» Ben fece una pausa. «Ti prego, lascia che Esther ti aiuti. Non è troppo tardi. Userà le conoscenze di suo padre per tenere Harry qui.»
«È troppo tardi, invece» mormorò lei. «Harry vuole andare in Russia. Lei può aiutarlo con questo?»
«È sua sorella. Forse riesce a dissuaderlo.»
«Io non riesco a dissuaderlo dal bere tè forte a tarda sera, ma lei lo dissuaderà dal fare questo?»
«Gina!» Ben si sistemò il cappello e per un attimo smise di parlare. Dopo essersi calmato, ricominciò con voce più piana.

«Dimentica Harry per un momento. Pensi che tuo padre avrebbe voluto che lasciassi l'America per andare in Russia?»

Lei evitò di dargli una risposta sincera, cioè un no. «Forse. Non lo so. Approvava ogni sorta di idee progressiste. La Russia mi sembra ancora il futuro. Inconoscibile, questo è vero...»

«Esiste un altro tipo di futuro?»

«No, hai ragione. Suppongo di no. Dovrei forse rivolgermi a un'indovina?» Gli sorrise, inclinando la testa, cercando di strappare un sorriso anche a lui. Invece Ben lanciò un'occhiata sbrigativa all'orologio. Stava perdendo la pazienza.

«Ho bisogno del tuo consiglio» si affrettò ad aggiungere Gina. «Di una perla di saggezza. Ho bisogno che tu sia la mia Rose Hawthorne.»

«Sarò tutto ciò che ti serve.» Sospirò. «Cosa vuoi chiedermi?»

«Ti ricordi quando abbiamo parlato di Panama?»

«Quale volta?»

«Quindici anni fa.»

«Oh, okay. Sì, certo. Quella conversazione è in cima ai miei pensieri.» Curvò le labbra in un debole sorriso.

«All'epoca ti ho chiesto se la parte migliore della tua unica vita valesse il sacrificio di andare a Panama. La tua giovinezza valeva il rischio, la minaccia, il pericolo di fare quella cosa impossibile? Ed era davvero impossibile. Un canale di ottanta chilometri attraverso le montagne, con un'estremità più bassa sul livello del mare rispetto all'altra. E costruirlo in modo tale da risolvere definitivamente un grave problema internazionale. I morti, le malattie, le spese, la pura follia meccanica... Ricordi i litigi rabbiosi che avevano luogo tra gli uomini quando ne discutevano?»

«Fin troppo bene. Tengo un corso di laurea su questo argomento. La prossima lezione è stasera alle sei, se vuoi fare un salto ad ascoltare.»

«Quello che ti chiedo è» Gina cercò le parole giuste «non pensi che per molti versi il tuo dilemma passato rispecchi la mia situazione attuale, la questione di vita o di morte davanti a me e Harry? Be', davanti a me, in realtà, perché Harry non sta vacillando. Ha deciso molto tempo fa.» Gina gli diede una gomitata. «Un po' come avevi fatto tu con Panama.»

A malincuore, entrambi riconobbero la verità.

«Dunque gli esseri umani coinvolti sono altrettanto intrattabili» proseguì Gina, «e la questione del futuro dell'Unione Sovietica è complessa e incerta quanto Panama. Costruire o non costruire? Partire o non partire? Questo uccellino che non ha ancora spiccato il volo metterà le ali oppure continuerà a vivere sul suolo? Sarà un successo, come Panama? Ne varrà la pena? All'epoca mi hai detto di farti queste domande di lì a quindici anni, perché non eri in grado di rispondermi subito dopo l'apertura del canale. Così eccomi qui. Non immaginavo che avrei avuto un disperato bisogno della tua risposta. Panama è valsa il rischio e il sacrificio?»

«Nel caso di Panama, la risposta è un sì inequivocabile. Non ho perso la vita a causa di incidenti o malattie, ho tratto beneficio dalla mia collaborazione con le attività del canale, a livello sia personale sia professionale, e, a parte me, la sua costruzione ha trasformato il mondo.»

«Forse tra qualche anno potrò dire la stessa cosa dell'Unione Sovietica.»

«Ha trasformato il mondo in *meglio*» si corresse lui.

«Forse lo farà anche la Russia. Harry ne è convinto. Ha fede.»

«Come altri ce l'hanno in Dio?»

Gina annuì. «L'uomo deve pur sostituire Dio con qualcosa.»

Ben tacque.

Lei lo urtò leggermente. «Perché sei così silenzioso?»

«Non so se sono dalla parte di Harry.»

«Okay, ma se prendi le distanze dall'aspetto personale...»

«Non è personale. Riguarda esclusivamente la domanda che mi hai fatto. Gli uomini sono sempre alla ricerca di una speranza luminosa che trasformi l'umanità imperfetta in una fratellanza perfetta, una società della disuguaglianza in una di uguaglianza economica. Questo vale soprattutto per l'uomo moderno. Ma l'Unione Sovietica non è più un'astrazione o, come l'ha definita un economista, "un mito sociale su cui rimuginare a cena". È una cosa reale e tangibile.»

«Proprio come il canale di Panama dopo che è uscito dalla fase di progettazione ed è entrato in quella di costruzione.»

Ben ammise la somiglianza, ma con una certa esitazione. «La domanda non riguarda il futuro. Riguarda il qui e ora. Con Panama, sapevamo quanto tempo ci sarebbe voluto per costruire il canale e quando avremmo potuto sperare di vederne gli effetti sui viaggi marittimi e sul commercio internazionale. Quanto tempo pensiamo di aspettare nel caso dell'Unione Sovietica? Si sono dati un punto di riferimento, un barometro? Guarda cosa stanno facendo ora i sovietici, sottraendo le fattorie agli ucraini a colpi di fucile. La mia domanda è: se, nonostante i migliori sforzi di Stalin, il comunismo non fiorisse, cancellando la necessità di un governo entro una certa data, i bolscevichi ammetteranno di aver fallito? Restituiranno il Paese agli zar e le fattorie ai contadini?»

«Be', no, chiaramente non agli zar, dato che li hanno uccisi tutti.» Gina non sapeva se avessero ucciso tutti gli ucraini.

«Qual è la risposta di Harry? Quanto tempo si sono concessi per riuscire nell'impresa?»

«Tutto il tempo necessario, suppongo.» Gina lo guardò stringendo le palpebre. Anche Ben aveva letto Max Eastman?

«E se non accadrà nel corso della vostra vita, come farete a sapere se avete fatto la cosa giusta? Panama non pretendeva di essere la risposta a tutti i problemi del mondo. Era una soluzione pratica a un dilemma circoscritto e concreto. Personalmente, diffido dei programmi globali che dipendono da un cambiamento radicale dell'umanità.»

«Perché dici che non accadrà nel corso della nostra vita? Guarda cosa ha scritto Duranty dopo essere tornato dall'Unione Sovietica. È molto ottimista.»

«Stai argomentando in base a una solida convinzione o mi stai soltanto contraddicendo? Quando ne discuti con Harry, da che parte stai?»

Gina non voleva ammettere quante parole aveva speso per cercare di far cambiare idea a suo marito. Tutte quelle che aveva a disposizione. «Dalla sua, suppongo.» Si fissò i piedi.

«D'accordo. A volte bisogna pagare un prezzo alto per la propria posizione. Harry deve avertelo detto, una o due volte. Allora, quale consiglio potresti mai volere da me?»

Lei sorrise. «Sì, Gina. Vai. Certo che ne vale la pena.»

Ben annuì. «Sì, Gina. Vai. Certo che ne vale la pena.»

«Lo stai solo dicendo, ma non lo pensi davvero.»

Lui rise. «All'epoca, anche quando potevo toccare con mano l'immenso cambiamento che stava per abbattersi sul globo, ti ho detto di domandarmelo di lì a quindici anni. Anche quando ero sicurissimo, ti ho detto che non ero sicuro.»

«Ma ti sto chiedendo di darmi una risposta adesso. Ne vale la pena? Andare a costruire il comunismo in Unione Sovietica come tu sei andato a costruire il canale a Panama?»

«Non lo so. Sei disposta a sacrificare la tua vita per questo?»

Gina ammutolì.

«Suppongo che tu debba conoscere la risposta a una domanda» continuò Ben.

«Quale?»

«A che prezzo il comunismo?»

Vagarono lungo i vialetti ombreggiati e frondosi tra il Weld e il Grays. Lei sapeva che era ora di dirigersi verso il Johnston Gate e uscire, ma non ne aveva la minima voglia.

«Potrei fare a te la stessa domanda» disse. «A che prezzo Panama?»

«Chiaramente quando ero giovane credevo che la risposta fosse: il prezzo più alto.»

Harry era disposto a pagare il prezzo più alto? Solo che non erano unicamente la sua testa e quella di Gina che stava conficcando sulla punta di una spada, ma anche quella di Alexander. Lei non riusciva a smettere di tremare.

Erano quasi arrivati al cancello di mattoni e ferro che conduceva in Peabody Street, quello che Gina aveva bloccato venticinque anni prima per intrappolare Harry nell'amore, in se stessa. *La carità non avrà mai fine*, recitava la Bibbia. *Le profezie scompariranno.* Chissà se valeva la stessa cosa anche per l'amore. Il futuro era inconoscibile. Solo l'amore era conoscibile.

Tutto copre, tutto crede, tutto spera, tutto sopporta.

«È mio marito» disse Gina. «Lui e Alexander sono l'unica famiglia che mi è rimasta. Harry ci crede fino in fondo. E io devo credere in lui. Mi auguro che i fatti gli diano ragione, come l'hanno data a te. Che il suo atto di fede nel bolscevismo si riveli assennato quanto il tuo in Panama.»

«E se non lo fosse?»

Si fissarono in silenzio.

«Ci penseremo quando sarà il momento.»

Erano arrivati alla fine della passeggiata, alla fine della conversazione, alla fine e basta. Si spostarono goffamente dal vialetto al prato per far passare gli studenti rumorosi e frettolosi. Lei doveva tornare a casa. Lui doveva prepararsi per la lezione. Era ora di salutarsi.

«Grazie per oggi» disse Gina. «Ne avevo davvero bisogno.»

«Prego.»

Lei rimase immobile, senza toccarlo. Poi si sporse, aprì le braccia e lo strinse. Lei impugnava la borsetta. Lui l'ombrello. Gina abbassò la voce prima di parlare contro il collo del suo cappotto. Era trascorso molto tempo da ciò che era accaduto tra loro. Avevano vissuto molte vite da allora. Eppure lei non poteva andarsene senza riconoscere la loro gioia effimera condivisa.

«Non ti dimentico mai» disse. «Non l'ho mai fatto. Non lo farò mai.»

Ben la abbracciò, rabbrividendo come se fosse sorpreso dalle sue parole intime. Stringendola, parlò con voce rotta. «Pensavo che Panama fosse l'avventura della mia vita» le sussurrò tra i capelli. «Ma mi sbagliavo. Non era Panama. Eri tu.»

«Ti prego, non dire così.» Un bisbiglio. Gina cercò di staccarsi, ma lui non glielo permise.

«Niente nella mia vita è paragonabile ai fugaci momenti di gioia che ho trascorso con te.» La lasciò andare.

«Non lo pensi davvero. Per favore.»

Ben la fissò in silenzio mentre erano troppo vicini, con i cappotti che si toccavano, ai margini dell'Harvard Yard sotto le lanterne giapponesi.

Gina scrollò il capo e si allontanò, con il rimpianto e il pentimento che le scendevano sul viso. «Quello che avevamo ci ha lasciato. Gli aceri, i salici, il pattinaggio sul ghiaccio.»

«No, siamo stati noi a lasciarlo. Non potrei costruire il canale ora. Non potrei spaccare le montagne e frenare le eruzioni di argilla liquida. Non ho più il vecchio slancio.»

«Certe volte ho la sensazione che la mia vita sia come scivolare su un'eruzione di argilla.»

«Un ghiacciaio di fango.»

«Marmo e fango. È quello che mi aveva detto Rose.»

Ben annuì. «Ti ha anche detto di trarre il meglio da ogni cosa.»

«Andare in Russia significa trarre il meglio da ogni cosa?»

«No. Non andare, Gia. È questo il mio vero consiglio. Ti prego, non andare.»

Lei distolse lo sguardo, incapace di sopportare l'espressione del suo viso, l'ansia, le altre cose.

«Allora, che ne pensi?» Ben inclinò la testa per incrociare il suo sguardo un'ultima volta. «Ti ho chiarito le idee?»

«Credo che sia troppo presto per saperlo, amico mio.» Tese la mano. «Chiedimelo di nuovo tra quindici anni.»

Togliendosi il cappello e chinando il capo, Ben si portò la sua mano alle labbra. La baciò attraverso il guanto di seta grigia sfilacciato, poi glielo sfilò, le girò il palmo verso l'alto e le baciò la pelle nuda. Entrambi tremarono leggermente. Non parlarono più. Lui si inchinò prima di rimettersi il cappello e incamminarsi, una sagoma scura e squadrata che si confondeva tra gli altri uomini e scompariva. Gina prese l'autobus in Massachusetts Avenue. Pianse fino a casa.

2

Il sangue defluì dal cuore di Esther quando, più di un mese dopo, venne finalmente a sapere da Ben che Harry intendeva trasferirsi in Unione Sovietica. Lei, una signora che indossava décolleté e guanti lunghi, che non usciva mai di casa se non era in perfetto ordine, si presentò alla porta del fratello un sabato mattina, struccata, senza manicure, con gli occhi stralunati e senza cappello.

L'unica cosa che li salvò da una scenata scandalosa fu Alexander. «Zia Esther!» Le diede un bacio e le mostrò i pattini. «Perché non sei venuta ieri? Ti ho aspettato tutta la sera.»

«Mi dispiace, caro. Ho avuto una piccola emergenza. Ho provato a chiamare, ma...»

«Sì, il telefono non funziona. Per favore, portami subito a casa tua. Oggi pomeriggio, allo stagno, Teddy gioca una partita di hockey che deve vincere a tutti i costi, e gli ho promesso che ci sarei stato.»

«Caro, nell'ultima settimana c'erano quasi cinque gradi. Il ghiaccio dello stagno non è sicuro. Pattinarci sopra non è una buona idea.»

«Non voglio pattinare. Voglio fare il tifo. Ti prego. Gliel'ho promesso.»

«Figliolo» intervenne Harry, «perché hai promesso a Teddy qualcosa che non dipende da te?» Lui e Gina erano in salotto, con Harry che fingeva di leggere distrattamente il giornale e lei che non si sforzava neppure di fingere, restando rigidamente in piedi nell'angolo opposto. Aveva un'aria molto elegante. L'avrebbero scambiata per un'impeccabile signora di Boston. Per una scheletrica signora di Boston. Esther non poté fare a meno di notare che, negli ultimi anni a Beacon Hill, sua cognata era diventata la donna più magra nella stanza.

«Papà, secondo questa definizione, non si potrebbe mai promettere niente a nessuno!» Alexander guardò Esther con occhi imploranti. «Ti prego» sussurrò.

«Ma ho ragione, figliolo» disse Harry. «Non dovremmo mai promettere ciò che non dipende da noi.»

Come fece Esther a continuare a sorridere durante quell'inutile conversazione? In qualche modo ci riuscì... per suo nipote. «Vedremo. Lascia che prima parli con tua madre e tuo padre, caro.»

«Ma poi andiamo?»

«Forse. Non ti prometto niente.»

Lui le strinse la mano, beatamente ignaro del suo pallore mortale e della sua espressione tirata. «Se mi porti con te» bisbigliò, «poserò per il tuo stupido ritratto di Natale.»

Sporgendosi, Esther premette le labbra contro la sommità della sua testa nera. Stava diventando così alto che presto sarebbe stato lui a doversi piegare verso di lei per ricevere un bacio. «Va' a giocare nel parco per qualche minuto. Prendi un gelato.» Frugò nella borsetta in cerca di spiccioli. Le sue dita parevano salsicce gonfie, non riuscivano ad afferrare le monete. «Ecco. Ora fammi parlare con tua madre e tuo padre.»

Alexander corse fuori dall'appartamento, lasciando i tre adulti in una sorta di stallo alla messicana.

«Non so da dove cominciare» disse Esther. Dall'espressione chiusa del fratello capì che sarebbe stato irremovibile.

«Cosa c'è? Sembri sconvolta.»

«Ti prego, dimmi che mi hanno riferito un'informazione sbagliata. Ti prego, dimmi che non stai pensando seriamente di portare la tua famiglia» come riusciva anche solo a parlare? «in Unione Sovietica.»

Corrugando la fronte, Harry esitò. «Dove l'hai sentito?» Scoccò un'occhiataccia alla moglie. «Credevo che fossimo d'accordo di non dire niente.»

Gina aprì le mani e scosse la testa.

«Esther?»

Durante la muta danza di fedeltà soffocate che seguì, Gina distolse lo sguardo da Harry e lo posò su Esther, che fissava la cognata, puntandole addosso due occhi insieme penetranti e supplichevoli, come a dire: Gina! So che sei andata a trovare Ben, cercando di aiutare mio fratello, e per ragioni note soltanto a te non ne hai parlato con Harry, e per ragioni note soltanto a lui mio fratello, pur vivendo a trenta minuti di distanza dal suo più vecchio amico, non si mette in contatto con Ben da sette anni. Neanche Ben si è messo in contatto con Harry, nonostante sia chiaro che non è contrario all'idea di aiutarlo... o forse di aiutare te? Io lo so, tu lo sai, e non ho detto nulla. Non dirò nulla neppure ora, se ascolterai l'urlo silenzioso che ho in gola, se ascolterai la tua coscienza. Dimmi cosa vuoi che dica a mio fratello. Lo sguardo ostinato di Esther esprimeva tutto questo.

Gina lo incrociò furtivamente e si sciolse. Abbassò la testa.

Esther si rivolse a Harry. «Chiedi a tua moglie come faccio a saperlo.»

«Gina non ne ha idea. Forse attraverso il nostro ex avvocato, il signor Domarind?»

«No, lui non c'entra.»

«Sentite» riprese Harry, «non so cosa stia succedendo tra voi due in questo momento, così come non so cosa succeda tra voi da anni. Non è importante. Comunque tu l'abbia scoperto, Esther, è vero, andiamo in Unione Sovietica.»

Lei si strinse le dita come se volesse romperle. «Me lo avreste mai detto? O sareste spariti nel nulla?»

«Non essere sciocca. Avevamo intenzione di parlartene questa settimana.»

«Come hai parlato con Alice una settimana prima del matrimonio per informarla che avevi sposato un'altra... oh, aspetta.»

«Non un'altra, ma mia moglie e la madre di Alexander...»

Le due donne gemettero udendo quel nome: *Alexander*.

Lo sguardo di Harry si fece freddo. «Esther, capisco che tu sia sconvolta, ma non c'è bisogno di...»

«Sconvolta!»

«Perché insisti? Non stiamo dicendo che devi venire con noi.»

Esther non riusciva a pronunciare le parole, erano troppo dolorose. Era come se le lacerassero la gola mentre si sforzava di parlare. I suoi occhi saettarono disperatamente da Harry a Gina, le sue mani si strinsero in una supplica carica d'angoscia. «Gina» disse con la voce rauca, ridotta a poco più di un sussurro, «e il nostro... Alexander?» Aveva gli occhi pieni di tristezza.

«Cosa c'entra lui?» chiese Harry.

«Ha tutta la vita davanti a sé!»

«Appunto. Dobbiamo pensare ad Alexander.»

Esther scosse la testa. E continuò a scuoterla. «È solo un bambino. Non sa nulla. Non può prendere questa decisione. La state prendendo voi per lui.»

«È questo che fanno i genitori. Prendono decisioni per i figli. È per questo che noi siamo i genitori e loro i figli.»

«Ma è sbagliato. Gli rovinerai la vita. È del tutto sbagliato.»

«Evidentemente non siamo d'accordo.»
Affondando le unghie nei palmi per contenere il terrore attraverso il dolore fisico, Esther fece un piccolo passo tremante verso Gina. «Per favore» disse alla donna pallida, immobile accanto a Harry come una colonna di sale. «Ho riconsiderato tutte le mie posizioni precedenti. Immagina quanta fatica ho dovuto fare. Ti prego di dimenticare tutto ciò che di offensivo o di ostile ti ho detto e di perdonarmi. Ma ti prego, non farlo. Tuo figlio è la tua scala verso le stelle. Merita di meglio.»

«Non siamo d'accordo» disse Harry.

Gina aveva le labbra bianche come la pelle.

«Vi ho già aiutato in passato» replicò Esther. «Sai che farò qualsiasi cosa per aiutarvi a restare.»

«Sì, ci hai aiutato. Ma hai voluto aiutarci. Non te l'abbiamo chiesto noi.»

«È stata tua moglie. È stata lei a chiedermelo.»

«Senza la mia approvazione.»

«Succederà anche in questo caso.»

«In questo caso? Non c'è nessun caso. Non c'è niente da fare.»

«C'è sempre qualcosa da fare.»

Harry si rivolse alla moglie. «Vedi, Gia? E tu pensi che sia io a ricorrere sempre ai soldi di mio padre...»

«Ti prego, Gina.» Esther dovette ignorarlo per mantenere l'autocontrollo. «Non farlo. Non distruggere la vita di tuo figlio.»

«Esther!» Harry alzò la voce. «Non è questo che io e Gina pensiamo dell'Unione Sovietica. Ci trasferiamo a Mosca. Stiamo per iniziare una nuova vita. Andrà tutto bene.»

«Se te ne vai, non potrai più tornare.» Esther parlò solo alla donna muta lì davanti. «Per colpa di mio fratello, hai perso la cittadinanza americana. Oh, Gina! Non sei più americana, non sei più italiana. Cosa sarai? Cosa sarà Alexander?»

«Russo» rispose Harry.

«Lasciala parlare!»

«Te l'abbiamo detto, russo» ripeté lui.

«Ma non è russo.» La voce di Esther stava venendo meno. «È un Barrington. Non è un Pavlov né uno Smirnov né un Litvinov.

È un Barrington del Massachusetts. Gina, gli antenati di tuo figlio hanno costruito questo Paese e questa città, che tu dici di amare.»

«Va bene, basta così» la interruppe Harry. «Alexander è un bambino a sé stante. Non è uno schiavo. Non è legato all'eredità dei Barrington. La Russia ha bisogno di giovani come lui. Verrà con noi per aiutare l'Unione Sovietica. Hanno molto più bisogno di noi laggiù di quanto ne abbia la città di Boston.»

«Perché ti fai arrestare ogni cinque minuti! Fino a che punto l'Unione Sovietica avrà bisogno di te, se ogni sabato pomeriggio dici cose ignobili contro di lei?»

«Be', non lo scopriremo mai. Vero, Gina?»

«Gina, ti supplico...»

«Esther, abbiamo deciso» disse Harry. «Abbiamo richiesto i visti, rinunciato alla cittadinanza, chiuso il conto corrente. In realtà è solo una questione di sfumature, ma ci hanno dato la possibilità di scegliere se partire volontariamente o essere deportati. Abbiamo scelto la prima opzione, ma per questa ragione dobbiamo pagarci il viaggio.» Scrollò le spalle. «Gina ha voluto così. Giusto, cara? Se venissimo deportati, è vero, il governo pagherebbe il conto del nostro trasferimento, ma poi sarebbe molto difficile tornare se...»

«Non tornerete mai più» disse Esther.

«Ma siccome Gina ha insistito su questo punto, siamo un po' a corto di denaro...»

«Non vi darò un centesimo per andare in Russia.»

Harry guardò Gina, quasi compiaciuto. «Visto? Ti avevo detto che non ci avrebbe aiutato.»

«Non con questo.»

«Be', non importa. Non abbiamo bisogno dei tuoi soldi. Ce la caveremo.»

«Farò qualsiasi cosa per aiutarvi a restare» ripeté Esther. «Pagherò qualunque cifra a chiunque. Devi saldare l'onorario di Domarind? Consideralo fatto. Le spese legali? L'appartamento? I debiti? Assumerò il miglior avvocato degli Stati Uniti per sistemare le cose. Vi comprerò una casa.»

«No» disse Harry. «Non è questo il tipo di aiuto di cui abbiamo bisogno.»

Esther si rivolse a Gina. «Vi ricomprerò Bellagrand!»

Lei vacillò.

«Esther, smettila! Che cosa stai cercando di fare, di corromperci?»

«Non tu. Tua moglie.»

«Mia moglie non si farà corrompere.»

Gina tacque.

«Gina?» disse Harry.

«Gina?» disse Esther.

Lei tacque.

«Gina, ti prego!» urlò Esther. «Lascialo andare! Se ci tiene così tanto, lascialo andare. Tu e Alexander restate qui.»

Lei, tremante, abbassò la testa.

«Te l'abbiamo già detto» ribadì Harry. «Andiamo tutti in Unione Sovietica.»

«Gina, ascoltami. Mi occuperò di ogni cosa. La questione della cittadinanza la sistemerò...»

«No!» Harry era rosso in viso.

«Non dovrai mai preoccuparti...»

«Sei fuori strada, Esther. Ci basta un prestito per il viaggio.»

«Non vi darò un centesimo per questo.»

«Sei venuta a dirci che non ci aiuterai?» Harry sbuffò. «Perché scomodarsi?»

«Sono venuta...» Non riuscì a finire. «Non sarò complice della fine di...» Fece un passo verso la cognata. «Sei una madre!» disse con un sussurro che pareva un urlo. «Sei molto fortunata. Hai ricevuto il dono della maternità. Pensa a tuo figlio!»

Un altro vacillamento di Gina prima che l'indignazione di Harry toccasse l'apice. «Non parlarle così. Non parlare con lei di cose che non capisci.»

«Pensi che non capisca cosa sta succedendo?»

«Credo di no.»

«È lei a non capire!»

«Non dire "lei"! È davanti a te!»

«O forse capisce esattamente cosa sta succedendo!» Esther era senza fiato. «Gina, ti prego!»

Harry alzò la mano. «Basta. Lasciala stare. Sei sempre stata una leccapiedi. Hai sempre voluto i soldi di papà. E ora che li hai tutti, ti rifiuti di aiutarci.»

«Non volevo i suoi soldi, idiota! Volevo che pensasse a me un quarto del tempo che passava a pensare a te, per tutta la vita!» Adirata, si rivolse soltanto alla donna tremante lì davanti. «Vuoi venirmi a raccontare che padri e figli hanno un legame speciale? È per questo che vuoi rovinare la vita di Alexander? Perché ora non riesci a separare un padre da un figlio? Pensi di poter rimediare al passato? Pensi che Harry sappia cos'è il legame padre-figlio?» Rise. «Non si rivolgevano la parola dai tempi della guerra russo-giapponese! Se non fosse stato per Alexander, mio padre sarebbe morto e Harry non l'avrebbe mai contattato. Che razza di legame speciale esiste quando un figlio non presenzia al funerale del padre?»

«Mi ha gettato via» si giustificò Harry. «Mi ha voltato le spalle. Io non le volterò mai a mio figlio.»

«Gliele stai voltando cercando di ucciderlo!» gridò Esther. «E nostro padre non ha gettato via te. Ha gettato via noi. Per colpa di Gina!»

«Non parlare così a mia moglie!»

«Non stavo parlando con lei, ma con te!» Esther strinse i pugni, al diavolo l'educazione. «Mio fratello è uno sciocco» disse a Gina, con la voce disperata che si induriva. «Ma tu sei un'illusa. Pensi che ti amerà se lo seguirai in Unione Sovietica?»

«Basta così!»

«No, è chiaro che non basta!» Esther perse l'autocontrollo. «Pensi che mio fratello ti abbia sposato perché sei diventata un'anarchica? Perché dicevi una sfilza di sciocchezze sulle condizioni sociali e sul valore di mercato? Non capisci proprio niente?» Lanciò un grido straziante. «Non sarai mai la sua priorità. Ne so qualcosa. Stai con lui da venticinque anni. Non ci sei ancora arrivata? È andato in prigione e non gliene è importato niente di lasciarti sola. Ti ha promesso una vita agiata e poi ha sprecato l'eredità della nostra compianta madre per pagare gli avvocati, in modo da poter passare i sabati su un palco improvvisato anziché giocare a hockey con suo figlio e portarti a ballare. Guarda dove vivete! Dio solo sa in cos'altro ha speso i soldi della mamma. E ora che ha esaurito le opzioni, che ti ha tolto la cittadinanza, che ha messo la vostra famiglia in una situazione impossibile, ti ha convinta in qualche modo che la vita sarà migliore in Unione Sovietica.» Una risata triste. «E tu gli credi?»

«Sì» rispose Harry, «mi crede.»

Lei diede uno schiaffo a Gina.

«Esther! Santo cielo!»

«Che razza di madre sei?» Esther aveva il viso rigato di lacrime. Anche Gina, che non aveva mosso un dito per difendersi. «Cos'hai che non va? Questi sono maltrattamenti, questa è negligenza dolosa. Dovresti essere in prigione per aver messo in pericolo la vita di un minore. Sei una madre terribile!»

«A chi la stai paragonando?» urlò Harry, allontanandola da Gina con uno strattone. «A nostra madre? Questa madre non abbandona i propri figli!»

Esther deglutì per non vomitare. Aveva la nausea. «Com'è possibile che non riesca a comunicare con te, fratello?» sussurrò. Implorò la cognata, ancora chiusa nel suo silenzio. «Com'è possibile che non riesca a comunicare con te, una donna, una madre?»

«Vattene» ordinò Harry. «Ne abbiamo abbastanza.»

Cosa ne è stato della nostra vita? avrebbe voluto chiedere Esther. E della nostra famiglia? Una volta eravamo in quattro e avevamo una vita piena e bellissima. Uno dopo l'altro hanno preso e sono volati via da me, a causa della tristezza, della malattia, della morte, della mancanza d'amore... e ora tu. Sei l'unica famiglia che mi è rimasta. Tu, tua moglie, il mio amato nipote. Quando partirete, non mi resterà più nulla. Andrete in un posto spaventoso, sì, ma abbandonerete anche me, e questo sembra profondamente sbagliato. Come fai a non capirlo? Devo proprio spiegartelo?

Non lo fece.

Non ci riuscì.

Prese la borsetta, con le mani tremanti e le dita intorpidite.

Prese la borsetta, ma non il cappello, perché aveva dimenticato di indossarlo. Molto cautamente, per non inciampare o svenire, attraversò il salotto vuoto, con i tacchi che scandivano sul parquet il ritmo irregolare della distanza crescente, quindi aprì la porta d'ingresso e sparì.

Fuori, si accasciò contro il cancello finché non si sentì in grado di attraversare Beacon Street fino al Public Garden, dove Alexander stava tirando calci a un pallone con alcuni amici.

Lo chiamò. Lui la raggiunse di corsa. «Andiamo?»

«No, mi dispiace. Tu devi restare. Ma io devo andare.»

Parve deluso. «L'avevo promesso a Teddy.»

«Lo so. Teddy e Belinda capiranno.»

«Posso venire il prossimo fine settimana?»

Esther gli spostò i capelli dalla fronte con la punta delle dita sottili e instabili. «Credo che tu stia per imbarcarti in una bella avventura. Perciò non sono sicura del prossimo fine settimana.»

«Il papà dice non prima di Natale.»

«Be', se hai ragione, allora forse ci vedremo per le feste. Dai, abbraccia la zia.» Era proprio un bravo bambino, pensò Esther, a lasciarsi abbracciare anche se i suoi amici lo guardavano. Lo strinse, chiudendo gli occhi. Ti prego, ti prego, non lasciare che mi veda crollare. Gli diede un bacio sulla testa e fece un respiro profondo.

Si staccò, continuando a tenergli le mani. «Ti insegno una piccola preghiera, un breve salmo. Mi prometti che cercherai di impararlo a memoria?» Riuscì persino a fare un sorriso forzato.

Lui alzò teatralmente gli occhi al cielo. «La mamma prova sempre a farmi memorizzare questo o quello.»

«Fa bene. Ora ascolta: *Non temerai i terrori della notte né la freccia che vola di giorno, la peste che vaga nelle tenebre, lo sterminio che devasta a mezzogiorno. Mille cadranno al tuo fianco e diecimila alla tua destra; ma nulla ti potrà colpire.*»

Alexander fissò il suo viso infelice. «Vuoi che mi ricordi tutto questo?»

«Sì. Puoi provarci?»

Il bambino doveva aver notato la disperazione che le ingrigiva i lineamenti. Aggrottò le sopracciglia. «Va bene, zia. Non agitarti. Ci proverò. Lo prometto. Più tardi, però. I miei amici mi aspettano.»

«Sì, certo. Più tardi. Mosè ha scritto questa preghiera per farsi coraggio durante i quarant'anni nel deserto. Ripetila finché non sarà incisa nel tuo cuore.»

Alexander ridacchiò. «È lì che pensi che stia andando, zia? Nel deserto per quarant'anni?»

«Certo che no! È solo una metafora. Una figura retorica.»

«Quale parte? I quarant'anni o il deserto?»

Lei non rispose subito. «Entrambe, spero.»

«Dopo il deserto, cos'ha trovato Mosè?»

«La terra promessa.» La sua voce era appena udibile.

«È buffo. È lì che il papà dice che stiamo andando. Nella terra promessa.»

«Vivi come desideri. Tuo nonno sarebbe molto orgoglioso di te. Sei un Barrington. Un figlio del privilegio, un figlio della libertà. Il vantaggio di essere nato in questa famiglia è che sei libero di scegliere la tua strada nella vita.»

Alexander sorrise. «Come mio padre prima di me, giusto?»

«Sì, mio caro.» Esther si guardò intorno alla ricerca di una panchina su cui lasciarsi cadere. «Come tuo padre prima di te.»

«Zia Esther» disse Alexander, abbassando la voce, «puoi dire ai miei genitori che voglio un cane per Natale?»

«Un cane vero?»

Lui le lanciò un'occhiata divertita. «Sì. Certo che lo voglio vero.»

«Pensavo a un peluche.»

«Sono troppo grande per i giocattoli.» Sorrise. «A parte quelli che ho lasciato a casa tua.»

«Naturalmente. Vedrò di mettere una buona parola per te.»

«La mia seconda richiesta è una Colt da tenere a casa mia.»

«Sai che tuo padre non lo permetterà mai.»

«Lo so. Ma potresti dire loro che, se da grande diventerò un soldato, dovrò tenere una pistola in casa.»

«Una vera Colt?»

Il bambino inarcò le sopracciglia.

«Certo. Farò in modo che lo sappiano.»

«Il mio terzo desiderio è una grande slitta rossa. Come quella che a Boston hanno tutti tranne me.»

Esther si picchiettò la tempia. «Ho tutto qui. Cane, Colt, slitta.» Allungando la mano, gli accarezzò la guancia liscia.

Lui sorrise e corse via urlando: «Ciao, zia!».

Era una rara giornata mite di dicembre, asciutta e tersa, e splendeva il sole. Esther lo guardò tornare dagli amici dopo essersi già dimenticato di lei. Addio, mio caro bambino. Distolse lo sguardo dall'incendio, dalla conflagrazione di ciò che più le stava a cuore. Ogni cosa andò distrutta tra le fiamme.

Girò sui tacchi e, spinta dalla forza dell'abitudine, alzò la mano per raddrizzare il cappello inesistente, le dita che armeggiavano con i nastri invisibili sotto il mento. Uscì dal parco incespicando, con gli occhi ciechi che cercavano Clarence, la macchina parcheggiata da qualche parte in Tremont Street.

Harry e Gina lasciarono Boston con Alexander due settimane prima di Natale. Il Partito comunista americano e l'anello di diamanti di Gina pagarono il viaggio verso l'Unione Sovietica. Non videro mai più Esther né parlarono di nuovo con lei.

20

Il libro preferito di Harry

Mentre faceva i bagagli, Alexander trovò *L'uomo senza una patria*, un libro che non leggeva da un paio d'anni. Era rimasto a prendere polvere sulla mensola. Facendo una pausa dall'incombenza di decidere quali delle sue poche cose avrebbe portato con sé, si sedette sul letto, aprì il volume sottile e iniziò a leggere. Non impiegò più di quaranta minuti per divorare la storia di Philip Nolan e del suo sfortunato esilio. Si perse nel libro e, mentre lo chiudeva, udì i genitori che lo rimproveravano dal fondo del corridoio. Le valigie dovevano essere pronte di lì a due ore. Era almeno a buon punto?

«Ho quasi finito!» urlò, restando seduto sul materasso. Quando sentì i passi del padre, saltò su e fece finta di lavorare sodo.

«La tua camera è identica a questa mattina» osservò Harry. «Cioè con tutta la tua roba sparpagliata qua e là.»

«No, no. È un'illusione. Sono quasi pronto. Devo soltanto vestirmi e trovare la mia cravatta da boy scout, poi potrò partire, credo.»

«Credi?» Harry si guardò intorno. «Tra novanta minuti, qualunque cosa non sia nella valigia non verrà con te. È molto semplice.»

Alexander prese in mano il racconto che aveva appena letto. «Papà, guarda questo libro che ho trovato. Non era il tuo preferito? Me l'ha detto la mamma.» Glielo mostrò. «È una storia tristissima. Quest'uomo odia l'America, e per punizione viene esiliato e, quando vuole tornare, non ci riesce.»

Harry gli tolse il volume dalle mani e lo gettò con veemenza nel cestino della spazzatura. Il libro produsse un forte tonfo quando colpì il contenitore metallico. «È una sciocchezza. Stupidaggini e sciocchezze bell'e buone. Ero un bambino quando l'ho letto. Non sapevo quanto fosse insulso. Non lo porterai con te. Torna a fare i bagagli, per favore. Tua madre darà la colpa a me, se non sei pronto. Hai cercato la cravatta sotto il letto?»

Alexander fissò il cestino, dove *L'uomo senza una patria* giaceva con il dorso spaccato. «Di solito non tengo i vestiti sotto il letto, papà. E tu?»

«Be', allora trovala, saputello. Ottantacinque minuti.» Harry uscì, con le scarpe che picchiettavano severe sul parquet.

Alexander studiò la mappa del «National Geographic», raffigurante gli Stati Uniti, che Gina aveva appeso nella sua camera per aiutarlo a studiare. Voltandosi verso lo specchio, strinse teatralmente il pugno, aggrottò le sopracciglia, fece una voce profonda, cercò di sembrare intenso e feroce come immaginava potesse essere Philip Nolan e, con la mano chiusa che tremava e l'altra che indicava il riflesso della carta geografica, sussurrò: «Visto? Ce l'ho una patria!».

21

Il serpente e il falcone

«Gia, guarda! Stai guardando?» L'euforia di Harry era contagiosa. «Devi ammettere che sono straordinarie. Non ho mai visto niente di simile alle Alpi. È proprio... Guarda quanto siamo vicini! Riusciamo quasi a toccarle.»

Aveva ragione. Riuscivano quasi a toccarle. Il treno correva lungo il fianco della montagna scavata, tuffandosi pericolosamente nelle gallerie, quasi sfiorando i dirupi rocciosi. Alexander disse che era come fare un giro sulle montagne russe a Revere Beach durante la fiera estiva. Quale delle due cose ti piace di più? domandò lei, ma il ragazzino non rispose.

Nelle valli fuori dal finestrino c'erano fattorie, campi e donne al lavoro. Una di loro, che arrancava lungo una salita, portava il figlio su un fianco e un grosso secchio di metallo. Sembravano entrambi troppo pesanti per lei, perché era molto minuta, ma in qualche modo riusciva a mantenere l'equilibrio, a proseguire. Gina guardò Alexander che osservava la donna, il bambino, il secchio. Ora era alto e robusto, ma non era passato molto tempo da quando l'aveva portato ovunque sul fianco come la sconosciuta portava suo figlio. «Papà ha ragione, mamma. È bellissimo qui. In che Paese siamo ora? In Austria?»

Gina non staccò gli occhi da Alexander, seduto lì di fronte accanto a suo padre.

Ho visto questa bellezza, avrebbe voluto dire. Ho vissuto nella bellezza per tutta la vita. Sono cresciuta ai piedi dell'Etna. Siamo nati e cresciuti guardando la cima di quel maestoso e temibile vulcano. Quando io, Salvo e Antonio ci inerpicavamo sulle colline, riuscivamo a vedere fino all'azzurra Catania. Nuotavamo tutto l'anno nello Ionio. So cos'è la bellezza. Ho visto le contadine portare in braccio i loro figli. Non occorre descriverlo in termini romantici. È stato più facile per me crescere mio figlio a Boston che per mia madre crescere me e i miei fratelli alla periferia di Belpasso, in una baracca senza acqua corrente. Molti anni fa siamo salpati per l'America perché mio padre voleva dare a me e ai miei fratelli la possibilità di fare qualcosa di più che portare lungo le salite secchi d'acqua e di latte insieme ai nostri figli aggrappati al fianco. Lui, che tagliava capelli e costruiva violini, anche se non ne aveva mai suonato uno, il barbiere di Belpasso, l'uomo più grande che abbia mai conosciuto, l'amore della mia giovane vita, voleva che studiassimo, che imparassimo, che avessimo successo, che diventassimo qualunque cosa volessimo. Anch'io, una bambina, la sua unica figlia. Voleva che non fossi definita dal mio sesso o dai miei figli. Gina studiò Alexander, seduto accanto a suo padre, con la fronte premuta contro il vetro, che ammirava le montagne. Eppure eccomi qui, definita dal mio unico figlio. Sono definita dall'unico figlio che ho più di quanto la madre di mio padre fosse definita dai suoi dodici figli. La mia maternità non è diluita dalla quantità.

Stavano scendendo dalla montagna. Presto le Alpi sarebbero state alle loro spalle, come l'America, come l'Italia. Avrebbero lasciato l'Austria, sarebbero arrivati in Ungheria, poi in Polonia, avrebbero cambiato treno, si sarebbero spinti a est e a nord oltre Varsavia, sarebbero arrivati a Mosca forse in due o tre giorni. Mosca. Incredibile. Con le dita tremanti, Gina lanciò un'occhiata a Harry. L'inventore di immagini, l'autore di discorsi, il bastian contrario. Era stato contrario prima alla giovinezza di Gina, poi alla sua anarchia, poi al suo amore. Ai legami che gli imponeva, alle convenzioni di una vita normale che lei lo costringeva ad accettare, al bambino che voleva disperatamente da lui, a qualsiasi costo. Si era opposto al suo desiderio di vivere come una donna normale, non come una rivoluzionaria. Si era opposto a ogni cosa. Non voleva la vita dell'alta borghesia più di quanto volesse il ghetto di

Lawrence o le ville paradisiache o la bianca visione di Bellagrand, il loro breve momento di splendore sotto il sole accecante.

Alexander tossì. Gina sbatté le palpebre, tornando alla realtà. «Perché tossisci?»

«Sono un bambino, mamma. Un essere umano. Mi è andato di traverso un pezzo di pane. Ho tossito per liberarmi la gola.»

«Vieni, fammi sentire la fronte.»

«Lascialo stare, Gina. Sta bene.»

«Vieni, ho detto. Sei malato?»

Il bambino obbedì, infilandosi tra lei e il finestrino. «Sto bene. Era solo un colpo di tosse.» Ma, com'era tipico di Alexander, tossì di nuovo, piegandosi teatralmente in due. «Sto scherzando, mamma» disse quando lei lo afferrò per le spalle e cominciò a dargli delle pacche sulla schiena. «Sto bene. Devi imparare a rilassarti. Altrimenti presto diventerai come il papà.»

Entrambi guardarono Harry, intento a leggere, a prendere appunti con i geroglifici cirillici che aveva studiato. Lui alzò gli occhi, seri e cupi. «Cosa c'è? Mi sto esercitando con il russo. Cosa che dovreste fare anche voi, anziché scherzare, tossire e abbandonarvi alle reminiscenze come bambini sciocchi.»

«Ma io sono un bambino sciocco, papà.»

«Smettila.» Harry abbassò lo sguardo sui libri. Gina e Alexander si voltarono l'una verso l'altro e poi verso le montagne. Lei diede al figlio un po' di cioccolato e lui lo sgranocchiò, senza distogliere gli occhi dal fiume che scorreva attraverso la valle, dagli spogli alberi marroni che si stagliavano contro il cielo. Gli accarezzò i capelli neri. Presto avrebbe avuto bisogno di un altro taglio. I suoi capelli crescevano troppo in fretta. Come lui.

«Sei emozionato, figliolo?»

«Per cosa? Oh.» Alexander fece una pausa. «Quello.» Succhiò l'ultimo quadretto di cioccolato. «Certo, perché no? E tu?»

«Certo, perché no?»

«Ehi, mamma, abbiamo portato dei soldi per questa avventura? Il papà mi ha detto che a Mosca non ne avremo bisogno. Ma stava scherzando, vero?»

«Non stavo scherzando, figliolo» intervenne Harry. «Non abbiamo portato soldi perché non ne abbiamo bisogno. Il governo sovietico ci darà un alloggio e io troverò un lavoro. Staremo bene, vedrai. È questo lo scopo. Non saremo definiti da ciò che abbiamo...»

«Ma da ciò che non abbiamo?»

«Non essere insolente.»

«Scusa.» Alexander diede una gomitata alla madre. «È vero, mamma?»

«Sì, non essere insolente.»

Gina evitò di incrociare il suo sguardo quando il bambino la interpellò. Lui invece si girò nella sua direzione, cercando la verità sul suo volto. Circondandolo con il braccio, lo tirò a sé e gli posò un palmo sul viso. Gli diede una leggera spinta, lo distrasse, e di lì a poco tornarono a concentrarsi sulla campagna fuori dal finestrino, guardando il Danubio scorrere lì accanto... per ore... per giorni... attraverso Belgrado, attraverso Budapest.

«Mamma, cos'era quella cosa che mi cantavi? Non me la ricordo. Ma lo facevi, quando mi stringevi così. Dicevi delle parole e mi baciavi tra l'una e l'altra.»

«Ti bacio sempre.» Per dimostrarglielo, Gina lo baciò. «Quali parole?»

«Non lo so. Una specie di cantilena. Prima di andare a dormire.»

«Come faceva?»

«Mi stai ascoltando? Non lo so. Qualcosa come...» Alexander si sforzò di ricordare. «*Il mio gradevole e vivo insettino, la mia abbondanza, la mia vastità, il mio cuore, il mio cuore, il mio cuore.*»

Lei rise. «Sì, fa così.»

«Mamma!»

«Cosa c'è? Hai indovinato. È proprio questa.»

Le fece il solletico per farla smettere di punzecchiarlo. «Come faceva davvero?»

Gina gli prese la testa tra le mani. «Il mio gradevole e vivo insettino...» Lo baciò.

«Mamma!» Il bambino provò a liberarsi, ma lei non glielo permise. «Ti decidi a dirmelo, o vuoi continuare a scherzare?»

Gina fece finta di riflettere. «Voglio continuare a scherzare.»

Lui ricominciò a farle il solletico.

Lei ricominciò a ridere.

«Voi due siete così chiassosi che non riesco a concentrarmi.» Harry posò i libri e si alzò. «Per quanto tempo proseguiranno questi giochi infantili?»

Finsero di acquietarsi. Harry uscì dallo scompartimento per sgranchirsi le gambe.

Non appena la porta si chiuse alle sue spalle, Gina parlò. «Non preoccuparti, figliolo» disse a bassa voce, rapidamente. «Non dirlo a tuo padre, ma ho portato qualcosa con noi. Un piccolo gruzzolo. Per ogni evenienza. Sai, per i periodi difficili.»

Alexander studiò il suo volto. «Pensavo che fossimo al verde. È quello che ha detto il papà. Ha detto che era uno dei motivi per cui dovevamo andarcene. Perché non avevamo più nulla.»

«Be', ha ragione.» Lei deglutì, con la bocca secca. «Ma dei dollari in più da cambiare in rubli potrebbero tornare utili, nel caso ci servisse qualcosa.»

«Dove li hai presi? Li hai portati con te dall'Italia?»

«Dall'Italia? Quando avevo quattordici anni?» Gina gli arruffò i capelli. «No, gradevole insettino. Non li ho portati dall'Italia. Da lì siamo davvero arrivati senza niente. I soldi che avevamo da parte li abbiamo spesi per il funerale di mio padre. Tuo nonno. L'uomo di cui porti il nome.»

«So da chi ho preso il mio nome, mamma. Allora dove hai trovato i soldi, se non ne abbiamo?»

«In un luogo segreto.»

«Quale luogo?»

«Una valle verde, circondata da montagne. Una terra lontana, eternamente felice, distante dai problemi del mondo esterno. Un regno mitico.»

«Se è mitico, come fa il denaro a essere reale?»

Dopo aver scoperto quello che Harry aveva combinato alle sue spalle e aver iniziato a meditare di trasferire Alexander in Florida, Gina era andata in banca. All'epoca c'erano ancora molti soldi, anche se meno di quanti si aspettasse. Dopo essere tornata da Miami e aver saputo che Harry aveva traslocato in una casa più piccola e venduto i mobili, si era ripromessa di depositarli nuovamente, ma non ne aveva mai avuto l'occasione.

Centinaia di banconote fruscianti, pulite, seminuove. Una scorta così modesta da essere a malapena una protuberanza nella tasca più piccola della borsetta sul sedile lì accanto, una rientranza cucita accuratamente nella fodera di seta.

Benché all'inizio avesse provato un vago rimorso per averla conservata anziché usarla per pagare l'affitto o la bolletta del telefono, una volta scoperto come Harry aveva sprecato i loro risparmi, si era pentita di una cosa soltanto: non di aver preso i soldi, ma di non averne presi di più. Era meglio che li avesse la sua famiglia che il Partito dei lavoratori. E alla fine il denaro non avrebbe fatto molta differenza per Harry. L'ennesima decima al «Daily Worker», l'ennesimo assegno a Domarind. Che presunzione illudersi che quella somma ragguardevole avrebbe potuto smorzare i nobili sogni di suo marito.

Sbattendo le palpebre, sorrise al figlio. Gli toccò il viso. Gli premette le dita sulla bocca per invitarlo al silenzio. «Li ho conservati invece di spenderli, nel caso in cui tu ne abbia bisogno.»

Alexander ridacchiò. «A cosa mi servono i soldi, mamma? Sono un bambino.»

«Non lo sarai per sempre, no?»

«È meglio che tu non lo dica al papà. Mai. Non ti perdonerà per avergli nascosto dei segreti.»

«Forse.» Gina era consapevole di non essere mai stata perdonata. «Spero che non ci servano. Ma, se dovessimo averne bisogno, o se, Dio non voglia, mi succedesse qualcosa, ce ne sarebbero abbastanza per le tue necessità.»

Lui aggrottò le sopracciglia. «Cosa intendi con "se mi succedesse qualcosa"?»

Lei fece un mezzo sorriso. «Non divento certo più giovane.»

«Immagino di no. Ma, mamma, nessuno diventa più giovane.»

«Su questo hai ragione.»

«Il papà non è preoccupato.»

«Il papà non si preoccupa mai di nulla.»

«Tu sei preoccupata? Per il trasferimento in Russia?»

Gina sorrise. «No, mio caro. Neanch'io sono preoccupata.» Gli diede un bacio. «*Il mio incantevole e vispo bambino*» disse, baciandolo tra una parola e l'altra. «*La mia speranza*» bacio, «*la mia felicità*» bacio, «*il mio amore, la mia vita, la mia gioia.*» Bacio, bacio, bacio.

«Ecco, è questa la ninnananna!»

«Ma va? Lo so benissimo.»

Harry rientrò e si risedette.

«Vi siete dati una calmata, spero.»

«Papà» chiese Alexander, «hai detto che l'Unione Sovietica è un'utopia socialista?»

«Sì, figliolo.» Lui aprì i libri e tirò fuori penna e bloc-notes.

«Sapevi che in greco la parola "utopia" deriva da *ou*, che significa "no", e *topos*, che significa "luogo"?»

«La parola inglese è un omonimo, non pensare di essere così intelligente. La prima sillaba, se pronunciata *eu*, significa "buono".»

«Come stavo dicendo. Un bel posto che non esiste.»

«Esiste eccome. Non ne parlerò più per convincere te o tua madre. Molto presto lo vedrete con i vostri occhi. Ora ripeti: *menya zovut Aleksandr.*»

«*Menya zovut Aleksandr*» gli fece eco il bambino. Poi, chinandosi verso la madre e abbassando la voce, bisbigliò: «Dimmi il numero in russo, vediamo se capisco. È un buon esercizio per me. Quanto?».

«Quanto cosa?» domandò Harry.

«Niente, papà. La mamma mi sta insegnando a contare in russo. Dimmi, mamma» sussurrò.

Lei tacque, combattuta, indecisa. «*Dvatsat tysach dollarov*» rispose alla fine.

Alexander sussultò.

«Cosa c'è?» Harry alzò lo sguardo. «Cos'hai visto, figliolo?»

«Niente, papà, niente.» Il bambino aveva la bocca aperta e gli occhi fuori dalle orbite.

«È così che capisci di parlare correntemente il russo» disse Gina. «Se riesci a capire i numeri parlati. È una delle cose più difficili da imparare in una lingua straniera. Ricordo quanto sia stato complicato per me in inglese.»

Alexander si accasciò contro lo schienale del sedile. Lanciò un'occhiata al padre, ignaro e indaffarato, evitò di incrociare lo sguardo della madre e si girò verso il finestrino, appoggiando la fronte al vetro gelido. «Dove finiremo, se sono soltanto per le emergenze?» disse sottovoce.

Gina non rispose.

Di lì a poco lei e Harry chiusero gli occhi. Scese la notte. Soltanto Alexander rimase sveglio a osservare le ombre delle montagne, le vette nere, gli alberi spogli, le guglie appuntite, tutti che filavano via. La casa di Teddy, dove viveva la sua famiglia, la grande casa di Teddy a Barrington, con una madre, un padre, due sorelle e due nonni, costava tremila dollari. La Rolls-Royce che la zia Esther gli aveva detto di voler acquistare, dodicimila. Ed ecco sua madre, diretta verso l'utopia, con oltre sei ville o quasi due Rolls-Royce nascoste nella borsetta, per le emergenze.

Per ragioni che non comprendeva e che non voleva comprendere, Alexander rabbrividì, anche se lui e sua madre erano seduti vicini, sotto una ruvida coperta di lana. Sperava che lei volesse soltanto essere cauta. Aveva la tendenza a comportarsi così, come quando si era agitata per la tosse. Forse le ragazze che venivano dai paesini sotto i vulcani della Sicilia, che avevano padri che facevano i barbieri e i costruttori di violini, e che un tempo non avevano avuto nulla, tendevano a essere più caute quando si trasferivano. Ma Alexander si sentiva nauseato ora che vedeva il mondo attraverso il prisma degli inquietanti biglietti verdi. Era come se il denaro avesse contaminato qualcosa dentro di lui, come se avesse offuscato la prospettiva di un futuro brillante. Invece di entusiasmo, cominciò a provare terrore.

Allora perché siamo partiti? avrebbe voluto chiedere, ma sua madre stava dormendo. Forse la risposta era la stessa che gli aveva dato qualche tempo prima, dopo che il papà era stato arrestato, e anche lei, per essere rimasta al suo fianco. Alexander si era ritrovato da solo nell'appartamento, finché non aveva avuto l'idea di chiamare la zia Esther per farsi venire a prendere. Grazie al cielo, all'epoca il telefono funzionava ancora. Sua madre era tornata a casa dopo quattro giorni, ma non aveva voluto pagare la cauzione a suo padre. Quando finalmente Harry era stato rilasciato dopo un mese, si era infuriata con lui come se le ferite stessero ancora sanguinando. Perché restiamo? le aveva chiesto Alexander quella sera, dopo che il furibondo litigio si era placato, come un violento temporale che si disperde in qualche rovescio sparso.

Resto perché lo amo, aveva risposto Gina. Resto perché è la mia famiglia. Perché tu meriti di avere un padre. Ovunque lui vada, vado anch'io. Lui è la nave. Noi siamo solo i passeggeri. Condividiamo l'amarezza.

E se la nave cola a picco?

Coliamo a picco anche noi. Quando morirò e mi apriranno il petto, aveva detto la mamma con gli occhi ancora umidi di lacrime amare, troverai tuo padre steso sul mio cuore.

Quella notte, in treno, prima di addormentarsi, Gina aveva detto a Harry: «Speriamo che Macbeth si sbagli, marito. *Tutti i nostri ieri hanno illuminato a dei pazzi il cammino verso la polverosa morte*».

«Chi è Macbeth?» aveva domandato Alexander.

Prima che Gina potesse rispondere, Harry aveva agitato la mano.

«Anziché insegnare a nostro figlio le melodrammatiche assurdità shakespeariane, perché non gli spieghi come mai siamo partiti? Parlagli piuttosto del più grande poema in prosa di Maksim Gor'kij, *Il serpente e il falcone*.»

«Ancora il caro Maksim» aveva commentato Gina. «Quello delle descrizioni liriche di pacifici ritiri artici per i nemici del bolscevismo.» Aveva giunto le mani in grembo. «Tu lo conosci molto meglio, Harry. Perché non ce lo racconti?»

Lui si era alzato e infilato tra loro. Abbracciando la moglie e il figlio, baciando prima l'una e poi l'altro, aveva narrato una storia. «Il serpente non capisce il falcone. "Perché non ti riposi qui, al buio, nella buona e viscida umidità?" sibila. "Perché spicchi il volo verso il cielo? Non conosci i pericoli in agguato lassù, la fatica e la tempesta che ti aspettano, il fucile del cacciatore che ti abbatterà e distruggerà la tua vita?" Ma il falcone lo ignora. Spiega le sue possenti ali e si libra nei cieli, lanciando un canto trionfale che risuona nell'azzurro. Un giorno il falcone viene abbattuto, con il sangue che gli sgorga dal cuore, e il serpente si avvicina strisciando. "Stupido. Ti avevo avvertito. Ti avevo detto di restare dove sono io, al buio, nella buona e calda umidità, dove nessuno può trovarti e farti del male." Con l'ultimo respiro, il falcone risponde: "Ho solcato i cieli, ho scalato altezze vertiginose, ho ammirato la luce, ho vissuto, ho vissuto!".»

«È quello che ho sempre desiderato» aveva detto la madre di Alexander. «Essere il falcone e non il serpente.»

A malapena il bambino riusciva a distinguere le chiese nelle valli aperte tra le colline, le luci basse, le guglie e i sempreverdi, tutto era oscurità, tranne le croci bianche rischiarate da lampioni fiochi. Il treno sfrecciava, senza fermarsi nelle piccole città vicino alle colline, paesini simili a quello che una ragazzina di nome Gina Attaviano si era lasciata alle spalle quando aveva attraversato l'oceano. *Quel mare che amavo*, bisbigliò Alexander, frugandosi nella memoria in cerca del debole ricordo sbiadito di luna park spagnoli e giostre allegre, *e una o due volte approdai sulle isole del paradiso.*

Epilogo

1936

«Dio, dove eravate finiti?» In cucina, Harold cammina freneticamente avanti e indietro. «Tu e tua madre siete stati via per giorni! Ti decidi a rispondermi? Ero preoccupato da morire. Stavo impazzendo. Non sapevo cosa pensare.»

Gina è già dentro, accasciata, distesa.

«Tua madre sta bene? Sembra...»

«Sta benissimo, papà, è solo stanca.»

«Ho pensato al peggio. Perché mi avete fatto questo? Ho pensato al peggio.»

«Sarebbe a dire? Per favore, spiegamelo.»

«Dio, non ricominciare!» A parte questo, Harold non risponde, non può rispondere.

Alla fine padre e figlio si calmano quel tanto che basta per sedersi a un tavolo traballante nella cucina comune.

Alexander ha un aspetto orribile, e ne è consapevole. Non si è rasato e ha l'aria smunta ed esausta. Ma nemmeno Harold, pallido per la preoccupazione, ha una bella cera. Sembra che non si faccia la barba e che non mangi da quando la moglie e il figlio sono partiti.

Alexander è combattuto se rivelargli la verità oppure no. Se ci fossero riusciti, se sua madre fosse riuscita a farlo entrare nel consolato americano, lui e suo padre non starebbero avendo questo scontro impari. Ha avuto la sensazione che fosse sbagliato prendere e andarsene senza dirgli una parola, senza lasciargli neppure un biglietto. Come se non ci fosse stata vita prima del cupo giorno in cui hanno preso il treno da Leningrado a Mosca, nessuna estate felice a Krasnaja Poljana, nessuna partita di hockey sul Frog Pond, nessuna battuta di pesca, nessun affetto. Puoi scrivergli una lunga lettera piena di parole quando sarai fuori, ha detto sua madre. Ma non è fuori. Sta cercando di capire se ci sia ancora bisogno di parole.

Alla fine non dice nulla. Non ha il coraggio di confessare che sono andati a Mosca e che l'unica vana e disperata missione di Gina per salvare suo figlio ha tradito tutto ciò che Harold ha di più caro. Alexander sa cosa ha sacrificato sua madre rivolgendosi agli americani. Teme che loro tre siano debitamente marchiati, una specie in via di estinzione, stranieri, spie, sabotatori, traditori. È meglio che suo padre non lo sappia. È lui quello che ha più da perdere, dopo essere stato per tutti questi anni il più accanito difensore dei sovietici.

Alexander ha paura per sua madre. Non vuole che Harold perda di nuovo le staffe. La mamma è impotente in questo periodo e non è in grado di sopportare la sua rabbia. Alexander non è impotente, ma non ne è in grado nemmeno lui. Non vuole che scoppi un altro brutto litigio. Dio sa se ce ne sono stati abbastanza. Mente per proteggere la madre e per confortare il padre. Mente per dare loro una parentesi di pace in quella che potrebbe essere l'ultima notte tranquilla, l'ultimo giorno tranquillo. In un certo senso deve ammettere di sentirsi sollevato. Gli pareva sbagliato fuggire, lasciare indietro suo padre, ignaro e inconsapevole. Sembrava un abbandono. Un tradimento.

«Non lo lascerai indietro!» ha detto sua madre piangendo, cercando di convincerlo. «Lo lascerai con me. Quello è il suo posto, e anche il mio. Al suo fianco. Io non me ne vado. Solo tu. Io ho fatto la mia vita. Tu no. Tuo padre ha fatto la sua vita. Tu no.» I singhiozzi riempivano le lunghe pause tra le parole.

Pur essendo tormentato dall'ansia per ciò che lo aspetta, Alexander è grato di rivedere suo padre.

Dice di aver portato la madre a Pulkovo, in un sanatorio, per disintossicarla.

«L'hai portata per tre giorni a Pulkovo?» Harold lo ripete lentamente, come se non ci credesse. «Per disintossicarla?»

«Non l'hanno accettata.»
«No?» Harold lo scruta.
«Hanno detto che non è abbastanza malata.»
«Se tua madre non è malata, questa parola è priva di significato.»
Alexander tace. Non capisce come sua madre, un tempo perfetta, possa essere caduta così in profondità nell'abisso liquido della bottiglia senza fondo.
«Dunque non è servito a niente?»
Alexander sente soltanto sua madre che implora, urla, piange davanti al volto imperturbabile della guardia del consolato, mentre lui cerca di allontanarla: «Per favore, per favore, aiutatelo, abbiamo i soldi, un posto dove vivere, aiutatelo, aiutatelo, aiutatelo...».
«No, papà. È stato un fallimento completo.»
Silenzio. Poi, da Harold, un'eco della sofferenza di suo figlio: «Che peccato».
Il giovane lo guarda con un misto di turbamento e confusione. Suo padre ha le mani e le labbra tremanti. Alexander lo vede lottare contro l'incredulità, contro l'angoscioso sospetto. Tuttavia lo sguardo tormentato ed esausto di Harold viene addolcito, come quello di Gina, dalla profonda devozione verso il loro unico figlio. Il viso rugoso del padre sembra ringiovanire mentre studia il figlio, mentre lo scruta intensamente come se... Alexander non saprebbe dirlo... come se cercasse di incidere i suoi tratti nel marmo della propria memoria.
«Cosa c'è, papà?»
«Niente.» Harold sbatte le palpebre, ma non distoglie lo sguardo. «Non hai una bella cera.»
«Lo so. Siamo stati sui treni troppo a lungo.»
«Pulkovo è a poche ore di distanza» mormora Harold. «Quanto tempo può essere durato il viaggio?»
Senza esitazione: «Le fermate tra una stazione e l'altra erano interminabili».
«Forse stavano riparando la ferrovia.»
«O la stavano costruendo.»
Entrambi annuiscono, senza sorrisi mesti.

«Dove avete dormito per due notti?»

«Su una panchina del parco.»

Suo padre si tira indietro. «Tu e tua madre avete dormito su una panchina?» Invecchiato anzitempo, abbassa la testa e guarda altrove in cerca di comprensione, di verità, di illusione. «Ogni cosa è fango» sussurra.

Alexander si costringe a schiarirsi la voce. Posa la mano su quella del padre e la accarezza delicatamente. «Papà, va tutto bene. Stiamo facendo il possibile. Non è malata come temevamo. È una buona notizia, no? Ascolta, mi dispiace, ma... c'è qualcosa da mangiare? Sto morendo di fame.»

Harold si alza di scatto, grato di essere stato spronato a una debole azione. Getta un po' di legna nella stufa e di lì a qualche minuto frigge delle patate con le cipolle. Alexander non riesce ad aspettare. In piedi accanto a lui, mangia direttamente dalla padella le patate semicrude, piene di sale e pepe. Inala il cibo, lo inghiotte quasi senza masticarlo.

«Non c'è mai abbastanza da mangiare, mai.»

«È terribile avere fame» concorda Harold.

«Non vedo l'ora che l'Armata Rossa mi arruoli. Nutrono bene i loro soldati.»

«Ti prego, non scherzare. Non è il momento.»

Alexander impreca. «Sono proprio un idiota. Ho divorato tutto quello che c'era?»

Harold scuote la testa. «No, io ho già cenato. Mangia, figliolo, mangia.»

Restano nella cucina silenziosa. Con la schiena curva, il padre si allontana, osservando il figlio che raschia la padella di ghisa con un cucchiaio di legno. Alla fine porta via il tegame vuoto. «Le cose miglioreranno. Siediti. Ti preparo un po' di tè. Ho appena trovato un secondo lavoro. Di notte e nei fine settimana. Guadagnerò qualche rublo in più.»

«Che tipo di lavoro?»

«Falegnameria, che tu ci creda oppure no. Panche, tavoli.» Harold sorride. «Lo so. Non fare quella faccia scioccata. È incredibile, però, vero? Il passato ci raggiunge sempre.»

«Esatto. Il nonno sarebbe orgoglioso di te.»

«Tu credi?» Harold scrolla il capo. «Io ho qualche dubbio...»

Alexander tamburella con le dita sul tavolo traballante. «Forse possono procurarti una livella nel nuovo posto di lavoro?» Sorride.

«Ehi, il mio tavolo è perfetto. È il pavimento a essere irregolare.» Storce la bocca. «In ogni caso» prosegue rapidamente, «avremo un extra per il cibo. Conosci il mio amico Slava? Dice che può procurarci del pane bianco. Per cento rubli, anche un po' di carne. Risparmieremo. Forse per il tuo diciassettesimo compleanno, il mese prossimo, avremo quanto basta per festeggiare con mezzo chilo di carne di maiale. Ti piacerebbe?»

Alexander non dice nulla per qualche istante.

«Quanto ti servirebbe? Per procurarti da mangiare, intendo.»

Harold alza le spalle. «Non saprei, duecento? Per il maiale e un po' di pane. E il cioccolato.» Fa schioccare le labbra. «È da un'eternità che non ne mangio. Non avrei mai immaginato che mi sarebbe mancato così tanto. Mi viene l'acquolina in bocca al solo pensiero.»

Alexander lo guarda, con l'affetto inciso sul giovane volto. Frugando nel taschino interno del parka, estrae alcune banconote dalla scorta nascosta lì dentro.

«Ecco.» Fa scivolare quattrocento rubli sul tavolo come se stesse giocando a poker. Anni fa, quando vivevano ancora a Mosca, disperatamente affamati, hanno cambiato metà dei soldi di sua madre in rubli al mercato nero. Li hanno spesi quasi tutti per il cibo.

Harold fissa le banconote come se non ne avesse mai viste prima d'ora. «Dove li hai trovati?»

«Quando ancora la mamma lavorava alla biblioteca di Leningrado, la costringevo a darmi il salario per evitare che lo sperperasse avventatamente.» Padre e figlio distolgono lo sguardo l'uno dall'altro. Nessuno dei due sopporta di pensare a ciò che sta accadendo alla moglie e alla madre. «Perciò prendili e usali per comprare il cibo da Slava. Non a maggio, ma subito. Ho bisogno di mangiare subito. Prendili, ma torna presto e faremo un banchetto. Prendi del *kvas* da bere. E anche del burro. Mangeremo come re. Sveglierò la mamma quando torni. Sarà felice di avere un po' di burro da spalmare sul pane bianco.»

Lentamente, Harold prende i soldi. «Non capisco. Io non riesco a risparmiare cinquanta rubli, ma tu ne recuperi quattrocento da tua madre, che praticamente non lavora?»

«Io e la mamma non abbiamo le bollette da pagare, papà. Tu sì.»

«Sei seduto davanti a me con più soldi di quanti ne guadagni io in sei mesi. Cosa sta succedendo?»

Non lo so, pensa Alexander. «Cosa non capisci?»

«Te lo spiego subito. Perché non li hai usati per comprarti da mangiare? Perché sei tornato con una fame da lupi e un pugno di banconote?»

Alexander gli stringe la mano con cui tiene i soldi. «Non volevamo mangiare senza di te. Ora la smetti di fare domande e ti decidi a uscire? Tu vai e io ti aspetto.»

Harold si alza. Si mette cappello e cappotto e, prima di uscire dalla cucina dove Alexander è rimasto seduto al buio, solenne, a studiare le venature del tavolo quadrato, si avvicina al figlio, si china su di lui, gli accarezza la guancia ispida e gli dà un bacio sulla testa. «Sei un bravo ragazzo.»

«Lo so. E tu sei un bravo padre. Ma lo saresti di più se portassi qualcosa da mangiare.»

Sulla soglia della porta sgangherata, Harold si guarda indietro. «Volevo soltanto dire...»

Alexander aspetta nervosamente.

Il padre ha le lacrime agli occhi. Il figlio distoglie lo sguardo.

Passano alcuni momenti neri.

«Non so dove siete andati. Non volete dirmelo. Non importa. Ma spero che tu e tua madre non abbiate fatto nulla di stupido che vi abbia messo in pericolo. Vi ho raccomandato di stare molto attenti. Hai visto cosa è successo a Mario e Viktor.»

Alexander si gira verso la finestra buia. «Come posso non essere in pericolo, papà?» Una lastra di vetro è incrinata e il vento freddo di aprile sibila attraverso la crepa. «Sono l'uomo senza una patria.»

Harold continua a stento, le gambe non lo reggono. «Ora sei

tu la tua patria!» Spalanca le mani, poi disegna nell'aria una forma simile a una barricata. «Costruisci delle mura intorno a te, una fortezza. Armati. Proteggiti. Trova il modo di tutelarti.»

Si scambiano un'occhiata silenziosa.

«Figliolo, promettimi che troverai il modo.»

«Voglio essere ignaro di tutti i misteri, ma libero» dichiara Alexander.

Harold esce per andare a comprare pane e burro al mercato nero con i rubli che sua moglie ha messo da parte per le emergenze.

Come una statua, Alexander rimane inutilmente seduto, con i palmi rivolti verso il basso, fino a un'ora tarda di quella lunga notte.

Cosa gli ha detto suo padre in russo poco prima di uscire? Citando sua madre che citava Isaia. Я начертал тебя на ладонях воих; стены твои всегда предо мною. *Ti ho disegnato sulle palme delle mie mani, le tue mura sono sempre davanti a me.*

Alexander aspetta e aspetta ancora. Si addormenta sulla sedia, con la testa premuta sul piano del tavolo traballante.

Indice

Finito di stampare nel mese di marzo 2024
presso Grafica Veneta – via Malcanton 2 – Trebaseleghe (PD)
Printed in Italy